Raison
et sentiments

DANS LA MÊME COLLECTION
HUGO POCHE CLASSIQUE :

Orgueil et Préjugés, Jane Austen
Les Hauts de Hurlevent, Emily Brontë
La Princesse de Clèves, Madame de Lafayette
La Princesse de Montpensier, suivi de *La Comtesse de Tende*,
Madame de Lafayette

Ouvrage et collection Hugo Poche Classique dirigée par Isabelle Solal
Couverture photographie : © Grape-vein / iStock / Gettyimages
Design : Emmanuel Pinchon / Studio Hugo

Titre original : *Sense and Sensibility* par Jane Austen
Raison et Sensibilité ou les deux manières d'aimer.
Traduit librement de l'anglais, par Isabelle de Montolieu,
© Arthus-Bertrand Libraire, 1815 pour la traduction française.
Tous droits réservés.

Pour la présente édition : *Raison et Sentiments* de Jane Austen
Note biographique, version revue et corrigée : Christine Cameau
© 2020, Hugo Poche Classique, département de Hugo Publishing
34-36, rue La Pérouse
75116 Paris
wwwhugoetcie.fr

ISBN : 9782755644869
Dépôt légal : janvier 2020
Imprimé en Espagne par BlackPrint

Titre original : *Sense and Sensibility*
© 2020, Hugo Poche Classique. (Texte intégral)

JANE AUSTEN

Raison et sentiments

Roman

Traduit librement de l'anglais
par Isabelle de Montolieu

CLASSIQUE

PRÉAMBULE

Le texte initial écrit vers 1795, probablement sous forme épistolaire, paraît à Londres en 1811, sous son titre définitif *Sense and Sensibility* et de manière anonyme – il est seulement signé « *by a Lady* » (« par une dame »). Jane Austen, que sa position sociale interdisait de signer de son nom un roman destiné à la vente, ne voulait pas cacher qu'il était l'œuvre d'une femme.

La première édition française du roman, librement traduit par la baronne Isabelle de Montolieu, est publiée à Paris, chez Arthus-Bertrand, libraire, dès 1815, sous le titre : *Raison et Sensibilité, ou Les Deux Manières d'Aimer*.

Premier des six romans de mœurs de la Lady des lettres anglaises, *Raison et Sentiments* sera suivi de : *Orgueil et Préjugés* (1813), *Mansfield Park* (1814), *Emma* (1816), puis *Northanger Abbey* et *Persuasion*

(1818) publiés ensemble. Les autres romans de Jane Austen parurent en France avant 1830.

Raison et Sentiments, un classique de la littérature considéré comme le premier grand roman anglais du XIXᵉ siècle.

Satire des romans sentimentaux de l'époque, *Raison et Sentiments* se distingue par la finesse de son analyse psychologique et sociale et reflète l'état de la société anglaise à une période charnière, entre un XVIIIᵉ siècle finissant qui redécouvre l'Antiquité et le XIXᵉ siècle naissant qui exalte la sensibilité.

L'histoire dépeint de manière subtile et jamais manichéenne, le dilemme qui oppose, non pas le cœur à la raison, mais « *le gouvernement des sens par la raison et l'abandon incontrôlé aux sentiments* », comme le soulignent les commentateurs. Un antagonisme incarné par les deux sœurs, Elinor et Marianne, qui chacune symbolise un type de comportement face aux tourments amoureux. Ce qui les différencie, ce n'est pas leur nature, mais la façon dont elles composent avec la sensibilité, valeur humaine essentielle pour Jane Austen. Alors que l'aînée, la sage Elinor, entend contrôler ses émotions et sa destinée par la tempérance et la raison, Marianne la cadette – figure des héros préromantiques de Chateaubriand – s'exalte comme une enfant et agit par empirisme.

Autour de ces deux héroïnes gravite, comme rarement dans l'œuvre de l'auteur, une grande variété de personnages secondaires réalistes et particulièrement bien croqués.

Raison et Sentiments : un classique de la romance ?

Sans égaler la popularité qu'atteindront *Emma* et surtout *Orgueil et Préjugés*, publié deux ans plus tard, *Raison et Sentiments* a fait l'objet, essentiellement dans les dernières années du XXe siècle, d'adaptations ou de transpositions remarquées, dont celle notable pour le cinéma d'Ang Lee, sur un scénario d'Emma Thompson en 1995, ou celle pour la télévision d'Andrew Davies en 2008.

Par sa parfaite maîtrise de l'art du dialogue et l'ironique détachement avec lequel Jane Austen observe la comédie humaine, la grande romancière anglaise, qui a exercé une influence considérable sur nombre d'écrivains majeurs, tels Henry James, Rudyard Kipling, Katherine Mansfield ou Virginia Woolf, confirme à travers cette comédie de mœurs, sa singularité qui confère à son œuvre intemporelle toute sa modernité.

À plus de deux siècles de distance, ce classique de la romance n'a pas pris une ride.

Isabelle Solal
Hugo Poche Classique
Éditions Hugo Publishing

Raison et Sentiments de Jane Austen
Traduit de l'anglais
par Isabelle de Montolieu, 1815.
Version revue et corrigée
par Christine Cameau, octobre 2019

CHAPITRE 1

La famille des Dashwood était depuis longtemps établie dans le comté de Sussex. Leurs domaines étaient étendus et leur résidence habituelle se trouvait à Norland Park, au centre de leurs propriétés, où plusieurs générations avaient vécu avec honneur, aimées et respectées de leurs vassaux et de leurs voisins. Le dernier possesseur de ces biens était un vieux célibataire, qui pendant longtemps avait partagé son toit avec une sœur chargée de diriger l'économie de sa maison, en même temps qu'elle était sa fidèle compagne. Elle mourut dix ans avant lui, et pour réparer cette perte, il invita un neveu, qui devait hériter de ses terres, à venir vivre auprès de lui avec toute sa famille. Ce neveu, Mr Henry Dashwood, était marié et avait des enfants. Le bon vieillard trouva dans leur société un bonheur qui lui était inconnu et son attachement pour eux tous augmenta chaque jour. Mr et Mrs Henry Dashwood soignèrent sa vieillesse bien moins par intérêt que par bonté de cœur, et la gaieté des enfants, leurs douces attentions animèrent le soir de sa vie et la prolongèrent.

Mr Henry Dashwood avait un fils d'un premier mariage et trois filles de sa seconde femme. Son fils John était en possession d'une belle fortune provenant de sa mère, qui avait été très riche. Économe de caractère, il ne fit aucune folle dépense et se maria de bonne heure à miss Fanny Ferrars, jeune personne riche aussi, qui ajouta encore à sa fortune. La succession de la terre de Norland ne lui était donc pas aussi nécessaire qu'à ses trois sœurs, qui n'avaient pas les mêmes espérances ; leur mère n'avait rien du tout à leur laisser et leur père ne pouvait disposer que de sept mille livres sterling. Tout le reste de sa fortune devait revenir après lui à son fils, étant donné qu'il n'avait eu pendant sa vie que la jouissance de la moitié du bien de sa première femme.

Le vieil oncle mourut ; son testament fut ouvert, et comme il arrive presque toujours, il fit beaucoup de mécontents. Mr Henry Dashwood devait naturellement s'attendre à être le seul héritier, ce qu'il fut, mais l'héritage perdit aussitôt toute valeur à ses yeux. En effet, il n'y attachait de prix que pour assurer l'avenir de sa femme et de ses trois filles, son fils étant déjà avantageusement pourvu du côté de la fortune. Mais, à sa grande surprise, son oncle, qui paraissait aussi les aimer tendrement, avait fait don de tous ses biens à ce fils et à son enfant âgé de trois ou quatre ans ; si bien que Mr Henry

Dashwood n'avait plus le pouvoir d'en consacrer la moindre partie pour sa femme et ses filles. Pendant les dernières années de la vie du vieillard, Mr John Dashwood et sa femme avaient eu soin de lui faire beaucoup de visites et d'amener avec eux leur petit garçon, qui cajolait le vieil oncle, l'appelait « bon grand-papa », jouait autour de lui, l'amusait de son petit babil et même de ses sottises enfantines, et qui finit par lui faire oublier toutes les attentions que ses nièces lui avaient prodiguées pendant des années. Il leur laissait cependant à chacune mille livres, comme une marque d'amitié ; mais c'était tout ce qu'elles pouvaient prétendre de son héritage.

Mr Henry Dashwood fut d'abord consterné de ces dispositions. Il se consola, cependant, en pensant que, quoiqu'il fût déjà grand-père, il pouvait raisonnablement espérer vivre encore bien des années et faire d'assez importantes économies sur ses forts revenus pour laisser après lui une somme considérable. Mais les espérances humaines sont bien fragiles ! Mr Dashwood ne survécut que quelques mois à son oncle, et de cette fortune si longtemps attendue, il ne resta à sa femme et à ses trois filles que dix mille livres, y compris le legs des trois mille. Dès que Mr Henry Dashwood se sentit en danger, il fit venir son fils et lui confia sa belle-mère et ses trois sœurs, avec toute la force de la tendresse paternelle.

Mr John Dashwood n'avait pas la sensibilité de son père et de toute sa famille. Cependant, ému par la solennité du moment et par les supplications du meilleur des pères, il lui promit de faire tout ce qui dépendrait de lui pour le bonheur des êtres si chers à son cœur. Les derniers instants du mourant furent adoucis par cette assurance ; il expira doucement dans les bras de sa femme et de ses filles, au désespoir de sa perte, tandis que son fils, assis quelques pas plus loin, réfléchissait à sa promesse et à ce qu'il pouvait et devait faire pour la remplir.

Dans le fond, il était alors très bien disposé pour cela. Quoiqu'il fût naturellement froid et très égoïste, il jouissait d'une bonne réputation ; il était respecté comme un jeune homme qui avait des mœurs, qui s'était toujours conduit avec sagesse et prudence et qui s'acquittait aussi bien des devoirs de fils, de père, de mari que de ceux de la société. S'il avait eu une compagne plus aimable, il aurait joui de plus d'estime encore, et l'aurait mieux mérité. Il s'était marié fort jeune et était passionnément amoureux de sa femme, aussi avait-elle pris sur lui beaucoup d'empire. Un esprit très étroit, des nerfs très irritables, un cœur qui n'aimait qu'elle-même et son enfant, parce qu'il était à elle et qu'il lui ressemblait : voilà en deux mots le portrait de Mrs John Dashwood.

«Allons, songea Mr John Dashwood, il faut tenir ce que j'ai promis à mon père mourant, il faut faire à mes sœurs un présent qui les dédommage de leur perte et qui augmente leur bien-être. Si je leur donnais mille livres à chacune, il me semble que ce serait fort honnête, et je ne puis pas faire moins.

Ma fortune s'accroît à présent par la mort de mon père de quatre mille livres sterling par année, des biens de mon vieil oncle, sans parler de la moitié du bien de ma mère dont mon père jouissait. Tout cela, ajouté à mes revenus actuels, me met en état d'être généreux avec mes sœurs… Oui, oui, je leur donnerai trois mille livres, et je crois que c'est assez beau et qu'on parlera dans le monde de ma libéralité. Trois mille livres additionnées aux trois mille qu'elles ont eues de leur bon oncle et aux sept mille dont jouit leur mère les mettront complètement à l'abri. Quatre femmes ne peuvent pas dépenser beaucoup, et trois mille livres, c'est une belle somme ; elles pourront faire des épargnes considérables. Allons, j'en suis bien aise ; je l'ai promis à mon père mourant, et j'y suis résolu. »

Il pensa de même tout le jour, et même plusieurs jours consécutivement sans qu'il s'en repentît. Il ne leur en parla pas encore dans le premier moment de leur douleur, mais il en prit l'engagement avec lui-même.

Les funérailles ne furent pas plutôt achevées que Mrs John Dashwood, sans en avertir sa belle-mère, débarqua à Norland Park, avec son fils et tous leurs domestiques. Personne ne pouvait lui disputer le droit d'y venir, puisque, du moment du décès de leur père, cette terre leur appartenait, mais le peu de délicatesse de ce procédé aurait été perçu même par une femme ordinaire, et Mrs Dashwood mère, dotée d'une sensibilité romanesque et d'un sens parfait des convenances, ne pouvait qu'être très blessée de cette négligence. Mrs John Dashwood n'avait jamais cherché à se faire aimer de la famille de son mari – à l'exception cependant du vieil oncle –, mais ne vivant pas avec eux jusqu'alors, elle avait eu peu d'occasions de leur prouver combien ils devaient peu compter sur des attentions consolantes de sa part.

Mrs Dashwood fut si désappointée de cette conduite peu amicale, et désirait si vivement le faire sentir à sa belle-fille, qu'à l'arrivée de cette dernière, elle aurait quitté pour toujours la maison, si sa fille aînée ne lui avait fait observer qu'il ne fallait pas se brouiller avec leur frère. Elle céda à ses prières, à ses prédictions et, pour l'amour de ses trois filles, consentit à rester pour le moment à Norland Park.

Elinor, sa fille aînée, dont l'avis était presque toujours suivi, possédait une force d'esprit, une raison éclairée, un jugement prompt et sûr, qui la rendaient très capable d'être, à dix-neuf ans, le conseil de sa mère et lui assuraient le droit de contredire quelquefois, pour leur avantage à toutes, l'imagination de Mrs Dashwood, qui ressemblait souvent à de l'imprudence ; mais Elinor n'abusait pas de cet empire. Elle avait un cœur excellent, elle était douce, affectueuse, ses sentiments étaient très vifs, mais elle savait les gouverner – une science bien utile aux femmes, que sa mère n'avait jamais apprise, et qu'une de ses sœurs, celle qui la suivait immédiatement, avait résolu de ne jamais pratiquer.

Pour l'intelligence, l'esprit et les talents, Marianne ne le cédait en rien à Elinor, mais sa sensibilité exacerbée n'était jamais repoussée par la raison. Elle s'abandonnait sans mesure et sans retenue à toutes ses impressions ; ses chagrins, ses joies étaient toujours extrêmes ; elle était d'ailleurs aimable, généreuse, intéressante sous tous les rapports, et même par la chaleur de son cœur. Elle avait toutes les vertus, excepté la prudence. Sa ressemblance avec sa mère était frappante, aussi était-elle visiblement sa favorite.

Elinor voyait avec peine l'excès de sensibilité de sa sœur, tandis que leur mère en était enchantée, et l'attisait au lieu de la réprimer. Elles s'encourageaient ainsi l'une l'autre dans leur affliction, la renouvelaient volontairement et sans cesse par toutes les réflexions qui pouvaient l'augmenter, et n'admettaient aucune espèce de consolation, pas même dans l'avenir. Elinor était tout aussi profondément affligée, mais elle s'efforçait de surmonter sa douleur, et d'être utile à tout ce qui l'entourait. Elle prit sur elle de mettre chaque chose en règle avec son frère pour recevoir sa belle-sœur à son arrivée et l'aider dans son établissement. Par cette sage conduite, elle parvint à relever un peu l'esprit abattu de sa mère et à lui donner au moins le désir de l'imiter.

Sa sœur cadette, la jeune Margaret, n'était encore qu'une enfant ; mais, à douze ans, elle promettait déjà d'être dans quelques années aussi belle et aussi aimable que ses sœurs.

CHAPITRE 2

Mrs John Dashwood s'installa d'elle-même comme dame et maîtresse de Norland Park, réduisant sa belle-mère et ses belles-sœurs à n'y paraître plus que comme étrangères et presque par grâce. Elles étaient traitées par Mrs Dashwood avec une froide civilité, et par leur frère avec autant de tendresse qu'il pouvait en témoigner à d'autres qu'à lui-même, à sa femme et à son enfant. Il les pressa, et même avec assez de vivacité, de regarder Norland comme leur demeure. Mrs Dashwood mère, n'ayant encore aucun autre endroit où elle pût se fixer, accepta son invitation jusqu'à ce qu'elle eût trouvé une maison à louer dans le voisinage : rester dans un lieu où tout lui rappelait et son bonheur passé et la perte qu'elle avait faite était exactement ce qui lui plaisait et lui convenait le mieux. Dans le temps du plaisir, personne ne détenait plus qu'elle cette franche gaieté, cet enjouement qui rejette toute sensation pénible, personne ne possédait à un plus haut degré cette confiance dans le bonheur, cet espoir dans sa durée, qui est déjà le bonheur lui-même ; mais dans le chagrin elle repoussait de même toute idée de consolation, et s'y livrait en entier avec une sorte de volupté.

Mr John Dashwood fit part à sa femme de son projet de faire présent à chacune de ses sœurs de mille livres, et comme on peut s'en douter, elle fut loin de l'approuver : trois mille livres ôtées de la fortune de son cher petit garçon n'étaient pas une bagatelle ! C'était pour elle inconcevable que le tendre père d'un enfant aussi charmant pût seulement en avoir la pensée ; elle le supplia d'y réfléchir encore. N'était-ce pas faire un tort irréparable à son fils unique ? Sa conscience lui permettait-elle de le priver d'une telle somme ? Et quel droit avaient mesdemoiselles Dashwood, qui n'étaient que ses *demi-sœurs* (ce qu'elle considérait à peine comme une parenté), sur cet excès de générosité ? Il était convenu dans le monde qu'aucune affection ne pouvait être supposée entre des enfants de deux lits différents. Leur père avait déjà fait grand tort à son fils en se remariant et en ayant trois filles, auxquelles il avait *injustement* donné tout ce dont il pouvait disposer.

– Vous voulez, s'étonna-t-elle, encore ruiner votre pauvre petit Harry en donnant à vos *demi-sœurs* tout son argent ?

Tout cela fut dit avec ce ton de conviction et de tendresse maternelle, qui ne manquait jamais son effet sur le faible John. Cette fois cependant il ne céda pas d'emblée.

– Ce fut, répliqua-t-il, la dernière requête de mon père expirant, que je prenne soin de sa veuve et de ses filles.

– Il ne savait pas lui-même ce qu'il disait, j'en suis bien sûre, répliqua Mrs Dashwood. Tous les gens à l'agonie disent de même ; ils recommandent les survivants les uns aux autres ; leur tête n'y est plus, ce n'est que leur cœur qui parle encore pour ceux qu'ils ont aimés et qu'ils sont près de quitter. Si ses idées avaient été bien nettes et qu'il n'eût pas rêvé à demi, il n'aurait jamais imaginé de vous faire une demande aussi ridicule que celle d'ôter à votre enfant la moitié de sa fortune.

– Mon père, ma chère Fanny, n'a stipulé aucune somme, il m'a seulement demandé de rendre la situation de sa femme et de ses filles aussi *confortables* qu'il était en mon pouvoir. Peut-être aurait-il mieux fait de s'en rapporter tout à fait à moi ; il ne pouvait pas supposer que je les négligerais, mais enfin il a exigé de moi cette promesse ; je l'ai faite et je veux la remplir. Je dois faire quelque chose pour mes sœurs avant qu'elles quittent Norland pour s'établir ailleurs.

– Eh bien ! À la bonne heure. *Quelque chose* ; mais il n'est pas nécessaire que ce *quelque chose* soit trois mille livres. Passe encore si vos sœurs étaient âgées et que cet argent pût revenir à votre fils ; mais considérez qu'une fois donné, vous ne le retrouverez plus. Vos sœurs sont jeunes et jolies ; si vous les dotez de cette manière, elles se marieront bientôt, et vos trois mille livres seront perdues pour toujours. Des familles étrangères en jouiront, les dissiperont, et notre cher petit Harry en sera privé. Je vous demande s'il y a là l'ombre de la justice.

– Vous avez raison, Fanny, rétorqua gravement John Dashwood, parfaitement raison ; c'est peu de chose, à présent, relativement à ma fortune, mais le temps peut venir que notre cher fils regrettera beaucoup cette somme : si, par exemple, il avait une nombreuse famille.

– Eh ! Mais sans doute, et je parie qu'il aura beaucoup d'enfants, ce cher petit.

– Peut-être bien ! Ainsi, chère amie, il vaudrait mieux en effet diminuer la somme de moitié, qu'en dites-vous ? Cinq cents livres à chacune, ce serait encore une prodigieuse augmentation de leur fortune.

– Prodigieuse, immense, incroyable ! Quel frère dans le monde ferait cela pour ses sœurs, même pour des sœurs réelles ? Et des demi-sœurs ! Mais vous avez toujours été trop généreux, mon cher John.

– Il vaut mieux dans de telles occasions faire trop que trop peu, déclara John en se rengorgeant. Personne au moins ne dira que je n'ai pas fait assez. Elles-mêmes ne s'attendent sûrement pas que je leur donne autant.

– Elles n'ont rien à attendre du tout, reprit aigrement Fanny. Ainsi, il n'est pas question de leurs espérances, mais de ce que vous pouvez leur donner, et je trouve…

– Certainement, je trouve aussi que cinq cents livres sont bien suffisantes, interrompit John, sans que j'y ajoute rien. Elles auront chacune, à la mort de leur mère, trois mille trois cent trente-trois livres, une fortune très considérable pour toute jeune femme.

– Oui, vraiment, trois mille trois cent trente-trois ; je n'avais pas fait ce calcul, et c'est vraiment immense ! Trois mille trois cent trente-trois livres ! C'est énorme.

– Et même quelque chose de plus, renchérit John en calculant sur ses doigts. Dix mille livres, divisées en trois. Oui, c'est bien cela. Trois mille trois cent trente-trois et quelque chose en sus.

– Alors, mon cher, je ne conçois pas, je vous l'avoue, que vous vous croyiez obligé d'y ajouter la moindre chose. Dix mille livres à partager entre elles, c'est plus que suffisant. Si elles se marient, c'est une très belle dot, et elles épouseront sûrement des hommes riches ; si elles ne se marient pas, elles vivront très *confortablement* ensemble avec dix mille livres.

– Cela est vrai, très vrai, concéda John en faisant les cent pas avec l'air de réfléchir. Ainsi, dites-moi, ma chère, ne vaudrait-il pas mieux faire quelque chose pour la mère, pendant qu'elle vit ? Comme une rente annuelle ? Mes sœurs en profiteront autant que si c'était à elles. Cent livres par année, par exemple ; il me semble que, pour une vieille femme à la retraite, c'est bien honnête : qu'en pensez-vous, Fanny ?

– Il est sûr, acquiesça-t-elle, que cela vaut beaucoup mieux que de se séparer de quinze cents livres tout à la fois… Mais je me dis que si Mrs Dashwood doit vivre encore vingt ans, alors nous serions en perte.

– Vingt ans, chère Fanny! Vous plaisantez; elle ne vivra pas la moitié de ce temps-là; elle est trop sensible, trop nerveuse.

– J'en conviens; mais n'avez-vous pas observé que rien ne prolonge la vie comme une rente viagère! C'est une affaire très sérieuse que de s'engager à payer une rente annuelle. Vous ne savez pas quel ennui vous allez vous donner et comme on est malheureux quand le moment de l'échéance arrive. C'est précisément alors qu'on aurait une dépense indispensable à faire pour soi-même, et que cet argent serait le bienvenu, qu'il faut le donner à d'autres; c'est vraiment insupportable! Ma mère devait payer de petites rentes à trois vieux domestiques selon le testament de mon père; j'ai souvent été témoin du chagrin, de l'ennui que cela lui donnait. Ses revenus n'étaient plus à elle, disait-elle. Et ces bonnes gens qui se gardaient bien de mourir! Elle en était tout à fait impatientée. Depuis, j'ai une telle horreur des rentes viagères que pour rien au monde je ne voudrais m'engager à en payer, aussi petite fût-elle. Pensez-y bien, mon cher.

– Il est sûr qu'il n'est pas du tout agréable que quelqu'un ait des droits sur notre revenu; être obligé à un paiement régulier, tel mois, tel jour, cela blesse l'indépendance.

– Ajoutez, mon cher, qu'après tout, on ne vous en témoigne aucune gloire. Cette rente est assurée;

vous ne faites, en la donnant, que votre devoir et n'en retirerez nulle reconnaissance. Si j'étais vous, je voudrais n'être lié par rien et pouvoir donner ce qu'il me plairait, et quand il me plairait. Vous serez content peut-être de pouvoir mettre de côté cent ou cinquante livres pour quelque dépense de fantaisie que vous ne pouvez prévoir.

– Je crois que vous parlez très sensément, ma chère Fanny, et je suivrai vos bons conseils ; ce sera beaucoup mieux en effet que de leur donner une rente fixe. Ayant un revenu plus considérable, elles augmenteraient leur train de vie, leurs dépenses, et, au bout de l'année, elles n'en seraient pas plus riches. Oui, oui, cela sera beaucoup mieux ; un petit présent de vingt, de trente livres de temps en temps, préviendra tout embarras d'argent, et j'aurai rempli la promesse que j'ai faite à mon père.

– Parfaitement, et je vous le répète, mon cher, je suis convaincue qu'il n'a jamais eu dans la pensée que vous dussiez leur donner de l'argent. L'assistance, les secours qu'il demandait pour elles étaient seulement ce qu'on peut attendre d'un bon frère : les aider à trouver une petite maison jolie et commode ; leur prêter vos chevaux pour transporter leurs effets ; leur envoyer quelquefois du poisson, du gibier, des fruits de saison. Je parie ma vie que c'est là uniquement ce qu'il entendait, et il ne pouvait vouloir autre chose. Pensez comme votre belle-mère sera bien avec l'intérêt de sept mille livres, et vos sœurs avec celui de trois mille ; elles auront par an cinq cents livres de revenu, et qu'ont-elles besoin d'en avoir davantage ? Elles ne dépenseront pas cela ; leur ménage sera si peu de chose. Elles n'auront ni carrosse, ni chevaux, tout au plus une fille pour les servir ; elles ne recevront point de compagnie et n'auront presque aucune dépense à faire. Ainsi, vous voyez qu'elles seront à leur aise et qu'il ne leur manquera rien. Cinq cents livres par an ! Je ne peux imaginer à quoi elles en emploieront la moitié ; leur offrir plus serait tout à fait absurde. Vous verrez que ce sont elles plutôt qui pourront vous donner quelque chose et faire souvent quelque joli présent à leur petit-neveu.

– Sur ma parole, dit Mr John Dashwood en se frottant les mains, vous avez parfaitement raison. Mon père ne prétendait rien de plus, je le comprends à présent, et je veux strictement remplir mes engagements par toutes les preuves de tendresse et de bonté fraternelles que vous m'indiquez ; car votre cœur est excellent, chère Fanny, et je vous rends bien justice. Il est charmant à vous d'être aussi bonne pour mes sœurs et ma belle-mère. Quand elles iront s'établir ailleurs, je leur rendrai, et vous aussi, tous les petits services qui pourront leur être utiles : quelques donations de meubles, par exemple, de porcelaines. Enfin, je puis m'en rapporter à vous.

– Oh ! Bien certainement, tout ce qui pourra leur convenir… Cependant, réfléchissez à une chose. Quand votre vieil oncle a fait venir ici votre père et votre belle-mère, il les a établis chez lui. Tout le mobilier de Stanhill, la porcelaine, la vaisselle, le linge, tout a été soigneusement enfermé, et votre père, comme vous le savez, a légué ces objets à sa femme. Leur maison sera donc meublée et garnie au-delà de ce qu'elle pourra contenir ; ainsi, elles n'auront besoin de rien.

— De rien du tout ; je n'y pensais pas. C'est un très beau legs qu'elles ont eu là, en vérité ! Et la vaisselle, par exemple, nous aurait bien fort convenu pour augmenter la nôtre, à présent que nous aurons souvent du monde à demeure.

— Et le beau service à déjeuner en porcelaine de Chine, combien je le regrette ! Il est beaucoup plus beau que celui qui est ici, et d'après moi, dix fois trop beau et trop grand pour leur situation actuelle. Votre père n'a pensé qu'à elles ; je trouve, mon cher, que vous pourriez fort bien le leur faire sentir avec délicatesse, et les engager à nous laisser tant de choses qui vont leur devenir inutiles et qui nous conviendraient bien mieux. Mais, certainement, vous ne devez pas avoir beaucoup de reconnaissance pour la mémoire d'un père qui, s'il avait pu, leur aurait laissé tout ce qu'il possédait et rien à vous ; et vous leur donneriez encore quelque chose… Ce serait à mon avis une duperie et une faiblesse dont je vous sais incapable. L'extrême bonté de votre cœur peut quelquefois vous entraîner trop loin ; mais la fermeté de votre caractère et la force de votre jugement vous ramènent aussitôt dans le droit chemin.

Cet argument était irrésistible. Ce que John Dashwood craignait le plus, c'était de passer pour un homme faible et dupé, et sans qu'il s'en doutât, il ne faisait et ne pensait que ce que voulait Mrs John Dashwood. Il finit donc par déclarer que non seulement il serait inutile, mais injuste et ridicule de trop faire pour ses sœurs, au-delà des petits services de bon voisinage, que sa femme lui avait indiqués, et que c'était à elles au contraire de leur donner ce qui pourrait leur convenir.

CHAPITRE 3

Mrs Dashwood passa plusieurs mois à Norland, non plus cependant avec la crainte de quitter un lieu qui nourrissait sa douleur ; elle s'y était livrée d'abord avec trop de violence pour qu'elle pût durer au même point. Peu à peu elle cessa d'éprouver ces émotions déchirantes que la vue de chaque place où elle s'était trouvée avec son mari attisait chez elle. Son esprit redevint capable d'autre chose que de chercher par de mélancoliques souvenirs à augmenter son affliction. Dès qu'elle en fut à ce point, elle s'impatienta au contraire de partir du château et fut infatigable dans ses recherches pour trouver une demeure qui pût lui convenir, qui ne l'éloignât pas trop d'un séjour où elle avait été si heureuse, et où peut-être elle pourrait retrouver, sinon le bonheur, au moins une vie tranquille avec ses chères enfants. Mais elle n'en put trouver aucune qui répondît à la fois à ses idées de bien-être et à la prudence de sa fille aînée, dont le jugement éclairé rejeta plusieurs maisons trop grandes pour leurs revenus, que sa mère aurait désirées.

Mrs Dashwood, qui n'avait point quitté son mari pendant sa dernière maladie, avait appris par lui la promesse solennelle de son fils en leur faveur, qui avait adouci les derniers moments du mourant. Elle ne doutait pas plus de sa sincérité à la tenir qu'il n'en avait douté lui-même, et pensait avec satisfaction que ses filles trouveraient dans leur frère un appui et un bienfaiteur. Quant à elle-même, ayant toujours vécu dans l'aisance et sans avoir besoin de calculer ses dépenses, elle était persuadée que le revenu de sept mille livres sterling la ferait vivre dans l'abondance. Pour son beau-fils aussi, elle se réjouissait du plaisir qu'il aurait à servir de père à ses jeunes sœurs, à leur procurer toutes les petites jouissances dont elles avaient l'habitude et se reprochait de ne pas toujours lui avoir rendu la justice qu'il méritait, lorsqu'elle l'avait quelquefois soupçonné d'avarice ou d'égoïsme. « C'est parce qu'il s'était laissé influencer par sa femme, pensait-elle, qu'il a donné lieu à ce soupçon ; mais à présent qu'il a vécu avec nous, qu'il nous connaît, il a appris à nous aimer, et elle n'aura plus le pouvoir d'altérer son amitié. Nous lui sommes chères parce que nous l'étions à son père ; toute sa conduite avec nous prouve combien il s'intéresse à notre bonheur, et il s'attachera plus encore à nous par sa propre générosité. » Pendant longtemps Mrs Dashwood s'abandonna à cet espoir ; il était dans son caractère de croire aveuglément tout ce qu'elle désirait.

Elle avait encore un autre espoir, auquel elle donna bientôt le nom de *certitude*, et qui lui faisait supporter et la prolongation de son séjour à Norland, et la froideur presque méprisante de sa belle-fille, et tous les désagréments d'un séjour où naguère elle était maîtresse. Cet espoir, qui devint vite pour elle une réalité, était fondé sur l'attachement que Mr Edward Ferrars, le frère de Mrs John Dashwood, paraissait avoir pour sa fille aînée, la sage et prudente Elinor. Ce jeune homme avait accompagné sa sœur et son beau-frère à Norland ; depuis, il y avait passé la plus grande partie de son temps, et il était facile de voir ce qui le retenait.

Bien des mères auraient encouragé ce sentiment par intérêt, car Mr Edward Ferrars était le fils aîné d'une famille très riche et son père était mort depuis longtemps ; d'autres l'auraient réprimé par prudence, car Edward Ferrars dépendait absolument de sa mère, à qui, à l'exception d'une très petite somme, la fortune entière appartenait. Cette dernière pouvait en disposer suivant sa volonté, et Mrs Ferrars n'aurait certainement pas approuvé que son fils se lie avec une jeune personne sans biens. Mais Mrs Dashwood n'était ni intéressée ni prudente ; la richesse d'Edward et sa dépendance ne se présentèrent pas une fois à sa pensée. Elle vit seulement qu'il paraissait aimable, qu'il aimait sa fille, qu'Elinor ne repoussait pas ses avances ; il ne lui en fallait pas davantage pour décider qu'ils devaient être unis. Suivant ses principes, la différence de fortune était la chose du monde la plus indifférente quand les cœurs étaient d'accord et qu'il y avait des affinités de caractère. Edward avait senti tout le mérite d'Elinor, ce qui prouvait qu'il en avait lui-même, et du même genre, et que plus rien ne pourrait les séparer.

Edward Ferrars n'avait rien cependant de ce qui peut séduire au premier abord. Il n'était point beau, il avait peu de grâces, et plutôt une espèce de gaucherie dans les manières, due à une excessive timidité; il avait besoin d'être encouragé, et ce n'était que dans une société intime qu'il pouvait plaire; il avait trop de défiance de lui-même, trop de réserve et de retenue pour le grand monde. Mais, une fois qu'il avait surmonté cette disposition naturelle, il devenait très aimable, et tout indiquait chez lui un cœur ouvert, sensible et capable de tous les sentiments généreux. Il avait l'esprit simple, naturel et cultivé par une bonne éducation, mais il n'avait aucun talent brillant. Rien en lui ne pouvait répondre aux vœux de sa mère et de sa sœur, qui désiraient avec ardeur qu'il se distinguât... Par quoi? Elles n'auraient pu le dire clairement elles-mêmes; par tout ce qui distingue un gentilhomme très riche. Elles auraient voulu qu'il fût une grande figure dans le monde, d'une manière ou d'une autre, et qu'on parlât de lui. Mrs Ferrars aurait désiré qu'il eût une opinion prononcée en politique, qu'il entrât au Parlement, ou du moins qu'il se liât avec quelque

orateur célèbre en attendant de le devenir lui-même.
Mrs John Dashwood se serait contentée que son frère
fût cité pour son élégance, pour ses talents, ne fût-
ce même que par celui de conduire une calèche de
manière à être remarqué en société. Hélas ! Edward
n'aimait ni les grands hommes ni aucune des folies
à la mode chez les jeunes gens. Toute son ambition,
tous ses vœux se bornaient à une vie calme et retirée
au sein du bonheur domestique. Heureusement, pour
sa mère et pour sa sœur, il avait un jeune frère qui
promettait davantage ; leur plus grand regret était
qu'il ne fût pas l'aîné.

Edward se mettait si peu en avant qu'il avait passé
plusieurs semaines à Norland sans attirer l'attention
de Mrs Dashwood. Tout occupée de sa douleur,
elle vit seulement qu'il était tranquille et qu'il ne
cherchait pas à troubler son affliction par une gaieté
importune ou par des conversations hors de propos.
Elle fut ensuite prévenue en sa faveur par une
réflexion d'Elinor qui remarquait un jour combien
il ressemblait peu à Fanny ; c'était la meilleure
recommandation auprès de Mrs Dashwood.

– Il suffit, déclara-t-elle, qu'il ne ressemble pas
à sa sœur pour faire son éloge ; c'est dire qu'il est
aimable, et pour cela seulement je l'aime déjà.

– Je vous assure, maman, qu'il vous plaira quand
vous le connaîtrez mieux.

– Je n'en doute pas, mais que puis-je faire de plus
que de l'aimer ?

– Vous l'estimerez.

– Je n'ai jamais imaginé qu'on pût séparer l'estime de l'amitié.

– Ni moi non plus, reconnut Elinor, et Mr Edward Ferrars mérite l'une et l'autre.

À partir de ce moment Mrs Dashwood commença à bâtir son château en Espagne et à se rapprocher de ce jeune homme qui devait devenir son fils. Sa manière avec lui fut si tendre, si amicale, que bientôt toute réserve fut bannie et qu'il se montra tel qu'il était, avec tout son vrai mérite et son « admiration » pour Elinor. Il n'osa pas dire plus, mais la bonne mère acheva le reste dans sa pensée, et fut aussi convaincue de son ardent amour pour sa fille que de toutes ses vertus. Son flegme, sa froideur apparente, sa gravité si peu ordinaires à son âge devinrent même à ses yeux un mérite de plus, quand elle vit que tout cela ne nuisait point à la chaleur réelle de son cœur ni à la vivacité de ses sentiments. Elinor, pensait-elle, serait bien ingrate si elle n'aimait pas ce bon jeune homme autant qu'elle en est aimée. Mais Elinor ne pouvait avoir de tort ni de défaut dans l'esprit de sa mère ; elle n'avait donc point d'ingratitude et éprouvait aussi le sentiment qu'elle inspirait. Tous deux étaient égaux en vertus, en amour ; que fallait-il de plus ? Ils avaient été créés l'un pour l'autre ; et voilà sa vive imagination aussi certaine de leur mariage que si elle les avait vus devant l'autel.

– Dans quelques mois, ma chère Marianne, dit-elle un jour à sa deuxième fille, dans quelques mois, notre Elinor sera probablement établie pour la vie. Nous la perdrons, mais elle sera si heureuse !

– Ah, maman ! comment pourrons-nous vivre sans elle ? Elinor est notre âme, notre guide, notre tout dans ce monde.

– Ma chère enfant, ce sera à peine une séparation. Nous vivrons près d'elle et nous pourrons nous voir tous les jours ; vous gagnerez un second frère, un bon, un tendre frère ; j'ai la plus haute opinion d'Edward… Mais vous êtes bien sérieuse, Marianne, est-ce que vous désapprouvez le choix de votre sœur ?

– J'avoue, admit Marianne, que j'en suis du moins surprise. Edward est très aimable, et comme un ami je l'aime tendrement. Cependant, ce n'est pas l'homme… Il manque quelque chose… Sa figure n'est point remarquable ; il n'a point ces grâces, cet attrait, que je m'attendais à trouver chez l'homme qui devait s'unir à ma sœur. Ses yeux sont grands, ils sont beaux peut-être, mais ils n'ont pas ce feu, cette expression qui annoncent à la fois la sensibilité et l'intelligence, et qui pénètrent dans le cœur. D'un autre côté, maman, je crains qu'il n'ait pas ce goût des beaux-arts qui prouve une vraie sensibilité ; la musique a peu d'attrait pour lui, et bien qu'il admire beaucoup les dessins d'Elinor, ce n'est point l'admiration de quelqu'un qui s'y connaît. Il est évident que, malgré toute son attention pendant qu'elle dessine, il n'y entend rien du tout ; il admire au hasard plutôt son ouvrage que son talent, et comme un amoureux plutôt qu'en connaisseur. Pour me satisfaire il faudrait qu'il fût les deux. Je ne pourrais pas être heureuse avec un homme qui ne partagerait pas en tout point mes sentiments, mes goûts ; il faut qu'il voie, qu'il sente, qu'il juge exactement comme moi : la même lecture, le même dessin, la même musique doivent saisir au même instant deux âmes unies par une sympathie absolument nécessaire au bonheur. Ah, maman ! avez-vous entendu avec quelle monotonie, quel flegme, Edward nous lisait hier les vers délicieux de Cowper ? Je souffrais réellement pour ma sœur ; elle le supportait avec une douceur incroyable ! Moi, je pouvais à peine me contenir : entendre cette belle poésie qui m'a si souvent extasiée, l'entendre lire avec ce calme imperturbable, avec cette incroyable indifférence… Non, non, je ne concevrai jamais qu'on puisse aimer un homme qui lit de cette manière.

– Eh bien ! Ma chère Marianne, je ne sais pourquoi, cette manière me plaisait assez ; j'entendais mieux les pensées que lorsque vous déclamez si vivement. Edward prononce si bien, il a un si beau son de voix, tant de simplicité.

– Non, non, maman, ce n'est pas ainsi qu'on doit lire Cowper, et si Cowper ne le touche pas, c'est qu'il ne peut être touché. Elinor ne sent pas comme moi, sans doute, et peut-être, malgré cela, sera-t-elle heureuse avec lui. Pour ma part, je ne pourrais l'être avec quelqu'un qui met si peu de feu et de sentiment dans sa lecture. Ah ! maman, plus je connais le monde et plus je suis convaincue que je ne rencontrerai jamais un homme que je puisse réellement aimer : il me faut trop de choses. Je voudrais les vertus d'Edward, ma vive sensibilité, et par-dessus, toutes les grâces et toutes les perfections, dans la manière et dans l'extérieur : tout cela ne se trouvera jamais réuni.

– C'est difficile, il est vrai ; mais vous n'avez que dix-huit ans, ma chère enfant, il n'est pas encore temps de désespérer d'un tel bonheur. Vous venez de me tracer le portrait de votre père quand il m'offrit son cœur et sa main, et toujours il m'a paru aussi parfait. Pourquoi seriez-vous moins heureuse que votre mère ? Puisse seulement votre félicité sur la Terre être plus durable que la sienne.

Elles s'embrassèrent en versant des larmes, qui n'étaient pas sans douceur.

CHAPITRE 4

– Quel dommage, Elinor, dit Marianne à sa sœur, qu'Edward n'ait aucun goût pour le dessin !

– Aucun goût pour le dessin ! Pourquoi pensez-vous cela ? Il ne dessine pas lui-même, il est vrai, mais il a le plus grand plaisir à voir de bons ouvrages en dessin et en peinture, et il sait les admirer. Je vous assure même qu'il a beaucoup de goût naturel pour cet art, bien qu'il n'ait pas eu d'occasion de l'étudier. S'il l'avait entrepris, je crois qu'il aurait eu un vrai talent. Il se défie de son propre jugement en cela comme en toute autre chose et ne se hasarde pas à donner son point de vue, mais il a une disposition pour ce qui est beau et un goût simple et sûr qui le dirige très bien.

Elinor défendit son ami avec plus de vivacité qu'à l'ordinaire et Marianne, craignant de l'avoir offensée, ne dit plus rien contre le goût naturel d'Edward, sans en être toutefois convaincue. Cette froide approbation qu'il donnait aux talents, en en étant dépourvu lui-même, était trop loin de cet enthousiasme, de ces ravissements qui, dans son idée, étaient la marque certaine du goût. Cependant, en souriant intérieurement de l'aveugle présomption d'Elinor, elle s'en réjouit.

– J'espère, ma chère Marianne, continua Elinor, que vous ne croyez pas vous-même qu'Edward manque de goût ou de sensibilité ? Toute votre conduite avec lui est si parfaitement amicale ; et je sais que si vous aviez cette opinion de lui, à peine pourriez-vous prendre sur vous d'être polie.

Marianne ne sut que répondre : elle ne voulait pas blesser les sentiments de sa sœur, et dire ce qu'elle ne pensait pas lui était impossible. Après un instant de silence, elle lui répondit :

– Ne soyez pas offensée, chère Elinor, si mes éloges ne répondent pas exactement à l'idée que vous avez de son mérite. J'ai moins d'occasions que vous de discerner toutes ses qualités, de connaître ses inclinations, ses goûts, de lire dans son cœur et dans son esprit, mais je vous assure que j'ai la plus haute estime de sa bonté, de sa raison, de son bon sens, et je pense que personne n'est plus digne que lui d'inspirer une sincère amitié.

– En vérité, approuva Elinor en souriant, ses plus chers amis doivent être satisfaits de cet éloge et je ne vois pas ce qu'on pourrait y ajouter.

Marianne fut contente de ce que sa sœur était aussi vite apaisée.

– Il est impossible, reprit Elinor, lorsqu'on connaît Edward, lorsqu'on l'a entendu parler, de douter un instant de son jugement droit et de sa bonté. Ses excellents principes, son esprit même sont quelquefois voilés par son excessive timidité, qui le rend trop souvent silencieux. Vous, Marianne, vous le connaissez assez pour rendre justice à ses solides vertus, mais *ses goûts*, *ses inclinations*, comme vous les appelez, je conviens que vous avez eu moins d'occasions que moi de les distinguer dans les premiers temps de notre malheur. Vous vous êtes consacrée entièrement à notre bonne mère. Pendant que vous étiez ensemble, je l'ai vu chaque jour, j'ai discouru avec lui de plusieurs sujets, j'ai étudié ses sentiments et entendu ses opinions sur différents objets de littérature et de goût, et je puis vous assurer que je ne me hasarde point trop en vous disant qu'il a non seulement beaucoup d'instruction, mais un sentiment naturel très vif pour tout ce qui est digne d'admiration. Il a fait d'excellentes lectures avec beaucoup de plaisir et de discernement ; son imagination est vive, ses observations justes et correctes, et son goût délicat et pur. Son extérieur même gagne à être mieux connu. À la première vue, sa figure n'a rien de remarquable, à l'exception cependant de ses yeux qui sont très beaux, et de la douceur de sa physionomie, mais lorsqu'on le connaît mieux, on le juge bien différemment. Je vous assure qu'à présent, il me paraît presque beau, ou je lui trouve au moins plus de charme que s'il était beau. Qu'en dites-vous, Marianne ?

– Je dis que je le verrai bientôt plus que beau, si je ne le fais pas encore. Quand vous me direz, Elinor, de l'aimer comme un frère et qu'il fera votre bonheur, je vous promets de ne plus voir en lui aucun défaut.

Elinor rougit beaucoup à cette déclaration et fut fâchée contre elle-même de s'être trahie en parlant d'Edward avec tant d'ardeur. Elle sentait bien à quel point il l'intéressait ; elle était persuadée que cet intérêt était réciproque, mais elle n'en avait cependant pas une conviction assez forte pour que les propos de Marianne lui fussent agréables. Elle comprit fort bien les conjectures de sa mère et de sa sœur ; elle savait qu'avec elles tous les vœux étaient de l'espoir, et tout espoir certitude. Elinor avait à peine de l'espoir et voulut saisir cette occasion de dire à Marianne l'exacte vérité de sa situation.

– Je ne prétends point vous cacher quelle haute opinion j'ai de lui, lui confia-t-elle, je l'estime, il m'intéresse, mais…

– Estime, intérêt, interrompit vivement Marianne, insensible Elinor ! Ces expressions sont dictées par un cœur glacé ; répétez ces froides paroles et je vous quitte à l'instant.

Elinor ne put s'empêcher de rire.

– Excusez-moi, fit-elle, je n'ai pas, je vous assure, la moindre intention de vous chasser en vous parlant avec calme de mes sentiments. Croyez-les plus forts que je ne l'avoue, et tels que son mérite, et le soupçon, ou même l'espoir, de son affection pour moi, doivent me les inspirer, sans imprudence ou folie. Mais je vous prie de ne pas aller plus loin : je n'ai pas la moindre assurance de la nature de cette affection. Il y a des moments où son existence même me semble douteuse, et jusqu'à ce que les sentiments d'Edward me soient entièrement dévoilés, vous ne devez pas être surprise que j'évite de donner aux miens quelques encouragements, d'en parler avec exagération, de leur donner un autre nom que celui d'*intérêt* et d'*estime*. J'avoue que j'ai peu ou même point de doute sur sa préférence, mais il y a d'autres considérations à écouter ; il ne faut pas voir uniquement son inclination et la mienne. Il est loin d'être indépendant. Je ne connais pas sa mère, mais à en juger sur ce que dit Fanny, nous ne devons pas être disposées à la croire d'un caractère facile, et je serai fort surprise qu'Edward ne soupçonne pas de sa part beaucoup de difficultés, s'il voulait épouser une femme qui n'eût ni rang ni fortune. Peut-être est-ce là la vraie cause de son silence.

Marianne eut l'air très étonnée en apprenant combien l'imagination de sa mère et la sienne propre étaient allées au-delà de la vérité.

– Réellement, s'écria-t-elle, vous n'êtes pas engagés l'un à l'autre ? Mais du moins cela ne peut tarder et je trouve deux avantages à ce délai : je ne vous perdrai pas si tôt, et pendant ce temps-là, Edward prendra plus de goût pour votre occupation favorite, la peinture, où vous réussissez si bien ; votre talent doit développer le sien. Oh ! S'il pouvait être assez stimulé par votre génie pour parvenir à dessiner lui-même : c'est cela qui serait indispensable à votre bonheur. Imaginez, Elinor, combien vous seriez heureuse. Occupés de même, à côté l'un de l'autre, comme ce serait délicieux.

Elinor sourit.

– Il y aurait peut-être, répliqua-t-elle, jalousie de talents. J'aime autant que mon mari n'ait pas les mêmes, et qu'il aime à me lire, par exemple, pendant que je dessinerais.

Marianne allait ajouter quelque chose sur la lecture insipide des vers de Cowper, mais elle s'arrêta à temps et sortit de la chambre.

Elinor avait dit à sa sœur l'exacte vérité ; tout lui portait à croire qu'Edward l'aimait, excepté lui-même. Ému, ravi à côté d'elle, suivant tous ses pas, tous ses mouvements, écoutant chaque mot qu'elle prononçait, cent fois elle l'avait cru sur le point de lui faire l'aveu de son amour, mais cet aveu n'avait jamais été prononcé. Quelquefois, elle le voyait tomber dans un tel abattement qu'elle ne savait à quoi l'attribuer. Ce ne pouvait être à la crainte de n'être pas aimé : malgré sa prudence et sa retenue, Elinor était trop franche, trop sincère pour affecter une indifférence qui n'était pas dans son cœur ; elle lui témoignait assez d'intérêt pour le rassurer et lui laisser espérer d'obtenir un jour un sentiment plus tendre. Ce n'était donc pas la cause de sa tristesse ; elle en trouvait une plus naturelle dans la dépendance de sa situation, qui lui défendait de se livrer à un sentiment inutile. Elle savait que Mrs Ferrars n'avait jamais cherché à rendre sa maison agréable à son fils, ni à lui donner les moyens de s'établir ailleurs, et ne cessait de lui répéter qu'il devait chercher à augmenter sa fortune, et que la sienne était à cette condition. Il était donc impossible qu'Elinor fût tout à fait à son aise et qu'elle nourrît les mêmes espérances que sa mère et sa sœur. Et même, plus ils se voyaient, plus elle doutait que l'attachement d'Edward fût de l'amour. Elle croyait ne voir en lui que les symptômes d'une tendre et simple amitié.

Mais que ce fût amour ou amitié, c'était assez pour inquiéter Mrs John Dashwood, dès qu'elle s'en aperçut. Elle saisit la première occasion de parler devant sa belle-mère des grandes espérances de son frère, qui était soumis aux volontés d'une mère, des projets que celle-ci formait pour la réputation de ses fils et du danger extrême que courrait une jeune personne qui chercherait à attirer l'un d'eux dans quelque piège, et qui serait un obstacle aux vastes projets de leur mère. Mrs Dashwood ne put ni feindre de ne pas l'entendre, ni l'entendre avec calme ; elle répondit avec orgueil et dignité et quitta la chambre à l'instant, bien décidée à quitter aussi immédiatement une maison où sa chère Elinor était exposée à de telles insinuations, où l'on ne sentait pas tout ce qu'elle valait.

Elle allait en parler à ses filles et prendre des mesures pour leur prompt départ, sans savoir où aller, lorsqu'elle reçut par la poste une lettre qui contenait une proposition arrivée fort à-propos pour la tirer de sa peine. C'était l'offre d'une petite maison qu'on lui cédait à un prix très modéré et qui appartenait à un de ses parents, un baronnet, sir George Middleton, qui demeurait dans le Devonshire. La lettre était du baronnet lui-même, écrite avec la plus cordiale amitié. Il avait appris, disait-il, que ses cousines cherchaient une demeure simple et petite ; celle qu'il leur offrait n'était précisément qu'une « chaumière », mais si elles voulaient l'accepter, il l'arrangerait de manière qu'elle fût agréable et commode à habiter. Il pressait vivement Mrs Dashwood, après lui avoir donné une légère description de la maison et des environs, de venir avec ses filles à Barton Park, où il résidait. Là, elles pourraient juger si la « chaumière » de Barton pouvait leur convenir et décideraient les réparations nécessaires. Il paraissait désirer vivement de les installer dans son voisinage et son style amical et franc plut extrêmement à Mrs Dashwood. Celle-ci n'avait pas gardé de relation avec ce parent éloigné qui la traitait toutefois avec tant d'obligeance, pendant qu'elle souffrait de la froideur et de l'insensibilité d'une parente bien plus proche.

Elle n'eut pas besoin de beaucoup de temps pour délibérer ; sa résolution fut prise avant que la lettre fût achevée. La situation de Barton et la grande distance du Devonshire au Sussex, qui la veille encore aurait été un motif de refus, fut alors sa résolution. Quitter Norland n'était plus un malheur, c'était une bénédiction, et plus elle serait loin de sa méchante belle-fille, plus elle serait heureuse.

Elle écrivit donc sans différer à sir George Middleton toute sa reconnaissance pour ses bontés et sa prompte acceptation. Elle se hâta ensuite d'aller lire les deux lettres à ses filles, pour avoir leur approbation, avant d'envoyer sa réponse. Elinor avait toujours pensé qu'il serait plus prudent de s'établir à quelque distance de Norland ; elle fut donc loin de s'opposer au désir de sa mère d'aller en Devonshire. La simplicité de leur demeure, le peu d'argent qu'elle leur coûterait, le voisinage et la protection d'un bon parent, tout allait à merveille suivant les désirs de sa raison. Son cœur aurait voulu peut-être que la distance eût été moins grande, mais Elinor lui imposa silence, donna son plein consentement et prépara tout pour leur proche départ.

CHAPITRE 5

À peine la réponse fut-elle partie que Mrs Dashwood voulut se donner le plaisir d'annoncer à son beau-fils, et surtout à Fanny, qu'elle était pourvue d'une demeure et qu'elles ne les incommoderaient que peu de jours encore pendant qu'on préparait leur habitation. Fanny ne dit rien, son mari exprima seulement qu'il espérait que ce ne serait pas loin de Norland. Mrs Dashwood répondit d'un air de contentement que c'était en Devonshire. Edward, qui était présent, et déjà fort triste et silencieux, s'écria vivement avec l'expression de la surprise et du chagrin :

– En Devonshire, est-il possible ! Si loin d'ici ! Et dans quelle partie du Devonshire ?

Mrs Dashwood se fit fort d'expliquer la situation :

– Barton Park est à quatre miles de la ville d'Exeter, et la maison que mon cousin nous offre touche presque la sienne ; ce n'est, dit-il, qu'un cottage qu'il arrangera commodément pour nous ! J'espère que nos vrais amis ne dédaigneront pas de venir nous voir ; aussi petite que soit notre demeure, il y aura toujours de la place pour ceux qui ne trouveront pas la course trop longue.

Elle conclut en invitant poliment Mr et Mrs John Dashwood à lui rendre visite à Barton, et demanda la même chose à Edward d'une manière plus pressante et plus amicale. Malgré son dernier entretien avec Mrs John Dashwood qui l'avait décidée à quitter Norland, son espoir du mariage de sa fille aînée avec Edward n'avait pas du tout diminué. Elle croyait que l'amour du jeune homme et le mérite d'Elinor aplaniraient tous les obstacles, et elle était bien aise de montrer à sa belle-fille, en invitant son frère, que tout ce qu'elle avait dit là-dessus n'avait pas eu le moindre effet. Toutefois, elle attendait encore la conséquence de la promesse de John à son père, et du beau présent qu'il destinait sans doute à ses sœurs. Elle attendit en vain, il fallut se contenter de compliments très polis sur le regret d'être autant éloigné d'elles et sur le fait que cette grande distance le privait même du plaisir de leur être utile pour le transport de leurs meubles et de leurs coffres ; tout cela devrait être expédié par voie maritime. Mrs John Dashwood eut le chagrin de voir partir pour Barton les porcelaines et la vaisselle qu'elle convoitait. Cependant, ses belles-sœurs prièrent leur mère de lui laisser le beau service à déjeuner, qu'elle louait outre mesure, et qu'elle accepta comme quelque chose qui lui était dû.

Elle soupira encore à chaque objet de valeur qu'elle voyait empaqueter. « Il est bien dur, pensait-elle, que des personnes dont le revenu est si inférieur au mien aient une maison aussi bien fournie que la mienne. » Le piano-forte de Marianne, qui excellait avec cet instrument, était bien meilleur et plus beau que le sien ; elle en fit la remarque avec aigreur, et aurait volontiers accepté un échange, qui ne lui fut pas proposé. Il n'y eut que les livres d'études qu'elle vit partir sans regret ; elle en faisait peu d'usage, et son mari avait une belle bibliothèque, où il permit à ses sœurs de prendre quelques ouvrages favoris qui leur manquaient. Ce fut tout ce qu'elles eurent de lui, avec une légère invitation à différer leur départ autant que cela leur conviendrait.

– J'ai promis à mon père, dit-il avec quelque embarras, de vous aider dans toutes les occasions et je veux tenir ma promesse ; ainsi, vous pouvez rester chez moi jusqu'à ce que tout soit prêt à Barton pour vous recevoir.

Alors seulement, Mrs Dashwood comprit qu'elle n'avait plus rien à en attendre. Il lui offrit encore de lui acheter (très bon marché) les chevaux et le carrosse que son mari lui avait laissés et qui, argua-t-il, ne lui seraient d'aucune utilité, puisque sans doute elle n'aurait point d'équipage. Mrs Dashwood aurait voulu pouvoir lui répondre qu'à son âge elle pouvait encore moins s'en passer et qu'elle voulait l'emporter, mais la prudente Elinor lui fit sentir qu'un équipage consumerait la moitié au moins de leur revenu et ne convenait guère dans une simple petite demeure. Elle céda, ainsi que pour le nombre de leurs domestiques, qui fut fixé à trois femmes et un valet de chambre, qu'elles choisirent parmi leurs anciens serviteurs, qui tous auraient voulu les suivre. Le laquais et une des femmes furent envoyés avec les effets pour préparer la maison à recevoir leur maîtresse.

Comme lady Middleton était entièrement inconnue à Mrs Dashwood, celle-ci préféra aller directement s'établir au cottage, plutôt que d'être en visite au château de Barton Park. Il lui tardait à présent d'être chez elle ; elle ne voulait plus avoir d'obligation envers quiconque pour son entretien, elle se voyait en perspective heureuse, tranquille, n'entendant plus aucun propos désagréable, et ne regrettait plus aucune de ces jouissances de luxe. Comment aurait-elle envié quelque chose à son beau-fils, lui qui ne cessait de se plaindre des dépenses excessives que lui coûtait à présent l'entretien d'une grande maison et de nombreux domestiques ? Un homme riche, répétait-il, était condamné à avoir toujours sa bourse à la main, ce qui était très désagréable.

– Pauvre John ! disait Mrs Dashwood, il semble avoir bien plus d'envie d'augmenter son argent que d'en donner.

Le jour de leur départ arriva enfin, et quoique bien aise à quelques égards de s'éloigner de Norland, bien des larmes furent versées en le quittant.

– Cher, cher Norland, déclamait Marianne en se promenant seule la veille de son départ sur la pelouse devant la maison, demeure si longtemps celle du bonheur, quand cesserai-je de vous regretter ? Quand apprendrai-je à me trouver bien ailleurs ? Hélas ! Mes pieds ne fouleront plus ce gazon, mes yeux ne verront plus cette contrée où j'étais autrefois si heureuse ! Et vous, beaux arbres, je ne verrai plus le balancement de votre feuillage, je ne me reposerai plus sous votre bienfaisant ombrage : je pars, je vous quitte, et ici tout restera de même, aucune feuille ne séchera par mon absence, aucun oiseau n'interrompra son chant ; que vous importe qui vous voie, qui vous entende. Désormais, personne, non, personne au monde ne vous verra, ne vous entendra avec autant de plaisir que moi.

Ainsi Marianne attisait elle-même sa sensibilité et son chagrin et versait des larmes amères sur tout ce qu'elle laissait, pendant qu'Elinor, qui regrettait bien autre chose que des arbres et des oiseaux, s'efforçait de surmonter, ou du moins de cacher ses regrets pour ne pas affliger sa mère.

CHAPITRE 6

La première partie de leur voyage se passa dans une disposition mélancolique qui leur convenait trop bien pour être un sentiment pénible ; mais en avançant dans la contrée qu'elles devaient habiter, un intérêt, une curiosité bien naturelle eut raison de leur tristesse, et la vue de la charmante vallée de Barton la changea presque en gaieté. C'était un pays cultivé, agréable, bien boisé et riche en beaux pâturages. Après l'avoir traversé pendant un mile, elles arrivèrent à leur maison : une petite cour gazonnée la séparait du chemin et une jolie porte à claire-voie en fermait l'entrée. La maison, à laquelle sir George avait donné le nom trop modeste de « chaumière », n'était ni grande ni ornée, mais commode et bien arrangée. Le bâtiment était régulier, le toit non point couvert en chaume, mais en belle ardoise, les contrevents n'étaient pas peints en vert, ni les murailles couvertes de chèvrefeuille ; elle avait plutôt l'air d'une jolie ferme ou d'un cottage. Une allée au rez-de-chaussée traversait la maison et conduisait de la cour au jardin. De chaque côté de l'entrée, il y avait deux chambres d'environ seize pieds carrés, et derrière se trouvaient la cuisine et les escaliers ; quatre chambres à coucher et deux cabinets dans le haut formaient le reste de la maison, laquelle était de construction récente et très propre. En comparaison de l'immense château de Norland, c'était sans doute une chétive demeure, mais si ce souvenir fit couler quelques larmes, elles furent bientôt séchées. En entrant dans la maison, chacune d'elles s'efforça de paraître heureuse et contente, et bientôt elles le furent en effet ; la joie avec laquelle leurs bons domestiques les reçurent, en les félicitant de leur heureuse arrivée dans cette jolie habitation, dont ils étaient enchantés, se communiqua à leur cœur. Au grand château de Norland, ils étaient confondus dans le nombre des serviteurs ; dans cette petite maison, plus proches de leurs maîtresses, ils devenaient presque des amis. La saison aussi contribuait à égayer leur établissement ; on était au commencement de septembre, le temps était beau et serein, ce qui n'est point indifférent. Un beau jour, un ciel pur et sans nuage répand un charme de plus sur les objets qu'on voit pour la première fois ; on reçoit d'abord une impression favorable qui ne s'efface plus ensuite.

La situation de la maison était charmante. Des collines s'élevaient immédiatement derrière et la protégeaient du vent du nord ; des deux côtés s'étendaient des plaines, les unes ouvertes et cultivées, d'autres boisées. Le beau village de Barton était situé sur une de ces collines et constituait une vue très agréable des fenêtres de la maison ; au devant, le regard portait plus loin, sur la vallée entière, et même la contrée voisine. Les collines proches de la chaumière terminaient le vallon dans cette direction ; de l'autre côté, il s'étendait au-delà et se laissait apercevoir entre les deux pentes des collines les plus escarpées, ce qui formait en face du cottage un point de vue enchanteur.

Mrs Dashwood fut d'abord très satisfaite de la maison sous tous les rapports. Ce qui aurait manqué à quelqu'un accoutumé à plus de grandeur et d'élégance était pour elle une source de jouissances. Un de ses plus grands plaisirs était d'augmenter et d'embellir son habitation, et puisqu'elle venait de vendre son équipage et quelques meubles de trop, elle avait de l'argent pour suppléer les défauts de ces appartements.

– Pour la maison elle-même, disait-elle, il est sûr qu'elle est trop petite pour notre famille, mais nous tâcherons de nous en accommoder pour le moment ; la saison est trop avancée pour rien entreprendre. Mais si j'ai assez d'argent au printemps, et j'ose répondre que j'en aurai, nous pourrons alors penser à bâtir : ces chambres ne sont, ni l'une ni l'autre, assez grandes pour y rassembler tous les amis qui viendront chez moi, comme je l'espère ; mais j'ai dans l'esprit de réunir ce passage, et même une partie de l'une des chambres avec l'autre, pour avoir un joli salon. Le reste servira d'antichambre en ajoutant une aile à la maison ; on aurait de plus dans le bas un petit salon lorsqu'on n'est qu'en famille : au-dessus, une chambre à coucher, une de domestique dans la mansarde, et nous aurons alors une charmante petite maison. Il serait à souhaiter aussi que l'escalier fût plus beau, mais on ne peut pas tout avoir, quoique je suppose qu'il ne serait pas difficile de l'élargir. Enfin, nous verrons ce que j'aurai devant moi au printemps et je m'arrangerai en conséquence pour mon plan.

En attendant que ces réparations pussent se faire, sur un revenu de cinq cents livres pour chacune, elles qui n'en avaient jamais économisé une de leur vie furent assez sages pour se contenter de la maison telle qu'elle était. Elinor laissa sa mère s'amuser de ses projets et, sans la contredire, se promit bien qu'ils ne seraient pas exécutés. Chacune s'installa de son mieux ; leurs livres et leurs jolis meubles furent agencés de la manière la plus commode pour en jouir à chaque instant. Le piano de Marianne trouva place dans la chambre qui prit le nom de salon et les beaux dessins d'Elinor en ornèrent les murs recouverts d'un simple papier uni avec une jolie bordure.

Elles étaient ainsi affairées lorsqu'elles furent interrompues par la visite du propriétaire, sir George Middleton, qui venait leur souhaiter la bienvenue et leur offrir tout ce qui pourrait leur être utile dans les premiers moments ; tout ce qu'il y avait dans sa maison et dans ses jardins était à leur service. Il connaissait déjà Mrs Dashwood, lui ayant précédemment rendu une visite à Stanhill, mais il y avait trop longtemps pour que ses jeunes cousines pussent se rappeler de lui. C'était un homme d'environ quarante ans, d'une belle et bonne figure ; sa physionomie respirait la joie et la santé, sa manière franche et amicale ressemblait au style de ses lettres. L'arrivée de ses parentes paraissait lui causer la plus grande satisfaction, et leur félicité lui donner une réelle sollicitude. Il exprima avec une extrême cordialité son désir de vivre ensemble en bons voisins, amis et parents, et les pressa si instamment de venir dîner tous les jours chez lui jusqu'à ce que leur installation fût terminée que, quoiqu'il insistât un peu au-delà de la politesse, elles ne purent en être offensées ni s'y refuser.

Sa bonté n'était pas seulement en paroles, car une heure après son départ, elles reçurent un panier plein de beaux fruits et de bons légumes, lequel fut suivi avant la fin du jour d'un présent de gibier. Il insista aussi pour faire chercher ou envoyer leurs lettres à la poste avec les siennes et leur faire passer chaque jour son journal pour qu'elles pussent lire les nouvelles.

Lady Middleton avait envoyé par son mari un message fort poli : son intention, disait-elle, était de les voir dès qu'elle serait sûre de ne pas les embarrasser ; et comme la réponse tout aussi polie témoignait de l'impatience de faire sa connaissance, Milady fit son apparition au cottage le jour suivant.

Mrs Dashwood et ses filles avaient en effet assez de curiosité de voir une personne qui aurait autant d'influence sur leur agrément quotidien, et la première apparence leur fut on ne peut plus favorable. Lady Middleton n'avait que vingt-six ou vingt-sept ans; elle était belle, ses traits étaient réguliers, sa figure gracieuse, sa taille élégante et élancée et son maintien plein de grâce était fort plaisant. Elle avait toute la mesure et l'élégance dont sir George était dépourvu, mais on regretta bientôt qu'elle n'eût pas un peu de sa franchise. Sa visite fut assez longue pour diminuer peu à peu l'admiration que son premier abord avait suscité. Elle était sans doute parfaitement bien élevée, mais froide, réservée, sans aucune souplesse, et sa conversation, en très bons termes et très soignée, était aussi très insipide et n'allait pas au-delà des lieux communs.

L'entretien cependant se soutint assez bien, grâce au babil ininterrompu de sir George et au soin que lady Middleton avait eu d'amener son fils aîné, un beau petit garçon de six ans, qui dans un pareil cas est un sujet inépuisable, lorsqu'on n'en a pas d'autre à traiter. On s'informe de son âge, de son nom, on admire sa beauté, on le trouve grand ou petit pour son âge, on lui pose des questions auxquelles sa mère répond pour lui, pendant que l'enfant, penché sur elle, chiffonne sa robe, baisse sa tête et ne dit mot, à la grande surprise de sa maman, qui s'étonne de sa timidité en public et raconte combien il est bruyant à la maison et toutes ses gentillesses. Dans les visites solennelles, un enfant devrait être de la partie, comme une provision de discours. Dans celle-ci, dix minutes au moins furent employées à déterminer si le petit ressemblait à son père ou à sa mère, en quoi il leur ressemblait : chacun était d'un avis différent, ce qui anima encore l'entretien.

Elles eurent bientôt l'occasion de discuter des autres enfants, milady en avait quatre, et sir George ne voulut pas partir sans avoir leur promesse de venir dîner à Barton Park le lendemain.

CHAPITRE 7

Barton Park était tout au plus à un demi-mile du cottage ; les quatre dames étaient passées très près en traversant la vallée, mais une colline l'avait dérobé à leur vue. Le bâtiment était grand et beau, tel que doit l'être la demeure d'un riche gentilhomme qui fait un bel usage de sa fortune et qui reçoit chez lui avec hospitalité et élégance : la première était la prérogative du baronnet, et la seconde de sa femme. Sir George tenait à avoir toujours sa maison remplie de ses amis et de ses connaissances, et lady Middleton à ce que sa maison fût citée comme la plus raffinée de tout le comté. La société leur était nécessaire à tous deux, quoique leur manière de recevoir fût très différente ; ils avaient cependant en commun le manque total de talents et de moyens pour employer leur temps dans la retraite. Sir George n'était qu'un bon vivant et un habile chasseur, et sa femme une belle dame et une mère faible, sans autre occupation que d'arranger avec élégance ses chambres et sa personne et de gâter ses enfants d'un bout à l'autre de l'année. Les plaisirs de sir George étaient plus variés : tantôt il chassait le renard, tantôt il tuait du gibier pour sa table et celle de ses amis, tantôt il recevait du monde chez lui, tantôt il allait en chercher ailleurs. Jamais ils n'étaient seuls en famille, et ce mouvement continuel du grand monde avait l'avantage d'entretenir la bonne humeur du mari, de développer les talents de la femme pour une bonne tenue de maison, et de cacher leur ignorance et le rétrécissement de leurs idées.

Lady Middleton était ravie lorsqu'on vantait l'ordonnance de sa table, la recherche de ses meubles et la jolie figure de ses enfants ; elle ne demandait pas d'autre jouissance. Il fallait de plus à sir George que la compagnie qu'il rassemblait s'amusât beaucoup, ou du moins en eût l'air ; plus son salon était rempli de jeunes gens bien gais, plus on y faisait de bruit, plus il était content. C'était une bénédiction pour toute la jeunesse du voisinage, à laquelle il ne cessait de donner des plaisirs. Pendant l'été, il organisait continuellement de charmantes parties de campagne, des haltes de chasse dans ses bois, des promenades à cheval, en phaéton, et dès l'hiver commencé, les bals étaient assez fréquents chez lui pour satisfaire les danseurs les plus intrépides, à la tête desquels il se trouvait encore avec l'ardeur et la gaieté de ses vingt ans.

L'arrivée d'une nouvelle famille dans les environs lui procurait toujours une grande joie, surtout s'il y avait des jeunes gens en âge d'augmenter le nombre de ses convives, de sorte qu'il fut enchanté des nouveaux habitants de sa jolie « chaumière ». Trois charmantes jeunes filles, simples, naturelles, n'ayant aucune prétention, aucune affectation ; une mère bonne, indulgente, qui n'avait pas de plus grands plaisirs que ceux de ses enfants : c'était vraiment une acquisition précieuse. Elles avaient également pour lui un mérite de plus, celui d'avoir été malheureuses par le changement subit de leur situation. Son bon cœur recueillait une satisfaction réelle à établir ses cousines près de lui et à leur rendre la vie assez douce pour qu'elles n'eussent aucun regret de leur opulence passée. « Elles auront, pensait-il, une aussi bonne table et plus d'amusement qu'elles n'en avaient dans leur grand château pendant la vie de leur oncle, et sans doute elles trouveront qu'un joyeux cousin vaut encore mieux. »

Dès qu'il les vit de sa fenêtre arriver à Barton Park, il courut pour les introduire dans sa demeure, où il les reçut avec sa bonhomie et sa gaieté ordinaires, en leur disant qu'il espérait qu'elles y viendraient presque tous les jours.

– Je n'ai qu'un chagrin, leur avoua-t-il, en les conduisant au salon, c'est de ne pas avoir pu donner de jeunesse aujourd'hui à mes petites-cousines ; on aurait pu danser un peu dans la soirée, et à votre âge cela fait toujours plaisir. J'ai couru ce matin chez plusieurs de mes voisins dans l'espoir d'avoir un nombreux rassemblement, mais mon malheur a voulu qu'ils fussent tous engagés ; vous voudrez bien m'excuser cette fois, cela n'arrivera plus, je vous le promets. Vous rencontrerez donc seulement aujourd'hui un gentilhomme de mes intimes amis, qui passe quelque temps à Barton Park, mais qui n'est malheureusement ni bien jeune, ni bien gai. Je redoutais le moment où nous n'aurions absolument que lui, heureusement Mrs Jennings, la mère de ma femme, est arrivée il y a une heure pour passer quelque temps avec nous, et celle-là est aussi gaie, aussi animée, aussi agréable que si elle n'avait que dix-huit ans. Ainsi, j'espère que mes jeunes cousines ne s'ennuieront pas trop. Mrs Dashwood trouvera là une bonne-maman avec qui elle pourra s'entretenir, et demain tout ira mieux et nous serons plus nombreux.

Elles l'assurèrent toutes les trois qu'elles étaient enchantées qu'il n'y eût pas plus de monde, et qu'elles n'en désiraient pas davantage.

Mrs Jennings, la mère de lady Middleton, était une femme entre deux âges, avec assez d'embonpoint, aussi gaie que son gendre, parlant beaucoup et ayant l'air si contente, si heureuse, si amicale, qu'on était d'emblée avec elle aussi à son aise qu'avec une ancienne connaissance ; sa manière était un peu commune et contrastait plaisamment avec celle de sa fille. Elle discuta d'abord sur le ton de la plaisanterie avec les jeunes Dashwood ; elle leur parla d'amour, de mariage, leur demanda si elles avaient laissé leur cœur dans le Sussex et prétendit les avoir vues rougir.

Marianne souffrait pour sa sœur et la regardait de sorte qu'elle l'embarrassa beaucoup plus que les railleries de Mrs Jennings.

Le colonel Brandon, l'ami de sir George, ne lui ressemblait pas plus que lady Middleton ne ressemblait à sa mère. Il était grave et silencieux ; sa figure n'avait rien de déplaisant, malgré l'opinion de Marianne, qui lui trouvait, dit-elle, toute la mine d'un vieux célibataire ; il n'avait cependant que trente-cinq ans, mais c'était être vieux en effet pour une jeune fille de dix-huit ans. D'ailleurs, le soleil de l'Inde, où il avait séjourné longtemps et fait la guerre, avait bruni son teint, ce qui, avec sa gravité, lui donnait l'air plus âgé. Mais, s'il n'était pas beau, sa physionomie avait quelque chose de sensible, qui le rendait intéressant, et toute sa manière avait de la noblesse. Il plut beaucoup à Elinor, quoiqu'il fît peu attention à elle et qu'il regardât souvent Marianne, dont la figure était plus frappante. Il parla fort peu, mais son silence même et son sérieux étaient plus agréables aux dames Dashwood que les plaisanteries un peu trop familières de Mrs Jennings, la joie un peu trop bruyante de son gendre et la froide insipidité de lady Middleton, qui ne se préoccupait que du service de sa table. Ses idées prirent un instant un autre cours à l'entrée bruyante de ses quatre enfants, qui se jetèrent tous en même temps sur elle, déchirèrent sa robe, se disputèrent, pleurèrent, firent un tapage affreux, et occupèrent à eux seuls la compagnie pendant le temps qu'ils en firent partie. À défaut d'autres amusements, leur père joua avec eux, et l'on n'eut de repos que lorsque l'heure de leur coucher arriva.

Dans la soirée, on découvrit que Marianne était musicienne et on la pria de se mettre au piano ; l'instrument fut ouvert et chacun l'entoura en préparant d'avance ses éloges. On la pria de chanter, ce qu'elle fit très bien, et à la requête de sir George, elle chanta à livre ouvert un épithalame dont on avait composé la musique et les paroles pour son mariage, et qui depuis lors était resté dans la même position sur le piano. Lady Middleton raconta que le jour de ses noces, elle avait donné un beau concert très bien exécuté ; sa mère ajouta qu'elle avait beaucoup de talent et que c'était fort dommage qu'elle l'eût négligé. Lady Middleton répondit d'un ton glacé qu'elle aimait la musique avec passion, mais qu'une maîtresse de maison, une mère de famille, n'avait plus un seul moment à y consacrer.

Le jeu de Marianne fut largement applaudi, mais sir George exprimait son admiration si haut et frappait si fort des mains, même pendant le chant, qu'on put à peine l'entendre. Lady Middleton lui imposait silence, s'étonnait qu'on pût dire un mot quand on écoutait une musique aussi délicieuse qui captivait toute son attention et demandait ensuite à Marianne un air qu'elle venait de finir, sans que lady Middleton l'eût remarqué. Mrs Jennings aussi fut très vive dans ses applaudissements ; mais on voyait que, sans s'y connaître du tout, elle était vraiment amusée et contente et qu'elle voulait encourager la jeune musicienne. Le colonel Brandon seul fit peu d'éloges, mais il avait l'air ému. Marianne le remarqua au son de sa voix, lorsqu'il lui adressa un léger compliment, et lui en fut plus reconnaissante que s'il avait exprimé, comme les autres, un ravissement exagéré et sans goût ni connaissance de l'art. Elle vit qu'il aimait réellement la musique pour la musique elle-même, et s'il n'y mettait pas l'enthousiasme qui pouvait répondre au sien, elle n'en accusa que son âge.

— Il sent encore, confia-t-elle plus tard à sa sœur, le charme d'une bonne musique, mais il n'en est plus transporté comme on l'est dans la jeunesse. C'est bien certain, on se calme avec les années, et moi-même, si j'arrive à trente-cinq ans, je deviendrai peut-être plus raisonnable, mais il y a encore bien du temps jusqu'à ce que j'aie atteint et l'âge et la froideur du bon colonel Brandon.

CHAPITRE 8

Mrs Jennings était veuve d'un homme qui avait fait fortune dans le commerce ; elle en gardait une rente importante et deux filles riches et jolies, qui furent bientôt installées. Elle venait de marier la cadette depuis quelques mois et n'avait plus rien à faire que de marier le reste du monde car, selon elle, il n'y avait de bonheur sur la Terre que dans un bon mariage. D'après cette opinion, et la bonté de son cœur, elle n'était occupée qu'à projeter des noces entre les jeunes gens de sa connaissance ; elle y mettait un zèle et une activité extrêmes et faisait tout ce qui dépendait d'elle, pour mener, disait-elle, « les choses à bien ». Elle avait une habileté remarquable pour découvrir les attachements réciproques, même avant ceux qui devaient les éprouver ; elle avait plus d'une fois pris la rougeur de la vanité pour celle de l'amour, en chuchotant à l'oreille d'une jeune personne que monsieur Untel avait une ardente passion pour elle, qu'elle en était sûre, etc., etc. Le jour même de son arrivée, en suivant les regards du colonel Brandon et en l'examinant pendant que Marianne chantait, elle eut aussitôt la certitude qu'il en était passionnément amoureux. Le deuxième jour la conforta dans cette idée. Il ne lui parlait point et la regardait souvent, il ne louait pas son chant, mais il écoutait avec attention, des signes d'amour. Une fois, elle avait entendu un soupir étouffé, elle en était sûre, et alors il n'y eut plus le moindre doute. « Ce sera, décréta-t-elle, un charmant mariage des deux côtés, car il est riche et elle est belle. » Depuis que Mrs Jennings avait appris à connaître le colonel chez son gendre, elle avait un vif désir de lui trouver une épouse, et dès qu'elle voyait une jeune fille, elle avait envie de lui procurer un bon mari. Elle trouvait ici une double jouissance, dans le plaisir de railler le colonel quand il était à Barton Park et Marianne quand elle allait au cottage. Le colonel répondait peu de choses, peut-être était-il flatté, peut-être indifférent ; mais Marianne ne comprit pas d'abord ce que Mrs Jennings voulait dire. Quand enfin cette dernière se fut expliquée plus clairement, elle ne sut si elle devait rire de cette absurdité ou se mettre en colère de ce qui lui paraissait une impertinence ; non pas pour elle – il lui était assez égal d'avoir fait ou non la conquête du vieux colonel –, mais elle trouvait mauvais qu'on ne respectât pas son âge, et croyait que les railleries de Mrs Jennings ne pouvaient porter que sur lui.

– Ce n'est peut-être pas la faute de ce bon colonel s'il n'est pas marié, disait-elle à sa mère et à sa sœur, et c'est bien mal à Mrs Jennings de se moquer ainsi de lui.

Mrs Dashwood, qui n'avait que cinq ans de plus que le colonel, ne le trouvait pas aussi vieux qu'il le paraissait à la jeune imagination de sa fille. Aussi voulut-elle racheter Mrs Jennings de l'intention de jeter du ridicule sur son âge.

– Mais, maman, dit Marianne, vous ne pouvez nier l'absurdité de cette accusation, et si ce n'est par méchanceté, c'est du moins par profonde bêtise. Le colonel Brandon est peut-être un peu moins âgé que Mrs Jennings, mais il est assez vieux pour être mon père. Et même en supposant qu'un homme puisse encore être amoureux à son âge, ce ne pourrait être le colonel, qui a l'air si grave, si sérieux, et qui sent déjà les infirmités de la vieillesse.

– Les infirmités ! s'écria Elinor ! D'où tenez-vous cela, Marianne ? Le colonel Brandon infirme ! Je peux aisément comprendre qu'il vous paraisse plus vieux qu'à notre mère, mais pas que vous le trouviez infirme ; il a l'air en parfaite santé.

– Ne l'avez-vous pas entendu se plaindre hier de rhumatisme ? N'est-ce pas la maladie la plus commune aux vieillards ? N'a-t-il pas dit qu'il voulait mettre une veste de flanelle ? Et la flanelle ne vous présente-t-elle pas l'idée de la vieillesse et de tous les maux qui en sont la suite ? Pour ma part, je le vois d'abord avec la veste de flanelle, la crampe, la goutte, les douleurs, le rhumatisme, et tout ce qui s'ensuit.

– S'il s'était plaint d'un violent accès de fièvre, Marianne, vous auriez trouvé au contraire que cela lui aurait ôté bien des années. Convenez qu'il y a quelque chose de très intéressant dans un accès de fièvre ? Ces yeux brillants, ces joues colorées, ce mouvement accéléré du pouls vous plairaient beaucoup plus qu'un léger rhumatisme à l'épaule, dont le colonel se plaignait hier par un jour froid et humide.

Marianne sourit d'abord de ce badinage, puis tomba dans la rêverie. Un instant après, elle demanda à sa sœur un livre que celle-ci avait dans sa chambre. Elinor sortit pour aller le chercher ; dès qu'elle fut dehors, Marianne s'approcha vivement de sa mère.

– J'ai pris ce prétexte de renvoyer Elinor, lui confia-t-elle, pour vous entretenir d'une crainte qui m'a saisie tout à coup quand elle a parlé de fièvre. Je suis sûre qu'Edward Ferrars est très malade, ne le pensez-vous pas aussi ? Voici quinze jours que nous sommes ici et il n'y a pas encore paru : rien d'autre qu'une maladie sérieuse ne peut expliquer ce retard. Qu'est-ce qui pourrait le retenir à Norland quand Elinor est ici ? Je ne comprends pas qu'elle ne soit pas aussi malade d'inquiétude.

– Aviez-vous donc quelque idée qu'il dût venir aussitôt ? répondit Mrs Dashwood. Je ne le croyais pas, bien au contraire. Si j'avais eu quelque inquiétude quant à lui, ç'aurait été plutôt en me rappelant qu'il n'a pas eu beaucoup d'empressement à accepter mon invitation quand je l'ai prié de venir nous voir. Est-ce donc qu'Elinor l'attendait déjà ?

– Nous n'en avons point parlé, maman, mais il me semble que cela va sans dire.

– Moi, je crois, ma fille, que vous vous trompez. Je lui parlais hier de quelques petites réparations à faire à la chambre destinée aux visiteurs, elle a observé que rien ne pressait et que cette chambre ne serait pas occupée avant longtemps.

– C'est bien singulier ! s'étonna Marianne. Que peuvent-ils bien avoir en tête ? Au reste, toute leur conduite est inexplicable d'un bout à l'autre. Si vous aviez vu la froideur de leur dernier adieu, si vous aviez entendu comme leur entretien était simple et presque languissant la dernière soirée. Edward n'a mis aucune distinction dans ses adieux à Elinor et à moi ; c'étaient pour toutes deux les bons souhaits d'un frère attentionné, et rien, rien de plus pour elle. Quelquefois je les laissais exprès, croyant peut-être qu'ils étaient gênés par ma présence ; eh bien, croiriez-vous qu'il restait près d'elle ? Il sortait avec moi, ou immédiatement après. Et Elinor ! Elle n'a même pas pleuré autant que moi en quittant Norland, et actuellement elle a tout à fait l'air consolée. La voit-on abattue, mélancolique ? Cherche-t-elle à éviter la société ? Paraît-elle seulement distraite ou rêveuse ? Non, maman, je ne sais plus qu'en penser, elle déroute toutes mes convictions sur l'amour.

– Et les miennes aussi, reconnut Mrs Dashwood. Mais Elinor est si sage, si raisonnable, que nous ne pouvons pas nous permettre de la condamner.

CHAPITRE 9

La famille Dashwood était désormais tout à fait établie à Barton et s'y trouvait mieux de jour en jour. Leur habitation simple et commode, leur petit jardin, tout ce qui les entourait leur était devenu familier ; et leurs occupations journalières, qui avaient tant d'attrait pour ces jeunes personnes à Norland avant la mort de leur bon père, et qui depuis ce triste événement avaient été délaissées, retrouvaient tout leur charme en ces lieux. La mère et les trois filles n'éprouvaient que des sentiments doux et consolants et ne cessaient de se féliciter de leur changement de demeure. Sir George Middleton venait les visiter tous les matins, et n'ayant pas l'habitude de voir sa femme occupée à rien d'agréable ou d'utile, il ne pouvait assez s'étonner de les trouver toujours à travailler ou à étudier. Elles n'avaient presque pas d'autres visites que la sienne ; car malgré ses sollicitations réitérées de leur faire faire connaissance avec tout son voisinage, en leur disant que son équipage serait toujours à leur service, l'esprit indépendant de Mrs Dashwood s'y était absolument refusé et l'avait emporté même sur son désir de divertir ses filles. Elle déclara fermement qu'elle ne verrait que les personnes chez qui elle pourrait aller à pied en se promenant. Le nombre de celles-là était fort limité, et même la maison la plus proche du cottage, après Barton Park, ne leur offrait pas de possibilité de société. Dans une de leurs excursions du matin, les jeunes filles avaient découvert, environ à un mile et demi de la maison, dans l'étroite et charmante vallée d'Allenham, qui suivait celle de Barton, un ancien et respectable château, qui, en leur rappelant celui de Norland, piqua leur imagination et leur curiosité. Elles s'informèrent de son propriétaire et apprirent avec regret que c'était une dame âgée, d'un excellent caractère, nommée Mrs Smith, mais malheureusement trop infirme pour être en société, qu'elle ne sortait jamais de chez elle et n'y recevait personne.

Toute la contrée abondait en promenades délicieuses et variées. La vallée offrait dans les jours de chaleur des ombrages frais, et de presque toutes les fenêtres de la maison l'on voyait des collines qui invitaient à aller respirer sur leur sommet un air pur et vivifiant et admirer les plus beaux points de vue. Il avait plu pendant deux jours et les habitantes du cottage avaient été retenues chez elles. Dans la matinée du troisième jour, le temps était encore incertain, mais Marianne, ennuyée de la retraite, voulut faire une promenade – on apercevait quelques rayons de soleil à travers des nuages pluvieux. Mrs Dashwood et Elinor refusèrent de l'accompagner ; l'une préféra ses livres, l'autre, ses pinceaux, au danger d'être mouillées. Marianne persista, assura que le temps serait parfait au haut de la colline et, prenant sous le bras sa petite sœur Margaret, toujours en train de courir, elles empruntèrent le chemin de la colline la plus proche. Elles la montèrent gaiement, riant de la peur de leur maman et de leur sœur Elinor, se félicitant d'avoir eu plus de courage, admirant comme le ciel devenait bleu, comme l'herbe et le feuillage étaient verts et rafraîchis, comme un air agréable soufflait autour d'elles.

– Non, affirma Marianne, il n'y a point au monde de félicité supérieure ! Margaret, si tu le veux, nous nous promènerons au moins pendant deux heures.

– De tout mon cœur, répondit la petite, et je plains bien Elinor et maman de n'être pas avec nous.

Ainsi, s'encourageant l'une l'autre, elles poursuivirent leur route, quoique le ciel commençât de s'obscurcir et le vent d'être plus fort, quand soudainement les nuages réunis au-dessus de leur tête fondirent en eau et qu'une averse tomba sur elles.

Surprises et chagrines, elles s'arrêtèrent ; pas un arbre, pas un abri ! Elles étaient alors au-dessus de la colline et la maison la plus proche était la leur.

– Nous serons bientôt en bas, décida Margaret en se mettant à courir, on descend bien plus vite qu'on ne monte. Viens, Marianne, prenons le sentier qui mène directement devant notre porte.

Marianne s'élança à son tour et, dans leur robe blanche, descendant aussi rapidement, elles devaient ressembler, à quelque distance, aux boules de neige qui commencent les avalanches. Marianne était sur le point de rejoindre sa sœur, lorsqu'un faux pas sur cette pente rapide et glissante la fit tomber. Margaret la vit à terre, entendit son cri, mais, involontairement entraînée par la vitesse de sa course, il lui fut impossible de s'arrêter pour aller à son secours. Elle arriva saine et sauve au bas de la colline et courut jusqu'à la maison, pour que leur domestique vienne soutenir sa sœur, si par malheur elle ne pouvait pas marcher seule.

Un gentilhomme avec un fusil et suivi de deux chiens passait sur la colline et se trouvait à vingt pas de Marianne quand son accident se produisit ; il jeta son fusil et se précipita pour l'aider à se relever. Elle-même l'avait essayé, mais son pied s'était tordu et elle s'était fait une telle entorse qu'il lui était impossible de rester debout. Elle venait de retomber encore et paraissait souffrir beaucoup quand le chasseur arriva près d'elle. Il lui offrit ses services ; mais voyant que sa modestie refusait ce que sa situation rendait nécessaire, il la souleva dans ses bras sans qu'elle pût s'en défendre, et d'un pas sûr et ferme, quoique très prompt, il la porta au bas de la colline. La barrière de leur jardin n'était qu'à quelques pas, Margaret l'avait laissée ouverte. Il entra, traversa rapidement le jardin, suivant immédiatement Margaret qui tenait la porte de la chambre ; il y porta Marianne et ne la quitta que quand il l'eût placée dans un fauteuil.

Elinor et sa mère se levèrent très surprises lorsqu'ils entrèrent, elles ne comprenaient rien à ce qu'elles voyaient. Margaret et le beau jeune homme (car il était jeune et beau) parlaient en même temps, tandis que Marianne demeurait silencieuse, à cause de la douleur et de sa confusion face à la manière dont elle avait été amenée ici. Mrs Dashwood fit taire Margaret, et l'« ange gardien » de Marianne (car il ressemblait vraiment à un ange), tout en s'excusant de la façon dont il s'était introduit, raconta ce qui en était la cause, avec tant de grâce et de sensibilité que l'admiration déjà suscitée par une figure d'une beauté remarquable redoubla encore par le son de sa voix et par son expression. Aurait-il été vieux, laid et d'un visage commun, la reconnaissance de Mrs Dashwood aurait été la même pour le service rendu à son enfant chéri, mais l'influence de la jeunesse, de la beauté, de l'élégance donna un intérêt de plus à cette action, et réveilla tous ses sentiments.

Elle le remercia mille et mille fois, et avec la douceur et la politesse qui la caractérisaient, elle l'invita à s'asseoir. Mais il s'y refusa absolument, étant très mouillé et pensant que la malade avait besoin de soins, que sa présence retardait peut-être. Il prit congé de ces dames ; Mrs Dashwood n'insista pas, mais le pria de lui faire au moins connaître à qui elle avait cette obligation. Il répondit que son nom était Willoughby et sa demeure actuelle le château d'Allenham, qu'il espérait qu'on lui permettrait de venir le lendemain s'informer du pied foulé de miss Dashwood, ce qui lui fut accordé avec plaisir. Il partit alors, et, pour se rendre encore plus intéressant, sous des torrents de pluie.

Aussitôt, le pied de Marianne fut pansé, et tout en le soignant, la discussion ne tarit pas sur lui. C'était à laquelle admirerait le plus sa figure mâle et d'une beauté peu commune, la grâce et la noblesse de son maintien, le choix de ses expressions, sa galanterie chevaleresque avec Marianne, que ses sœurs raillèrent un peu pour son embarras d'avoir été enlevée par un être qu'à sa beauté, elle aurait pu prendre pour le chasseur Endymion ou pour Adonis. Marianne l'avait beaucoup moins regardé que les autres ; émue, interdite et de sa chute et de la manière dont elle était revenue chez elle, elle cachait avec sa main, sur laquelle elle s'appuyait, la rougeur de ses joues. Mais elle l'avait assez vu pour joindre ses éloges à ceux de sa famille, avec ce feu, cette vivacité qui embellissaient tous ses discours. Elle avoua que c'était précisément là l'idéal qu'elle s'était toujours formé d'un héros de roman, et que dans son geste à l'emporter si promptement sans lui donner, ni se donner à lui-même le temps de la réflexion, il y avait une rapidité de pensée qui lui plaisait extrêmement. Chaque circonstance qui lui était relative était intéressante ; son nom était bon, sa résidence dans leur village favori ; ses chiens, remarquablement beaux et qui l'avaient accompagné jusque dans le salon, lui paraissaient très attachés, parce que sans doute il était bon pour eux. Enfin, Marianne estima qu'une veste de chasse était le costume qui seyait le mieux à un jeune homme. Son imagination était occupée, ses réflexions agréables, son cœur doucement agité, et la douleur de son entorse à peine sentie.

Sir George vint à la chaumière dès que le premier intervalle de beau temps lui permit de sortir. Il apprit l'accident de Marianne qui, avant qu'on eût achevé de le lui raconter, lui demanda vivement s'il connaissait un gentilhomme du nom de Willoughby, demeurant à Allenham.

– Willoughby ! s'écria-t-il. Quoi, ce cher garçon est ici ! C'est une bonne nouvelle ; j'irai à Allenham demain et je l'inviterai à dîner pour jeudi.

– Vous le connaissez donc bien ? s'enquit Mrs Dashwood.

– Si je le connais ! Bien sûr, il vient à Allenham chaque année.

– Et quelle opinion avez-vous de lui, sir George ?

– La meilleure du monde ; un excellent garçon, je vous assure. Il chasse bien, il danse à merveille, et il n'y a pas en Angleterre un homme qui monte à cheval plus hardiment.

– Et c'est là tout ce que vous avez à dire de lui ? s'exclama Marianne, indignée. Sa personne et ses manières sont, il est vrai, au-dessus de tout éloge, il n'y a qu'à le voir un moment, mais quel est son caractère quand on le connaît plus intimement ?

Quels sont ses goûts, ses talents, son génie ? Aime-t-il la littérature, les beaux-arts, la bonne compagnie ?

Sir George parut embarrassé.

– Sur mon âme, répondit-il, je ne puis pas vous répondre un mot sur tout cela. Mais je puis vous dire qu'il est un agréable et bon camarade et qu'il a les plus jolies petites chiennes d'arrêt que j'aie vues de ma vie. Les avait-il avec lui aujourd'hui ? Elles sont noires, le museau et les pattes marqués de feu, une tache blanche au poitrail ; deux charmantes petites bêtes, sur mon honneur.

– Il avait des chiens qui sautaient beaucoup autour de lui, acquiesça Marianne – mais elle n'avait pas plus remarqué leur manteau et leur espèce que sir George le génie et le caractère de leur maître.

– Mais qui est-il ? interrogea Elinor. D'où vient-il ? A-t-il une maison à Allenham ?

Sur ce point, sir George pouvait mieux répondre. Il leur dit que Mr Willoughby n'avait aucune propriété dans le comté, qu'il demeurait au château d'Allenham, chez la vieille dame qui était sa grande tante et dont il devait hériter.

– Oui, oui, miss Elinor, c'est une bonne prise, je puis vous l'assurer ; et outre cet héritage, qui ne lui manquera pas, car il fait bien sa cour à la vieille dame, il possède déjà une très jolie terre en Somersetshire, et si j'étais à votre place, je ne le céderais pas à ma sœur cadette, en dépit de ses roulades en bas des collines. Que diable ! Miss Marianne ne peut pas espérer de garder pour elle seule tous nos beaux garçons ; le colonel Brandon sera jaloux, si vous n'y prenez garde.

– Je ne crois pas, intervint Mrs Dashwood avec un aimable sourire, que Mr Willoughby soit en danger d'être «pris» comme vous dites, par l'une ou l'autre de mes filles ; elles n'ont pas été élevées à cet emploi dans leur enfance et n'y entendent rien. Vos «beaux garçons», de même que les riches peuvent être fort tranquilles avec nous. Je suis heureuse cependant d'apprendre que ce bon jeune homme est estimable et bien né et que nous pouvons le recevoir.

– Oui, oui, reprit sir George, c'est un très bon et très aimable garçon. L'automne dernier, à un petit bal à Barton Park, je me rappelle qu'il a dansé depuis huit heures du soir jusqu'à quatre heures du matin, sans s'asseoir une seule fois.

– Vraiment, s'extasia Marianne avec ses charmants yeux étincelants, et sans paraître fatigué ?

– Lui ? Pas du tout. À huit heures du matin, il était à cheval pour la chasse.

– Eh bien ! dit Marianne, j'aime cela ; un jeune homme doit être ainsi. Quoi qu'il fasse, il doit y être entièrement, sans se lasser, sans se rebuter. Je suis sûre qu'il ferait de même pour tout, pour ses affaires, pour ses devoirs.

– Quant à cela, je l'ignore, avoua sir George. Mais ce que je vois clairement, c'est qu'il a fait votre conquête, miss Marianne, et que le pauvre Brandon n'a plus qu'à se retirer.

– Je ne vois ce que vous sous-entendez, répliqua Marianne avec un peu de fierté. Je déteste cette expression « faire la conquête » ; je ne songe point à faire des conquêtes, je vous assure, et personne n'a fait la mienne.

Sir George éclata de rire.

– Que vous le vouliez ou non, vous en ferez, lui dit-il, et quelqu'un un jour fera la vôtre. Je sais ce qui va arriver, je le sais très bien ; et il s'en alla en répétant : Heureux Willoughby ! Pauvre Brandon !

CHAPITRE 10

une brute...

L'ange gardien de Marianne (comme Margaret appelait avec plus d'élégance que de précision Mr Willoughby) arriva de bonne heure le matin suivant. Il fut reçu par Mrs Dashwood avec plus que de la politesse ; elle y mit une forte nuance d'affabilité, et sa reconnaissance, ainsi que le témoignage que sir George lui avait rendu, s'alliaient en sa faveur. De son côté, il put s'assurer pendant cette visite de tout le mérite de la famille dans laquelle le hasard l'avait introduit. Manières nobles, esprit, bonté, affection mutuelle ; tout s'y trouvait réuni. Quant à leurs charmes personnels, il n'avait pas eu besoin d'une seconde visite pour en être convaincu, et c'est ici le moment de tracer en peu de mots le portrait de la mère et des trois sœurs.

Mrs Dashwood avait été charmante, sans être ce qu'on appelle une beauté. C'était une brune, claire, des yeux bruns, des traits qui n'avaient de prime abord rien de remarquable, mais dont chacun avait son attrait particulier, et cet accord qui fait le charme d'une physionomie. La sienne était très mobile ; tout ce qui se passait dans son âme s'y peignait à l'instant. Ses yeux étaient pleins d'expression et son sourire annonçait la bienveillance et la bonté. Sa taille était moyenne et bien prise ; à quarante ans, elle avait conservé cet avantage et sa démarche était aussi élégante et légère que celle de ses filles. En la voyant de loin, on l'aurait prise pour leur sœur ; mais de près on s'apercevait que ce visage agréable encore était flétri par des impressions vives, et que ses yeux, un peu éteints, avaient versé bien des larmes.

Elinor avait les cheveux, les cils, les sourcils de la même teinte que ceux de sa mère, c'est-à-dire châtains bruns, mais elle avait, ainsi que son père, les yeux d'un beau bleu foncé et son regard était plein de douceur et de sensibilité ; une belle peau, peu colorée sans pâleur et tous les traits réguliers. Elle était petite et sa figure pleine de grâce était remarquablement jolie ; tous ses mouvements étaient doux.

Marianne était beaucoup plus frappante de beauté, quoique ses traits ne fussent pas aussi parfaits que ceux de sa sœur ; mais sa physionomie était plus animée. Elle était grande, élancée, autant de détails charmants, et le port et le mouvement de sa tête avaient quelque chose d'enchanteur. Ses cheveux étaient noirs ainsi que ses yeux, dans lesquels brillaient une vie, une intelligence telle qu'un seul de ses regards disait toute sa pensée et pénétrait au fond de l'âme. Son teint était assez brun, mais plus coloré que celui d'Elinor, et sa peau unie, transparente, lui donnait un éclat singulier. Son sourire, qui ressemblait à celui de sa mère, avait une expression de finesse et en même temps de bonté, qui le rendait irrésistible. Son front, ombragé à demi par ses cheveux et ses sourcils d'ébène, était parfait. Il était impossible de la voir sans s'écrier : «Ah ! qu'elle est belle ! Quelle charmante créature !»

Margaret, à douze ans, promettait d'être aussi bien jolie à dix-huit ; elle était blonde et très blanche, gaie, vive, légère, naïve, une figure spirituelle et gracieuse ; c'était une délicieuse enfant.

Telles étaient les quatre femmes au milieu desquelles se trouvait le beau Willoughby ; ses yeux allaient de l'une à l'autre, mais s'arrêtèrent finalement sur Marianne. La veille, sa souffrance et plus encore son embarras l'avaient empêchée de paraître à son avantage, à peine avait-elle osé regarder celui qui venait de la porter dans ses bras. Mais ce jour-ci, rassurée par l'accueil qu'il recevait de sa mère, par sa propre reconnaissance, par ce qu'elle avait appris de lui, elle reprit sa vivacité, son aisance naturelle. Elle lui parla, elle l'écouta, et put bientôt se convaincre par elle-même qu'il avait une belle éducation, le ton parfait, qu'il unissait la politesse à la franchise, la douceur à la vivacité ; et quand elle l'entendit déclarer qu'il aimait la musique «avec passion», alors ses beaux yeux brillèrent de tout leur éclat, et il put y lire la permission de profiter du voisinage et de revenir souvent sans avoir besoin de prétexte.

Il n'y avait qu'à nommer un de ses amusements favoris pour faire parler Marianne avec enthousiasme ; elle ne pouvait pas rester froide et silencieuse, et ne mettait ni timidité, ni réserve dans ses discussions, qu'elle savait rendre très intéressantes. Dès qu'elle eut découvert que Willoughby avait les mêmes goûts, que leur passion pour la musique et la danse était mutuelle, leur entretien s'anima et ils se découvrirent la même pensée sur tous les points exactement, les mêmes jugements sur les compositeurs, sur les différentes danses, et ce sujet fut inépuisable.

Encouragée par ces affinités à pousser plus loin son examen, elle parla de littérature et de ses auteurs favoris, et retrouva encore la même sympathie. Leur goût était parfaitement semblable : les mêmes livres, les mêmes passages les avaient frappés, ou s'il y avait quelque légère différence, si quelque objection s'élevait, c'était seulement pour que Marianne pût déployer son éloquence irrésistible. Il aurait fallu qu'un jeune homme de vingt-cinq ans fût bien insensible pour ne pas céder à la force des arguments sortis d'une aussi belle bouche, et accompagnés d'un regard qui portait la conviction au cœur. Willoughby finissait par acquiescer à toutes ses décisions, partager son enthousiasme, et longtemps avant la fin de la visite, ils conversaient avec la familiarité d'anciennes connaissances.

– Fort bien, Marianne, dit Elinor, aussitôt qu'il les eut laissées, pour une matinée, vous êtes bien avancée dans vos découvertes sur notre nouveau voisin. Vous avez déjà pénétré son opinion sur toutes les matières importantes, vous savez ce qu'il pense de Shakespeare, de Cowper, de Scott ; vous êtes certaine qu'il apprécie ces auteurs comme il le doit, qu'il sent comme vous leurs beautés ; vous avez reçu l'assurance de son admiration pour Pope, pour Milton : mais si notre connaissance avec Mr Willoughby doit se prolonger, je suis un peu en peine de vos entretiens. À la manière dont vous y allez dès le premier jour, vous aurez bientôt épuisé tous les sujets ; une visite suffira pour lui faire expliquer ses sentiments sur la peinture, une autre sur l'amour et le mariage, et vous n'aurez plus rien à lui demander.

– Elinor, s'écria Marianne, êtes-vous sincère, êtes-vous juste ? Croyez-vous donc mes idées si limitées ? Mais non, j'entends ce que vous voulez dire ; ma grave Elinor, ma raisonnable sœur trouve que j'ai été trop à mon aise, trop franche, trop heureuse ! J'ai manqué, sans doute, au décorum ; j'ai été ouverte et sincère quand je devais être réservée, maussade, ennuyeuse et hypocrite. Si je n'avais parlé à Mr Willoughby que du temps, des chemins, de la vue, et que je n'eusse ouvert la bouche que toutes les dix minutes, ce reproche m'aurait été épargné.

– Mon cher amour, intervint Mrs Dashwood, vous ne devez pas être fâchée contre Elinor ; c'est un badinage. Je la gronderais moi-même si elle était capable de mal interpréter votre entretien avec notre nouvel ami ; vous avez été tous les deux très aimables.

Marianne fut adoucie et donna la main à sa mère et à sa sœur. Willoughby de son côté prouva tout le prix qu'il attachait aux bontés de la famille Dashwood, en venant les réclamer chaque jour, et souvent deux fois par jour. Son prétexte fut d'abord de s'informer de l'accident de Marianne, mais avant même que son pied fût guéri, il n'avait plus besoin de prétexte et il était reçu comme un ami intime aurait pu l'être.

Marianne fut obligée d'être quelques jours sans marcher. Cette contrainte lui eût été insupportable avant sa chute, mais à présent elle aurait voulu prolonger son mal, pour ne point sortir et avoir toujours Willoughby à côté d'elle. Chaque jour, chaque instant, il lui paraissait plus aimable. Beaucoup de connaissances et d'esprit, avec si peu de prétentions, une imagination si vive et si brillante, une repartie si prompte, tant d'ardeur dans ses expressions et de sensibilité dans son cœur, cette exaltation qui colore tous les objets. Et, en sus de tous ces avantages, une figure si belle, si noble, une physionomie à la fois animée et régulière, et un son de voix enchanteur, etc., etc. : voilà ce que Marianne trouvait et répétait en allant toujours *crescendo* dans les éloges. Peut-être son pinceau était-il un peu trop flatteur, mais il était sûr que ce jeune homme paraissait à tous égards formé pour lui plaire et l'attacher, et il remplissait à merveille ce dessein. Sa société devint peu à peu absolument nécessaire au bonheur de Marianne et à son existence.

Tous deux lisaient, parlaient, chantaient ensemble ; son talent pour la musique égalait presque celui de Marianne et il déclamait les beaux vers de Cowper avec cette chaleur, ce sentiment de la belle poésie, qui manquait totalement au pauvre Edward Ferrars.

Mrs Dashwood, qui ne voyait que par les yeux de sa chère Marianne, qui la trouvait parfaite en tout point, aimait celui que sa fille aimait et qui avait tant d'affinités avec elle. La sage Elinor même l'estimait très séduisant, mais ne pouvait s'empêcher de blâmer en lui, ainsi qu'en sa sœur, cette franchise excessive, ou plutôt cette imprudence qui leur faisait dire tout ce qu'ils pensaient sur chaque sujet, sans aucune considération pour les personnes et les circonstances. Peu importait à Willoughby de blesser ou de contredire l'opinion des autres, pourvu qu'il flattât celle vers qui allait sa préférence, ce qu'il prouvait hautement, en n'ayant d'attention que pour Marianne, en ne voyant qu'elle seule au milieu du cercle le plus nombreux. Elinor jugeait cette conduite comme un manque de délicatesse pour celle qu'il convoitait et de politesse pour les autres, qu'elle ne consentait pas à approuver en dépit de tout ce que Marianne disait pour l'excuser.

Elle commençait à s'apercevoir, la pauvre Marianne, qu'elle avait eu tort, à dix-huit ans, de désespérer de trouver un homme qui réalisât ses idées de perfection ; Willoughby lui paraissait tout ce que son imagination pouvait créer de plus accompli. C'était sans doute son bon ange qui l'avait amené là au moment de sa chute ; la sympathie avait agi sur tous deux au même instant ; avant la création du monde, ils étaient destinés à se rencontrer, à s'aimer, à s'unir pour la vie ; leur mariage était écrit au ciel de tout temps. Cette entente inouïe dans leurs opinions, leurs goûts, leurs sentiments en était la preuve, et toute sa conduite lui assurait qu'il y pensait sérieusement.

Mrs Dashwood aussi, avant que quinze jours se fussent écoulés, pensa exactement comme sa fille ; mais peut-être un peu plus qu'elle aux richesses dont sir George lui avait parlé, et secrètement elle se félicitait d'avoir obtenu du sort deux gendres tels qu'Edward Ferrars et Willoughby.

La préférence du colonel Brandon pour Marianne, qui avait été aussitôt constatée par ses amis, fut remarquée par Elinor quand tous les autres cessèrent d'y prêter attention. On ne regarda plus que son heureux rival, et Mrs Jennings, voyant bien qu'il n'y avait nul espoir de mariage avec le colonel, l'abandonna complètement et dit qu'elle s'était trompée pour la première fois de sa vie, que le colonel Brandon ne songeait pas à Marianne, qu'il était en effet trop âgé pour elle, que le jeune et charmant Willoughby lui correspondait beaucoup mieux et qu'ils étaient faits l'un pour l'autre.

Elinor pensait tout autrement sur le colonel. Elle découvrit seulement alors que son attachement pour Marianne n'était que trop réel. Le redoublement de sa tristesse, une émotion pénible qu'il cherchait à cacher et qui perçait malgré lui quand Marianne discutait avec Willoughby, tout confirmait à Elinor qu'il était très amoureux et très malheureux. Quel espoir pouvait avoir un homme de trente-cinq ans, sombre et silencieux, opposé à un amant de dix ans plus jeune et vingt fois plus séduisant ? Elle sentait bien que ce dernier convenait mieux à Marianne sous tous les aspects, mais elle ne pouvait s'empêcher de plaindre du fond du cœur le colonel, et de désirer qu'il pût retrouver son indifférence, puisque son amour ne pouvait avoir aucun succès. Elle l'aimait ; malgré sa gravité, il lui semblait d'un grand intérêt. Ses manières, quoique sérieuses, étaient douces, et cette réserve paraissait plutôt être la suite de quelque peine que la disposition naturelle de son caractère. Sir George avait insinué quelques mots qui justifiaient ses soupçons, qu'il avait été malheureux, et d'après cela il lui inspirait du respect et de la compassion. Peut-être que cette estime et cette tendre pitié s'augmentèrent face à la légèreté avec laquelle Marianne et Willoughby parlaient de lui : parce qu'il n'était ni jeune ni brillant, ils avaient l'air décidés à ne lui trouver aucun mérite.

– Le colonel Brandon, affirma un jour Willoughby, est précisément de cette espèce d'homme dont chacun dit du bien et que personne ne recherche. On est, dit-on, enchanté de le voir, et on n'a rien à lui dire.

– C'est exactement ce que je pense de lui ! s'écria Marianne.

– Ne vous en vantez pas, prévint Elinor, car c'est une grande injustice. Il est aimé et hautement estimé par tous les individus de la famille de Barton Park, qui sont ravis de l'avoir chez eux ; et moi, je ne le vois jamais sans désirer discuter avec lui.

– Votre protection, mademoiselle, déclara Willoughby, prêche certainement en sa faveur, mais quant à l'estime des habitants de Barton Park, vous me permettrez de la prendre plutôt comme un reproche. Celui qui rechercherait l'approbation de lady Middleton et de Mrs Jennings ne trouverait que l'indifférence de toutes les autres femmes.

– Mais peut-être, répliqua Elinor, que votre critique, et celle de Marianne, contrebalanceraient le suffrage de lady Middleton et de sa mère : si leur éloge est une censure, votre censure est peut-être un éloge ; elles ne sont pas plus incapables de discerner le vrai mérite que vous êtes injustes et défiants.

– Je ne reconnais pas votre douceur ordinaire dans ce reproche, dit Marianne. Le désir de défendre votre protégé vous rend un peu méchante avec nous.

– N'êtes-vous pas bien aise, Marianne, que je sache défendre mes amis ? Mon protégé, comme vous l'appelez, est à la fois sensible et raisonnable, ce qui a toujours eu un grand attrait pour moi ; oui, Marianne, même chez un homme entre trente et quarante ans. Il a vu le monde, il a voyagé avec profit, il a lu, il a réfléchi. Je l'ai trouvé très à même de m'instruire sur plusieurs sujets ; il a toujours répondu à mes questions avec la politesse et la complaisance d'un homme bien né et cultivé sans pédanterie.

– Oui, oui, s'écria Marianne légèrement, il vous a appris que le soleil des grandes Indes était brûlant et que les moustiques y sont insupportables.

– Il me l'aurait dit, sans doute, si je le lui avais demandé; mes questions n'ont pas eu pour objet ce que je sais déjà.

– Peut-être, lança Willoughby, qu'il a été à même de vous parler des nababs, des différentes castes, des palanquins, des éléphants, des femmes de toutes couleurs; c'est un entretien très touchant, très intéressant et très instructif.

– Il n'est du moins pas méchant, répliqua Elinor. Mais, je vous en prie, Mr Willoughby, qu'est-ce que vous a fait le colonel Brandon, et pourquoi le tournez-vous en ridicule?

– Moi! En aucune manière. J'ai beaucoup de considération pour lui, je vous assure; je le regarde comme un homme très respectable, qui ne fait de mal à personne, qui a plus d'argent qu'il n'en peut dépenser, plus de temps qu'il n'en peut employer, et plus d'années qu'il ne voudrait.

– Ajoutez à ce portrait, renchérit Marianne, qu'il n'a ni génie, ni goût, ni esprit; que son imagination n'a rien de brillant, ses sentiments point de chaleur et sa voix point d'expression.

– Vous décidez ses imperfections en masse avec tant de vivacité, reprit Elinor, que tout ce que je pourrais dire paraîtrait insipide et froid, comme il vous paraît lui-même. Je dirai donc seulement qu'il est bon, sensible, indulgent, que son esprit est assez distingué pour n'avoir nul besoin de briller en dépréciant l'esprit des autres, et que son cœur ne le lui permettrait pas.

– Ah! Miss Dashwood, s'écria Willoughby, vous vous comportez mal avec moi; vous tâchez de me désarmer par la raison, mais vous n'y réussirez pas. J'ai trois grands motifs de haïr le colonel Brandon, contre lesquels vous n'avez rien à dire : il m'a menacé de la pluie un jour que je désirais le beau temps, il a trouvé des défauts à ma nouvelle calèche, et je n'ai pu le persuader d'acheter ma jument brune. Vous conviendrez que voilà des griefs impardonnables. Je veux bien convenir avec vous cependant qu'à tout autre égard, son caractère est irréprochable; mais en faveur de cet aveu, accordez-moi de rire quelquefois un peu en parlant de lui avec miss Marianne.

CHAPITRE 11

Lorsque Mrs Dashwood et ses filles vinrent s'établir dans ce qu'on appelait – improprement, il est vrai – un cottage, elles ne s'attendaient guère à y trouver les plaisirs de la ville, ou du moins assez d'engagements et de visites pour qu'il leur restât trop peu de temps à donner à des occupations sérieuses. C'est cependant ce qu'il leur arriva. Dès que Marianne fut rétablie, les plans de divertissement de sir George commencèrent avec une grande activité. Des bals à Barton Park, des parties sur l'eau, des courses à cheval ou en calèche se succédèrent sans interruption. Un très beau mois d'octobre favorisait les promenades du matin ; on revenait dîner chez lady Middleton, et la danse, le jeu, la musique remplissaient les soirées. Willoughby ne manquait jamais l'occasion de s'y montrer, et l'aisance, la familiarité que sir George établissait dans ses jeux étaient exactement calculées pour augmenter l'inclination réciproque qui s'établissait entre lui et Marianne, pour leur faire remarquer encore davantage leurs perfections mutuelles, la similitude de leurs goûts et de leurs talents et la préférence décidée qu'ils s'accordaient l'un à l'autre. Elinor n'était pas du tout surprise de leur attachement ; elle aurait voulu seulement qu'ils l'eussent un peu moins manifesté, et deux ou trois fois elle usa doucement de ses droits réunis de sœur aînée et d'amie pour adresser à ce sujet quelques tendres exhortations à Marianne et lui faire sentir la nécessité de prendre de l'empire sur elle-même. Mais Marianne détestait, abhorrait la dissimulation ; elle la regardait comme une fausseté impardonnable. Cacher des sentiments qui n'avaient rien en eux-mêmes de condamnable lui paraissait non seulement un effort inutile, mais une ridicule prétention de la raison opposée à l'élévation des sentiments. Willoughby pensait de même, et leur conduite à tous égards montrait clairement leur opinion. Quand il était présent, elle n'avait d'yeux que pour lui ; tout ce qu'il faisait était juste, tout ce qu'il disait était charmant. Si, dans la soirée, on jouait aux cartes, elle ne s'intéressait qu'à son jeu ; si on dansait, il était son partenaire attitré, et s'ils étaient obligés de se séparer une ou deux contredanses, ils tâchaient au moins d'être près l'un de l'autre. Lorsqu'on ne dansait pas, ils étaient toujours et toujours à discuter dans un coin du salon ; si on se promenait, c'était lui qui la conduisait dans sa calèche. Une telle conduite suscitait comme on le comprend les railleries de toute la société, mais ils s'en embarrassaient fort peu, et cherchaient plutôt à les provoquer.

Mrs Dashwood, au lieu de gronder sa fille comme elle l'aurait dû, et de la retenir au moins par l'obéissance, puisque la raison n'avait pas de prise sur elle, partageait tous ses sentiments avec une chaleur presque égale à celle de Marianne. Elle avait un de ces cœurs qui n'ont point d'âge et ne vieillissent jamais. Tout cela lui paraissait la conséquence très naturelle d'une forte inclination entre deux jeunes gens vifs et sensibles qui se rendaient mutuellement justice. Au lieu de retenir Marianne, elle renchérissait sur l'éloge de Willoughby ; elle le comparait à feu son époux, et sa fille à elle-même dans le temps de leurs amours. Ah ! Comme c'était pour Marianne le temps du bonheur ! Qu'on se rappelle le charme d'une première passion, de ce sentiment si nouveau, si ardent qui s'empare de l'âme entière, et celle de Marianne était formée pour l'éprouver dans toute sa force. Aussi la jeune fille s'attacha-t-elle à Willoughby mille fois plus qu'à sa propre existence. Elle le voyait à chaque instant sans remords, sans contrainte, puisque c'était sous les yeux de sa mère, qui l'approuvait, et que toutes les deux trouvaient de jour en jour de nouveaux motifs de l'aimer davantage. Norland et Sussex, et toute sa vie passée, étaient effacés de sa mémoire ; elle n'existait plus qu'en Devonshire, et pour son adoré Willoughby.

La pauvre Elinor n'était pas aussi heureuse ; son cœur ne goûtait pas le même bonheur. Il était encore à Norland, et rien autour d'elle ne pouvait remplacer ce qu'elle y avait laissé. Ce n'était assurément ni lady Middleton, ni Mrs Jennings qui pouvaient la dédommager des entretiens dont elle gardait un si tendre souvenir. La dernière, il est vrai, était une excellente femme, mais une insatiable bavarde ; et comme au premier instant Elinor était devenue sa favorite, c'était toujours à elle qu'elle adressait ses discours. Elle lui avait déjà raconté son histoire cinq ou six fois ; Elinor savait tous les détails de son mariage et de celui de ses filles, ceux de la maladie de Mr Jennings, tout ce que le pauvre cher homme lui avait dit en mourant. Lady Middleton plaisait mieux à Elinor, mais elle eut bientôt remarqué que celle-ci ne parlait pas, parce qu'elle n'avait rien à dire, et que ce calme, qui de prime abord allait assez bien à sa belle physionomie et lui donnait un grand air de décence et de retenue, n'était qu'un manque total d'idées et de sentiments. On restait toujours avec elle au même point, et depuis sa première visite au cottage, toujours également froide et polie, leur relation ne s'était pas avancée d'une ligne. Elle disait aujourd'hui ce qu'elle avait dit hier, et presque dans les mêmes termes ; son insipidité était invariable, son humeur était toujours la même. Quoiqu'elle ne s'opposât point aux jeux de son mari, qu'elle veillât à ce que tout fût dans les règles, et que ses deux plus grands enfants fussent toujours avec elle, elle ne paraissait y prendre aucun plaisir, mais aussi n'en recevoir aucune peine. Elle ne s'ennuyait ni ne s'amusait ; il lui était égal d'être là ou ailleurs ; elle était avec son mari et sa mère de même qu'avec les étrangers, et sa présence ajoutait si peu de choses à la société qu'on aurait oublié qu'elle était là, si des enfants bruyants et gâtés n'avaient pas été autour d'elle. Ce n'était donc pas une option pour Elinor, et de toutes leurs nouvelles connaissances, le colonel Brandon était le seul qui suscitât en elle l'intérêt de l'amitié et avec qui elle pût s'entretenir avec plaisir. Willoughby lui était indifférent. Elle le jugeait assez aimable, mais il l'était rarement pour elle ; toutes ses attentions, tous ses propos s'adressaient à Marianne. Cette dernière laissait, il est vrai, le colonel Brandon entièrement à sa sœur. Il trouvait sans doute dans l'aimable entretien d'Elinor quelque consolation de la parfaite indifférence de celle qui, malgré lui, occupait son cœur et sa pensée ; mais cette indifférence redoublait sa tristesse habituelle et sa conversation n'était rien moins que gaie. Elinor le plaignait sincèrement, d'autant qu'elle avait lieu de croire que ce n'était pas la première fois qu'il était malheureux en amour. Un soir, pendant que tous les autres dansaient, ils voulurent se reposer et s'assirent à côté l'un de l'autre. Les yeux du colonel étaient fixés sur Marianne, qui dansait avec Willoughby. Il dit avec un triste sourire :

– Votre sœur, à ce qu'on m'assure, n'approuve pas les seconds attachements ; elle pense qu'on ne doit aimer qu'une fois.

– Oui, répliqua Elinor, ses opinions sont un peu romanesques.

– Ou plutôt, à ce que j'imagine, elle croit qu'un second attachement ne peut pas exister.

– Je crois que c'est là son idée; mais comment ne réfléchit-elle pas sur le caractère de notre bon père qui s'est marié deux fois par inclination? Elle est encore bien jeune et se fait des illusions; dans quelques années, ses opinions seront établies sur des bases plus réelles: alors il sera plus aisé de les définir et de les justifier. À présent, je lui en laisse le soin.

– Oui, approuva le colonel, c'est probablement ce qui arrivera. Cependant, il y a quelque chose de si aimable dans les préjugés d'un jeune cœur qu'on est presque fâché du moment où il y renonce pour adopter les opinions générales.

– Je ne puis être de votre avis, rétorqua Elinor; il y a des inconvénients dans la manière de voir et de sentir de Marianne que tous les charmes de l'enthousiasme et de l'ignorance du monde ne peuvent compenser. Son système a le funeste effet de nourrir son esprit de chimères qui l'égarent, et qui la rendront malheureuse quand la triste réalité les dissipera. Plus de connaissance du monde lui serait, à ce que je crois, bien avantageuse.

Le colonel resta un moment silencieux, puis il reprit avec un peu d'émotion dans la voix:

– Est-ce que votre sœur ne fait aucune distinction dans ses objections contre un second attachement? Est-ce que ceux qui ont été malheureux dans un premier choix, ou par l'inconstance de son objet, ou par un enchaînement de circonstances doivent rester indifférents tout le reste de leur vie ?

– Je vous assure, colonel, répondit Elinor, que je ne connais pas sa manière de penser en détail, je sais seulement que je ne lui ai jamais entendu admettre qu'un second amour pût être pardonnable.

– Ainsi, réfléchit-il, il faudrait un changement total dans ses idées… Mais non, non, je ne le désire pas. Quand les idées romanesques d'un jeune esprit sont forcées de s'évanouir, combien souvent sont-elles remplacées par des principes trop communs, hélas !, dans le monde, et trop dangereux. J'en parle d'après l'expérience. J'ai connu une jeune dame qui ressemblait extrêmement à votre sœur ; même chaleur de cœur, même vivacité d'esprit, elle pensait et jugeait comme elle, et par un changement forcé, par une série de circonstances malheureuses…

Ici, il s'arrêta soudainement, comme s'il avait réalisé qu'il en disait trop, et donna lieu ainsi à des conjectures, qui sans cela ne seraient jamais entrées dans la tête d'Elinor. Cette dame dont il parlait n'aurait nullement éveillé ses soupçons, mais le trouble visible du colonel, son interruption convainquirent miss Dashwood que ce qui la concernait était un triste secret, et de là elle fut naturellement conduite à croire que l'émotion du colonel était relative à un tendre souvenir. Elle se tut et ne lui fit aucune question. Avec Marianne, cela n'aurait pas fini ainsi : l'histoire entière se serait achevée dans son active imagination, si elle n'avait pu en obtenir la confidence, comme la plus mélancolique histoire d'un amour malheureux.

CHAPITRE 12

Elinor et Marianne se promenaient le matin suivant. La dernière confia à sa sœur quelque chose, qui, malgré toutes les preuves qu'Elinor avait de l'imprudence de Marianne et de son manque de raison, la surprit par son extravagance.

Marianne lui apprit avec un transport de joie que Willoughby lui avait fait présent d'un cheval. C'était une jument charmante qu'il avait élevée lui-même à Haute-Combe, sa campagne du Somersetshire, et qui était exactement un cheval de femme, doux, sage, vif et d'une bonne hauteur. Sans considérer qu'il n'entrait pas dans le plan de sa mère d'avoir des chevaux, que si elle y consentait en faveur de ce don, il faudrait en acheter un autre pour un domestique, puis engager un palefrenier pour en avoir soin, et après tout cela bâtir une écurie pour le loger, elle avait accepté cet inconcevable présent sans hésiter, et le dit à sa sœur avec ravissement.

– Il compte, ajouta-t-elle, envoyer un de ces jours son jockey en Somersetshire pour la chercher, et quand elle sera arrivée, nous la monterons tous les jours, escortées par Willoughby. Nous irons tour à tour, vous et moi, car, ma chère Elinor, vous en userez tout comme moi. Imaginez le délice de galoper dans cette plaine, de grimper à cheval ces collines !

Elinor souffrait d'anéantir ce songe de félicité ; il le fallait cependant. Elle rassembla son courage et tâcha de lui faire comprendre avec tendresse et raison qu'elle devait y renoncer. Marianne ne voulut de prime abord rien entendre ; elle avait réponse à tout. Elle était sûre que leur mère n'y ferait nulle objection, un domestique de plus serait une bagatelle, tout cheval serait bon pour lui, il en emprunterait à Barton Park et, pour écurie, le plus simple hangar serait suffisant. Alors Elinor essaya d'élever quelques doutes sur l'inconvenance d'accepter un présent d'un jeune homme qu'elle connaissait aussi peu. C'en était trop, et les yeux noirs de Marianne brillèrent d'indignation.

– Vous vous trompez, Elinor, dit-elle vivement, en supposant que je connaisse peu Willoughby. Il n'y a pas longtemps, il est vrai, que je le vois, mais je le connais plus que qui que ce soit au monde, excepté vous et maman. Ce n'est ni le temps, ni l'occasion qui déterminent les liens du cœur ; c'est uniquement la sympathie, une disposition réciproque qui entraîne irrésistiblement. Dix ans sont quelquefois insuffisants pour connaître à fond quelqu'un qu'on voit tous les jours ; et avec d'autres, dix jours, dix heures même sont plus que suffisantes. Tenez, par exemple, je croirais plutôt me rendre coupable d'imprudence en acceptant un cheval de mon frère que de Willoughby. Je connais très peu John, quoique nous ayons vécu ensemble des années ; mais sur Willoughby mon jugement est formé, je le connais comme moi-même.

Elinor crut qu'il était plus sage de ne plus dire un mot sur un sujet qui tenait si à cœur à sa sœur ; elle la connaissait assez pour savoir que là-dessus elle n'entendrait pas raison et s'affermirait encore plus dans son idée – il lui restait d'ailleurs un moyen plus sûr de réussir. Marianne chérissait sa mère, et dès qu'Elinor lui eut représenté que Mrs Dashwood ferait des sacrifices et s'imposerait à elle-même des privations pour que sa fille chérie eût ce plaisir, elle y renonça à l'instant et promit de ne pas même tenter la bonté de sa mère et de ne pas lui parler de cette offre, qu'elle refuserait la prochaine fois qu'elle verrait Willoughby.

Elle fut fidèle à sa parole, et quand Willoughby vint au cottage le même jour, Elinor – à sa grande satisfaction – entendit Marianne lui exprimer à voix basse tout son regret de ne pouvoir accepter le cheval qu'il voulait lui donner. Elle lui exposa les motifs qui lui avaient fait changer d'avis, et avec assez de fermeté pour qu'il n'essayât pas de les détruire – son chagrin cependant fut très apparent, et après l'avoir exprimé avec vivacité, il ajouta, à voix basse également :

– Eh bien ! Marianne, ce cheval est encore à vous, quoique vous ne puissiez pas vous en servir à présent. Je vous le garderai jusqu'à ce que vous vouliez le réclamer ; quand vous quitterez Barton pour vous établir dans une plus grande maison, ma Reine Mab – c'est son nom –, vous y recevra.

C'est tout ce que put entendre Elinor ; et de la manière dont ces mots furent prononcés, en nommant Marianne par son nom de baptême, elle jugea leur intimité tout à fait décidée, d'un commun accord. De ce moment elle ne douta pas qu'ils ne fussent engagés l'un à l'autre pour se marier incessamment et n'eut pas d'autre surprise, connaissant leur franchise à tous deux, que celle de l'apprendre par hasard.

Margaret lui raconta quelque chose le jour suivant, qui la confirma tout à fait dans cette idée. Willoughby passa toute la journée avec elles ; pendant que Mrs Dashwood et Elinor s'habillaient, Margaret resta seule au salon avec lui et Marianne, et la petite fine mouche, sans avoir l'air de les regarder, faisait des observations, qu'elle communiqua ainsi à sa sœur aînée.

– Oh, Elinor ! J'ai un grand secret à vous dire sur Marianne : je suis sûre qu'elle se mariera bientôt avec Mr Willoughby.

– Vous avez dit ainsi, Margaret, depuis le premier jour où vous l'avez rencontré sur la colline. Il n'y avait pas une semaine qu'il était reçu chez nous que vous étiez certaine que Marianne portait son portrait au cou, et quand vous avez un jour tiré malicieusement par-derrière le cordon qui l'attachait, ce fut... la miniature de notre vieux bon oncle que vous avez mise au jour.

– Oui, c'est vrai ; mais à présent c'est tout autre chose ; je suis sûre qu'ils vont bientôt se marier, car il a dans son portefeuille une grosse boucle des cheveux de Marianne.

– Prenez garde, Margaret, c'est peut-être les cheveux de quelque grande tante, de Mrs Smith.

– Non, non, vous dis-je, c'est bien de Marianne. J'en suis bien sûre, car je les lui ai vu couper. Hier, quand vous et maman êtes sorties de la chambre, il s'est approché tout près d'elle sur le dos de sa chaise. Ils parlaient ensemble si bas que je ne pouvais rien entendre, mais il m'a semblé qu'il lui demandait quelque chose. Elle secouait ainsi la tête, comme pour dire non, mais en même temps elle souriait en le regardant, comme pour dire oui. Alors, il a pris des ciseaux et a coupé une longue boucle de ses cheveux, de ceux qui retombaient sur sa nuque ; il les a baisés plus de vingt fois et, les enveloppant dans une feuille de papier, il les a cachés dans son portefeuille. Qu'avez-vous à dire à présent, chère Elinor ? N'est-il pas vrai qu'ils sont engagés ?

Il fallut bien croire Margaret, et d'autant plus facilement que son rapport était à l'unisson de ce qu'elle voyait chaque jour ; mais la sagacité de la petite ne s'exerçait pas toujours sur Marianne, et la prudente Elinor n'en fut pas à l'abri. La bonne Mrs Jennings, dont le plus grand plaisir était de railler et d'embarrasser les jeunes filles par des questions d'amour et de découvrir le secret de leur cœur, attaqua Margaret sur le compte de sa sœur aînée. Il était impossible, dit-elle, qu'étant aussi jolie, elle n'eût pas un amoureux, et elle avait la plus grande curiosité de savoir son nom.

La petite rougit et se tourna vers sa sœur :

– Puis-je le nommer ? lui demanda-t-elle.

Tout le monde éclata de rire ; Elinor même essaya de rire, mais ce fut un effort pénible. Elle était convaincue que Margaret n'avait et ne pouvait avoir en vue qu'Edward Ferrars, dont elle n'aurait pu entendre le nom sans une émotion qui aurait attisé les railleries de Mrs Jennings.

Marianne sentit vivement aussi ce que sa sœur devait souffrir, mais elle augmenta plutôt que de diminuer son trouble. Elle rougit beaucoup à son tour et lança à Margaret d'un air de reproche :

– Rappelez-vous, Margaret, que quelles que soient vos conjectures, vous n'avez pas le droit de les répéter.

– Je n'ai point de conjectures, répondit la petite ; c'est vous, Marianne, qui m'avez appris le nom de l'amoureux d'Elinor.

Les éclats de rire recommencèrent. Margaret fut vivement pressée de révéler ce nom ; elle s'en défendit :

– Non, non, Madame, voyez comme Marianne est fâchée ; non, je ne veux pas le dire, mais je sais bien qui c'est et où il est.

– Oh! Pour ce dernier point, mon enfant, j'en sais autant que vous, affirma Mr Jennings, c'est à Norland, j'en suis sûre… Je parie que c'est le curé de la paroisse!

– Non, non, pas du tout, ce n'est point un curé, je vous assure.

– Non? Eh bien, qu'est-il donc? Militaire, certainement.

– Encore moins, il n'est rien du tout… que l'amoureux d'Elinor.

– Margaret, intervint Marianne en colère, vous savez fort bien que tout cela est une invention de votre part et que cette personne n'est rien sans doute, puisqu'elle n'existe pas.

– Ah mon Dieu! s'écria Margaret, il est donc mort dernièrement, car je sais fort bien qu'il existait et que les premières lettres de son nom étaient un «E» et un «F».

Elinor s'était un peu éloignée sous quelque prétexte, mais elle entendait tout et elle était au supplice. Pour la première fois, lady Middleton lui parut très aimable en observant qu'il pleuvait beaucoup, et ramenant l'attention de chacun sur le temps et les nuages. C'était moins pour obliger Elinor que pour faire cesser un entretien qui l'ennuyait, mais le colonel Brandon saisit cette idée, parla de la pluie avec milady, puis de la gentillesse de la petite Anna Maria, puis de la délicatesse du thé, puis de l'élégance du service, et l'amour d'Elinor fut oublié. Mais il ne lui fut pas facile de se remettre de son trouble, et jamais elle n'avait mieux senti combien ce nom l'intéressait.

Dans le cours de la soirée, sir George proposa une partie de campagne pour le lendemain ; il s'agissait d'aller voir une très belle terre à douze miles de Barton, appartenant à un beau-frère du colonel Brandon. Ce dernier était absent et avait laissé les ordres les plus stricts pour que personne n'entrât chez lui, hormis ceux que le colonel amènerait. Sir George vantait excessivement toutes les beautés de cette maison et des jardins, et sans doute il pouvait en parler, car depuis dix ans, il y conduisait au moins deux fois chaque été les hôtes qu'il avait chez lui. Il y avait, entre autres, une immense pièce d'eau et une grande chaloupe qui devait constituer un des plus grands amusements de la journée. On y porterait des viandes froides, des vins ; on irait en calèche ouverte, en phaéton, et chaque chose fut arrangée pour en faire une vraie partie de plaisir.

Quelques personnes de la compagnie pensaient différemment ; la saison était trop avancée et le temps trop humide pour aller chercher le plaisir aussi loin, il avait plu tous les jours pendant la quinzaine. Mrs Dashwood était déjà très enrhumée et, à la prière instante d'Elinor, elle consentit à n'en pas être et à rester chez elle.

CHAPITRE 13

La partie projetée tourna très différemment de ce qu'on avait imaginé ; les uns y voyaient un plaisir parfait, quelques-uns de l'ennui, d'autres de la fatigue. Il n'y eut rien de tout cela, car elle fut annulée au moment où on s'y attendait le moins.

À dix heures, toute la société était à Barton Park, où on devait déjeuner amplement avant le départ. Sir George ne se possédait pas de joie. Il avait plu toute la nuit, mais le temps s'était éclairci sur le matin, les nuages se dispersaient à l'horizon et le soleil paraissait.

– Nous aurons un temps superbe, disait-il, et vous verrez Whitwell dans toute sa beauté.

Tout le monde était de bonne humeur, on était décidé à s'amuser quoiqu'il arrivât et l'on rivalisait de gaieté.

Pendant le déjeuner, on apporta le courrier. Il y avait une lettre pour le colonel Brandon ; il la prit, regarda l'adresse, pâlit et quitta immédiatement la pièce.

– Qu'est-ce qui arrive à Brandon ? s'étonna sir George.

Personne ne répondit.

– J'espère qu'il n'a pas reçu de mauvaises nouvelles, dit lady Middleton, mais il faut que ce soit quelque chose de bien extraordinaire pour laisser ma table de déjeuner si brusquement.

Moins de cinq minutes plus tard, il rentra.

– Point de mauvaises nouvelles, j'espère ! lui lança Mrs Jennings, au moment où il ouvrit la porte.

– Non, madame, aucune ; je vous remercie de l'intérêt que vous me portez.

– Il est très vif en vérité. Est-ce d'Avignon ? J'espère que votre sœur n'est pas plus malade ?

– Non, madame, ma lettre est de Londres, et c'est simplement une lettre d'affaires.

– Mais comment se fait-il que la seule écriture vous ait autant troublé ? Venez, venez à côté de moi, cher colonel, racontez-moi ce que c'est. Quelque chose d'intéressant pour vous, j'en suis sûre.

– Ma chère maman, intervint lady Middleton, laissez de grâce le colonel achever son déjeuner. Voilà votre tasse, colonel.

Il la prit et la but rapidement sans s'asseoir.

– Peut-être est-ce pour vous dire que votre cousine Fanny se marie ? Est-ce cela ? interrogea Mrs Jennings, sans se préoccuper le moins du monde du reproche de sa fille.

– Non, madame, pas du tout.

– Eh bien, alors, je sais ce que c'est, et qui vous écrit, colonel! J'espère qu'elle se porte bien.

– Qui, madame? dit le colonel en rougissant un peu.

– Oh, vous savez très bien de qui je veux parler.

Le colonel impatienté ne répondit pas; il s'adressa à lady Middleton:

– Je suis très fâché, milady, d'avoir reçu cette lettre ce matin; elle m'oblige à partir immédiatement pour Londres.

– Pour Londres! s'écria Mrs Jennings. Quelle folie! Et que peut-on avoir à faire à Londres en cette saison?

– C'est moi qui perds le plus, répliqua-t-il, en étant forcé de quitter une société aussi agréable. Mais ce qui me chagrine surtout, c'est que je crains de faire manquer la partie de ce matin, et que ma présence ne soit absolument nécessaire pour être admis à Whitwell.

Tout le monde fut consterné.

– Mais si vous écriviez un billet à la gouvernante, Mr Brandon, suggéra vivement Marianne, ne serait-ce pas suffisant?

– Je crains que non, mademoiselle.

– Il faut absolument que vous veniez avec nous! s'écria sir George. Il n'y a point d'affaire plus importante au monde que de ne pas déranger une partie sur le point de commencer. Remettez votre départ pour la ville à demain, Brandon, voilà tout.

– Je voudrais que cela me fût possible, rétorqua-t-il avec fermeté, mais je ne puis retarder mon départ d'un jour.

– Si vous vouliez seulement nous dire de quoi il est question, reprit Mrs Jennings, et nous conter votre affaire, nous déciderions si elle est si pressée ou si vous pouvez rester.

– Vous ne perdrez que cinq ou six heures, renchérit Willoughby, si vous vouliez seulement différer jusqu'à notre retour.

– Je ne puis pas perdre seulement une heure, répondit le colonel.

Elinor entendit Willoughby qui disait à voix basse à Marianne :

– Il est de ces gens maussades qui ne peuvent supporter une partie de plaisir. Il avait peur de s'enrhumer ou d'être mouillé, j'en suis sûr, et il a inventé cela pour gâcher celle-ci. Je parierais cinquante livres que cette lettre est de sa main.

– Je n'en doute pas, en convint Marianne.

– Il n'y a pas moyen de vous faire changer d'avis, dit sir George, quand vous avez quelque chose en tête, je sais cela depuis longtemps. Voyez cependant combien vous nous contrariez.

Le colonel répéta tout son chagrin d'en être la cause, mais déclara que son départ était inévitable.

– Eh bien, alors, quand vous reverra-t-on ?

– Bientôt, je l'espère, ajouta lady Middleton, et nous remettrons la partie de Whitwell à votre retour. J'aurai ainsi le temps de tout mieux arranger.

– Vous êtes très obligeante, madame, mais mon retour est si incertain que je n'ose prendre aucun engagement.

– Je vous déclare, assura sir George, que si vous n'êtes pas ici à la fin de la semaine, je vais vous chercher.

– Oui, oui, sir George, faites cela ! s'écria Mrs Jennings. Vous saurez alors ce que c'est que cette affaire, et vous me le direz.

On vint avertir le colonel que son cheval était prêt.

– Vous n'allez pas jusqu'en ville à cheval ? demanda sir George.

– Non, seulement jusqu'à la première poste.

– Eh bien ! Je vous souhaite un bon voyage, entêté que vous êtes. Allons, un effort de complaisance… renvoyez ce cheval.

– Je vous jure que cela n'est pas en mon pouvoir.

Il prit congé de toute la compagnie, qui lui rendit son salut avec humeur, à l'exception d'Elinor qui n'avait pas dit un mot pour le retenir, et qui le salua avec affection.

– N'y a-t-il aucune chance, miss Elinor, lui dit-il, de vous voir à Londres cet hiver avec votre sœur ?

– Je crains qu'il n'y en ait point.

– Je vous dis donc adieu pour plus longtemps que je ne voudrais, conclut-il avec émotion.

Il lui prit la main, qu'il serra doucement, et fit un simple salut à Marianne. Mrs Jennings voulait encore le retenir pour lui faire dire son secret ; mais il lui souhaita une bonne journée et quitta la pièce avec sir George.

Les plaintes, les regrets, les lamentations, les repro-ches, les sarcasmes, les conjectures, que la politesse avait retenus, éclatèrent tous dès qu'ils furent sortis, lorsque Mrs Jennings fit taire tout le monde en déclarant :

– Je crois que j'ai deviné l'*importante* affaire qui nous a tous rendus si malheureux.

– Quoi donc ? Chère madame, qu'est-ce que vous croyez ? Dites-le-nous vite ! s'écria chacun.

– Je suis sûre que c'est pour miss Williams.

– Et qui est miss Williams ? demanda Marianne.

– Quoi ! Vous ne connaissez pas miss Williams ? Vous avez au moins entendu parler d'elle ?

– Pas du tout, je vous l'assure.

– Eh bien ! Miss Williams, expliqua-t-elle avec un sourire, est une proche parente du colonel, très proche en vérité. Je ne veux pas dire en toutes lettres à quel degré pour ne pas blesser les oreilles des jeunes dames.

Et, baissant un peu la voix, elle confia à Elinor :

– C'est sa fille naturelle.

– Vraiment ? Vous me surprenez.

– Oui, comme je vous le dis, et le colonel l'aime comme la prunelle de ses yeux. Je suis sûre qu'il lui laissera toute sa fortune.

Sir George rentra à ce moment et se joignit de grand cœur au regret général. Toutefois, il finit par observer que, puisqu'on était rassemblé, il fallait au moins faire tous ensemble quelque chose qui serait peut-être aussi divertissant. Après quelques consultations, on convint qu'on irait se promener aux alentours, suivant sa fantaisie, pendant quelques heures, puis qu'on reviendrait dîner à Barton Park. Lady Middleton trouva que c'était beaucoup plus convenable que de dîner en plein air. Elinor fut du même avis pour d'autres motifs. Les voitures furent ordonnées ; l'élégante calèche de Willoughby fut prête la première, car il devait conduire Marianne. Jamais celle-ci n'avait paru plus heureuse qu'en se plaçant à côté de lui, et vraiment c'était le plus beau couple qu'il fût possible de voir. Ils partirent comme l'éclair et furent bientôt hors de vue ; on n'entendit plus parler d'eux jusqu'au retour général. Ils étaient partis les premiers, ils revinrent les derniers. Tous deux paraissaient enchantés de leur promenade dont ils ne donnèrent aucun détail ; ils dirent seulement que, pour rouler plus vite, ils étaient restés dans la plaine. Les autres, pour jouir de la vue, s'étaient aventurés sur les hauteurs.

Sir George avait décidé que, pour se consoler du départ du colonel, on s'amuserait toute la journée et qu'on danserait après dîner. Il y avait, outre la compagnie ordinaire, toute la nombreuse famille Carey, de Newton. On était vingt personnes à table, ce que sir George remarqua avec grand plaisir. Willoughby prit sa place habituelle entre Elinor et Marianne. Il n'y avait pas longtemps qu'ils étaient assis, lorsque Mrs Jennings, se penchant entre Elinor et Willoughby, prit le bras de Marianne, et lui dit, assez haut pour être entendue de tous deux :

– Je sais où vous êtes allés, ce matin, miss
Marianne ; je l'ai découvert malgré tous vos beaux
mystères.

Marianne rougit et dit vivement :

– Où donc, madame ?

– Ne saviez-vous pas, intervint Willoughby, que
nous nous étions promenés dans ma calèche ?

– Oui, oui, monsieur, je le savais bien, mais
j'étais décidée de savoir aussi où cette calèche vous
avait menés, et je le sais. J'espère, miss Marianne,
que votre future maison est à votre goût ? Elle est,
à mon gré, une des plus grandes et des plus belles que
je connaisse, et quand je viendrai vous rendre visite,
j'espère la voir bien arrangée et meublée de neuf.
Les meubles actuels sont trop antiques, n'est-ce pas ?
C'est la seule chose à laquelle j'ai trouvé à redire
quand j'y suis allée il y a six ans, et vous ne les aurez
pas jugés en meilleur état ce matin.

Marianne se détourna en grande confusion.
Mrs Jennings rit aux éclats, et conta ensuite à Elinor
qu'elle avait chargé sa femme de chambre, Betty,
adroite autant que gentille, de savoir du jockey de
Mr Willoughby où son maître avait conduit miss
Dashwood, et qu'ainsi elle avait appris qu'il l'avait
menée au château d'Allenham et qu'ils avaient
passé toute la matinée à se promener dans la maison
et les jardins.

Elinor pouvait à peine le croire ; il lui semblait
également inouï de la part de Mr Willoughby de
l'avoir proposé, et de la part de Marianne d'avoir

consenti à aller dans la maison où vivait une femme respectable, qu'elle ne connaissait point et chez qui elle ne pouvait être admise.

Aussitôt qu'on fut sorti de table, elle prit sa sœur à part et le lui demanda, et à sa grande surprise, elle apprit que tout ce que Mrs Jennings avait dit était vrai. Marianne était tout à fait revenue de son premier moment de trouble et se fâcha presque que sa sœur en doutât.

– Qu'est-ce qui vous étonne donc, Elinor ? lui dit-elle. Pourquoi ne serais-je pas allée voir Allenham, puisque j'en avais une si bonne occasion ? Ne vous ai-je pas entendu dire vous-même que vous en auriez grande envie ?

– Oui, Marianne, mais j'aurais attendu que Mrs Smith n'y fût plus ou voulût m'y recevoir, et je n'y serais surtout pas allée seule avec Mr Willoughby.

– Mr Willoughby est cependant la seule personne qui ait quelque droit de m'y introduire, et qui puisse me montrer en détail la maison et les jardins. Sa calèche ne contient que deux places, aussi ne pouvais-je avoir personne avec moi. Je vous assure, Elinor, que dans toute ma vie, je n'ai passé une plus délicieuse matinée.

– Il est fâcheux, reprit doucement Elinor, que le plaisir et la convenance n'aillent pas toujours ensemble.

– Au contraire, Elinor, cela vaut beaucoup mieux, et ce que vous dites est la plus forte preuve en ma faveur. Si j'avais blessé le moins du monde les convenances ou la décence, j'en aurais eu le sentiment. Vous m'accorderez, je l'espère, qu'on sent toujours quelque chose de pénible quand on fait ce qui n'est pas bien, et avec cette conviction, croyez bien que je n'aurais eu nul plaisir.

– Mais, ma chère Marianne, reprit Elinor avec une extrême tendresse, ne pensez-vous pas aussi qu'un sentiment plus vif encore peut aveugler ? Vous vous êtes déjà trop exposée à de malicieuses remarques ; ne commencez-vous pas à vous douter que vous y avez peut-être donné lieu, et que votre promenade pourrait les augmenter ? Mrs Jennings…

– Mrs Jennings et ses sottes railleries, interrompit Marianne, me sont très indifférentes ; tout le monde, et vous-même Elinor, y êtes sans cesse exposés. Je n'attache pas plus de prix à sa censure qu'à son approbation. Je n'ai point du tout le sentiment d'avoir fait quelque chose de mal en me promenant dans les jardins de Mrs Smith ou en voyant sa maison. Elle doit un jour appartenir à Mr Willoughby et…

– Quand bien même elle devrait aussi vous appartenir, la coupa Elinor, cela ne justifie point ce que vous avez fait.

Marianne rougit beaucoup, mais plutôt de plaisir que de peine, et après quelques minutes de silence, elle passa un bras autour des épaules de sa sœur et lui dit avec son charmant sourire :

– Peut-être, Elinor, ai-je fait une étourderie en allant à Allenham, pardonnez-la-moi, je ne puis m'en repentir. Mr Willoughby désirait me la montrer, et c'est une charmante habitation, je vous assure : il y a surtout un petit salon au premier étage, précisément comme il le faut pour un établissement de tous les jours. Lorsqu'il sera meublé avec élégance, il sera délicieux ; il est situé à l'angle de la maison et il y a deux vues différentes, d'un côté sur le parterre gazonné, et au-delà sur un beau grand bois. De l'autre côté, c'est l'église et le village, et derrière, cette belle colline que nous avons si souvent admirée. Encore n'ai-je pas vu le salon à son avantage, les meubles sont si antiques ! Mais, comme le dit Willoughby, avec quelques centaines de livres, nous en ferons... Nous pourrons en faire le plus charmant salon d'été de toute l'Angleterre.

Ainsi finit le sermon d'Elinor ; elle ne dit plus rien, et Marianne allait continuer sa description d'Allenham avec la même ardeur quand elles furent appelées pour la danse. C'était Willoughby ; Marianne lui donna la main et dansa toute la soirée avec lui sans se rappeler un mot de ce que lui avait dit sa sœur.

CHAPITRE 14

Le départ soudain du colonel Brandon et la fermeté qu'il avait mise à en cacher la cause suscitèrent la plus vive curiosité chez Mrs Jennings, et pendant trois ou quatre jours elle en fut occupée au point que la promenade de Marianne avec Willoughby fut oubliée. Elle avait deviné juste ; elle était contente et n'y pensait plus. Elle était trop bonne pour se plaire à tourmenter ces pauvres jeunes gens, qui s'aimaient comme on doit s'aimer à leur âge, qui rivalisaient tous deux en beauté – rien n'était plus naturel et il n'y avait rien à dire. Mais ce colonel, que pouvait-il lui être arrivé ? Mrs Jennings errait de conjecture en conjecture ; c'était sûrement quelque chose de très fâcheux, elle avait vu cela sur son visage – et la voilà à penser à toutes les espèces de maux qui pouvaient tomber sur lui.

– Pauvre cher homme ! J'en suis vraiment effrayée ! C'est peut-être une affaire dangereuse, une banqueroute, que sais-je ? Il est possible qu'à ce moment, il soit entièrement ruiné. Sa belle terre de Delaford n'a jamais rendu plus de deux mille louis par an, et son frère lui a laissé beaucoup de dettes, je sais cela de source sûre. Mais que ne donnerais-je pas pour savoir à présent la vérité et le vrai but de ce voyage à Londres, si pressé qu'il n'a pu le retarder d'une heure ? Peut-être que cela regarde miss Williams, et en rassemblant toutes les circonstances, je sais que c'est cela même. Il a rougi quand je l'ai nommée, ne l'avez-vous pas remarqué ? Moi, j'étais en face de lui, je le regardais dans les yeux, et je ne me trompe pas. Peut-être est-elle malade à Londres, peut-être morte ; c'est tout à fait vraisemblable, car elle est très délicate. Je parie tout au monde que cette lettre concernait miss Williams. Non, non, ce n'est pas une banqueroute ; il est trop prudent et trop sage ! À moins, quoiqu'il en dise, que ce ne soit sa sœur qui le demande à Avignon ; il est très bon frère, et cela expliquerait son empressement. Enfin, à la bonne heure ! Qu'est-ce que cela me fait, à moi ? Quoi que ce soit, on le saura bien un jour. Je souhaite de tout mon cœur d'apprendre qu'il soit hors de peine et qu'il ait une bonne femme par-dessus le marché.

C'était à Elinor que Mrs Jennings adressait toutes ces conjectures, en s'étonnant beaucoup qu'elle ne partageât pas son inquiétude. Elinor s'intéressait infiniment au colonel, mais elle ne voyait aucune raison de s'alarmer pour lui ; elle était d'ailleurs trop occupée des amours de sa sœur et de Willoughby, et de l'extraordinaire silence que tous les deux gardaient sur leur projet de mariage, pour s'inquiéter d'autre chose. Elle ne savait comment expliquer ce mystère, incompatible avec leur caractère à tous les deux, tandis qu'ils n'en mettaient pas même assez dans leur inclination réciproque. Pourquoi ne pas s'ouvrir entièrement soit à elle, soit à Mrs Dashwood ? Cette dernière ne se conduisait pas de manière à faire craindre un refus à Willoughby, qu'elle comblait d'amitiés comme s'il eût déjà été son beau-fils ; et quand toute sa conduite disait qu'il aspirait à le devenir, pourquoi continuait-il à se taire ? Elinor ne pouvait l'imaginer.

Elle comprenait bien cependant qu'il était possible que, quoique Willoughby fût très amoureux de Marianne, il ne fût pas maître de l'épouser immédiatement. Il était indépendant, il est vrai, mais tant que Mrs Smith vivrait, il n'était pas assez riche pour s'établir. Sa terre de Haute-Combe ne lui rapportait, d'après sir George, que six ou sept cents livres par an, qui lui suffisaient à peine pour sa vie de garçon, et souvent il s'était plaint devant elles de sa pauvreté. Malgré cela, il était singulier qu'avec l'extrême franchise dont il faisait profession et que Marianne mettait sans cesse à la tête de toutes les vertus, il ne leur échappât jamais un mot ni à l'un ni à l'autre sur un projet d'union qu'ils formaient bien certainement. Mais étaient-ils réellement engagés ensemble ? Toute leur conduite l'affirmait, et surtout cette promenade à Allenham ; cependant, quelquefois, une espèce de doute traversait l'esprit d'Elinor et l'empêchait d'avoir une explication avec sa sœur. Si vive, si sensible, si peu raisonnable, lui pardonnerait-elle l'ombre d'un doute sur celui qu'elle aimait si passionnément ? Souvent aussi, Elinor reprenait en lui une entière confiance. Toute sa conduite était si franche, si ouverte, qu'il croyait peut-être n'avoir pas besoin de s'expliquer plus clairement. Il était avec Marianne le plus tendre et le plus attentif des amants, et avec sa mère et ses sœurs, le fils et le frère le plus affectueux. Il avait l'air de les regarder toutes comme ses parentes et le cottage comme sa maison. Il y passait bien plus de temps qu'à Allenham, et lorsqu'il n'y avait pas d'engagement général à Barton Park, il y restait des jours entiers à côté de Marianne, son chien favori couché à ses pieds, lisant, faisant de la musique comme s'il eût fait déjà partie de la famille.

Une soirée particulièrement, environ une semaine après le départ du colonel, son cœur sembla s'ouvrir avec plus d'abandon et d'attachement pour tous les objets qui l'entouraient. Il était, comme à l'accoutumée, seul avec la mère et les trois sœurs quand Mrs Dashwood parla de ses projets d'agrandir et d'embellir la maison le printemps suivant. Aussitôt, il rejeta cette idée avec beaucoup d'ardeur, comme s'il ne pouvait supporter la pensée d'aucun changement dans un lieu qui lui était si cher tel qu'il était, et qui lui paraissait parfait.

– Quoi ! s'écria-t-il, embellir cette chère demeure ! Non, non, je n'y consentirai jamais ; pas une pierre ne doit être ajoutée à ces murs, pas un coin ne doit être changé, si vous avez le moindre égard pour mes sentiments.

Mrs Dashwood sourit et lui tendit la main en silence, mais avec l'air attendri.

– Ne soyez pas alarmé, mon cher Willoughby, le rassura gentiment Elinor, maman fait beaucoup de projets ; cela ne coûte rien, mais il n'en est pas de même de l'exécution, et nous ne serons jamais assez riches pour bâtir.

– J'en suis fort aise, répliqua-t-il, puissiez-vous toujours être pauvres, si vous ne savez pas mieux employer vos richesses.

– Je vous suis bien obligée de ce souhait, Willoughby, déclara Mrs Dashwood, mais soyez assuré que je sacrifierais sans peine tous mes projets d'embellissement à ce touchant sentiment d'affection que vous venez d'exprimer. Comptez sur moi en cela : quelque riche que je devienne, je ne dépenserai pas mon argent d'une manière qui vous serait aussi pénible. Mais êtes-vous réellement assez attaché à cette maison pour n'y voir aucun défaut ?

– Aucun, je vous le jure, affirma-t-il avec emphase. Je vous dirai plus : je la regarde comme le seul endroit sur la Terre qui me donne l'idée du parfait bonheur domestique, et si j'étais, moi, assez riche pour bâtir, je jetterais bas ma grande maison de Haute-Combe pour la rebâtir exactement sur le plan de votre cottage.

– Y compris cet étroit et sombre escalier et la cuisine qui fume ? interrogea Elinor.

– Oui, sans rien oublier ; exactement comme ceci, les petits inconvénients même : ils tiennent aussi à des souvenirs, et la moindre variation m'avertirait que ce n'est pas le cottage de Barton. Oh ! Je pourrais peut-être alors être aussi heureux à Haute-Combe que je l'ai été ici !

– J'espère, reprit Elinor, que même avec l'inconvénient d'un grand escalier et d'un beau salon, vous trouverez aussi le bonheur dans votre maison.

– Il y a certainement, admit Willoughby, des circonstances qui pourraient me la rendre aussi chère, mais cette demeure-ci aura toujours des droits sur mon affection qu'aucune autre ne peut avoir.

Oh ! Comment rendre l'expression de plaisir, de bonheur, de tendresse, de passion qui se peignit alors dans les yeux de Mrs Dashwood et de Marianne ? C'étaient l'amour maternel et l'amour tout court dans toute leur force. Toutes les deux regardèrent l'aimable encenseur de leur cottage, de manière à lui dire qu'elles l'avaient entendu.

– Combien de fois ai-je souhaité, ajouta-t-il, quand je venais à Allenham, que cette charmante demeure fût habitée. Jamais dans mes promenades je ne suis passé devant sans admirer sa situation, sans regretter que personne n'y vécût. Avec quel plaisir j'ai appris, en arrivant cette année chez Mrs Smith, que ce vœu était exaucé ! J'ai éprouvé une satisfaction, un tel intérêt pour cet événement auquel je n'avais aucune part, que je ne puis l'expliquer que comme un pressentiment du bonheur qui m'attendait.

Ne le pensez-vous pas aussi, Marianne ? ajouta-t-il, un peu plus bas en se penchant de son côté, puis continuant plus haut, il dit vivement : Et vous voudriez gâter cette demeure, Mrs Dashwood ? Vous voudriez lui ôter le charme de sa simplicité, et ce cher petit salon, où nous nous sommes rencontrés, où j'ai porté Marianne dans mes bras, où j'ai passé au milieu de vous toutes tant d'heures délicieuses ? Vous voudriez le dégrader, en faire une allée où tout le monde passerait pour entrer dans un salon plus grand, plus beau peut-être, mais qui n'aurait jamais pour moi le prix de celui-ci, où tout parle à mon cœur, où on est si bien, si agréablement établi ?

Mrs Dashwood lui promit encore que rien n'y serait changé.

– Vous êtes la meilleure des femmes et des mères, lui déclara-t-il, en serrant sa main entre les siennes ; cette promesse commence déjà à me rendre heureux. Étendez-la plus loin (le cœur d'Elinor battit), dites-moi que non seulement votre maison restera toujours la même, mais que j'y trouverai toute ma vie cette affection, cette bonté avec laquelle vous m'avez reçu et qui m'a rendu cette demeure si chère.

Il n'en dit pas davantage. Elinor aurait voulu quelques mots de plus, mais Marianne avait l'air si contente qu'elle le fut aussi. Mrs Dashwood lui fit la promesse qu'il demandait, et la conduite de Willoughby pendant toute cette soirée témoigna de son affection et de son bonheur.

– Venez dîner demain avec nous, mon cher Willoughby, lui proposa Mrs Dashwood quand il sortit, sans cela nous ne nous verrions pas de la journée. Nous voulons aller à Barton Park, rendre visite à lady Middleton, mais nous reviendrons de bonne heure.

Il l'accepta et promit d'être chez elles avant quatre heures le lendemain.

CHAPITRE 15

Mrs Dashwood et deux de ses filles, l'aînée et la cadette, partirent après déjeuner pour leur visite projetée à Barton Park ; Marianne s'excusa de ne pas les accompagner sous quelque léger prétexte d'occupation. Sa mère présuma que Willoughby avait à lui parler et lui avait promis de venir pendant leur absence ; elle trouva cela très naturel au point où ils en étaient et ne fit nulle objection.

– N'avais-je pas deviné ? lança Mrs Dashwood à Elinor en riant, lorsqu'à leur retour, environ sur les trois heures, elles trouvèrent en effet la calèche du jeune homme devant la porte du cottage avec son domestique.

Elle se hâta d'entrer avec gaieté, et croyait aussi trouver les jeunes amoureux bien contents, mais à peine eût-elle ouvert la porte du couloir qui conduisait au petit salon qu'elle en vit sortir Marianne qui paraissait dans une grande affliction. Son mouchoir couvrait ses yeux et on percevait des sanglots. Sans prêter aucune attention à sa mère et à ses sœurs, elle traversa rapidement l'allée et monta l'escalier. Surprises et alarmées, elles pénétrèrent dans la pièce que Marianne venait de quitter, dans laquelle elles trouvèrent Willoughby assis près du feu, la tête appuyée contre le chambranle de la cheminée et leur tournant le dos. Ce dernier se leva quand il les entendit entrer ; et son air abattu, ses yeux aussi pleins de larmes témoignèrent assez qu'il partageait fortement le chagrin de Marianne.

– Qu'a donc ma fille ? demanda vivement Mrs Dashwood. Lui serait-il arrivé quelque accident ?

– J'espère que non, madame, répondit Willoughby, en essayant de sourire. C'est moi plutôt qui dois m'attendre à être malade, car j'éprouve la plus cruelle contrariété.

– Vous, monsieur ? De quoi s'agit-il donc ?

– Madame, je ne puis avoir l'honneur de dîner avec vous. Mrs Smith use du pouvoir des riches sur un pauvre diable de cousin ; elle m'envoie à Londres pour une affaire pressée. J'ai reçu mes dépêches et pris congé d'Allenham, et je suis venu, madame, m'excuser auprès de vous et vous faire mes adieux.

– À Londres ! Vous partez à Londres ce matin ?

– Sur l'heure.

– Exactement comme le colonel Brandon, fit remarquer Margaret, mais au moins Mr Willoughby ne fait pas manquer une partie de plaisir en allant à Londres.

– C'est moi qui perds tout mon plaisir, reprit-il en soupirant.

– Pour peu de temps, je l'espère, déclara Mrs Dashwood, mais « peu », c'est quelquefois beaucoup. Réglez bien vite les affaires de Mrs Smith et revenez plus vite encore auprès de vos amis. Quand peut-on espérer vous revoir ?

Il rougit et répondit avec embarras :

– Vous êtes trop bonne, madame, mais je n'ai aucun espoir… Je ne crois pas revenir en Devonshire cette année ; l'année prochaine peut-être… Je ne rends à Mrs Smith qu'une visite dans l'année.

– Est-ce que Mrs Smith est votre seule amie ? demanda Mrs Dashwood avec un sourire mêlé de reproche et d'amitié. Est-ce qu'Allenham est la seule maison en Devonshire où vous soyez sûr d'être bien reçu ? Est-ce chez moi, cher Willoughby, que vous attendrez une invitation ?

Sa rougeur augmenta, des larmes remplirent de nouveau ses yeux et, la tête baissée sans regarder Mrs Dashwood, il lui dit seulement :

– Vous êtes trop bonne.

Mrs Dashwood, surprise, regarda Elinor, et vit dans ses yeux qu'elle ne l'était pas moins. Pendant un moment, tout le monde garda le silence. Mrs Dashwood le rompit la première :

– Je vous répète, mon jeune ami, qu'en tout temps, vous serez le bienvenu au cottage de Barton. Je ne vous presse plus d'y revenir immédiatement, c'est à vous seul de juger de ce qui peut plaire ou déplaire à Mrs Smith. Sur ce point, je ne veux pas plus douter de votre jugement que de votre inclination.

Dites-moi seulement que nous nous reverrons le plus tôt que vous le pourrez.

– Mes engagements sont pour le moment si nombreux, madame, et d'une telle nature, que je... je n'ose me flatter... Je ne puis dire...

Il s'arrêta et tout, dans sa posture, indiquait son embarras et sa confusion.

Mrs Dashwood était trop étonnée pour pouvoir parler. Un autre silence s'ensuivit, rompu cette fois par Willoughby, qui lança avec une gaieté forcée :

– Allons, il faut partir, il faut s'arracher de cette chère maison. C'est une folie de prolonger son tourment en restant plus longtemps dans des lieux qu'on regrette et avec une société dont on ne peut plus jouir. Adieu !

Il fit un salut de la main et sortit promptement. De la fenêtre, elles le virent monter lestement dans sa calèche et, une minute plus tard, il était hors de vue.

Mrs Dashwood ne put prononcer que ce seul mot :

– Ma pauvre Marianne !

Et elle sortit aussi, en faisant signe de la main à ses deux filles de ne pas la suivre.

L'inquiétude d'Elinor était au moins égale à celle de sa mère, et peut-être même plus profonde. Tous ses doutes sur les sentiments, ou plutôt sur les intentions, de Willoughby lui revinrent brusquement à l'esprit. Cet inconcevable départ, ses adieux bien plus inconcevables encore, son embarras, son affectation de gaieté, la manière appuyée dont il avait repoussé l'invitation amicale de sa mère ; toute sa conduite, en un mot, si différente de celle de la veille, la confondait d'étonnement. Ne sachant que penser, elle se dit que quelque querelle amoureuse avait eu lieu entre sa sœur et lui. La tristesse avec laquelle Marianne avait quitté la pièce avant son départ, le laissant seul, pouvait autoriser l'idée d'une brouillerie. Mais d'un autre côté, quand elle se rappelait avec quelle passion Marianne l'aimait, adoptait à l'instant toutes ses opinions, ne voyait, ne pensait que d'après lui, une querelle lui semblait presque impossible.

Mais, enfin, quels que fussent le motif et les circonstances de leur séparation, l'affliction de sa sœur était indubitable, et elle pensait avec la plus tendre compassion au violent chagrin auquel Marianne se livrait par sentiment, et qu'elle regardait même comme un devoir. Elle aurait voulu tout de suite aller auprès d'elle pour essayer de l'adoucir ; mais sa mère y était sans doute et y réussirait sûrement mieux, leurs âmes étant tout à fait à l'unisson. Elle attendit son retour avec impatience. Mrs Dashwood ne revint qu'au bout d'une demi-heure, et quoique ses yeux fussent rouges, sa physionomie était plus sereine.

– Vous avez vu Marianne, maman ? s'enquit Elinor. Comment va-t-elle ?

– Je ne l'ai pas vue ; elle est enfermée dans sa chambre ; elle pleure, et m'a conjurée de la laisser seule quelque temps. Pauvre enfant ! Ses larmes sont bien naturelles ; laissons passer ce premier moment sans la tourmenter avec d'inutiles consolations.

Elinor ne répondit rien ; elle aurait aimé que les larmes de sa sœur se fussent séchées sur le sein de sa mère, qu'elle eût ouvert sa porte. Elles prirent leurs ouvrages et s'assirent en silence. Margaret sortit pour prendre ses leçons sur l'ordre de sa mère.

– Notre cher Willoughby est déjà à quelques miles de Barton, déclara Mrs Dashwood après quelques minutes, et Dieu sait, Elinor, comme il voyage tristement.

Elinor étouffait, elle avait besoin qu'un mot de sa mère l'encourageât à ouvrir son cœur.

– Tout cela est bien étrange, répondit-elle. S'en aller si subitement ! Ce départ a l'air d'un mauvais songe. Aujourd'hui à quelques miles de nous, et hier il était là, à cette place, si heureux, si gai, si affectueux, comme s'il devait y passer sa vie, et actuellement il part sans projet de retour, sans savoir s'il nous reverra, et il nous quitte d'une manière si singulière, avec un embarras si vif ! Il faut qu'il soit arrivé depuis hier quelque chose qu'il n'a pas voulu dire ; il n'était plus le franc, le tendre Willoughby d'hier. Vous avez sûrement senti cette différence tout comme moi, maman ! Peut-être se sont-ils querellés. Sur quoi ? Je ne puis le concevoir, ni cependant expliquer autrement son peu d'empressement à accepter votre invitation.

– Ce n'est pas le désir qui lui manquait, Elinor, je l'ai vu bien clairement. Il ne dépendait pas de lui de l'accepter. Au début, j'ai trouvé toutes ses manières aussi singulières que vous les trouvez vous-même, mais je viens d'y réfléchir avec calme, et je puis vous assurer que je le comprends à merveille et que je puis tout expliquer.

– Vous le pouvez, maman ?

– Oui, ma fille ; je me suis tout expliqué à moi-même de la façon la plus satisfaisante. Mais, vous, Elinor, qui doutez toujours de l'amour, vous ne serez pas satisfaite. Je vous prie cependant de ne pas me dire un mot contre ma confiance en Willoughby ; elle est entière et complète. Je suis donc persuadée que Mrs Smith, qu'il a un si grand intérêt à ménager, soupçonne son attachement pour Marianne et le désapprouve, peut-être parce qu'elle a d'autres projets pour lui. Elle a donc désiré l'éloigner et a inventé quelque affaire urgente pour lui faire quitter le voisinage de Barton. Voilà, je crois, ce qui est arrivé. Il n'a sans doute pas encore osé lui avouer ses engagements avec Marianne, et il est obligé, bien à contrecœur, de lui obéir pour le moment et de quitter quelque temps le Devonshire. Vous me direz, je le sais, que cela peut être ou ne pas être ; mais je ne veux écouter aucun doute, à moins que vous ne puissiez m'expliquer la chose d'une manière aussi satisfaisante. À présent, Elinor, qu'avez-vous à dire ?

– Rien, ma mère ; vous aviez prévu ma réponse : ce que vous croyez peut être vrai, peut être faux, nous n'en savons rien, mais quoi que ce soit, mes inquiétudes sont les mêmes.

– Fille insensible ! gronda Mrs Dashwood avec un peu de dépit. Vous voulez croire le mal plutôt que le bien, vous préférez voir Willoughby coupable et votre sœur à jamais malheureuse plutôt que d'admettre ce qui peut le justifier. Il a pris congé de nous, dites-vous, avec moins d'affection qu'à l'ordinaire : n'accordez-vous donc rien au chagrin qui l'oppressait ? Le pauvre garçon ne savait ce qu'il disait ni ce qu'il nous entendait dire seulement ; à mes yeux, la singularité de sa conduite dans cet instant est plutôt une preuve de son amour et de sa sincérité.

– De son amour peut-être, admit Elinor, je connais peu les effets de l'amour, mais de sa sincérité ! Ah, ma mère, ne pensez-vous pas qu'un entier aveu de son amour, des difficultés qui se présentaient pour le moment et de ses intentions de les surmonter nous l'aurait mieux prouvée ? Sans doute, il est des cas où le secret est nécessaire, mais je ne puis m'empêcher d'être surprise que lui, Willoughby, en ait été capable. Peut-être en effet est-il obligé de cacher ses engagements avec ma sœur – si du moins ils sont engagés – à Mrs Smith, mais je ne vois aucune raison pour nous les cacher à nous.

– Pour les cacher, Elinor ! Ai-je bien entendu ? Est-ce bien vous qui reprochez de la dissimulation à Willoughby et à Marianne, quand chaque jour, chaque instant, vos regards leur reprochaient de n'en avoir pas assez ?

– Je ne manque pas de preuves de leur amour, maman, mais bien de leur engagement.

– Je suis aussi sûre de l'un que de l'autre.

– Alors je me tais et je suis contente ; mais, pardon :
j'ai cru que ni l'un ni l'autre ne vous en avaient parlé.

– Ni l'un ni l'autre, il est vrai, mais qu'ai-je besoin
de paroles quand les actions parlent si ouvertement ?
Est-ce que toute la conduite de Willoughby avec
Marianne, et avec nous toutes, n'a pas clairement
prouvé qu'il l'aimait et la considérait comme sa
future compagne, et nous, comme ses parentes de
cœur et de choix ? N'a-t-il pas demandé tous les jours
mon consentement par ses regards, ses attentions, son
tendre respect ? Ne le lui ai-je pas donné tacitement en
souffrant ses assiduités auprès de ma fille ? Oh, mon
Elinor, comment pouvez-vous douter qu'ils ne soient
solennellement engagés l'un à l'autre ? Comment
pouvez-vous supposer que Willoughby, persuadé
de l'amour de votre sœur, comme il doit l'être,
pourrait la quitter, et pour longtemps peut-être,
sans s'assurer de la retrouver un jour pour la vie ?
Pourquoi penserions-nous du mal d'un homme que
nous avons tant de motifs d'aimer, quoique nous
ne le connaissions pas depuis longtemps ? Il n'est
pas étranger ici ; et qui nous a dit un seul mot à son
désavantage ? Vous voyez comme il est aimé de mon
cousin sir George, qui s'intéresse assez à nous pour
nous avoir averties s'il y avait quelque chose à dire
contre lui. Au contraire, ne cherche-t-il pas toujours
dans ses invitations à le rapprocher de Marianne ?
Non, non, je n'ai aucun doute, aucune crainte ;
il reviendra j'en suis convaincue. En attendant,

Elinor, je vous prie de ne pas déchirer davantage le cœur de votre pauvre sœur en ayant l'air de douter de lui. La pauvre enfant aura bien assez de peine à supporter son absence.

– Je me tairai avec elle, maman, et je désire de tout mon cœur m'être trompée. J'aime Willoughby, et un soupçon sur son intégrité ne peut pas vous être plus pénible qu'à moi. S'il nous écrit, si une correspondance s'établit entre lui et ma sœur, je n'aurai plus aucun doute.

– Vraiment, vous leur accordez cela ! Quand vous les verrez devant l'autel, vous vous douterez alors qu'ils vont se marier.

Elles furent interrompues par l'entrée de Margaret. Elinor put réfléchir sur leur entretien. Elle voulut se rendre auprès de sa sœur, mais Mrs Dashwood l'en empêcha. Il fallait, disait-elle, laisser au moins cette matinée à son affliction, après quoi l'espoir de l'avenir la calmerait.

Elles ne la virent donc qu'au moment du dîner. Marianne arriva dans la salle à manger sans dire une parole. Ses yeux étaient rouges et humides, elle semblait retenir ses larmes avec difficulté ; elle évitait les regards et ne pouvait ni parler ni manger. Après quelques instants, sa mère lui pressa tendrement la main. Marianne voulut lever les yeux sur elle, mais ils se tournèrent sur la place que Willoughby aurait occupée. Son faible courage l'abandonna, elle fondit en larmes et quitta la pièce.

Elle revint un quart d'heure après, mais l'oppression de son cœur continua de même toute la soirée. Elle était sans pouvoir sur elle-même, parce qu'elle ne voulait même pas commander à son affliction ; la plus légère mention de Willoughby la décomposait entièrement, et quoique sa mère et ses sœurs eussent la plus tendre attention de ne rien lui dire qui pût renouveler sa douleur, il aurait fallu ne pas parler du tout pour l'éviter. Elle avait tellement accordé sa vie, ses pensées, ses actions avec Willoughby qu'on ne pouvait parler de rien qui n'y eût quelque rapport.

CHAPITRE 16

Marianne se serait trouvée impardonnable si elle avait été capable de fermer l'œil la première nuit après le départ de Willoughby. Elle aurait été honteuse le matin de se présenter à sa famille avec un teint reposé, et n'ayant pas autant besoin de repos qu'avant de se mettre au lit ; mais il n'y avait point de danger qu'elle eût le tort de dormir dans ces circonstances. Elle ne ferma pas l'œil de toute la nuit et en passa une grande partie dans les larmes. Elle se leva avec un grand mal de tête, toujours incapable de parler, ne prenant que ce qu'il fallait de nourriture pour ne pas mourir de faim, donnant par là beaucoup de chagrin à sa mère et à ses sœurs et rejetant toutes leurs consolations. La sensibilité de Marianne était extrême, sans une once de raison.

Après le déjeuner, elle allait se promener seule, errait dans le village d'Allenham ou sur la colline où elle avait rencontré Willoughby, se nourrissait des souvenirs de son bonheur passé, et pleurait amèrement sur son malheur actuel. Voilà quel était le principal emploi de ses matinées, et les soirées se passaient à peu près de même, à rêver, appuyée sur sa main ou ses regards attachés sur la colline. Quelquefois, elle allait à son piano et jouait tous les airs que Willoughby aimait, où leurs voix avaient été si souvent réunies ; elle suivait chaque ligne de musique qu'il avait écrite pour elle, jusqu'à ce que son cœur fût près de se rompre. Elle passait ainsi tous les jours des heures entières devant son piano, chantant et pleurant alternativement, sa voix souvent masquée par ses sanglots. Dans ses lectures aussi bien que dans sa musique, elle ne cherchait que ce qui pouvait nourrir son chagrin et ses regrets ; elle ne lisait rien que ce qu'ils avaient lu ensemble, et le moindre passage relatif à sa situation renouvelait et augmentait sa douleur.

Une si violence affliction ne pouvait pas, il est vrai, durer toujours au même point. Au bout de quelques jours, sans s'affaiblir, elle se calma et devint une profonde mélancolie. Mais ses occupations, ses promenades solitaires, ses méditations furent les mêmes et produisaient encore des effusions de larmes.

Aucune lettre de Willoughby n'arriva, et Marianne ne paraissait point en attendre. Sa mère était surprise, et Elinor inquiète, mais Mrs Dashwood trouvait toujours des explications pour tout ce qui pouvait accuser Willoughby d'indifférence.

– Rappelez-vous, Elinor, dit-elle, combien souvent sir George va prendre lui-même nos lettres à la poste et nous les apporte ; Willoughby, devant qui il nous les a maintes fois remises, le sait très bien. Nous avons supposé, vous et moi, que le secret était peut-être nécessaire, et peut-il y en avoir dans leur correspondance si elle passe par les mains de sir George, qui connaît sans doute l'écriture de son jeune ami ?

Elinor en convint et tâcha de trouver là un motif suffisant pour expliquer son silence. Mais il y avait un moyen si simple, si naturel de savoir exactement le fond de cette affaire et s'ils étaient engagés ensemble ou non, qu'elle ne pût s'empêcher de le suggérer à sa mère.

– Pourquoi, maman, ne le demandez-vous pas à Marianne ? De la part d'une mère si tendre, si indulgente, cette question ne peut pas l'offenser : elle est le résultat naturel de votre affection pour Marianne. Elle est par caractère franche, candide, disposée à la confiance, et avec vous particulièrement.

– C'est précisément pour cela que je ne voudrais pour rien au monde, répondit Mrs Dashwood, lui faire une telle question. Supposons qu'il soit possible – ce que je ne crois pas – qu'ils ne soient pas engagés et qu'elle ait des doutes sur lui, combien cela ajouterait à sa douleur d'être forcée d'en convenir ? Je ne mériterais pas sa confiance, si je l'obligeais à confesser ce qu'elle voudrait probablement être ignoré de tout le monde. Je connais le cœur de Marianne, je sais combien elle m'aime, et que je serai la première à savoir ce qui la touche, quand elle pourra me le dire. Ou elle n'a aucun doute sur la constance de Willoughby, alors je dois être tranquille ; ou elle en a, et il serait affreux pour elle de me le confier. Je ne tenterai jamais de forcer la confiance de personne, et moins encore celle de mon enfant, à qui le devoir fait une loi de ne pas me la refuser, quand bien même elle le souhaiterait.

Elinor trouvait que cette générosité était poussée trop loin avec une fille aussi jeune et qui avait un tel besoin de guide et de conseil ; elle le dit à sa mère, mais ce fut en vain. Le sens commun, la prudence, la raison, tout cédait le pas chez Mrs Dashwood à une délicatesse romanesque et à son faible pour Marianne.

Il se passa bien des jours avant que le nom même de Willoughby fût prononcé devant Marianne par quelqu'un de sa famille. Sir George et Mrs Jennings n'étaient pas aussi discrets et la firent souffrir doublement plus d'une fois par leurs sarcasmes sur sa tristesse. Mais, un jour, Mrs Dashwood prit par hasard un volume de Shakespeare et s'écria sans y penser :

– Ah, c'est *Hamlet*, que nous n'avions pas fini ! Notre cher Willoughby avait commencé à nous le lire, j'attendais son retour pour l'acheter, mais comme il se passera peut-être des mois avant qu'il revienne…

– Des mois ! s'écria Marianne avec l'accent de la terreur, le ciel m'en préserve. Non, non, des semaines tout au plus.

Mrs Dashwood fut fâchée de ce qui lui aurait échappé. Elinor au contraire en fut fort aise, la réponse de Marianne montrait une confiance entière en Willoughby et une connaissance de ses intentions.

Un matin, environ douze ou quinze jours après son départ, Elinor obtint de Marianne de se promener avec elle comme elles le faisaient avant que le chagrin lui fît préférer de marcher seule. Elle évitait avec soin la compagnie de ses sœurs ; si elles allaient sur les collines, elle s'éloignait dans la plaine, et grimpait bien vite les collines lorsqu'elle les voyait descendre. Il était donc très difficile de la trouver ; mais Elinor, qui blâmait ce goût de solitude, fit si bien que Marianne n'osa pas se dérober. Elles se promenèrent au travers de la vallée, appuyées amicalement l'une sur l'autre, mais se parlant peu. Marianne aimait mieux rester à ses pensées et Elinor, contente d'avoir obtenu qu'elle l'accompagnât, ne voulait rien exiger de plus. Elles arrivèrent ainsi à l'entrée de la vallée, où la contrée était plus ouverte et présentait une vue plus étendue. Elles s'arrêtèrent un moment pour la contempler, leurs flâneries ne les ayant point encore conduites à cette place. Devant elles, se dessinait au loin la route de Londres, qui par ses sinuosités faisait un effet agréable dans le paysage.

Elles en firent la remarque ensemble, Elinor avec admiration, Marianne avec un redoublement de tristesse, car c'était celle que Willoughby avait traversée et qui conduisait à Londres.

Au milieu des objets de cette scène, elles en découvrirent un qui paraissait animé. Peu de temps après, elles distinguèrent un homme à cheval, suivi d'un domestique, qui s'avançait de leur côté ; elles le virent ensuite plus distinctement, mais sans pouvoir cependant le reconnaître. Les yeux de Marianne étaient attachés sur lui et sur chacun de ses traits ; on voyait son émotion qui s'augmentait à mesure que le cavalier approchait. Enfin, levant ses mains jointes au ciel, elle s'écria tout à coup avec ravissement :

– C'est lui, c'est bien lui, je le reconnais ! Qui serait-ce sinon mon Willoughby ?

Et, quittant le bras de sa sœur, elle courut à sa rencontre. Elinor la suivit plus doucement, en lui criant :

– Arrêtez, Marianne, que faites-vous ? Vous vous trompez, ce n'est point Willoughby ; ce cavalier n'est pas aussi grand, il n'a pas du tout sa tournure.

– C'est lui, c'est bien lui, répétait Marianne en courant, j'en suis sûre ; c'est la couleur de ses cheveux, c'est son habit, son cheval. Ah, je le savais bien qu'il ne tarderait pas à revenir !

Elle doubla le pas. Elinor, convaincue que ce n'était pas Willoughby, effrayée de voir sa sœur courir ainsi au-devant d'un étranger, marcha plus vite aussi pour la rejoindre et l'arrêter. Elles furent bientôt à trente pas du gentilhomme à cheval. Marianne ralentit enfin, regarda encore, se sentit près de défaillir en voyant alors clairement qu'elle s'était trompée, que ce n'était pas son ami et, se retournant brusquement, elle repartit aussi vite qu'elle était venue. Elinor, au contraire, s'arrêta, en conjurant Marianne de faire de même. Une autre voix presque aussi bien connue que celle de Willoughby le lui demanda aussi. Marianne se retourna avec surprise et vit tout près d'elle Edward Ferrars.

C'était la seule personne au monde à qui dans ce moment elle pût pardonner de n'être pas Willoughby, le seul qui pût obtenir une parole d'elle, aussi s'efforça-t-elle de sourire en lui souhaitant la bienvenue, et le bonheur de sa sœur lui fit oublier un instant son désappointement.

Il descendit de son cheval, qu'il remit à son domestique, et revint avec les deux sœurs au cottage de Barton, où il venait leur rendre visite. Elles lui témoignèrent leur plaisir de le revoir, principalement Marianne, qui mit plus de chaleur dans son accueil qu'Elinor. La conduite de cette dernière dans un moment aussi intéressant que le retour de celui qu'elle aimait aurait étrangement surpris Marianne, si elle n'avait pas été une continuation de son inconcevable froideur, quand elle l'avait quitté à Norland. Edward l'étonnait plus encore. Elle savait combien Elinor était prudente et réservée, mais un homme, un amoureux aussi glacé lui paraissait un être contre nature ; elle ne pouvait en revenir, et de fait, sans être aussi vif, aussi sensible que Marianne, on pouvait en être surpris. Passé le premier instant, où il avait témoigné un peu d'émotion en les retrouvant, rien dans sa manière n'annonçait ses sentiments pour Elinor. Il ne la distinguait par aucune marque d'affection, à peine paraissait-il ému de la revoir, à peine ses regards se portaient-ils sur elle. Il était plutôt triste que content, il ne parlait que lorsqu'il était obligé de répondre à leurs questions. Marianne l'examinait avec un étonnement qui s'augmentait à chaque instant ; il était cependant à peu près tel qu'il avait toujours été, mais Willoughby avait tout fait oublier à Marianne ; elle pensait que tous les amoureux devaient être comme lui. L'extrême contraste de la conduite d'Edward la révolta, et ne daignant plus s'occuper de lui, elle retomba dans le cours habituel de ses pensées.

Après un court silence qui succéda à la surprise et aux premières questions, Marianne demanda à Edward s'il venait directement de Londres.

– Non, répondit-il un peu confus, il y a environ quinze jours que je suis dans le Devonshire.

– Depuis quinze jours ! répéta Marianne, stupéfaite comme on peut le penser qu'il eût été quinze jours dans le voisinage d'Elinor sans chercher à la voir.

Il répondit avec un air très peiné qu'il avait passé ce temps-là près de Plymouth avec quelques amis.

– Avez-vous été dernièrement à Norland ? s'enquit Elinor.

– Il y a environ un mois. Votre frère et ma sœur se portaient fort bien.

– Et ce cher Norland, demanda Marianne, comment est-il à présent ? Bien beau, n'est-ce pas ?

– Je suppose, dit Elinor, que votre cher Norland est comme il l'est toujours à la fin de l'automne, les bois et les sentiers couverts de feuilles mortes.

– Oh! s'écria Marianne. Avec quelles ravissantes sensations je voyais tomber ces feuilles! Quels délices, quand je me promenais, de les voir tourbillonner autour de moi, emportées par le vent ou entraînées dans le ruisseau! Quel sentiment de douce mélancolie m'inspiraient ces arbres défeuillés, cet air sombre d'automne, ces feuilles jaunes et flétries qui craquaient sous mes pas. Actuellement, personne ne les admire, personne ne les regarde, on les dédaigne et on se hâte de les ôter.

– Tout le monde, reprit Elinor, n'a pas la même passion que vous pour les feuilles mortes.

– Non, il est vrai, mes sentiments sont rarement partagés et compris. Mais quelquefois ils l'ont été, répliqua-t-elle avec un profond soupir. Il suffit d'un seul être qui sente comme moi…

Elle se tut et retomba pour quelques instants dans une profonde rêverie. Elle en sortit tout à coup et, reprenant toute sa vivacité, déclara:

– Arrêtez-vous, Edward, regardez et restez calme si vous le pouvez. Voilà la vallée de Barton, plus loin la délicieuse vallée d'Allenham; regardez ces collines, ce mouvement de terrain, avez-vous jamais rien vu qui soit égal à ceci? À gauche, c'est le parc de Barton, avec ses bois et ses plantations; et là, derrière cette colline qui s'élève et se dessine avec tant de grâce, est notre cottage.

– C'est une belle contrée, approuva tranquillement Edward, mais ces terres doivent être bien boueuses en hiver ?

– Grand Dieu ! Comment pouvez-vous penser à la boue avec de tels objets sous vos yeux ?

– C'est, dit-il en souriant, parce que je vois, au milieu de ces objets, un chemin étroit et impraticable.

– Quel étrange homme vous êtes, fit-elle avec un mouvement d'indignation.

– Avez-vous, reprit-il, un agréable voisinage ? Les Middleton sont-ils aimables ?

– Rien moins que cela, répondit Marianne, et à cet égard nous ne pouvions pas être moins bien servies.

– Marianne, s'écria Elinor, comment pouvez-vous parler ainsi ? C'est une famille très respectable, Mr Ferrars, qui se conduit avec nous de la manière la plus amicale. Avez-vous donc oublié, Marianne, combien de jours agréables nous leur devons ?

– Non, répliqua Marianne à voix basse, ni combien de pénibles moments.

Elinor n'eut pas l'air de l'entendre et dirigea toute son attention sur leur ami, tâchant de cacher son trouble en soutenant la conversation sur tous les objets qui se présentaient à son esprit. Sa froideur, sa réserve la mortifiaient intérieurement au moins autant que Marianne. Elle était blessée, presque en colère, mais résolue à régler sa conduite sur la sienne, plutôt sur le passé que sur le présent. Pour ne pas troubler le plaisir que cette visite ferait à sa mère, elle évita avec soin de montrer quelque apparence de chagrin ou de ressentiment, et le traita amicalement comme elle pensait qu'il devait l'être, étant donné leurs relations de famille.

CHAPITRE 17

Mrs Dashwood ne fut pas du tout surprise en voyant entrer Edward. Pour elle, rien n'était plus naturel que sa visite à Barton, elle l'était bien plus qu'il n'y fût pas encore venu ; aussi le reçut-elle avec de telles expressions de joie et d'amitié, que sa réserve et sa froideur ne purent tenir face à un tel accueil. Elles avaient déjà diminué avant son entrée dans la maison, la manière toute naturelle d'Elinor l'avait un peu ranimé ; celle de Mrs Dashwood, si bonne, si amicale, le mit entièrement à son aise. Elle était si parfaitement aimable qu'un homme ne pouvait être amoureux de l'une de ses filles sans l'être aussi de la mère ; et il n'eut pas conversé une demi-heure avec elle qu'Elinor eut la satisfaction de le voir aussi bien à son gré qu'elle l'avait toujours vu. Son affection pour toute la famille se réveilla en entier, ainsi que son tendre intérêt pour leur bonheur. Il n'était pas gai, cependant ; un poids semblait peser sur son cœur. Il fit l'éloge de leur habitation, il admira la vue, il fut attentif, bon, poli, mais il avait un fond de tristesse qu'elles remarquèrent toutes. Mrs Dashwood l'attribua à quelque manque de libéralité de sa mère, et s'indigna intérieurement contre les parents avares.

– Quels sont à présent les projets de Mrs Ferrars pour vous, Edward ? lui demanda-t-elle, lorsque, après dîner, ils s'entretenaient autour du feu. Devez-vous encore être un grand orateur en dépit de vous-même ?

– Non, madame, ma mère est à présent convaincue que je n'ai pas plus de talents que d'inclination pour la politique.

– Mais comment donc deviendrez-vous célèbre ? Car il faut absolument qu'on parle de vous dans le monde pour satisfaire votre famille ; et, mon cher Edward, il faut vous rendre justice, n'ayant aucun goût de dépense, aucun désir d'obtenir une place, aucune envie de briller et de faire parade de votre savoir, cela vous sera difficile.

– Vous dites très vrai, madame, je n'ai comme vous le dites aucun désir d'être distingué, et j'ai toutes les raisons possibles d'espérer que je ne le serai jamais. Grâce au ciel, on ne peut pas m'obliger à avoir du génie et de l'éloquence !

– Vous en auriez autant et plus que beaucoup de gens qui s'en vantent, si vous vouliez vous mettre en avant, mais vous n'avez point d'ambition et tous vos désirs sont modérés.

– Comme ceux de tout le monde, madame. Je désire autant que quiconque d'être parfaitement heureux, mais je veux l'être à ma manière, et chacun, je crois, en dit autant. Ni la richesse ni les grandeurs ne peuvent faire mon bonheur.

– Je le crois bien, approuva Marianne, qu'est-ce que la richesse et les grandeurs ont à voir avec le bonheur ?

– Les grandeurs fort peu, en convint Elinor, mais l'argent beaucoup plus.

– Elinor, est-ce bien vous qui dites cela ? s'écria Marianne. L'argent ne peut donner le bonheur qu'à ceux qui n'ont pas d'autres moyens d'être heureux. Tout ce qui est au-dessus du nécessaire est inutile et ne peut offrir aucune satisfaction réelle.

– Peut-être, dit en souriant Elinor, arriverons-nous au même point. Votre «nécessaire» et ma «richesse» sont, je crois, à peu près semblables ; voyons à combien fixez-vous votre nécessaire ?

– À dix-huit cents ou deux mille livres de revenu, pas plus que cela.

Elinor rit :

– Deux mille livres de revenu ! Je me croirais trop riche avec mille.

– Et cependant deux mille sont un revenu très limité, fit remarquer Marianne. Une famille de gens comme il faut ne peut pas s'entretenir à moins. Je suis sûre qu'il n'y a nulle extravagance dans ma demande ; ce qu'il faut de domestiques, une voiture, une calèche, un train de chasse n'exigent pas moins.

Elinor sourit encore, en la voyant décrire d'avance sa vie à Haute-Combe.

– Un train de chasse ? s'étonna Edward. Au nom du ciel, pourquoi voulez-vous en avoir un ? Êtes-vous devenue la Diane de ces bois ?

Marianne rougit.

– Non… je ne chasse pas… mais…

– Ah ! J'ai saisi : le possesseur de vos deux mille livres peut être un chasseur.

– Je voudrais, déclara Margaret, qu'une bonne fée nous rendît toutes bien riches.

– Et moi aussi, s'écria Marianne, les yeux brillants de plaisir, en pensant avec qui elle partagerait ses richesses.

– J'accepte aussi le don de la fée, décréta Elinor, avec la même pensée secrète.

– Ah, que nous serions heureuses ! s'exclama la petite Margaret en frappant de joie dans ses mains, mais je ne sais pas à quoi j'emploierais mon argent !

– Pour ma part, affirma Mrs Dashwood, je ne sais ce que je ferais d'une grande fortune, si mes enfants étaient toutes riches sans mon secours.

– Votre cœur, maman, dit Elinor, trouverait assez d'enfants pour qui vous seriez la bonne fée. Et puis, vous feriez les embellissements de notre cottage.

– Pour ma part, lança Edward, je vous vois, mesdames, établies dans une des plus belles places de Londres. Ah, quel heureux jour pour les libraires, les magasins de musique, de gravures ! Vous, miss Elinor, vous vous feriez d'abord un cabinet des plus beaux tableaux ; pour Marianne, il n'y aurait pas assez de bonne musique à Londres, elle ferait arriver toute celle d'Italie, ses livres et les fameux poètes ; elle achèterait les éditions entières de Thomson, Cowper et Scott, pour qu'elles ne tombent pas en des mains indignes… Pardon, Marianne, je n'ai pas, comme vous le voyez, oublié nos anciennes disputes.

– J'aime tout ce qui me rappelle le passé, Edward, lui répondit-elle. Que ce soit gai ou mélancolique, vous ne m'offenserez jamais en me le rappelant. Vous avez raison d'ailleurs en supposant que j'achèterais beaucoup de livres et de musique, mais ma fortune ne serait pas toute employée à cet usage, je vous assure.

– Vous en donneriez une partie, je parie, à l'auteur qui prendrait la défense de votre maxime favorite, et qui prouverait qu'on ne peut aimer qu'une fois en la vie ; car votre opinion n'est pas changée, je suppose.

– Moins que jamais. À mon âge, les opinions sont fixées.

– Marianne, reconnut Elinor, est ferme dans ses principes, comme vous le voyez, elle n'a pas du tout changé.

– Seulement, reprit Edward, je la trouve un peu plus grave.

– Je puis vous faire le même reproche, dit-elle, vous n'êtes pas trop gai vous-même.

– Pourquoi pensez-vous cela ? La gaieté n'a jamais fait partie de mon caractère.

– Ni de celui de Marianne, admit Elinor. Elle sent très vivement, et s'exprime de même, quand un sujet l'anime, elle en parle avec passion, mais le plus souvent, elle n'est pas réellement disposée à la gaieté.

– Je crois que vous avez raison, approuva Edward. Cependant, elle passera toujours pour une jeune personne très vive et très animée.

– On se trompe bien souvent, reprit Elinor, en jugeant le caractère ou l'esprit de ceux que l'on ne voit que dans le monde ; on est quelquefois entraîné, ou par ce qu'on dit soi-même, ou par ce qu'on entend dire aux autres. Marianne est très franche et se laisse aller à dire tout ce qui lui passe dans la tête sans se donner le temps de réfléchir ; c'est là notre querelle habituelle. Quelquefois, avec un cœur excellent, elle dit des choses qui feraient douter de sa bonté. Et moi qui sais combien elle est bonne dans le fond, je n'aime pas la voir mal jugée.

Marianne embrassa sa sœur et lui assura :

– Il me suffit que vous et tous ceux que j'aime me rendent justice. L'opinion de ceux qui me sont indifférents m'est aussi très indifférente. Je suis sûre, Edward, que vous êtes de mon avis, car vous ne vous donnez pas grand-peine non plus pour paraître aimable envers ceux dont vous ne vous souciez pas.

– J'en conviens, répondit-il, et je m'en blâme, car je suis tout à fait de l'avis de votre sœur. Cette politesse générale, qui rend si agréable en société, est bien préférable à votre franchise et à mon penchant maussade. Je le sens, mais il ne dépend pas de moi d'être autrement. Je suis si ridiculement timide que cela me rend souvent négligent et presque impoli, quoique je n'aie jamais l'intention d'offenser personne. Je crois que j'étais destiné par la nature à la vie simple et retirée, tant je suis mal à mon aise dans le grand monde.

– Marianne ne peut pas donner sa timidité pour excuse, déclara Elinor.

– Elle connaît trop bien ses avantages pour être timide, répliqua Edward. La timidité est toujours l'effet du sentiment de son infériorité. Si je pouvais me persuader que mes manières sont aisées et gracieuses, je ne serais pas timide.

– Vous seriez toujours réservé, décréta Marianne, et c'est encore pis.

– Réservé ! Marianne, demanda-t-il, qu'entendez-vous par là ?

– Caché, mystérieux, si vous préférez, renfermant vos sentiments en vous-même.

– Je ne vous comprends pas davantage, avoua-t-il en rougissant. Caché, mystérieux, en quelle manière ? Qu'ai-je donc à cacher ? Pouvez-vous supposer…

– Je ne suppose rien, monsieur, répliqua Marianne dédaigneusement.

L'émotion d'Edward n'échappa point à Elinor ; elle en fut surprise, mais s'efforça de rire de cette attaque.

– Ne connaissez-vous pas assez ma sœur, intervint-elle, pour comprendre ce qu'elle vient de dire ? Ne savez-vous pas qu'elle appelle « être réservé » le fait de ne pas être toujours dans l'enthousiasme et le ravissement ?

Edward ne répondit rien ; mais il redevint sérieux, préoccupé, et resta quelque temps absorbé dans ses pensées.

CHAPITRE 18

Elinor vit avec une grande inquiétude l'abattement de son ami; sa visite ne put lui procurer une satisfaction complète, puisque lui-même ne paraissait pas en éprouver. Il était évident qu'il avait une peine secrète au fond de l'âme. Elle aurait voulu du moins voir aussi clairement qu'il conservait pour elle cette tendre affection qu'elle croyait lui avoir inspirée. Mais actuellement rien ne lui paraissait plus incertain; et l'extrême réserve de ses manières contredisait un jour ce qu'un regard plus animé, une inflexion de voix plus tendre lui avaient fait espérer la veille.

Il les rejoignit elle et Marianne le lendemain au déjeuner avant que Mrs Dashwood et Margaret fussent descendues. Marianne, persuadée que plus il était silencieux, plus il désirait d'être seul avec Elinor, les quitta sous quelque prétexte. Mais avant qu'elle fût à la moitié des escaliers, elle entendit ouvrir la porte de la pièce. Curieuse, elle se retourna et, à son grand étonnement, elle vit Edward prêt à sortir de la maison. Elle ne put retenir un cri de surprise :

– Mon Dieu, où allez-vous donc ?

– Comme vous n'êtes pas encore rassemblées pour le déjeuner, je vais voir mes chevaux au village et je reviendrai bientôt.

Marianne leva les yeux au ciel et retourna près d'Elinor ; elle la trouva debout devant la fenêtre. Si Marianne l'avait bien regardée, peut-être aurait-elle surpris quelques larmes dans ses yeux, mais elles rentrèrent bientôt et le déjeuner fut préparé comme à l'ordinaire.

Edward revint avec assez de louanges envers la contrée pour se raccommoder un peu avec Marianne. Lors de sa promenade au village, il avait vu plusieurs parties de la vallée à leur avantage et le village lui-même, situé plus haut que le cottage, présentait un panorama qui l'avait enchanté. C'était un de ces sujets de conversation qui électrisaient toujours Marianne. Elle commença à décrire avec passion sa propre admiration et à dépeindre avec un détail minutieux chaque objet qui l'avait particulièrement frappée, quand Edward l'interrompit :

– N'allez pas trop loin, Marianne, rappelez-vous que je n'entends rien au pittoresque, et que je vous ai souvent blessée malgré moi, par mon ignorance de ce qu'il faut admirer. Je suis très capable d'appeler « haute » et « pénible » une colline que je devrais nommer « hardie » et « majestueuse » ; « raboteux » ce qui doit être « irrégulier », ou d'oublier qu'un lointain que je ne vois pas est voilé par une brume. Il faudrait apprendre la langue de l'enthousiasme, et j'avoue que je l'ignore. Soyez contente de l'admiration que je puis donner ; je trouve que c'est un très beau pays. Les collines sont bien découpées, les bois me semblent pleins de beaux arbres, les vallées sont agréablement situées, embellies de riches prairies et de plusieurs jolies fermes répandues çà et là. Il répond exactement à toutes mes idées d'un beau pays, parce qu'il unit la beauté avec l'utilité, et j'ose dire aussi qu'il est très « pittoresque », puisque vous l'admirez. Je puis croire aisément qu'il est plein de rocs mousseux, de bosquets épais, de petits ruisseaux murmurants, mais tout cela ne m'a point touché. Vous savez que je n'ai rien de pittoresque dans mes goûts.

– Je crains que ce ne soit que trop vrai, soupira Marianne, mais pourquoi voulez-vous vous en glorifier ?

– J'ai peur, déclara Elinor, que pour éviter un genre d'affectation, Edward ne tombe dans un autre. Parce qu'il a vu quelques personnes prétendre à l'admiration de la belle nature bien au-dessus de ce qu'elles sentaient, désabusé par cette prétention, il donne dans l'excès contraire, et il affecte plus d'indifférence pour ces objets qu'il n'en a réellement.

– Je n'ai, je vous assure, nulle prétention à l'indifférence pour les vraies beautés de la nature ; je les aime et je les admire, mais non pas peut-être d'après les règles « pittoresques ». Je préfère un bel arbre bien grand, bien droit, bien formé à un vieux tronc tordu, penché, rabougri, couvert de plantes parasites, j'ai plus de plaisir à voir une ferme en bon état qu'une ruine ou une vieille tour.

Marianne regarda Edward avec mépris et sa sœur avec compassion. La conversation retomba. Marianne demeura pensive et silencieuse, jusqu'à ce qu'un nouvel objet réveillât son attention. Elle était assise près d'Edward et celui-ci, en prenant sa tasse de thé, passa sa main si directement devant elle qu'elle ne put s'empêcher de remarquer à son doigt un anneau avec une mèche de cheveux.

– Je ne vous ai jamais vu porter de bague, Edward, lui dit-elle, montrez-moi celle-là ; sont-ce des cheveux de Fanny ? Je me rappelle qu'elle vous en avait promis ; ses cheveux me paraissaient plus foncés...

Marianne comme à son ordinaire avait parlé sans réfléchir, mais quand elle vit combien elle avait fait de peine à Edward, elle fut plus fâchée que lui-même de son étourderie. Il rougit jusqu'au blanc des yeux, jeta un coup d'œil à Elinor, et dit enfin :

– Oui, ce sont des cheveux de ma sœur. Le travail change toujours les nuances.

Elinor avait rencontré son regard ; il pénétra au fond de son âme, ce seul regard lui avait dit que ces cheveux étaient les siens. Marianne en était tout aussi persuadée. La seule différence était qu'elle croyait que c'était un don d'Elinor ; et celle-ci, qui savait bien qu'elle ne lui avait point donné de ses cheveux, crut qu'il s'en était procuré par quelque moyen inconnu, ou qu'il les avait coupés sans qu'elle s'en fût aperçue, lorsqu'elle avait quitté Norland. La couleur était bien la même, et la rougeur et le regard d'Edward avaient porté dans son cœur cette douce conviction. Elle était bien loin de lui en vouloir et, n'ayant plus l'air d'y prêter attention, elle parla d'autre chose. L'embarras d'Edward dura quelque temps, puis finit par une tristesse encore plus marquée, qui dura la matinée entière.

Marianne se reprocha vivement ce qui lui avait échappé ; elle aurait été plus indulgente pour elle-même, si elle avait pu savoir combien peu sa sœur était offensée, et le plaisir secret qu'elle lui avait procuré.

Au milieu de la journée, on eut la visite de sir George et de Mrs Jennings, qui, ayant entendu dire qu'un gentilhomme était arrivé au cottage, venaient voir qui c'était. Avec le secours de sa belle-mère, sir George ne mit pas longtemps à découvrir que le nom d'Edward Ferrars commençait par un «E» et un «F», et que c'était là l'amoureux d'Elinor, dont la petite Margaret avait parlé. Cette découverte aurait valu beaucoup de railleries à la pauvre Elinor si la présence d'Edward, qu'ils connaissaient aussi peu, ne les avait pas retenus. Mais ni les coups d'œil significatifs, ni les sourires malins ne lui furent épargnés. Sir George ne venait jamais chez les Dashwood sans les inviter à prendre le thé à Barton Park dans la soirée ou à dîner le lendemain. Cette fois, en l'honneur du nouveau venu, qu'il était fier de contribuer à amuser, l'invitation fut pour le soir et pour le lendemain.

– Venez tous prendre le thé avec nous ce soir, proposa-t-il, nous sommes tout à fait seuls, mais demain nous avons beaucoup de monde, et il faut absolument dîner à Barton Park.

Mrs Jennings les pressa d'accepter.

– On dansera dans la soirée, dit-elle, et cela doit tenter miss Marianne.

– Danser ! s'écria cette dernière. Impossible, qui peut penser à danser ?

– Qui ? Vous-même, ma belle, et la petite Margaret, et les Carey, et les Whitakers. Comment, ma chère, vous pensez de bonne foi que personne ne peut danser, parce que quelqu'un... que je ne nomme pas est parti ?

– Je voudrais de toute mon âme, assura sir George, que Willoughby fût encore avec nous.

Ces mots et la rougeur de Marianne donnèrent de nouveaux soupçons à Edward.

– Qui donc est ce Willoughby ? demanda-t-il à voix basse à Elinor, près de qui il était assis.

Elle le lui expliqua en peu de mots, mais la contenance et la physionomie de Marianne parlaient plus clairement. Edward en vit assez pour comprendre ce qu'il en était, et quand les visiteurs furent partis, il s'approcha d'elle et lui dit à demi-voix :

– J'ai deviné ; dois-je vous dire ce que j'ai deviné ?

– Quoi donc ?... Qu'entendez-vous par là ?

– Dois-je le dire ?

– Certainement.

– Eh bien, j'ai deviné que Mr Willoughby chasse.

Marianne fut surprise et confuse, cependant elle ne put s'empêcher de rire de sa douce et fine raillerie, et après un moment de silence, elle lui confia :

– Oh, Edward ! Comment pouvez-vous… Mais le temps viendra où j'oserai… Je suis sûre que vous l'aimerez.

– Je n'en doute pas, répondit-il avec amitié.

Cet aveu naïf de Marianne l'avait touché ; il croyait qu'il y avait une plaisanterie établie sur elle et sur Willoughby sans conséquence, et que Marianne s'en défendrait ou plaisanterait elle-même. Mais elle avait répondu tout autrement qu'il ne s'y attendait et il sentit que c'était plus sérieux qu'il ne l'avait cru.

CHAPITRE 19

Edward passa une semaine au cottage. Il fut vivement pressé par Mrs Dashwood d'y rester plus longtemps, mais il semblait décidé à se mortifier lui-même. Il prit tout à coup la résolution de quitter ses amis au moment où il sentait le plus le bonheur de les revoir. Son humeur, quoique toujours inégale, était cependant beaucoup plus agréable dans les derniers jours. Il paraissait de plus en plus charmé par l'habitation et ses environs ; il ne parlait jamais de son départ qu'avec un soupir, il avouait que rien ne le rappelait ailleurs, il était même incertain de l'endroit où il irait en les quittant, mais il voulait partir. Jamais, disait-il, aucune semaine de sa vie ne lui avait paru plus courte, jamais il n'avait été plus complètement heureux ! Ses paroles, ses regards, des attentions légères, mais qui de sa part disaient beaucoup, tout rassurait Elinor sur ses sentiments ; cependant, sa conduite la surprit. Puisqu'il était libre de prolonger son séjour auprès d'elle, pourquoi cette obstination à partir ? Il n'avait aucun plaisir à Norland, il détestait Londres, et il voulait aller à Norland ou à Londres. Il appréciait leurs bontés, leur amitié au-delà de tout, son plus grand bonheur était d'en jouir, et pourtant il voulait les quitter à la fin de la semaine malgré elles et malgré lui, et sans avoir rien à faire qui fût un obstacle à leurs désirs mutuels.

Mais Elinor n'était ni susceptible ni défiante, elle mit sur le compte de Mrs Ferrars tout ce qui l'étonnait dans la conduite de son fils. Il était heureux qu'Edward eût une mère dont le caractère lui était si peu connu qu'il pouvait servir d'excuse pour tout ce qui paraissait étrange dans sa manière d'être. Sa réserve, sa froideur, ses inégalités d'humeur, son départ, tout fut mis sur le compte de cette mère. Elle en estima davantage son ami de ne pas lui résister ouvertement et d'attendre en silence le moment où il serait le maître de déclarer ses sentiments et ses intentions. Elle ne craignait pas de grandes difficultés de la part d'une famille déjà liée à la sienne; elle aurait bien sûrement l'appui de son frère et sa belle-sœur même n'oserait pas contrarier son mari. Edward était assez riche pour n'écouter que le choix de son cœur en se donnant une compagne, lorsqu'à tout autre égard ce choix était honorable. Si Mrs Ferrars avait l'air de s'y opposer, c'était moins par rapport à elle que pour tenir son fils dans sa dépendance tant qu'elle en avait le droit; et sans doute jugeait-il plus sage et plus prudent de ne pas la heurter encore, de temporiser avec elle, et par sa condescendance actuelle de mériter la sienne quand le moment serait arrivé. Ainsi rassurée sur sa conduite, Elinor chercha et trouva la consolation de son départ dans le souvenir de chaque preuve de son affection, de chaque regard pendant cette semaine si vite écoulée, et surtout de cet anneau qu'il portait à son doigt, qui plus que le reste encore l'assurait de sa constance. Quand il lui serait resté quelques doutes, ils se seraient tous évanouis au moment de son départ. Il était l'image vivante de la tristesse et des regrets. À peine pouvait-il retenir ses larmes, il ne pouvait cacher combien son cœur était oppressé. Marianne fut enfin contente de lui et lui exprima aussi à sa manière exaltée ses regrets de le voir partir. Elinor avait assez à faire à garder bonne contenance, et Mrs Dashwood essayait de réconforter un peu son futur gendre.

– Vous êtes mélancolique, mon cher Edward, lui disait-elle ; sans doute il est toujours triste de se séparer de ses amis, mais il n'y a nulle circonstance affligeante, vous pouvez revenir quand vous le voudrez, et nous désirons tous que ce soit bientôt, n'est-ce pas, Elinor ?… Vous êtes à tous égards un heureux jeune homme, il ne vous manque qu'un peu de patience, ou si vous voulez lui donner un nom plus doux, de l'espoir. Votre mère vous gêne peut-être un peu en ce moment, mais enfin celui de votre indépendance viendra bientôt. Mrs Ferrars assurera votre bonheur, c'est son devoir, et sûrement sa volonté.

– Je ne suis pas né pour le bonheur, soupira-t-il en secouant la tête tristement.

C'était l'heure du départ, sa tristesse augmenta la peine que chacune en ressentait, et laissa surtout une forte impression dans l'âme d'Elinor ; mais elle était déterminée à la surmonter. Elle employa toutes les forces dont elle était capable à cacher combien elle souffrait, elle n'adopta pas la méthode dont Marianne s'était servie avec tant de succès, dans une occasion semblable, pour augmenter et fixer son chagrin, par le silence, la solitude, l'oisiveté. Dès qu'Edward fut parti, Elinor se mit à son dessin et occupa utilement et agréablement la journée, sans chercher à parler de lui, et sans éviter d'en parler, prenant intérêt à tout ce qui se disait. Si, par cette sage conduite, elle ne diminua pas ses peines, elle prévint au moins qu'elles ne s'augmentassent inutilement, et sa mère et ses sœurs n'eurent aucune inquiétude sur son compte. Sans se séparer de sa famille, sans les quitter pour se promener seule, sans passer des nuits blanches, Elinor trouvait encore fort bien le temps de songer à Edward et à sa conduite, avec les variations de la disposition de son âme, avec tendresse, pitié, blâme, approbation, confiance, doute, etc., etc. Elle pouvait commander à ses actions, à son apparence, mais non pas à ses pensées ; aussi passé et futur se présentaient-ils successivement à son imagination.

Marianne, qui pouvait à peine lui pardonner le calme avec lequel elle supportait l'absence d'Edward, et qui l'attribuait à une sorte d'apathie de caractère qui la rendait incapable d'éprouver une forte passion, aurait été bien étonnée – si elle avait pu lire dans le cœur de sa sœur – de le trouver rempli d'un sentiment pour le moins aussi vif, et peut-être plus tendre que le sien pour Willoughby.

Peu de jours après le départ d'Edward, Elinor était seule dans le salon, devant sa table à dessiner et plongée dans ses rêveries, lorsqu'elle en fut tirée par un bruit de voix dans le jardinet. Elle leva les yeux vers la fenêtre et vit beaucoup de monde près de la porte. C'était sir George, sa femme, sa belle-mère, mais il y avait de plus un monsieur et une dame qu'elle ne connaissait point. Elle était assise près de la fenêtre, et dès que sir George l'eut aperçue, il laissa les autres frapper à la porte et, traversant le gazon, il l'obligea à ouvrir la fenêtre pour lui parler, quoique la distance entre la fenêtre et la porte fût si petite qu'il était impossible qu'ils ne fussent pas entendus.

– Eh bien, dit-il, je vous amène une visite qui vous fera plaisir, j'en suis sûr ! Devinez qui.

– Je ne le puis… Mais chut, on va nous entendre.

– À la bonne heure ! C'est seulement mon beau-frère et ma belle-sœur Palmer. Mrs Jennings a, vous le savez, marié sa fille cadette il y a six mois à Mr Palmer, très aimable jeune homme comme vous le verrez. Charlotte est très jolie, avancez un peu la tête pour la voir.

Puisque Elinor était certaine de la voir tout à son aise dans quelques minutes, sans faire une impolitesse, elle n'avança point.

– Où est Marianne ? s'enquit sir George. S'est-elle
sauvée quand elle nous a vus ? Son piano est ouvert.
Depuis que quelqu'un que je connais bien n'est plus
là, elle ne peut souffrir personne.

– Non, je vous assure, j'étais seule, je crois qu'elle
se promène.

Ils furent alors rejoints par Mrs Jennings, qui n'eut
pas la patience d'attendre qu'on eût ouvert la porte
pour s'entretenir avec sa chère Elinor.

– Bonjour, chère enfant ! Comment vous portez-
vous ? Un peu triste, je présume, c'est évident ;
et votre mère et vos sœurs ? C'est mal de leur part
de vous laisser ainsi à vos regrets, mais nous voici
pour vous distraire. Je vous amène ma fille cadette
et mon fils Palmer ; vous en serez charmée. Ce n'est
pas pour la vanter, mais c'est un vrai bijou que
ma Charlotte ! Ils sont arrivés hier soir au moment où
nous les attendions le moins. Nous étions à prendre
le thé, j'entends le bruit d'un carrosse ; il ne m'a pas
effleuré l'esprit que ce fût mes enfants. Je pensais
que c'était le colonel Brandon qui revenait. Je dis
à sir George : « J'entends une voiture, je parie que
c'est Brandon. Il faudra bien qu'il nous conte ce
qu'il est allé faire à Londres. » Sir George s'est levé
et…

Elinor fut obligée de lui tourner le dos au milieu de
son intéressante histoire, pour recevoir le reste de la
compagnie. Lady Middleton présenta sa sœur et son
beau-frère. Mrs Dashwood et Margaret descendirent
en même temps, et tout le monde s'assit. On se

regarda mutuellement avec curiosité, on dit quelques lieux communs. Mrs Jennings rentra avec sir George et continua son histoire.

Mrs Charlotte Palmer était de quelques années plus jeune que lady Middleton, et totalement différente et pour la figure et pour les manières, quoiqu'elle fût dans le fond tout aussi insipide, mais dans un autre genre – ce qui prouve que l'insipidité même peut varier. Elle était petite et grasse, son teint était beau, tous ses traits jolis et gracieux, et une expression de gaieté et de contentement ne l'abandonnait jamais. Son visage n'avait ni la noblesse, ni la beauté de celui de sa sœur, mais elle était beaucoup plus prévenante. Elle entra en souriant, elle sourit tout le temps de sa visite, excepté quand elle riait, et sourit encore en s'en allant.

Son mari formait avec elle un parfait contraste. C'était un homme de vingt-cinq à vingt-six ans, d'une assez belle figure ; aussi grand et mince qu'elle était courte et ronde, aussi brun qu'elle était blanche, aussi grave et sérieux qu'elle était gaie et riante, aussi important qu'elle était affable. Enfin, au physique et au moral, c'étaient deux êtres d'une nature différente. Il entra dans la chambre d'un air assez dédaigneux, salua légèrement les dames et, sans dire un seul mot, s'assit auprès d'une table, jeta un regard rapide sur elles et sur l'appartement, prit un journal qui était sur la table et le parcourut tout le temps de la visite.

Mrs Palmer, au contraire, fut à peine assise que son admiration pour tout ce qu'elle voyait éclata.

– Ah, mesdames, quelle délicieuse habitation !
Que ce salon est commode et bien arrangé ! Voyez,
maman, combien tout ceci est embelli depuis que
je ne l'ai vu. J'ai toujours trouvé le site délicieux,
mais vous en avez fait tout ce qu'il y a de plus
charmant. Vous ne m'aviez pas dit, ma sœur, avec
quel goût tout ceci est décoré. Ah, combien j'aimerais
avoir une maison comme celle-ci ! Cela n'est-il pas
possible, mon cher amour ?

Mr Palmer ne répondit rien, il ne leva pas même
les yeux de son journal.

– C'est à vous que je parle, mon amour.

Sa remarque fut accueillie par le même silence.

– Mr Palmer ne veut pas m'entendre, continua-
t-elle en riant, cela lui arrive souvent. Il est si drôle
quelquefois, Mr Palmer, c'est qu'il a beaucoup,
beaucoup d'esprit, et il est absorbé dans ses pensées.

Elle rit encore. Mrs Dashwood les regarda tous
deux d'un air stupéfait.

Mrs Jennings, de son côté, achevait l'histoire de sa
surprise de la veille et ne la finit que lorsqu'il n'y eut
plus rien à dire. Mrs Palmer rit aux éclats de l'étonnement qu'on avait eu à Barton Park en les voyant
arriver ; et lady Middleton prit sur elle de déclarer
bien froidement que c'était une agréable surprise.

– Vous pouvez imaginer combien j'étais heureuse de
les voir ! reprit Mrs Jennings. Mais, ajouta-t-elle en se
penchant vers Elinor, j'étais fâchée qu'ils eussent fait un
si long voyage, car ils sont venus de Londres tout d'une
traite, et… une jeune mariée… Vous comprenez…

il y avait du danger dans sa situation. Je voulais au moins qu'elle se reposât tout le jour, mais essayez de retenir ces jeunes femmes ! Elle a absolument voulu venir avec nous, elle languissait de vous voir.

Mrs Palmer rit encore, baissa les yeux, dit que ce qui faisait plaisir n'était jamais dangereux.

– Elle n'entend rien encore à cela, enchaîna sa mère, une première grossesse… Vous comprenez. Elle doit, je pense, accoucher en février.

Lady Middleton, excédée d'une conversation aussi triviale, l'interrompit pour demander à Mr Palmer s'il y avait quelque chose de nouveau dans le journal.

– Rien du tout, madame, c'est ennuyeux à périr – et il continua de lire.

– Ah, je vois venir la belle Marianne ! s'exclama soudain sir George. Je vous conseille de cesser votre lecture, Palmer, si vous voulez voir une des plus belles personnes que vous ayez jamais vues.

Il alla à sa rencontre, la prit par la main et la fit entrer. À peine eut-elle paru que Mrs Jennings lui demanda si elle venait d'Allenham. Mrs Palmer éclata de rire à cette question, et prouva par là qu'elle la comprenait. Mr Palmer se leva, la regarda pendant quelques minutes, puis se rassit et reprit son journal. Mrs Palmer ne se rassit pas, elle alla examiner les dessins qui garnissaient les murs et son déluge de louanges recommença.

– Ah, que c'est beau ! Que c'est délicieux ! Regardez donc, maman, je n'ai jamais rien vu de si charmant ; je serais toute une journée à les regarder.

Après en avoir vu un ou deux, elle se rassit, sans penser qu'il y en avait encore une douzaine.

Peu après, lady Middleton donna le signal du départ. Alors, Mr Palmer se leva d'un air important, posa le journal, étendit les bras en bâillant et regarda avec distraction autour de lui.

– Avez-vous dormi, mon amour ? lui demanda sa femme en riant. On dirait que vous vous réveillez.

Il ne fit aucune réponse et, après avoir examiné la pièce, il observa judicieusement qu'elle était trop basse et que le plafond était voûté – ce sont les seuls mots qu'il prononça, puis il salua comme en entrant et sortit avec les autres.

Sir George avait été très pressant pour que les habitantes du cottage vinssent passer toute la journée le lendemain à Barton Park.

Mrs Dashwood avait là-dessus sa petite fierté et ne se souciait pas de dîner à Barton Park plus souvent qu'au cottage, aussi refusa-t-elle absolument pour elle, et laissa ses filles maîtresses de faire ce qui leur ferait plaisir. Mais celles-ci n'avaient plus de curiosité de voir rire Mrs Palmer, bâiller son mari et d'entendre les éternelles histoires de Mrs Jennings ; elles essayèrent aussi de s'en dispenser.

Le temps était incertain, elles ne voulaient pas quitter leur mère, arguèrent-elles. Sir George avait réponse à tout et n'accepta aucune excuse. Miss Margaret resterait ; il enverrait son carrosse. Mrs Jennings et Palmer se joignirent à ses supplications, lady Middleton même les pressa de venir. Ils avaient tous l'air de craindre également de rester en famille. Elles furent obligées de céder.

– Ils sont persécutants, se plaignit Marianne, lorsqu'ils furent partis. Le loyer du cottage est bas, mais en vérité, nous payons trop cher encore s'il faut aller amuser tous ceux qui viennent chez eux, ou leur mener tous ceux qui viennent chez nous.

– Ils pourraient avoir certaines visites que vous seriez bien aise de voir, répondit Elinor, et nous ne pouvons reconnaître leurs bontés pour nous que par notre complaisance.

CHAPITRE 20

Le lendemain, il pleuvait des torrents. Elinor et Marianne espéraient que ce temps les dispenserait du dîner à Barton Park, mais de très bonne heure arriva l'équipage de sir George et il fallut bien y aller. Toutes les deux auraient préféré rester à leurs occupations et à leurs pensées habituelles.

À peine furent-elles entrées au salon que la petite Mrs Palmer, aussi joyeuse que la veille, vint à elles les bras ouverts comme si elles eussent été amies intimes et riant aux éclats. Elle leur exprima de sa manière affable et triviale sa joie de les revoir. Elle s'assit entre elles deux et, leur prenant à chacune une main, déclara :

– Je suis si heureuse que vous soyez venues ! J'en désespérais quand j'ai vu ce temps, et puis j'ai pensé que c'était une raison de plus pour ne pas rester seules chez soi à regarder tomber la pluie. À votre âge, le temps ne fait rien quand il s'agit de s'amuser, et nous nous amuserons beaucoup. Il aurait été bien cruel que vous ne fussiez pas venues, car nous repartons demain à ce que Mr Palmer vient de me dire; je croyais rester au moins quatre jours, et j'en étais ravie. Je ne me doutais pas de ce voyage-ci; Mr Palmer m'a annoncé tout à coup l'autre matin : «Charlotte, je vais à Barton, voulez-vous venir?» Il est si drôle, Mr Palmer, jamais il ne me dit rien qu'au moment même. Ce matin, il m'a déclaré en se levant : «Charlotte, nous repartons demain.» Vous ne sauriez croire combien il est enchanté d'avoir fait votre connaissance; moi, je suis désolée de vous quitter déjà, mais nous nous retrouverons cet hiver à Londres.

Et sa désolation s'exprima par un éclat de rire.

Les deux miss Dashwood lui apprirent qu'elles n'iraient sûrement pas à la ville.

– Ne pas venir à la ville! Rester à la campagne après Noël! Mais c'est impossible, il faut absolument y venir; je vous réserverai une charmante maison tout près de la nôtre à Hanover Square, je vous servirai de chaperon partout où vous voudrez aller quand votre maman voudra rester, vous savez que les femmes mariées ont ce privilège.

Un nouvel éclat de rire suivit cette remarque.

Elles la remercièrent et répétèrent leur intention ferme de ne point aller à Londres.

À cet instant, Mr Palmer entra avec sa mine importante et renfrognée.

– Ah, mon amour! s'exclama sa femme, venez vous joindre à moi pour persuader ces dames d'aller cet hiver à Londres; on ne peut rien vous refuser.

Son « amour » ne fit aucune réponse, salua légèrement ; puis, allant à la fenêtre, il regarda les nuages en étendant les bras et en bâillant.

– Quel horrible temps, grogna-t-il, il fait paraître tout insupportable ! La pluie à cet excès est aussi ennuyeuse en dedans qu'en dehors. Pourquoi diable sir George n'a-t-il pas un billard dans sa maison ? Que veut-il qu'on fasse chez lui quand il pleut ? À quoi veut-il qu'on s'amuse ? Combien peu de gens savent s'arranger chez eux. Sir George est aussi désagréable que le temps.

Mr Palmer s'enfonça alors dans un fauteuil avec l'air de très mauvaise humeur.

Le reste de la compagnie entra.

– Je crains, miss Marianne, lui dit sir George, que vous n'ayez pas pu faire aujourd'hui votre pèlerinage à Allenham.

Elle prit un air de dignité et ne répondit rien.

– Ah, ne soyez pas si mystérieuse avec nous, chère Marianne ! lança Mrs Palmer. Nous savons tout, je vous assure, et j'admire votre bon goût, car il est très bel homme. Notre terre n'est pas très loin de la sienne, pas plus de neuf miles, je crois.

– Beaucoup plus de trente, la reprit son mari.

– Oh ! Bien, c'est à peu près de même. Je n'ai jamais vu sa maison, mais on dit qu'elle est très jolie.

– C'est la plus laide et la plus abominable maison que j'aie vue en ma vie, gronda Mr Palmer.

Marianne garda le silence, mais toute sa contenance trahissait l'intérêt qu'elle prenait à cet entretien.

– Mon amour, dit Mrs Palmer en riant, vous êtes d'humeur à contredire aujourd'hui.

– Aujourd'hui comme toujours, répondit-il, quand on dit devant moi des bêtises ou des faussetés.

Charlotte éclata de rire. Il était impossible d'avoir une gaieté plus soutenue, d'être plus décidée en dépit de tout de se trouver parfaitement heureuse. L'indifférence étudiée de son mari, son insolence, son mécontentement, son dédain ne lui donnaient aucun chagrin – plus il était dur avec elle, plus elle riait de bon cœur.

– Mr Palmer est si plaisant, confia-t-elle à voix basse à Elinor, il est toujours de mauvaise humeur.

Certainement il ne se montrait pas d'une manière aimable, mais sous cette apparence rude et grossière, Elinor, dont le tact était parfait pour démêler le fond des caractères, crut remarquer par plusieurs petites observations qu'il n'était ni aussi rude, ni aussi mal élevé qu'il voulait le paraître. Son caractère s'était peut-être aigri en découvrant, après quelques mois de mariage, qu'il était enchaîné pour la vie avec une femme assez jolie, très bonne enfant, mais n'ayant pas la moindre idée et niaise autant qu'on peut l'être. Son rire éternel finissait par l'impatienter à ne pouvoir le cacher. Il avait de plus cet amour-propre qu'on retrouve chez plusieurs hommes – et souvent même à côté de l'esprit, quoiqu'il n'en fût pas une preuve –, et qui la persuadait qu'il était très supérieur à la plupart de ceux qu'il rencontrait. Sa supériorité sur sa femme était trop décidée pour qu'on pût la contester. Il s'accoutuma bientôt à l'étendre sur tous ceux qu'il voyait ; et c'est là ce qui produisait cet air de dédain et d'ennui de tout qu'il portait dans le monde. Il croyait se distinguer par là des autres hommes, et c'était son plus ardent désir. Mais Elinor n'en fut pas moins convaincue que s'il pouvait consentir à se laisser aller à son naturel, il pourrait être fort aimable. Elle sentit déjà qu'elle préférait l'inégalité de son humeur, qui n'était pas sans originalité, à la bonne humeur de sa femme, à ses éclats de rire sans sujet qui revenaient à chaque instant, à son ton commun et à son manque total d'esprit et de tact.

– Oh, mes chères miss Dashwood, leur dit-elle après quelques moments, il me vient une charmante pensée. Il faut absolument que vous veniez passer quelque temps chez moi à Cleveland aux fêtes de Noël. Vous savez bien, ma chère Marianne, que nous sommes voisins de Haute-Combe ; cela sera délicieux ! Vous y serez si heureuses, et moi aussi de vous y voir. Mon amour, ne désirez-vous pas ardemment avoir les dames Dashwood à Cleveland ?

– Certainement, répliqua-t-il d'un ton ironique, je n'avais pas d'autres vues en venant à Barton.

– Vous voyez à présent, enchaîna Charlotte, que Mr Palmer compte sur vous, ainsi vous ne pouvez refuser.

Toutes les deux prouvèrent qu'elles le pouvaient et refusèrent d'un air décidé.

Charlotte en parut très surprise.

– Je ne comprends pas, reprit-elle, qu'on puisse refuser quelque chose à Mr Palmer. Ne le trouvez-vous pas l'homme du monde le plus aimable ? demanda-t-elle tout bas à Elinor. Il est quelquefois des jours entiers sans me parler, mais avec vous ce ne sera pas ainsi. Vous lui plaisez beaucoup, je vous assure, et il sera tout à fait de mauvaise humeur si vous ne venez pas à Cleveland. Je ne comprends pas quelle objection vous pouvez faire.

– Une seule, répliqua Elinor, c'est que cela ne se peut pas – et pour éviter de nouvelles persécutions, elle changea de sujet.

Elle avait envie d'en savoir plus sur Willoughby, sur son caractère, sur son genre de vie. Mrs Palmer étant sa voisine de campagne, et aimant tant discuter, pouvait lui donner des détails qui l'intéresseraient relativement à Marianne. Elle lui demanda donc si Mr Willoughby venait souvent à Cleveland et s'ils le connaissaient particulièrement.

– Oh mon Dieu, oui ! Je le connais parfaitement, affirma Mrs Palmer. Il est vrai que je ne lui ai jamais parlé, mais je suis sûre que je le reconnaîtrais entre mille : il est si beau ! Je l'ai rencontré quelquefois à Londres ; je me suis aussi trouvée une fois ici quand il était à Allenham. Ah non, je me rappelle que c'était maman qui l'avait vu et qui m'en a parlé. Nous l'aurions sûrement vu très souvent à Cleveland, mais il vient très peu à Haute-Combe, je crois ; et puis Mr Palmer ne lui a jamais rendu visite, parce qu'il est de l'opposition. Vous voyez que je le connais très bien, et je sais bien aussi pourquoi vous vous informez sur lui, c'est qu'il doit épouser votre sœur. J'en suis transportée de joie, elle sera ma voisine, et nous nous verrons tous les jours.

– Je vous assure, dit Elinor, que vous en savez plus que moi là-dessus. Qui donc vous a parlé de ce projet de mariage ?

– Qui ? Tout le monde. Je n'ai pas entendu autre chose en passant à Londres.

– À Londres ? C'est impossible, ma chère dame.

– Sur mon honneur, rien n'est plus vrai. J'ai rencontré le colonel Brandon lundi matin, à Bond Street, comme nous allions partir, et il me l'a certifié.

– Vous me surprenez beaucoup. Le colonel Brandon vous l'a dit ? Sûrement vous êtes-vous trompée. Quand bien même ce serait vrai, je ne puis croire que le colonel Brandon l'ait dit à quelqu'un qui n'y prenait nul intérêt.

– Mais je vous assure qu'il me l'a dit : tenez, je vais vous conter tout ce qui s'est passé à cette occasion. Quand nous nous rencontrâmes, il nous aborda, et nous commençâmes à parler de notre voyage à Barton et de choses et d'autres. Enfin, je lui dis : « Maman m'écrit, colonel, qu'il y a une nouvelle famille au cottage, des demoiselles excessivement jolies, et que la plus jolie des trois doit épouser Mr Willoughby de Haute-Combe. Est-ce vrai, je vous en prie, colonel ? Vous devez le savoir puisque vous avez été dernièrement dans le Devonshire. »

– Et que vous a répondu le colonel ?

– Oh, rien, presque rien ; mais il est devenu rouge, et puis pâle. J'ai bien vu cela ; c'est comme s'il avait dit que c'était bien vrai et alors, j'en ai été certaine. Comme ce sera délicieux ! Ce mariage aura-t-il lieu bientôt ?

Elinor dédaigna de répondre.

– Mr Brandon se portait bien, j'espère ? s'enquit-elle finalement.

– Oh oui, très bien, et il était si plein de vos mérites que je ne sais ce qu'il ne m'a pas dit de vous.

– Je suis bien flattée de son suffrage ; il me paraît un excellent homme et il me plaît beaucoup.

– Et à moi aussi, je vous assure ; c'est un charmant homme que le colonel Brandon. C'est seulement grand dommage qu'il soit si sombre et si ennuyeux. Maman dit qu'il était aussi amoureux de votre sœur. Moi, je ne puis le croire, il est si grave, je ne l'ai jamais vu amoureux de personne.

– Est-ce que Mr Willoughby est bien connu dans la bonne société du Somersetshire ? interrogea encore Elinor.

– Oh oui, très connu ! Je ne crois pas cependant que beaucoup de gens le connaissent – Haute-Combe est si loin et il y est si peu –, mais on le trouve très agréable. Personne n'est plus aimé que lui de toutes les femmes ; vous pouvez le dire à votre sœur. Elle est bien heureuse d'avoir fait sa connaissance ; il est si riche ! Au reste, elle est très belle aussi, et rien n'est trop beau pour elle. Cependant, je vous certifie que je vous trouve, moi, presque aussi jolie qu'elle, et Mr Palmer aussi, car il disait hier au soir qu'il ne pouvait pas vous distinguer. Quant à moi, je vous admire beaucoup toutes deux ; je suis ravie d'avoir fait votre connaissance et j'espère vous revoir souvent. Il me vient une attrayante pensée : il faut à présent que vous épousiez le colonel Brandon ! Ne le voulez-vous pas ? Cela pourrait fort bien se passer à présent.

Elinor ne put s'empêcher de rire.

– Pourquoi «à présent» ? demanda-t-elle.

– Pourquoi ? Ah, je sais bien pourquoi je dis cela, et je veux bien vous l'avouer. C'est qu'à présent, je suis mariée. Voyez, c'est l'intime ami de mon beau-frère. Sir George et maman s'étaient mis dans la tête qu'il devait m'épouser, ma sœur aussi le désirait beaucoup ; c'était une affaire arrangée. Mais le colonel n'en parla point, sans quoi on nous aurait mariés immédiatement. Maman dit cependant que j'étais trop jeune, et aussitôt après Mr Palmer m'a fait la cour, et je l'aime beaucoup mieux ; il est si drôle, Mr Palmer, c'est justement le mari qu'il me fallait pour être heureuse.

Elinor cessa l'entretien sans avoir rien appris de ce qu'elle voulait savoir, et fatiguée de tout ce qu'elle avait entendu.

CHAPITRE 21

Les Palmer repartirent le jour suivant, et la famille de Barton Park et celle de Barton cottage restèrent seules chacune chez soi, à la grande satisfaction de la dernière. Mais ce fut de courte durée. Ces dames avaient à peine eu le temps d'oublier la joyeuse Mrs Palmer et son rude « amour » et de réfléchir à la différence d'humeur de ce couple – ce qui ne se trouve au reste que trop souvent dans le mariage – que sir George et Mrs Jennings leur procurèrent matière à d'autres observations.

Il leur était impossible de ne pas chercher une société nouvelle, et pour se désennuyer dans leur solitude, ils firent un matin une excursion à Exeter. Ils rencontrèrent là par hasard deux parentes éloignées de Mrs Jennings, mais ce fut assez pour que sir George les invitât tout de suite à venir passer quelque temps à Barton Park. Extrêmement flattées d'être appelées « cousines » par un baronnet et de faire la connaissance de leur illustre parente, lady Middleton, elles n'eurent rien de plus pressé que d'accepter l'invitation pour le lendemain et de laisser les amis obscurs chez qui elles logeaient.

Lady Middleton fut au désespoir, au retour de son mari, d'apprendre qu'elle allait avoir chez elle, à sa table, dans son élégant salon, deux provinciales qu'elle ne connaissait point, qui sans doute seraient gauches, mal mises et qui auraient mauvaise tournure. En vain, son mari et sa mère la rassurèrent et lui dirent que les demoiselles Steele étaient deux charmantes personnes. Elle se défiait de leur goût et tremblait de les voir arriver. Ce titre de «cousine», qui n'était point du bon ton et qu'elles lui donneraient sans doute à tout propos, la faisait frémir.

Mais qu'y faire? Elles étaient invitées, elles avaient accepté, il fallait bien les recevoir; lady Middleton s'y résigna. Elle connaissait trop bien l'usage pour manquer à la politesse, mais elle se promit seulement d'y joindre toute la dignité et la froideur convenables; elle fut d'ailleurs un peu consolée en apprenant que ces demoiselles Steele étaient jeunes encore et qu'on pouvait au moins les faire danser et les lier avec les demoiselles Dashwood, qui ne lui plaisaient pas infiniment.

Quand elles arrivèrent, lady Middleton en fut beaucoup plus contente qu'elle ne se l'était imaginé. Leur toilette n'était pas trop éloignée de la mode, leur abord fut très poli sans trop d'empressement et le terrible mot de «cousine» ne sortit pas de leur bouche. En échange, celui de «milady» fut souvent répété, avec des extases sans fin sur le goût de ses appartements, sur la beauté des meubles. Quand vint le tour des enfants, ce fut un enchantement dont on ne peut se faire d'idée. Jamais elles n'avaient vu d'aussi aimables petites créatures ; c'étaient vraiment de petits anges. Enfin, le hasard les servit si bien pour prendre lady Middleton par les sentiments, qu'avant une heure, elle avait fait réparation entière aux protégées de sa mère et de son mari, à qui elle déclara que c'étaient les deux plus charmantes jeunes filles qu'il y eût au monde et les remercia de les avoir invitées.

L'éloge et l'hyperbole étaient si rares dans sa bouche que sir George en fut aussi fier que si cela l'eût regardé lui-même, et que, pressé de faire parade de ses aimables cousines et de son discernement, il partit aussitôt pour le cottage. Il fallait, toute affaire cessante, apprendre à miss Dashwood l'arrivée des « deux plus charmantes jeunes filles qu'il y eût au monde ». Dans sa joie de l'approbation de sa femme, il mettait ses parentes mêmes avant les siennes propres. Elinor sourit à cet éloge, qui allait toujours en croissant.

– Venez, venez, disait-il, il faut que vous veniez tout de suite ; vous serez enchantées, ravies ! Elles ont gagné le cœur de lady Middleton dès le premier instant, ce sera de même avec vous, vous verrez. Lucy, la cadette, qui est très belle, est aussi gaie qu'agréable ! Mes enfants sont déjà autour d'elle comme autour de leur maman. Elles ont rempli leur voiture de jouets et de bonbons. N'est-ce pas une charmante attention ? Elles languissent de vous voir, et vous êtes proches parentes : elles sont les cousines de ma femme, et vous, les miennes. On leur a expliqué, à Exeter, que vous étiez aussi les plus belles personnes du monde. Je le leur ai confirmé et j'ai dit bien d'autres choses encore, de sorte qu'elles meurent d'impatience de se lier avec vous… Vous riez, Elinor.

– Oui, sir George, j'admire le hasard étonnant qui rassemble à Barton les cinq plus belles personnes de l'univers.

– Eh bien ! Vous verrez si je mens, et si ce n'est pas comme je vous le dis. Venez donc, vous regretterez ensuite tous les moments où vous n'aurez pas été ensemble.

Tout ce qu'il put obtenir, ce fut la promesse d'aller le lendemain rendre visite aux nouvelles venues. Il s'en alla, surpris de cette indifférence. Tout autre que lui aurait soupçonné qu'elle avait pour motif la rivalité de perfections, mais sir George n'imaginait jamais le mal et n'en eut pas l'idée. De retour chez lui, il vanta ses cousines aux demoiselles Steele avec la même ardeur, si bien que chacune d'elles devait s'attendre à voir des êtres parfaits. Mais Elinor, qui connaissait l'optimisme du baronnet et son enchantement pour les nouvelles connaissances, diminuait beaucoup ses éloges, et Marianne ne s'en préoccupait point.

Quand elles arrivèrent le lendemain à Barton Park, sir George les présenta les unes aux autres avec la même emphase qu'il avait mise à faire leurs louanges ; et l'on comprend qu'elles s'examinèrent avec attention.

L'aînée des demoiselles Steele, miss Anne, avait près de trente ans, assez d'embonpoint, un de ces visages insignifiants qui n'expriment rien du tout et de qui on n'a rien à dire ni en bien ni en mal. Lucy, le prodige de beauté de sir George, était en effet très jolie, ses traits étaient réguliers, son regard, perçant. Elle avait dans sa tournure quelque chose qui n'était ni de la grâce ni de l'élégance, mais qui la faisait remarquer. Leur abord fut très poli. Avec lady Middleton, c'était plus que de la politesse, c'étaient des attentions recherchées, de la souplesse, une flatterie adroite, quoique continuelle, et qui convainquit Elinor qu'elles ne manquaient pas d'une sorte d'esprit. Elles parlaient avec ravissement des enfants, de leur beauté, de leur intelligence, elles jouaient avec eux, supportaient tous leurs caprices, répondaient sans se lasser à leurs questions importunes. Avec milady, elles admiraient l'arrangement de la maison, la bonté des mets, le goût de sa parure, lui demandaient des patrons de ses broderies, des modèles de ses chiffons, lui offraient de l'aider dans ses ouvrages ou de faire mille bagatelles pour amuser les enfants. Lady Middleton écoutait complaisamment toutes ces flatteries et trouvait ses nouvelles cousines toujours plus aimables et d'une affection inépuisable. Les enfants, en général, tourmentent à proportion de ce qu'on les gâte ; et ceux qui s'occupent sans cesse d'eux et qui cèdent à toutes leurs fantaisies en sont les premières victimes. Mais les demoiselles Steele souffraient tout avec une patience qui leur gagna en entier le cœur de la faible mère.

Les rubans de leur ceinture dénoués, leurs cheveux défaits, leurs boucles d'oreilles tordues, leurs bracelets décrochés, toutes leurs bagues tirées de leurs doigts et roulant sur le plancher, leur corbeille d'ouvrage renversée, leurs ciseaux perdus, tout cela était charmant. Ils avaient une activité adorable, une grâce parfaite dans leurs petits mouvements. On les laissait grimper sur les genoux, chiffonner les robes – tout était délicieux ! La maman applaudissait par un sourire et ne s'étonnait que de l'apathie de mesdemoiselles Dashwood, qui ne prenaient nulle part à ces jeux. Habituellement, elles flattaient les enfants, mais sans se laisser tourmenter par eux. Ce jour-là, les nouvelles venues s'en emparèrent tellement et les rendirent si insupportables qu'elles se tinrent prudemment à l'écart.

– George est très gentil, très exalté aujourd'hui, fit remarquer lady Middleton en voyant son fils aîné prendre le mouchoir de miss Anne et le jeter par la fenêtre ; c'est un petit malicieux. William sera votre petit amoureux, miss Lucy, je vois cela.

L'enfant lui pinçait le bras à lui faire un bleu, il eut un baiser pour récompense de la souffrante Lucy.

– Et ma chère petite Anna Maria ! s'émut cette dernière, en prenant sur ses genoux une petite fille de trois ans, l'idole de sa mère, et par conséquent la plus méchante.

Elle resta par hasard sans bouger pendant deux minutes.

– Charmante enfant ! Est-elle toujours si douce, si tranquille ? C'est un modèle de sagesse.

Malheureusement, en l'embrassant, une des épingles de Lucy toucha le cou de la petite, et ce modèle de sagesse poussa de tels cris et donna des coups si violents de sa petite main sur celle de Lucy qu'elle fut obligée de la mettre à terre. Mais elle s'y mit aussi à côté d'elle, et la couvrit de baisers en jetant la coupable épingle, en demandant mille et mille pardons à l'enfant et à sa mère, qui avait couru chercher de l'eau et qui nettoyait la plaie qu'à peine on pouvait voir, pendant que Lucy, toujours à genoux, tendait à la petite des morceaux de sucre l'un après l'autre. Néanmoins, l'enfant, voyant ce que lui procuraient ses cris, se garda bien de se taire ; au contraire, elle les redoubla et battit tout le monde avec un de ses petits poings fermés – l'autre était plein de morceaux de sucre. Ses frères voulurent lui en prendre, ils eurent chacun un bon coup de pied. Enfin, rien ne pouvant l'apaiser, sa mère se rappela que sa chère petite Anna Maria, qui souffrait sûrement beaucoup, aimait passionnément la marmelade d'abricot. L'enfant, à ce mot, ayant cessé ses cris une seconde, elle lui en promit et l'emporta pour lui donner de cet excellent remède. Ses frères, qui espéraient avoir leur part, la suivirent, quoique leur mère leur ordonnât de rester ; et pour quelques moments, les jeunes dames furent tranquilles.

– Charmante petite créature, s'extasia miss Anne, cet accident aurait pu être affreux !

– Je ne crois pas qu'il y ait danger de mort, répliqua Marianne en souriant ironiquement, elle en reviendra.

– Je ne me consolerai jamais d'avoir été la cause de cet accident, affirma Lucy. Une enfant si aimable et que sa mère aime si passionnément ! Quelle femme enchanteresse que lady Middleton ! Si belle, si élégante et si sensible ! Ne le trouvez-vous pas, mademoiselle ?

Marianne garda le silence ; il lui était impossible de dire ce qu'elle ne pensait pas. Elinor, toujours prête à réparer ses impolitesses, loua les grâces et l'air noble de lady Middleton.

– Et sir George, s'exclama l'aînée, quel homme aimable ! Je le crois plein d'esprit, du moins il en annonce beaucoup.

– C'est le meilleur des hommes, confirma Elinor, toujours de bonne humeur, excellent mari, bon père, bon ami.

– Et quelle charmante petite famille ! Je n'ai jamais vu de plus beaux enfants. On comprend facilement l'excessive tendresse de leur mère pour ces angéliques petites créatures. On pourrait peut-être les trouver un peu gâtés, un peu turbulents, mais j'aime les enfants pleins de vie et de feu. Je ne puis les supporter timides et tranquilles, aussi j'adore ceux-ci.

– C'est ce qui m'a paru, dit Elinor, et je vous trouve heureuse d'avoir ce goût à Barton.

On se tut sur ce sujet. Après une pause, miss Steele l'aînée demanda brusquement à Elinor :

– Aimez-vous le Devonshire ? Je suppose que vous avez bien regretté le Sussex.

Un peu surprise de la familiarité de cette question, Elinor répondit seulement :

– Oui, mademoiselle.

– Je comprends cela ; Norland est une magnifique habitation, et passer de là dans une chaumière, c'est assez triste.

– Une « chaumière » telle que celle où notre parent sir George Middleton a bien voulu nous placer ne donne lieu à aucun regret, assura vivement Marianne.

Lucy lança à sa sœur un regard de reproche et se hâta d'ajouter que, dans tout ce que sir George et milady arrangeaient, on reconnaissait leur goût, mais qu'ils leur avaient affirmé que Norland était une des plus belles campagnes de l'Angleterre.

– Elle est très belle en effet, acquiesça Elinor, mais je crois qu'il y en a de plus belles encore, et il n'y a que peu ou point de cottage comme le nôtre.

– Mais alors, pourquoi lui donner ce nom ? demanda miss Anne.

– Ne voyez-vous pas, ma sœur, dit Lucy, que c'est un nom de fantaisie, un nom romanesque ?

Anne se tut humblement, puis elle reprit bientôt ainsi :

– Aviez-vous des élégants dans le Sussex ? Je suppose qu'ici, ils sont assez rares, et quant à moi je trouve que rien n'embellit plus un séjour que d'y voir beaucoup d'élégants. Cela anime la vie, ne le trouvez-vous pas aussi ?

Un nouveau regard de Lucy fit baisser les yeux à sa sœur.

– Qu'entendez-vous par là, Anne ? Et pourquoi pensez-vous qu'il n'y a pas de jeunes gens très bien à tous égards dans le Devonshire comme dans le Sussex ?

– Je sais bien, Lucy, qu'il y a de très jolis garçons à Exeter, répondit Anne, mais ils ne sont pas reçus ici, et je craignais que les demoiselles Dashwood ne s'ennuient à Barton si elles n'en voient point ; c'est pourquoi je leur demandais si elles en voyaient beaucoup à Norland. Je voudrais, par exemple, qu'elles puissent rencontrer Mr Rose d'Exeter, le clerc de Mr Simpson, vous savez bien, Lucy. C'est un beau jeune homme, et tout à fait élégant. Je pense que si votre frère vous ressemble, il devait être charmant avant d'être marié, et il était si riche ! C'était un merveilleux, n'est-ce pas, un véritable élégant ? J'aurais aimé faire sa connaissance.

– Je ne puis en vérité vous répondre là-dessus, avoua Elinor, je ne comprends pas exactement ce que vous entendez par « un merveilleux ». Tout ce que je puis vous dire, c'est que si mon frère en était un avant son mariage, il l'est encore, car il n'est pas du tout changé.

– Ah, mon Dieu, quelle idée ! Un homme marié élégant ! Je ne puis me représenter cela. Les hommes mariés me sont à moi parfaitement indifférents.

– Mais, Anne, la reprit sa sœur, n'avez-vous rien autre à dire que de parler des jeunes gens et des élégants ? Mesdemoiselles Dashwood vont croire que vous n'avez pas autre chose dans l'esprit.

Alors changeant de propos, elle parla de chiffons, de mode et d'autres objets aussi intéressants.

Elinor et Marianne s'étaient forgé leur opinion sur les « deux plus charmantes jeunes filles qu'il y eût au monde ». La commune familiarité de l'aînée et son mauvais ton la mirent entièrement de côté.

La cadette était mieux certainement, mais comme Elinor n'était ni aveuglée par sa beauté, ni charmée par son regard, elle ne trouva rien outre cela qui fût en rapport avec elle et qui pût lui plaire. Elles quittèrent donc la maison sans désirer les mieux connaître.

Il n'en était pas ainsi chez les demoiselles Steele. Elles arrivaient d'Exeter, décidées à trouver tout parfait à Barton, et les maîtres, et la maison, et les enfants, et les chevaux, et les chiens, et les meubles, et les belles cousines : tout était l'objet des éloges les plus outrés. Il était difficile d'exagérer sur mesdemoiselles Dashwood, aussi furent-elles déclarées les personnes les plus belles, les plus élégantes, les plus accomplies en tout point qu'il fût possible de voir, et celles dont elles désiraient le plus passionnément faire des intimes amies. Sir George ne le désirait pas moins, et fit tout ce qui dépendait de lui pour former cette amitié. Elinor vit qu'elle ne pouvait s'y refuser tout à fait, et qu'il fallait au moins se soumettre à être assises à côté les unes des autres quelques heures dans la journée. Sir George n'en demandait pas plus : dans ses idées d'amitié, il suffisait de se voir en société, et de causer ou de danser ensemble pour être intimes. Pour sa part, afin d'accélérer cette intimité, il confia aux demoiselles Steele tout ce qu'il savait ou supposait de la situation des dames du cottage. Et dès leur troisième rencontre, miss Steele l'aînée félicita Elinor sur le fait que sa sœur avait fait la conquête du beau, de l'élégant Willoughby.

– Il est sûr, lui dit-elle, que c'est une chose très agréable que de se marier jeune avec un si bel homme, car on m'assure qu'il est vraiment d'une figure remarquable, que c'est un véritable élégant ; votre sœur est bien heureuse. J'espère que vous trouverez aussi bientôt un bon parti, car il n'est point agréable, je vous assure, de voir passer ses cadettes avant soi. Mais peut-être votre choix est-il déjà fait en secret ?

Elinor se sentit rougir. Elle ne pouvait pas se flatter que sir George fût plus discret dans ses soupçons et dans ses conjectures sur elle que sur sa sœur, il la plaisantait même de préférence depuis la visite d'Edward. Ils n'avaient jamais dîné ensemble sans qu'il bût à la lettre « F », depuis le commencement du dîner jusqu'à la fin, en regardant Elinor. Dès que les demoiselles Steele eurent entendu cette plaisanterie, elles furent très curieuses d'en savoir davantage, et tourmentèrent sir George pour qu'il leur dît en entier le nom de l'heureux mortel au sujet duquel il raillait Elinor. Sir George se fit peu presser, et il eut autant de plaisir à le révéler que miss Anne à l'entendre.

– Son nom est Ferrars, déclara-t-il à demi-voix, mais je vous en prie, n'en parlez pas, c'est encore un secret.

– Ferrars ! répéta Anne. Est-il possible ? Le jeune Ferrars, le frère de votre belle-sœur, miss Elinor, est donc l'heureux mortel dont parle sir George ? Eh bien, j'en suis ravie pour plusieurs raisons : c'est un très agréable jeune homme, je le connais fort bien, c'est un élégant.

Cette dénomination ne convenait nullement à Edward, mais c'était le mot favori d'Anne pour parler d'un jeune homme de bon ton. Elinor, émue de l'entendre nommer comme son amant avoué, prêta peu d'attention à ce mot. Elle fut plus surprise d'entendre Lucy dire assez aigrement à sa sœur, qu'elle contrariait sans cesse :

– Comment pouvez-vous affirmer, Anne, que nous le connaissons fort bien ? Nous l'avons vu par hasard une fois ou deux chez mon oncle, et ce n'est pas le connaître. Vous savez parfaitement que je ne connais pas du tout Mr Ferrars.

Elinor écoutait avec attention. Qui était cet oncle ? Où demeurait-il ? Comment Edward le connaissait-il ? Elle aurait voulu que l'entretien continuât, sans pourtant s'y joindre elle-même, mais on ne dit rien de plus, et pour la première fois, elle trouva Mrs Jennings bien peu curieuse. La manière dont Lucy avait parlé d'Edward l'avait frappée et lui laissait penser qu'elle savait ou croyait savoir quelque chose à son désavantage. Sa curiosité ne fut point satisfaite, le nom de Mr Ferrars ne fut plus prononcé, ni par les deux sœurs ni par sir George.

CHAPITRE 22

Marianne ne pouvait avoir la moindre indulgence pour des personnes aussi communes, aussi peu instruites, et qui n'avaient avec elle aucune espèce de rapport d'esprit et de goût. Elle les écoutait à peine, ne leur parlait jamais, et par sa froideur soutenue leur ôta bientôt tout espoir d'amitié. Elles se retournèrent entièrement du côté d'Elinor, plus affable et plus honnête, et qui l'était plus encore pour réparer les torts de Marianne. Lucy principalement parut s'attacher véritablement à elle, cherchait toutes les occasions de se rapprocher d'elle, de l'engager dans des conversations privées, enfin de lui témoigner une amitié à laquelle un bon cœur, tel que celui d'Elinor n'est jamais insensible. Lucy Steele d'ailleurs ne manquait pas d'une sorte d'esprit naturel ; ses remarques étaient souvent justes et amusantes, et pour une demi-heure elle pouvait être une compagne assez agréable ; mais elle n'avait aucune des ressources que donne une bonne éducation. Elle était ignorante autant

qu'on peut l'être ; toute sa littérature se bornait
à quelques mauvais romans, elle ne pouvait parler sur
aucun sujet un peu relevé, et malgré tous ses efforts
pour paraître à son avantage et se mettre autant que
possible au niveau d'Elinor – qui tâchait de son côté
de se mettre au sien –, il y avait trop de distance entre
elles pour que miss Dashwood pût jamais en faire
une amie. L'absence d'éducation et de connaissances
n'aurait pas été peut-être un obstacle insurmontable.
Un bon cœur, un caractère aimable lui auraient bien
vite fait pardonner son ignorance, mais Elinor eut
bientôt remarqué chez Lucy un défaut de délicatesse,
de sincérité et de cette rectitude de principes qui
sont la première base d'une intime relation. Il lui
fut impossible alors de trouver quelque plaisir dans
la société d'une personne qui joignait la fausseté
à l'ignorance, dont le manque d'instruction rendait
l'entretien insipide, et qui, par ses basses adulations
pour les habitants de Barton Park, dont elle se moquait
ensuite avec Elinor, ôtait à celle-ci toute espèce
de confiance dans l'amitié qu'elle lui témoignait.
Elle aurait voulu en conséquence l'éloigner un peu
plus, mais Lucy mettait tant de zèle à se rapprocher
d'elle que cela n'était pas facile.

Un jour, Lucy l'avait accompagnée de Barton
Park jusqu'au cottage ; elles étaient seules, et après
quelques moments d'hésitation, Lucy déclara
à Elinor :

– Vous allez trouver ma question bizarre…
Dites-moi, je vous en prie, si vous connaissez

particulièrement la mère de votre belle-sœur, Mrs Ferrars ?

Elinor jugea en effet la question extraordinaire et sa contenance l'exprima, en répondant qu'elle n'avait jamais vu Mrs Ferrars.

– En vérité, s'exclama Lucy, c'est étonnant ! Je pensais que vous l'aviez vue au moins quelquefois à Norland et que vous pourriez me donner quelques détails sur sa manière, sur sa tournure, sur son caractère.

– Non, répondit Elinor, en s'efforçant de cacher son opinion réelle sur la mère d'Edward, et n'ayant aucune envie de satisfaire ce qui lui paraissait une impertinente curiosité. Non, je ne sais rien d'elle.

– Je vois, reprit Lucy, en la regardant attentivement, que vous me trouvez très étrange de vous questionner ainsi sur cette dame ; mais peut-être ai-je mes raisons. Je voudrais pouvoir vous les confier, cependant, j'espère que vous me rendrez la justice de croire que ce n'est point une sotte curiosité.

Elinor répliqua quelques mots polis. Elles se promenèrent quelques minutes, en gardant le silence. Il fut rompu par Lucy, qui renouvela l'entretien, avec hésitation :

– Je ne puis supporter que vous me soupçonniez d'être une curieuse impertinente. Tout, tout au monde plutôt que d'être mal jugée par une personne dont j'ai une si haute estime. Et comme je suis sûre de n'avoir rien à risquer en me livrant entièrement à vous, je m'y décide. Je serais heureuse aussi d'avoir votre avis sur la manière dont je dois me conduire dans une situation très délicate, très critique ; je suis très fâchée que vous ne connaissiez pas Mrs Ferrars.

– J'en suis fâchée aussi, rétorqua Elinor, toujours plus étonnée, si mon opinion sur elle pouvait vous être de quelque utilité, mais je ne puis le comprendre. Je n'ai jamais entendu dire que vous ayez la moindre relation avec cette famille, et je suis, je l'avoue, un peu surprise de votre excessive curiosité sur le caractère de cette dame.

– Votre surprise est très naturelle, reprit Lucy, et je ne dois pas m'en étonner, mais elle cesserait bientôt si j'osais tout vous révéler. Mrs Ferrars ne m'est certainement rien à présent, mais le temps peut venir… et… Cela dépend d'elle… où nos relations seront très intimes…

Elle baissa les jeux avec l'air d'une aimable confusion, mais les releva bientôt sur Elinor, pour observer l'effet de sa demi-confidence.

– Mon Dieu ! s'écria Elinor. Qu'entendez-vous par là ? Êtes-vous engagée avec Mr Robert Ferrars ?

Elle ne pouvait imaginer autre chose, mais elle n'était pas du tout flattée à l'idée d'avoir Lucy Steele pour belle-sœur.

– Non, répliqua Lucy, non pas à Robert Ferrars, que je n'ai jamais vu, mais… à son frère aîné – et en disant cela son regard perçant était rivé sur Elinor, comme pour lire au fond de son âme.

Quelle ne fut pas la surprise d'Elinor en cet instant ! Une surprise, qui aurait été aussi pénible que violente, si une incrédulité presque complète ne l'avait pas suivie. Elle dévisagea Lucy dans un silencieux étonnement, incapable de deviner le motif d'une telle confidence, et quoiqu'elle eût pâli et qu'elle se sentît très émue, elle n'eut aucune crainte de s'évanouir ou d'avoir une attaque de nerfs et persista dans sa défiance de la sincérité de Lucy.

– Je vois et je comprends votre surprise, assura cette dernière, car vous ne pouviez en avoir aucune idée. Jamais il ne m'est échappé un seul mot ni avec vous ni avec personne, qui ait pu trahir notre secret; il a été si fidèlement gardé par moi que pas un seul de mes parents ni de mes amis, excepté Anne, ne peut s'en douter. Jamais je ne vous l'aurais confié, si je n'avais pas eu la certitude de votre discrétion, et si je n'avais pas été entraînée par la crainte que mes questions sur Mrs Ferrars ne vous parussent aussi trop ridicules. Quant à Mr Ferrars, je ne crains nullement qu'il soit fâché de ma confiance envers une personne qu'il estime autant. Je connais la haute opinion qu'il a de toute votre famille et je sais qu'il vous considère, vous et Marianne, comme des sœurs...

Elle s'arrêta. Elinor aussi garda quelque temps le silence. Son étonnement était trop grand pour pouvoir lui répondre; mais enfin elle s'efforça de parler et de parler tranquillement, et prononça avec assez de calme:

– Puis-je vous demander si votre engagement existe depuis longtemps?

– Oh oui ! Bien longtemps. Depuis quatre ans.

– Quatre ans !

– Oui, j'étais bien jeune alors, et c'est mon excuse.

– Je ne m'étais pas doutée, dit Elinor, que vous le connaissiez jusqu'à l'autre jour où votre sœur en a parlé.

– Oui, la pauvre Anne… je tremble toujours dès qu'elle ouvre la bouche. Notre connaissance est cependant de vieille date, elle a commencé lorsqu'il était près de Plymouth sous les soins de mon oncle.

– De votre oncle !

– Oui, Mr Pratt, son tuteur, chez qui sa mère l'avait placé. Est-ce qu'il ne vous a jamais parlé de Mr Pratt ?

– Oui, je me le rappelle, répondit Elinor, avec une force d'esprit qui s'augmentait ainsi que son émotion.

– Il a vécu près de cinq ans chez mon oncle, à Longstaple, près de Plymouth, depuis quinze ans jusqu'à vingt. Ma sœur et moi étions souvent chez notre oncle ; notre engagement s'est formé une année après qu'il fut hors de tutelle, il avait alors vingt et un ans. Il en a vingt-cinq à présent et nous ne sommes pas plus avancés, parce que, bien qu'il soit majeur et que son engagement soit valable, il dépend entièrement de sa mère pour la fortune. Sans doute ai-je eu tort de consentir à ce qu'il s'engage sans l'aveu et l'approbation de sa mère, mais j'étais trop jeune et je l'aimais trop pour être aussi prudente que je l'aurais dû. Quoique vous ne le connaissiez pas aussi bien que moi, miss Elinor, vous l'avez vu assez souvent pour convenir qu'il a tout ce qu'il faut pour attacher sincèrement une femme qui préfère les qualités de l'âme et de l'esprit aux avantages frivoles.

– Certainement, dit Elinor, sans réfléchir, entraînée par la vérité de cette assertion ; mais cette vérité même renouvela ses doutes sur la sincérité de Lucy et sa confiance en l'honneur et l'amour d'Edward. Vous êtes engagée avec Mr Ferrars, reprit-elle, je vous avoue que je suis tellement surprise de ce que vous me dites que… je vous demande mille pardons, mais il y a sûrement quelque erreur de nom ; nous ne parlons sûrement pas du même Mr Ferrars.

– Nous ne pouvons parler d'un autre, répliqua Lucy en souriant. Mr Edward Ferrars, le fils aîné de Mrs Ferrars de Park Street, le frère de votre belle-sœur Mrs Fanny Dashwood : voilà celui que j'entends, et vous m'accorderez, je pense, que je ne puis pas me tromper sur le nom de celui de qui mon bonheur dépend.

– Il est étrange que je ne l'aie jamais entendu parler ni de vous ni de votre sœur.

– Mais non ! Pas du tout ! Si vous considérez notre position, rien n'est moins étrange. Notre premier soin à tous deux était de cacher entièrement notre secret ; vous ne connaissiez ni moi ni ma famille, il n'avait donc aucune occasion de me nommer devant vous. Il avait surtout un extrême effroi que sa sœur ait quelque soupçon ; il valait mieux laisser ignorer et mon nom et mon existence, jusqu'à ce qu'elle soit tout à fait liée à la sienne.

La confiance d'Elinor commença à diminuer, mais non pas son empire sur elle-même.

– Vous êtes donc engagée avec lui depuis quatre ans, décréta Elinor d'une voix assez ferme.

– Oui, et le ciel sait combien nous attendrons encore ! Ce pauvre Edward ! Il est près de perdre patience.

Sortant alors de sa poche une petite boîte à portrait, elle ajouta :

– Pour prévenir tout soupçon d'erreur et vous prouver que c'est bien votre ami Edward que j'aime et dont je suis aimée, ayez la bonté de regarder cette miniature. Sans doute elle lui fait tort, mais il est cependant très reconnaissable ; il me l'a donnée il y a environ trois ans.

Elle la mit en parlant entre les mains d'Elinor, qui ne put alors conserver de doute sur la sincérité de Lucy. C'était bien Edward ; c'étaient ses traits si bien gravés dans son cœur et dans son souvenir. Elle le rendit en étouffant un profond soupir et en convenant de la ressemblance.

– Je n'ai jamais pu, continua Lucy, lui donner le mien en retour, ce qui me chagrine beaucoup, car il le désire passionnément ; mais je suis décidée à présent à saisir la première occasion de me faire peindre pour lui. Vous qui peignez si bien, chère Elinor, si, sous le prétexte de le faire pour vous-même, vous étiez assez bonne…

– Je ne me suis jamais appliquée à la ressemblance, la coupa Elinor, mais vous trouverez sûrement d'autres moyens, et vous en avez tout à fait le droit.

Elles marchèrent quelque temps en silence. Lucy parla la première :

– Je ne doute pas de votre fidélité à garder un secret dont vous devez sentir toute l'importance. Nous serions perdus si sa mère venait à l'apprendre. Elle ne consentira jamais volontairement à cette union ; je n'ai ni rang ni fortune, et je la crois très fière et fort avare.

– Je n'ai certainement pas cherché votre confiance, répondit Elinor, et vous me rendez justice en croyant que je ne la trahirai pas. Votre secret est en sûreté avec moi ; mais pardon si je vous exprime ma surprise d'une confidence inutile. Vous auriez dû sentir que de me le dire n'ajoutait rien à cette sûreté, et vous ne connaissez pas depuis assez longtemps « la belle-sœur de Mrs John Dashwood » pour être parfaitement sûre qu'elle ne soit pas indiscrète. À présent je puis vous rassurer, mais je ne le pouvais pas avant de le savoir.

En disant cela, elle observait fixement Lucy, espérant découvrir quelque chose dans son regard, peut-être la fausseté d'une grande partie de ce qu'elle avait dit, mais sa physionomie ne changea pas du tout ; elle serra doucement la main d'Elinor.

– Je crains, lui dit-elle, que vous ne trouviez que j'aie pris avec vous une trop grande liberté, en vous confiant ma situation. Je ne vous connais pas depuis longtemps, il est vrai, pas du moins personnellement, car je connaissais parfaitement et vous et toute votre famille depuis bien des années par tout ce que m'en avait appris Edward. Aussi, dès le premier instant où je vous ai vue, il m'a semblé que je voyais une ancienne connaissance ; et puis, pensez comme je suis malheureuse. Je n'ai pas une amie à qui je puisse demander des conseils ; Anne est la seule personne qui sache ma position, et vous avez pu vous apercevoir qu'elle n'a aucun jugement. Elle m'est plutôt à charge qu'utile, et me met continuellement en crainte sur notre secret. J'ai eu une affreuse émotion l'autre jour quand sir George a nommé Edward ; j'ai cru qu'elle allait tout dévoiler. En vérité, je m'étonne de vivre encore après tout ce que j'ai souffert pour lui pendant ces quatre années ! Toujours en suspens, en crainte, en incertitude, le voyant si rarement… Nous nous rencontrons à peine deux fois l'année ; je ne comprends pas que mon cœur ne se soit pas brisé.

Ici elle mit son mouchoir sur ses yeux, mais Elinor, à l'ordinaire si bonne, si compatissante ne ressentit pas la moindre pitié pour elle.

– Quelquefois, continua Lucy, je pense qu'il vaudrait mieux pour tous deux de rompre totalement, mais je n'en ai pas le courage. Je ne puis supporter la pensée de le rendre si malheureux et je sais que cette idée seule aurait cet effet ; d'ailleurs il m'est si cher à moi-même ! Je ne crois pas que cela me soit possible… Quelle est là-dessus votre pensée, miss Dashwood ? Que feriez-vous à ma place ? supplia-t-elle, avec toujours ce regard perçant rivé sur Elinor.

— Pardonnez-moi de grâce, répondit Elinor, il m'est impossible de vous donner de conseils dans de telles circonstances. Votre propre jugement doit vous diriger.

— Il est sûr, déclara Lucy après quelques minutes, que sa mère ne l'abandonnera jamais entièrement. Elle est si riche que, même en diminuant sa fortune de moitié, il lui resterait encore de quoi vivre, et pourvu que je vive avec lui, le plus ou le moins m'est bien égal. Mais le pauvre Edward se désole que rien ne se décide. Ne l'avez-vous pas trouvé bien triste quand il est venu ici ? Il était si abattu, si malheureux quand il m'a quittée à Longstaple que je tremblais que vous ne le croyiez très malade.

— Venait-il de chez votre oncle quand il nous a rendu visite ?

— Oh oui, sans doute ! Il a passé quinze jours avec nous. Avez-vous cru qu'il venait de la ville ?

— Non, répliqua Elinor, toujours plus frappée des preuves de la sincérité de Lucy. Je me souviens qu'il nous a dit qu'il avait passé quinze jours avec des amis près de Plymouth.

Elle se rappela aussi sa propre surprise à ce moment, car il ne parlait plus de ses amis et semblait même éviter de prononcer leur nom.

— Avez-vous remarqué son abattement ? demanda Lucy.

— Oui, en vérité, principalement à son arrivée.

– Je l'avais supplié cependant de surmonter sa douleur, de peur de vous donner des soupçons ; mais il était si triste de ne pouvoir passer plus de quinze jours avec nous, et il me voyait si affectée ! Pauvre Edward ! Je crains qu'il ne soit encore dans le même état. Ses lettres sont tout à fait mélancoliques. J'en ai reçu une de lui la veille de mon départ d'Exeter…

Elle la tira d'un portefeuille, et négligemment laissa voir l'adresse à Elinor.

– Vous connaissez sûrement sa main, poursuivit-elle, son écriture est charmante, mais elle n'est pas aussi soignée qu'à l'ordinaire. Il était fatigué, car le papier est complètement noirci.

Elinor vit que c'était bien de la main d'Edward et ne put plus conserver de doutes. Le portrait pouvait avoir été obtenu par quelque hasard, mais une correspondance suivie était une preuve évidente de leur attachement. Aucune autre raison ne pouvait l'autoriser. Pendant un moment, elle fut sur le point de se trahir ; son cœur battait avec violence, elle pouvait à peine marcher. Mais elle combattit avec tant de force son sentiment que le succès fut prompt et complet, et que même le regard perçant de sa compagne ne put pénétrer dans son intériorité.

– Nous écrire continuellement l'un à l'autre, expliqua Lucy en renfermant sa lettre, est le seul moyen de nous consoler dans nos longues séparations. Moi, cependant, j'en ai un autre avec son portrait, mais le pauvre Edward en est privé. Il dit que, s'il avait le mien, il serait moins malheureux. Je lui ai du moins donné dernièrement une boucle de mes cheveux renfermée dans le cristal d'une bague : c'est un dédommagement, mais non pas tel qu'un portrait. N'avez-vous fait aucune attention à cet anneau ? Le portait-il à Barton ?

– Oui, admit Elinor d'une voix ferme avec laquelle elle cherchait à cacher une émotion et une souffrance telles qu'elle n'en avait point encore ressenties.

Elle était à la fois désolée, blessée, mortifiée, confondue ; elle éprouvait tout ce qu'il y a de plus cruel et de plus déchirant. Heureusement, elles arrivèrent au cottage et la conversation prit fin. Après s'être reposée quelques minutes, miss Steele retourna à Barton Park, et la malheureuse Elinor fut libre de se livrer à ses tristes réflexions.

CHAPITRE 23

Quelque peu de confiance qu'eût en général Elinor dans la sincérité de Lucy, il lui était impossible de la suspecter dans cette occasion, ni de comprendre quel motif aurait pu l'engager d'inventer cette histoire. Il y avait non seulement des probabilités, mais des preuves, et rien ne contredisait Lucy, excepté son propre désir. Leur liaison presque au sortir de l'enfance dans la maison de Mr Pratt, la visite d'Edward près de Plymouth, sa mélancolie, l'inégalité de sa conduite avec Elinor, la grande connaissance que les demoiselles Steele avaient de Norland et de toutes les relations de la famille Dashwood – ce qui l'avait souvent surprise –, le portrait, la lettre, l'anneau : tout cela lui fournissait des preuves si convaincantes que sa raison ne pouvait se refuser à la croire. Au début, lorsqu'elle fut forcée d'admettre la parfaite vérité de tout ce que Lucy venait de lui dire, son ressentiment contre Edward, son indignation d'avoir été trompée l'emportèrent même sur sa douleur.

Mais bientôt d'autres idées, d'autres considérations s'élevèrent. Edward avait-il eu l'intention de la tromper ? Avait-il feint avec elle un sentiment qu'il n'avait pas ? Son cœur était-il de moitié dans ses engagements avec Lucy ? Non ; et s'ils avaient été dictés par un amour de jeunesse, elle ne pouvait croire que cet amour existât encore à présent ; elle avait trop bien vu que c'était elle qu'il aimait pour n'en être pas convaincue. Un homme pouvait tromper avec de fausses paroles. Edward n'avait jamais prononcé de mot d'amour à Elinor, mais tout chez lui l'avait prouvé, son trouble, ses regards, le son tremblant de sa voix et ses attentions si soutenues. Non, ce n'était point une erreur, ni son cœur ni son amour-propre ne l'avaient égarée. Sa mère, ses sœurs, Fanny, tout ce qui l'entourait à Norland s'en était aperçu. Certainement, elle était aimée ; et cette conviction consolait son cœur, calmait ses peines et la disposait à pardonner. Il était blâmable cependant, hautement blâmable d'être resté à Norland lorsqu'il avait senti qu'il l'aimait plus qu'il ne devait l'aimer. À cet égard elle ne pouvait le justifier ; mais s'il lui avait fait du mal par cette imprudence, combien ne s'en était-il pas fait à lui-même ! La situation d'Elinor était triste sans doute, mais celle d'Edward était sans espoir. Elle était bien malheureuse pour l'instant, mais la raison guérirait peut-être la plaie de son cœur, tandis qu'Edward, en détachant le sien de la femme envers qui il était engagé, s'était privé lui-même de tout espoir de bonheur. Elle retrouverait sa tranquillité, mais lui serait pour la vie livré à l'infortune. Pouvait-il espérer être heureux avec une femme telle que Lucy Steele ? À présent que le voile de l'amour était levé, même en mettant de côté son inclination pour Elinor, pouvait-il, avec sa loyauté, sa délicatesse, son esprit cultivé, être heureux avec une compagne ignorante, artificielle, sans éducation, vaine, flatteuse, intéressée ? À dix-huit et dix-neuf ans, il est si facile à un homme d'être entraîné par la beauté, par les prévenances d'une jeune fille, qui peut-être cherche à l'attirer, et d'être aveuglé sur ses défauts ! Mais les quatre années suivantes, pendant lesquelles il acquiert chaque jour plus de connaissances, plus d'expérience, une raison plus éclairée, doivent ouvrir ses yeux sur les vices de caractère de cette jeune personne, augmentés sans doute par la pauvre société où elle a vécu, par un goût vif pour les plaisirs et la frivolité, qui peut-être lui a ôté cette simplicité de la première jeunesse, qui donne un caractère si intéressant à une jolie figure. Si, comme Elinor était portée à le croire d'après les insinuations de sa belle-sœur, il y aurait eu des difficultés du côté de la mère d'Edward pour qu'elle-même l'épouse, combien en rencontrerait-il s'il était question d'une personne qui lui était aussi inférieure en naissance, en bonne éducation, et probablement même en fortune ? Ces difficultés, il est vrai, ne devraient pas l'effrayer beaucoup ; mais quel triste sort que d'attendre peut-être sa liberté du mécontentement de sa mère et de son opposition à ses volontés !

Ces pensées, ces réflexions qui se succédaient dans son esprit augmentèrent beaucoup sa tristesse. Elle pleura sur lui plus que sur elle-même. Soutenue par la conviction de n'avoir rien fait pour mériter son malheur, et consolée par la croyance qu'Edward était encore digne de son estime, elle espéra qu'elle pourrait supporter ce cruel chagrin avec courage et avoir assez de force pour le cacher à sa mère et à sa sœur. Elle en était si capable que, deux heures après avoir perdu à jamais tout espoir d'être unie à celui qu'elle aimait si tendrement, elle parut à dîner avec un tel calme qu'on n'aurait jamais soupçonné, en la voyant à côté de la mélancolique Marianne, que c'était elle qui était séparée pour toujours de l'objet de son amour.

La nécessité de cacher à sa famille l'important secret que Lucy lui avait confié fut un motif de plus pour elle de s'exercer à dissimuler en même temps le sien. Ce fut aussi une consolation de leur épargner ce qui leur aurait sûrement donné beaucoup d'affliction, et à elle-même celle d'entendre blâmer Edward.

Elles ne l'aimaient pas comme elle, elles ne se seraient pas montrées aussi indulgentes, et prendre son parti, le défendre avait bien aussi son danger. Elinor voulait chercher peu à peu à s'en détacher, au lieu de nourrir son sentiment. Elle savait qu'elle ne trouverait auprès d'elles ni conseil, ni aide pour une peine de cette nature. Leur chagrin, leur colère ajouteraient à son malheur, et son courage ne pourrait que s'affaiblir.

Elle était plus forte seule, sa propre raison la servait mieux, et sa fermeté se soutint si bien qu'on n'aperçut pas chez elle le moindre changement. Elle fut invariablement aussi gaie, aussi sereine en apparence, quoique ses regrets et sa douleur intérieure fussent chaque jour plus poignants.

Mais autant elle avait souffert de sa première conversation avec Lucy, autant elle désirait connaître les détails de leur engagement, découvrir ce que Lucy ressentait réellement au fond de son cœur, si son amour pour Edward était vraiment tendre et sincère, et s'il y avait pour lui quelque chance de bonheur dans cette union. Alors, elle aurait moins souffert.

Elle voulait aussi prouver à Lucy, par sa promptitude à parler d'Edward la première avec calme, qu'elle ne le regardait que comme un ami. Elle craignait que son agitation involontaire dans leur entretien du matin n'eût découvert en entier à Lucy ce qui jusqu'alors avait du moins été incertain. Il lui paraissait tout à fait probable que Lucy fût jalouse d'elle.

Sans doute Edward lui avait parlé d'Elinor avec éloge, avec intérêt ; Lucy elle-même l'avait reconnu. Les railleries de sir George sur les lettres initiales de son nom devaient aussi avoir éveillé les soupçons ; et d'ailleurs Elinor était elle-même trop sûre d'être aimée d'Edward pour ne pas l'être de la jalousie de Lucy, dont la confiance était une preuve. Quel autre motif donner pour excuser la révélation d'un secret important, et jusqu'alors si bien gardé, que celui de lui apprendre que Lucy avait des droits plus anciens et plus sacrés, et de l'engager à éviter à l'avenir la société d'Edward ?

Il était facile à Elinor de comprendre les intentions de sa rivale. Mais, décidée comme elle l'était à se conduire d'après les principes que l'honneur et la délicatesse lui dictaient, elle résolut de combattre son affection pour Edward, de le voir aussi peu qu'il lui serait possible.

Elle ne pouvait se refuser la consolation de tâcher de convaincre Lucy que ce sacrifice lui coûtait peu, et qu'elle ne considérait Mr Ferrars que comme un ami de la famille. Elle ne pouvait plus rien entendre qui lui fît plus de peine que ce qu'elle avait déjà entendu ; elle n'aurait plus l'émotion de la surprise, et elle se croyait capable d'apprendre sans trop d'agitation ce qu'elle ignorait encore.

Toutefois, il lui fut impossible de satisfaire immédiatement sa curiosité, quoique Lucy fût aussi bien disposée à parler encore qu'elle-même l'était à l'entendre. Une suite de mauvais temps empêcha de se promener, et bien qu'elles se vissent tous les jours, soit à Barton Park, soit au cottage, c'était au salon, en présence de tout le monde. Elles n'avaient aucun prétexte pour se retirer à l'écart ; sir George ne l'aurait pas permis, à peine tolérait-il quelques moments de conversation générale. On se réunissait pour manger et rire ensemble, pour jouer aux cartes, danser, chanter, faire du bruit et des folies.

On s'était déjà rencontré plusieurs fois de cette manière, sans qu'Elinor eût la moindre occasion d'engager avec Lucy un entretien particulier, quand sir George vint un matin au cottage et demanda aux dames Dashwood comme une faveur de venir dîner avec lady Middleton. Il était obligé, pour une affaire, d'aller à Exeter, et lorsqu'il n'était pas là, tout languissait à Barton Park, et ces dames couraient le risque de mourir d'ennui. Elinor, espérant trouver plus de moyens d'arriver à son but et de discuter avec Lucy en l'absence de sir George, accepta aussitôt l'invitation. Mrs Dashwood aimait mieux rester chez elle avec ses livres et sa petite Margaret; et Marianne, qui aurait préféré demeurer aussi dans sa romanesque solitude, ne put refuser d'accompagner sa sœur aînée.

Elles allèrent donc à Barton Park et lady Middleton fut heureusement préservée de l'effrayant ennui qui la menaçait. L'insipidité de la journée fut telle que les demoiselles Dashwood l'avaient prévu. Comme il n'y avait aucun objet d'amour ou de mariage, Mrs Jennings fut plus silencieuse qu'à l'ordinaire, et les demoiselles Steele encore plus prodigues de flatteries. Les enfants vinrent au dessert faire leur tapage coutumier, et pendant qu'ils furent là, Lucy s'en occupa toute seule. Ils restèrent après le thé, qui fut remplacé par la table de jeu. Elinor commençait à désespérer d'être un instant seule avec Lucy. On proposa un jeu général, et toutes les dames se levèrent pour se placer autour de la table.

– Je suis ravie, dit lady Middleton à Lucy, que vous ne finissiez pas le panier de ma pauvre petite Anna Maria ce soir. Vous seriez fatiguée en travaillant à ce petit filigrane à la lumière. La chère petite pleurera peut-être un peu demain matin lorsqu'elle ne le trouvera pas fini, mais nous lui donnerons autre chose et j'espère qu'elle se consolera.

Ce mot était assez pour faire sentir à l'humble cousine ce que la faible mère attendait d'elle, aussi répondit-elle à l'instant :

– Vous vous trompez, milady, pour rien au monde je ne manquerai de parole à ma chère petite amie. J'attendais avec impatience que tout le monde soit au jeu pour me mettre à l'ouvrage ; je ne voudrais pas chagriner mon doux petit ange pour tous les plaisirs possibles. Il n'y en a pas de plus vif pour moi que de travailler pour elle et j'ai résolu de finir ce soir son panier.

– Vous êtes trop bonne, chère Lucy. Sonnez, je vous prie, pour qu'on vous donne des lumières ; ménagez vos yeux, je vous en conjure ! Combien ma petite fille sera contente ! Je lui ai dit que je ne croyais pas qu'il soit fini, et elle m'a répondu en secouant sa petite tête que je ne savais ce que je disais et que sa chère Lucy lui ferait sûrement son panier.

Lucy courut auprès de la table d'ouvrage avec vivacité et gaieté, comme si le plus grand bonheur de sa vie eût été de faire un panier de filigrane pour une enfant gâtée.

Lady Middleton proposa alors de faire un whist.

Personne ne fit d'objection à part Marianne, qui, avec son impolitesse ordinaire, demanda qu'on voulût bien l'excuser.

– Milady, dit-elle, sait que je déteste le jeu. Je préfère, si vous le permettez, toucher du piano.

Et sans attendre la réponse, sans aucune cérémonie, elle alla s'asseoir devant l'instrument. Lady Middleton leva les yeux au ciel comme pour le remercier de ce qu'elle était plus polie et mieux élevée que Marianne. Elinor avait espéré pouvoir se dispenser de jouer pour converser avec Lucy ; le refus de sa sœur la contrariait donc plus que personne, cependant elle chercha à l'excuser auprès de lady Middleton.

– Ma sœur, lui expliqua-t-elle, ne sait pas résister, quand elle vient à Barton Park, au plaisir de jouer sur votre piano ; c'est le meilleur, dit-elle, qu'elle ait jamais rencontré.

Et lady Middleton, enchantée d'avoir le meilleur des pianos, fut tout à fait remise.

On n'était plus que quatre pour la partie. Elinor allait se soumettre à son sort, lorsque Lucy s'écria tout à coup :

– Ah, comme je suis fâchée que miss Margaret ne soit pas ici ! Elle m'aurait aidée à rouler le papier. Je crains fort que, malgré mon désir, je ne puisse pas achever ce soir mon panier.

– Si je n'étais pas obligée de jouer, déclara Elinor, je m'offrirais bien volontiers pour cet ouvrage, d'autant plus que j'aurais désiré apprendre de vous à faire ces jolis paniers.

– Eh bien, ma chère, nous vous laisserons libre, dit lady Middleton, qui tremblait que sa petite Anna Maria n'eût pas tout ce dont elle avait envie. N'est-ce pas, mesdames, nous jouerons fort bien nous trois, en laissant un jeu découvert ? Puisque vous voulez bien aider Lucy, ma chère Elinor, Anna Maria vous en sera fort reconnaissante. Je n'aime pas à la faire pleurer, cela dérange sa jolie physionomie… Ne le trouvez-vous pas ?

Les choses s'arrangèrent ainsi : la partie à trois commença gaiement. Marianne jouait du piano comme si elle avait été seule dans le salon. La table d'ouvrage était assez éloignée pour qu'Elinor pût espérer n'être pas entendue. Les deux belles rivales s'assirent donc à côté l'une de l'autre dans la plus touchante harmonie pour travailler ensemble au panier d'Anna Maria.

CHAPITRE 24

Elinor rassembla toutes ses forces et commença ainsi :

– Je ne mériterais pas la confiance dont vous m'avez honorée, mademoiselle, si je n'avais aucun désir de la conserver et si je ne m'intéressais à vous. Je ne vous fais donc nulle excuse de reprendre l'entretien de l'autre jour.

– Je vous remercie, dit vivement Lucy, de m'en parler la première ; vous me mettez tout à fait à mon aise. Je craignais de vous avoir offensée et je n'osais plus entamer un sujet qui ne peut avoir beaucoup d'intérêt pour vous.

– M'offenser ! s'écria Elinor. Comment pouvez-vous le supposer ? Jamais ce ne fut mon intention de vous donner cette idée. Quel motif auriez-vous pu avoir pour cette confiance qui ne fut pas peu honorable et peu flatteuse pour moi ?

– Et, cependant, je vous assure, reprit Lucy, ses petits yeux plus perçants que jamais fixés sur Elinor, je vous assure qu'il m'a semblé que vous l'avez reçue avec une froideur, un déplaisir qui m'ont procuré un vrai chagrin. Vous aviez l'air fâchée contre moi, et je me suis vivement reproché de vous avoir ennuyée avec mes affaires. Mais je suis enchantée de savoir que cette crainte était imaginaire et que je n'ai pas encouru votre blâme. Si vous saviez quelle consolation j'éprouve à vous ouvrir mon cœur, à pouvoir vous parler de ce qui me préoccupe sans cesse ! Je connais assez votre bonté pour être sûre de votre indulgence.

– Je comprends très bien, affirma Elinor, le plaisir qu'on trouve à parler de ce qu'on aime, et soyez assurée que vous n'aurez jamais sujet de vous en repentir. Votre situation est malheureuse ; vous semblez entourée de difficultés et vous avez besoin de votre mutuelle affection pour la supporter. Mr Ferrars, d'après ce que j'ai entendu, dépend entièrement de sa mère.

– Il a seulement deux mille livres à lui. Ce serait une folie de se marier avec cela ; même si, de mon côté, je renoncerais à la fortune de sa mère sans un soupir. Je suis accoutumée à vivre sur un mince revenu, et je supporterais même la pauvreté avec lui, mais je l'aime trop pour vouloir le priver de tout ce que sa mère fera pour lui, si elle le marie à son gré. Il nous faut donc attendre, et peut-être plusieurs années encore. Avec tout autre homme qu'avec Edward, ce délai serait inquiétant, mais je me repose entièrement sur son amour et sur sa constance.

– Cette conviction est tout ce que vous possédez, et sans doute Mr Ferrars attend la même chose de vous. Si la constance de l'un des deux se démentait, comme il n'est que trop souvent arrivé, l'autre serait bien à plaindre.

Lucy la regarda encore de manière à la déconcerter, si Elinor n'avait pas rassemblé d'avance toutes ses forces pour que sa contenance ne pût donner aucun soupçon.

– L'amour d'Edward, déclara Lucy, a été soumis à de grandes épreuves par de bien longues absences depuis notre engagement, et il les a si bien supportées que je serais impardonnable d'en douter un instant. Je puis affirmer qu'il ne m'a jamais donné une minute d'alarme ou d'inquiétude.

Elinor sourit et soupira à cette assertion ; Lucy n'eut pas l'air de s'en apercevoir, et continua :

– Je suis jalouse par caractère, et nos différentes situations, lui vivant dans le grand monde et moi si retirée, et nos continuelles séparations auraient pu facilement réveiller ma jalousie. La plus légère altération dans sa conduite avec moi, une tristesse dont je n'aurais pu deviner la cause, ou s'il avait parlé d'une femme avec plus d'intérêt que de toutes les autres, ou encore si je l'avais vu moins heureux que de coutume à Longstaple, tout cela m'aurait aussitôt mise sur le chemin de la vérité, et je suis sûre qu'il lui serait impossible de me tromper.

Elinor garda encore quelques instants le silence. Elle se rappelait confusément toutes les preuves d'une affection tendre et sincère qu'elle avait remarquées chez Edward ; enfin, elle resta maîtresse d'elle-même autant qu'il lui fut possible.

– Quels sont donc vos projets ? lui demanda-t-elle. N'en avez-vous point d'autres que celui d'attendre la mort de Mrs Ferrars ? Ce serait une extrémité bien triste et bien cruelle ! Ou bien son fils est-il décidé à se soumettre à l'ennui de plusieurs années d'attente, et à vous envelopper dans le malheur et dans les désagréments qui en seront la suite inévitable, plutôt que de courir le risque de déplaire à sa mère en lui avouant la vérité ? Peut-être aussi que son courroux céderait au temps, à l'amour maternel, aux bons procédés, à la tendresse de sa belle-fille ?

– Oh, si nous pouvions en être sûrs ! Mais non, Mrs Ferrars est orgueilleuse, intéressée, opiniâtre, et sous le coup de la colère, donnerait tout à son fils Robert, qui est son favori. Cette seule idée m'effraie pour Edward au point de ne pouvoir me déterminer à prendre un parti décisif.

– Mais je trouve que, dans cette situation, Lucy, vous vous oubliez trop vous-même. Votre désintéressement passe les bornes de la raison.

Lucy chercha encore à lire avec son regard pénétrant jusqu'au fond de l'âme d'Elinor, et il y eut un grand moment de silence.

– Connaissez-vous Mr Robert Ferrars ? s'enquit Elinor.

– Non, du tout ; je ne l'ai jamais vu, mais je le crois bien différent de son frère. Avec une plus belle figure, qu'il ne songe qu'à parer, c'est un petit-maître, un élégant dans toute la force du terme.

À cet instant, Marianne finit une des parties de son concerto et Anne Steele entendit cette dernière phrase.

– Un petit-maître, un élégant ! répéta-t-elle. Tout en faisant leur panier, ces dames se font leurs confidences, elles parlent de leurs amoureux.

– Je puis répondre pour Elinor, déclara Mrs Jennings en éclatant de rire, et vous assurer que vous vous trompez. Son amoureux, loin d'être un petit-maître, est le jeune homme le plus simple, le plus modeste, le plus réservé que j'aie vu de ma vie. Pour Lucy, je ne connais pas le sien, mais à en juger par ses yeux, je crois qu'il lui en faut un plus gentil, plus empressé, plus éveillé, n'est-ce pas ?

– Eh bien, madame, vous vous trompez aussi, reprit Anne. Je puis assurer que l'amoureux de Lucy ressemble en tout point à celui de miss Elinor.

Elinor se sentit rougir en dépit d'elle-même. Lucy mordit ses lèvres et adressa un regard noir à sa sœur. Le jeu recommença, le piano aussi et les deux rivales, après un peu de silence, reprirent leur entretien. Ce fut Lucy qui, rapprochant sa chaise de celle d'Elinor, lui dit à demi-voix :

– Je vais donc, chère miss Dashwood, puisque vous êtes assez bonne pour y prendre quelque intérêt, vous dévoiler le plan que j'ai formé depuis quelque temps. J'espère qu'Edward l'approuvera, et je désire d'autant plus de vous en parler que vous pourrez nous servir. J'ose tout attendre de votre amitié pour lui et de votre bonté pour moi. Voici donc ce que c'est. Vous connaissez assez Edward pour avoir remarqué que, dans le choix d'une vocation, son goût aurait été pour l'Église, et que si sa mère l'avait permis, il aurait préféré cet état à tout autre. Mon plan est donc qu'il se décide à entrer dans les ordres et à se faire consacrer aussitôt qu'il le pourra. Alors, j'ose être sûre que vous useriez de tout votre pouvoir sur votre frère pour le persuader de lui donner le bénéfice de sa terre de Norland, qu'on dit très considérable. Le plus grand obstacle à notre mariage serait levé, nous aurions assez pour vivre en attendant la chance du reste.

— Je serais heureuse, répondit Elinor, de pouvoir donner à Mr Ferrars des preuves de mon estime et de mon amitié, mais je ne vois pas en vérité que vous ayez besoin de moi dans cette situation, je vous serais tout à fait inutile. Mr Ferrars est le frère de Mrs John Dashwood, et sa recommandation vaudra mieux que la mienne auprès de son mari.

— Mais Mrs John n'approuverait pas plus que sa mère que son frère entre dans les ordres et m'épouse.

— Alors, je soupçonne que ma recommandation aurait peu de poids.

Il y eut un assez long silence ; Lucy le rompit par un profond soupir.

— Je crois, ajouta-t-elle, oui, je crois que ce qu'il y aurait de plus sage serait de finir cette affaire en rompant d'un mutuel accord notre engagement.

Nous sommes de tous les côtés si entourés de difficultés, que quoique cette rupture nous rende bien malheureux pour le moment, nous serions peut-être plus heureux tous les deux par la suite… Qu'en pensez-vous, miss Dashwood, ne voulez-vous pas me donner votre avis ?

– Non, répondit Elinor avec un sourire qui cachait l'agitation de son cœur. Non, sur un tel sujet, cela ne m'est pas possible. Vous savez très bien que mon opinion n'aurait aucune influence sur vous, à moins qu'elle ne soit conforme à vos désirs.

– En vérité, vous me faites tort, affirma Lucy d'un ton de dignité, je ne connais personne dont j'estime autant le suffrage et dont le jugement me paraisse aussi sûr que le vôtre. Je crois de bonne foi que si vous me disiez : « Je vous conseille de rompre tout engagement avec Edward Ferrars, vous en serez tous les deux plus heureux », oui, je crois que je me déciderais à le rompre immédiatement.

Elinor était si convaincue du contraire qu'elle rougit de la fausseté de la future femme d'Edward.

– Ce compliment, répliqua-t-elle, augmenterait mon effroi de vous dire mon opinion, si j'en avais une. Vous élevez beaucoup trop mon influence. Le pouvoir de désunir deux amants si tendrement attachés l'un à l'autre est bien trop grand pour une personne indifférente.

– C'est parce que vous êtes absolument étrangère à cette affaire, riposta Lucy d'un ton un peu piqué, que votre opinion aurait sur moi tant d'influence et pourrait me décider. Si on pouvait supposer que vous ayez là-dedans le moindre intérêt personnel, elle n'aurait plus aucun poids.

Elinor crut plus sage de ne rien répondre ; elle se trouvait entraînée par cet entretien dans une espèce de réserve qui lui semblait toucher à la dissimulation avec une personne qui n'en avait point pour elle. D'ailleurs, elle n'en avait que trop appris et se promit bien de ne plus renouveler cette pénible et inutile confidence. Elle parla de leur ouvrage, de quelques autres sujets indifférents, après quoi Lucy lui demanda du ton de la plus tendre amitié si elles comptaient passer une partie de l'hiver à Londres.

– Certainement non, dit Elinor.

– J'en suis très fâchée, reprit Lucy pendant que ses yeux brillaient de plaisir, j'aurais été si heureuse de vous y rencontrer. Mais je suis sûre que vous y viendrez ; votre frère et votre belle-sœur vous inviteront sûrement chez eux.

– Il ne me sera pas possible d'accepter leur invitation.

– Combien c'est malheureux pour moi ! Je me réjouissais d'avance de vous y retrouver. Anne et moi comptons y aller à la fin de janvier, chez des parents à qui nous l'avons promis depuis bien des années ; mais moi, j'y vais seulement pour voir Edward qui doit y être en février. Sans cet espoir, Londres n'aurait aucun attrait pour moi.

À cet instant, l'entretien confidentiel fut interrompu. Elinor fut demandée auprès de la table de jeu pour la décision d'un coup et lady Middleton, ayant envie de voir faire le joli panier de sa petite Anna Maria, pria Elinor de prendre sa place, ce qu'elle accepta avec plaisir. Elle n'avait plus rien à dire à Lucy, de qui elle n'avait pas une opinion plus avantageuse. Elle avait au contraire une conviction plus forte encore, et bien douloureuse, qu'Edward ne pouvait pas aimer la femme qu'il avait promis d'épouser et qu'il n'avait aucune chance de bonheur dans une union avec une personne sans aucune affinité avec lui, qui serait repoussée de toute sa famille et qui avait assez peu de délicatesse pour vouloir, malgré cela, forcer un homme à tenir ses engagements, quand elle paraissait elle-même persuadée qu'il serait malheureux.

À partir de ce moment, elle ne chercha plus les confidences de Lucy, mais cette dernière ne laissait échapper aucune occasion de les continuer, de lui parler de son bonheur quand elle avait reçu une lettre d'Edward. Quand Elinor ne pouvait les éviter, elle les recevait avec une tranquillité et un calme apparents sans faire de réflexions, sans allonger un entretien dangereux pour elle-même et inutile à Lucy, dont elle trouvait chaque jour le caractère moins agréable.

La visite des demoiselles Steele chez leurs parents de Barton Park se prolongea bien au-delà du temps qu'on leur avait d'abord demandé. Leur faveur croissait au point qu'on ne pouvait penser à se séparer. Anna Maria poussait de hauts cris quand Lucy feignait de vouloir la quitter, et sa maman la suppliait alors de rester, de sorte que, malgré leurs nombreux engagements à Exeter, elles demeurèrent à Barton Park plus de deux mois et y passèrent les fêtes de Noël, que sir George rendit aussi brillantes et aussi animées qu'il lui fut possible.

CHAPITRE 25

Mrs Jennings s'attachait tous les jours davantage aux habitants du cottage, et surtout à Elinor. La parfaite bonté du caractère de cette femme, l'amitié qu'elle leur témoignait si franchement leur faisaient oublier ses petits défauts, si légers en comparaison de ses excellentes qualités. Mrs Dashwood, qui voyait en elle la meilleure, la plus indulgente des mères, lui pardonnait bien volontiers son ton un peu trop trivial et ses manières un peu vulgaires, Margaret s'amusait de sa franche et grosse gaieté. Elinor, toujours bonne, toujours simple, indulgente par caractère, disposée à la bienveillance et à trouver que les qualités du cœur valent bien celles de l'esprit, aimait beaucoup la bonne Mrs Jennings et ne s'apercevait presque plus de ce qu'il lui manquait. Mais Marianne, la sensible, la délicate Marianne, ne pouvait s'habituer à son langage, à ses manières, et tout en convenant cependant qu'elle avait assez de chaleur dans les sentiments et de complaisance pour ceux des jeunes gens, elle ajoutait toujours :

« Quel dommage que son esprit et son goût n'y répondent pas ! » Et elle fuyait sa société autant qu'il lui était possible.

Aux approches de la fin de l'année, Mrs Jennings commença à tourner ses pensées vers Londres, et à désirer y retourner. Après la mort de son mari, qui s'était enrichi dans le commerce, elle avait quitté la cité et pris une très élégante maison près de Portman Square. Ses filles avaient épousé, l'une un baronnet, l'autre un bon gentilhomme ; elle passait toute la belle saison chez l'une ou chez l'autre, et l'hiver les réunissait à la ville. Cette année, elle avait prolongé son séjour à Barton en faveur du voisinage ; mais lorsque, enfin, elle se fut décidée à partir, elle demanda un jour aux demoiselles Dashwood de la suivre à Londres et d'y demeurer quelque temps avec elle, en les assurant avec sa cordialité coutumière, qu'elle ne pouvait plus se passer de leur société. Marianne rougit de plaisir à cette invitation et ses yeux s'animèrent. Elinor n'y prêta nulle attention et, croyant que sa sœur pensait là-dessus comme elle, elle exprima sa reconnaissance à Mrs Jennings en l'accompagnant d'un refus positif. Le motif qu'elle alléguait était leur résolution de ne point quitter leur mère, et surtout pendant l'hiver.

Mrs Jennings parut surprise et réitéra son invitation, en les pressant vivement de l'accepter.

– Vous comprenez bien, jeunes filles, argua-t-elle, que j'ai déjà demandé l'avis de la maman, il est tout à fait conforme au mien. Elle est ravie que vous alliez un peu respirer l'air de Londres ; ainsi c'est tout arrangé, et je suis tout à fait enchantée de vous avoir chez moi. Vous ne me gênerez pas du tout, ma maison est assez grande à présent que j'ai marié Charlotte. Quant au voyage, j'envoie Betty la première par le coche pour nous recevoir. Nous pouvons très bien tenir à trois dans ma chaise ; une fois en ville, tout ira de soi-même. Si vous me trouvez trop vieille, si vous vous ennuyez chez moi ou dans ma société, vous pourrez toujours aller avec l'une de mes filles. Vous voyez comme je les ai bien mariées ; si je n'en fais pas autant de vous, ce ne sera pas ma faute, et peut-être avant la fin de l'hiver le serez-vous toutes les deux.

— J'ai l'impression, intervint sir George, que si on consulte miss Marianne, elle n'aura aucune objection contre ce projet ; mais sa sœur aînée sera plus difficile à convaincre. Ai-je deviné juste, miss Marianne ? Je parie que oui.

— Et vous avez raison, admit-elle avec sa franchise ordinaire, oui, je l'avoue, je serai parfaitement contente d'aller à Londres cet hiver. Ce serait un si grand bonheur pour moi qu'à peine puis-je l'exprimer. C'est vous dire, chère dame, que votre invitation vous assure pour jamais ma plus tendre reconnaissance.

Elinor savait très bien ce que sa sœur entendait par là et ce qui l'attirait si puissamment à Londres. Elle devait y trouver Willoughby, que fallait-il de plus ? Elinor aimait Marianne trop tendrement pour pouvoir se résoudre à l'affliger en mettant trop d'obstacles à ce qu'elle désirait avec tant d'ardeur. Aussi, pressée de nouveau par Mrs Jennings, elle se contenta cette fois de s'en remettre à la décision de leur mère, qui, par bonté pour ses filles, disait-elle, avait cédé à l'envie de leur procurer un plaisir, mais qui souffrirait certainement de se séparer d'elles. À peine eut-elle achevé cette phrase que Marianne reprit la parole avec plus de vivacité encore que la première fois en s'écriant :

– Ah, mon Dieu ! Ma sœur, croyez-vous réellement que notre départ lui serait si pénible ? Alors il n'y faut pas songer. Ma bonne, ma tendre mère ! Non, non, nous ne devons pas la quitter, si notre absence la chagrine, si elle est moins heureuse, moins bien soignée. Ah ! non, non, rien au monde ne pourrait me forcer à la laisser ; n'est-ce pas, Elinor, il n'en est plus question ?

Elinor embrassa tendrement sa sœur et reconnut là cette chaleur de sentiment qui l'entraînait également d'un côté ou d'un autre suivant l'avis de son cœur, mais elle n'osa pas se féliciter qu'elle persistât longtemps dans cette sage résolution.

En effet, lorsqu'elles rentrèrent chez elles, elles trouvèrent leur chère maman transportée de l'idée de ce voyage et des plaisirs que ses filles auraient à Londres ; et sans doute aussi son orgueil maternel était flatté, en pensant combien elles seraient admirées. Marianne reprit bien vite alors son envie de partir, dès qu'elle se crut sûre de ne plus chagriner sa mère. Et dès que celle-ci vit combien sa fille chérie le désirait, elle devint plus pressante et finit par l'ordonner fermement. Elle ne voulut entendre aucune objection, insista pour le départ, et détailla avec son enthousiasme ordinaire tous les avantages qui devaient en résulter.

– C'est précisément, disait-elle, ce que je souhaitais le plus au monde, sans oser le demander à cette bonne Mrs Jennings, mais les cœurs de mère s'entendent, et le sien a deviné mon désir. Margaret a été un peu trop dissipée cet été, son éducation en a souffert. Seule avec elle, je m'en occuperai plus particulièrement, je lui donnerai des leçons. Nous lirons, nous ferons de la musique ensemble, et lorsque vous reviendrez, vous serez, j'en suis sûre, surprises de ses progrès. J'ai aussi un petit projet de quelques réparations dans vos chambres, qui se feront sans inconvénient pendant votre absence. Et je suis ravie que vous ayez l'occasion de voir et de connaître les manières et les amusements de la bonne compagnie de Londres, où peut-être votre goût et vos talents se perfectionneront. Vous entendrez de la musique excellente, Marianne. Vous verrez des collections de superbes tableaux, Elinor, et ce qui vaut mieux encore, vous retrouverez là votre frère. Quels que soient ses torts, ou plutôt ceux de sa femme, quand je songe qu'il est le fils de mon cher Henry, je ne puis supporter que vous soyez si entièrement étrangers les uns aux autres. Vous n'avez pas l'air aussi contente que je le voudrais, ma chère Elinor ?

– Je l'avoue, maman, fit celle-ci. Quoique votre extrême bonté pour nous vous fasse lever tous les obstacles à ce voyage, j'en vois encore un cependant qui me paraît presque insurmontable.

Marianne eut un mouvement de dépit et baissa la tête d'un air boudeur.

– Et quoi donc ? s'étonna Mrs Dashwood. Qu'est-ce que ma prudente Elinor trouve à redire à ce projet ? Quel formidable obstacle sa raison va-t-elle mettre en avant ? Je vous prie au moins de ne pas dire un mot sur la dépense ; je pourvoirai à tout ce qu'il faudra. Les filles de Mr Henry Dashwood paraîtront dans le monde comme elles doivent y paraître. Allons, parlez, sage Elinor, ajouta-t-elle avec son charmant sourire, quelles sont vos objections ?

– Mon objection, ma mère, me coûterait à dire, si ce n'était pas absolument entre nous. J'aime Mrs Jennings de tout mon cœur, j'ai la meilleure opinion d'elle et de son caractère, je sais que nous pouvons compter sur des soins vraiment maternels. Mais son ton, et peut-être ses relations de société, ne sont pas ce que vous désirez pour vos filles. Elle ne peut ni nous protéger ni nous donner aucune considération dans le monde ; et mon frère lui-même trouvera mauvais peut-être, ou du moins ma belle-sœur, que nous demeurions chez elle.

– C'est vrai à quelques égards, répliqua sa mère, mais vous serez très peu dans sa société, et vous paraîtrez toujours en public avec lady Middleton. D'ailleurs, Mrs Jennings est riche, tient une bonne maison, est belle-mère d'un baronnet ; il n'en faut pas davantage à Fanny, et même à John, pour la considérer de très bonne compagnie.

– Si Elinor est effrayée d'aller à Londres avec Mrs Jennings, déclara Marianne, elle peut rester ici. Pour ma part, je n'ai point de tels scrupules, et il m'en coûtera peu de me mettre au-dessus de cet inconvénient avec une personne aussi bonne, aussi obligeante.

Elinor ne put s'empêcher de sourire en pensant combien elle avait eu de peine à persuader Marianne d'être seulement polie avec cette femme qu'elle avait déclarée, dès le premier abord, être la personne la plus commune et la plus ennuyeuse qu'elle eût jamais rencontrée. Son indulgence actuelle était une si forte preuve de son envie de rejoindre Willoughby que, malgré toute la répugnance qu'Elinor avait pour ce voyage, puisqu'elle pouvait y rencontrer Edward, elle résolut de ne pas abandonner à elle-même une jeune personne aussi passionnée, ni la pauvre Mrs Jennings au soin de veiller sur elle et à l'ennui de n'avoir pas même l'agrément de sa société. Car elle était convaincue que Marianne passerait seule dans sa chambre tous les moments où elle ne serait pas avec Willoughby, pour penser à lui en toute liberté. Elle se décida donc à être du voyage, d'autant plus qu'elle se rappela que Lucy lui avait dit qu'Edward ne serait en ville qu'au mois de février, et qu'elle espérait être alors de retour au cottage.

– Allons, c'est donc arrangé, conclut Mrs Dashwood. Vous y irez toutes deux et vous verrez que vous vous amuserez extrêmement à Londres, surtout en y étant ensemble. Elinor principalement y trouvera un grand avantage, en ayant l'occasion de faire la connaissance de la famille de sa belle-sœur et de voir Mrs Ferrars.

Elinor rougit ; elle avait souvent eu le désir de prévenir sa mère de l'état des choses, pour que le coup fût moins frappant quand elle apprendrait la vérité, mais c'était le secret de Lucy, qu'elle ne pouvait pas trahir. Elle se contenta donc de dire avec beaucoup de calme :

– J'aime Edward Ferrars, et je serai toujours heureuse de le voir, mais quant au reste de sa famille, il m'est complètement indifférent de les connaître ou non.

Mrs Dashwood sourit et ne répondit rien. Marianne leva les yeux au ciel avec l'air de l'étonnement et du scandale.

La chose étant décidée, Mrs Jennings reçut dans la journée les remerciements de la mère et l'acceptation de ses filles, qui la mit dans une grande joie. Elle donna en retour toutes les assurances imaginables des soins qu'elle en aurait, ce dont Mrs Dashwood n'avait aucun doute. Sir George aussi fut enchanté, c'étaient deux personnes de plus pour ses dîners, ses bals et ses assemblées. Lady Middleton leur dit en termes choisis et civils qu'elle serait ravie de les retrouver à Londres. Les deux miss Steele, et surtout

Lucy, assurèrent que cette nouvelle les rendait tout à fait heureuses.

Elinor prit enfin son parti de ce voyage ; quoique très raisonnable, elle n'était pas insensible au plaisir de voir Londres pour la première fois. D'ailleurs, sa mère en était si contente et sa sœur si transportée de joie qu'elle ne put se défendre de partager leur plaisir. Marianne n'était plus pensive, plus soupirante, plus mélancolique ; elle reprit toute sa gaieté, tout son enthousiasme, et redevint plus belle, plus brillante qu'elle ne l'avait jamais été. Elle attendait le moment de partir avec une grande impatience et, quand le jour si désiré arriva, quand il fallut dire adieu à sa mère, son cœur parut près de se rompre ; elle était baignée de larmes, et à cet instant elle aurait volontiers consenti à rester, quitte à en pleurer tout au long de l'hiver. Mrs Dashwood était aussi très affectée. Elinor fut la seule qui, par son courage, adoucit le chagrin de la séparation, en répétant combien elle serait courte et en parlant du jour du retour.

C'était le tout début de janvier. Les Middleton devaient suivre dans une semaine et les chères cousines Steele rester avec eux à Barton Park jusqu'au départ.

CHAPITRE 26

La prudente Elinor ne pouvait pas se trouver dans l'équipage de Mrs Jennings, commençant un voyage sous sa protection et devant vivre chez elle, sans s'étonner beaucoup de cette situation. Une si courte connaissance, tant de différence dans leurs âges, dans leurs manières, dans leur état, lui auraient paru des objections insurmontables. Mais ces objections avaient cédé sans la moindre difficulté à la passion de sa sœur, au désir de sa mère. La bonne Elinor, en dépit de ses réflexions et de ses doutes sur la constance de Willoughby, ne pouvait pas être témoin du ravissement de Marianne, de l'espoir du bonheur qui brillait dans ses yeux, sans se rappeler douloureusement combien son sort était différent, et que tout espoir, tout bonheur étaient anéantis pour elle. Il ne lui restait pas même le doute. Elle excusait d'autant plus volontiers Marianne qu'elle sentait combien ce voyage aurait eu aussi de charmes pour elle, s'il avait été animé par la même perspective. Elle était aussi bien aise d'accompagner sa sœur, ou pour partager son bonheur si son Willoughby était fidèle et lui offrait sa main, ou pour adoucir ses peines dans le cas contraire. La chose serait bientôt décidée. Apparemment, il était à Londres, puisque Marianne était si pressée de s'y rendre. Elinor, qui n'avait plus d'autre objet en vue et qui prenait un si vif intérêt au bonheur de sa sœur, était déterminée à acquérir toutes les lumières possibles sur le vrai caractère d'un homme qui avait autant d'influence sur sa cadette et de surveiller sa conduite avec tout le zèle de l'amitié. Si le résultat de ses observations n'était pas favorable à Willoughby, elle voulait à tout prix éclairer sa sœur sur les dangers de son attachement; si au contraire elle l'en jugeait digne, elle voulait se préserver elle-même de faire des comparaisons et d'envier son sort, et pouvoir se livrer entièrement à la satisfaction de la voir heureuse.

Leur voyage dura trois jours. La conduite de Marianne pendant ce temps-là fut la preuve de ce que Mrs Jennings aurait pu attendre d'elle, si elles avaient été en tête à tête. Dans ses yeux animés brillaient, il est vrai, la joie et l'espérance. Mais, tout entière à ses sentiments, à ses pensées, plongée dans ses tendres méditations, elle n'ouvrait la bouche que pour s'informer de la distance qui les séparait de Londres, dire au cocher d'aller plus vite ou s'extasier sur quelques points de vue romantiques, et ne s'adressait alors qu'à sa sœur. En échange, Elinor prit le parti d'être polie pour deux et de tâcher, à force d'attentions, que Mrs Jennings ne remarquât pas la conduite de sa sœur. Elle discutait, riait avec elle, écoutait des histoires triviales cent fois répétées. Mrs Jennings, de son côté, leur témoignait à toutes deux toute la bonté imaginable, s'inquiétait sans cesse de leur bien-être et de leur plaisir, consultait leurs goûts pour commander leur dîner dans les auberges, et ne se fâchait contre Marianne que lorsque celle-ci se refusait à le dire ou qu'elle ne mangeait pas.

Elles arrivèrent en ville le troisième jour, à quatre heures de l'après-midi, heureuses de sortir de leur voiture où elles étaient fort serrées et de se reposer auprès d'un bon feu.

La maison était belle, les appartements meublés avec élégance, tout annonçait le bien-être d'une riche veuve. Les demoiselles Dashwood s'installèrent dans les chambres que lady Middleton et Mrs Palmer occupaient avant leur mariage. Celles-ci étaient encore ornées de paysages brodés en soie, en chenille, preuve de la bonne éducation qu'elles avaient reçue dans les meilleures pensions de Londres. Comme le dîner de Mrs Jennings ne devait pas être servi avant deux heures, Elinor voulut employer ce temps à écrire à sa mère et s'assit à cet effet devant une table. Marianne vint bientôt la rejoindre et se plaça en face d'elle, en prenant aussi une feuille de papier et en choisissant une plume.

– J'écris à maman, l'informa Elinor, qui avait déjà commencé. Ne feriez-vous pas mieux, Marianne, de différer votre lettre d'un jour ou deux ?

– Je ne veux pas écrire au cottage, répliqua Marianne.

Et elle commença très vite comme pour éviter les questions.

Elinor n'en fit point, persuadée que sa sœur écrivait à Willoughby, et concluant ainsi que quelque mystérieuse que fût leur correspondance, elle existait certainement, et que Marianne était sûre de ses intentions et vraisemblablement engagée avec lui. Cette idée qui traversa rapidement l'esprit lui fit un grand plaisir et exalta son style. Elle voulut le faire partager à sa chère mère : « Marianne vous écrira par le premier courrier et vous dira sans doute combien elle est heureuse… » Sa lettre se remplissait des détails de leur voyage et de leur arrivée. Celle de Marianne, qui n'était qu'un billet, fut bientôt finie, pliée et cachetée. Elinor jeta un regard sur l'adresse et distingua un grand W, qui ne lui laissa plus de doute. Marianne sonna et pria le laquais qui se présenta de porter cette lettre à la petite poste. Elle continua à être très animée, mais c'était plutôt de l'agitation que de la gaieté, et cette agitation s'augmentait graduellement. Elle put à peine manger quelque chose et, quand elles furent rentrées dans le salon, elle n'écoutait pas même ce qu'on disait, n'était attentive qu'au roulement des carrosses et courait sans cesse du coin du feu à celui de la fenêtre, où elle resta enfin debout, pour voir tout ce qu'il se passait dans la rue. Elinor était heureuse que Mrs Jennings, occupée ailleurs, n'en fût pas témoin.

L'heure du thé les réunit. Marianne était alors dans un état d'émotion presque douloureux tant il était vif.

Chaque coup frappé à la porte des maisons voisines la faisait rougir et pâlir, lorsqu'elle voyait qu'elle s'était trompée. Enfin, un coup beaucoup plus fort fut l'annonce d'une visite. Aucune autre personne que celle à qui elle avait écrit ne pouvait savoir encore leur arrivée. Elinor ne douta pas qu'on ne vînt annoncer Mr Willoughby. Marianne s'approcha de la porte par un mouvement involontaire, l'ouvrit, écouta au-dessus de l'escalier et entendit une voix d'homme demander si Mrs Dashwood étaient au logis ; elle rentra dans un trouble qui tenait presque du délire et, rejoignant Elinor, elle lui dit en se jetant dans ses bras :

– Oh ! C'est lui, c'est bien lui !

Elinor eut à peine le temps de répondre :

– Au nom du ciel ! Chère Marianne, calmez-vous...

La porte s'ouvrit et le colonel Brandon parut. Marianne, au désespoir, sortit de la pièce sans même le saluer. Il la suivit des yeux avec un étonnement malheureux, mais, se remettant promptement, il s'avança vers Elinor et lui souhaita le bonjour, ayant l'air content de la revoir.

Elinor était certes fâchée du désappointement de sa sœur, mais elle l'était encore plus de son impolitesse pour un homme aussi estimable. Il était cruel pour lui d'être reçu de cette manière par une femme à qui il était si tendrement attaché. Elle espéra que, peut-être, il n'y avait pas prêté attention, mais à peine l'eut-elle salué avec l'air de l'amitié qu'il lui demanda d'une voix altérée si miss Marianne était malade.

– Oui, monsieur, lui dit-elle, en saisissant cette idée, elle est sujette à des vertiges, et la fatigue du voyage a augmenté cette disposition. C'est sans doute ce qui l'a obligée à sortir.

Il l'écouta avec la plus grande concentration, puis tomba dans une sorte de rêverie dont il sortit tout à coup en parlant à Elinor de leur séjour à Londres, du plaisir qu'il avait eu à l'apprendre et en lui demandant des nouvelles de Mrs Dashwood, de Margaret, de ses amis de Barton Park.

Ils continuèrent à s'entretenir en apparence avec calme, mais tous les deux préoccupés de tout autre chose que de leur conversation. Elinor mourait d'envie de lui demander si Willoughby était à Londres, mais elle craignait d'augmenter sa peine en lui parlant de son rival. Enfin, pour amener peut-être l'entretien sur ce sujet, elle voulut savoir si lui-même avait toujours habité Londres depuis qu'il avait quitté Barton Park.

– Oui, répliqua-t-il, avec quelque embarras, presque toujours. J'ai été deux ou trois fois à Delaford pour peu de jours, mais bien malgré moi, je vous assure, je n'ai pu retourner à Barton Park.

Sa manière de répondre, triste, embarrassée, rappela à Elinor le moment de son départ et toutes les conjectures de Mrs Jennings. Elle eut peur d'avoir fait preuve d'une curiosité indiscrète, et se tut.

Mrs Jennings entra à ce moment et salua le colonel avec sa gaieté habituelle.

– Je suis enchantée de vous voir, cher colonel, et bien fâchée de ne m'être pas trouvée là quand vous êtes arrivé. J'avais, comme vous comprenez, mille choses à faire et à ranger chez moi, après une si longue absence, mais à présent je puis sortir de mon salon quand je voudrai, on ne le trouvera pas vide, et personne ne s'apercevra que la vieille Mrs Jennings n'est pas là. N'est-ce pas, colonel, que j'ai fait de jolies recrues ? Mais, je vous en conjure, comment avez-vous appris que nous étions en ville ? Je n'ai pas encore vu une âme.

– J'ai eu le plaisir de l'apprendre chez Mrs Palmer où j'ai dîné.

– Ah ah ! Chez ma Charlotte : donnez-m'en bien vite des nouvelles. Aurai-je bientôt un petit-fils ?

– Mrs Palmer se porte très bien et je suis chargé de vous dire qu'elle viendra sûrement vous voir demain.

– Je l'espère. Où donc est Marianne ? Vous ne l'avez pas vue encore, colonel ? Ne suis-je pas bonne de vous l'avoir amenée ? Mais comment vous arrangerez-vous avec Mr Willoughby ? J'ai grand peur pour vous, colonel. Ah, la charmante chose que d'être jeune et belle ! J'ai été jeune aussi, et si je n'étais pas belle comme Marianne, ni jolie comme Elinor, je n'en ai pas moins eu un bon mari qui m'aimait de tout son cœur. Qu'aurais-je pu avoir de mieux avec la plus grande beauté ? Si seulement il vivait encore ! Voici huit ans que je le pleure, continua-t-elle, et sa physionomie épanouie de joie à l'ordinaire prit une expression un peu moins animée, ses yeux s'humectèrent. Allons, allons, ne parlons plus de cela, c'est inutile, les larmes ne me le rendront pas, parlons plutôt des vivants. Vous êtes-vous bien amusé, colonel, depuis que vous nous avez quittés si cruellement à Barton ? Eh bien, après avoir crié contre vous, nous avons pris notre parti de votre absence et nous nous sommes amusés tout autant. Demandez à miss Marianne si elle s'en est aperçue ! J'ai deviné à l'instant où elle était allée avec son beau conducteur, mais pour votre affaire si pressante, je n'ai que des conjectures. À présent que tout est fini, dites-moi ce que c'était. Point de secrets entre amis.

Il répondit avec sa douceur et sa politesse coutumières, mais sans satisfaire en rien sa curiosité. Elinor se mit à préparer le thé. Mrs Jennings fit appeler Marianne, qui fut obligée de paraître. Elle salua le colonel avec une profonde tristesse et une parfaite indifférence. Il devint peu à peu tout aussi triste et aussi absorbé qu'elle, et malgré les persécutions de Mrs Jennings pour qu'il passât la soirée avec ces dames, il s'en alla immédiatement après le thé.

Aucune autre visite ne se présenta. L'abattement de Marianne augmentait à mesure qu'elle perdait l'espoir, et de très bonne heure chacune alla se coucher.

Marianne se leva le lendemain rayonnante d'espérance, son désappointement de la veille était oublié. Il était impossible que cette journée ne fût pas plus heureuse. Le déjeuner était presque fini quand

Mrs Palmer entra en riant aux éclats et pouvant à peine dire et répéter combien elle était contente de revoir sa bonne mère et ses chères amies. Elle était à la fois surprise de leur arrivée, en colère car elles avaient refusé son invitation et bien aise qu'elles eussent accepté celle de sa mère.

– Et Mr Palmer, ajouta-t-elle, comme il s'impatiente de vous voir ! Il n'a pas voulu venir, quoi qu'il n'ait rien d'autre à faire, mais il était de mauvaise humeur. Il est toujours si drôle, Mr Palmer !

Après une heure ou deux passées à discuter sans rien dire, à rire sans sujet, à parler de plusieurs individus que les demoiselles Dashwood ne connaissaient pas, Mrs Palmer leur proposa de les mener dans quelques magasins pour faire leurs emplettes. Marianne aurait préféré rester, mais enfin, désirant aussi acheter quelques parures, espérant faire quelque heureuse rencontre, elle se laissa entraîner. Partout où elles allèrent, son unique occupation fut de veiller à la porte des magasins où elles entraient sur tout ce qu'il se passait dans la rue. Ses yeux étaient sans cesse en activité, rivés sur les trottoirs, pénétrant au fond des voitures ; et quand elle était forcée de venir donner son opinion sur quelque objet de mode, c'était avec une telle distraction qu'il était facile de voir qu'elle pensait à tout autre chose. Les couleurs de son teint variaient à chaque instant. Sa sœur souffrait presque autant qu'elle de la voir dans cette agitation. On ne put obtenir son avis sur aucun achat, rien ne lui plaisait, rien n'attirait son attention. Elle ne témoignait qu'une extrême impatience à retourner à la maison. Elinor, qui voyait à regret sa sœur se donner en spectacle, aurait aussi désiré la ramener, mais il n'était pas facile de l'obtenir de Mrs Jennings et de sa fille. La première conversait avec tous les marchands, s'informait des modes, des nouvelles, etc.; l'autre se faisait tout montrer, essayait tout, admirait tout, n'achetait rien et riait sans cesse. Il était donc assez tard lorsqu'elles rentrèrent au logis. Marianne courut à perdre haleine, et quand Elinor entra, elle la trouva avec un mélange de dépit, car Willoughby n'était pas venu, et de plaisir de ne l'avoir pas manqué.

– Est-ce qu'il n'est arrivé aucune lettre pour moi? demanda-t-elle au laquais qui apportait le courrier.

– Non, madame.

– En êtes-vous sûr? Informez-vous si personne ne s'est présenté pour me voir.

Il ressortit, et revint bientôt en disant:

– Non, madame, personne.

– C'est cruel, c'est étonnant, remarqua-t-elle à voix basse en retournant vers la fenêtre.

Elinor la regarda avec inquiétude. «Oh, ma mère! pensait-elle, combien vous avez eu tort de permettre un engagement de cœur entre une fille si jeune et si passionnée et un jeune homme si peu connu et si mystérieux.»

– Chère Marianne, dit-elle à sa sœur, vous êtes malheureuse, je le vois, et je le comprends.

– Pas du tout, répliqua Marianne en s'efforçant de sourire, je n'éprouve qu'une impatience très naturelle en vérité, mais je n'ai pas le moindre doute et je serais extrêmement blessée qu'on me témoigne la moindre défiance envers un ami que j'estime autant que j'aime, et qui m'expliquera sûrement aujourd'hui ce qui m'étonne sans me fâcher.

Elinor se tut ; qu'aurait-elle pu répondre ? Néanmoins, elle se promit, si Willoughby ne paraissait pas dans les prochains jours, de faire savoir à sa mère la nécessité de parler à Marianne.

Mrs Palmer et une amie intime de Mrs Jennings, qu'elle venait de croiser, vinrent dîner et passer la soirée avec elles. La complaisante Elinor consentit à faire un whist avec ces dames. Marianne ne connaissait les règles d'aucun jeu et n'était pas complaisante. Sa soirée, bien plus pénible que celle de sa sœur, s'écoula dans le trouble, l'anxiété et le tourment d'une attente sans cesse trompée. Elle essaya de lire, mais sans le pouvoir ; son ouvrage de broderie n'eut pas plus de succès. Elle rêva au coin du feu, se promena de la porte à la fenêtre, soupira beaucoup, et fit bien pitié à sa sœur.

CHAPITRE 27

– Si le temps continue d'être aussi beau pour la saison, déclara Mrs Jennings au déjeuner, sir George ne quittera pas encore Barton ; il lui en coûterait trop de perdre un jour de chasse.

– Ah, c'est vrai ! s'écria Marianne avec gaieté, et en courant à la fenêtre pour examiner le temps, je n'y avais pas pensé. Ces beaux jours d'hiver doivent inviter tous les chasseurs à rester à la campagne.

Cette idée la réconforta et lui rendit tout son espoir. Willoughby, chasseur reconnu, n'était sûrement pas à Londres ; il n'avait pas reçu sa lettre. Son absence, son silence étaient expliqués, et tous les nuages élevés dans l'âme de Marianne furent dissipés. Mrs Jennings avait eu là une heureuse idée.

– Il est sûr, dit Marianne en s'asseyant à la table du déjeuner et en prenant une tartine qu'elle mangea avec appétit, il est sûr qu'il fait un délicieux temps de chasse ; comme ils doivent être contents ! J'espère cependant… Je crois, veux-je dire, qu'il ne durera pas longtemps ; en cette saison, c'est impossible.

Nous aurons bientôt de la neige, du gel, qui rappelleront tous les chasseurs et tout le monde en ville. Cette extrême douceur de temps ne peut pas durer ; dans un jour ou deux peut-être, il y aura du changement. Voyez comme le jour est clair ! Il peut geler cette nuit et demain…

– Et dans peu de jours, nous aurons sir George et lady Middleton, termina Elinor pour détourner l'attention de Mrs Jennings.

« Je suis sûre, pensa-t-elle, que Marianne écrira à Haute-Combe par le courrier de ce soir. » Écrivit-elle, en effet ? Elinor ne put le découvrir, mais Marianne continua d'être de très bonne humeur, heureuse de penser que Willoughby était à la chasse, plus heureuse encore d'espérer qu'il arriverait bientôt.

La matinée se passa en courses chez des marchands, ou à laisser des cartes chez les connaissances de Mrs Jennings pour les informer de son retour en ville. Marianne, qui n'avait plus la crainte de manquer Willoughby en sortant, ou l'espoir de le rencontrer dehors, alla où l'on voulut et fut assez bonne enfant. Mais sa principale occupation était d'observer la direction du vent et les variations de l'atmosphère.

– Ne trouvez-vous pas qu'il fait beaucoup plus froid qu'hier, Elinor ? lui demandait-elle. Cela augmente sensiblement, je suis sûre qu'il gèlera cette nuit et…

Elle s'interrompait, mais Elinor achevait intérieurement sa phrase : « Et les chasseurs rentreront en ville. » Elle était en même temps amusée et peinée de cette vivacité de sentiment qui faisait passer tour à tour sa sœur du désespoir à la joie, et rapporter tout à l'unique objet dont elle était occupée.

Quelques jours se passèrent sans la moindre gelée et sans Willoughby ; et Marianne les trouva longs et ennuyeux. Ni elle ni Elinor ne pouvaient cependant se plaindre en aucune manière de leur vie chez Mrs Jennings ; elle était tout autre qu'Elinor l'avait imaginé. La maison, située dans le beau quartier de Berkeley Street, rivalisait d'élégance et d'aisance. À l'exception de quelques vieilles connaissances de la cité, dont lady Middleton n'avait pu obtenir l'expulsion, toute la société de Mrs Jennings était très distinguée. Elle présenta ses jeunes amies de manière à leur attirer mille politesses. La figure très remarquable de Marianne, les grâces d'Elinor leur gagnèrent bientôt l'admiration et l'amitié de tous ceux à qui Mrs Jennings les présentait. Mais dans les premiers temps de leur séjour à Londres, leurs plaisirs se bornèrent à quelques rassemblements peu nombreux, soit chez Mrs Jennings, soit ailleurs, où Elinor faisait tous les soirs un grave whist, tandis que Marianne s'ennuyait à mourir, comptant les jours et les heures, soupirant après les frimas qui devaient lui ramener son ami.

Le colonel Brandon ayant reçu une invitation de Mrs Jennings pour tous les jours n'en laissait point passer sans venir prendre le thé avec ces dames, lorsqu'elles restaient à la maison. Il regardait Marianne, il conversait avec Elinor, qui le trouvait chaque jour plus aimable et plus intéressant, et qui constatait avec un vrai chagrin que son amour pour Marianne, loin de diminuer le moins du monde, augmentait visiblement. Il lui parlait peu, mais ses regards incessants étaient éloquents : il suivait tous les mouvements de cette figure si belle, si expressive, paraissait aux anges lorsqu'elle lui adressait la parole et tombait dans une sombre mélancolie quand elle ne lui parlait pas.

Environ une semaine après leur arrivée en ville, en rentrant un matin après une promenade en voiture, elles trouvèrent une carte sur la table avec le nom de Willoughby. Marianne la saisit avec une émotion qui fit craindre à sa sœur qu'elle ne se trouvât mal.

– Mon Dieu ! s'écria-t-elle. Quel bonheur, il est enfin à Londres ! Mais quel chagrin qu'il soit venu pendant notre absence ! Et que je suis fâchée que nous soyons sorties ce matin !

Des larmes remplirent ses beaux yeux. Elinor, très touchée, lui dit qu'il reviendrait sûrement le lendemain.

– J'en suis sûre à présent, déclara Marianne en pressant contre son cœur la précieuse carte.

Mrs Jennings entra à cet instant et elle s'échappa, emportant la carte et le nom qui lui annonçait un bonheur si passionnément désiré.

Elinor fut contente et de la joie de Marianne et de pouvoir enfin étudier Willoughby. Mais Marianne reprit toutes ses agitations à un plus haut degré ; elle n'eut plus un instant de tranquillité. L'attente de voir d'un instant à l'autre entrer cet être adoré la rendait incapable de tout. Elle ne parlait ni n'écoutait plus, et dès le lendemain, elle refusa catégoriquement, sur un léger prétexte, d'accompagner Mrs Jennings et sa sœur à la promenade habituelle du matin.

Elinor n'insista pas et n'osa refuser à Mrs Jennings d'aller avec elle, mais malgré tous ses efforts, elle fut presque d'aussi mauvaise compagnie que l'aurait été sa sœur. Elle ne pouvait détourner ses pensées de la visite de Willoughby, dont elle n'avait aucun doute. Elle voyait, elle sentait l'émotion de Marianne, et regrettait de n'être pas avec elle pour la soutenir et pour juger avec plus de calme les dispositions de Willoughby.

À son retour, qu'elle pressa autant qu'il lui fut possible, elle vit au premier regard qu'elle jeta sur sa sœur que Willoughby n'était pas venu. Marianne était la figure même d'un abattement tout près du désespoir. Elinor la regardait avec la plus tendre compassion, lorsque le laquais entra en tenant un billet. Marianne courut à sa rencontre, l'arracha de ses mains, en demandant vivement :

– Pour moi ? Est-ce qu'on attend ?

– Non, madame, c'est pour ma maîtresse.

Elle avait déjà lu l'adresse et jeté le billet avec dépit sur la table.

– Pour Mrs Jennings et rien pour moi ! C'est désespérant, en vérité, à en mourir !

– Vous attendiez donc une lettre ? interrogea Elinor, incapable de garder plus longtemps le silence.

Marianne ne répondit rien ; ses yeux étaient pleins de larmes.

– Vous n'avez aucune confiance en moi, chère Marianne, continua Elinor après une courte pause.

– Ce reproche est singulier de votre part, Elinor, vous qui n'avez confiance en personne.

– Moi, répondit Elinor avec quelque embarras, je n'ai rien à confier.

– Ni moi, sans doute, répondit Marianne avec énergie. Nos situations sont donc tout à fait semblables. Nous n'avons rien à nous dire l'une à l'autre, vous parce que vous cachez tout, moi parce que je ne cache rien. Mais quand vous me donnerez l'exemple d'une confiance plus particulière, alors je le suivrai.

Elinor se tut en étouffant un soupir ; qu'aurait-elle pu dire ? Le secret qui oppressait son cœur n'était pas le sien, elle ne pouvait le trahir. Et pourquoi parler d'un homme qu'elle voulait oublier, d'un sentiment dont elle voulait triompher ? Néanmoins, elle sentit qu'elle ne pouvait pas, dans de telles circonstances, exiger la confiance de Marianne.

Mrs Jennings entra à ce moment, ouvrit son billet et le lut tout haut. Il était de sa fille, lady Middleton, qui lui annonçait leur arrivée à Londres la veille et la priait, ainsi que ses belles cousines, de venir passer la soirée chez elle. Les occupations de sir George, et de son côté un peu de rhume, les empêchaient de venir à Berkeley Street. L'invitation fut acceptée ; mais quand l'heure d'y aller arriva, Elinor eut beaucoup de peine à persuader Marianne qu'elle ne pouvait honnêtement s'en dispenser. Willoughby n'avait point paru, n'avait point écrit, et le tourment d'une attente continuelle et toujours trompée avait tellement irrité les nerfs de cette pauvre jeune fille qu'elle assura, sans en révéler la cause, n'être pas en état de sortir. Mais un motif plus fort de rester au logis était la crainte de manquer encore la visite tant désirée. Mrs Jennings vint de nouveau au secours d'Elinor par ses sages réflexions.

– Il faut bien que vous veniez, Marianne, lui dit-elle, car je parie que sir George aura rassemblé tous les amis de Barton Park.

Marianne rougit et courut chercher son châle.

Elles furent reçues à Conduit Street comme elles l'étaient à Barton Park, avec l'élégante cérémonie et la froide politesse de lady Middleton, et avec la bruyante cordialité et la bonne humeur de sir George.

– Soyez les bienvenues, mes belles voisines ! lança-t-il en leur serrant la main. J'ai invité pour ce soir une douzaine de couples de jeunes gens. J'aurai deux violons, et nous nous amuserons. Ce n'était pas trop l'avis de ma femme, mais le mien a prévalu, et je pense que vous serez de mon parti. J'ai bien couru ce matin pour arranger cela. À Londres, c'est plus difficile qu'à Barton ; il y a plus de monde, mais aussi plus de plaisirs.

En effet, lady Middleton, quoiqu'elle aimât la danse, aimait mieux encore une belle représentation. Elle trouvait qu'à la campagne, un bal impromptu pouvait passer, mais à Londres, elle craignait de compromettre sa réputation d'élégance, lorsque l'on saurait que l'on avait dansé chez lady Middleton avec deux violons seulement et une simple collation.

Mr et Mrs Palmer étaient de la partie. Les demoiselles Dashwood n'avaient point vu le premier depuis leur arrivée, non plus que sa belle-mère, qu'il traitait avec une indifférence mal déguisée sous un air de dignité et d'importance. Il les salua légèrement lorsqu'elles entrèrent, sans avancer d'un pas ni les regarder, pendant que sa femme les étouffait de cajoleries et riait aux éclats de ce que « son cher amour » n'avait pas l'air de les reconnaître.

Marianne en faisait bien autant. En entrant, elle parcourut le salon d'un regard ; il n'y était pas, aussi pour elle n'y avait-il personne. Elle s'assit tristement dans un coin, également mal disposée pour avoir du plaisir ou pour en donner.

Il y avait environ une heure qu'ils étaient rassemblés, lorsque Mr Palmer, sortant de sa rêverie, s'avança en bâillant vers Elinor, exprima sa surprise de les voir en ville, quoique ce fût chez lui que le colonel Brandon avait appris leur arrivée.

– Je croyais que vous passiez tout l'hiver en Devonshire.

– Vraiment ? dit Elinor en riant.

– Quand y retournez-vous ?

– Je l'ignore.

Les violons arrivèrent, la conversation prit fin et on se prépara à danser. Jamais Marianne n'avait été si peu en train. Enfin, cette mortelle soirée se termina, sans que Willoughby eût paru.

– Je n'ai de ma vie été plus fatiguée, déclara Marianne en montant dans la voiture, le parquet n'a point d'élasticité.

– Ne cherchez pas chicane à ce pauvre parquet, dit en riant Mrs Jennings, vous l'auriez trouvé assez bon si vous l'aviez parcouru avec quelqu'un que je ne veux pas nommer ; vous ne seriez alors pas du tout fatiguée. À dire vrai, ce n'est pas trop honnête à lui de ne pas venir danser avec vous, quand il était invité.

– Invité ? s'écria Marianne. Il était invité ?

– Oui, ma fille me l'a dit, et sir George aussi, qui l'a rencontré ce matin et l'a fort pressé de venir.

Marianne ne dit plus rien, mais sa contenance annonçait combien elle était blessée. Elinor l'était aussi, et résolut d'écrire à sa mère le matin suivant, d'éveiller ses craintes sur la santé de Marianne et de l'engager à exiger ses confidences. Elle fut confortée dans cette décision en s'apercevant, le lendemain après déjeuner, que Marianne écrivait à Willoughby. Car à qui d'autre qu'à lui pouvait-elle écrire ?

Avant dîner, Mrs Jennings sortit pour quelques affaires. Elinor commença sa lettre. Marianne, trop inquiète pour lire, trop agitée pour travailler, allait d'une fenêtre à l'autre, faisait les cent pas dans la pièce les bras croisés, ou encore restait assise devant le feu dans une attitude mélancolique.

Elinor fut très pressante dans ses supplications à leur mère ; elle lui racontait tout ce qu'il s'était passé depuis leur arrivée, ses soupçons sur l'inconstance de Willoughby, et la conjurait au nom de ses devoirs de mère et de sa tendresse pour Marianne d'exiger d'elle un aveu de sa situation.

Sa lettre était à peine finie qu'un coup frappé à la porte annonça une visite. Marianne, fatiguée d'espérer, se hâta de sortir pour ne pas entendre annoncer une autre personne que Willoughby. Un regard amical sur Elinor fut interprété par cette dernière comme une prière muette de la faire demander si c'était lui. Ce n'était pas lui ; c'était encore le bon colonel Brandon. Il paraissait plus triste qu'à l'ordinaire. Après avoir exprimé à Elinor sa satisfaction de la trouver seule, comme s'il avait quelque chose de particulier à lui dire, il s'assit à côté d'elle en silence, comme oppressé par ses pensées. Elinor, persuadée qu'il avait quelque chose à lui communiquer qui concernait sa sœur, attendait impatiemment qu'il commençât. Ce n'était pas la première fois qu'elle avait cette conviction. Souvent déjà, quand Marianne sortait ou restait rêveuse dans un coin du salon, le colonel s'approchait d'Elinor, lui disait avec l'air du plus grand intérêt : « Miss Marianne n'est pas bien aujourd'hui », ou bien : « Votre sœur est bien absorbée… » Il s'arrêtait, il hésitait. Elle voyait dans son regard qu'il avait quelque chose à dire de plus, qu'il n'osait pas prononcer. Cette fois, après quelques instants d'hésitation, après s'être levé et rassis, il lui demanda d'une voix tremblante quand il pourrait la féliciter de l'acquisition d'un frère. Elinor n'était pas préparée à cette question, et n'ayant pas de réponse prête, elle fut obligée de répondre :

– Je n'entends pas… je ne comprends pas… Parlez-vous de mon frère John ? Sont-ils arrivés ?

Il essaya de sourire et répliqua avec une espèce d'effort :

– Vous ne voulez pas me comprendre. J'entends… les engagements de votre sœur avec Mr Willoughby de Haute-Combe… Ils sont connus, et j'ai cru…

– Ils ne peuvent être connus, interrompit Elinor, puisque la famille les ignore.

Il parut très surpris.

– Je vous demande mille pardons, dit-il, je crains à présent que mes questions n'aient été très indiscrètes. Mais je ne pouvais imaginer qu'il y ait du mystère, puisqu'ils correspondent ouvertement et que tout le monde parle de leur mariage.

– Tout le monde en parle, dites-vous ? Vous me surprenez encore davantage. Dites-moi, je vous en prie, par qui vous en avez été informé.

– Par plusieurs personnes. Il y en a que vous ne connaissez pas, d'autres avec qui vous êtes très liée, comme Mrs Jennings, les Palmer, les Middleton. Malgré cela, je ne l'aurais pas cru, parce qu'on cherche toujours à douter de ce que l'on craint, mais l'autre matin, en entrant ici, j'ai vu accidentellement une lettre entre les mains du domestique, qui ne cherchait pas à la cacher. Elle était adressée à Mr Willoughby et de l'écriture de votre sœur. Je ne vous ai pas demandé si elle se mariait, j'en étais déjà convaincu. Est-ce que tout est conclu définitivement ? Ne me reste-t-il aucun espoir ? Mais non, quand bien même il y aurait des obstacles insurmontables, je n'ai aucun droit, aucune chance de jamais rivaliser... De grâce, excusez-moi, bonne Elinor, j'en dis trop sans doute et j'ai grand tort, mais je sais à peine ce que je raconte et je me remets entièrement à votre discrétion. Dites-moi que tout est arrangé quoiqu'il faille encore garder le secret quelque temps. Ah, combien j'ai besoin d'être sûr que mon malheur est décidé, de ne plus rester dans l'attente et d'employer toutes les forces de mon âme à me guérir d'un sentiment inutile et coupable !

Ces mots, qui constituaient un aveu de son amour pour Marianne, affectèrent beaucoup Elinor, au point même de l'empêcher de parler. Quand elle se sentit un peu remise, il succéda à ce trouble un extrême embarras de répondre convenablement. L'état réel des choses entre sa sœur et Mr Willoughby lui était trop peu connu pour qu'elle ne craignît pas de la compromettre en disant trop ou trop peu. Cependant, comme elle était persuadée de l'affection de sa sœur pour Willoughby, qui ne laissait aucun espoir au colonel quel que fût l'événement, étant bien aise d'ailleurs d'épargner à Marianne le blâme auquel elle s'exposait si souvent, elle jugea plus prudent d'en avouer davantage qu'elle n'en savait elle-même. Elle lui dit donc que, quoiqu'elle n'eût jamais été informée par eux-mêmes des termes où ils en étaient, elle n'avait aucun doute de leur affection mutuelle et qu'elle n'était pas surprise d'apprendre leur correspondance.

Le colonel l'écouta avec une silencieuse attention et, quand elle eut cessé de parler, il se leva et déclara avec une voix émue :

– Je souhaite à votre sœur tous les bonheurs imaginables. Puisse-t-elle, puisse Willoughby mériter la félicité qui leur est destinée !

Il la salua de la main, leva les yeux au ciel avec l'expression la plus malheureuse, et partit.

Elinor resta triste et pensive. Cet entretien, loin de lui avoir apporté quelque consolation, laissait un poids sur son cœur. Ses espérances du mariage de sa sœur s'étaient, il est vrai, renouvelées ; mais serait-elle heureuse ? Les vœux du colonel avaient quelque chose de sombre. Il semblait en douter. Le malheur de cet homme intéressant l'affligeait aussi. Elle déplorait la fatalité qui l'avait entraîné dans un amour sans espoir ; et cette conformité dans leur situation redoublait encore l'intérêt qu'il lui inspirait. « Pauvre Brandon ! » songeait-elle. Et son cœur oppressé disait aussi : « Pauvre Elinor ! » Elle ne savait plus ce qu'elle devait désirer, et sur quelque objet qu'elle arrêtât sa pensée, c'était avec un sentiment douloureux.

CHAPITRE 28

Trois ou quatre jours s'écoulèrent sans qu'Elinor eût à regretter d'avoir averti sa mère. Willoughby ne vint ni n'écrivit. L'inquiétude de Marianne se calma peu à peu et fut remplacée par un abattement, un découragement complets. Elle demeurait des heures entières assise à la même place, presque sans mouvement, ne prêtant plus nulle attention aux coups frappés à la porte, ni à ceux qui entraient, ni à ce qu'on disait autour d'elle. Elle aurait oublié de manger, de s'habiller, de se coucher, de se lever, si Elinor n'y avait pas pensé pour elle et ne l'avait pas avertie absolument de tout ce qu'il fallait faire – alors, sans dire oui ou non, elle faisait machinalement ce que lui indiquait sa sœur. Elle sortait ou restait à la maison avec une égale indifférence, et sans avoir jamais une expression de plaisir ou d'espoir.

Sur la fin de la semaine, elles étaient invitées à une grande assemblée où lady Middleton devait les conduire. Mrs Palmer, très avancée dans sa grossesse, était indisposée ; sa mère, demeurant auprès d'elle, avait prié ses jeunes amies de ne pas manquer à cet engagement. Elinor désirait aussi faire sortir Marianne de son apathie, et cette réunion chez une femme très riche et très à la mode promettait d'être fort belle. Comme à l'ordinaire, la triste Marianne ne se mit en peine de rien, se laissa parer par sa sœur, sans même se regarder dans le miroir, s'assit dans le salon jusqu'au moment de l'arrivée de lady Middleton, penchée sur sa main sans ouvrir la bouche, perdue dans ses pensées et sans paraître s'apercevoir de la présence d'Elinor. Quand on l'avertit que lady Middleton patientait dans sa voiture, elle tressaillit, comme si elle n'attendait personne.

Après avoir eu assez de peine à s'approcher de la maison où se tenait l'assemblée, à cause du grand nombre des équipages qui obstruaient la rue, elles furent introduites dans un salon splendide, très illuminé, et si rempli de monde qu'on pouvait à peine respirer et que la chaleur était insupportable. Lady Middleton les amena auprès de la dame qui les avait invitées. Elles la saluèrent, et il leur fut permis de se mêler à la foule et de prendre leur part de bousculade et de chaleur, que leur arrivée augmentait encore. Après quelques moments employés à se promener avec grand-peine d'un coin du salon à l'autre, lady Middleton proposa une partie de blackjack, qui était son jeu favori. Les demoiselles Dashwood préférèrent ne pas jouer, et s'assirent à peu de distance de la table de jeu.

Marianne retomba dans ses sombres rêveries. Elinor s'amusait à regarder cette quantité d'individus qui se rassemblaient avec l'espoir du plaisir, et qui avaient tous plus ou moins l'air ennuyé et fatigué. Finalement, ses yeux tombèrent sur un objet qui lui donna une forte émotion… C'était Willoughby, debout devant une jeune personne mise dans toute la recherche de la mode, et avec qui il avait une conversation très animée. Dans un mouvement, ses yeux rencontrèrent ceux d'Elinor ; il la salua, mais sans faire un pas pour se rapprocher d'elle et de Marianne, qu'il voyait aussi très bien ; il continua à parler à la jeune dame. Involontairement, Elinor se tourna vers sa sœur pour la prévenir, si elle ne l'avait pas encore vu, de peur qu'elle ne se donnât en spectacle ; mais c'était trop tard, elle venait de l'apercevoir. Toute sa physionomie exprimait un bonheur qui tenait presque du délire.

– C'est lui ! s'écria-t-elle en se levant pour courir à lui, si sa sœur ne l'avait pas retenue. Mon Dieu ! Il est là, dit-elle à Elinor, il est là ! Oh, s'il pouvait me voir ! Pourquoi ne me regarde-t-il pas ? Pourquoi m'empêchez-vous d'aller lui parler ? Oh, laissez-moi aller !

– Je vous en prie, dit Elinor à voix basse, soyez plus calme, ne trahissez pas ainsi vos sentiments devant tout le monde. Est-ce à vous, Marianne, à faire un seul pas ? Laissez-le venir. Peut-être ne vous a-t-il pas vue encore.

Être calme et dans un tel moment, ah !, c'était bien plus qu'elle ne pouvait l'espérer de Marianne.

Aussi, voyant qu'elle l'écoutait à peine, elle lui serra tendrement la main.

– Pour l'amour de moi, Marianne, reprit-elle, rasseyez-vous. Si vous m'aimez, je vous en demande cette preuve.

Marianne se rassit à l'instant même, en lui serrant de même la main, mais avec un mouvement convulsif. Elle était prise d'un tremblement général, ses joues et ses lèvres étaient pâles comme la mort et tous ses traits étaient tirés.

Enfin, Willoughby, après les avoir regardées encore toutes deux, s'approcha lentement. Alors Marianne prononça son nom, ses yeux se ranimèrent et un faible sourire parut sur ses lèvres. Il s'avança et s'adressa plutôt à Elinor qu'à Marianne – il cherchait visiblement à éviter son regard. Il s'informa de Mrs Dashwood, de miss Margaret, demanda s'il y avait longtemps qu'elles étaient en ville. Toute la présence d'esprit d'Elinor l'avait abandonnée. Elle était incapable de prononcer une parole et s'attendait que Marianne tombât sans connaissance. Celle-ci reprit au contraire toute sa vivacité, un rouge vif colora ses joues et, d'une voix très altérée, elle dit :

– Mon Dieu ! Willoughby, est-ce bien vous ? Que vous ai-je fait ? N'avez-vous pas reçu ma lettre ? Ne voulez-vous pas me regarder, me parler ? N'avez-vous rien à me dire ?

Elinor examinait avec soin la physionomie et la contenance de Willoughby pendant que Marianne lui parlait. Il changea plusieurs fois de couleur et paraissait très mal à son aise ; il faisait des efforts inouïs pour paraître tranquille. Il y parvint et répondit avec politesse :

– J'ai eu l'honneur, mesdames, de me présenter chez vous jeudi passé. J'ai beaucoup regretté de n'avoir pas eu le bonheur de vous rencontrer à la maison, non plus que Mrs Jennings. Vous avez trouvé ma carte, j'espère.

– Mais avez-vous reçu mes billets ? s'écria Marianne dans la plus grande anxiété. Il y a entre nous quelque erreur, j'en suis sûre, quelque terrible erreur ! Quelle peut être la cause de cette inconcevable froideur ? Willoughby, pour l'amour du ciel, dites-le-moi, expliquez-vous.

– Pour l'amour du ciel, parlez plus bas, supplia Elinor qui redoutait qu'on ne l'entendît, ou plutôt taisez-vous, ce n'est pas le moment.

Ce conseil ne pouvait regarder Willoughby, qui ne répondait pas un mot. Il pâlit et reprit sa contenance embarrassée. Elinor jeta un coup d'œil à la jeune dame à qui il avait parlé juste avant. Elle rencontra un regard inquiet, curieux, impératif. Willoughby le vit aussi ; alors, se retournant vers Marianne, il lui dit à demi-voix :

– Oui, mademoiselle, j'ai eu le plaisir de recevoir la nouvelle de votre arrivée à Londres, avec bien de la reconnaissance.

Et, les saluant toutes deux assez légèrement, il alla rejoindre sa société.

Marianne, qui s'était levée pour lui parler, fut obligée de se rasseoir, si pâle, si tremblante, qu'Elinor s'attendait à chaque instant à la voir s'évanouir. Elle avait dans son sac un flacon de sels qu'elle lui donna, se penchant vers elle pour que personne ne la remarque.

– Allez auprès de lui, chère Elinor, pria Marianne dès qu'elle put articuler un mot. Je ne puis me soutenir, mais vous, vous qui êtes si bonne, allez, exigez de lui de venir me parler, me dire un seul mot, un seul. Je ne puis rester ainsi, je ne puis avoir un instant de paix jusqu'à ce qu'il m'ait expliqué… Quelque affreux malentendu, quelque calomnie… Oh, qu'il vienne, qu'il parle, ou je meurs !

– C'est impossible, chère Marianne, répliqua Elinor, tout à fait impossible ! Il n'est pas seul, nous ne pouvons nous expliquer ici. Quelques heures de patience ; attendez seulement jusqu'à demain.

Si l'émotion de Marianne ne l'avait pas retenue sur son siège, jamais sa sœur n'aurait pu obtenir qu'elle y demeurât. Fort heureusement, après quelques minutes, Elinor vit Willoughby sortir par la porte d'entrée et le dit à Marianne. Jusqu'alors, l'excès de son agitation, le désir et l'espoir de lui parler avaient retenu ses larmes, mais lorsqu'elle sut qu'il avait quitté la salle, elle sentit qu'elle allait ou se trouver mal ou fondre en larmes. Elle supplia sa sœur d'aller prier lady Middleton de la ramener à Berkeley Street ; elle ne pouvait pas, lui dit-elle, rester une seule heure de plus.

Quoique lady Middleton fût au milieu d'une partie, elle était trop polie pour ne pas la quitter au moment où elle apprit que Marianne n'était pas bien ; elle remit son jeu à une amie, et partit dès qu'on put avoir le carrosse. Elinor prit pour prétexte que la chaleur avait incommodé Marianne. Celle-ci ne dit pas un mot ; ce ne fut qu'à des soupirs qu'on s'apercevait qu'elle était là. À leur arrivée à la maison, Elinor découvrit avec plaisir que Mrs Jennings n'était pas encore rentrée. Elle se hâta de conduire Marianne dans leur chambre, elle la déshabilla, la mit au lit, lui donna quelques calmants pour ses nerfs qui étaient très attaqués, ne lui fit ni question, ni reproche, et à sa prière la laissa seule. Elle alla au salon attendre le retour de Mrs Jennings et eut tout le loisir de méditer sur ce qu'il venait de se passer.

Elle ne pouvait plus douter qu'il n'y eût quelque espèce d'engagement entre sa sœur et Willoughby, et il lui paraissait tout aussi évident que ce dernier avait changé et voulait rompre. Sa conduite ne pouvait avoir pour excuse aucune erreur, aucun malentendu, puisqu'il avait avoué avoir reçu ses lettres.

Rien d'autre qu'un changement total dans ses sentiments ou dans ses intentions ne pouvait l'expliquer. L'indignation d'Elinor contre lui aurait été à son comble, si elle n'avait pas été témoin de son extrême embarras, de sa rougeur, de sa pâleur, ce qui prouvait au moins qu'il reconnaissait ses torts, et empêchait qu'on le crût un homme sans principes de morale et d'humanité, qui aurait cherché à gagner l'affection d'une pauvre jeune fille, sans amour et sans une intention honorable. Bonne Elinor! Elle ignorait encore combien un tel caractère est commun dans le grand monde! Combien d'hommes vraiment cruels se font un jeu d'inspirer un sentiment qu'ils ne partagent pas, de blesser à mort un cœur innocent et sensible, et d'assimiler ainsi, dans leurs plaisirs criminels, l'imprudente jeune fille qui les écoute au gibier qu'ils poursuivent, et qu'ils blessent ou tuent sans remords. Elinor n'avait pas cette idée de Willoughby. Elle se rappelait cet air de franchise et de bonté qui, dès leur première rencontre, les avait toutes captivées, elle voyait encore ses regards pleins d'amour pour Marianne, et ses paroles si tendres, si pleines d'un sentiment honnête, vrai, délicat, lorsqu'il conjurait Mrs Dashwood de ne rien changer au cottage. Non, non, Willoughby ne pouvait les avoir trompées; il aimait passionnément Marianne, elle n'avait là-dessus aucun doute. Mais l'absence avait pu affaiblir cet amour, un autre objet avait pu l'avoir entraîné. Peut-être aussi qu'il était forcé d'agir comme il le faisait par quelque circonstance impérieuse? Il lui en coûtait beaucoup, elle l'avait vu dans chacun de ses traits. L'excellente Elinor, dans son désir de le trouver moins coupable, lui était presque reconnaissante d'avoir le courage d'éviter sa sœur s'il ne l'aimait plus, et de ne pas chercher à entretenir un sentiment inutile.

Mais pour le moment Marianne n'en était pas moins très malheureuse! Elinor ne pouvait penser sans le plus profond chagrin à l'effet que cette rencontre si désirée et si cruelle devait avoir sur un caractère aussi peu modéré et qui s'abandonnait avec tant de violence à toutes les impressions.

Sa propre situation gagnait à présent en comparaison. Elle aussi était séparée pour toujours d'Edward, mais elle pouvait encore l'estimer entièrement, elle pouvait au moins se croire encore aimée tendrement comme une amie. Puisqu'un autre titre lui était interdit, celui-là, et l'idée de pouvoir encore être quelque chose pour lui, consolaient un peu son cœur. Mais toutes les circonstances aggravaient le sort de Marianne, et plus que tout encore son caractère. Une immédiate et complète rupture avec Willoughby devait avoir lieu, mais comment la supporterait-elle?

Lorsqu'elle rentra dans leur appartement, Marianne était assoupie ou feignait de l'être. Elinor se jeta tout habillée sur son lit, laissant la porte de communication ouverte pour voler à son secours au moindre bruit. La nuit fut passablement tranquille. Elinor, lasse de réfléchir, s'était endormie, lorsqu'elle fut réveillée par des sanglots.

Le jour d'une sombre matinée de janvier commençait à poindre. Elle se leva promptement et passa dans la chambre de Marianne. Elle la trouva levée aussi, à moitié habillée, à genoux, dans l'embrasure de la fenêtre pour avoir plus de clarté, devant un siège sur lequel elle écrivait, aussi vite que le déluge de larmes qui coulaient sur son papier pouvait le lui permettre. Elinor la considéra quelque temps en silence avec le cœur déchiré, puis elle lui dit avec l'accent le plus tendre :

– Chère Marianne, combien je m'afflige de vous voir dans cet état. Le temps du mystère est passé, ne voulez-vous pas me confier…

– Non, non, Elinor, répondit-elle, ne demandez rien en ce moment. Bientôt vous saurez tout.

Elle continua d'écrire et de pleurer avec une telle violence qu'elle était souvent obligée de poser sa plume pour se livrer à l'excès de son chagrin.

Elinor s'était assise à quelque distance, et si sa douleur était plus discrète, elle n'en était pas moins vive. Ces mots : «Bientôt vous saurez tout» la glaçaient de terreur. Grand Dieu ! Que lui restait-il encore à apprendre ? Cependant, ses craintes étaient vagues, obscures, incertaines, ne portaient pas sur la conduite de Marianne. Elinor avait elle-même l'âme trop pure pour concevoir une pareille idée ; elle connaissait d'ailleurs trop bien la noblesse du caractère de Marianne, ses sentiments élevés, son enthousiasme de la vertu pour imaginer même un instant qu'elle eût pu les oublier.

Lorsque Marianne eut fini sa lettre, elle sonna pour que la fille de la maison vînt allumer le feu. Pendant ce temps-là elle acheva de s'habiller, cacheta sa lettre et la lui remit pour l'envoyer à l'instant à son adresse, puis vint s'asseoir sur le sofa à côté d'Elinor et, la tête enfoncée sur un des coussins, recommença à s'abandonner à son désespoir. Elinor fit tout ce qu'elle put pour la tranquilliser, la calmer, ne se permit aucune question, et lui dit seulement qu'elle ne désirait savoir le détail de ses peines que pour les adoucir. Mais lorsque Marianne parvenait à parler, c'était pour la conjurer de ne lui rien demander encore, et visiblement ses nerfs étaient dans un tel état d'irritabilité qu'elle n'aurait pas pu avoir une conversation suivie.

— Je vous fais un mal affreux, chère Elinor, lui dit-elle, il vaut mieux nous séparer jusqu'à ce qu'il me soit possible... Ma tête... Mes yeux... J'ai besoin d'un peu d'air.

Elle ouvrit la fenêtre, y resta quelque temps, sortit de la chambre, rentra, ressortit encore. Elle était prise d'une agitation qui ne lui permettait pas de tenir en place, mais ce mouvement parut la calmer assez pour pouvoir descendre avec Elinor, lorsqu'on vint les avertir que c'était l'heure du déjeuner.

CHAPITRE 29

Marianne descendit donc appuyée sur le bras de sa sœur, s'assit à la table du déjeuner, mais n'essaya pas même de boire ni de manger quoi que ce soit. Toute l'attention d'Elinor était employée, non à la plaindre ou à la presser, mais à détourner entièrement sur elle-même celle de Mrs Jennings.

Comme le déjeuner était le repas favori de la maîtresse de la maison, il durait longtemps et, quand il fut fini, elles s'assirent autour d'une table d'ouvrage. Elinor montrait le sien à Mrs Jennings et lui expliquait quelque chose, Marianne travaillait pour avoir un prétexte de baisser les yeux et de se taire, lorsque le domestique entra et lui remit une lettre. Elle s'en saisit vivement, regarda l'adresse, devint pâle comme la mort, puis se hâta de sortir de la chambre. Elinor comprit de qui elle était, comme si elle avait vu la signature, et fut si émue qu'elle craignit de ne pouvoir le cacher à Mrs Jennings.

La bonne dame vit seulement que Marianne avait reçu une lettre de Willoughby, et en plaisanta, mais comme elle était très occupée à mesurer des aiguillées de laine pour le morceau de tapisserie qu'elle brodait, elle ne s'aperçut pas du trouble d'Elinor. Dès que Marianne fut sortie, elle dit en riant :

– En vérité, chère Elinor, je n'ai encore vu de ma vie une tête de jeune fille aussi complètement tournée que celle de Marianne ; la pauvre enfant se meurt d'amour ! Si elle n'en devient pas folle tout à fait, elle sera bienheureuse. J'espère qu'on ne la fera pas attendre trop longtemps, car il est vraiment triste de la voir ainsi rêveuse, mélancolique, et ayant l'air si abattu. Dites-moi, je vous en prie, quand le mariage aura lieu, et pourquoi Willoughby ne vient pas ici tous les jours pour l'égayer ? A-t-il peur de moi ? Il a tort, j'aime beaucoup les jeunes gens bien amoureux, quand le mariage doit suivre, et il serait le bienvenu.

Jamais Elinor n'avait été moins disposée à discuter que dans ce moment, mais la question était trop directe pour n'y pas répondre. Elle essaya donc de sourire.

– Avez-vous donc réellement, madame, lui dit-elle, une sérieuse conviction que ma sœur est engagée avec Mr Willoughby ? J'ai toujours cru que vous plaisantiez, mais une question si franche n'est plus un badinage et il faut aussi que j'y réponde sérieusement. Je dois vous assurer que rien au monde ne me surprendrait plus que ce mariage et qu'il n'en est pas question.

– Fi donc ! Miss Dashwood, répliqua Mrs Jennings toujours en riant, comment pouvez-vous parler ainsi ! Est-ce que nous n'avons pas tous vu que leur mariage était arrêté ? N'avons-nous pas été témoins de la naissance de leur passion dès la minute où ils se sont rencontrés et de ses progrès ? Ne les ai-je pas vus à Barton tous les jours ensemble, n'ai-je pas vu le consentement de Mrs Dashwood, qui traitait déjà Willoughby comme un fils ? Allons, allons, vous ne me ferez pas croire qu'elle se serait conduite ainsi si elle n'avait pas été sûre de son fait. J'aime l'amour, moi, dans le cœur des jeunes gens, c'est de leur âge, mais j'aurais bien voulu voir que sir George et Mr Palmer eussent affiché ainsi mes filles avant d'avoir dit en toutes lettres : « Nous voulons les épouser. » Non, non cela n'est pas possible ! Et quand j'ai demandé à votre maman de vous emmener, c'est précisément, m'a-t-elle répondu, ce qu'elle désirait le plus au monde, que ses filles apprennent à connaître le genre de vie de Londres avant leur mariage, qui ne pouvait tarder. Et le jour du départ, elle m'a dit : « Je vous recommande ma chère Marianne. Elinor est assez prudente pour que je n'en sois pas en peine ; mais je vous prie, Mrs Jennings, d'aider Marianne dans ses emplettes. Je veux bien qu'elle s'achète tout ce qui sera nécessaire, et j'y pourvoirai, mais non pas tout ce qui lui passera par la tête. » N'est-il pas évident qu'elle entendait là les emplettes de noce ? Et à présent vous allez nier qu'il est question de mariage ! Parce que vous êtes mystérieuse pour vous-même, vous croyez que personne n'a ni d'yeux ni d'oreilles ; mais, quant à moi, j'en suis si sûre que je l'ai dit à tout le monde, et Charlotte en a fait de même.

– En vérité, madame, répliqua Elinor très sérieusement, vous êtes dans l'erreur. Vous avez mal fait de répandre une chose dont vous n'aviez pas une vraie assurance. Vous en conviendrez vous-même, quoique vous ne vouliez pas me croire pour l'instant.

Mrs Jennings rit encore, appela Elinor «une petite mystérieuse». Mais Elinor n'était pas d'humeur à plaisanter et, très impatiente de savoir ce que Willoughby avait écrit, elle se tut et sortit. En ouvrant la porte de la chambre de Marianne, elle la vit couchée à demi sur son lit dans l'agonie de la douleur, tenant une lettre dépliée et deux ou trois autres autour d'elle. Elinor s'approcha sans parler, s'assit sur le lit, prit la main de sa sœur, la baisa plusieurs fois avec la plus tendre affection, en versant elle-même des larmes presque aussi abondantes que celles de Marianne.

Cette dernière, bien que incapable de parler, semblait sentir parfaitement la tendresse de cette conduite. Elle pressait la main d'Elinor contre son pauvre cœur blessé, comme pour en adoucir la blessure. Après quelque temps ainsi passé dans une affliction mutuelle, elle mit la lettre qu'elle tenait entre les mains d'Elinor et, couvrant son visage de son mouchoir, jeta presque des cris de désespoir. Elinor, qui pensait qu'un chagrin aussi violent devait avoir son explosion et que sa sœur souffrirait bien davantage en tâchant de le réprimer, si même cela lui était possible, la laissa s'y livrer, déplia vivement la lettre de Willoughby et lut ce qui suit.

Mademoiselle,

Je viens de recevoir la lettre dont vous avez bien voulu m'honorer, et dont je vous témoigne toute ma reconnaissance. Je suis consterné d'apprendre qu'il y ait eu quelque chose hier au soir dans ma conduite avec vous qui n'ait pas mérité votre approbation, quoiqu'il me soit impossible de découvrir en quoi j'ai eu le malheur de vous déplaire ; je vous en demande mille pardons, et je vous assure que c'était absolument sans intention. Je n'ai jamais pensé à mon séjour en Devonshire et à ma connaissance avec votre famille autrement qu'avec le plus grand plaisir, et j'ose me flatter que ce léger malentendu n'y portera nulle atteinte. Mon estime pour toutes les dames Dashwood est très sincère, mais si j'ai été assez malheureux pour avoir donné lieu de croire à quelques sentiments plus vifs ou particuliers, je me reprocherais beaucoup d'avoir peut-être témoigné trop vivement cette estime. Vous serez bien convaincue, mademoiselle, qu'il m'était impossible d'aller au-delà quand vous apprendrez que, depuis longtemps, mes affections étaient engagées ailleurs, et que dans quelques semaines ma main suivra le don de mon cœur.

C'est avec grand regret que j'obéis à vos ordres en vous rendant toutes les lettres dont vous m'avez

*honoré, et la boucle de vos beaux cheveux que vous
avez bien voulu me donner avec tant de complaisance.*

    *Je suis, mademoiselle, avec une parfaite estime,
votre très humble et très obéissant serviteur,*

                        James Willoughby.

    Il est facile de comprendre avec quelle profonde
indignation Elinor lut cette étrange lettre, écrite avec
cette froideur, cette dureté à celle dont il connaissait
si bien les qualités distinguées et l'excessive sensibilité, que cependant il blessait si cruellement. Oh !
combien son intérêt, sa tendre pitié redoubla pour son
innocente Marianne, qui n'avait à se reprocher que
des imprudences presque autorisées par sa mère et la
noble confiance d'un cœur trop tendre et trop crédule,
dont elle était largement punie. En commençant
à lire cette lettre, Elinor était déjà convaincue qu'elle
contenait l'aveu de l'inconstance de Willoughby,
mais jamais elle ne l'aurait soupçonné capable d'un
tel manque de délicatesse, et de toute espèce de
procédés en écrivant une lettre aussi cruelle, une lettre
qui non seulement n'exprimait aucun regret, aucun
aveu d'inconstance ou d'obstacles insurmontables,
mais par laquelle il niait même d'avoir eu pour sa
victime aucune sorte d'affection, une lettre enfin dont
chaque ligne était une insulte et prouvait combien
celui qui l'avait écrite était méprisable.

    Elle resta quelque temps dans un muet étonnement,
ne pouvant à peine en croire ses yeux. Elle la relut

encore, et encore, et chaque lecture ne servit qu'à augmenter sa haine contre cet homme. L'amertume de ce sentiment était telle qu'elle n'osait parler de peur d'enfoncer encore plus avant le poignard dans le cœur de la pauvre Marianne. Elle regardait cependant comme un bonheur qu'elle eût échappé à l'horreur d'être liée pour la vie à un homme sans principes, sans honneur, sans délicatesse, enfin tel qu'il lui paraissait, le plus faux et le plus dur des hommes, mais ce n'était pas le moment de le faire sentir à Marianne.

Ses méditations sur le contenu de cette lettre, et sur l'insensibilité et la fausseté de celui qui l'avait écrite, la conduisirent naturellement à réfléchir sur le caractère d'autres personnes qui, sans être peut-être aussi dépravées que Willoughby, ne pouvaient de même que rendre malheureux ceux à qui elles seraient liées pour la vie. Lady Steele vint se placer, dans son imagination, pas très loin de Willoughby. Elle oublia quelques instants les peines de sa sœur pour s'occuper des siennes, ou plutôt elles se confondirent et formèrent une masse de pensées douloureuses qui l'absorbèrent tellement qu'elle ne songea pas à lire les trois autres lettres que Marianne avait posées sur ses genoux, et qui sans doute étaient celles que Willoughby lui avait renvoyées. Les sanglots de Marianne avaient cessé, mais elle avait encore la tête dans les coussins, elle était encore incapable de parler et d'entendre quoi que ce soit. Elinor, perdue dans ses réflexions, ne savait pas elle-même depuis combien de temps elle était là, quand elle perçut le bruit d'un carrosse devant la porte. Elle regarda à la fenêtre pour savoir qui pouvait venir de si bonne heure ; c'était la voiture de Mrs Jennings, avec qui elle devait sortir. Décidée à ne pas quitter Marianne, quoique sans espoir de la soulager, elle courut s'excuser auprès de leur bonne hôtesse, en lui disant que sa sœur était indisposée. Mrs Jennings l'approuva, sortit seule ; et bien vite Elinor retourna près de Marianne. Elle la trouva essayant de se lever, mais ses jambes tremblantes ne pouvaient la soutenir, et sa sœur vint fort à propos pour l'empêcher de tomber sur le plancher, ce qui n'aurait pas été étonnant puisque, depuis plusieurs jours, elle ne mangeait presque rien et ses nuits se passaient sans sommeil. Beaucoup de faiblesse et de vertige en étaient la suite inévitable. Jusqu'alors, elle avait été portée par la fièvre de l'attente et de l'espérance. Désormais, tout était fini pour elle, plus d'attente, plus d'espoir, même de revoir celui qui remplissait encore en entier son cœur ; elle succombait sous le poids du chagrin. Un mal de tête violent, des crampes d'estomac et plusieurs faiblesses alarmèrent Elinor. Elle eut recours à tout ce qu'elle put imaginer pour la remettre et la ranimer, elle y parvint avec peine. Marianne reprit ses sens et put lui témoigner combien elle était touchée de sa grande bonté.

– Pauvre Elinor, lui dit-elle, combien je vous rends malheureuse, combien de peine je vous donne !

– Je voudrais seulement, lui répondit Elinor, savoir comment je pourrais vous donner quelques consolations.

Ce mot était trop pour Marianne, mais quoi qu'Elinor eût pu lui dire, il en eût été de même.

– Ah non, non ! s'emporta-t-elle. Plus de consolation pour moi ! Je suis trop malheureuse !

Et sa voix s'éteignit de nouveau dans les sanglots et les larmes. Elinor ne pouvait presque plus supporter de la voir dans cet état.

– Tâchez de vous calmer, chère Marianne, la supplia-t-elle, si vous ne voulez pas vous tuer vous-même et tous ceux qui vous aiment. Pensez à notre mère, pensez combien vos souffrances l'affligeraient. Pour elle, vous trouverez des forces dans votre cœur.

– Je ne le puis, je ne le puis ! s'écria Marianne. Laissez-moi, si je vous tourmente, laissez-moi, haïssez-moi, abandonnez-moi, mais ne me torturez pas en exigeant l'impossible. Oh ! Combien il est facile à ceux qui n'ont aucune peine personnelle de parler de force et de courage. Heureuse ! Mille fois heureuse Elinor ! Vous ne pouvez avoir aucune idée de ce que je souffre.

– Vous me croyez heureuse, Marianne. Ah ! Si vous saviez…

Marianne la regarda avec un tel effroi qu'elle se hâta d'ajouter :

– Si vous saviez combien je sens votre douleur ! Pouvez-vous me croire heureuse quand je vous vois aussi souffrante !

– Pardonnez-moi. Oh, pardonnez-moi ! lança Marianne en jetant ses bras autour du cou de sa sœur. Je connais votre cœur, je sais qu'il souffre pour moi, mais je voulais dire que vous serez sûrement heureuse un jour. Edward vous aime, il n'a jamais aimé que vous seule au monde. Ah, qu'est-ce qu'un tel bonheur ne peut pas compenser ! Et rien ne peut vous l'ôter.

– Rien, Marianne ? Mille circonstances peuvent le détruire à jamais.

– Non, non, non ! s'écria Marianne avec véhémence. Il vous aime, vous serez à lui pour la vie. Le malheur ne peut vous atteindre.

– Le malheur, chère Marianne, va presque toujours de pair avec la vie, et je ne puis avoir aucun plaisir tant que je vous verrai dans cet état.

– Et jamais vous ne me verrez autrement, mon malheur durera autant que moi. Oh, puissions-nous bientôt finir ensemble !

– Vous ne devez pas parler ainsi, Marianne. N'avez-vous donc point d'amis ? L'amour est-il tout pour vous ? Est-ce que vous ne voyez autour de vous nulle consolation ? Pensez, Marianne, que vous auriez souffert mille fois plus encore si vous aviez quelque chose à vous reprocher de vraiment répréhensible, si seulement cet homme faux et cruel s'était amusé à prolonger votre erreur, à ne dévoiler son odieux caractère qu'après vous avoir entraînée dans une suite d'imprudences. Chaque jour de confiance en sa foi, en son honneur, augmentait le danger et aurait rendu le coup plus cruel, lorsqu'il aurait enfin, comme aujourd'hui, rompu ses engagements et trahi ses serments et sa foi.

– Ses serments, ses engagements, s'étonna Marianne, que voulez-vous dire, Elinor ? Il ne m'a point fait de serment, il n'y avait entre nous nul engagement.

– Mon Dieu ! Nul engagement ? s'écria Elinor.

– Non, non ! s'écria aussi Marianne. Il n'est pas aussi indigne, aussi méprisable que vous paraissez le croire ; il n'a en vérité trahi nul serment, il n'a pas manqué de foi.

Et au milieu de sa douleur, une expression de joie brilla dans ses yeux, à pouvoir justifier celui qu'elle adorait encore.

– Mais du moins il vous a dit qu'il vous aimait.

– Oui… non… jamais entièrement. Vous l'avez vu, vous l'avez entendu. Jamais il ne m'a parlé plus clairement en particulier que devant vous et notre mère. Tout, dans sa conduite, me le prouvait, mais sa bouche ne me l'a pas prononcé. C'est moi, moi seule qui me suis trompée, jamais il ne m'a aimée !

Un nouveau déluge de larmes suivit cette déchirante pensée.

– Cependant, vous lui aviez écrit, vous saviez par lui sans doute que vous le trouveriez à Londres ?

– Il m'a dit en me quittant qu'il y serait, « s'il vivait encore », dans les premiers jours de janvier. Ah ! Pouvais-je croire, pouvais-je penser que celui qui supposait que la douleur de se séparer de moi pouvait le faire mourir ne m'avait jamais aimée ! Il m'a expliqué qu'il ne m'écrirait pas, de peur que sir George ne voie ses lettres, mais il m'a donné son adresse. Je n'ai pas osé lui écrire du cottage, puisque nos lettres partaient de Barton Park, mais je lui ai adressé un courrier à l'instant de mon arrivée ici. Oh ! Elinor, pouvais-je faire autrement ? Les voilà, mes lettres, méprisées, ah Dieu, Dieu !

Elle cacha encore son visage sur le coussin. Elinor prit les trois lettres, et lut ce qui suit.

Berkeley Street, janvier.

Comme vous allez être surpris, mon cher Willoughby ! Et laissez-moi me flatter que ce n'est pas seulement de la surprise que vous éprouverez, en apprenant que je suis à Londres. Une invitation de la bonne Mrs Jennings était un bonheur auquel je n'ai pas pu résister, non plus qu'à vous l'apprendre à l'instant même de mon arrivée. Je suis bien sûre que, si mon billet vous parvient à temps, vous viendrez dès ce soir et que vous partagerez mon impatience, du moins je vous verrai bien sûrement demain ; et croyez qu'à Londres comme au cottage de Barton, vous trouverez toujours une fidèle et tendre amie.

M. D.

Son deuxième billet avait été écrit le lendemain du petit bal des Middleton et contenait ce qui suit :

Je ne puis vous exprimer mon chagrin de vous avoir manqué avant-hier, lorsque j'ai trouvé votre carte au retour d'une promenade ; mais enfin vous êtes en ville et vous savez où je suis. Mais pourquoi n'ai-je pas reçu un seul mot de vous en réponse au billet que je vous ai écrit il y a huit jours, au moment de mon arrivée ? D'une heure à l'autre, d'un instant à l'autre, j'espérais vous voir entrer ou du moins avoir une lettre. Je vous en conjure Willoughby, ne prolongez pas ce supplice ; revenez le plus tôt qu'il vous sera possible ; venez m'expliquer ce que je ne puis comprendre. Venez plutôt le matin ; Mrs Jennings sort toujours à une heure, et je n'ose lui refuser de l'accompagner, quoique je l'aie déjà fait dans un vain espoir. Ce même espoir toujours trompé m'avait engagée d'aller hier chez lady Middleton, où nous eûmes un petit bal. On m'assure que vous y étiez invité ; mais je ne puis le croire, puisque vous n'y êtes pas venu. Il faudrait que vous fussiez étrangement changé depuis notre séparation, si vous refusiez volontairement l'occasion de revoir vos amies de Barton ; mais je ne veux pas même le supposer, et j'espère que je recevrai bientôt de votre bouche l'assurance que vous êtes toujours le même pour votre M. D.

La troisième lettre, datée du matin même, était ainsi conçue :

Que dois-je penser, Willoughby ? À quoi dois-je attribuer votre étrange conduite d'hier au soir ?

Je vous en demande encore l'explication. J'étais préparée à vous revoir avec tant de plaisir après une absence qui m'avait paru si longue, à vous retrouver tel que vous étiez au moment de notre séparation, aimable, tendre, attentionné, enfin ce que vous étiez à Barton du matin au soir, et ce que vous n'êtes plus à Londres. Quelques semaines peuvent-elles avoir changé à ce point vos sentiments ? Qu'est-il arrivé ? Que vous ai-je fait, moi qui n'ai cessé de penser à vous, de hâter par mes vœux le moment de vous revoir, ce moment qui devait être si doux, et que vous avez su rendre si cruel ! J'ai passé une nuit entière sans sommeil, tâchant en vain de comprendre ou d'excuser une conduite aussi barbare, aussi contraire à ce que j'attendais de vous. Je n'ai pu découvrir aucun motif, rien qui pût me l'expliquer, mais je n'en suis pas moins prête à entendre votre justification, à croire encore qu'elle dépend de vous. Peut-être qu'on m'a calomniée auprès de vous ? Je ne croyais pas avoir d'ennemis, ni que Willoughby pût ajouter foi à des rapports contre moi, mais comment puis-je expliquer autrement votre inconcevable froideur ? Dites-moi ce que c'est avec cette franchise dont vous faites profession et que j'aimais tant à trouver en vous ; dites-le-moi, et j'aurai la satisfaction inexprimable de vous rassurer sur tous les points. Je serais bien malheureuse en vérité, si j'étais forcée de penser mal de vous, d'apprendre que vous n'êtes pas ce que j'ai cru, que vous n'avez pas été sincère dans vos expressions d'attachement pour ma famille, et pour moi particulièrement ; mais s'il en était ainsi, je veux aussi le savoir. Je suis actuellement dans un état d'indécision et de trouble mille fois plus affreux que la certitude du malheur. Je désire bien vivement que vous puissiez vous justifier ; mais ce que je demande, c'est la vérité. Si elle vous coûte trop à dire, renvoyez-moi seulement mes billets et la boucle de cheveux que vous avez emportée ; je vous comprendrai et... Ah ! Willoughby, il est impossible que vous ne vouliez plus être l'ami de M. D.

CHAPITRE 30

Elinor avait tremblé de lire ces lettres, elle s'attendait à ce qu'elles fussent écrites avec tout le feu de la passion qui dévorait sa pauvre sœur, et à trouver peut-être dans l'excès de cette passion la cause, si ce n'était l'excuse, de la conduite de Willoughby. Les hommes, trop souvent incapables de ressentir la passion qu'ils inspirent, en sont ennuyés lorsque le goût léger qui les a entraînés n'existe plus. Mais ces lettres, si simples, si tendres, si pleines d'affection et d'une confiance illimitée, et celle de Willoughby, si dure, si glacée, si insultante, redoublèrent sa tendre pitié pour sa sœur. Toutefois, elle n'en blâmait pas moins son imprudence d'avoir donné de telles preuves de tendresse à un homme qui ne les demandait pas, qui lui avait à peine prononcé un mot d'amour et qui leur était connu depuis si peu de temps. Sir George leur avait fait l'éloge de ses talents pour la chasse, pour la danse, mais n'avait pas dit un mot de son caractère. Lui-même, il est vrai, s'était annoncé d'une manière aimable ;

mais tout jeune homme qui veut plaire, et qui en a les moyens, s'annonce de même. Bien certainement, il avait voulu plaire à Marianne, et n'avait pu se faire illusion sur la nature du sentiment qu'il lui inspirait. Sentiment qu'il avait si bien l'air de partager que la prudente Elinor même y avait été trompée, et que la crédulité de la vive et sensible Marianne était bien excusable. Son seul tort était de s'être trop livrée à son sentiment et à ses espérances, et certes elle en était trop punie pour que quiconque pût lui reprocher.

Lorsque Marianne vit que sa sœur avait fini sa lecture et réfléchissait en silence, elle lui fit observer que ses lettres ne contenaient rien d'autre qu'elle n'eût écrit dans la même situation.

– Je me regardais, confia-t-elle, comme étant aussi solennellement engagée avec lui que si un contrat légal nous avait liés. Cette sympathie qui nous avait entraînés l'un vers l'autre au premier instant, cet accord de nos goûts, de nos caractères : tout enfin me paraissait la voix du ciel qui nous avait destinés l'un à l'autre.

– Malheureusement, dit Elinor, il ne voyait ni ne sentait de même.

– Si, Elinor, pendant tout le temps qu'il a passé près de nous, il voyait, il sentait comme moi, j'en suis aussi sûre que de mon propre cœur. Sans doute le sien a changé, mais ce n'est pas sa faute ; l'art le plus diabolique a été employé pour le détacher de moi. Quand il m'a quittée, je lui étais aussi chère que mon cœur pouvait le désirer. Et qu'il m'était cher à moi-même ! Cette boucle de cheveux qu'il m'a renvoyée si vite à ma première demande, par combien d'instances réitérées ne l'avait-il pas obtenue ? Si vous aviez vu son regard, si vous aviez entendu le son de sa voix lorsqu'il m'a suppliée de la lui laisser couper ! Et la dernière soirée au cottage, l'avez-vous oubliée, Elinor ? Et le matin où il vint prendre congé de moi, son désespoir, ses larmes ! Les hommes peuvent-ils pleurer à volonté ? Les larmes, cette espèce de soulagement que la nature accorde aux femmes, ne sont-elles pas chez eux la preuve d'un cœur vraiment touché ? Oh ! Si vous aviez vu son affliction à la seule pensée de se séparer de moi pour quelques semaines ! Non, jamais, jamais je ne pourrais l'oublier !

Elle fut quelques instants sans pouvoir parler, mais quand son émotion fut un peu calmée, elle ajouta avec fermeté :

– Elinor, on m'a traitée cruellement, mais ce n'est pas Willoughby.

– Chère Marianne, quel autre que lui faut-il en accuser ? Par qui peut-il avoir été influencé ?

– Par tout le monde, plutôt par son propre cœur. Je croirais bien plus facilement que tous ceux que je connais se sont ligués contre moi que de l'imaginer coupable d'une telle cruauté. Cette femme de qui il parle peut-être… ou n'importe qui, je n'excepte que vous, maman, Margaret et Edward, tous peuvent m'avoir calomniée. À part vous quatre, il n'existe personne que je ne puisse soupçonner, à l'exception de Willoughby dont le cœur m'est si bien connu. On s'est vengé sans doute de ce que je préférais la société de l'homme du monde le plus aimable, à la sottise, à l'insipidité, au manque total de goût et d'esprit. Je me suis fait des ennemis par la franchise de mon caractère, qui ne peut se plier ni à dissimuler, ni à flatter.

Elinor ne voulut pas la contrarier en cet instant, elle lui dit seulement :

– Chère Marianne, si vous croyez avoir des ennemis assez méchants, assez détestables pour vous nuire par des calomnies, laissez leurs torts retomber sur eux-mêmes, et que le sentiment de votre innocence et de vos bonnes intentions élève votre âme ; ne leur accordez pas l'indigne triomphe de vous avoir rendue aussi malheureuse. C'est un louable et raisonnable orgueil que celui qui nous donne le sentiment de notre propre dignité et qui nous place au-dessus de la méchanceté et de la malveillance.

– Non, non ! s'écria Marianne. Un malheur tel que le mien ne laisse aucun orgueil. Il m'est égal que tout le monde sache combien je souffre. Que m'importe leur triomphe ? Il ne peut rien ajouter à ma misère. Elinor, Elinor, il est bien faible, le chagrin qui peut s'adoucir par la fierté, qui peut s'élever au-dessus de l'insulte et de la mortification ! Il peut alors s'effacer entièrement, tandis que le mien ne s'effacera jamais ; je ne puis le surmonter. On peut jouir du mal qu'on m'a fait tant qu'on voudra, sans l'augmenter ni l'affaiblir. Je n'ai plus aucun sentiment de fierté. Je n'ai, je ne puis avoir que celui de mon malheur.

– Mais, pour l'amour de notre mère, pour le mien, Marianne, ne pouvez-vous rien sur vous-même ?

– Ah ! Pour vous deux, je voudrais faire tout ce qui dépendrait de moi, mais paraître heureuse quand je suis au désespoir… Ah ! Qui pourrait l'exiger ?

Elles restèrent quelque temps en silence. Elinor faisait les cent pas de la cheminée à la fenêtre et de la fenêtre à la cheminée, les bras croisés, les yeux baissés, absorbée dans ses pensées, sans sentir la chaleur du feu et sans rien voir au travers des vitres. Marianne, assise au pied de son lit, sa tête appuyée contre une des colonnes, tenant dans ses mains la lettre de Willoughby, la relisant phrase par phrase, s'écria enfin tout à coup :

– Ah ! C'est trop, c'est trop cruel ! Ah ! Willoughby, Willoughby, est-ce bien vous qui m'écrivez ainsi ? Ne fais-je pas un songe affreux ? Non, rien, rien ne peut vous justifier ; non rien, Elinor, quoi qu'on ait pu lui dire contre moi. Ne devait-il pas suspendre son jugement ? Envoie-t-on un criminel au supplice sans l'entendre ? Ne devait-il pas me le dire quand je le lui demandais instamment, et me donner le pouvoir de me justifier. (Elle reprit la lettre.) « La boucle de vos beaux cheveux que vous avez bien voulu me donner avec tant de complaisance. » Ah ! Cela seul est impardonnable, Willoughby. Est-ce votre cœur, est-ce votre conscience qui vous a dicté cette insolente phrase ? Non, Elinor, rien ne peut l'excuser.

– Non, Marianne, je le pense aussi.

– Mais cette femme, cette femme, à qui il va, dit-il, donner son cœur et sa main, cette heureuse femme ! Qui sait avec quel art, quelle séduction, elle l'aura enchaîné ? Il l'aimait déjà, dit-il, et depuis longtemps. Ah ! Sans doute, quand elle a vu qu'il allait lui échapper et combien il m'était attaché, elle aura tout fait pour le retenir, pour me bannir de son cœur ; mais qui peut-elle être ? Jamais je ne l'ai entendu parler d'une seule femme jeune, belle, séduisante. L'est-elle, Elinor ? Vous l'avez vue ; moi, je n'ai vu que Willoughby. Est-elle mieux, beaucoup mieux que la pauvre Marianne ? Ah ! Certainement puisqu'il m'abandonne pour elle. Mais peut-elle l'aimer comme moi ? Ah ! Willoughby, pourquoi ne m'avoir jamais parlé d'elle ? Alors j'aurais respecté ses droits sur vous, mais, jamais, jamais il ne m'a parlé que de moi-même.

Il y eut une autre pause. Marianne était très agitée ; elle se leva et, s'approchant d'Elinor, elle saisit sa main :

– Chère Elinor, l'implora-t-elle, je veux retourner à Barton auprès de maman ; ne pouvons-nous partir demain ?

– Demain, Marianne !

– Oui, demain. Pourquoi resterai-je ici ? J'y suis venue seulement pour Willoughby ; qu'y ferai-je ? Qui m'intéresse à Londres ? Ah, personne, personne ! J'y suis comme dans un désert.

– Il serait, je crois, impossible de partir demain, déclara Elinor. Nous devons à Mrs Jennings plus que de la politesse, et la quitter aussi brusquement après les bontés qu'elle a pour vous serait très malhonnête.

– Eh bien, alors, dans deux jours ! En vérité, je ne puis rester plus longtemps, je ne puis m'exposer aux remarques, aux questions de tous ces gens, des Middleton, des Palmer… Comment supporter leur pitié ? La pitié de lady Middleton !… Ah ! Que dirait-il lui-même s'il le savait ?

– Je crois, chère Marianne, qu'un si prompt départ ferait beaucoup plus causer encore. Mais pour l'instant, chère amie, tâchez de trouver un peu de repos. Couchez-vous, soyez physiquement tranquille et votre esprit se calmera.

Marianne suivit un instant ce conseil, mais recouvra bientôt toute son agitation. Aucune place, aucune attitude ne lui convenait. Sa sœur ne put obtenir d'elle qu'elle restât couchée. Il lui reprit une attaque de nerfs assez violente. Elinor craignait d'être obligée d'appeler quelqu'un à son secours, mais elle craignait encore plus de la laisser voir dans cet état. Une forte dose d'éther la remit peu à peu ; elle demeura assez faible pour être tranquille et sans bouger sur un sofa jusqu'au retour de Mrs Jennings, qui entra immédiatement dans leur chambre sans se faire annoncer. Elle entrouvrit la porte et regarda avec l'air très affligé. Elinor alla à sa rencontre.

– Comment allez-vous, ma chère ? demanda-t-elle à Marianne, avec le ton de la compassion, mais celle-ci détourna la tête sans répondre. Comment est-elle, miss Elinor ? Pauvre petite ! Elle a l'air bien malade, et cela n'est pas étonnant. Hélas! Il n'est que trop vrai, il se marie bientôt, ce grand vaurien. Je viens de l'apprendre, Mrs Taylor me l'a dit il n'y a pas une demi-heure. Elle le tenait d'une intime amie de miss Grey elle-même, sans quoi je n'aurais pu le croire. J'étais près de tomber d'étonnement. «Eh bien! lui ai-je dit, tout ce que je sais, et ce qui est la vérité même, c'est qu'il s'est conduit abominablement avec une jeune dame de ma connaissance, à qui il a laissé entendre qu'il l'aimait à la passion, tandis qu'il en courtisait une autre. Je désire de tout mon cœur, pour le bien que je lui veux, que sa femme le rende bien malheureux.» Ainsi j'ai dit, ainsi je dirai, vous pouvez y compter, mes chères amies. Je ne conçois pas qu'un homme se comporte de cette manière. Et qu'il ne dise pas que c'est faux, car je l'ai vu de mes propres yeux, et comme miss Marianne l'aimait, et comme j'aurais parié ma tête qu'il l'aimait aussi et qu'il n'épouserait qu'elle. Ah! Si jamais je le rencontre, fût-ce à côté de sa femme, je lui reprocherai bien sa conduite, je vous en réponds. Mais, consolez-vous, chère Marianne, ce n'est pas le seul jeune homme dans le monde, et avec votre jolie mine vous ne manquerez pas d'admirateurs. Allons, courage, ma pauvre petite! Je ne veux pas vous troubler plus longtemps; vous vous retenez de pleurer pour moi je parie, il vaut mieux pleurer une bonne fois et que cela soit fait. J'ai invité pour ce soir Mrs Parry et les Sanderson; elles sont gaies comme vous savez, elles vous distrairont.

Elle s'en alla doucement sur la pointe des pieds, comme si le bruit avait pu augmenter l'affliction de sa jeune amie.

Le reste de la matinée s'écoula assez tranquillement. Marianne était sombre, parlait peu, soupirait beaucoup, mais fut plus calme et, à la grande surprise de sa sœur, elle voulut descendre pour le dîner. Elinor s'y opposait, mais elle le voulut ; elle le supporterait très bien, assura-t-elle, et donnerait moins de peine que si on devait la servir en haut. Elinor approuva ce motif, l'habilla aussi bien qu'elle put et se tint prête pour la conduire à la salle à manger quand on les appellerait.

Elles descendirent ; Marianne, appuyée sur sa sœur, pâle, abattue et les yeux bien rouges, se mit à table plus détendue que sa sœur ne l'avait espéré. Si elle avait essayé de parler ou qu'elle avait entendu la moitié de tout ce que Mrs Jennings disait, sa quiétude n'aurait sûrement pas duré, mais pas un mot n'échappa de ses lèvres, et la concentration de ses pensées l'empêcha de faire attention à ce qu'il se passait autour d'elle.

Mrs Jennings ne pensait pas que ses attentions poussées jusqu'au ridicule la tourmentaient plutôt que de lui faire du bien. Elinor, qui rendait justice à ses bonnes intentions, lui en témoignait sa reconnaissance et faisait son possible pour qu'elle laissât Marianne tranquille, mais elle ne pouvait pas la persuader que les peines de l'âme ne doivent pas être traitées comme une migraine ou des maux purement physiques. Mrs Jennings voyait Marianne malheureuse et la traitait avec l'indulgente tendresse d'une mère pour un enfant malade. Marianne devait avoir la meilleure place vers le feu, le meilleur mets, le meilleur vin, le meilleur fauteuil ; elle cherchait tout ce qu'elle pouvait imaginer pour l'amuser, ou la tenter de manger en lui présentant une variété d'entremets, de dessert, de confitures de toute espèce. Si Elinor n'avait pas vu, par la contenance de sa sœur, que toute plaisanterie lui serait insupportable, elle n'aurait pu s'empêcher de rire avec elle des recettes de l'aimable dame contre un chagrin d'amour. À la fin, cependant, elle fut si pressante et lui répéta si souvent que tout ce qu'elle lui présentait lui ferait sûrement du bien que Marianne, ne pouvant ni l'accepter, ni s'en défendre, prit le parti de retourner dans sa chambre. Elle se leva avec une expression douloureuse et fit signe à sa sœur de ne pas la suivre.

– Pauvre enfant ! s'écria Mrs Jennings aussitôt qu'elle fut loin. Combien je suis peinée de la voir ainsi ! Voyez, elle s'en est allée sans finir ses cerises à l'eau-de-vie ; rien ne l'aurait mieux fortifiée, mais plus rien ne lui fait plaisir. Si je pouvais découvrir quelque chose qu'elle aimât, j'irai le lui chercher au bout de la ville. N'est-ce pas odieux qu'un homme abandonne ainsi une si jolie personne ! Mais voilà ce que c'est ; quand il y a tant d'argent d'un côté et presque point de l'autre, la balance l'emporte.

– Cette dame, s'enquit Elinor, cette miss Grey, ainsi que vous l'appelez, vous dites qu'elle est très riche ?

– Cinquante mille livres, ma chère ; on est toujours belle avec une telle dot. L'avez-vous vue à l'assemblée ? Elle est élégante, bien faite, mais point jolie. J'ai connu son oncle, dont elle a hérité. Toute cette famille est riche à millions, et cela tente un jeune homme qui aime la dépense, et les chiens, les chevaux, les calèches, les équipages de toute espèce et la bonne table. Je veux bien cela, mais il ne faut pas tourner la tête à une pauvre jeune fille qui n'a rien, lui faire espérer le mariage, et puis la planter là quand il en trouve une qui veut payer sa belle figure et toutes ses fantaisies.

– Savez-vous, madame, si miss Grey est aimable ?

– Je n'ai jamais entendu faire d'elle d'autre éloge que d'être riche et élégante ; elle a toujours les dernières tenues à la mode. Seulement, Mrs Taylor m'a dit aujourd'hui que Mrs et Mrs Ellison ne seraient pas fâchés qu'elle se mariât, parce qu'elle et Mrs Ellison ne s'entendent pas du tout.

– Et qui sont ces Ellison ?

– Son tuteur, ma chère, chez qui elle vit ; mais dès qu'elle a pu choisir, elle a préféré le beau Willoughby. Le joli choix qu'elle a fait là ! Elle le payera, sur ma parole.

Elle s'arrêta un moment.

– Elle est allée dans sa chambre, la pauvre petite, je suppose, reprit-elle enfin. Il faut retourner auprès d'elle, ce serait cruel de la laisser seule, la pauvre enfant ! J'ai quelques amis ce soir, il faut qu'elle vienne ; on jouera à tout ce qu'elle voudra. Elle n'aime pas le whist, c'est trop sérieux, je comprends cela ; nous ferons un vingt et un, ou tout ce qui pourra l'amuser.

– Chère madame, dit Elinor, votre bonté est tout à fait inutile, ma sœur n'est pas en état de quitter sa chambre ce soir. Je vais la persuader de se mettre au lit de bonne heure ; un parfait repos est ce qui convient le mieux à ses nerfs.

– Oui, oui, je crois que c'est le mieux ; il faut qu'elle ordonne elle-même son souper, et qu'elle dorme. C'est donc cela qui la rendait si triste, ces dernières semaines ? Je suppose qu'elle s'en doutait, la pauvre enfant, quand elle ne voyait point venir son amoureux. Moi, je n'y comprenais rien, et lorsqu'il n'est pas venu au bal chez ma fille, j'aurais bien pu alors me douter de quelque chose. Mais ce sont des querelles d'amants, ai-je pensé en moi-même, ils se raccommoderont et ne s'en aimeront que mieux. C'est donc cette lettre qu'elle a reçue ce matin qui a tout fini ? Pauvre petite ! Si j'avais pu deviner ce que c'était, je me serais bien gardée de la railler, mais qui pouvait penser une telle chose ? Ah ! Combien sir George et Mary vont être étonnés quand ils l'apprendront ! Je suis fâchée de n'être pas allée chez eux en revenant pour le leur dire, mais j'irai demain sûrement.

– Il est inutile, j'en suis sûre, chère madame, de vous recommander de prier vos filles et vos gendres de ne pas nommer Mr Willoughby devant ma sœur, de ne pas faire la moindre allusion à ce qui s'est passé. Leur bon cœur et le vôtre suffiront pour prévenir ce qui serait vraiment une cruauté. Et, à moi-même, moins on m'en parlera, plus on m'épargnera de peine, et certainement vous devez le comprendre, vous qui êtes la bonté même.

– Mon Dieu cela va sans dire, il serait terrible pour vous et pour votre pauvre sœur d'en entendre parler, on la ferait tomber en faiblesse, j'en suis sûre. Je ne lui en dirai pas un mot. Vous avez bien vu à dîner que j'ai parlé de tout autre chose. J'en avertirai sir George et sa femme, et ils se tairont aussi ; à quoi sert-il de parler ?

– Souvent à faire beaucoup de mal, décréta Elinor, à dire plus qu'on ne sait, plus qu'il n'y a. Le public juge sur l'événement, ignore les circonstances et parle de ce qu'il ne sait qu'imparfaitement. Dans ce cas, par exemple, tous nos amis, je suppose, blâmeront beaucoup Mr Willoughby ; et sans doute il a eu des torts, mais non pas celui dont on l'accusera sûrement. Je dois lui rendre la justice que, s'il a manqué aux procédés, il n'a pas manqué à ses serments, et qu'il n'avait nul engagement positif avec ma sœur.

– Mon Dieu, ma chère, vous n'allez pas à présent le défendre ! Point d'engagement positif, dites-vous ! Après l'avoir menée au château d'Allenham et lui avoir montré l'appartement qu'ils devaient habiter un jour.

Pour l'amour de sa sœur, Elinor ne voulut pas poursuivre cette discussion. Marianne pouvait y perdre, et Willoughby y gagnait très peu. Après un court silence, Mrs Jennings reprit la parole avec son hilarité ordinaire.

– Eh bien, ma chère, il n'y a pas grand perte dans le fond, et le colonel Brandon n'en sera pas fâché. Voulez-vous parier qu'il épousera Marianne vers le milieu de l'été ? Mon Dieu, quelle joie va lui donner cette nouvelle ! J'espère qu'il viendra ce soir, j'aime à voir des gens heureux. C'est un bien meilleur parti pour votre sœur ; deux mille livres de revenu valent mieux que six cent – c'est, je crois, tout ce que rapporte Haute-Combe – et Mrs Smith n'est pas encore morte. Delaford, la terre du colonel, est bien autre chose que Haute-Combe, et même que Barton. Il y pousse les meilleurs fruits possible, il y a un canal délicieux, une grande route, une jolie église, qui n'est pas à un quart de mile, et le presbytère à côté, qui peut faire un bon voisinage. Je vous assure que c'est une charmante terre ; je me réjouis d'y aller voir Marianne quand elle y sera établie, et cela ne peut manquer. Il y a bien l'obstacle de sa fille, de cet enfant de l'amour, miss Williams, comme on l'appelle, mais il la mariera. Une bonne petite dot en fera l'affaire et il n'en sera pas moins un excellent parti, si nous pouvons sortir Willoughby de la tête de votre sœur.

– J'espère bien que nous y parviendrons, madame, et même sans le colonel, soupira Elinor.

Alors elle se leva et alla joindre Marianne, qu'elle trouva comme elle s'y attendait rêvant à ses chagrins, à côté d'un feu à demi éteint, et sans autre lumière.

– Pourquoi revenir, Elinor ? Vous feriez mieux de me laisser.

Ce fut tout ce qu'elle lui dit.

– Je vous laisserai, lui répondit-elle, si vous voulez vous coucher.

Elle s'y refusa d'abord, mais Elinor ne se rebuta pas, la pressa doucement, l'aida à se déshabiller, et moitié par persuasion, moitié par complaisance, Marianne y consentit. Sa sœur eut la consolation de voir sa pauvre tête fatiguée de pleurs sur son oreiller, et de la laisser sur le point de trouver un peu de repos et d'oubli de ses peines dans un doux sommeil. Elle alla rejoindre Mrs Jennings et la rencontra tenant un gobelet à moitié plein.

– Ma chère, lui dit celle-ci, je me suis rappelé que j'avais encore une bouteille de vieux vin de Constance et je suis allée la chercher pour votre sœur. Mon pauvre mari en faisait un grand usage quand il avait une goutte remontée : il assurait que rien ne lui faisait plus de bien. Faites-en prendre à votre sœur, j'allais lui en porter.

– Chère dame, dit Elinor en doutant de l'efficacité d'un remède contre la goutte dans cette circonstance, vous êtes trop bonne, en vérité. Je viens de faire mettre Marianne au lit, elle dort j'espère en ce moment et rien ne peut lui faire plus de bien que le repos. Si vous voulez me le permettre, poursuivit-elle en prenant le gobelet, c'est moi qui boirai cet excellent vin à la santé de la meilleure des femmes et des amies.

– Et à celle de la pauvre petite malade d'amour, ajouta la bonne dame. N'est-il pas bon ? Je vous le dis, il la guérira et fortifiera son cœur. Nous lui en donnerons demain et tout ira à merveille.

Peu de temps après, la société attendue arriva. Mrs Jennings les reçut, et Elinor alla présider à la table du thé.

CHAPITRE 31

Ainsi que Mrs Jennings l'avait prévu, le colonel Brandon arriva pendant qu'Elinor préparait le thé, et par sa manière de scruter la pièce, elle comprit à l'instant qu'il s'attendait à n'y pas trouver Marianne, qu'il le désirait et qu'il savait déjà ce qui occasionnait son absence. Mrs Jennings n'eut pas la même idée, car dès qu'il fut entré, elle traversa la chambre, vint près de la table du thé où Elinor présidait et lui dit à l'oreille :

– Le colonel a l'air bien sérieux, ma chère, sûrement il ne sait rien de l'affaire. Dites-lui bien vite que Marianne est libre, vous verrez comme il changera de physionomie.

Elinor sourit sans répondre.

Peu de temps après, le colonel s'approcha d'elle et, avec un regard qui lui confirma qu'elle n'avait rien à lui apprendre, il s'assit à côté d'elle et lui demanda des nouvelles de sa sœur.

– Marianne n'est pas bien, répondit-elle, elle a été indisposée tout le jour et nous l'avons persuadée de se mettre au lit.

– Peut-être, commença-t-il en hésitant beaucoup, ce que j'ai entendu dire ce matin… Peut-être est-ce plus vrai que je n'ai d'abord voulu le croire ?

– Qu'avez-vous entendu dire ?

– Qu'un gentilhomme que j'avais de fortes raisons de penser… de croire… d'être sûr même qu'il était engagé… avec votre sœur. Mais pourquoi me le demander ? Vous le savez, j'en suis certain. Je l'ai vu en entrant à l'altération de vos traits, à l'absence de votre sœur ; épargnez-moi la peine de le prononcer.

– Eh bien soit ! Je suppose que vous parlez du mariage de Mr Willoughby avec miss Grey. Il paraît que c'est aujourd'hui que ce bruit a éclaté, où l'avez-vous appris ?

– Dans un magasin à Pall Mall où j'avais affaire. Deux dames en parlaient ensemble si haut qu'il m'était impossible de ne pas les entendre. Le nom de James Willoughby fréquemment répété a attiré mon attention, celui de miss Grey s'y est joint et il a été question de leur mariage, qui doit avoir lieu dans quelques semaines. Aussitôt que la cérémonie sera faite, a ajouté l'une d'elles, ils partiront pour Haute-Combe, la terre que Mr James Willoughby possède en Somersetshire… Ah ! Miss Elinor, mon étonnement à cette nouvelle… Mais il me serait impossible d'exprimer ce que j'ai ressenti. Cette dame, à ce que j'ai appris, se nomme Ellison, son mari est tuteur de miss Grey, ainsi doit-elle être bien informée et l'on ne peut en douter.

– Nous n'en doutons nullement, admit Elinor, mais vous a-t-on dit aussi qu'elle a cinquante mille livres ? Il me semble que ce mot explique tout.

– Peut-être, mais n'excuse rien, décréta le colonel, et Willoughby...

Il s'arrêta un moment, et sans achever sa phrase, il ajouta en changeant de ton :

– Et votre sœur, comment est-elle ?

– Elle a beaucoup souffert, mais j'ai l'espoir que son chagrin sera court autant qu'il a été violent. Elle a été, et elle est encore dans une cruelle affliction. Jusqu'à hier, elle n'avait eu, je crois, aucun doute sur ses sentiments, et encore maintenant elle voudrait pouvoir le justifier. Quant à moi, je suis presque convaincue qu'il ne lui a jamais été réellement attaché. Mais combien il a été trompeur, hypocrite ! Et même, en dernier lieu, il a montré une dureté de cœur qui m'a beaucoup surprise.

– L'habitude d'avoir, ou de feindre, de l'amour pour toutes les jolies femmes qu'on rencontre doit produire cet effet, reprit le colonel, et Willoughby... Mais ne disiez-vous pas que votre sœur ne voit pas sa conduite sous le même jour que vous ?

– Vous connaissez l'extrême sensibilité de Marianne, colonel. Il lui en coûte trop de condamner sévèrement quelqu'un qu'elle a autant aimé.

Il ne répondit rien. Le thé était fini, on arrangea les parties de jeu, et l'entretien fut interrompu. Mrs Jennings, tout en jouant, regardait le colonel avec stupéfaction. Elle s'était attendue que la nouvelle du mariage de son rival le transportât de joie, et qu'elle aurait le plaisir de le voir aussi gai, aussi animé que s'il n'avait que vingt ans. Il lui paraissait au contraire plus sérieux encore qu'à l'ordinaire. Il se dispensa de jouer et sortit bientôt.

– On ne comprend plus rien aux hommes, déclarat-elle le soir à Elinor, j'aurais juré aussi qu'il aimait Marianne.

La nuit fut meilleure pour cette dernière qu'Elinor ne l'avait espéré. Son abattement lui procura un peu de sommeil mais, en s'éveillant le lendemain, elle retrouva le même poids sur son cœur.

Elinor, pour la soulager, l'engagea à parler du triste sujet qui l'oppressait, et avant qu'on les appelât pour le déjeuner, elles avaient traité à fond ce sujet, avec la même conviction du côté d'Elinor, et avec ses tendres et raisonnables conseils, et du côté de Marianne, avec les mêmes sentiments impétueux et les mêmes variations d'opinions.

Parfois, elle croyait Willoughby aussi malheureux et aussi innocent qu'elle-même ; dans d'autres moments, elle repoussait toute consolation et toute excuse, et le voyait le plus coupable des hommes. Par moments, elle était absolument indifférente au jugement du public et voulait se montrer avec toute sa douleur ; l'instant d'après, elle voulait se séquestrer pour toujours. Elle était tantôt abattue à ne pouvoir presque pas parler ni faire un mouvement, tantôt disposée à se relever avec énergie. Sur un seul point, elle ne changeait jamais, c'était d'éviter autant que possible la présence de Mrs Jennings, et quand elle ne le pouvait, de garder un opiniâtre silence. Il fut impossible à sa sœur de la persuader que Mrs Jennings partageait ses peines avec une vraie compassion.

– Non, non, répondait-elle, c'est impossible, la sensibilité n'est pas dans sa nature. Vous le voyez, elle connaît et sent si peu mon chagrin qu'elle croit pouvoir l'adoucir par des boissons ou par des mets plus recherchés. Elle me plaint comme elle plaindrait son chat si on lui avait marché sur la patte, et rien de plus. Tout ce qu'elle aime, c'est bavarder, raconter, et elle n'est pas fâchée, dans le fond, d'avoir un nouveau sujet de commérage.

Quoiqu'il y eût bien là-dedans quelque vérité, Elinor connaissait trop bien l'excellent cœur de Mrs Jennings pour ne pas repousser ce qu'elle appelait une injustice. Cependant, elle ne put convaincre Marianne, qui était presque toujours influencée dans ses jugements par la grande importance qu'elle accordait à une sorte de délicatesse raffinée et de sensibilité romanesque, au bon goût, au bon ton, aux grâces. Marianne, de même que bien des personnes avec un caractère bon, généreux, un esprit élevé, une sincérité parfaite, n'était ni juste ni raisonnable, et paraissait quelquefois exactement le contraire de ce qu'elle était réellement lorsqu'elle se laissait aller à ses impressions exagérées.

Elle exigeait des autres les mêmes sentiments, les mêmes opinions qu'elle avait, et jugeait de leurs motifs par l'effet immédiat de leurs actions sur son esprit. Sa mère, qui était comme elle et fière de trouver dans une fille aussi jeune cet esprit vif et pénétrant, ce sentiment du beau, cet enthousiasme qui la rendait si éloquente et qui animait si bien sa charmante physionomie, avait plutôt augmenté cette disposition qu'elle n'avait cherché à l'affaiblir ou à la régler. Lorsque Marianne allait trop loin, sa mère riait et disait : « Mon Elinor est raisonnable pour deux et cela se calmera avec les années », oubliant que les années ne changent point le caractère et peuvent tout au plus le modifier – Mrs Dashwood elle-même en était la preuve.

Une légère circonstance vint encore mettre Mrs Jennings plus bas dans l'estime de Marianne, en lui causant une nouvelle source de peines, et cependant cette femme attentionnée n'était guidée que par l'impulsion de son excellent cœur et de sa bonne volonté.

Les deux sœurs étaient remontées dans leur chambre après déjeuner ; elles discutaient encore sur Mrs Jennings, lorsque celle-ci entra avec une lettre dans les mains et la figure aussi gaie, aussi contente, aussi riante que si elle rapportait à Marianne tout son bonheur.

– Que me donnerez-vous, lui dit-elle en entrant, pour ce que je vous apporte ? Voilà le meilleur des remèdes, ajouta-t-elle en montrant un bout de la lettre.

Le cœur de Marianne battait fort au point de lui ôter la force d'aller arracher des mains de Mrs Jennings cette précieuse lettre ; son imagination la lisait déjà en entier. Elle était de Willoughby, elle n'en avait aucun doute, pleine de tendresse, de repentir, expliquant tout ce qu'il s'était passé, satisfaisante, convaincante, et bientôt suivie de Willoughby lui-même, se précipitant dans la chambre, tombant à ses pieds, et confirmant par l'éloquence de son regard les assurances de sa lettre. D'après l'expression des yeux de Mrs Jennings et de ses signes à Elinor, elle crut que lui-même était le porteur de cette lettre et qu'il attendait en bas la permission d'entrer. Comment sans cela Mrs Jennings aurait-elle su ce que renfermait cette lettre ?

Hélas ! Ce tableau si rapide et si charmant fut bientôt effacé. La lettre fut posée devant elle d'un air triomphant et Marianne reconnut sur l'adresse l'écriture de sa mère, qui, pour la première fois de sa vie, serra douloureusement son cœur. Son espérance avait été si complète et si vive que l'instant qui la détruisit fut un des plus cruels qu'elle eût jamais vécus ! Il lui sembla n'avoir pas souffert avant ce moment.

La cruauté de Mrs Jennings en la trompant ainsi – car elle lui supposa une intention qu'elle n'avait jamais eue – lui parut au-dessus du reproche. Elle n'eut d'autre réaction qu'un déluge de larmes, qui ne furent pas interprétées de cette manière par celle qui les faisait couler.

Mrs Jennings crut au contraire que c'était un excès d'attendrissement provoqué par la vue d'une lettre de sa mère et, après avoir répété : « Pauvre enfant, pauvre enfant ! Elle est si nerveuse que le plaisir même la fait pleurer », elle sortit sans avoir le moindre sentiment de sa maladresse, car c'était un manque de tact d'annoncer ainsi une lettre qui devait arriver tout naturellement. Toute autre qu'elle aurait prévu l'erreur de Marianne et la lui aurait épargnée.

Passé le premier moment, Marianne éprouva quelque remords d'avoir aussi mal reçu une lettre de sa mère. Elle la reprit, la pressa contre ses lèvres, essuya ses yeux et la lettre même mouillée de ses larmes, et l'ouvrit avec un tendre respect. Hélas ! Elle n'y trouva aucune consolation. Le nom de Willoughby remplissait chaque page ; Mrs Dashwood, encore confiante en son amour, en son honneur, ne croyant pas possible qu'on pût se lasser d'aimer sa Marianne, mais réveillée par les craintes et les soupçons d'Elinor, cherchait à relever l'espérance de sa fille chérie, sollicitait seulement son entière confiance, lui témoignait une affection sincère pour Willoughby – qui ne pouvait, disait-elle, les avoir trompées – et une telle conviction de leur bonheur lorsqu'ils seraient unis que le désespoir de Marianne en lisant cette lettre devint une espèce d'agonie.

Heureusement, ses larmes avaient commencé avant de la lire ; elles continuèrent et furent un soulagement. Elle cessa enfin de pleurer, et montra alors la plus vive impatience de retourner auprès de sa mère. Elle seule partagerait ses sentiments, comprendrait sa douleur ; elle seule avait senti combien Willoughby méritait d'être aimé ; elle seule lui pardonnerait de l'aimer encore malgré sa perfidie. Elle voulait partir ce matin même et pria Elinor de sonner pour demander une voiture.

Ce départ si prompt, si soudain n'était pas du tout de l'avis d'Elinor. Outre l'émotion affreuse que ce retour inattendu donnerait à leur mère, qu'il fallait au moins prévenir, et ses doutes sur le bien qu'il ferait à Marianne, elle craignait avec raison qu'une absence si brusque dans un tel moment ne nuisît à sa réputation. Elle redoutait même les soupçons et les propos de Mrs Jennings, excitée par la colère où ce départ la mettrait sûrement. Elle tâcha donc, sans lui révéler les motifs qui l'auraient encore plus exaspérée, de faire entendre raison à sa sœur. Elle lui dit qu'il fallait au moins avoir le consentement de leur mère, que leur frère, étant attendu tous les jours à Londres, trouverait fort mauvais qu'elles partissent au moment de son arrivée, et la raison se fit enfin entendre à Marianne.

Mrs Jennings sortit ce matin-là plutôt que de coutume et ne demanda point à Elinor de la suivre. Il lui tardait que les Middleton et les Palmer apprissent tout ce qu'il se passait et pussent aussi s'affliger sur Marianne et s'indigner contre Willoughby. Dès qu'elle fut partie, Marianne conjura sa sœur d'écrire à leur mère, de lui dire toute sa douleur et de lui demander la permission de retourner auprès d'elle. Elinor s'assit pour cette pénible tâche. Marianne, placée face à elle, dans le salon de Mrs Jennings, appuyée sur la même table où sa sœur écrivait, tantôt suivait le mouvement de sa plume, tantôt rêvait, la main sur les yeux, et s'affligeait aussi du chagrin que cette lettre causerait à sa bonne mère. Il y avait une heure qu'elles étaient ainsi quand un coup frappé à la porte fit tressaillir Marianne.

– Qui peut venir de si bonne heure, s'étonna Elinor ? J'espérais que nous étions à l'abri d'une visite.

Marianne était déjà à côté de la fenêtre.

– Qui serait-ce d'autre que le colonel Brandon ? dit-elle avec humeur. Est-on jamais à l'abri de le voir entrer ? Je ne veux pas le voir et je m'échappe. Un homme qui ne sait que faire de son temps envahit toujours celui des autres.

Elle sortit par la salle à manger pour éviter de le rencontrer.

Elinor, qui voulait achever sa lettre, hésitait à le recevoir en l'absence de Mrs Jennings, mais il ne se fit point annoncer. Il entra, et son regard mélancolique, le son de voix altéré avec lequel il demanda des nouvelles de Marianne convainquirent Elinor que c'était le seul but de sa visite ; elle pouvait à peine pardonner à sa sœur l'espèce d'aversion qu'elle témoignait à ce digne homme.

– J'ai rencontré Mrs Jennings à Bond Street, expliqua-t-il à Elinor, elle m'a engagé à venir auprès de vous, et j'étais heureux, je vous l'avoue, mademoiselle, de cette occasion de vous parler sans témoins. Je le désirais d'autant plus, je vous assure, que mon seul motif, mon seul vœu, mon seul espoir est de donner peut-être quelques… consolations. Non, ce n'est pas le mot, bien au contraire, et je ne sais de quelle expression me servir… De donner à votre sœur une conviction déchirante peut-être au premier moment, mais qui puisse contribuer à guérir son cœur. Mon attachement pour elle et mon estime pour vous et pour votre excellente mère m'ont décidé à vous confier quelques circonstances… Mais, je vous en conjure, bonne Elinor, ne voyez dans cette confiance que mon ardent désir de vous être utile et aucun intérêt personnel. Je sais bien que, quoi qu'il arrive, je n'ai aucun espoir ; mais quoique j'aie passé bien des heures à me convaincre moi-même qu'il était de mon devoir de vous parler, j'ai besoin encore de votre aveu pour m'y décider.

– Je vous entends, rétorqua Elinor, vous avez quelque chose à me révéler sur Mr Willoughby qui dévoilera son caractère. Vous dites que c'est la plus forte preuve d'amitié que vous puissiez donner à ma sœur : ma reconnaissance vous est donc bien assurée. Si ce que vous avez à me confier tend à la guérir plus tôt de sa malheureuse inclination, parlez, je vous en conjure, je suis prête.

CHAPITRE 32

– Vous me trouverez, dit le bon colonel à Elinor, un très maussade narrateur. Je sais à peine par où commencer le récit que j'ai à vous faire. Quand je quittai Barton en octobre dernier… Mais il faut que je prenne mon récit de plus loin, il faut que je vous parle de ma propre histoire. Je vous promets d'être bref, et vous pouvez vous fier à moi ; c'est un sujet sur lequel je crains de demeurer longtemps…

Ces derniers mots furent accompagnés d'un profond soupir. Il s'arrêta un moment, comme s'il cherchait à rassembler ses idées, puis il poursuivit :

– Vous avez probablement, miss Dashwood, oublié une conversation que j'eus avec vous un soir à Barton Park pendant qu'on dansait. Je vous parlais d'une dame que j'avais connue autrefois, qui ressemblait à beaucoup d'égards à votre sœur Marianne.

– Je ne l'ai point oubliée, affirma Elinor. Je pourrais, je crois, vous répéter vos paroles, mais qui pourrait rendre l'expression du sentiment avec lequel vous parliez de cette femme ?

– Je l'avoue, c'est avec une bien vive émotion que j'ai remarqué dans votre sœur une ressemblance frappante à plusieurs égards avec cette femme qui n'existe plus depuis longtemps. Ce n'est pas peut-être dans le détail des traits que ce rapport existe, quoi qu'il y en ait aussi ; la figure de Marianne est plus belle, mais c'est la même expression de physio-nomie, le même regard, la même chaleur de cœur, la même vivacité d'imagination, le même caractère. Eliza était ma proche parente.

« Orpheline dès son enfance, elle fut mise sous la tutelle de mon père. Je n'avais qu'une année de plus qu'elle et nous étions élevés ensemble. Elle était la compagne de mes jeux et mon intime amie. Je ne puis me rappeler le temps où je n'aimais pas Eliza, et mon affection, croissant avec les années, devint enfin un sentiment passionné. En me jugeant sur ma gravité actuelle, vous m'avez cru peut-être incapable d'un sentiment exalté ; il l'était au point que ni le temps ni sa mort n'ont pu l'éteindre, et qu'au moment où je vis votre sœur, qui me la rappelait si parfaitement, il se réveilla avec une nouvelle force. Eliza m'aimait aussi, son attachement pour moi était aussi vif, aussi passionné que celui de votre sœur pour Willoughby ; jugez donc si je l'excuse, si je le comprends. Vous, sage Elinor, vous qui savez placer vos sentiments sous l'égide de la raison, vous ne devez pas comprendre le moment où l'on n'entend plus sa voix, où celle de l'amour est seule écoutée (ici, des larmes remplirent les yeux d'Elinor), mais votre sensibilité vous rend indulgente pour les faiblesses du cœur, et j'en abuse peut-être.

Un sourire d'Elinor et même ses larmes lui dirent de continuer.

– La fortune d'Eliza était considérable ; nous n'y avions jamais pensé. Elle était destinée à mon frère aîné, nous l'ignorions tous les deux. Il voyageait avec un gouverneur et connaissait à peine sa jeune cousine, qu'il avait jusqu'alors regardée comme une enfant. Lorsqu'il revint dans la maison paternelle, il avait vingt-quatre ans, Eliza dix-sept, et moi dix-huit. Mon père alors, nous dévoilant ses desseins, ordonna à sa nièce de se préparer à donner sa main à mon frère ; il aimait passionnément ce fils, qui pendant six ans avait été son fils unique, et ne pouvant lui laisser assez de fortune à son gré, il voulait lui assurer celle de sa pupille. Voilà, je crois la seule excuse que je puisse alléguer pour celui qui était à la fois l'oncle et le tuteur de cette jeune victime. Prosternée à ses pieds, Eliza, en avouant notre amour, implora en vain sa pitié ; en vain nous offrîmes d'un commun accord de céder à mon frère cette fortune qui nous rendait si malheureux.

« Mon père traita et notre attachement et cette proposition de folies enfantines, qu'il ne lui était pas même permis d'écouter, et persista durement dans ses projets, en disant qu'il saurait bien se faire obéir d'elle ainsi que de mon frère, qui sans aimer du tout sa cousine, consentait cependant à l'épouser. Au désespoir, et décidés à tout plutôt qu'à renoncer l'un à l'autre, nous formâmes un projet d'évasion. Le jour était fixé, nous devions fuir en Écosse, mais nous fûmes trahis par la femme de chambre de ma cousine. Mon père en fureur me bannit de sa maison ; il m'envoya chez un parent dont les terres étaient très éloignées, avec l'injonction de me surveiller, ce dont il s'acquitta avec dureté. Eliza, enfermée dans sa chambre, privée de toute société, de tout plaisir, fut traitée plus rigoureusement encore. Elle me promit, quand nous nous séparâmes, que rien au monde ne pourrait ébranler sa constance. Avant que l'année fût écoulée, on m'apprit en me rendant ma liberté que j'avais trop compté sur le courage d'une fille de dix-sept ans, que celui d'Eliza avait cédé à l'ennui de sa situation – peut-être aux mauvais traitements – et que celle qui devait être ma femme, ma compagne, était actuellement ma belle-sœur.

« Ce coup qui nous séparait à jamais fut terrible ! Cependant, j'étais bien jeune, et si j'avais pu croire qu'elle fût heureuse avec mon frère, peut-être aurais-je fini par en prendre mon parti. Mais pouvait-elle l'être avec un homme qui, sans l'aimer, et seulement pour sa fortune, consentait à l'épouser malgré elle, lui connaissant un autre attachement, et condamnant son frère au désespoir et à l'exil ? Car mon père, sans même me revoir, me plaça dans un régiment qui partait aux Grandes-Indes, ce qui finit par me convenir. Je n'aurais pas pu revoir Eliza dans notre nouvelle situation, et je n'aurais pas voulu l'exposer aux soupçons de son mari, ni renouveler par ma présence le souvenir d'un sentiment que je désirais alors qu'elle pût oublier. Je vous ai dit qu'elle ressemblait à votre sœur, vous savez donc déjà qu'elle était belle, séduisante, que son cœur et son imagination étaient toujours en mouvement. En un seul point, elle différait de Marianne, elle n'avait pas comme votre sœur de système de protection, qui consiste à n'aimer qu'une fois en sa vie.

En disant cela, il soupira profondément.

Elinor, qui ne croyait pas aux « systèmes de protection » d'une fille de dix-huit ans, ne put s'empêcher de sourire à demi. Le colonel continua, mais avec une peine visible.

– Combien ce qu'il me reste à vous apprendre me coûte à prononcer, dit-il avec un accent étouffé. Il ne faut pas moins que le motif qui me conduit ici pour m'y décider.

Elinor l'encouragea par un regard plein d'amitié.

– Mon père mourut peu de mois après ce mariage. Eliza, si jeune encore, sans expérience, livrée à elle-même avec une vivacité de caractère qui aurait demandé d'être guidée, se trouvait unie à un mari qui n'avait pour elle ni attachement ni aucune de ces attentions qui gagnent par degré un cœur aimant ; il la traitait même avec dureté. Oh ! Qui pourrait ne pas la plaindre ? Si elle avait eu seulement un ami pour l'avertir des dangers de sa situation ! Mais la malheureuse Eliza ne trouva qu'un séducteur qui la conduisit à sa perte… Si j'étais resté en Angleterre, peut-être… Mais je croyais assurer son bonheur par mon absence bien plus que par ma présence, et dans le seul motif de rendre la paix à son cœur, je la prolongeai plus que je n'aurais dû. Ce que j'avais ressenti en apprenant son mariage n'était rien à côté de ce que j'éprouvai lorsque, deux ans après, j'appris son divorce, demandé par un époux justement outragé. C'est là ce qui m'a jeté dans cette tristesse que je n'ai pu vaincre... Encore aujourd'hui, le souvenir de ce que j'ai souffert...

Il ne put continuer et, se levant, il se mit à faire les cent pas dans le salon pendant quelques minutes.

Elinor, affectée par ce récit, et plus encore par l'émotion qu'il lui avait causée, ne pouvait lui parler. Après quelques instants, elle vint à lui et le conjura de cesser une narration qui lui faisait autant de peine.

– Non, lui dit-il, après avoir baisé sa main avec un tendre respect, il faut que vous sachiez tout. Je n'ai pas touché encore ce qui peut vous intéresser, daignez m'écouter quelques instants de plus.

Ils se rassirent à côté l'un de l'autre, et il reprit.

– Je fus encore trois années depuis ce malheureux événement sans retourner en Angleterre. Mon premier soin, quand j'arrivai, fut de la chercher, mais mes recherches furent vaines. Je ne pus remonter qu'à son premier séducteur, qu'elle avait abandonné, et tout donnait lieu de penser que, dès lors, elle s'était toujours plus enfoncée dans le mal.

« Mon frère, en se séparant d'elle pour raison d'inconduite, n'avait pas été obligé de lui rendre toute sa fortune, et ce qu'il lui accordait annuellement ne pouvait lui suffire. J'appris de lui qu'une autre personne s'était présentée pour toucher cette rente. Il imaginait donc – avec un calme dont je fus révolté – que ses « extravagances » l'avaient obligée de disposer, dans un moment de pressant besoin, de la seule chose qui lui restât pour vivre. Je ne pus supporter cette idée ; ma cousine, l'amie de mon enfance, l'amante de ma jeunesse, ma sœur, mon Eliza réduite à la misère, me poursuivait sans relâche. Je repris mes recherches dans tous les lieux où le malheur et le désespoir pouvaient l'avoir menée, sûr qu'elle n'était pas morte, puisque son annuité se payait encore. L'individu qui la touchait ne put me donner que des renseignements obscurs. Enfin, après six mois de courses inutiles, je la trouvai par hasard. Je fus informé qu'un ancien domestique de mon père avait eu du malheur et venait d'être enfermé pour dettes. J'allai le délivrer et, dans la même maison d'arrêt, et pour la même cause, était aussi mon infortunée sœur, si changée, si flétrie par des peines de toute espèce qu'à peine ai-je pu la reconnaître. Ce fut elle qui me reconnut à l'instant et qui, me nommant avec un cri déchirant et en se cachant le visage entre les mains, me révéla que j'avais devant moi l'objet de tant de recherches : cette figure si maigre, si triste, où l'on voyait à peine quelque trace de beauté, c'était mon Eliza, c'était celle que j'avais adorée et quittée dans la fleur de la jeunesse, de la santé, d'une surabondance de vie et de sentiments. Ce que je souffris en la retrouvant ainsi !... Mais non, je n'ai pas le droit d'exciter votre sensibilité pour une étrangère, quand vous avez assez de vos peines ; je me suis même trop étendu sur un sujet si douloureux. Suivant les apparences, Eliza était au dernier degré de la phtisis, et son malheur et le mien étaient si grands que ce fut une consolation. La vie ne pouvait plus avoir d'autre prix pour elle que celui de lui donner le temps de se préparer à la mort, et ce temps lui fut accordé. Ce jour même, elle fut placée dans un bel appartement, entourée de tous les soins nécessaires : je la visitai chaque jour pendant le reste de sa courte vie, et je reçus son dernier soupir.

Il s'arrêta encore. Elinor lui témoigna, avec l'expression la plus sincère, la part qu'elle prenait au triste sort de son amie.

– Votre sœur, j'espère, dit-il, ne peut être offensée par la ressemblance qui m'a frappé entre elle et mon infortunée parente. Leur destin peut ne jamais avoir le moindre rapport, et si les dispositions naturelles de mon Eliza avaient été soutenues par une sœur comme vous, ou par un heureux mariage, elle aurait été sûrement tout ce que Marianne sera un jour, quand cet orage de son cœur aura dissipé les illusions, trop romanesques peut-être, mais bien séduisantes, auxquelles son imagination s'est livrée. Mais à quoi mène cette déplorable histoire ? allez-vous penser. Peut-être à avancer le moment où votre sœur bannira de sa pensée celui qui ne la méritait pas. Pardonnez donc, si dans ce but j'ai risqué de vous faire partager la pénible émotion que ce récit m'a donnée. Depuis quinze ans que j'ai fermé les yeux d'Eliza, c'est la première fois que ce nom toujours présent à ma pensée est sorti de ma bouche ; je n'ai pas même voulu que sa fille le porte.

– Sa fille ! interrompit Elinor. Serait-ce ?...

– Mrs Jennings vous a peut-être parlé de miss Williams ? J'ai vu par quelques mots qu'elle connaissait son existence et le tendre intérêt que je prends à cette jeune personne, qui ne sera pas, hélas !, plus heureuse que celle qui lui fit le triste présent de la vie sous de si fâcheux auspices. Cette enfant, fruit de sa coupable liaison, âgée de trois ans, était avec elle ; elle la chérissait et ne l'avait point quittée, ce qui m'a prouvé qu'elle était vraie lorsqu'elle m'a juré qu'elle n'avait pas d'autre faute à se reprocher, et que le repentir seul lui avait fait quitter le père de cet enfant.

« Elle me le dit encore en expirant et en me recommandant sa fille, que je promis de regarder comme si elle était la mienne. Je sentis tout le prix de sa confiance, et je lui aurais bien volontiers servi de père dans le sens le plus strict, en veillant moi-même sur son éducation, si ma situation me l'avait permis, mais je n'avais ni famille, ni demeure, aussi, je fus forcé de placer ma petite pupille dans une pension, sous le nom de Caroline Williams ; ce dernier est mon nom de baptême que je me plus à lui donner. Je la vis aussi souvent qu'il me fut possible, et depuis la mort de mon frère, il y a cinq ans, qui me laissa la propriété de tous les biens de la famille, elle m'a souvent rendu visite à Delaford. Je la présentais comme une parente dont j'avais été nommé le tuteur, mais je me doute qu'on a soupçonné d'autres liens dans le monde. Résolu de la traiter comme ma fille, je n'ai pas démenti ce bruit, puisque sa naissance n'était ni légitime ni avouée. Il y a trois ans, la trouvant grande et formée pour son âge – elle avait alors quatorze ans –, je l'ôtai de la pension où elle était depuis la mort de sa mère, pour la placer sous les soins d'une femme très respectable qui réside en Dorsetshire, et s'est chargée de surveiller l'éducation de cinq ou six jeunes personnes. Pendant deux ans je fus parfaitement content de ma fille adoptive. Aussi jolie que sa mère, elle paraissait plus posée, plus calme. Sa maîtresse, qui l'aimait beaucoup, avait en elle tant de confiance qu'elle me sollicita de lui permettre de passer quelques semaines à Bath, avec les parents de l'une de ses jeunes amies qui désiraient sa société pour leur fille. Je connaissais cette famille sous un jour avantageux. La santé de Caroline avait toujours été délicate, je pensais que ce voyage et les bains la fortifieraient et j'eus l'imprudence d'y consentir. C'est là sans doute qu'elle fit la connaissance qui lui a été si fatale ! J'ai su depuis que le père de son amie, ayant été retenu par la goutte à la maison, était soigné par sa femme, et que les deux jeunes amies allaient seules dans les promenades ou à leurs emplettes du matin. Quoique l'amie de Caroline n'ait jamais voulu convenir de rien, j'ai lieu de croire qu'elle était confidente de son inclination et la favorisait. De retour à leur pension, Caroline ne fut plus la même ; rêveuse, inégale, inattentive, elle s'échappait souvent pour se promener seule dans les environs et la maîtresse la menaça de m'avertir. Enfin, au mois de février, il y a à présent une année, elle sortit un jour comme à l'ordinaire, et ne revint pas.

« Après un jour ou deux de recherches inutiles, je fus averti de sa disparition. J'accourus, et tout ce que je pus apprendre, c'est qu'elle s'en était allée. Pendant huit mois, je fus livré à des conjectures qui se révélaient fausses l'une après l'autre, me replongeant chaque fois dans une incertitude cruelle ! Tout ce que je pus découvrir, c'est qu'un jeune homme d'une beauté remarquable, avait souvent été vu dans les environs, se promenant avec elle ; mais je ne pus avoir aucune lumière sur son nom.

– Oh ciel ! s'écria Elinor. Serait-ce ?... Est-il possible que ce soit Willoughby ?

Sans lui répondre, le colonel continua :

– Toutes les recherches pour découvrir quelques traces de sa demeure ayant été vaines, je tombai dans un sombre abattement, dont mon ami sir George Middleton eut la bonté de s'inquiéter. Il m'invita à passer quelque temps à Barton Park pour me distraire. Je ne lui avais point confié la cause de mon chagrin, espérant d'un jour à l'autre retrouver ma brebis égarée, et sauver au moins sa réputation. J'avais besoin de fuir les lieux où je l'avais vue, où je ne la voyais plus, et j'acceptai la proposition de mon ami. C'est alors que je fis la connaissance des intéressantes parentes de sir George. C'est là que je vis avec un trouble que je ne pus cacher l'image vivante de ma pauvre Eliza, image qui me fit une impression d'autant plus vive, d'autant plus douloureuse, qu'elle me retraça en même temps la perte de la mère et celle de l'enfant qu'elle avait confiée à mes soins.

« Vous fûtes souvent témoin de ma mélancolie ; elle vous intéressa et rebuta peut-être la vive et brillante Marianne. Bientôt un autre objet vint l'occuper en entier, et m'enlever même la faible espérance de jamais lui plaire. Je combattais entre la nécessité de partir et le désir de rester, lorsque je reçus inopinément une lettre de Caroline elle-même, dans les premiers jours d'octobre. Elle me fut renvoyée de ma terre de Delaford, où elle avait été adressée. Je la reçus le matin du jour où nous devions tous aller à Whitwell ; vous vîtes l'émotion qu'elle me donna et qui fut d'autant plus vive que l'écriture, les expressions de ma pauvre repentante pupille me firent présumer qu'elle était très malade et qu'elle avait un pressant besoin de mon secours. Elle me disait où je la trouverais, c'était dans un hameau tellement retiré que je ne fus pas surpris qu'elle eût échappé à toutes mes recherches : je n'avais donc pas un instant à perdre et je résolus de partir tout de suite pour aller la chercher. Je parus fort étrange, fort entêté ; vous seule ne fîtes aucun effort pour me retenir, et pardonnez si j'ose croire que vous étiez celle qui me regrettait le plus. Je partis très inquiet de l'état où je trouverais ma fille adoptive, et le cœur serré du regard courroucé de Marianne, qui ne me pardonnait pas de faire manquer cette partie. Oh! Combien j'étais alors loin de me douter que cet heureux Willoughby, dont les regards me reprochaient l'impolitesse de mon départ, fût celui qui en était la cause, et lui-même s'il avait su que j'allais au secours de celle qu'il avait perdue, abandonnée! Mais en aurait-il été moins gai, moins satisfait? Un sourire de Marianne ne lui faisait-il pas oublier les larmes de ma pauvre Caroline? Non, non, l'homme capable de laisser la jeune fille dont il a séduit l'innocence, de la laisser dans la misère et dans l'abandon, sans asile, sans amis, sans secours, ignorant sa retraite, et qui pendant que sa victime meurt de sa douleur, médite peut-être la perte d'une autre… Non, un tel être n'est pas susceptible de remords! Il avait quitté Caroline en lui promettant de revenir bientôt, il n'était pas revenu, il ne lui avait pas écrit, il ne pensait plus à elle.

Un mouvement involontaire avait fait baisser les yeux à Elinor, comme si elle avait eu honte pour sa sœur d'avoir été, même sans le savoir, complice d'une telle perfidie; elle les releva pleins d'indignation:

– C'est au-dessus de tout ce que je pouvais imaginer! Mais, mon cher colonel, pourquoi…

Elle s'arrêta, tremblant elle-même du reproche qu'elle se croyait en droit de lui faire.

– Je vous entends, dit-il, pourquoi ne vous ai-je pas avertie plus tôt ? Je ne puis vous exprimer ce que j'ai souffert depuis mon retour ! Combattant chaque jour, chaque instant avec moi-même, pour vous cacher ou vous découvrir cette histoire. Lorsque je vis que Willoughby ne retournait point à Barton, j'espérai que quelque incident vous avait dévoilé son caractère, ou que sa légèreté l'avait entraîné loin de Marianne, et qu'il n'était plus dangereux pour elle. Mais quand je vis, quand j'appris de vous-même qu'elle l'aimait plus tendrement, plus passionnément que jamais, quand le bruit de leur mariage se répandit, quand je sus qu'ils étaient en correspondance, alors qu'aurais-je pu dire ? Mon intérêt personnel dans toute cette affaire était si grand, si… compliqué, qu'il m'était peut-être interdit de m'en mêler, lorsque tout était conclu. Je n'aurais peut-être persuadé personne, et Marianne blessée, désespérée – et par moi ! – m'offrait un tableau trop affreux à supporter. Willoughby, sans doute, avait été rendu à la vertu par l'empire irrésistible d'une famille telle que la vôtre et des charmes de Marianne. Il avait continué à l'adorer, et j'osais espérer que revenu de ses erreurs de jeunesse, il la rendrait heureuse.

« Jamais je n'avais eu l'espoir que ma pauvre Caroline pût devenir sa compagne, étant donné sa naissance entachée, par la séduction même. Certainement, il fut bien coupable avec elle, mais dans ce siècle, si l'on comptait trop sévèrement les torts de cette espèce, quel jeune homme serait digne d'obtenir la main d'une femme honnête ? Et celle qui allait appartenir à Willoughby réunissait tant de perfections qu'elle devait sûrement fixer son inconstance. Voilà, chère Elinor, les motifs de mon silence. J'allais jusqu'à me persuader que, dans ma situation, c'était un devoir de me taire. Cependant, un sentiment intérieur m'a souvent engagé à m'ouvrir entièrement à vous, et si je vous avais trouvée seule la semaine passée, quelques rapports sur Willoughby, sur la cour qu'il faisait publiquement à miss Grey et la tristesse de Marianne m'auraient enfin décidé à vous parler. Je suis venu ici déterminé à vous faire connaître la vérité, j'ai commencé une explication, vous m'avez interrompu en m'assurant que vous ne croyiez point que le mariage de votre sœur aurait lieu, alors je me suis tu. Pourquoi nuire sans nécessité à un homme qui me regarde déjà comme son ennemi, que j'ai déjà puni de sa perfidie ? Mais puisqu'il a agi aussi indignement avec Marianne, je n'ai plus de ménagement à garder, et je dois faire connaître à votre sœur le danger qu'elle a couru en s'attachant à un homme sans principes, sans mœurs, sans délicatesse, qui lui destinait probablement le même sort qu'à ma pauvre Caroline, s'il avait pu triompher aussi facilement. Ah ! Quel que soit son chagrin actuel, il doit se changer en reconnaissance pour le Dieu qui a veillé sur elle et l'a prémunie des pièges dont elle était environnée.

« Qu'elle compare son sort avec celui de ma pauvre enfant trompée aussi dans le premier choix de son cœur, et n'ayant plus la consolation de sa propre innocence. Qu'elle se représente cette jeune fille avec une passion dans le cœur aussi forte, aussi vive que la sienne, et peut-être augmentée par ses sacrifices, tourmentée de l'abandon de celui qu'elle aime, et pour qui elle a renoncé à sa propre estime, et des reproches cruels de sa conscience, qui ne cesseront jamais. Il est impossible que Marianne ne trouve pas alors ses souffrances bien légères ; elles ne procèdent pas d'elle-même, elle a conservé dans son entier sa propre estime et celle de tous ses amis. Une tendre compassion de son malheur, le respect pour la dignité avec laquelle elle le supportera sûrement ne peuvent qu'augmenter leur amitié. Et peut-être que celui qu'elle regrette, parce qu'elle le voit encore sous le voile des illusions de l'amour, cessera de l'intéresser quand il lui sera mieux connu.

« Usez, chère Elinor, de votre prudence, de votre discernement pour lui communiquer ce que je viens de vous dire. Vous pouvez, bien mieux que moi, juger de son effet et de ce que vous devez lui apprendre ou lui cacher ; mais si je n'avais pas cru de bonne foi que cette histoire pût vous être utile pour adoucir ses regrets, je ne me serais jamais permis de vous troubler par le détail de mes propres afflictions et par un récit d'où l'on peut présumer que je cherchais à m'élever aux dépens des autres.

Elinor le remercia avec l'expression de la plus tendre reconnaissance, et lui assura qu'elle pensait comme lui que cette communication serait avantageuse à sa sœur.

– J'ai été plus peinée, confia-t-elle, de la voir essayer de le justifier que de tout le reste. Elle ne peut supporter qu'on l'accuse ni qu'on le soupçonne, mais ici il y a plus que des soupçons, c'est une certitude de son indignité qui doit faire effet sur un caractère tel que celui de Marianne. D'abord elle en souffrira beaucoup, mais je suis presque sûre de l'efficacité de ce remède…

Après un court silence, elle ajouta :

– Avez-vous revu Mr Willoughby depuis que vous l'avez quitté à Barton ?

– Oui, répondit gravement le colonel, je l'ai vu une fois… Notre rencontre était inévitable.

Elinor, frappée de son accent, le regarda avec étonnement.

– Expliquez-vous ! Comment ? Où l'avez-vous rencontré ?

– Il n'y avait qu'une seule manière… Caroline m'avoua enfin, quoique avec beaucoup de peine, le nom de son séducteur. Je ne pouvais pas laisser passer son indigne action sans lui dire mon opinion sur ses agissements avec la jeune fille confiée à mes soins. Je lui écrivis à Allenham dans des termes qui l'obligèrent à se rendre directement à Londres, où je lui donnais rendez-vous. Nous nous rencontrâmes donc, lui pour se défendre et moi pour punir sa conduite. Il fut blessé au bras ; je n'en voulais pas à sa vie, et même si le désir de la conserver l'avait engagé à m'offrir de réparer ses torts en épousant Caroline, je n'y aurais pas consenti. L'exemple de sa mère m'avait trop fait sentir les dangers d'une union qui n'est pas fondée sur un attachement et une estime réciproques. J'aime mieux consoler mon enfant d'une faiblesse excusable, peut-être, dans un âge aussi tendre, que de l'exposer à devenir bien plus coupable, en l'unissant à un homme dont les principes sont aussi relâchés. Désolé de n'avoir pas su prévenir le malheur de la fille de mon Eliza, d'avoir si mal répondu à sa confiance, je consacre le reste de ma vie à adoucir ses peines, à la réconcilier avec elle-même, à la consoler d'une faute qu'elle peut encore réparer à force de vertus, et en remplissant tous les devoirs qui lui sont imposés.

– Est-elle à Londres ?

– Non, sa santé avait besoin d'un air plus pur. Je la trouvai près de devenir mère. Son fils, qui sera le mien, l'occupe uniquement. Je l'ai placée à la campagne chez des gens dont je suis sûr, comme une jeune veuve ; et si l'on peut croire à l'efficacité d'un profond et sincère repentir, le ciel lui a pardonné une faute aussi chèrement payée.

Se rappelant tout à coup que Marianne avait peut-être besoin de sa sœur, que Mrs Jennings allait rentrer, il termina sa visite, recevant encore tous les remerciements d'Elinor, et la laissant pleine d'estime pour lui, de compassion pour sa fille adoptive et d'indignation contre Willoughby.

CHAPITRE 33

Elinor trouva bientôt l'occasion de répéter cette conversation à sa sœur, mais l'effet fut très différent de ce qu'elle avait imaginé.

Marianne n'eut pas l'air d'avoir un seul doute. Elle écouta le récit avec la plus ferme et la plus soumise attention, sans faire aucune remarque, aucune objection, sans interrompre cette narration par la moindre exclamation douloureuse. Elle n'essaya point de justifier Willoughby ; elle versait des larmes et semblait convenir par son silence qu'elle sentait que c'était impossible. Toute sa conduite prouva à Elinor que la conviction de cette perfidie avait frappé son esprit, mais sans guérir son cœur. Elle vit aussi avec satisfaction, mais avec une grande surprise, qu'elle ne cherchait plus à éviter le colonel Brandon. Quand il entrait dans le salon, elle ne sortait plus ; elle ne lui parlait pas la première, mais elle lui répondait avec beaucoup de politesse et même avec une sorte de respect, et ne se permettait plus un seul mot contre lui.

– Ce pauvre colonel, disait-elle à Elinor, comme je l'ai mal jugé ! Il a aimé passionnément et il a été trahi. Ah, combien je le plains !

En tout elle était plus calme, plus résignée, mais elle n'en paraissait pas moins malheureuse. Son esprit semblait plus tranquille, mais aussi plus mélancolique ; et toujours elle était plongée dans un profond abattement. Elle sentit plus pesamment la perte des vertus et du caractère qu'elle avait supposés à Willoughby qu'elle n'avait senti celle de son cœur. La séduction de miss Williams, l'abandon qui en avait été la suite, la misère de cette pauvre jeune fille, qui contrastait si fort avec la gaieté brillante de son séducteur, un doute sur les desseins qu'il pouvait avoir eus sur elle-même, lorsqu'il feignait si bien un amour qu'il n'avait peut-être pas : tout cela réuni l'oppressait au point de ne pouvoir plus même en parler avec Elinor. Ainsi, nourrissant en silence le chagrin qui la dévorait, elle causait plus de peine à sa sœur que si elle le lui avait confié du matin au soir.

Elles recevaient de leur mère de fréquentes lettres, qui n'étaient qu'une répétition de tout ce que Marianne avait dit et senti. Sa douleur égalait presque celle de cette dernière, et son indignation surpassait celle d'Elinor. Des pages entières arrivaient tous les jours, pour dire et redire toutes ses pensées, tous ses sentiments, pour exprimer sa sollicitude envers sa chère Marianne, pour la supplier d'avoir un courage dont elle ne lui donnait pas l'exemple, et pour la recommander à Elinor.

Malgré son désir de les revoir toutes les deux, elle insistait fermement pour qu'elles ne revinssent pas encore à Barton. Ce lieu, plus que tout autre, retracerait à sa pauvre Marianne son bonheur passé, et nourrirait son amour et son affliction. À chaque place, disait-elle, elle verrait en imagination Willoughby comme elle l'avait vu, tendre, empressé, uniquement occupé d'elle et des moyens de lui plaire… Et l'imprudente mère ne songeait pas qu'en présentant elle-même ce tableau à Marianne, elle lui faisait tout le mal qu'elle voulait éviter. Elinor vit avec chagrin que chaque lettre du cottage redoublait la tristesse de sa sœur; elle en vint à croire qu'en effet Mrs Dashwood faisait mieux de ne pas la rappeler auprès d'elle, et qu'elles ne feraient que se livrer ensemble aux regrets et à la douleur.

Mrs Dashwood les engageait à profiter de l'invitation et de la générosité de Mrs Jennings, et à rester au moins pendant les six semaines qu'elle avait fixées pour leur séjour à Londres. Une variété d'objets, d'occupations, de sociétés pourraient peut-être, disait-elle, distraire sa chère Marianne de ses tristes pensées et lui procurer quelque autre objet d'intérêt. La rencontre fortuite de Willoughby ne l'inquiétait point; elle n'était pas à craindre, tous leurs amis, toutes leurs connaissances partageaient sans doute son indignation et se garderaient bien de l'inviter. Marianne avait même moins de chance de le rencontrer qu'à Barton; il pouvait être obligé d'un jour à l'autre à rendre visite à Mrs Smith à Allenham, à l'occasion de son mariage, et même d'y amener sa femme, ce qui serait absolument insupportable et ne manquerait pas d'arriver.

Un autre motif se joignait encore à ceux-là pour engager ses filles à rester à Londres. Une lettre de Mr John Dashwood lui avait annoncé qu'au milieu de février, ils y viendraient en famille. Elle désirait que ses filles fussent à même de voir leur frère. Sans le dire, elle songeait aussi que son Elinor gagnerait sûrement le cœur de Mrs Ferrars, et qu'elle verrait au moins une de ses filles heureuse et bien établie.

Marianne avait promis de se laisser guider par l'opinion de sa mère; elle s'y soumit donc sans opposition, quoique la sienne fût absolument contraire. « Maman se trompe sur tous les points, pensait-elle. En me faisant rester à Londres, elle me prive des consolations que je trouverais dans sa tendre sympathie pour l'excès de mon malheur, et je ne serais pas forcée de voir une société dont le manque total de goût et de sentiments me repousse et me blesse, et avec laquelle je ne puis espérer un seul instant de repos. » La seule chose qui lui fît prendre son parti sur cette décision fut l'avantage d'Elinor, qui pourrait voir Edward chaque jour chez sa sœur.

Elinor, de son côté, constatant qu'avec des relations de famille aussi intimes, elle ne pourrait pas toujours éviter Edward, fortifiait son âme pour s'accoutumer à le voir, non plus comme son futur époux, mais comme celui de Lucy Steele. Elle croyait, comme sa mère, que dans de telles dispositions mélancoliques, un peu des distractions de la ville valait mieux pour Marianne qu'une solitude, remplie de dangereux souvenirs.

Ses soins pour que sa sœur n'entendît jamais le nom de Willoughby prononcé devant elle ne furent pas sans succès. Ni Mrs Jennings, ni aucun de ses enfants, y compris même la babillarde petite dame Palmer, ne parlaient jamais de lui devant elle. Néanmoins, ils s'en dédommageaient amplement lorsque Marianne n'était pas avec eux, ce qui arrivait souvent, et la pauvre Elinor était obligée de supporter seule leur curiosité, leur indignation et, ce qui était pire encore, leur pitié pour sa sœur.

Sir George pouvait à peine croire que cela fût possible. Un homme dont il avait toujours eu bonne opinion, un si bon garçon, le meilleur écuyer et le plus habile chasseur de l'Angleterre! Et quel danseur infatigable! C'était une chose incroyable; il le vouait à tous les diables du plus profond de son cœur, il ne lui dirait plus une seule parole pour tous les biens du monde, à ce scélérat, à ce trompeur! «Pas même, assurait-il, s'il m'offrait une de ses charmantes petites chiennes. Non, non, tout est fini avec lui.»

Mrs Palmer exprimait aussi sa colère à sa manière, sans savoir ce qu'elle disait. Elle était décidée à rompre avec lui, et remerciait le ciel de ne pas le connaître. Elle le haïssait au point de ne pouvoir parler de lui, et contait à tout le monde ce qu'elle en savait. Ce fut par elle qu'Elinor apprit tous les détails du mariage, chez quel sellier les voitures se faisaient et quel peintre peignait les miniatures de l'époux et de l'épouse, et dans quel magasin on pouvait voir les parures étalées, etc., etc.

Lady Middleton dit le premier jour :

– En vérité, un homme de la bonne société ne devrait pas se conduire ainsi. N'avoir pas l'air de connaître une personne chez qui il a été reçu si poliment, une parente de sir George, c'est très mal.

Ensuite elle n'en parla plus du tout, mais, ayant appris que Mrs Willoughby était une élégante qui donnait le ton et se parait à merveille, elle pensa qu'elle embellirait ses assemblées et se promit de lui envoyer des cartes de visite et de l'inviter au premier raout qu'elle donnerait.

En attendant, sa polie indifférence plaisait mieux à Elinor que le bruyant et humiliant intérêt des autres personnes de leur société, que celui même de Mrs Jennings, qui disait à tout le monde combien cette pauvre Marianne était malade de chagrin, quelle pitié c'était de la voir à table sans manger, quoiqu'elle lui donnât les meilleures choses du monde. « Mais qu'y faire ? Tout cela n'est pas le traître Willoughby ; c'est lui qu'elle voudrait, et je ne puis pas le lui rendre », etc., etc.

Mr Palmer, qui n'avait pas l'air de se douter qu'il y eût au monde une Marianne Dashwood et un James Willoughby, était en ce moment celui de leur société qui convenait le mieux à Elinor, excepté cependant le bon colonel qui ne parlait de Marianne que sur le ton de la plus extrême délicatesse et avec qui Elinor pouvait discuter avec une confiance entière. Il trouvait dans l'amitié que cette aimable fille lui témoignait, et dans la manière beaucoup plus affable de Marianne, la récompense du zèle amical qu'il avait montré, en découvrant et ses chagrins et ses humiliations. Depuis qu'elle savait qu'il était très sensible et qu'il avait été malheureux en amour, Marianne le voyait sous un tout autre jour : il l'intéressait, et Elinor espérait que cet intérêt s'augmenterait peu à peu.

Mais Mrs Jennings, qui s'était mis en tête que ce mariage se ferait au milieu de l'été, trouvait que les choses n'avançaient point assez vite. Le colonel lui paraissait tout aussi grave et silencieux qu'à l'ordinaire, malgré les petits encouragements qu'elle lui donnait en lui disant tous les soirs : « Colonel, vous reviendrez demain, n'est-ce pas ? » et en jetant un coup d'œil sur la pensive Marianne. Malgré tout cela, il ne s'était pas encore adressé à elle pour parler en sa faveur, et n'osa pas s'offrir lui-même. Au bout de quelques jours, elle commença à penser que ce mariage n'aurait lieu qu'en automne, et à la fin de la semaine, elle décida qu'il ne se ferait jamais. La bonne intelligence qui régnait entre Elinor et le colonel, et leurs apartés la persuadèrent qu'il s'était tourné du côté de l'aînée, et que la belle terre de Delaford, le canal, les bosquets et le maître seraient bientôt en sa possession. Edward Ferrars ne paraissait point, Elinor n'en parlait jamais, et Mrs Jennings l'oublia complètement.

Au début de février, quinze jours après la réception de la lettre de Willoughby, Elinor eut la pénible tâche d'apprendre à sa sœur qu'il était marié. Elle avait prié Mrs Jennings, qui savait tout par Mrs Palmer, de l'informer dès que la cérémonie aurait eu lieu, pour que Marianne ne l'apprît pas par les journaux, qu'elle lisait tous les matins avec empressement.

Elle reçut cette nouvelle avec un calme affecté, auquel on voyait qu'elle s'était préparée. Elle ne fit nulle observation, elle ne versa point de larmes, mais elle s'enferma dans sa chambre toute la matinée, et quand elle en sortit, elle était presque dans le même état que le jour où elle avait reçu la fatale nouvelle.

Les nouveaux époux quittèrent la ville dès qu'ils furent mariés. Elinor fut soulagée de sentir qu'il n'y avait plus de danger de les rencontrer, et que sa sœur, qui n'était pas sortie une seule fois de la maison depuis son chagrin, pourrait au moins prendre l'air, se promener, et reprendre peu à peu sa vie habituelle.

Peu de jours après, les deux demoiselles Steele arrivèrent chez un de leurs modestes parents à Holborn. Elles n'eurent rien de plus pressé que de se présenter chez leurs connaissances de la bonne société, chez leur cousine milady Middleton, et à Berkeley Street chez leur tante, Mrs Jennings. Elles y furent reçues avec cordialité, quoique la politesse de lady Middleton eût une nuance de protection de plus qu'elle n'avait à Barton.

Elinor fut la seule qui, dans le fond de son cœur, fut fâchée de les voir. La présence de Lucy lui faisait éprouver une véritable peine, elle ne savait comment répondre à ses exagérations de fausse amitié qui la rendaient toujours plus méprisable.

– J'aurais été désespérée, ma chère miss Dashwood, de ne pas vous trouver encore ici, lui disait-elle, en pesant sur ce mot avec emphase, mais j'avais toujours espéré que vous y seriez. J'étais sûre que vous resteriez à Londres, au moins tout le mois de février, quoique vous m'ayez dit et assuré à Barton que vous repartiriez avant ; mais déjà alors j'étais convaincue que vous changeriez d'idée. Il aurait été cruel, il est vrai, de partir avant l'arrivée de votre frère, de votre belle-sœur… et de la famille. À présent, je suis sûre que vous n'êtes pas du tout pressée de vous en aller. Je suis au comble de la joie que vous n'ayez pas tenu votre parole.

Elinor comprit parfaitement les sous-entendus et mit en usage toute la force de son esprit pour qu'elle ne s'en aperçût pas.

– Je suppose que vous irez demeurer avec Mrs et Mrs John Dashwood dès qu'ils seront en ville ? reprit Lucy avec affectation.

– Non, je ne le crois pas, rétorqua Elinor.

– Oh, oui, oui, j'en suis sûre ! Il en sera de même que de votre retour au cottage au bout d'un mois.

Elinor lui laissa croire ce qu'elle voulait et ne répondit rien.

– Comme c'est délicieux pour vous, chère Elinor, que votre maman vous permette une si longue absence et puisse se passer de vous aussi longtemps.

– Aussi longtemps ! s'écria Mrs Jennings. Ne dites donc pas cela, Lucy, leur visite ne fait que commencer.

Lucy se tut avec l'air mécontent.

– Je suis fâchée que nous ne puissions pas voir votre sœur, déclara miss Anne, est-elle malade ? On prétend qu'elle a ses raisons, et je les comprends bien. On ne trouve pas facilement un homme tel que Mr Willoughby, et c'est vraiment une grande perte. Elle est donc bien désolée, la pauvre Marianne ?

– Elle le sera certainement, mesdames, de n'avoir pas le plaisir de vous voir, répliqua Elinor avec une noble simplicité. Elle a aujourd'hui un très grand mal de tête qui la force à garder sa chambre.

– Un mal de tête ! Quel malheur ! Je la plains beaucoup, je vous assure, mais ne pourrait-elle pas également voir d'anciennes amies de campagne comme nous, avec qui elle pourrait ouvrir son cœur en entier ? Rien ne soulage mieux : nous allons monter chez elle.

– Je crois, dit Elinor un peu sèchement, que pour la migraine, le silence et le repos valent mieux.

Elle commençait à les trouver impertinentes au point qu'elle ne pouvait presque plus se modérer. Lucy lui épargna la peine d'une réprimande, elle en fit une très sèche à sa sœur aînée sur son manque d'usage et de politesse. Elinor trouva que celle qui grondait aurait mieux encore mérité la gronderie, et la vit partir avec plaisir.

CHAPITRE 34

Après quelques oppositions, Marianne céda aux prières de sa sœur et consentit à sortir un matin avec elle et avec Mrs Jennings pour une demi-heure. Elle y mit la condition de ne faire aucune visite et d'accompagner seulement sa sœur jusque chez le fameux bijoutier Gray, à Sackville Street, où Elinor voulait changer quelques vieux diamants de sa mère contre des bijoux plus à la mode.

Quand elles arrivèrent à la porte, Mrs Jennings se rappela qu'il y avait à l'autre bout de la rue une dame de sa connaissance qu'elle désirait voir, et comme elle n'avait rien à faire chez le bijoutier, elle dit à ses jeunes amies d'y aller sans elle et qu'elle rejoindrait après.

Elles entrèrent et, comme ce magasin était à la mode, et qu'on ne pouvait pas décemment porter un bijou s'il n'était pas monté par Mr Gray, elles y trouvèrent une telle quantité de monde qu'il ne leur fut pas même possible de parvenir jusqu'à lui et qu'il fallut attendre. Elles s'assirent au bout du comptoir, du côté où il y avait le moins de foule. Un seul homme, d'après l'attention qu'il exigeait de l'ouvrier à qui il parlait, commandait sans doute quelque chose de précieux. Elinor espéra cependant que, voyant deux femmes patienter, il aurait la politesse de se hâter. Mais après les avoir lorgnées l'une après l'autre, avec une très élégante lunette attachée à une chaîne d'or de Venise, et les avoir saluées légèrement, il recommença à parler au bijoutier, à lui exposer avec force détails ce qu'il demandait : c'était une petite boîte à cure-dents pour lui ; et jusqu'à ce que la grandeur, la forme, les ornements fussent décrits, il s'écoula au moins un quart d'heure. Il se fit ensuite montrer tous les étuis à cure-dents du magasin, les loua, les dénigra, en parla comme de la chose la plus essentielle, déclara qu'il n'y avait de bien dans ce genre que ce qui sortait de son imagination, et continua son explication minutieuse. De temps en temps, sa main très blanche, ornée de quelques bagues de fantaisie, reprenait sa lunette et la dirigeait négligemment sur les deux sœurs. Il chercha ensuite, au milieu de cent breloques qui pendaient à sa montre, un cachet emblématique dont la monture était aussi de son imagination. Quoique Elinor n'eût jamais vu un seul des merveilleux petits-maîtres qui viennent étaler leurs grâces dans les magasins, aux ventes, aux promenades, elle comprit que celui-ci en était un. Sa figure soignée, avec toute la recherche et l'extravagance de la mode, aurait été belle s'il en avait été moins occupé ; ses traits étaient réguliers, mais complètement insignifiants ; ses yeux grands et d'une belle couleur n'exprimaient que le contentement de lui-même. Son sourire seul aurait paru assez agréable à Elinor, parce qu'il lui rappelait celui d'Edward, s'il n'avait pas souri continuellement avec affectation, et seulement pour montrer ses belles dents.

Après s'en être amusée un instant, elle le trouva insupportable et surtout très malhonnête de faire attendre aussi longtemps des femmes pour un objet aussi peu important, et de les regarder avec tant de curiosité.

Marianne ne s'était pas même rendu compte de sa présence. Pensive, les yeux baissés, elle n'était pas dans le magasin de Mr Gray, dont le nom, qui avait un léger rapport avec celui de Mr Willoughby, avait ramené toutes ses idées de ce côté. Aussi ne se doutait-elle pas plus de ce qu'il se passait autour d'elle que si elle avait été dans sa chambre.

Enfin, la grande affaire de l'étui à cure-dents fut décidée. L'ivoire, les perles, l'or eurent chacun leur place assignée ; et le jeune merveilleux, ayant fixé le nombre de jours qu'il pourrait encore vivre sans la possession de sa délicieuse boîte, mit ses gants avec soin, jeta encore un regard sur les dames, plutôt pour captiver que pour exprimer l'admiration, et sortit avec cet air heureux que donne la persuasion de son mérite.

Elinor le remplaça auprès du bijoutier à la mode, dit ce qu'elle voulait, montra son écrin. Elle était près de conclure son marché lorsqu'un autre gentilhomme entra, s'approcha. Elle posa les yeux sur lui, c'était son frère, Mr John Dashwood.

Ce fut pour eux un véritable plaisir de se retrouver dans le magasin de Mr Gray. John Dashwood, assez bon homme quand il ne lui en coûtait rien et que sa femme n'était pas là, fut réellement bien aise de rencontrer ses sœurs. Il leur témoigna beaucoup d'amitié et s'informa de leur mère et de Margaret avec respect et tendresse. Elinor lui demanda de son côté des nouvelles de Fanny et de son fils. Toute la famille était en ville depuis deux jours.

– Je désirais vous rendre visite hier, déclara-il, mais c'était impossible, mon petit Harry avait envie de voir les bêtes sauvages, la ménagerie. Il a bien fallu lui obéir et le reste de la journée s'est passé avec Mrs Ferrars. Ce matin, décidément, je voulais aller à Berkeley Street pour vous voir, si je pouvais en trouver le moment ; mais ici on n'en trouve point pour faire ce qu'on veut. Je suis venu ici acheter un collier à Fanny ; elle ne peut sortir avec celui de l'année passée. Mais demain, bien certainement, rien ne m'empêchera de me présenter chez votre amie Mrs Jennings. On m'assure que c'est une femme assez riche et qui a une jolie maison. Et son gendre, le chevalier Middleton, et milady Middleton ? Cela sonne très bien, en vérité. C'est votre cousin, n'est-ce pas ? Vous m'y présenterez comme cousin de ma belle-mère. Je dois des respects à un homme de ce rang. Ce sont de bons voisins pour vous, m'a-t-on dit.

– Excellents, en vérité ! Leur attention pour notre bien-être en général, leur obligeance en chaque occasion vont plus loin qu'il n'est possible de l'exprimer.

– Je suis ravi de savoir cela, parfaitement ravi ! Mais cela doit être ainsi, ils sont vos parents, et très riches. Il va sans dire que vous devez vous attendre à tout ce qu'ils peuvent faire pour rendre votre situation plus agréable. Ainsi, vous êtes commodément établies dans votre ermitage et vous n'y manquez de rien. Edward nous en a parlé avec enthousiasme ; c'est, affirme-t-il, ce qu'il a vu de plus charmant dans ce genre, et vous avez, à tous égards, au-delà de ce qu'il faut. Ç'a été une grande satisfaction pour nous, je vous assure, d'apprendre que des parents qui ne vous connaissaient point se conduisaient si bien avec vous.

Elinor était honteuse, non pas pour elle, mais pour son frère, et ne fut pas fâchée d'être dispensée de lui répondre avec l'arrivée du domestique de Mrs Jennings, qui vint avertir ces dames que sa maîtresse les attendait à la porte.

Mr Dashwood les accompagna et fut présenté à Mrs Jennings à la portière du carrosse. Celle-ci l'invita cordialement à venir souvent voir ses sœurs. Il promit qu'il y viendrait sans manquer le lendemain, et les quitta.

Il vint en effet. Mrs Jennings pensait aussi voir Mrs John Dashwood, tandis qu'Elinor en doutait, et Marianne plus encore. Celle-ci la connaissait trop bien pour rien attendre d'elle. En effet, leur frère vint seul ; il apportait pour excuse qu'elle était toujours avec sa mère et n'avait pas un instant de libre.

Mrs Jennings, trop bonne femme pour être exigeante, lui assura qu'entre amis on était sans cérémonie, que l'amie de ses belles-sœurs devait être aussi celle de sa femme, et qu'elles iraient la voir les premières. Mr Dashwood fut amical avec ses sœurs, excessivement poli avec Mrs Jennings, et un peu en peine de savoir comment il fallait être avec le colonel Brandon qui arriva peu de temps après lui. Il lui fut présenté sous son nom et sous son titre. Mrs Jennings y joignit celui d'« ami » de la maison ; mais cela ne suffisait pas à Mr John Dashwood pour décider le degré de politesse. Il fallait savoir au juste combien il avait de revenu, aussi se contenta-t-il de le regarder avec curiosité et d'être honnête de manière à pouvoir ensuite l'être plus ou moins, suivant sa valeur et ses rentes.

Après être resté une demi-heure, il se leva et pria Elinor de venir avec lui à Conduit Street, pour l'introduire chez sir George et lady Middleton. Le temps était beau, elle y consentit et prit le bras de son frère. À peine furent-ils hors de la maison qu'il lui demanda :

– Qui est donc ce colonel Brandon, Elinor ? A-t-il de la fortune ?

– Oui, il a une belle terre en Dorsetshire.

– J'en suis heureux, reprit Mr Dashwood. Il a très bon ton, cet homme-là. Je lui crois un très bon caractère, et, d'après la manière dont il vous a saluée, je pense que je puis vous féliciter sur l'espoir d'un bon établissement.

– Moi ! Mon frère, que voulez-vous dire ?

– Il vous aime, cela ne fait aucun doute. Je l'ai bien observé et j'en suis convaincu. À combien monte sa fortune ?

– On dit qu'il a deux mille livres de revenu.

– Deux mille livres ! Je voudrais de tout mon cœur, ma chère Elinor, dit-il avec un air de générosité comme si son souhait était un présent, je voudrais qu'il en eût le double.

– Je vous en remercie pour lui, répliqua Elinor en riant. Mais, pour moi, cela m'est assez égal. Je suis sûre que le colonel Brandon n'a pas la moindre idée de m'épouser.

– Vous vous trompez, Elinor, vous vous trompez beaucoup. Avec un peu de soins et de peine de votre côté, vous vous assurerez cette conquête. Peut-être n'est-il pas encore décidé ; votre peu de fortune peut le faire balancer. Sans doute sa famille est contre vous ; c'est tout simple, et cela doit être ainsi. Mais quelques-uns de ces petits encouragements que les jolies femmes savent si bien donner le décideront en dépit de lui-même ; et je ne vois aucune raison qui puisse vous en empêcher. Je n'imagine pas qu'un premier attachement de votre côté puisse influer. Vous n'êtes pas romanesque, Elinor, et en un mot vous savez fort bien qu'un attachement de cette nature est hors de propos… Vous avez assez d'esprit pour me comprendre et assez de raison pour sentir qu'il y a des obstacles insurmontables. Non, non, le colonel Brandon, voilà celui sur lequel vous devez jeter vos vues. De ma part, aucune politesse, aucune attention, ne sera épargnée pour qu'il se plaise avec vous et votre famille. Je l'inviterai à dîner au premier jour, je vous le promets. C'est une affaire qui nous donnerait à tous une vraie satisfaction. Vous devez sentir, continua-t-il en baissant la voix d'un air important, que cela ferait plaisir à tout le monde… Toute ma famille désire ardemment, Elinor, vous voir bien établie. Fanny particulièrement a votre intérêt à cœur, je vous assure, et sa mère aussi, Mrs Ferrars, qui ne vous connaît pas encore, mais qui a souvent entendu parler de vous, et qui est une très bonne femme. Elle disait l'autre jour qu'elle donnerait tout au monde pour vous voir bien mariée.

« À tout autre qu'à son fils, pensa Elinor sans le dire. Pauvre dame Ferrars ! Ce n'est pas moi qui vous donnerai du chagrin ! »

– Vous ne répondez pas, reprit Mr Dashwood. Vous êtes convaincue, je le vois, et l'affaire ira. Ce serait une chose très remarquable et très plaisante d'avoir deux noces en même temps dans la famille et que Fanny mariât son frère et moi ma sœur ; cela n'est pas impossible.

– Est-ce que Mr Ferrars doit se marier ? demanda Elinor avec fermeté.

– Cela n'est pas encore conclu, répondit-il, mais il en est fort question. Il a une si excellente mère !

Mrs Ferrars, avec une libéralité que l'on voit rarement chez une femme aussi riche, lui donne mille livres sterling par année en faveur de ce mariage. Aussi est-ce un parti qu'il ne faut pas laisser échapper : c'est miss Morton, la fille unique de feu lord Morton, qui aura, le jour de son mariage, trente mille livres. Edward, comme vous le savez, est très aimable, il a un bon caractère, tout ce qu'il faut pour rendre une femme très heureuse. Ainsi, c'est un mariage très enviable des deux côtés, et qui se fera sûrement. Edward doit à sa mère de n'y mettre aucun obstacle. Une mère qui se prive pour son fils d'un revenu de mille livres, c'est superbe ! Il lui en reste encore deux mille, mais elle a deux autres enfants, Fanny et Robert. Elle ne les oublie pas non plus ; elle est si généreuse, si noble ! L'autre jour, quand nous sommes arrivés à la ville, pensant qu'un peu d'argent nous ferait plaisir, elle a glissé dans la main de Fanny un billet de banque de deux cents livres. Jugez comme cela venait à propos !

– Auriez-vous fait quelque perte d'argent, essuyé quelque banqueroute ? s'enquit Elinor.

– Non, non rassurez-vous ; je ne place mon argent qu'en lieu sûr : il n'y a rien à craindre. Mais, mon Dieu ! En ces temps-ci, on a tant de dépenses à faire, et qui s'augmentent quand on vient à Londres. Voyez, il faut un collier neuf à Fanny. Elle donnera bien le vieux en paiement, mais il y a toujours la confection. Je veux aussi vous offrir, mes chères sœurs, à chacune une petite paire de boucles d'oreilles.

Quand nous retournerons chez Gray vous choisirez. Vous n'en achetiez pas ce matin, j'espère ? Il serait piquant que vous m'eussiez prévenu.

– Non, non, mon frère, rassurez-vous, nous n'en avons pas besoin du tout. Notre chère maman a voulu absolument nous donner quelques-uns de ses bijoux, plus que nous n'en voulions, et je les faisais remonter.

– Bien, fort bien, j'en suis heureux ; c'est parfait ainsi. Quel besoin en a-t-elle à la campagne ? Enfin, vous avez vu ma bonne volonté. J'ai promis à mon père, à ses derniers moments, d'avoir soin de vous. On ne manque pas à une parole de cette espèce ; et vous auriez eu déjà quelques petits présents de ma part, si je n'avais pas eu de grandes dépenses à faire à Norland.

– À Norland ! Avez-vous fait des changements ?

– Oui, quelques-uns. D'abord, des emplettes considérables de linge, de porcelaines, de meubles, pour remplacer ceux que notre respectable père a légués à votre mère. Je ne m'en plains pas, il avait bien le droit de les donner à qui il voulait. Mais enfin il a fallu beaucoup d'argent pour ces emplettes, et pour y suppléer, j'ai coupé l'avenue des grands ormes et beaucoup éclairci le bois de chêne, j'ai fait ôter tous ces vieux arbres que Marianne trouvait si beaux. Vous ne sauriez croire comme c'est plus joli à présent que tout est découvert. J'ai vendu tous ces bois ; n'ai-je pas bien fait, Elinor, qu'en dites-vous ?

Elinor ne répondit pas, elle revoyait ces beaux ombrages qui n'existaient plus. «Pauvre Marianne, pensait-elle, tu perds en même temps tout ce que ton cœur aimait! Il trouvera encore des soupirs, ce pauvre cœur, pour les vieux arbres de Norland.»

– Vous avez aussi agi très prudemment, continua John Dashwood, en vous liant avec cette Mrs Jennings. Sa maison est agréablement meublée, son équipage, annonce qu'elle est très bien dans ses affaires, et c'est une connaissance qui peut vous être fort utile pour le présent et pour l'avenir. Son invitation prouve combien elle vous aime, car, enfin, deux personnes de plus dans un ménage sont quelque chose. Mais, à la manière dont elle parle de vous, je parie qu'elle ne s'en tiendra pas là, et qu'à sa mort vous ne serez pas oubliées. Elle laissera sûrement quelque bonne somme; et j'en suis heureux pour vous.

– Je crois, répliqua Elinor, qu'elle ne laissera que ce qui doit revenir à ses enfants.

– Bon bon! Moi, je suis sûr qu'elle fait des épargnes et qu'elles seront pour vous. Ne m'a-t-elle pas dit: «Vos sœurs remplacent mes filles»? N'était-ce pas clair? Qu'avez-vous à dire à cela?

– Nous les remplaçons dans leurs chambres, et rien de plus. Elle aime beaucoup ses filles et ses petits-enfants, et ne leur préférera pas des étrangères; cela ne serait ni juste ni naturel.

– Ses filles sont très bien mariées et je ne vois pas la nécessité de leur donner plus qu'il ne leur revient de droit. Ses bontés inouïes pour vous vous donnent lieu de prétendre à un bon legs après elle ; ce serait vous tromper que d'en agir autrement.

– Nous ne demandons que son amitié, décréta Elinor, et pardonnez, mon frère, si je vous avoue que votre intérêt pour notre prospérité va beaucoup trop loin.

– Non, non, pas du tout. J'ai promis à notre bon père de m'intéresser à vous dans toutes les occasions, et rien n'est plus juste. Mais, ma chère Elinor, parlons d'autre chose. Qu'est-ce qu'il y a avec Marianne ? Elle n'est plus la même, elle a perdu ses belles couleurs, elle a maigri, ses yeux sont battus, elle n'a plus de gaieté, de vivacité, est-elle malade ?

– Elle n'est pas bien ; elle a depuis quelques semaines des maux de nerfs et de tête.

– J'en suis fâché, très fâché ! Dans la jeunesse, il suffit d'une maladie pour détruire la fleur de la beauté, et voyez en combien peu de temps ! En septembre dernier, quand elle a quitté Norland, c'était la plus belle fille qu'on puisse voir. Elle avait précisément ce genre de beauté qui plaît aux hommes et les attire. Je pensais aussi qu'elle trouverait bientôt un bon parti. Je me rappelle que Fanny disait souvent que, quoiqu'elle soit votre cadette, elle se marierait plus tôt et mieux que vous. Elle s'est trompée cependant. C'est tout au plus à présent si Marianne trouve un parti de cinq ou six cents livres de rente, et vous, Elinor, vous allez en avoir un de deux mille... en Dorsetshire... dites-vous... Je connais peu le Dorsetshire, mais je me réjouis beaucoup de voir votre belle terre. Dès que vous y serez établie, vous pouvez compter sur la visite de nous deux, Fanny et moi. Nous serons ravis de passer là quelque temps avec vous et le bon colonel.

Elinor s'efforça très sérieusement de lui ôter l'idée que le colonel songeât à l'épouser, mais ce fut en vain. Ce projet lui plaisait trop pour qu'il y renonçât. Il persista à dire qu'il ferait tout ce qui dépendait de lui pour décider la chose qui était déjà bien commencée, et que dès le lendemain il irait voir le colonel et lui ferait un bel éloge d'Elinor.

Ce pauvre John Dashwood! Il avait justement assez de conscience pour sentir qu'il n'avait point rempli ses promesses à son père relativement à ses sœurs, et pour désirer que le colonel Brandon et Mrs Jennings voulussent bien les dédommager de sa négligence.

Ils eurent le bonheur de trouver lady Middleton chez elle, et sir George rentra peu après. Elinor présenta son frère, et des deux côtés l'on se fit beaucoup de civilités. Sir George était toujours prêt à aimer tout le monde, et quoique Mr Dashwood n'entendît rien aux chevaux ni aux chiens, il promettait d'être un assez bon convive. Lady Middleton trouva sa tournure élégante et son ton parfait, parce qu'il avait admiré son salon, et Mr Dashwood fut enchanté de tous les deux.

– Quel charmant récit j'aurai à faire à Fanny de ma matinée, déclara-t-il à sa sœur en la ramenant chez Mrs Jennings, et comme elle en sera contente ! Il n'y a que la santé de la pauvre Marianne, mais elle se remettra. Lady Middleton est une femme charmante, tout à fait dans le genre de Fanny. Elles s'entendront à merveille, j'en suis sûr ! Et sir George est très aimable. Il donne souvent à manger, n'est-ce pas, et des assemblées et des fêtes ? Il m'a invité à tout ce qu'il y aurait chez lui. C'est une bonne connaissance à faire, et je vous en remercie, Elinor. Votre Mrs Jennings aussi est une excellente femme, quoique moins élégante que sa fille, mais aussi n'est-elle pas lady. J'espère bien cependant que votre belle-sœur n'aura plus aucun scrupule à la voir, car je vous confesse à présent que c'est pour cela qu'elle n'est pas venue avec moi ce matin. Nous savions qu'elle est veuve d'un homme qui s'était enrichi dans le commerce, et ni Mrs Dashwood ni Mrs Ferrars ne se souciaient de voir cette famille. Mais cela changera quand je leur dirai comme elle a l'air opulente. Le salon de lady Middleton est plus orné que le nôtre et je crains seulement un peu que Fanny ne veuille l'imiter. Mais enfin ils sont riches, très aimables, et j'espère que nous nous verrons souvent.

Ils étaient devant la maison de Mrs Jennings, et ils se séparèrent.

CHAPITRE 35

Mrs Fanny Dashwood avait une telle confiance dans le jugement de son mari que, dès le jour suivant, elle vint en personne rendre visite à Mrs Jennings et à lady Middleton ; et cette confiance ne fut pas trompée. La vieille amie de ses belles-sœurs, quoiqu'un peu commune, lui plut assez par ses prévenances, et lady Middleton l'enchanta complètement par son bon ton et son élégance.

Cet enchantement fut réciproque. Il y avait entre ces deux femmes une sympathie de froideur de cœur et de petitesse d'esprit, qui devait nécessairement les attirer l'une vers l'autre. Elles avaient la même insipidité dans la conversation, la même absence d'idées. Seulement Fanny avait un fond d'avarice et d'envie qui se manifestait en toute occasion, et lady Middleton une indifférence parfaite pour tout le monde, excepté pour ses enfants. Mrs Dashwood lui plut mieux qu'une autre femme sans qu'elle eût pu dire pourquoi. Mais ce n'était pas de l'amitié, elle en était incapable.

Fanny ne réussit pas aussi bien auprès de Mrs Jennings, qui lui trouva l'air fier, impertinent, et qui vit qu'elle ne faisait aucun effort pour plaire, qu'elle n'avait rien d'aimable ni d'affectueux même avec ses charmantes belles-sœurs à qui elle parlait à peine, et qu'elle ne s'informait point de la santé de Marianne qu'elle devait trouver changée. En effet, elle ne s'adressa pas à Elinor, ne témoigna aucun intérêt pour leurs plaisirs, leur demanda à peine des nouvelles de leur mère d'un air glacé, et sans écouter la réponse. Elle ne fut avec elles qu'un quart d'heure, et resta au moins sept minutes en silence. La bonne et vive Mrs Jennings en fut indignée et ne se gêna pas de le dire lorsque Fanny fut partie.

Elinor aurait fort désiré apprendre d'elle si Edward était à Londres. Mais Fanny se garda bien de prononcer devant elle le nom de son frère, jusqu'à ce que le mariage de l'un avec miss Morton, et de l'autre avec le colonel Brandon, les eût séparés à jamais. Elle les croyait encore trop attachés l'un à l'autre pour ne pas trembler tant qu'ils seraient libres ; son étude continuelle était de chercher à les éloigner de toute manière. Elle ne parla donc point de son frère. Mais Elinor apprit d'un autre côté ce qu'elle voulait savoir.

Lucy vint réclamer sa compassion sur le malheur qu'elle éprouvait de n'avoir point encore vu son cher Edward, bien qu'il fût venu à Londres avec Mr et Mrs Dashwood pour se rapprocher d'elle. Mais il n'osait pas venir la voir chez ses parents d'Holborn qui ne le connaissaient point. Aussi, malgré leur mutuelle impatience, tout ce qu'ils pouvaient faire pour le moment, c'était de s'écrire tous les jours.

Elinor, qui ne pouvait se fier tout à fait à Lucy et qui voyait le but de ses confidences, doutait encore, mais elle ne tarda pas à avoir la conviction qu'Edward était véritablement à Londres. Deux fois, en rentrant à la maison, elle apprit qu'il était venu et trouva sa carte. Par une contrariété naturelle au cœur humain, elle fut bien aise qu'il eût pensé à venir, et plus aise encore de n'avoir pas été là.

Mr John Dashwood ne perdait pas de vue le mariage supposé de sa sœur aînée avec le colonel Brandon. Ainsi qu'il l'avait dit, il voulut l'inviter à dîner chez lui. Il ne fallait pas moins qu'un motif de cette importance pour les décider, lui et sa femme, à cette dépense. Fanny y consentit cette fois, et par l'espoir qu'Elinor en épouserait un autre que son frère, et par celui d'être invitée à son tour aux fréquentes fêtes de sir George et à ses dîners qui étaient très réputés, tant pour le talent de son cuisinier que par l'élégance du service – c'était donc semer pour recueillir. En effet, peu de jours après que les présentations furent faites, on reçut une invitation en forme pour dîner le jeudi suivant chez Mrs John Dashwood à Harley Street, où ils avaient loué pour trois mois une jolie maison. Ses deux belles-sœurs, Mrs Jennings, les Middleton et Mr Palmer acceptèrent. Charlotte, sur le point d'accoucher, ne sortait plus. Le colonel Brandon fut surpris d'être du nombre des convives, ne connaissant pas du tout Mrs Dashwood et n'ayant vu qu'un instant son mari, qui ne lui avait fait qu'un accueil demi poli ; mais il aimait trop à être avec mesdemoiselles Dashwood pour en refuser l'occasion. Mrs Ferrars devait aussi en être. Mais on ne nomma point ses fils et Elinor n'osa pas s'informer s'ils y seraient. Quelques mois auparavant, elle aurait été vivement émue à la seule pensée de rencontrer la mère d'Edward, et de lui être présentée. À présent, elle pouvait la voir avec une complète indifférence ; elle le croyait du moins, et rejeta entièrement sur la curiosité, l'intérêt qu'elle mettait à la connaître.

Cet intérêt, mais non pas son plaisir, acquit un degré de plus en apprenant que Lucy Steele serait aussi de la partie.

D'après ce qu'elle savait de la hauteur de Mrs Ferrars, la bonne Elinor, sans aimer Lucy, ne pouvait s'empêcher de la plaindre d'avance de la manière dont elle en serait traitée, ce qui lui serait d'autant plus sensible qu'elle s'y était volontairement exposée. Dès que celle-ci apprit ce dîner, elle se hâta de rappeler une invitation assez vague que lady Middleton avait faite aux deux sœurs Steele lorsqu'elles s'étaient quittées à Barton Park, de passer une quinzaine de jours chez elle à Londres. Lady Middleton l'avait oubliée, mais l'adroite Lucy porta à la petite Anna Maria un joli panier plein de bonbons et lui souffla de demander à sa maman que ses bonnes amies Steele vinssent demeurer avec elle. Les requêtes d'Anna Maria n'étaient jamais refusées ; une heure après, la voiture de lady Middleton arriva à Holborn, avec une prière instante aux demoiselles Steele de se rendre sans délai aux désirs de l'enfant, avant que la charmante petite pleurât, ce qui lui faisait un mal affreux. Une fois établies chez leurs nobles parents, elles devaient être invitées avec eux, et elles avaient un droit de plus de l'être chez Mrs Dashwood à qui elles n'étaient pas entièrement inconnues, au moins de nom, puisque leur oncle avait été l'instituteur de son frère. Mais il suffisait qu'elles fussent logées chez lady Middleton, et qu'elle les protégeât pour être bien reçues. Lucy était au comble de la joie ; elle allait enfin être introduite dans cette famille qui devait être un jour la sienne. Elle pourrait satisfaire sa curiosité, les examiner, juger des difficultés qu'elle aurait à surmonter, avoir une occasion de leur plaire. Elle n'avait pas encore eu dans sa vie un aussi grand plaisir qu'en recevant la carte de Mrs Dashwood. Mais ce plaisir aurait été diminué de moitié si elle n'avait pu y joindre le chagrin de sa rivale, aussi se hâta-t-elle d'aller lui faire part de son bonheur.

Elinor eut beaucoup de peine à lui cacher ce qu'elle ressentait, et n'y réussit peut-être pas, car la joie de Lucy augmenta en voyant un nuage sur le front d'Elinor, lorsqu'elle lui dit qu'Edward y serait sûrement.

– À moins, ajouta-t-elle, qu'il ne craigne de se trahir. Il lui était impossible, lorsque nous étions ensemble, de cacher l'excès de son affection ; et cette raison l'empêchera peut-être d'y venir.

Quelque cruel que fût ce motif pour la pauvre Elinor, elle en désirait au moins l'effet. Voir Edward pour la première fois depuis leur séparation, et le voir avec Lucy ! Elle croyait à peine pouvoir le supporter.

Ce jeudi si désiré, si redouté, qui devait mettre les deux jeunes rivales en présence de la future belle-mère arriva.

Elinor avait acheté la veille une charmante toque en fleurs avec des plumes blanches dont elle voulait se parer ce jour-là. Lucy, qui venait continuellement chez Mrs Jennings pour y voir sa chère amie, se trouva là quand on l'apporta. Elinor l'essaya. Elle lui seyait à ravir ; et malgré toute sa raison, elle ne fut point fâchée de le trouver elle-même. Le jeudi matin, Lucy arriva, plus caressante, plus tendre qu'à l'ordinaire.

Elle avait honte, dit-elle, de ce qu'elle venait lui demander, mais sa chère Elinor était si au-dessus de ces bagatelles, elle avait si peu besoin de parure, elle était si indifférente sur ce moyen de plaire, en ayant tant d'autres ; et pour cette grande occasion il était si essentiel à Lucy de les tous employer.

Elle devait à Edward de se faire aussi jolie qu'il lui serait possible la première fois qu'elle paraissait devant sa mère. Si Edward lui-même s'y trouvait, c'était un motif de plus qu'Elinor devait comprendre. Elle espérait donc de sa complaisance, de son amitié, qu'elle voudrait bien pour ce jour-là renoncer à la jolie toque qui la coiffait si élégamment et la lui prêter. Elle avoua en rougissant qu'elle n'était pas assez en fonds dans ce moment pour s'en acheter une semblable, ce qu'elle aurait fait sûrement – eût-elle dû la prendre à crédit – si elle n'avait pas compté sur la bonté de sa chère Elinor.

Miss Dashwood frémit de penser qu'elle avait failli arriver au dîner coiffée exactement comme Lucy, et se trouva heureuse en comparaison de lui céder sa si jolie toque, qu'elle regrettait bien un peu… mais qu'elle pria Lucy d'accepter. Cette dernière s'en empara bien vite, également enchantée qu'elle fût sur sa tête et non sur celle d'Elinor.

– Mon Dieu ! Ma chère, lui dit-elle, plaignez-moi, je vous en conjure ! Vous êtes la seule personne qui saura ce que je souffre. À peine puis-je marcher tant je suis émue en pensant que, dans quelques heures, je verrai la personne dont tout mon bonheur dépend, celle qui doit être ma mère ! Mettez-vous à ma place… Mais c'est impossible ; il faut aimer Edward comme je l'aime pour comprendre l'état où je suis.

Elinor aurait pu diminuer cette émotion ou la faire changer de nature, en lui disant que vraisemblablement, c'était la belle-mère de miss Morton plutôt que la sienne qu'elle allait voir. Elle ne le dit pas, mais elle l'assura avec tant de sincérité qu'elle la plaignait infiniment que Lucy en fut presque piquée. Elle espérait être pour miss Dashwood un objet d'envie plutôt que de compassion.

Enfin elles arrivèrent chez Mrs John Dashwood. Sa mère se tenait au fond du salon dans un grand fauteuil et saluait à peine avec un air de protection. Elle était petite, maigre, se tenait extrêmement droite, avait de la raideur dans tous ses mouvements. Sa physionomie était sombre, ou du moins très sérieuse ; elle ne se permettait de sourire que lorsqu'elle disait un sarcasme. Son teint était brun tirant sur le jaune, ses traits assez petits et sans beauté. Une contraction habituelle de ses sourcils empêchait sa figure d'être complètement insignifiante, mais lui donnait en échange une forte expression d'orgueil, et même de méchanceté. Elle ne parlait pas beaucoup, contre la règle générale. Elle proportionnait le nombre de ses paroles à celui de ses idées, et dans le peu de syllabes honnêtes qui lui échappèrent à l'arrivée des hôtes de sa fille qui lui furent présentés, il n'y en eut pas une seule adressée aux demoiselles Dashwood, qu'elle regardait intérieurement avec dédain et malveillance.

Cette conduite ne pouvait plus influer sur le bonheur d'Elinor. Peu de mois auparavant, elle en aurait été par trop blessée et affligée, mais il n'était plus du pouvoir de Mrs Ferrars de produire cet effet sur elle. Ainsi, la différence de sa manière avec les demoiselles Steele, dont le seul but était d'humilier encore les demoiselles Dashwood, l'amusa au contraire beaucoup. Elle ne pouvait s'empêcher de sourire de l'air affable et presque amical avec lequel la mère et la fille distinguèrent Lucy surtout, et des peines que celle-ci se donnait pour leur plaire, peines qui allaient jusqu'à la bassesse. Mrs Ferrars avait un vieux petit bichon, seul être qu'elle pût aimer et qui ne la quittait point. Lucy le caressait exactement comme elle caressait Anna Maria Middleton. Elle s'extasiait sur cette charmante petite créature, allait lui ouvrir la porte s'il voulait sortir, et l'attendait pour le rapporter à sa maîtresse. Elle admirait l'éclat du beau satin cramoisi de la robe de Mrs Ferrars et la beauté de ses points. Elle allait chauffer le coussin qui était sous les pieds de cette dame. Quand lady Middleton s'éloignait un peu, elle déclarait que Mrs John Dashwood était la plus belle femme qu'elle eût vue de sa vie, et qu'elle ressemblait beaucoup à sa mère, etc., etc. Enfin, à force de flatteries, elle se rendit si agréable à l'une et à l'autre que même Mrs Ferrars, qui ne s'humanisait jamais avec ceux qu'elle regardait comme ses inférieurs, lui adressa quelques mots obligeants, et déclara que ces jeunes miss Steele avaient le ton de la meilleure éducation, et que bien des demoiselles qui se croyaient des modèles n'en approchaient pas. Elle lança en même temps un regard sur Elinor, qui riait en elle-même en pensant à quel point la faveur et les grâces de Mrs Ferrars étaient mal placées et qu'elles se changeraient bien promptement en fureur si elle se doutait que cette jeune audacieuse – qu'elle trouvait si charmante parce qu'elle n'était pas Elinor –, songeait à épouser son fils. Fanny faillit lui en donner l'idée :

– Les demoiselles Steele, expliqua-t-elle à sa mère, sont les nièces de Mr Pratt chez qui Edward a étudié.

– Vraiment ? fit Mrs Ferrars en relevant le sourcil. Vous connaissez donc mon fils ?

– Très peu, madame, répondit Lucy avec assurance, nous ne demeurons pas auprès de mon oncle.

– Tant mieux pour vous, déclara Mrs Ferrars avec humeur, il n'entend rien à l'éducation.

Lucy redoubla ses flatteries, qui lui réussirent de nouveau. Elle était aux anges de se voir ainsi distinguée et ne daignait plus parler à Elinor. La grosse Anne même se rengorgeait avec fierté, en pensant qu'elle était la sœur de la future belle-fille de Mrs Ferrars.

Marianne était encore plus rêveuse, plus silencieuse qu'à l'ordinaire. À sa tristesse habituelle, se joignait le chagrin qu'elle supposait à Elinor de ne pas voir Edward, et celui qu'elle en ressentait elle-même. Elle l'aimait déjà comme un frère favori, et bien plus que celui qu'elle tenait de la nature. L'homme qui devait faire le bonheur de sa chère Elinor était au premier rang dans son cœur. Elle était venue presque avec plaisir à ce dîner, malgré son aversion pour la plupart des convives, dans l'unique espoir de voir Edward ; et cet espoir était trompé. Edward n'y était pas. Elle regardait sa sœur avec un étonnement douloureux, et ne pouvait s'expliquer qu'elle eût la force de supporter une mésaventure aussi cruelle. Le colonel Brandon, placé entre les deux sœurs, se serait trouvé fort heureux, si la politesse fastidieuse du maître, et même de la maîtresse de la maison, lui avait laissé le temps d'en jouir. Tous les meilleurs mets, tous les meilleurs vins lui étaient servis. Mr Dashwood lui demandait son opinion sur tout et s'y rangeait à l'instant. Dès qu'il y avait un moment de silence entre lui et ses voisines, il disait à ses sœurs :

– Allons, mesdemoiselles, parlez à votre aimable voisin, ne souffrez pas qu'il s'ennuie.

On aurait dit que la fête était pour lui seul, et il ne comprenait pas le but de tant d'honnêtetés dont il était fatigué. Le dîner était magnifique, ainsi que les donnent ceux qui invitent rarement ; et ni le nombre des plats ni celui des laquais n'annonçaient cette pauvreté dont il s'était plaint à sa sœur. Elle ne se faisait sentir que dans la conversation. Mais il était vrai que, de ce côté-là, le déficit était considérable, tant chez les maîtres du logis que chez la plupart des convives : manque de raison, manque d'esprit, soit naturel soit cultivé, manque de goût, manque de gaieté, manque enfin de tout ce qui rend un repas agréable.

Quand les dames, suivant l'usage, se retirèrent après dîner pour le café, cette pauvreté fut encore plus en évidence. Les hommes mettaient au moins quelque variété dans le discours, quelques mots de politique, de chasse, d'agriculture, mais il n'en fut plus question. On avait épuisé avant dîner l'article des meubles et des parures. À la grande satisfaction de Lucy, sa toque avait été fort admirée, et la simple coiffure d'Elinor, qui n'était que ses jolis cheveux bruns retenus par un fil de perles, regardée avec dédain. Aussi, après une longue digression sur la délicatesse du café, le seul sujet d'entretien fut de comparer la taille de Harry Dashwood et celle de William, le second fils de lady Middleton, qui étaient à peu près du même âge.

Si les enfants avaient été là tous les deux, la question aurait été promptement tranchée en les mesurant, mais il n'y avait là que Harry, et il fallut s'en rapporter à l'opinion des témoins. Celle des demoiselles Steele, qui passaient leur vie avec les petits Middleton, fut surtout demandée par leur mère, et de cette manière qui veut dire : décidez en ma faveur.

– N'est-ce pas, Lucy, que William a au moins deux doigts de plus que Harry Dashwood ?

Lucy fut horriblement embarrassée. À qui ferait-elle sa cour ? Enfin, l'amour l'emporta sur l'amitié, et après avoir un peu hésité, elle dit qu'elle croyait… qu'il lui semblait que Mr Harry avait quelques lignes de plus. Lady Middleton exprima par un regard son mécontentement, mais Lucy fut dédommagée par un doux sourire de la sœur d'Edward.

Elinor trouva sa flatterie d'autant plus méprisable qu'il était évident que le petit William était beaucoup plus grand que son neveu ; elle le dit quand on lui demanda son avis. Fanny et Mrs Ferrars répondirent avec aigreur qu'elle se trompait ; et Marianne déplut à tout le monde en disant qu'elle n'y avait fait nulle attention. Bientôt une autre bagatelle mit en scène sa vivacité de sentiment et l'irritabilité de ses nerfs.

Avant de quitter Norland, Elinor avait peint à sa belle-sœur de charmants écrans de cheminée, ils venaient d'être montés dans le dernier goût. Les hommes étaient rentrés au salon et entouraient le feu. John Dashwood, allant toujours à son but, en prit un et le montra au colonel.

– Voyez, lui dit-il, c'est ma sœur Elinor qui a peint cela ; vous qui êtes un homme de goût, vous les admirerez. Je ne sais si vous connaissez son talent pour le dessin, elle passe généralement pour en avoir beaucoup.

Le colonel, sans être grand connaisseur en peinture, les admira infiniment. La curiosité générale fut excitée et les écrans passèrent de main en main. Lorsqu'ils furent dans celles de Mrs Ferrars, qui ne s'y entendait pas du tout et qui ne pouvait se résoudre à louer Elinor, elle les tendit à sa voisine sans dire un seul mot d'éloges.

– Ils sont peints par miss Dashwood l'aînée, ma mère, dit Fanny, ne les trouvez-vous pas très jolis ?

Elinor, surprise de la courtoisie de sa belle-sœur, lui en fut reconnaissante, mais sa gratitude fut de courte durée. Fanny ajouta :

– Regardez-les, maman, voyez si ce n'est pas à peu près le même genre de dessin que ceux de miss Morton, mais celle-ci peint encore plus délicieu- sement. Le dernier paysage qu'elle a fait est vraiment remarquable.

– Extrêmement beau, acquiesça Mrs Ferrars, elle excelle dans tout ce qu'elle fait et rien ne peut lui être comparé. Mais aussi, elle a une éducation si brillante, tant de talents naturels !

Marianne, la sensible, la vive Marianne ne put supporter ce qu'elle regarda comme un outrage à sa sœur. Elle était déjà particulièrement irritée du ton et de la manière de Mrs Ferrars, mais de tels éloges donnés à une autre aux dépens d'Elinor provoquèrent son ressentiment. Bien qu'elle n'eût encore aucune idée des projets sur miss Morton, mais cédant comme à son ordinaire à son premier mouvement, elle dit avec vivacité :

– Voilà en vérité une singulière manière de voir et d'admirer les ouvrages de ma sœur ! En faire un objet de comparaison pour les rabaisser, c'est du moins peu obligeant. Qui est cette miss Morton à qui personne ne peut être comparé ? À propos de quoi est-il question d'elle et de ses talents ? Qui intéresse-t-elle ici ? Et mon Elinor nous intéresse tous.

Puis, prenant les écrans de la main de sa belle-sœur et les montrant encore au colonel, elle poursuivit :

– Il faut n'avoir pas le moindre goût, le moindre sentiment du beau pour ne pas les admirer, et pour penser à autre chose quand on les voit.

Mrs Ferrars rougit de colère, ses petits yeux s'enflammèrent, ses sourcils s'élevèrent d'un demi-pouce et se touchèrent.

– Je croyais, lança-t-elle, que tout le monde ici savait que miss Morton est la fille de feu lord Morton. J'oubliais que mesdemoiselles Dashwood ne sont jamais venues à Londres et ne peuvent connaître le beau monde.

Fanny avait aussi l'air très courroucée, et son mari semblait effrayé de l'audace de Marianne. Il s'approcha d'elle, la mena dans l'embrasure de la fenêtre et lui dit à voix basse :

— Est-ce qu'Elinor ne vous a pas dit qu'Edward doit épouser miss Morton ? Vous auriez mieux fait de vous taire.

— Edward ! Épouser miss Morton ! s'écria Marianne. Jamais, jamais, c'est impossible !

Et, poussée par son sentiment pour sa sœur chérie, ainsi méprisée et rejetée par toute une famille qui devait l'adorer, elle vint s'asseoir à côté d'elle, passant un bras autour de son cou et posant sa joue contre la sienne, elle lui chuchota à l'oreille :

— Chère, chère Elinor, ne souffrez pas que de telles gens aient le pouvoir de vous rendre malheureuse. Ne craignez rien, Edward ne pense pas ainsi. Je le connais, j'ose vous répondre de sa fidélité. En dépit d'eux et de leurs projets, il n'aime, il n'épousera que vous.

Elinor, touchée de l'affection de sa sœur, mais désolée des preuves qu'elle lui en donnait dans ce moment, la conjura de se calmer, de se taire, tandis qu'elle-même ne pouvait à peine retenir les larmes qui remplirent ses yeux aux mots de Marianne. Celle-ci les sentit sur sa joue :

— Tu pleures, constata-t-elle. Les méchants font pleurer mon Elinor.

Et alors elle fondit en larmes. L'attention de chacun fut excitée, et tout le monde eut l'air consterné. Le colonel Brandon, qui, depuis le commencement de cette scène, avait eu les yeux rivés sur Marianne, l'admirait bien plus qu'il ne la blâmait.

Ce cœur si brûlant, cette sensibilité si active pour ceux qu'elle aimait autant que pour elle-même, l'attachaient toujours davantage à cette jeune personne. Lorsqu'elle éclata en sanglots, il se leva, vint près d'elle presque involontairement et prit sa main, qu'il serra entre les siennes. Elinor soutenait sur son sein la tête de sa sœur et ne pensait plus à Edward.

Mrs Jennings disait :

– Pauvre enfant ! Pauvre petite ! La moindre chose attaque ses nerfs !

Et elle lui faisait respirer son flacon de sels.

Mrs Ferrars levait les épaules en parlant à sa fille, Lady Middleton regardait avec son air glacé, Mr Palmer bâillait près du feu en tenant les malheureux écrans, cause première de ce trouble. Les deux Steele riaient et chuchotaient dans un coin. Sir George était enragé contre le traître Willoughby, seul auteur, grondait-il, de cette faiblesse de nerfs et, s'établissant entre les deux petites-cousines Steele – qui étaient encore ses favorites –, il leur conta toute l'affaire, qu'elles savaient aussi bien que lui, en s'emportant contre l'homme abominable qui mettait une fille charmante dans cet état.

Au bout de quelques minutes, Marianne fut un peu remise. Elinor voulait la faire passer dans une autre pièce, mais Mrs Dashwood dit qu'il n'y en avait point de libre, que l'attaque de nerfs une fois passée, Marianne serait aussi bien au salon. Elle resta donc à côté d'Elinor, sans dire un mot de la soirée.

– Pauvre Marianne ! confiait son frère à voix basse au colonel Brandon. Elle n'a pas une santé aussi forte que sa sœur, elle est très nerveuse, tandis qu'Elinor n'est jamais malade. Je suis sûr qu'elle n'a pas coûté une livre en médecin depuis qu'elle est au monde ; mais la pauvre Marianne ! Sa santé est détruite aussi bien que sa beauté, et c'est sans doute ce dernier point qui l'afflige – c'est bien naturel en vérité, si jeune encore ! Pourriez-vous croire qu'il y a peu de mois, elle était belle à frapper, presque aussi belle qu'Elinor ? À présent, quelle différence ! Elinor est charmante et ne changera jamais ; c'est un genre de beauté qui sera toujours le même, je puis en répondre.

– Je l'espère, dit le colonel, et que miss Marianne retrouvera bientôt ses charmes…

Hélas ! Elle n'en avait encore que trop pour lui, et jamais elle ne lui avait paru aussi intéressante, aussi digne de toute son adoration.

Après le thé, on fit des parties de jeu. Mrs Ferrars et Jennings se lancèrent dans un grave whist avec sir George et Mr Palmer. Elinor fut surprise de cet arrangement ; le colonel Brandon, à qui son frère et sa belle-sœur avaient fait tant d'honneurs, avait selon elle plus de droit à cette partie, et par son âge et par son habileté au whist, que Mr Palmer, qui, malgré son apathie, ne parut pas trop content d'être le partenaire des deux grands-mères. Mais Mr Dashwood n'entendait pas séparer sa sœur Elinor de son futur époux le colonel Brandon. Lady Middleton n'aimait que le bridge et le colonel en connaissait mal les règles, mais n'importe, il fallut bon gré mal gré qu'il se mît à cette partie, ainsi qu'Elinor qui aurait préféré ne pas jouer et rester avec sa sœur. Toutefois, elle eut beau conjurer ou son frère ou Fanny de prendre sa place, elle ne put l'obtenir. Mr Dashwood se mit à côté du colonel pour lui apprendre le bridge. Anne Steele fit le quatrième. Fanny se mit en cinquième dans la partie des mères. Lucy, tantôt à côté d'elle lui parlait de tout ce qui pouvait lui plaire, tantôt à côté de Mrs Ferrars s'intéressait à son jeu, vantait son habileté au whist, à laquelle la bonne dame avait de grandes prétentions, enfin faisait sa cour de son mieux. Marianne fut laissée seule à ses tristes pensées et ne s'en plaignit pas. Absorbée dans ses réflexions, dans ses souvenirs, et bien loin du salon de Mrs John Dashwood, elle n'entendit pas même ouvrir la porte et Fanny s'écrier :

– Ah, voilà mon frère !

Elinor, quant à elle, ne l'entendit que trop. Son sang reflua vers son cœur qui battit avec violence et, les yeux baissés sur ses cartes, sans en distinguer une, elle s'efforça de reprendre son courage habituel. Enfin, quand elle crut y avoir réussi, elle tourna le regard d'abord sur Lucy, qui était restée à sa place, dont la physionomie n'exprimait rien, mais dont les yeux perçants suivaient celui qui venait d'entrer. Elinor était placée de manière à ne pas le voir et n'en était pas fâchée, lorsque son frère s'écria :

– Ah, vous voilà enfin, Robert, d'où diable venez-vous ? Nous avons dîné depuis deux heures.

Elinor respira ; ce n'était pas Edward. Robert s'avança auprès de son beau-frère ; elle vit alors le merveilleux à la boîte à cure-dents qui l'avait si fort impatientée chez le bijoutier. Sans doute la reconnut-il aussi, car il la salua d'une inclination de tête d'un air affecté. Son costume avait toute l'extravagance de la mode française, encore exagérée, et présentait vraiment quelque chose de très ridicule : une crête ébouriffée, un col de chemise remontant jusqu'aux coins des yeux, un frac étroit, un gilet de deux doigts, un pantalon qui lui montait jusque sous les bras, un fracas de cachets et de bagues, un bouquet à la boutonnière, enfin tout ce qui constituait alors l'élégance des jeunes gens qu'on appelait des « incroyables ». L'émotion d'Elinor avait fait place à l'étonnement ; elle ne pouvait comprendre que ce fût là le frère du simple, du timide Edward. Il dit légèrement à son beau-frère, que, sur sa parole, il avait tout à fait oublié son dîner, que, dans la foule de ses engagements, ces oublis lui arrivaient souvent, et, promenant sa lunette sur les jeunes dames, il daigna ajouter :

– Sans doute j'ai beaucoup perdu… Cette langou-reuse beauté auprès de la cheminée, est-ce une de vos sœurs, John ? questionna-t-il en désignant Marianne.

– Oui, la cadette, très jolie autrefois sur mon honneur, mais la pauvre enfant est malade.

Robert ne l'écoutait pas. Sa lunette était dirigée sur la jolie toque à plumes de Lucy.

– Cette petite personne est délicieusement coiffée, reprit-il, je dis délicieusement ! Cela vient de Paris, je crois l'avoir remarqué au magasin de Hustley. Très jolie, du dernier goût !

– Et la jeune personne aussi. C'est miss Lucy Steele, parente de lady Middleton. Et Edward, où diable se tient-il ?

– Où je ne suis pas sans doute. Nous n'allons point ensemble ; il y a huit jours que je ne l'ai vu.

Il s'approcha de sa mère, dont il était le favori et qui le salua avec un air affable. Il adressa quelques mots à Lucy sur sa délicieuse coiffure, dont elle parut très flattée. Peu après, les parties finirent et l'on prit congé les uns des autres, au grand plaisir des deux sœurs Dashwood, pour qui la journée avait été ennuyeuse et pénible.

CHAPITRE 36

Le désir qu'Elinor avait eu de voir la mère d'Edward était plus que satisfait, il était anéanti. Et, de tout son cœur, elle désirait désormais ne pas se retrouver avec elle. Elle avait assez de son orgueil, de son dédain, de son esprit étroit et vain, et de sa prévention décidée contre les sœurs de son gendre. Elle voyait clairement à présent toutes les difficultés et les retards qu'il y aurait eu à son mariage avec Edward, quand bien même il eût été libre. Il était le seul de cette famille qui lui fût agréable. La fatuité et les prétentions de l'élégant Robert lui étaient insupportables, et Mrs John Dashwood, n'ayant jamais cherché à gagner l'amitié de ses belles-sœurs, ne leur en avait jamais témoigné. Elle se trouva donc presque heureuse qu'un obstacle insurmontable la préservât du malheur d'être sous la dépendance de Mrs Ferrars, d'être obligée de se soumettre à ses caprices et de supporter sa mauvaise humeur. Aussi, si elle n'avait pas encore la force de se réjouir qu'Edward fût engagé avec Lucy, elle l'attribuait uniquement à la certitude qu'il ne serait pas heureux avec elle. Si sa rivale avait été plus aimable, elle aurait pris tout à fait son parti de renoncer pour sa part à un bonheur aussi chèrement acheté que d'être la fille de Mrs Ferrars et la sœur de Mr Robert.

Elle ne comprenait pas que Lucy eût attaché autant de prix aux honnêtetés d'une femme qui ne lui en avait fait que parce qu'elle n'était pas Elinor, et que la vérité ne lui était pas connue. Il fallait que Lucy fût complètement aveuglée par la vanité pour n'avoir pas senti que cette préférence, arrachée à demi par ses flatteries, n'était pas du tout pour l'amante d'Edward, pas même pour Lucy Steele, mais pour la jeune fille qui paraissait à côté de celle qu'on voulait mortifier. Lucy le voyait si peu sous ce jour que, dès le lendemain matin, elle arriva à Berkeley Street avec l'espoir de trouver Elinor seule et de lui dire tout son bonheur.

Elle eut celui de venir au moment où Mrs Jennings allait sortir.

– Chère amie, dit Lucy à Elinor, que je suis contente de pouvoir vous parler librement, vous dire combien je suis heureuse ! Pouvez-vous imaginer quelque chose de plus flatteur que la manière dont Mrs Ferrars m'a traitée hier ? Comme elle était bonne, affable ! Vous savez combien je la redoutais ; certes, j'avais bien tort. Dès le premier moment où je lui fus présentée, je vis sur sa physionomie quelque chose qui me disait que je lui plaisais extrêmement, et toute sa conduite avec moi l'a confirmé.

N'en était-il pas ainsi ? Vous l'aurez vu tout comme moi. N'en avez-vous pas été frappée ?

– Elle était certainement très polie avec vous.

– Polie ! N'avez-vous vu que de la politesse ? Pour ma part, j'ai vu beaucoup plus. Avec quelle bonté elle m'a distinguée de tout le monde ! Ni orgueil ni hauteur quoique je sois une pauvre jeune personne qu'elle voyait aussi pour la première fois. Elle n'a presque adressé la parole qu'à moi seule, et votre belle-sœur de même. Quelle femme adorable ! Toute douceur, toute affabilité, si bonne, si prévenante ! Quel bonheur pour vous que votre frère ait épousé une femme aussi aimable.

Elinor, pour éviter de répondre, voulut changer de sujet, mais Lucy la pressa tellement de convenir de son bonheur qu'elle ne pût s'en défendre.

– Indubitablement, lui assura-t-elle, rien ne pourrait être plus heureux et plus flatteur pour vous que la conduite de Mrs Ferrars, si elle connaissait vos engagements avec son fils, mais ce n'est pas le cas et…

– J'étais sûre d'avance que vous me répondriez cela, interrompit Lucy, mais vous conviendrez au moins qu'il ne peut y avoir aucune raison au monde qui obligeât Mrs Ferrars à feindre de m'aimer, si je ne lui plaisais pas. Et elle a marqué une prévention si flatteuse pour moi, et pour moi seule, que vous ne pouvez m'ôter la satisfaction d'y croire. Je suis sûre à présent que tout finira bien et que je ne trouverai point les difficultés que je craignais.

Mrs Ferrars et sa fille sont deux femmes charmantes, adorables, qui me paraissent sans défauts. Et peut-être me font-elles l'honneur de penser la même chose de moi, car j'ai vu et senti qu'il y avait entre nous un attrait mutuel. Je suis étonnée que vous ne m'ayez jamais dit combien votre belle-sœur est agréable !

Elinor n'essaya pas même de répondre ; qu'aurait-elle pu dire ?

– Êtes-vous malade, miss Dashwood ? s'enquit Lucy. Vous semblez si triste, si abattue ! Vous ne parlez pas ; sûrement vous n'êtes pas bien, ajouta la méchante fille avec son regard abominable.

– Je ne me suis jamais mieux portée, répliqua Elinor.

– J'en suis vraiment heureuse, mais vous n'en avez pas l'air du tout. Je serais consternée si vous tombiez malade, vous qui partagez si bien tout ce qui m'arrive. Le ciel sait ce que j'aurais fait sans votre amitié.

Elinor tenta de dire quelque chose d'honnête, mais elle le fit si froidement qu'il eût mieux valu se taire. Cependant Lucy en parut satisfaite.

– En vérité, reprit-elle, je n'ai pas le moindre doute sur l'intérêt que vous prenez à mes confidences et à mon bonheur ; et après l'amour d'Edward, votre amitié est ce que je prise le plus. Pauvre Edward ! Si seulement il avait été là, s'il avait vu sa mère et sa sœur me traiter comme si j'étais déjà de la famille ! Mais à présent il en sera souvent témoin, tout s'arrange à merveille. Lady Middleton et Mrs John Dashwood s'aiment déjà à la folie, elles vont se lier intimement, et nous serons sans cesse les uns chez les autres. Edward passe sa vie, dit-on, chez sa sœur. Lady Middleton fera de fréquentes visites à Mrs Dashwood, et votre belle-sœur a eu la bonté de me dire qu'elle sera toujours charmée de me voir. Ah, quelle délicieuse femme ! Si vous lui répétez un jour ce que je pense d'elle, vous ne pourrez pas exagérer mes éloges.

Elinor garda encore le silence et Lucy continua :

– Je suis sûre que je m'en serais aperçue dès le premier instant si Mrs Ferrars avait mauvaise opinion de moi. Elle m'aurait fait seulement comme à d'autres une révérence cérémoniale, sans prononcer un mot, ne faisant plus nulle attention à moi, ne me regardant qu'avec dédain… Vous comprenez sûrement ce que je veux dire. Si j'avais été traitée ainsi, il ne me resterait pas l'ombre d'espérance, je n'aurais même pas pu rester en sa présence. Je sais que, lorsqu'on lui déplaît, elle est très violente et n'en revient jamais.

Elinor n'eut pas le temps de répliquer quelque chose à son malin triomphe. La porte s'ouvrit et le laquais annonça Mr Ferrars, qui entra immédiatement.

Ce fut un moment fort pénible pour les uns et pour les autres ; tous les trois eurent l'air très embarrassé. Edward paraissait avoir plus envie de reculer que d'avancer. Ce qu'ils désiraient tous éviter arrivait de la manière la plus désagréable. Non seulement ils étaient tous les trois ensemble, mais ils y étaient sans le moindre intermédiaire, sans personne qui pût soutenir l'entretien et venir à leur secours. Les dames se remirent les premières. Ce n'était pas à Lucy à se mettre en avant; vis-à-vis de lui l'apparence du secret devait encore être gardée. Elle ne fit donc que le regarder tendrement, le saluer légèrement et garder le silence.

Elinor, qui le voyait pour la première fois depuis leur arrivée et qui devait avoir l'air de ne rien savoir, avait un rôle bien plus difficile. Mais, autant pour lui que pour elle, elle désirait si vivement avoir un maintien naturel que, passé le premier moment, elle put le saluer d'une manière aisée et presque comme à l'ordinaire. Un second effort sur elle-même la rendit si bien maîtresse de ses impressions que ni son regard, ni ses paroles, ni le son de sa voix ne purent trahir ce qu'il se passait en elle. Elle ne voulut pas que la présence de Lucy l'empêchât de témoigner à un ancien ami son plaisir de le revoir et son regret de ne s'être pas trouvée à la maison quand il y était venu. Ni les regards pénétrants de sa rivale, ni l'embarras de sa position, ni son dépit secret ne la détournèrent de remplir ce qu'elle regardait comme un devoir envers le frère de sa belle-sœur, et l'homme qu'elle estimait.

Cette attitude donna quelque assurance à Edward, et le courage de s'avancer et de s'asseoir. Mais son embarras dura beaucoup plus longtemps, ce qui au reste lui était naturel, quoique très rare chez la plupart des hommes, qui ne se laissent pas influencer par des rivalités de femmes, dont leur amour-propre jouit. Mais Edward n'était pas susceptible de ce genre de vanité. Aussi, pour être tout à fait à son aise dans cette situation, il fallait ou l'insensibilité de Lucy ou la conscience sans reproche d'Elinor, et le pauvre Edward n'avait ni l'un ni l'autre de ces moyens d'apaisement.

Lucy, avec une mine froide, réservée, semblait déterminée à observer, à écouter et à ne point se mêler d'un entretien où naturellement elle devait être étrangère. Edward ne prononçait que des monosyllabes, de sorte que la conversation reposait en entier sur Elinor. Elle fut obligée de parler la première de la santé de sa mère, de Margaret, de leur arrivée à Londres, de leur séjour, de tout ce dont Edward aurait dû s'informer, s'il avait pu parler.

Après quelques minutes, ayant elle-même besoin de respirer, et voulant laisser quelques moments de liberté aux deux amants, sous le prétexte de chercher Marianne, elle sortit héroïquement, et resta même quelque temps dans le vestibule avant d'entrer chez sa sœur. Marianne n'eut pas la même discrétion ; dès qu'elle eut entendu le nom d'Edward, elle courut immédiatement au salon. Le plaisir qu'elle eut en le voyant lui fit oublier un instant toutes ses peines ; il fut, comme tous ses sentiments, très vif et exprimé avec chaleur.

– Cher Edward, s'écria-t-elle en lui tendant la main avec toute l'affection d'une sœur et d'une amie, enfin vous voilà ! Combien je m'impatientais de vous revoir ! Et ce moment me dédommage de tout.

Edward était dans une extrême émotion. Il aurait voulu exprimer ce qu'il ressentait, mais devant un tel témoin, qui prêtait toute son attention pour ne perdre ni un regard ni une parole, qu'aurait-il pu dire ? Il pressa doucement la main de Marianne sans répondre. Puis on se rassit et, pendant un moment, chacun garda le silence, les yeux baissés, à l'exception de Marianne qui, regardant avec sensibilité tantôt Edward, tantôt Elinor, aurait voulu réunir leurs mains dans les siennes, que leur bonheur lui tînt lieu du sien propre, et qui regrettait seulement que le plaisir de se retrouver fût troublé par la présence importune d'un tiers aussi étranger, aussi indifférent que Lucy.

Edward parla le premier. Ce fut pour exprimer son inquiétude sur le changement de Marianne.

– Vous n'avez pas, fit-il remarquer, l'air de santé que vous aviez à Barton. Je crains que la vie de Londres ne vous convienne pas.

– Oh, ne pensez pas à moi, lui répondit-elle d'un ton plein de gaieté, bien que ses yeux se remplissent de larmes au souvenir des jours heureux qu'elle avait passés à Barton. Ne songez pas à moi. Elinor se porte très bien, vous le voyez ; c'est assez pour vous et pour moi.

Ce mot touchant n'était pas fait pour mettre plus à l'aise Elinor et Edward, ni pour se concilier l'amitié de Lucy, qui lança à Marianne un regard indigné dont celle-ci ne s'aperçut pas.

– Est-ce que vous aimez le séjour de Londres ?
reprit Edward pour dire quelque chose et détourner
la conversation sur un autre sujet.

– Non, pas du tout, répliqua Marianne. J'en attendais beaucoup de plaisir, je n'en ai trouvé aucun.
Celui de vous voir, cher Edward, est le premier
que j'aie goûté. Je remercie le ciel que nous vous
retrouvions toujours le même.

Un profond soupir suivit ces mots et elle s'arrêta ;
personne ne continua.

– Je pense une chose, ma chère Elinor, reprit-
elle, puisque nous avons retrouvé Edward, nous
nous mettrons sous sa protection pour retourner
à Barton. Dans une semaine ou deux tout au plus,
nous serons prêtes à partir. Je suppose, et je suis
bien sûre, Edward, que vous accepterez d'être notre
protecteur dans ce petit voyage et que vous voudrez
bien nous accompagner.

Le pauvre Edward murmura quelques mots que
personne ne comprit, peut-être pas même lui. Lucy
rougit, puis pâlit, et toussa vivement. Un regard
d'Edward, moitié sévère, moitié suppliant, la calma.
Il était vraiment au supplice. Marianne, qui vit
son agitation, la mit sur le compte de l'impatience
et du dépit que lui faisait éprouver la présence d'une
étrangère dans ce moment de réunion et, parfaitement
satisfaite de lui, elle voulut à son tour le rasséréner,
en insinuant à Lucy d'abréger sa visite.

– Nous avons passé hier la journée entière à Harley
Street chez votre sœur et la nôtre, lui dit-elle. Ah, quelle

longue journée ! J'ai cru qu'elle ne finirait jamais…
Mais j'ai beaucoup de choses à vous apprendre à ce
sujet qu'on ne peut dire actuellement… Enfin, cette
journée fut plus pénible qu'agréable. Mais pourquoi
n'y étiez-vous pas, Edward ? Cela aurait été plus
agréable pour nous. Pourquoi n'y êtes-vous pas venu ?

– J'avais le malheur d'être engagé ailleurs.

– Engagé ! On se dégage de tout quand on peut
être avec des amies comme Elinor et Marianne.

Le moment parut propice à la méchante Lucy pour
se venger de Marianne.

– Vous pensez peut-être, mademoiselle, lui dit-
elle, que les hommes ne sont point tenus de garder
leurs engagements, quand il leur vient dans la tête
de les rompre.

Elinor rougit de colère, mais Marianne parut
entièrement indifférente à cette attaque et répliqua
avec calme :

– Non, en vérité, je ne crois point du tout ce que
vous dites. Je suis tout à fait sûre que c'est la fidélité
à un engagement plus ancien qui a empêché Edward
de venir hier voir sa sœur. Je crois réellement qu'il a
la conscience la plus délicate et la plus scrupuleuse
qu'on puisse avoir et qu'il ne manquera jamais
de sa vie à une promesse donnée, quand bien même
ce serait contre son intérêt ou son plaisir. Je n'ai
jamais connu quelqu'un qui craigne davantage de
causer à qui que ce soit la moindre peine, de ne pas
répondre à ce qu'on attend de lui, de ne pas remplir
tous ses devoirs importants ou non sans subterfuge.

Quoiqu'il puisse lui en coûter, voilà comme est Edward, et je dois lui rendre cette justice. Comme vous avez l'air confus et peiné, Edward ! Quoi ! N'avez-vous jamais entendu faire votre éloge ? Si vous le craignez, vous ne devez pas être mon ami, car il faut que ceux qui acceptent mon estime et mon amitié se soumettent à entendre, devant eux-mêmes, tout ce que je pense d'eux, soit en bien, soit en mal.

Tout ce qu'elle avait dit convenait si bien à la situation qu'il fut très difficile à Edward de le supporter. Ne pouvant plus soutenir sa position, il se leva et voulut sortir.

– Nous quitter aussitôt ! s'offusqua Marianne. Non, mon cher Edward, cela ne se peut. Rasseyez-vous et restez, je vous en conjure.

Et, le tirant un peu à l'écart, elle lui dit à l'oreille en jetant un coup d'œil sur Lucy :

– Attendez qu'elle soit partie, je vous en supplie ! Elle s'en ira bientôt, il y a des siècles qu'elle est là.

Mais cette invitation manqua son effet. Il n'en sortit pas moins, et Lucy, qui était décidée à ne pas partir la première, fût-il resté deux heures, s'en alla aussitôt après lui. Marianne était de si mauvaise humeur qu'elle la salua à peine.

– Qu'est-ce donc qui peut l'attirer si souvent ici ? demanda-t-elle à sa sœur, dès que Lucy eut tourné le dos. Ne voyait-elle pas comme nous désirions tous son départ ? Combien Edward était tourmenté ?

– Pourquoi donc, dit Elinor, Lucy serait-elle une étrangère pour lui ? Il a demeuré chez son oncle près de Plymouth, il la connaît depuis plus longtemps que nous. Il est très naturel qu'il ait aussi du plaisir à la voir.

– Du plaisir ! Edward, du plaisir à voir Lucy Steele qu'il a vue peut-être deux ou trois fois comme une petite fille ! Si même il l'a remarquée et reconnue, ce que je ne crois pas à l'air qu'il avait avec elle, il aurait bien voulu la voir loin d'ici. Je ne comprends pas, Elinor, quelle est votre idée en me parlant d'Edward avec cette indifférence, ou en le supposant indifférent lui-même au plaisir d'être avec vous ? Il n'y avait qu'à le voir pour sentir combien il était tourmenté. Aussi ai-je été aujourd'hui très contente de sa manière et très mécontente de la vôtre, Elinor. Pas un mot d'amitié, pas un effort pour le retenir ou pour faire partir Lucy. Si c'est là ce qu'on appelle être sage et prudente, que le ciel me préserve de l'être ! Je dis que c'est ingratitude ou fausseté. Ce pauvre Edward, comme il avait l'air malheureux ! Je ne sais comment vous avez eu le courage de le laisser sortir ainsi.

Elle se retira elle-même en disant cela.

Elinor en fut bien aise. Elle n'aurait su que lui répondre, liée comme elle l'était par sa promesse à Lucy de garder son secret ; et aussi pénibles que fussent pour elle l'erreur de Marianne et les propos qui en avaient découlé, elle était forcée de s'y soumettre. Son seul espoir était qu'Edward ne s'exposerait pas à renouveler un entretien aussi cruel et qu'il ferait tous ses efforts pour l'éviter.

Mais elle-même! Pourrait-elle alors se dérober aux conjectures, aux plaintes, et même aux reproches de Marianne sur la rareté des visites d'Edward? Sous tous les rapports, Elinor était vraiment très malheureuse, et elle avait besoin de tout son courage pour supporter une situation aussi désagréable et qui, selon les apparences, durerait encore longtemps.

CHAPITRE 37

Peu de jours après cette rencontre, les gazettes annoncèrent au public que Mrs Charlotte Palmer, femme de Mr Thomas Palmer, écuyer, était heureusement délivrée d'un fils – très intéressant article pour la bonne grand-mère Jennings, qui le savait déjà puisqu'elle avait assisté à la naissance du petit héritier, mais qui n'en eut pas moins de plaisir à le lire dans les journaux.

Cet événement, qui la rendait heureuse au suprême degré, produisit quelque changement dans l'emploi de son temps et dans la vie de ses jeunes amies. Mrs Jennings voulait être autant que possible auprès de la nouvelle maman et de ce cher petit nouveau-né, qu'elle aimait déjà à la folie. Elle y allait chaque matin dès qu'elle était habillée et ne rentrait chez elle que très tard dans la soirée. Elle pria sa fille aînée, lady Middleton, d'inviter les demoiselles Dashwood à passer de leur côté toute leur journée chez elle, à Conduit Street. Elles auraient préféré rester au moins la matinée dans la maison de Mrs Jennings, mais elles n'osèrent pas le demander, ni se refuser à l'invitation polie de lady Middleton. Elles passèrent donc leur temps avec cette dame et les demoiselles Steele, qui ne leur plaisaient ni à l'une ni à l'autre, et qui ne sentaient pas non plus le prix de leur société. Lady Middleton se conduisait avec une extrême politesse qui n'était que des compliments sans fin et des cérémonies très ennuyeuses, mais dans le fond elle ne les appréciait pas du tout. D'abord, elles ne gâtaient ni ne louaient ses enfants, et puis elles aimaient la lecture, que lady Middleton ne regardait que comme une chose qui fait perdre du temps. Aussi trouvait-elle Elinor trop instruite, trop raisonnable, quoiqu'elle n'affichât jamais son instruction et qu'elle ne fît point parade de sa raison. Comme elle passait pour être à la fois bonne, spirituelle et bien élevée, lady Middleton croyait qu'elle était la seule dont on pût vanter le bon ton et la bonne éducation. Elle jugeait Marianne capricieuse et satyrique, sans trop savoir peut-être ce que signifiaient ces deux mots. Mais, enfin, comme elles étaient en visite chez sa mère qui les lui avait recommandées, elle les accablait d'honnêtetés et d'attentions, au grand désespoir des deux Steele, qui croyaient que c'était autant qu'on leur ôtait et qu'elles seules avaient droit à l'amitié de leur «cousine» lady Middleton.

La présence des demoiselles Dashwood les gênait. Lady Middleton était honteuse de ne rien faire devant elles, et Lucy de faire trop. Celle-ci s'était fort bien aperçue que ses flatteries continuelles leur faisaient pitié et n'osait pas s'y livrer sans la moindre retenue, comme à son ordinaire, en leur présence. Miss Anne était celle qui en souffrait le moins. Il n'aurait même tenu qu'aux demoiselles Dashwood de la captiver entièrement. Elles n'auraient eu pour cela qu'à lui confier en détail toute l'histoire de Willoughby et de Marianne, dont elle était fort curieuse, et à la plaisanter sur Mr Donavan, le médecin de la maison, qu'on faisait venir au moindre mal des enfants, et sur qui la grosse Anne avait fondé toutes ses prétentions. C'était alors l'éternel sujet des railleries de sir George.

– Docteur, disait-il, quand Donavan entrait, tâtez, je vous prie, le pouls de miss Anne, vous allez le trouver bien ému. Voyez comme son teint s'anime ! Elle a beaucoup de fièvre, j'en suis sûr ; et votre pouls, docteur, n'est pas beaucoup plus tranquille.

Alors Anne baissait ses petits yeux, d'un air enfantin et modeste, puis les relevait tout pétillants sur le docteur. En général, elle n'était jamais aussi contente que lorsque sir George commençait à parler de lui.

– Il y a trois jours que le docteur n'est venu, Anne, lui disait-il, vous allez en maigrir. Faites pleurer William ou Anna Maria, la maman l'enverra bientôt chercher. Il ne demandera pas mieux que d'avoir un prétexte de vous rendre ses hommages…

Elle avalait tout cela avec délice et ne doutait pas d'avoir fait cette conquête.

Elinor, qui souffrait de la voir tourner en ridicule, n'y ajoutait rien, tandis que la grosse Anne, à qui ce silence déplaisait, était tout près de la croire jalouse de sa conquête du Dr Donavan. Quand sir George dînait dehors, ce qui arrivait assez souvent, la pauvre Anne passait toute la journée sans entendre d'autres plaisanteries sur le docteur que celles qu'elle se faisait à elle-même.

Ces petites jalousies, ces petits mécontentements étaient ignorés de Mrs Jennings, si bien qu'elle croyait que ces quatre jeunes filles se délectaient d'être ensemble et, tous les soirs en revenant, elle félicitait ses jeunes amies d'avoir encore échappé ce jour-là à la société d'une vieille grand-mère. Elle les rejoignait quelquefois chez sir George, où elle venait donner à sa fille aînée des nouvelles de l'accouchée, que l'indifférente lady écoutait à peine. Mais n'importe, Mrs Jennings allait son train. Elle attribuait le rétablissement de Charlotte à ses soins et donnait, sur la mère et l'enfant, des détails minutieux qui n'intéressaient que la curiosité d'Anne.

Heureuse de faire entrer là son cher docteur, qui était aussi celui des Palmer, celle-ci racontait à son tour ce qu'il lui avait dit à ce sujet.

– Ne vous a-t-il pas dit aussi, s'écriait Mrs Jennings, comme mon petit-fils est bien venu, qu'il est gras et beau comme un petit ange, qu'il ressemble à Charlotte et à Palmer ? Une seule chose m'afflige, c'est que son père, qui est bon cependant, assure que tous les enfants de cet âge sont de même et ne veut pas convenir que le sien soit le plus bel enfant du monde. Sans vous déplaire, Mary, vos enfants sont très bien, mais ils n'en approchent pas.

– Il est impossible, décréta Lucy en caressant la petite, que qui que ce soit au monde l'emporte en beauté sur Anna Maria.

Lady Middleton, un peu consolée, lui accorda toutes ses bonnes grâces et lui fit un joli présent dans la soirée, de sorte que Lucy trouva que le métier de flatteuse était bon et facile.

Le lien qui s'était établi entre les maisons Middleton et Dashwood occasionnait de fréquentes rencontres. Un jour qu'Elinor et Marianne étaient en visite chez leur belle-sœur, il y vint une dame de haut rang, qui, ne connaissant point cette famille, ne mit pas en doute qu'ils ne logeassent tous ensemble. Deux jours après, cette dame, donnant un concert, envoya chez Mrs John Dashwood des cartes d'invitation pour elle et pour ses belles-sœurs. Mrs Dashwood n'y vit d'abord que le désagrément de leur envoyer sa voiture et l'ennui de les y accompagner ; lady Middleton n'y étant pas invitée, elles ne pouvaient y aller seules. Fanny se promit bien de dire à tout le monde que ses belles-sœurs ne logeaient pas chez elle.

Marianne, par habitude de faire le jour ce qu'elle avait fait la veille même et avec l'indifférence qu'elle mettait à faire une chose plutôt qu'une autre, avait été amenée par degré à reprendre le genre de vie de Londres et à sortir tous les soirs, sans attendre ni désirer le moindre amusement, et souvent sans savoir jusqu'au dernier moment où elle allait.

Sa toilette l'occupait si peu, que si sa sœur n'y avait pas pensé pour elle, elle serait restée dans sa robe du matin. Mais quand, après un ennui qu'elle supportait à peine, elle était enfin parée, commençait un autre supplice ; c'était l'inventaire que faisait Anne Steele de toutes les pièces de son ajustement l'une après l'autre. Rien n'échappait à son insatiable curiosité et à sa minutieuse observation. Elle voyait tout, elle touchait tout, elle voulait savoir le prix de tout, elle calculait le nombre des robes de Marianne, et combien le blanchissage devait lui coûter par semaine, et à combien sa toilette devait lui revenir par an. Marianne en était excédée, mais ce qui lui déplaisait plus encore était le compliment qui suivait toujours cet examen.

– Eh bien, miss Marianne, vous voilà très bien mise et très belle encore, quoi qu'on en dise. Consolez-vous, c'est moi qui vous le promets, vous allez faire encore bien des conquêtes ; et tous les jeunes gens ne seront peut-être pas légers et perfides. Miss Elinor est très bien aussi. À présent que vous avez si fort maigri, on ne dirait pas qu'elle est l'aînée ; et elle aura bien sa part d'adorateurs.

Avec de tels encouragements, elles attendaient ce soir-là le carrosse de leur frère. Comme elles étaient prêtes, elles y entrèrent sur-le-champ au grand désespoir de Fanny qui avait espéré qu'elles ne le seraient pas encore et qu'elle pourrait rejeter le retard sur ses belles-sœurs.

Les événements de cette soirée ne furent pas remarquables. Le concert d'amateurs était, comme ils le sont d'ordinaire, extrêmement médiocre – quoique, dans leur propre estime et dans celle de la dame qui les avait rassemblés, ce fussent les premiers talents d'Angleterre.

Au reste, à l'exception de Marianne qui avait un don pour le piano, mais qui ne prêta nulle attention à la musique, l'assemblée était peu en état d'en juger. On était là plutôt pour voir et se faire voir que pour écouter.

Aussi, Elinor, qui n'était point musicienne et n'y avait nulle prétention, ne se fit pas scrupule de détourner ses yeux de l'amphithéâtre de musique pour regarder d'autres objets. Dans le nombre des femmes, elle en remarqua une à l'excès de sa parure, d'ailleurs très peu jolie, mais grande et bien faite, et entourée de tous les élégants, parmi lesquels elle reconnut Robert Ferrars à son costume exagéré et à sa lunette avec laquelle il observait toutes les femmes avec une fatuité insupportable. Bientôt son tour vint d'être regardée. Robert lui-même s'avança avec nonchalance et s'assit à côté d'elle.

– Bonjour, ma vieille connaissance, lui dit-il d'un ton léger.

– Monsieur, vous vous méprenez sans doute, répliqua Elinor, surprise de ce ton. Je n'ai pas du tout l'honneur de vous connaître.

– Allons donc, vous plaisantez. N'avons-nous pas passé une heure ensemble chez Gray, l'autre matin ? Je vous ai reconnue à l'instant l'autre soir, chez votre frère, qui je crois est le mien aussi. Ainsi, vous voyez que nous sommes intimes. D'ailleurs, poursuivit-il en souriant d'un air qu'il croyait bien fin, je suis aussi le frère d'Edward, et l'on assure que vous ne le haïssez pas du tout, et qu'il est encore plus que moi votre vieille connaissance.

– Monsieur, je ne hais personne, et nullement Edward Ferrars que j'aime et que j'estime depuis longtemps.

– Eh bien, ma foi, c'est très naïf ! s'exclama Robert en éclatant de rire. Vous me prenez pour confident ! Je suis peu accoutumé à ce rôle, mais je m'y ferai. Et en ami, je veux vous donner un conseil, c'est de ne plus penser à Edward : sa mère a d'autres vues. D'ailleurs il est impossible, absolument impossible que vous le trouviez aimable.

– Monsieur, rétorqua Elinor avec fermeté, sans avoir sur lui aucune prétention qui puisse contrarier les vues de Mrs Ferrars, je trouve son fils aîné très aimable. Et il me le paraît plus encore depuis que je le compare à d'autres.

– Ah ! Bien par exemple ! C'est très plaisant ce que vous dites là. On ne s'attendait pas qu'Edward gagne à être comparé à d'autres. Allons, convenez donc qu'il est impossible d'être plus gauche, plus maussade, mis avec moins de goût. Il faudrait une étrange prévention pour nier cela.

– J'ai cette prévention, monsieur, et malgré votre éloge fraternel, je persiste à la croire très bien fondée.

– Allons, allons, vous plaisantez, je vois cela. Puis-je vous offrir une pastille, miss Dashwood ?

proposa-t-il en ouvrant une petite bonbonnière dorée. À propos, n'avez-vous pas envie de voir la boîte à cure-dents que j'ai commandée l'autre jour? Délicieuse! Parole d'honneur, elle est réussie à ravir. Gray est unique pour saisir mes idées… Mais, pardon, Mrs Willoughby m'appelle.

– Mrs Willoughby! s'écria Elinor. Où donc est-elle?

– Là, cette femme si bien mise. Personne à Londres ne se pare comme elle. J'excepte cependant cette charmante toque que j'ai vue l'autre soir sur la tête de je ne sais qui. Vous y étiez, je crois? Sur ma parole, cette coiffure m'a tourné la tête. Comment se nomme la jeune personne?

– Miss Lucy Steele, une nièce de Mr Pratt chez lequel votre frère a demeuré.

– Ah Dieu! Mr Pratt. Ah, je vous en conjure, mademoiselle, si vous ne voulez pas que je meure de vapeurs, ne me parlez pas de Mr Pratt! C'est à cause de lui qu'Edward est si maussade. Je l'ai dit souvent à Mrs Ferrars: «Ne vous en prenez qu'à vous, ma mère, si votre fils aîné est à peine présentable dans le beau monde; si vous l'aviez envoyé, comme moi, à Westminster au lieu de le remettre aux soins de Mr Pratt, vous voyez ce qu'il serait.» Elle est convaincue de son erreur; mais c'est trop tard, le pli est pris.

Elinor ne répondit rien. Elle n'aurait pas voulu qu'Edward ressemblât à son frère, mais son séjour chez l'oncle de Lucy Steele ne lui était guère plus agréable.

Enfin, l'élégant Robert la quitta et lui fit plaisir.
Elle était effrayée de penser que Marianne pourrait
voir Mrs Willoughby, ou seulement entendre son
nom, et que Willoughby peut-être était lui-même
dans le salon, cependant elle ne l'avait point aperçu.
Elle regarda encore, il n'y était pas. Marianne, émue
par la musique, plus rêveuse, plus mélancolique
encore qu'à l'ordinaire, n'avait rien vu, rien entendu.
Elinor aurait voulu la prévenir, mais elle n'était pas
à côté d'elle. Heureusement, Fanny, qui n'aimait
pas la musique et qui s'ennuyait, avait demandé
ses chevaux de bonne heure, et elle se retira avec
ses belles-sœurs avant la fin du concert, sans que
Marianne se fût doutée que Mrs Willoughby y était.
Elles laissèrent à leur porte Mr et Mrs Dashwood,
et retournèrent chez Mrs Jennings qui les attendait.

Le soir même, Mr John Dashwood eut avec sa
femme un entretien aigre-doux qui avait pour objet
les demoiselles Dashwood. Pendant le concert, qui
ne l'amusait pas plus qu'elle, il avait eu le temps de
réfléchir, et une idée l'avait frappée. La maîtresse
de la maison, lady Dennison, avait supposé que ses
sœurs demeuraient chez lui, il était donc convenable
qu'elles y fussent et il manquait aux devoirs d'un
frère, en laissant ses sœurs loger et manger chez
des étrangers. L'opinion avait un grand pouvoir sur
lui ; d'un autre côté, sa conscience lui reprochait
si souvent de n'avoir point tenu la promesse faite
à son père qu'il crut devoir l'apaiser en les prenant
quelque temps chez lui. La dépense serait peu de

chose, Elinor était petite mangeuse et Marianne, si languissante. À peine furent-ils rentrés qu'il en fit la proposition à sa femme, qui en frémit de tout son corps, et tâcha de parer le coup.

– Je ne demanderais pas mieux, mon cher John, vous savez combien j'aime tout ce qui tient à vous. Mais, voyez, dans cette situation, je craindrais d'offenser beaucoup lady Middleton chez qui elles passent toutes leurs journées ; il serait tout à fait malhonnête de la priver de leur compagnie. J'en suis très fâchée, car vous voyez combien j'aime à être avec vos sœurs, mon cher John, à les produire dans le monde, à leur prêter ma voiture…

– Oui, oui, je vous rends justice, chère Fanny, mais dans cette occasion, je ne sens pas la force de votre objection. Elles ne demeurent point chez lady Middleton ; pour aucune raison, celle-ci ne peut être fâchée qu'elles viennent passer quelques jours chez leur belle-sœur. Vous voyez que tout le monde pense que cela doit être ainsi.

– Oui, oui, lady Dennison qui ne sait ce qu'elle dit ! Enfin, mon cher, vous avez toujours raison, et je crois comme vous que cela conviendrait ; malheureusement j'ai invité les demoiselles Steele à passer quelque temps avec nous. Ce sont de bonnes filles, très complaisantes, point gênantes, dont on fait tout ce qu'on veut, et c'est une attention que je leur devais, mon frère Edward ayant été élevé chez leur oncle Pratt, ainsi que je l'ai appris l'autre jour. Nous pouvons avoir vos sœurs quand nous voudrons, soit à Norland, soit un autre hiver à Londres. Peut-être les demoiselles Steele n'y reviendront-elles plus. Enfin je les ai déjà invitées, et plus elles sont dépendantes et sans fortune, plus on leur doit d'égards. Vous qui avez tant de délicatesse et de générosité, mon cher John, vous sentez cela mieux que personne, j'en suis sûre. Je le suis aussi qu'elles vous amuseront beaucoup plus que vos sœurs, elles sont gaies et très gentilles. Ma mère est passionnée de Lucy, et c'est aussi la favorite de notre cher petit Harry.

Que répondre à de tels arguments? Mr Dashwood fut convaincu; il convint de la nécessité d'avoir les demoiselles Steele, et sa conscience s'apaisa par le souvenir du beau dîner qu'il avait donné au colonel Brandon et par l'espoir que, l'année suivante, Elinor serait Mrs Brandon, aurait une bonne maison à Londres, et que Marianne vivrait avec elle.

Fanny, tout à la fois contente d'avoir échappé au malheur d'avoir ses belles-sœurs et fière de l'esprit qu'elle y avait mis, écrivit le matin suivant un billet à Lucy, qu'elle antidata de deux jours.

Elle la priait ainsi que miss Anne de lui faire le plaisir de venir passer quelques jours chez elle, aussitôt que lady Middleton voudrait les lui céder. On comprend combien Lucy fut heureuse. Aller demeurer chez la sœur d'Edward, qui, en l'invitant, semblait travailler pour elle! On peut cette fois pardonner à Lucy de se livrer à l'espoir. Une occasion journalière de voir Edward, de gagner l'amitié de sa famille, lui parut une chose si essentielle, qu'il ne fallait pas différer. Après avoir fait sentir à sa sœur l'avantage qui pouvait en résulter, elle la fit consentir d'autant plus facilement à quitter les Middleton que le Dr Donavan était aussi le médecin des Dashwood, et de plus particulièrement lié avec John. L'espoir de le voir plus souvent la consola de n'avoir plus à entendre les railleries de sir George. Elles se préparèrent donc à y aller dès le lendemain. Lady Middleton en prit son parti avec l'indifférence qu'elle mettait à tout ce qui ne la regardait pas directement.

Bien sûr, à peine Elinor fut arrivée que Lucy lui montra en triomphe le pressant billet de Fanny, et pour la première fois elle partagea l'espérance de Lucy. Une telle preuve de bonté, une prévenance si marquée avec de jeunes personnes que Fanny connaissait aussi peu, elle qui, à l'ordinaire, était si peu obligeante, témoignaient que l'on avait du moins beaucoup de bonne volonté et de bienveillance, qui avec le temps et l'adresse de Lucy pourraient mener à quelque chose de plus. Comme Elinor ignorait le projet que son frère avait eu de les inviter, il ne lui vint pas à l'esprit que les demoiselles Steele avaient servi de prétexte à Fanny pour ne pas les recevoir. Elles y allèrent donc dès le lendemain et furent reçues de manière à laisser croire cette préférence. Fanny avait fait sentir à son mari qu'il était très dangereux de rapprocher Elinor d'Edward dans un moment où l'on traitait de son mariage, au lieu que les petites Steele, qu'il connaissait à peine, étaient à tous égards sans danger pour lui. Quant à elle-même, elle en faisait deux complaisantes assidues qui lui faisaient ses chiffons, servaient le thé, arrangeaient le feu, ramassaient son mouchoir, amusaient son enfant ; elle trouvait toutes ces attentions serviles très agréables et très commodes. Sir George, qui les allait voir quelquefois, ne parlait que de l'amitié de Mrs John Dashwood pour ses petites-cousines. Elle était plus enchantée d'elles, et surtout de Lucy, qu'elle ne l'avait jamais été de toute autre jeune personne ; elle ne les appelait plus que sa « chère Lucy », sa « chère Anne », leur avait fait présent à chacune d'un petit portefeuille d'aiguilles, et disait qu'elle ne savait comment elle ferait pour se séparer de ses aimables et si chères amies.

CHAPITRE 38

Mrs Palmer était si bien au bout de quinze jours que sa mère ne trouva plus nécessaire de lui donner tout son temps et se contenta de la visiter une ou deux fois par jour. Elle revint à sa maison, à ses habitudes, à ses jeunes amies, à qui elle racontait avec soin tout ce qu'elle apprenait dans ses courses.

La troisième ou quatrième matinée, en revenant de chez sa fille, elle entra dans le salon où Elinor travaillait seule avec un air d'importance, comme pour la préparer à entendre quelque chose d'extraordinaire.

– Mon Dieu, ma chère Elinor, est-ce que vous savez la nouvelle ?

Elinor eut un instant l'idée qu'elle voulait parler du retour de Willoughby, dont elle avait déjà prévenu Marianne ; elle le lui dit.

– Mon Dieu non, ma chère, il s'agit bien d'autre chose, vraiment ! Qu'est-ce que me font les Willoughby, à présent ? Rien du tout, je vous assure, je les laisse pour ce qu'ils sont. Qu'ils aillent, qu'ils viennent, peu m'importe. Mais ce que je viens d'apprendre, devinez-le si vous pouvez en cent, en mille.

– Ce sera peut-être plus rapide de me le dire, chère dame, répliqua en riant Elinor.

– Allons, allons, je le veux bien, c'est si étrange ! Écoutez donc. Quand je suis entrée chez Charlotte, je l'ai trouvée, la pauvre petite mère, fort en peine pour son enfant. Elle croyait qu'il allait mourir, il criait, il ne voulait rien prendre et était tout couvert de petits boutons rouges. Je l'ai examiné et je lui ai dit : « Mon Dieu, ma chère Charlotte, calmez-vous, ce n'est rien de plus que la rougeole », et la nourrice a affirmé de même. Mais Mrs Palmer insistait pour qu'on aille chercher le Dr Donavan. On y est allé et on a eu le bonheur de le trouver précisément comme il revenait de Harley Street, de chez votre frère. Il est venu à la minute et a déclaré comme moi que c'était la rougeole, qu'il n'y avait rien à craindre ; alors Charlotte a été bien contente.

Elinor l'écoutait avec intérêt, mais ne pouvait s'empêcher de sourire de l'importance de cette nouvelle de grand-mère.

– M'y voici, reprit la bonne Mrs Jennings, à ma nouvelle. Comme le docteur sortait, je me suis avisée de lui dire en riant : « Ah ah, docteur, je sais fort bien ce qui vous attire si souvent à Harley Street chez Mr John Dashwood ! Vous courtisez Anne Steele, m'a-t-on dit, et nous deviendrons cousins peut-être. » Il a ri aussi, puis, reprenant un air grave et mystérieux, il s'est approché de moi et m'a répondu :

«Ce n'est point du tout pour miss Anne que je suis allé aujourd'hui chez John Dashwood, c'est pour sa femme qui est mal, très mal, je vous assure.»

– Mon Dieu! s'écria Elinor. Fanny est malade?

– Voilà exactement ce qu'il m'a dit, ma chère, et j'ai crié tout comme vous, quoique je ne l'aime guère; mais quand on est malade ou mort tout s'oublie. «Rassurez-vous, madame, a-t-il ajouté, et rassurez aussi les jeunes demoiselles Dashwood, leur belle-sœur n'en mourra pas, puisque la colère ne l'a pas étouffée, mais elle n'en a pas été loin.»

– La colère! Fanny? Mon Dieu, contre qui? s'étonna Elinor.

– J'ai demandé la même chose et voici ce que j'ai appris. Mr Edward Ferrars, le frère aîné de Mrs Dashwood, ce même jeune homme sur lequel je vous raillais à Barton, vous savez bien – mais à présent je serais bien fâchée que vous lui ayez donné votre cœur!

Elinor ne demanda plus rien, elle écouta avec une grande émotion.

– Eh bien! Cet Edward Ferrars, ne vous aimait point, ma chère; il paraît qu'il était engagé depuis longtemps avec ma cousine Lucy. Pas une créature humaine ne s'en est doutée, excepté Anne. Auriez-vous cru cela possible? Quant à leur amour, il n'y a là rien d'extraordinaire: Lucy est gentille, elle est vive, alerte, et précisément de cette espèce de jeunes filles qui plaisent aux garçons timides, parce qu'elles font toutes les avances. Mais que cette amourette soit allée si loin, et depuis si longtemps, sans que personne ne l'ait su ni soupçonné, c'est cela qui est étrange. Je ne les ai jamais vus ensemble, car je suis bien sûre que je l'aurais tout de suite deviné. Mais ce grand secret était si bien gardé que ni Mrs Ferrars, ni votre belle-sœur ne le soupçonnaient, ni personne au monde. C'était dans la famille à qui caresserait le plus Lucy, Edward y venait fort peu. Voilà que, ce matin, la pauvre Anne, bonne fille sans malice comme vous savez, a découvert le pot aux roses.

« Selon elle, ils étaient tous si passionnés de Lucy qu'il n'y aurait pas la moindre difficulté et que Mrs Dashwood sauterait de joie. Ce matin, donc, elle est entrée auprès de votre belle-sœur, qui était seule dans son cabinet et qui ne se doutait guère de ce qu'elle allait apprendre. Il n'y avait pas cinq minutes qu'elle avait dit à son mari que son frère paraissait à présent indifférent pour toutes les femmes, et qu'elle était sûre qu'on l'amènerait bientôt à épouser milady je ne sais qui, et voilà qu'Anne lui annonce comme la plus belle chose du monde qu'il est engagé avec Lucy. Vous pouvez imaginer quel coup ça a été pour son orgueil et sa vanité ! Elle s'est mise dans une telle fureur qu'il lui a pris de violents maux de nerfs. Elle a poussé de tels cris que votre frère, qui était en bas dans sa chambre, écrivant à son intendant de Norland, les a entendus. Il est accouru vers sa pauvre femme, et alors une autre scène a commencé. Lucy est entrée aussi, tout effrayée, pour donner des secours à sa chère Fanny : jugez comme elle fut reçue ! Pauvre petite ! Je la plains beaucoup ; elle n'a pas été traitée doucement, j'en réponds, car votre belle-sœur était, dit-on, comme une furie, et n'a cessé ses injures que lorsqu'un nouvel accès l'a fait s'évanouir. Anne était à genoux, pleurant amèrement. Quand on y pense bien, c'était la plus malheureuse ; tout le monde la grondait, sa sœur, au désespoir qu'elle ait trahi son secret, l'a battue, dit-on, avant de sortir de la chambre, et elle n'a pas comme Lucy un amant et un mari pour se consoler. Le Dr Donavan ne la reverra guère. Votre frère faisait les cent pas sans savoir que dire ni que faire. Dès que Fanny a pu parler, ce fut pour déclarer qu'elle ne tolérerait pas que ces « ingrates Steele » restent un instant de plus chez elle. Votre frère a été obligé de se mettre aussi à genoux pour la persuader de les laisser au moins faire leurs paquets. Mais ses accès de nerfs se succédaient d'une manière si effrayante qu'il a pris le parti d'envoyer chercher le Dr Donavan, qui a trouvé toute la maison en rumeur. Le carrosse était à la porte pour emmener mes pauvres cousines chez leurs parents à Holborn ; elles descendaient l'escalier quand il est arrivé. La pauvre Lucy pouvait à peine marcher, Anne était à moitié folle de douleur. Pour ma part, je déclare que je suis furieuse contre votre belle-sœur, et que je désire de tout mon cœur qu'ils se marient en dépit d'elle. Mon Dieu ! Dans quel état sera le pauvre Edward quand il apprendra cela ! Sa bien-aimée traitée avec ce mépris. On dit qu'il l'aime passionnément, et qu'il sera capable de tout ;

et je le conçois très bien. Mr Donavan pense de même, nous en avons discuté ensemble pendant une demi-heure. Enfin, il m'a quittée pour y retourner ; il avait grande envie d'y être quand Mrs Ferrars y arrivera. Mrs Dashwood l'a fait prier de venir dès que mes pauvres cousines ont été parties ; elle est sûre que sa mère va aussi tomber en syncope. Ce qu'il y a de certain, c'est que ce ne sera pas moi qui la ferai revenir ; je ne les plains ni l'une ni l'autre. Je n'ai encore vu de ma vie deux femmes faire tant de cas du rang et des richesses. Je ne vois pas pourquoi Edward Ferrars n'épouserait pas Lucy Steele. Elle n'est pas fille de lord, cela est vrai, mais ce n'est pas la femme qui fait le mari, et n'a-t-on pas souvent vu de pareils mariages ? Ma fille Mary n'est-elle pas milady, n'en déplaise à ces belles dames ? Lucy n'a rien ou presque rien, c'est vrai aussi, mais elle a des charmes et du savoir-faire. Personne n'est plus gentil dans une maison ; cela met la main à tout, et si Mrs Ferrars leur donne seulement cinq cents livres par année, elle brillera autant qu'une autre avec mille. Ah, comme ils seraient bien dans une petite maison comme la vôtre, ni plus ni moins, avec deux filles pour les servir et un domestique pour le mari ! Que faut-il de plus pour être heureux quand on s'aime ? Et je crois que je pourrais leur procurer une bonne femme de chambre, la propre sœur de ma Betty, qui leur conviendrait parfaitement.

Ici, Mrs Jennings arrêta son flux de paroles et Elinor, ayant eu le temps de rassembler ses idées, put répondre comme le sujet le demandait. Il n'y avait presque rien de nouveau pour elle, elle était préparée à cet événement et ne fut point soupçonnée d'y prendre un intérêt particulier, car depuis longtemps Mrs Jennings avait cessé de la croire attachée à Edward. Heureuse de l'absence de Marianne, elle se sentit très capable de parler de cette affaire sans embarras et de donner son sentiment avec impartialité.

Elle savait à peine elle-même ce qu'elle désirait, mais elle s'efforçait de rejeter de son esprit tout espoir que cela pût finir autrement que par le mariage d'Edward et de Lucy. Elle était inquiète de ce que ferait Mrs Ferrars pour l'empêcher, et bien plus inquiète encore de la manière dont Edward se conduirait. Il n'était plus lié à Lucy par l'amour, elle en était sûre ; mais il l'était par l'honneur, et bien que l'idée de le perdre fût bien cruelle, elle l'était moins que celle qu'il pût manquer à un tel engagement. Elle ressentait beaucoup de compassion pour lui, très peu pour Lucy, et pas du tout pour les autres.

Comme Mrs Jennings ne pouvait parler d'aucun autre sujet, il devenait indispensable d'y préparer Marianne. Il n'y avait pas de temps à perdre pour la détromper, lui faire connaître l'exacte vérité, et tâcher de l'amener à en entendre parler sans trahir ni son chagrin relativement à sa sœur, ni son ressentiment envers Edward.

La tâche d'Elinor était pénible ; elle allait détruire la seule consolation de sa sœur, qui lui disait souvent :

«Chère Elinor, le meilleur moyen que j'aie pour ne pas m'occuper de Willoughby, c'est de penser à Edward, au bonheur dont vous jouirez ensemble, et de me dire que vous le méritez plus que moi.» Et il fallait renverser, anéantir peut-être, la bonne opinion qu'elle avait de lui! Par une ressemblance dans leur situation que son imagination rendrait plus frappante qu'elle ne l'était en réalité réveiller en elle le sentiment de ses propres peines! Mais il le fallait, et Elinor se hâta de la rejoindre et de commencer son récit.

Elle était loin de vouloir lui dépeindre ses propres sentiments et de lui parler de ses souffrances, à moins que l'exemple de l'empire qu'elle prenait sur elle-même depuis qu'elle connaissait l'engagement d'Edward ne pût encourager Marianne à l'imiter. Sa narration fut claire et simple, et bien qu'elle ne pût la faire sans émotion, elle ne fut accompagnée ni d'une agitation violente ni d'un chagrin immodéré. Il n'en fut pas de même de Marianne. Celle-ci l'écouta avec horreur et poussa de hauts cris. Elinor fut obligée de la calmer pour ses propres peines, comme elle l'avait fait pour les siennes. Mais tout ce qu'elle put lui dire ne fit qu'augmenter son indignation, que relever encore à ses yeux le mérite d'Elinor, et par là rendre plus sensible les torts de celui qui s'était joué de son bonheur, qui avait pu en aimer une autre qu'elle. Elle n'admettait pas même en sa faveur qu'il n'eût agi que par imprudence, le seul tort que, selon Elinor, on pût lui reprocher.

Mais Marianne ne voulut rien entendre. Edward était un second Willoughby et bien plus coupable encore. Puisque Elinor convenait de l'avoir aimé sincèrement, elle devait sentir tout ce que Marianne avait senti. Quant à Lucy Steele, elle lui paraissait si peu aimable, si peu faite pour attacher un homme sensible, qu'elle ne voulut d'abord ni croire, ni ensuite pardonner l'affection qu'elle avait inspirée à Edward, même en considérant que celui-ci n'avait alors que dix-huit ans. Elle refusait même d'admettre que ce goût fût naturel chez un homme, vivant seul à la campagne avec cette jeune personne. Il semblait, à l'entendre, qu'Edward aurait dû garder son cœur libre de tout sentiment jusqu'au moment où il devait voir Elinor.

Marianne avait bien écouté sa sœur tant qu'elle avait ignoré qu'Edward était engagé avec Lucy Steele ; elle ne savait point les détails et n'était pas en état de les entendre. Pendant longtemps, tout ce que put faire Elinor fut de l'adoucir, de calmer son ressentiment. Enfin, Marianne lui demanda depuis combien de temps elle savait cet odieux événement, et si c'était Edward qui le lui avait écrit.

– Je le sais depuis quatre mois, avoua Elinor, et non par lui. Quand Lucy est venue à Barton en novembre dernier, elle me l'a confié sous le sceau du secret.

À ces paroles, les yeux de Marianne exprimèrent le plus grand étonnement, à peine ses lèvres purent-elles se mouvoir. Finalement elle s'écria :

– Mon Dieu ! Vous le savez depuis quatre mois, et par celle qui l'emportait sur vous !

Elinor le confirma.

– Ah ! Chère Elinor ! gémit-elle en fondant en larmes et se jetant au cou de sa sœur. Vous m'avez soignée avec tant de tendresse, de calme, de raison, et tout ce temps un chagrin si semblable au mien pesait sur votre cœur ! Ah, mon Dieu ! Et je vous reprochais d'être heureuse !

Elle cacha son visage sur l'épaule de sa sœur et ses larmes redoublèrent.

– Chère Marianne, ne vous reprochez rien, vous ne pouviez savoir quels étaient mes tourments, la consola Elinor.

– Quatre mois ! s'écria encore Marianne. Et vous étiez si calme, si souvent gaie ! Oh, Elinor ! Qu'est-ce qui vous a soutenue ?

– Le sentiment que je faisais mon devoir. Ma promesse à Lucy m'obligeait au secret, je lui devais donc de ne rien dire ni de ne rien faire qui pourrait trahir la vérité. Je devais à ma famille, à mes amis de ne pas exciter leur sollicitude sur moi en leur laissant remarquer que j'avais un chagrin caché que je ne pouvais leur confier. Enfin, je me devais à moi-même de ne pas paraître trop humiliée et trop malheureuse aux yeux de ma rivale, et à Edward de ne pas augmenter la peine qu'il aura peut-être à tenir ses promesses.

Marianne parut très frappée.

– J'ai souvent désiré, continua alors Elinor, vous détromper, vous et notre mère, sur vos espérances.

Une fois ou deux je l'ai même tenté, mais sans trahir ma foi, sans pouvoir vous donner une preuve, vous ne l'auriez pas voulu croire.

– Quatre mois, si tranquille en apparence ! Et cependant vous l'aimiez ? l'interrogea Marianne avec le regard et le ton du doute.

– Oui je l'aime, répondit Elinor avec candeur et émotion. Mais je ne l'aime pas lui uniquement, et j'étais bien aise d'épargner à ceux qui me sont chers aussi le chagrin de me voir malheureuse. Je travaillais en silence, pendant que cet événement était un secret pour tout le monde, excepté pour moi seule, à le supporter avec courage quand il éclaterait. Ce moment est arrivé, et je vous assure que je puis en parler à présent sans trop d'émotion. Je vous conjure donc, chère Marianne, de ne pas souffrir pour moi plus que je ne souffre moi-même. Ne comparez pas votre malheur au mien ; ils n'ont pas plus de rapports que nos caractères. Je perds plus que vous peut-être en perdant Edward, mais j'ai plusieurs motifs de consolation que vous n'aviez pas. Je puis encore estimer Edward, et je le justifie de tout tort essentiel ; je désire son bonheur et je l'espère, quoiqu'il n'ait pas peut-être la compagne qui lui aurait convenu, parce qu'il sera soutenu comme moi par le sentiment d'avoir fait ce que sa conscience lui dictait. S'il éprouve d'abord quelques regrets, je le connais assez pour être sûre qu'il en aurait davantage encore à être parjure, et qu'ils se calmeront peu à peu. Lucy ne manque ni d'esprit ni de bon sens ;

ses défauts tiennent à son manque total d'éducation. Elle aime Edward, je l'espère du moins ; pourrait-elle ne pas l'aimer ? Elle se modèlera sur lui, elle acquerra les vertus qui lui manquent, et qu'il possède à un si haut degré. Il l'a aimée une fois, il l'aimera plus encore lorsqu'elle le méritera, et que les qualités, les vertus de sa femme seront son ouvrage. Il oubliera, j'espère, qu'une autre lui avait paru supérieure.

– Il n'a point aimé Lucy, dit vivement Marianne, il ne l'aimera jamais… Ou il n'a jamais aimé Elinor. Bien certainement, un cœur tel que celui que vous prêtez à Edward ne peut s'attacher deux fois, et à deux objets aussi différents.

– Vous en revenez toujours à votre théorie de la constance éternelle, ma chère Marianne ! Il prouve non seulement votre sensibilité, mais aussi, permettez-moi de vous le dire, l'exaltation un peu trop romanesque de votre esprit, qui vous entraîne au-delà de la réalité. Quoi ! Parce qu'on a eu le malheur d'être trompé dans un premier attachement, on aurait encore celui de ne plus pouvoir s'attacher à personne ? Et parce qu'un cœur sincère et sensible a été déchiré, rien ne guérira sa blessure, il doit rester isolé pendant toute l'existence ? Non, non, cela ne peut être, non, je ne puis le croire, et…

– Ainsi, interrompit vivement Marianne, c'est la sage, la prudente Elinor, qui pense que l'on peut passer sa vie d'attachement en attachement ? Car si vous envisagez la possibilité d'aimer deux fois, il n'y a plus de bornes ; pourquoi pas trois, dix, vingt, trente ! Comment soutenir cette idée ?

– Non pas, chère Marianne, dit Elinor en souriant, mais je crois que celui ou celle qui a été trompé une fois ne le sera pas deux. Un second attachement n'aura peut-être pas la vivacité du premier, mais il n'en aura ni la promptitude ni l'illusion. L'on cherchera à bien connaître la personne avant de s'y attacher, on n'aimera que ce qu'on estime et alors on l'aimera toujours.

– Cependant, fit Marianne, vous avez bien cru connaître Edward ?

– Et je le crois encore. Edward ne m'a point trompée, et s'il était libre, j'ose assurer que je n'aurais jamais aimé que lui ; mais il ne l'est plus, et je dois effacer de mon cœur tout autre sentiment que l'estime s'il épouse Lucy. Et s'il ne l'épouse pas, je dois renoncer même à l'estime… Mais je ne veux seulement pas l'imaginer.

– Je crois, reprit Marianne, que vous n'aurez pas grand-peine à triompher de tous vos sentiments, si la perte de celui que vous aimez vous touche aussi peu. Votre courage, votre empire sur vous-même sont peut-être moins étonnants… Et votre malheur est alors en effet très supportable.

– Je vous entends, Marianne, vous supposez que je ne suis pas susceptible d'un attachement vif, et que par conséquent je ne suis pas très malheureuse. Vous vous trompez ; j'ai tendrement aimé Edward, et j'ai cru l'être de lui. J'ai longtemps nourri l'espoir

enchanteur d'être sa compagne et la certitude que
nous serions heureux ensemble. Le coup qui m'a
frappée était complètement inattendu et m'a laissée
sans espérance et sans consolation. Pendant quatre
mois, j'ai porté seule tout le poids de ma douleur,
sans avoir la liberté de la soulager en la confiant
à une amie, ayant non seulement mon propre
chagrin à supporter, mais aussi le sentiment du
vôtre et de celui de ma mère quand vous viendriez
à l'apprendre, et n'osant pas même vous y préparer.
J'ai su mon malheur par la personne même dont les
droits, plus anciens que les miens et plus sacrés,
puisqu'ils reposaient sur une promesse solennelle,
m'ôtaient toute espérance, et j'ai cru voir dans cette
confidence un triomphe et des soupçons jaloux qui
m'obligeaient à montrer une complète indifférence
pour celui qui m'intéressait si vivement. J'ai été
obligée d'entendre sans cesse le détail de leur amour,
de leurs projets, et dans ces cruels détails, pas un
mot, pas une circonstance ne pouvait me consoler de
perdre Edward pour jamais en me le montrant moins
digne de mon affection. Au contraire, tous les éloges
de Lucy, tout ce qu'elle me disait de lui justifiait
mon opinion en augmentant mes regrets. Vous avez
vu comme j'ai été traitée ici par sa mère et par sa
sœur. J'ai souffert la punition d'un amour auquel
je devais renoncer, et tout cela dans un moment
où j'avais encore à supporter le malheur d'une sœur
chérie. Ah, Marianne ! Si vous ne me jugez pas tout
à fait insensible, vous devez croire que j'ai bien assez

souffert. Cette fermeté, ce courage qui vous étonnent sont le fruit de mes constants efforts pendant tout le temps que j'ai été forcée de me taire. Si j'avais pu vous en parler dans les premiers moments, vous m'auriez trouvée peut-être aussi faible que je vous parais forte à présent. Ah, je n'aurais pas même alors pu vous cacher à quel point j'étais malheureuse !

Marianne fut tout à fait convaincue et ses larmes recommencèrent à couler.

– Oh Elinor ! s'écria-t-elle. Combien je me hais moi-même ! Comme j'ai été barbare avec vous ! Vous qui avez été mon seul soutien, vous qui avez supporté mon désespoir, qui sembliez seulement souffrir pour moi, je vous accuse d'insensibilité ! Vous, la plus tendre, la meilleure des sœurs, c'est là ma reconnaissance. Parce que je ne peux prétendre à votre mérite, j'ai essayé de le nier, ou du moins de l'affaiblir, de même que j'ai refusé de croire à l'énormité de votre malheur, que vous avez supporté avec tant de calme et de résignation.

Les plus tendres attentions entre les deux sœurs suivirent cette scène. Dans la disposition nouvelle de Marianne, Elinor eut peu de peine à obtenir ce qu'elle désirait. Marianne s'engagea à ne jamais parler d'Edward ni de Lucy avec amertume, à ne témoigner à cette dernière ni mépris, ni haine, ni colère dans le cas où elle la rencontrerait, et même à voir Edward, si l'occasion s'en présentait, avec la même cordialité. Tout cela était beaucoup pour Marianne, mais fâchée comme elle était d'avoir injurié sa sœur, il n'était rien qu'elle n'eût fait pour le réparer.

Elle tint ses promesses d'une manière admirable. Elle entendit tous les bavardages de Mrs Jennings sur ce sujet sans se disputer avec elle ni la contredire en rien, et répétant souvent : « Oui, madame, vous avez raison.» Elle écouta même l'éloge de Lucy sans indignation ; et quand Mrs Jennings disait combien Edward l'adorait, elle en était quitte pour un léger spasme. Elinor fut si enchantée de sa sœur et de son héroïsme que ce fut une consolation pour elle. Hélas ! la pauvre Elinor ne se doutait pas combien cet effort était pénible pour Marianne. Sa santé, qui se soutenait dans une espèce de langueur depuis son malheur, succomba tout à fait quand le malheur de sa sœur se joignit au sien. Obligée de cacher toutes ses impressions, tous les sentiments violents qui assaillaient en même temps son cœur, il lui semblait quelquefois qu'il allait se briser. Ses nuits étaient sans sommeil, ses jours sans tranquillité, mais elle eut bien moins de peine à cacher ses souffrances physiques que son indignation sur l'engagement d'Edward ; elle le cacha donc aussi bien qu'il lui fut possible. Elinor, sans cesse auprès d'elle, s'apercevait peu de son changement graduel, de sa pâleur, de sa maigreur, qui frappaient ceux qui la voyaient moins souvent, mais ceux-ci n'étaient pas nombreux. Elle recommença à ne pas sortir de chez elle : la crainte de rencontrer Mr ou Mrs Willoughby fut son prétexte auprès d'Elinor, qui comprenait trop bien ce motif pour la presser et qui, n'ayant elle-même aucune envie de se trouver avec eux ou avec Edward, resta aussi plus souvent à la maison.

Le lendemain de son entretien avec Elinor, elle eut une autre épreuve à supporter : ce fut une visite de son frère, qui vint tout exprès pour parler de la terrible affaire et apporter à ses sœurs des nouvelles de sa femme.

CHAPITRE 39

– Vous avez entendu parler, je suppose, déclarat-il avec une grande solennité dès qu'il fut assis, de la choquante découverte qui a été faite hier chez nous ?

Tout le monde demeurant silencieux, il se recueillit aussi un moment pour parler avec la dignité convenable. Il avait espéré qu'une foule de questions le tireraient d'affaire, et qu'il n'aurait qu'à répondre ; on ne lui en faisait point. Il fallut donc pérorer tout seul, et l'éloquence n'était pas le privilège du pauvre John.

– Votre sœur, dit-il enfin, a souffert considérablement. Le Dr Donavan… mais j'y reviendrai ensuite. Il faut d'abord vous dire que Mrs Ferrars a aussi été très affectée, et c'est bien naturel. En un mot, c'était une scène de contrariétés, tellement compliquée… Toutefois, il faut espérer que cet orage menaçant passera sans qu'aucun de nous y succombe.

Il se rengorgea, tout fier d'avoir trouvé cette belle métaphore. Malgré son chagrin, il fut impossible à Marianne de s'empêcher de sourire ; il s'en aperçut.

– Oui, riez, Marianne, vous ne rirez pas, je crois, quand vous saurez que vous avez failli perdre votre belle-sœur. Pauvre Fanny! Elle a été tout le jour hier en convulsions… Mais je ne veux pas trop vous alarmer; Donavan assure qu'il n'y a nul danger. Sa constitution est bonne et son courage vraiment admirable; elle a supporté ce coup avec la fermeté d'un ange… Elle dit que, de sa vie, elle n'aura plus confiance en personne, et je le comprends après avoir été si cruellement trompée! Avoir trouvé une telle ingratitude après tant de bontés et tant de générosité! Je crois qu'elle vous aurait mille fois soupçonnée, Elinor, plutôt que cette Lucy. C'était par excès d'amitié qu'elle avait invité ces jeunes personnes à venir demeurer chez nous. Elle estimait qu'elles méritaient cette faveur, qu'elles étaient attentives, empressées, toujours prêtes à dire des choses flatteuses à tout le monde, à faire tout ce que Harry voulait, et mille jolis petits ouvrages. Enfin, que c'étaient deux compagnes très agréables, car sans cela elle vous aurait invitées toutes les deux à rester avec nous, pendant que votre bonne amie soignait sa fille. «Je voudrais à présent de tout mon cœur, a-t-elle dit de ce ton affectueux que vous lui connaissez, que nous eussions invité vos sœurs, puisqu'il n'est pas question de ce que nous avons craint…»

Ici, John s'arrêta en s'admirant d'avoir si bien parlé, et afin d'être remercié de la bonté de Fanny; ce qui fut fait avec un air d'ironie que John ne remarqua point. Il continua:

– Ce que la pauvre Mrs Ferrars a souffert quand sa fille lui a appris la chose ne peut être décrit ! Pendant qu'avec une affection vraiment maternelle, elle arrangeait pour son fils un superbe mariage, apprendre tout à coup qu'il est engagé avec une autre, et quel autre, mon Dieu ! Une petite fille sans naissance, sans fortune, venant d'on ne sait où…

Ici, Mrs Jennings voulut éclater. Elinor la retint en lui serrant doucement la main ; elle se tut pour le moment.

– Jamais de la vie, poursuivit John, un tel soupçon ne lui serait entré dans la tête, et si elle le croyait attaché à quelqu'un, c'était tout d'un autre côté… vous m'entendez ? Moi-même et Fanny pensions de même. Enfin, cette bonne mère était à l'agonie. Nous nous sommes consultés sur ce qu'il y avait à faire, et elle s'est décidée à envoyer chercher Edward. Il est venu immédiatement. Mais je suis fâché, vraiment fâché d'avoir à raconter ce qui suit ; et d'ailleurs vous en savez assez, je pense. Je vous ai dit la cause du mal de Fanny, vous savez qu'elle est mieux ; cela vous suffit, je crois. Le reste s'apprendra en son temps.

– Non, non, mon frère, s'écria Elinor, dites-nous tout, nous voulons tout savoir ! Le sort d'Ed… de Mr Ferrars nous intéresse aussi. Qu'a-t-il dit ? Que veut-il faire ?

– Il ne mérite guère cet intérêt, et je vous avoue que j'attendais autre chose de lui. Je suis vraiment indigné ! Croiriez-vous que, malgré tout ce que sa

mère, sa sœur et moi-même, dont l'avis n'est pas
à dédaigner, nous avons pu lui dire et lui représenter
pour rompre son engagement, tout a été inutile ?
La bonne Fanny est allée jusqu'à la prière : devoir,
affection, tout a été sans effet. Je n'aurais jamais
pu imaginer qu'Edward soit aussi entêté, aussi
insensible ! Sa mère a eu la condescendance de lui
expliquer ce qu'il pouvait attendre de sa libéralité,
s'il consentait à épouser miss Morton. Elle lui
a dit qu'elle lui donnerait ses terres de Norfolk,
qui rapportent clair et net mille livres de revenu ;
elle lui a même offert à la fin douze cents livres,
lui déclarant en même temps que s'il persistait
dans sa basse liaison, il se dirigeait vers la misère
la plus complète, que les deux mille livres de
capital qui sont à lui, et qu'elle ne peut lui ôter,
seraient tout ce qu'il aurait jamais à prétendre,
qu'elle ne le verrait plus, et que loin de lui prêter
jamais la moindre assistance s'il voulait prendre
un état pour gagner quelque chose, elle ferait tout
son possible pour lui nuire et l'empêcher d'obtenir
une place...

Elinor éleva les yeux au ciel avec une expression
impossible à rendre. Marianne, au comble de l'indignation, joignit les mains et s'écria :

– Grand Dieu ! Cela est-il possible ?

– Je comprends votre étonnement, Marianne, assura
John Dashwood, d'une obstination qui a pu résister
à de tels arguments. Votre exclamation est très juste.

Elle allait répliquer, mais Elinor lui jeta un regard

suppliant, qui disait en même temps : « À qui voulez-vous parler ? » Elle le comprit et se tut, mais ses yeux parlaient pour elle.

– Tout, continua John, fut inutile. Edward dit peu de choses, mais de la manière la plus ferme et la plus décidée. « Je l'ai promis et je tiendrai mes engagements. » Voilà tout ce que nous avons pu obtenir de lui. Vous voyez à présent comme on peut se fier aux apparences. Qui aurait cru Edward capable de répondre ainsi à sa mère ?

– Moi, déclara enfin Mrs Jennings, qui brûlait de parler. Dès que je l'ai connu, je l'ai regardé comme un honnête homme, et je pense que s'il avait cédé, il aurait agi comme un coquin et un parjure. J'ai quelques mots aussi à dire dans cette affaire ; ainsi, Mr Dashwood, je vous prie de m'excuser si je vous révèle ma façon de penser. Lucy Steele est ma cousine, et celle aussi de lady Middleton, dont le nom et le titre valent bien autant que ceux de Mrs Ferrars. Quant à Lucy, elle n'est pas riche, et ce n'est pas sa faute, mais elle est jolie et gentille, on ne peut pas lui nier cela, elle mérite aussi bien qu'une autre d'avoir un bon mari. Vous ne saviez pas d'où elle venait ; eh bien, vous allez le savoir : son père était mon cousin issu de germain.

John Dashwood fut très étonné. Toutefois, il était d'une nature pacifique, et jamais il ne cherchait à offenser personne, surtout si c'était quelqu'un de riche. Loin donc de se fâcher contre Mrs Jennings, il fut sur le point de lui demander pardon.

– Je vous assure, madame, répondit-il, que je ne veux manquer de respect à aucun de vos parents. J'ignorais que mesdemoiselles Steele avaient l'honneur de vous être apparentées. Miss Lucy m'a toujours paru une jeune personne très méritante, très aimable, pour qui nous avions, j'ose le dire, beaucoup d'amitié. Mais, dans le cas présent, vous comprenez qu'une liaison est impossible ; et si vous me permettez de vous le dire, être entrée dans un secret engagement avec un jeune homme de famille riche, comme Mr Ferrars, qui était remis aux soins de son oncle, est peut-être… comment dirai-je cela… un peu extraordinaire. En un mot, je ne me permets aucune réflexion sur la conduite d'une personne à qui vous vous intéressez, Mrs Jennings. Nous souhaitons tous qu'elle soit heureuse ; mais j'en doute fort, car Mrs Ferrars tiendra sa parole. Elle agit comme une bonne mère, et selon sa conscience ; elle s'est montrée désintéressée, libérale et juste. Doit-on traiter un enfant désobéissant comme un enfant soumis ? Voyez Fanny ; elle consulte encore sa mère sur tout ce qu'elle fait, comme si elle n'était pas mariée. Quoiqu'elle m'aime à la folie, je suis sûr qu'elle ne m'aurait jamais épousé si Mrs Ferrars l'avait menacée comme Edward. Il a rejeté le bon lot qui lui était offert, et je crains qu'il n'en ait un bien mauvais.

Marianne soupira profondément et le cœur de la pauvre Elinor était déchiré en pensant à ce qu'Edward devait avoir souffert pour une femme qui ne pouvait le récompenser.

– Eh bien, monsieur, comment cela a-t-il fini ? questionna Mrs Jennings.

– Je suis fâché, madame, d'avoir à vous l'apprendre : par une rupture complète entre la mère et le fils. Edward est rejeté pour toujours ; Mrs Ferrars n'a plus que deux enfants, Robert et Fanny. Edward a quitté hier la maison, mais est-il parti ou resté en ville, c'est ce que j'ignore. Vous comprenez que nous ne pouvons plus avoir de relations avec lui.

– Pauvre jeune homme ! s'écria Elinor. Que va-t-il devenir ?

– Le mari de Lucy Steele sans doute, répliqua John, et un pauvre misérable qui aura à peine de quoi se nourrir ; c'est fort triste, cependant voilà ce qui est sûr. Né avec l'espoir d'une telle fortune et se voir réduit presque à rien, je ne puis concevoir une situation plus déplorable ! L'intérêt de deux mille livres ! Comment un homme peut-il vivre avec cela ? Ajoutez encore à cela le souvenir qu'il aurait pu, s'il n'avait pas été un fou, avoir les deux mille livres de revenu et cinq cents par-dessus, car miss Morton aura, le jour de sa noce, trente mille. Je ne puis me peindre un pareil sort ! Nous le déplorons vivement, sa sœur et moi, je vous assure, d'autant plus qu'il n'est pas en notre pouvoir de l'assister sans désobéir à notre mère et courir peut-être les mêmes risques que lui.

– Pauvre jeune homme ! s'écria à son tour Mrs Jennings. Il serait le bienvenu s'il voulait venir loger chez moi. Je le lui dirais si je pouvais le voir.

Elinor la remercia de sa bonté pour Edward.

– S'il avait voulu, madame, il aurait une bonne maison, où il aurait pu nous inviter très souvent. À présent tout est fini, et si jamais il a une chaumière ou quelque logement semblable, je doute que personne soit tenté d'aller le voir; on y ferait maigre chère. Ce qu'il y a de pis, c'est que c'est sans retour, car il se prépare quelque chose contre lui et on ne s'en tiendra pas aux menaces. Mrs Ferrars est déterminée, avec sa bonté et sa justice coutumières, à donner immédiatement à Robert ce que devait avoir Edward, et à lui assurer mille livres par an. Je viens de la laisser avec son avocat parlant de cette affaire.

– Bien, gronda Mrs Jennings, elle se venge. Chacun sa manière. La mienne ne serait pas de rendre un de mes fils indépendant, parce que l'autre m'aurait blessée.

Marianne se leva et fit les cent pas dans la pièce.

– Y a-t-il quelque chose de plus piquant, fit remarquer John, de plus désespérant que de voir son frère cadet en possession d'un bien qui devait vous appartenir. Pauvre Edward! Il est bien coupable, mais aussi bien à plaindre.

Il se leva et prit congé d'elles, en leur assurant sans cesse que Fanny n'était point en danger, qu'elles pouvaient être tranquilles, qu'il n'y avait lieu à aucune inquiétude.

À peine fut-il sorti que les trois dames, unanimes dans leurs sentiments, louèrent la noble conduite et le désintéressement d'Edward, autant qu'elles blâmèrent Mrs Ferrars et Dashwood. L'indignation de

Marianne éclata avec violence. Elinor ne disait rien, mais elle admirait et plaignait Edward de toute la force de son cœur. Mrs Jennings était de leur avis à toutes deux. Elle mit beaucoup de chaleur dans ses éloges de la conduite d'Edward, dont la possession de sa chère Lucy serait la récompense. Elinor et Marianne savaient seules combien il avait de mérite d'avoir écouté la voix de l'honneur aux dépens de sa fortune et de celle même de tout son bonheur, et combien son dédommagement serait peu de chose, excepté cependant celui du témoignage de sa conscience, qui l'emporte surtout chez un honnête homme. Elinor était fière de la vertu de celui qu'elle aimait, et Marianne lui pardonnait ses torts par compassion pour son malheur. Mais quoiqu'il n'y eût plus désormais de secret à garder, et qu'on pût en parler librement, c'était un sujet de conversation que les deux sœurs évitaient dans leur tête-à-tête autant qu'il leur était possible. Elinor parce qu'elle préférait en détourner sa pensée, et Marianne parce qu'elle redoutait la comparaison qu'elle ne pouvait s'empêcher de faire elle-même de sa conduite avec celle de sa sœur. Elle sentait vivement cette différence, mais non pas, comme Elinor l'avait espéré, pour y puiser des forces et du courage. Elle n'y trouvait qu'un nouveau sujet de peine, par les reproches amers qu'elle se faisait elle-même de n'avoir pas montré plus de fermeté, ni su cacher aussi sa douleur dans les commencements. À présent, sa santé détruite influait sur son moral ; elle se trouvait trop faible pour rien tenter et se laissait toujours plus aller à son abattement.

Pendant deux jours, elles n'apprirent rien de nouveau, mais elles en savaient assez pour occuper la tête et la langue de Mrs Jennings, qui se décida à aller faire une visite à Holborn à ses cousines Steele, plus encore par curiosité que par intérêt.

Le troisième jour était un dimanche et le temps était si beau pour la saison (c'était la seconde semaine de mars) qu'elle eut envie d'aller se promener dans les jardins de Kensington, où il y aurait sûrement beaucoup de monde, et proposa à Elinor de l'accompagner.

– Je parie, lui dit-elle, que nous trouverons là les Steele et que je n'aurai pas besoin d'aller plus loin. Je n'ai pas trop d'envie, je dois l'avouer, de faire connaissance avec les parents chez qui elles demeurent, ce sont des gens un peu communs. Vous comprenez, à présent, j'ai pris un autre ton, d'autres habitudes. J'irai pourtant à Holborn si elles ne sont pas à Kensington, et si vous ne voulez pas venir avec moi, je vous enverrai chez votre frère. Mais pourquoi ne rendriez-vous pas visite à cette chère Lucy qui vous aime tant et dans une occasion si importante ? Peut-être y trouverez-vous Mr Ferrars et pourrez leur faire votre compliment en même temps.

Elinor répondit seulement qu'elle serait bien aise d'aller savoir des nouvelles de sa belle-sœur, et se prépara à suivre Mrs Jennings. La languissante

Marianne, qui craignait de rencontrer Willoughby, préféra rester.

Le jardin était en effet rempli de promeneurs. Une intime connaissance de Mrs Jennings se joignit à elles. Elinor les laissa converser ensemble et s'abandonna à ses réflexions, tout en regardant avec un peu d'effroi autour d'elle, tremblant de rencontrer Edward ou Willoughby. Elle ne vit ni l'un ni l'autre, et pendant longtemps personne qui pût interrompre le cours de ses pensées. Mais, au détour d'une allée, elles virent, au milieu d'un groupe de promeneurs, la grosse Anne Steele, plus parée qu'à l'ordinaire et couverte de rubans couleur de rose. Dès qu'elle aperçut Elinor, celle-ci quitta ses amis et vint auprès d'elle, d'abord avec un peu de timidité, mais Mrs Jennings la salua si amicalement et Elinor si poliment qu'elle reprit courage et dit à sa compagnie de continuer sans elle, qu'elle se promènerait un peu avec ces dames. Pendant ce temps-là, Mrs Jennings soufflait à l'oreille d'Elinor :

– Allez avec elle, ma chère, et faites-la parler, elle vous dira tout ce que vous voudrez. Vous voyez que je ne puis quitter Mrs Clarke.

Elinor n'éprouva pas de difficultés à exécuter les ordres de Mrs Jennings. Anne passa familièrement son bras dans celui de miss Dashwood, et l'entraîna en avant. Ce qui fut heureux pour la curiosité de Mrs Jennings, c'est qu'Anne parla tant qu'on voulut sans la provoquer, car Elinor ne lui fit pas une seule question.

– Je suis ravie de vous avoir rencontrée, assura miss Steele, je désirais vous voir plus que toute autre, et baissant la voix : Vous avez appris la grande nouvelle, je suppose. Mrs Jennings est-elle bien en colère ?

– Contre vous ? Non, pas du tout, je vous assure.

– Eh bien, voilà déjà une bonne chose ! Et lady Middleton est-elle bien fâchée ?

– Je ne l'ai pas vue, mais je ne puis le supposer.

– Allons ! Voilà du bonheur et je suis bien contente. Ah ! mon Dieu, mon Dieu, miss Dashwood, j'en ai bien eu assez à supporter de colère, et de votre belle-sœur, et de Lucy. Je n'avais encore jamais vu Lucy dans une telle rage contre moi, et cependant elle me gronde souvent, comme vous savez, parce qu'elle a, dit-elle, beaucoup plus d'esprit que moi. Je n'y peux rien, chacun est comme il peut dans ce bas monde. Sur le coup, elle a juré que, de sa vie, elle ne me broderait plus un seul bonnet, qu'elle ne m'aiderait plus à m'habiller, car, voyez-vous, elle fait tout cela beaucoup mieux que moi. Mais, à présent, elle est tout à fait revenue, et bien aise que j'aie parlé ; elle s'en mariera plus tôt. Aussi, regardez, elle m'a donné ce ruban qu'elle a retourné et bouclé sur mon chapeau. Ah ! Miss Dashwood, je sais bien que vous allez rire, et ce que vous me direz, mais pourquoi ne mettrais-je pas des rubans roses ? Est-ce ma faute si c'est la couleur favorite du Dr Donavan et s'il trouve qu'elle me va bien ? Jamais je ne l'aurais deviné s'il ne m'avait pas dit l'autre jour : « Je crois, miss Anne, que vous avez le même teinturier pour vos rubans que pour vos joues, car c'est la même nuance.» N'était-ce pas joli cela, miss Dashwood? Je crois bien que mon visage est alors devenu plus rouge que mon ruban. Mais, depuis, j'ai toujours mis des rubans couleur de rose, vous comprenez; et Lucy m'a fait bien plaisir de me donner le sien. Mes cousines me font un peu enrager là-dessus, mais qu'est-ce que cela me fait? Si je le rencontre, il me dira quelque jolie chose là-dessus.

Elinor, qui n'avait rien à dire sur les rubans et l'amour d'Anne, et qui désirait savoir autre chose, prit sur elle de lui demander des nouvelles de sa sœur, et pourquoi elle n'était pas à Kensington.

– Pourquoi? Cela se demande-t-il? C'est qu'elle a son amoureux auprès d'elle, et qu'il préfère lui parler librement que de se promener.

Le Dr Donavan aurait aussi pu dans ce moment complimenter Elinor sur la teinte de ses joues.

– Nous commencions à être tous bien en peine, continua Anne. C'est mercredi que l'affaire a été découverte et que nous avons été renvoyées de chez votre frère, et nous n'avons pas entendu parler d'Edward, ni jeudi, ni vendredi, ni samedi. Nous ne savions pas ce qu'il était devenu. Ma cousine Godby, et ma tante Spark, et mon cousin Richard, tout le monde disait à Lucy d'en prendre son parti, que Mr Ferrars ne serait pas pour elle, qu'il faudrait qu'il soit fou de rejeter une femme qui a trente mille livres, pour en prendre une qui n'a rien du tout. Richard affirmait que, quant à lui, il ne le ferait pour rien au monde. « Je puis l'obliger à m'épouser, répétait Lucy, j'ai ses promesses signées de lui. Il ne s'en fallait que d'un mois ou deux qu'il ne soit majeur. » « Quand il ne s'en faudrait que d'un jour, répliquait Richard, rien ne l'oblige à les tenir ; et s'il faut plaider, on ne plaide pas sans argent, et vous en donnera qui voudra. »

« Lucy ne savait que dire, elle voulait lui écrire, mais elle ne savait où adresser sa lettre. Enfin, ce matin, comme nous revenions de l'église, il est arrivé, un peu triste, il m'a semblé, mais il y a bien de quoi ! Il nous a tout raconté, et ce que sa mère lui a dit et ce qu'il a répondu, qu'il voulait Lucy, seulement Lucy, et aucune autre, puisqu'il le lui avait promis ; et comme sa mère alors l'avait déshérité et chassé de chez elle. Lucy était bien triste aussi en entendant cela, vous comprenez, mais Edward a pourtant deux mille livres qu'on ne peut lui ôter ; et qui sait si Lucy trouverait si vite un autre mari ? Elle a pensé tout cela, et elle a dit à Edward qu'il pourrait fort bien vivre là-dessus. « Je vous en conjure, chère Lucy, l'implorait-il, réfléchissez-y bien, je ne veux pas vous entraîner à votre perte, et quoique je sois prêt à tenir mes engagements, je vous dégage des vôtres, si vous estimez que je ne suis plus assez riche pour vous épouser. Je ne puis supporter de vous placer dans une situation qui peut devenir déplorable. Si quelque malheur me faisait perdre mes deux mille livres, je serais sans ressource quelconque. J'ai bien l'idée d'entrer dans les ordres et de suivre la carrière de l'Église, mais sans protection, je ne puis prétendre qu'à une simple cure; et vous savez que c'est bien peu de chose. Vous êtes donc libre, Lucy: renoncez à moi si vous le préférez. Je comprendrai vos raisons et je n'en serai pas du tout blessé. C'est pour votre intérêt seul que je vous le propose, car pour le mien, mon sort est fixé! Je ne puis obéir à ma mère, elle m'a rejeté si je n'épousais pas miss Morton, et je ne l'épouserai jamais. Si vous consentez à rompre notre engagement, j'ai assez pour moi seul et jamais je ne me marierai.»

– Et qu'a répondu Lucy? demanda Elinor dans une grande agitation.

– Vous concevez bien qu'elle n'a pas voulu envisager une rupture. Le pauvre garçon! Moi, j'étais prête à pleurer de l'entendre parler ainsi. Ma sœur lui a dit bien des choses, vous vous en doutez. Il n'est pas convenable, pour nous qui ne sommes pas encore mariées, de répéter des propos d'amour. Vous comprenez ce qu'elle pouvait dire: qu'elle voulait l'épouser absolument, qu'elle aimait mieux vivre de rien avec lui et partager sa bonne ou sa mauvaise fortune. Sûrement il était bien heureux et bien touché, car il s'est levé et a fait les cent pas dans la chambre, et j'ai vu qu'il essuyait ses yeux – tenez, il a pressé son mouchoir dessus comme cela. Pourquoi aurait-il fait ainsi s'il n'avait pas pleuré de joie? Ensuite, il s'est assis près de ma sœur, il lui a pris la main et lui a dit… attendez que je me le rappelle... oui, oui c'est bien ainsi. Il lui a dit : « Chère Lucy, je vous remercie de votre confiance en mon honneur et de votre attachement pour moi. Ils ne seront pas trompés et je m'efforcerai de vous rendre heureuse. » Il fallait entendre comme il soupirait en finissant.

« Ils ont ensuite convenu qu'il irait directement à Oxford prendre les ordres et qu'ils attendraient pour se marier qu'il ait une bonne cure où ils pourront se loger. Voilà tout ce que j'ai entendu. Ma cousine est venue me dire que Mrs Richardson était en bas dans son carrosse et voulait mener une de nous à Kensington. J'ai donc été forcée d'entrer dans la chambre et de les interrompre pour demander à Lucy si elle voulait y aller, mais elle n'a pas voulu quitter Edward. J'en ai été bien aise à cause de mon joli chapeau rose, vous comprenez. Je n'ai eu que le temps de l'attacher, de mettre mes souliers de soie, et me voici bien contente de vous voir et de vous conter tout cela.

– Il y a une seule chose dans votre récit que je ne comprends pas, dit Elinor. Vous êtes entrée dans la chambre et vous les avez interrompus, n'étiez-vous donc pas avec eux ?

– Non certainement je n'y étais pas, répliqua Anne fièrement. Croyez-vous que je ne sache pas que les amoureux aiment à être seuls ? Et puis Lucy m'aurait bien grondée. Non, non, dès qu'il est entré, je suis sortie, mais j'ai tout vu et tout entendu par le trou de la serrure.

– Comment! s'écria Elinor. Vous m'avez répété ce que vous avez appris de cette manière? Je suis fâchée de ne l'avoir pas su auparavant, car bien sûrement je n'aurais pas souffert que vous me donniez le moindre détail d'un entretien que vous deviez ignorer vous-même. C'est mal de votre part, j'ose vous le dire, de surprendre ainsi les secrets de votre sœur.

– Eh! Pourquoi pas? lança Anne en riant. Il n'y a point de mal à cela. Je suis bien sûre que Lucy ferait de même. Quand mon amie Martha Sharpe vient me voir et me conter ses amours – car elle a un amoureux aussi qui l'aime bien –, Lucy se cache toujours dans le cabinet ou derrière le paravent pour nous écouter. Comment saurait-on ce qu'on veut cacher si on n'écoutait pas? D'ailleurs ne sais-je pas tout depuis longtemps? N'étais-je pas sa confidente?

– Sans doute, reprit Elinor, elle aime Edward bien tendrement?

– Oh oui! Passionnément, surtout dans les commencements. À présent, entre nous, elle le trouve un peu froid. Elle dit que c'est bien dommage qu'il ne soit pas beau et gentil comme son frère. Mais enfin elle l'aime assez pour l'épouser, et elle fait bien. Il n'en viendrait peut-être pas un autre; et puis saurait-on dans le monde si c'est elle qui ne l'a pas voulu? Chacun croirait que c'est lui, et voyez le bel honneur! Lucy n'est pas si bête.

« Pauvre Edward, pensa Elinor, à quelle femme va-t-il être associé!… »

Les amis de miss Steele revinrent à cet instant.

– Voilà les Richardson, déclara-t-elle, il faut que j'aille les rejoindre. Bon ! Je crois que le docteur est avec eux, que vais-je faire ? On dira que c'est pour lui que je reviens. Adieu, chère Elinor ! Je n'ai pas le temps de parler à Mrs Jennings, dites-lui que je suis bien contente qu'elle ne soit pas fâchée, et à lady Middleton aussi. Quand vous serez rentrées, si Mrs Jennings veut de nous, elle n'a qu'à dire… Bon ! Les Richardson me font signe ; adieu !

Et elle courut les rejoindre, eux et le cher docteur.

CHAPITRE 40

Mrs Clarke et Jennings se promenèrent encore quelque temps. Elinor, silencieuse à côté d'elles, réfléchissait à ce que venait de lui dire Anne. Elle n'avait appris dans le fond que ce qu'elle avait prévu. Le mariage de Lucy et d'Edward était décidé. Le moment seulement était encore incertain. Tout dépendait de cette cure ou de ce bénéfice, et il avait peu de chance d'en trouver un immédiatement. Ces sortes de places requéraient de l'ambition. Edward était trop timide, et peut-être trop fier pour solliciter, et il n'avait pas de protecteur. Mrs Ferrars ne manquerait pas, ainsi qu'elle l'avait annoncé, de lui nuire auprès de leurs connaissances, en le représentant comme un fils entêté et rebelle. Et si Lucy, lasse d'attendre... Mais non, tout prouvait qu'elle tenait à se marier et à devenir Mrs Ferrars à tout prix.

Dès que l'amie de Mrs Jennings les eut quittées, elles remontèrent en carrosse, et Mrs Jennings questionna Elinor sur ce qu'elle avait appris de miss Steele. Mais Elinor, n'aimant pas à répéter des propos écoutés en fraude par le trou de la serrure, se contenta de lui dire ce qu'elle était sûre que Lucy aurait dit elle-même : que son engagement avec Edward subsistait et leur projet d'établissement. Ce fut tout ce que Mrs Jennings put obtenir.

– Comment ? Ils veulent attendre pour se marier qu'il ait un bénéfice ! Mais c'est de la folie, tout le monde sait avec quelle difficulté cela s'acquiert. Ceux qui ont à nommer quelqu'un pour un bénéfice l'offrent à un de leurs parents, ou le vendent bien cher. Peut-être qu'on lui fera de belles promesses pendant une année ou deux, puis il faudra qu'il se contente d'être vicaire de quelque paroisse pour trente ou quarante livres. L'intérêt de ses deux mille, cent ou deux cents peut-être, que l'oncle Pratt consentira pour l'honneur de marier sa nièce à son noble pupille : voilà tout ce qu'ils auront pour vivre, les pauvres gens ! Et avec cela un enfant chaque année. Ils me font bien pitié ! Il faut que je voie ce que je pourrai leur donner pour meubler leur presbytère. Quant à la sœur de ma Betty, ce n'est pas ce qu'il leur convient ; il ne leur faut qu'une fille de campagne qui fasse toute la besogne et un homme pour travailler au jardin : voilà tout ce qu'il leur faut, et pas davantage.

Le matin suivant, Elinor reçut par la petite poste une lettre de Lucy, qui contenait ce qui suit et qui était assez mal orthographiée.

Holborn.
Bartlett's Building, mars

J'espère que ma chère Elinor excusera la liberté que je prends de lui écrire, mais je sais que son amitié pour moi lui fera trouver un grand plaisir à apprendre que je vais bientôt être heureuse avec mon cher Edward, après bien des peines. Nous avons bien souffert, mais à présent tout va bien, et notre amour mutuel est et sera pour nous une source inépuisable de bonheur. Nous avons eu bien des épreuves, bien des persécutions, néanmoins, décidés comme nous l'étions à tout surmonter, nous avons tout souffert avec courage. Une amie comme vous fait plus de bien que les ennemis ne peuvent faire de mal. J'ai dit à Edward combien vous aviez été bonne pour moi, et je vous assure qu'il en est bien reconnaissant. Je suis sûre que vous et la chère Mrs Jennings serez bien aises d'apprendre que je viens de passer deux heures avec mon bien-aimé Edward, et que j'en suis contente à tous égards. Il n'est rien qu'il ne soit prêt à sacrifier à sa Lucy, et jamais il n'a voulu entendre parler de nous séparer, quoi que j'aie pu lui dire, car je pensais qu'il était de mon devoir, quoiqu'il pût m'en coûter, de l'inviter à ne pas se brouiller avec sa mère et à ne pas renoncer à sa fortune. Je suis même allée jusqu'à lui offrir de partir à l'instant même et de ne pas revenir à Londres qu'il ne fût marié ; mais il a repoussé vivement cette idée. Il m'a juré que, jamais, il n'épouserait que moi et que la colère de sa mère n'était rien pour lui, puisque je l'aimais, et qu'il ne regretterait aucune fortune avec moi. Il est sûr que nos espérances ne sont pas brillantes, mais nous attendons, et peut-être que tout ira mieux que nous ne le pensons. Il va prendre les ordres incessamment, et s'il peut avoir un bénéfice, ne fût-il que de cent livres de revenu, et une bonne habitation, nous vivrons très bien. S'il était en votre pouvoir, chère Elinor, de nous recommander à ceux qui ont un bénéfice à donner, ne nous oubliez pas, je vous en prie, et dites quelques bonnes paroles pour nous à sir George, à Mr Palmer, au colonel Brandon, etc., etc., etc. Je serai plus heureuse encore si c'est à vous que je dois mon bonheur. Je suis sûre que vous avez été très inquiète en apprenant la fatale découverte du secret que vous seule saviez, et que vous avez si bien gardé. Ma sœur Anne, qui cause toujours sans savoir ce qu'elle dit, n'a pas été aussi discrète. Mais comme son intention était bonne, et qu'elle a avancé mon bonheur, je ne m'en plains pas.

Dites à Mrs Jennings que j'ai été trop troublée pour pouvoir lui rendre visite, mais que si elle voulait venir à Holborn un de ces matins, ce serait une grande bonté de sa part. Mes cousins seraient fiers de faire sa connaissance.

Mon papier finit et m'oblige à vous quitter. Je vous prie de me rappeler au souvenir de sir George, de lady Middleton, de Mrs Palmer, et de tous les charmants enfants. Mes plus tendres amitiés à miss Marianne. Je suis bien sûre que celle qui fait profession d'aimer et d'estimer mon Edward est bien contente de le savoir sur la route du bonheur.

Je suis votre très obéissante servante, Lucy Steele.

Dès qu'Elinor eut fini de lire, elle remit la lettre entre les mains de Mrs Jennings, pensant que c'était un des buts dans lesquels elle avait été écrite. L'autre ne laissait aucun doute : elle voulait jouir de son triomphe en humiliant sa rivale. Elinor se rappelait ce que la simple Anne lui avait raconté de l'entretien d'Edward et de Lucy ; que c'était lui qui l'avait pressée de rompre et qu'elle l'avait absolument refusé. Elle disait exactement le contraire, et cette petite fausseté inutile fit de la peine à Elinor. Sa seule consolation aurait été le bonheur d'Edward et tout lui indiquait qu'il était impossible, jusqu'à cette lettre écrite d'un style si commun et dans un si mauvais esprit. Cependant tout était décidé, c'était l'épouse d'Edward, c'était sa rivale heureuse, triomphante. Elle chercha à oublier ses torts, à croire qu'elle se les exagérait peut-être, et que du moins Lucy aimerait passionnément son mari et s'en ferait aimer.

Mrs Jennings, moins difficile, lisait et admirait la lettre de sa jeune parente.

– Très bien, très joliment tournée. Et ce qu'elle a proposé à Edward, très généreux en vérité, et je ne suis pas surprise qu'il ne l'ait pas accepté. Il l'en aimera davantage. Pauvres enfants ! Leur amour me touche au fond de l'âme. Je voudrais leur procurer un bénéfice de tout mon cœur. Voyez, elle m'appelle sa «chère» Mrs Jennings. Bon cœur de fille s'il en fut jamais ! Oui, oui, j'irai la voir et l'embrasser bien sûrement. Comme elle est attentive, comme elle n'oublie personne, pas même les enfants ! C'est la plus jolie lettre que j'aie vue de ma vie, elle me donne grande opinion du cœur et de l'esprit de Lucy. Mr Ferrars, vous le verrez, sera heureux comme un prince avec une telle femme.

Quelques jours s'écoulèrent encore sans rien amener de nouveau qu'une impatience très vive et très naturelle de Marianne de quitter Londres. La crainte de rencontrer Willoughby, ou d'en entendre parler, l'obligeait à rester chez elle comme dans une prison. Elle soupirait après le plein air, la liberté, et surtout après sa mère. Elinor ne le désirait pas moins, mais ne savait comment l'effectuer. Il ne convenait pas à deux jeunes personnes de faire seules un si grand voyage et la santé si chancelante de Marianne y était encore un obstacle. À peine Elinor croyait-elle qu'elle pût le supporter. Elle en parla à leur bonne hôtesse et la consulta sur les meilleurs moyens de lever ces difficultés. Mrs Jennings résista à l'idée de leur départ avec toute l'éloquence de sa bonne volonté et de sa tendre amitié, mais Elinor, mettant toujours en avant la santé de Marianne, le besoin évident pour elle de respirer un air plus pur que celui de Londres et son désir d'être à la campagne, Mrs Jennings fit une proposition qu'Elinor trouva très acceptable. Les Palmer devaient partir pour leur terre de Cleveland à la fin mars, c'est-à-dire dans une quinzaine de jours, et Charlotte avait prié sa mère d'y venir avec ses deux jeunes amies passer la semaine de Pâques. Mr Palmer s'était joint aussi à sa femme pour les en presser avec beaucoup de politesse. Ses manières avaient tout à fait changé depuis que sa femme lui avait donné un fils. Il aimait cet enfant à la folie et celle qui le lui avait donné s'en ressentait : il était plus tendre avec elle, plus honnête avec sa belle-mère, à qui il était reconnaissant d'aimer aussi passionnément le petit garçon, et plus poli, plus doux en général avec tout le monde, et surtout avec les demoiselles Dashwood. Le malheur et le changement de Marianne l'intéressaient et il aimait à causer agréablement avec Elinor. On se rappelle qu'elle l'avait d'abord jugé plus favorablement que ses manières n'y donnaient lieu. Elle était bien aise de son côté qu'il eût justifié l'idée qu'elle avait eue de lui. Charlotte elle-même, dans son nouvel état de mère qui l'occupait beaucoup, était aussi devenue moins insignifiante. De sorte qu'Elinor consentit sans peine à ce projet qui les rapprochait d'ailleurs beaucoup de Barton.

Mais il fallait que Marianne le voulût aussi, et dès les premiers mots qu'Elinor lui en dit, elle s'écria vivement et dans une grande agitation :

– Non, non, je ne puis aller à Cleveland ; ne savez-vous pas ?… N'avez-vous pas pensé ?… Oh ! non, non, je ne puis y aller.

– Vous oubliez vous-même, dit doucement Elinor, que Cleveland n'est pas dans le voisinage de… qu'il y a plus de trente milles de distance… et…

– Mais enfin il est en Somersetshire, là où je croyais… Là où mes pensées ont erré si souvent. Non, Elinor, n'espérez pas de m'y voir jamais.

Elinor ne pouvait pas disputer avec elle sur un sentiment, mais elle tâcha d'en réveiller un autre dans le cœur de sa sœur, en lui représentant que ce serait un moyen de rejoindre plus tôt – et d'une manière plus sûre et plus convenable qu'aucune autre – leur chère et bonne mère qu'elle désirait si ardemment revoir. De Cleveland, qui n'était qu'à quelques miles de Bristol, il n'y avait pas plus d'une bonne journée pour se rendre à Barton. Mrs Palmer leur donnerait sûrement son carrosse et les accompagnerait peut-être jusqu'à Bristol, où le domestique de leur mère viendrait les prendre et les escorter jusque chez elles.

– Rien ne nous oblige, assura-t-elle à Marianne, à rester plus d'une semaine à Cleveland. Ainsi, dans moins de trois semaines, nous pouvons être à notre cher cottage.

Marianne n'eut rien à répondre. Son affection pour sa mère triompha avec peu de difficulté de ces obstacles imaginaires. Elle réfléchit elle-même que Willoughby et sa femme étant encore à Londres, elle ne courrait pas le risque de les voir dans le Somersetshire, aussi consentit-elle à y aller.

Mrs Jennings fut la plus contrariée. Elle avait espéré ramener encore ses jeunes amies chez elle en revenant de Cleveland, les garder jusqu'au temps où elle irait chez son gendre Middleton, et les reconduire elle-même à leur mère. Elinor fut reconnaissante de ce projet, mais ne changea rien à leur dessein. On l'écrivit à Mrs Dashwood, qui en fut très contente. Ainsi leur retour fut-il arrangé de cette manière et Marianne, qui ne croyait trouver de consolation qu'à Barton, comptait les heures qui la séparaient du moment où elle reverrait cette demeure chérie et la meilleure des mères. Le malheur de sa sœur l'avait accablée de nouveau presque plus que le sien propre. D'abord elle aimait Elinor plus qu'elle-même, ensuite, il lui semblait que c'était une injustice du sort de ne pas tout accorder à une personne qui avait autant de mérite et de perfections.

Le colonel Brandon venait à peu près tous les jours. Mrs Jennings se hâta de lui dire la résolution de ses jeunes amies d'aller à Barton de chez les Palmer.

– Que deviendrons-nous, colonel, gémit-elle, sans ces chères filles qui veulent m'abandonner ? Et quand vous viendrez me voir – si du moins vous venez encore – et que vous verrez leur place vide et la bonne vieille Mrs Jennings seule et triste dans un coin du salon, qu'aurons-nous de mieux à faire que de bâiller ensemble et de pleurer leur absence ?

La bonne Mrs Jennings espérait que cette peinture de leur futur ennui l'amènerait enfin à parler et à offrir sa main à Elinor, dont elle le croyait fort épris. Elle crut parfaitement y avoir réussi quand elle le vit s'approcher d'Elinor, qui travaillait à côté de la fenêtre à prendre la dimension d'un dessin qu'elle voulait laisser à leur amie. Elle entendit qu'il lui demandait à demi-voix la permission de lui dire quelque chose. Mrs Jennings, assise sur le sofa, était assez éloignée d'eux pour ne pas les entendre, d'ailleurs elle était séparée d'eux par le piano où Marianne était établie. Toutefois, la vieille dame put remarquer que, dès les premiers mots du colonel, la physionomie d'Elinor avait exprimé une grande surprise, mêlée d'une vive émotion, qu'elle avait rougi et laissé son travail. Marianne cessa un moment son jeu pour choisir un autre morceau, alors quelques paroles du colonel vinrent frapper l'oreille de Mrs Jennings, qui, sans en avoir l'air, ne pouvait s'empêcher d'écouter. Elle entendit qu'il lui parlait de son habitation future.

– Delaford, disait-il, est situé dans un beau pays et les environs sont agréables, mais la maison, quoique commode, est petite, mal bâtie. J'y ferai toutes les réparations nécessaires.

Il n'y avait plus de doute, Elinor devait y résider. Néanmoins, Mrs Jennings trouvait ce compliment et ces réparations assez inutiles, et Delaford assez beau pour une personne qui habitait le cottage de Barton ; mais sans doute, c'était l'étiquette et l'usage, aussi entendit-elle avec plaisir Elinor lui répondre avec un doux sourire que ce ne serait point un obstacle. Le piano avait recommencé, Mrs Jennings n'entendit plus rien, mais l'entretien s'animait. Le colonel avait l'air satisfait, et Elinor attendrie et reconnaissante. « Nous y voilà, pensait la vieille dame, on ira seulement au cottage demander la bénédiction maternelle. Dans moins d'un mois, je la ramène ici pour faire ses emplettes de noce, et avant six semaines tout sera fini.» Un autre silence de Marianne lui permit d'intercepter ces mots du colonel, prononcés avec calme :

– Je crains que l'événement que je désire ne puisse pas avoir lieu de sitôt.

Étonnée et choquée que ce fût l'amoureux qui semblait demander un délai, elle allait dire quelques mots de surprise, mais elle pensa encore que c'était sans doute ainsi que faisaient les gens du bon ton, d'autant plus qu'Elinor, loin de paraître le moins du monde fâchée, lui répondit en souriant :

– Et moi, monsieur, j'espère au contraire qu'à présent il n'y aura plus d'obstacle et que votre généreux sentiment aura bientôt sa récompense.

«C'est clair cela, pensa Mrs Jennings. On pourrait peut-être trouver cela singulier ; quant à moi, j'aime cette franchise.» Mais elle fut surprise après cela de voir le colonel quitter Elinor de sang-froid, et peu après sortir de la pièce. «Il faut convenir, songea-t-elle, que le cher homme est un peu glacé ; mais il n'est plus très jeune, et si son amour est moins ardent il durera plus longtemps.»

Voici ce qu'il s'était passé entre eux pendant cet entretien.

– J'ai entendu parler, mademoiselle, lui avait dit le colonel, de l'injustice que votre ami Mr Edward Ferrars a soufferte de sa famille. Si je suis bien informé, il a été entièrement repoussé par sa mère, parce qu'il persévère dans ses engagements avec une jeune personne qu'il aime, dont il est aimé, dont sa mère et sa sœur faisaient beaucoup de cas et qui demeurait même chez la dernière comme une amie intime. Est-ce vrai, mademoiselle, je m'en rapporte à vous ?

Elinor dit que rien n'était plus vrai.

– La cruauté et le danger de séparer deux jeunes cœurs attachés l'un à l'autre depuis longtemps, déclara avec sentiment le colonel, m'ont toujours paru une des responsabilités les plus terribles. Il s'agit du bonheur ou du malheur, non seulement dans cette vie, mais aussi dans l'autre. Ma triste expérience là-dessus me fait trembler. Mrs Ferrars ne sait pas ce qu'elle fait, ni où elle peut entraîner son fils. Le malheur d'être déshérité est bien léger auprès de celui qui l'attendait dans un mariage forcé, et auprès des remords d'avoir manqué à sa parole. Je l'estime de sa noble résistance ; je ne l'ai vu que deux ou trois fois, mais il m'a plu dès notre première rencontre. C'est un jeune homme plein de mérite, sans aucun des ridicules et des travers si fréquents que l'on a lorsqu'on est élevé avec l'espoir d'une brillante fortune. Je m'intéresse à lui pour lui-même et parce qu'il est votre ami, et je voudrais que, dans ce moment fâcheux, cet intérêt puisse lui être utile. J'apprends qu'il va se faire consacrer et prendre le parti de l'Église – et je le loue encore d'avoir préféré cet état à d'autres plus brillants et moins respectables. Voudriez-vous avoir la bonté de lui dire que le bénéfice de ma terre de Delaford se trouve heureusement vacant ? J'en ai eu l'avis ces derniers jours, et s'il veut bien l'accepter, je serais heureux qu'il puisse lui convenir. Dans ces malheureuses circonstances, j'ai peut-être le droit de l'espérer ; mon seul regret est qu'il ne soit pas plus considérable. Le dernier recteur en tirait deux cents livres par année, mais je le crois très susceptible d'amélioration. Ce n'est pas sans doute une place aussi considérable qu'il le mériterait, mais telle qu'elle est, s'il veut bien l'accepter, j'ai un grand plaisir à la lui offrir, et je vous prie de l'en assurer.

L'étonnement d'Elinor en recevant cette commission eût à peine été plus grand s'il lui avait fait l'offre de sa main. Cette place, qu'elle croyait qu'Edward n'obtiendrait pas avant bien longtemps, et peut être jamais, lui était offerte. Il n'y avait plus d'obstacle à son mariage, et c'était elle qui était appelée à le lui apprendre – c'était en partie pour elle qu'on la lui donnait. Elle éprouvait là-dessus un tel mélange de sentiments contradictoires, qu'il n'est pas étonnant que Mrs Jennings ait attribué son émotion à une cause plus directe. Mais bientôt tout sentiment personnel s'effaça du cœur pur et noble d'Elinor. Elle ne ressentit plus qu'une profonde estime et une vive reconnaissance pour le généreux colonel qui se privait lui-même de l'avantage qu'il pouvait retirer de son bénéfice, pour obliger un homme intéressant et malheureux qu'il regardait comme l'ami d'Elinor. Elle le remercia de tout son cœur, lui parla d'Edward avec les éloges qu'elle savait qu'il méritait, et promit de se charger de cette commission avec plaisir, si réellement il préférait qu'un autre que lui-même en fût chargé. Néanmoins, elle lui fit observer que rien ne pouvait rendre cette heureuse nouvelle plus agréable à Mr Ferrars que de l'apprendre de la bouche même de son bienfaiteur. Elle espérait bien en être dispensée, et pour elle-même et pour Edward, qui souffrirait peut-être de lui avoir cette obligation. Cependant, le colonel, par des motifs de délicatesse, parut désirer si vivement que ce fût elle qui voulût bien remplir cet office qu'elle n'osa plus faire d'objection. Edward devait encore être à Londres, Anne lui avait dit son adresse : elle résolut de lui écrire le même jour. Lorsque cela fut arrangé, le colonel la pria encore de dire à son ami combien lui-même se trouvait heureux de s'assurer un si respectable et si bon voisinage. C'est alors qu'il parla avec regret de la petitesse de la maison et de son peu d'élégance, et qu'Elinor lui répondit, comme Mrs Jennings l'avait entendu, que ce ne serait pas un obstacle : une petite habitation, ajouta-t-elle, sera mieux proportionnée à leur fortune.

Le colonel parut surpris qu'Edward eut l'idée de se marier d'abord.

– Les revenus du bénéfice de Delaford, expliqua-t-il, seraient suffisants pour un célibataire, mais pour une famille qui s'augmentera peut-être beaucoup, avec les habitudes de Mr Ferrars et une jeune femme qui me paraît aimer assez le monde et la parure, il me semble impossible qu'il ait assez. Je le trouverais imprudent de s'établir avec cela, aussi, je ne le lui offre qu'en attendant mieux, et je ferai tout ce qui dépendra de moi pour lui en procurer un meilleur, qui le mette à même de vivre agréablement en famille. Ce que je fais à présent mérite à peine votre reconnaissance, puisque je n'avance pas le bonheur de votre ami, et je crains fort, je l'avoue, que l'événement que je désire ne puisse avoir lieu de sitôt.

Telles étaient les paroles par où le colonel finit, auxquelles Elinor répondit comme on l'a vu, et que Mrs Jennings interpréta à sa manière. Elle fut bien un peu surprise d'entendre Elinor remercier encore le colonel lorsqu'il sortit, et l'assurer de sa reconnaissance. «Ces gens du grand monde, pensa-t-elle, ont de singulières manières. Quand j'épousai feu mon cher Jennings, il était aussi plus riche que moi, je ne pensai point à le remercier de m'épouser puisqu'il m'aimait, et je trouvai que c'était à lui d'être reconnaissant. Mais sans doute ce sont là les belles manières.»

CHAPITRE 41

Marianne sortit aussi et Mrs Jennings en fut fort aise. Il lui tardait d'être seule avec Elinor et de lui faire son compliment.

– Eh bien ! Ma chère, lui lança-t-elle en souriant d'un air entendu, je ne vous demande pas ce que vous disait le colonel, car, quoique, sur ma parole, j'aie fait tout ce que je pouvais pour ne pas écouter, je n'ai pu m'empêcher d'en entendre assez pour m'expliquer toute l'affaire. Je vous assure que jamais rien ne m'a fait plus de plaisir, et je vous en félicite de tout mon cœur.

– Je vous remercie, madame, répondit Elinor. C'est sûrement un grand plaisir pour moi, qu'une chose que je croyais ne pouvoir s'effectuer avant bien longtemps, et peut-être jamais, se soit aussi vite décidée ; et je sens la bonté du colonel, de s'être adressé à moi plutôt qu'à d'autres. Peu d'hommes agiraient aussi généreusement que lui ; peu, fort peu ont un aussi bon cœur et sont aussi désintéressés. Je n'ai jamais été plus surprise.

– Vraiment, ma chère, vous êtes aussi par trop modeste. À quelle personne vouliez-vous qu'il s'adressât, qui lui convînt mieux que vous ? Quant à moi, je n'ai pas du tout été surprise ; j'y ai souvent pensé ces derniers temps, et j'étais sûre qu'il en viendrait là.

– Vous en avez jugé sûrement d'après la connaissance que vous aviez avant moi de l'humanité du colonel, et d'après sa bonté ; mais du moins vous ne pouviez prévoir qu'il trouverait aussitôt l'occasion de l'exercer.

– L'occasion ! répéta Mrs Jennings. Ah ! Quant à cela, lorsqu'un homme s'est mis une chose dans la tête, l'occasion s'en trouve toujours. Eh bien, ma chère, la noce suivra bientôt, je suppose, et je verrai un couple heureux s'il en fut jamais.

– Il faut l'espérer, approuva Elinor avec un triste sourire. Vous viendrez à Delaford bientôt après sans doute.

– Ah, ma chère, bien sûrement ! J'ai espoir qu'il y aura place pour moi, quoique la maison soit petite, au dire du colonel. Mais ne le croyez pas ; je vous assure, moi, qu'elle est belle et bonne. Je ne sais pas ce qu'il y aurait à réparer. Au reste, si cela l'amuse, il faut le laisser faire ; il est assez riche pour se donner ce plaisir.

Elles furent interrompues par le domestique, qui vint dire que le carrosse était à la porte ; et Mrs Jennings qui devait sortir se leva pour se préparer.

– Eh bien ! Ma chère, il faut que je vous quitte avant de vous avoir dit la moitié de ce que je pense, mais nous en bavarderons dans la soirée, où nous serons tout à fait seules. Si le colonel revient comme je suppose, il ne sera pas de trop, mais nous ne recevrons que lui. Vous devez avoir trop d'affaires dans la tête pour vous soucier de compagnie. Adieu, donc, je vous laisse ; aussi bien vous devez languir de le dire à votre sœur.

– Je le lui dirai sûrement, répondit Elinor, mais pour le moment je vous prie de n'en parler à personne.

Mrs Jennings eut l'air d'être un peu contrariée.

– Très bien, acquiesça-elle, je comprends, mais Lucy cependant qui a eu toute confiance en vous, il me semble qu'il est juste qu'elle le sache la première, et je vais la voir ce matin.

– Non, non, madame, dit vivement Elinor, surtout pas à Lucy, je vous en conjure. Un délai d'un jour ne sera pas bien fâcheux pour elle, et jusqu'à ce que je l'aie écrit à Mr Ferrars, ainsi que je l'ai promis au colonel, je préfère que personne ne le sache. Je vais lui écrire à l'instant, il n'y a pas de temps à perdre pour qu'il se fasse consacrer le plutôt possible.

Mrs Jennings parut d'abord assez surprise, mais après un instant de réflexion, elle crut avoir saisi ce qu'Elinor voulait dire, que sans doute le premier acte ecclésiastique du nouveau pasteur Ferrars serait de bénir le mariage du colonel et d'Elinor, et qu'on voulait saisir cette occasion de lui faire un beau présent.

– J'entends, j'entends, admit-elle. C'est vrai cela, c'est très joli, très généreux de la part du colonel, et c'est bien, parce qu'Edward est votre ami; car lui le connaît à peine. Je suis ravie de voir que tout est déjà si bien arrangé entre vous. C'est là sans doute pourquoi il parlait de délai… Très généreux, en vérité! Mais, ma chère, il faut pourtant que votre vieille amie vous dise une chose. Il me semble que ce n'est pas à vous à écrire là-dessus à Mr Ferrars; le colonel aurait dû s'en charger, cela aurait mieux convenu.

Elinor rougit beaucoup. Pauvre Elinor! Sans se l'avouer à elle-même, elle était bien aise d'écrire encore une fois à Edward avant qu'il appartînt à une autre femme, et de lui apprendre la première son bonheur.

– Pourquoi donc cela n'est-il pas convenable, madame? Comme vous le disiez, Mr Ferrars est mon ami et non pas celui du colonel. Mr Brandon est si délicat qu'il a préféré que ce soit moi qui le propose à Edward et je le lui ai promis.

– À la bonne heure donc! Il ne faut pas commencer par le désobliger, mais c'est une singulière espèce de délicatesse. Allons, allons, mes chevaux m'attendent, je vous laisse écrire. Je vous promets le secret pour aujourd'hui puisque vous le voulez, mais demain je le dis à tout le monde, je vous en avertis.

Elle sortit, puis rentra aussitôt.

– À propos, ma chère, je pense à la sœur de ma Betty. Je serai ravie qu'elle ait une si bonne maîtresse.

Elle s'entend à tout, je la ferai venir, vous en serez enchantée : c'est précisément tout ce qu'il faut à Delaford. Vous y penserez à votre loisir.

Elinor l'entendit à peine et lui répondit :

– Oui, madame, certainement.

Elle pensait à sa lettre à Edward. Dès qu'elle fut seule, elle prit la plume. Par où commencer ? Que lui dire ? Elle craignait également d'être trop ou trop peu amicale. La plume dans une main, la tête appuyée sur l'autre, elle réfléchissait intensément à ce qui aurait été la chose du monde la plus aisée pour toute autre personne, et se félicitait cependant d'avoir à lui écrire plutôt que de lui parler, lorsqu'elle fut interrompue dans le cours de ses pensées par quelqu'un qui entrait discrètement, et c'était… celui qui en était l'objet. C'était Edward.

L'étonnement et la confusion d'Elinor furent à leur comble. Elle n'avait pas vu Edward depuis que ses engagements étaient connus et qu'il savait par Lucy que depuis longtemps elle en était instruite. Tremblante, interdite, elle se leva, balbutia quelques paroles, lui offrit un siège, et resta silencieuse. Il n'était pas moins embarrassé, son émotion était visible. Enfin, il lui demanda pardon de la manière dont il s'était introduit lui-même au salon sans se faire annoncer.

– Je venais, lui expliqua-t-il, me présenter avant mon départ chez Mrs Jennings et chez vous, mesdames. J'ai rencontré votre amie sur l'escalier. Elle m'a obligeamment pressé d'entrer, en me disant que je trouverais miss Dashwood au salon, occupée à... Enfin que vous aviez à me communiquer une affaire très importante et qui me surprendrait beaucoup. J'ai cru devoir vous épargner la peine de me l'écrire, d'autant que je quitte Londres demain, et qu'avant longtemps, très longtemps peut-être, je n'aurai pas le bonheur de vous revoir. J'aurais été bien malheureux de partir sans prendre congé de vous et de miss Marianne. Demain je vais à Oxford.

– Vous ne seriez sûrement pas parti sans recevoir nos bons vœux, déclara Elinor, quand bien même je n'aurais pas eu le plaisir de vous voir. Mrs Jennings vous a dit la vérité, j'ai quelque chose d'important à vous communiquer et j'allais vous écrire quand vous êtes entré.

Edward rougit et s'avança avec une extrême curiosité.

– Je suis chargée, monsieur, reprit-elle en parlant plus vite qu'à l'ordinaire, d'une commission qui vous sera très agréable. Le colonel Brandon, qui était ici il y a à peine un quart d'heure, m'a demandé de vous dire qu'ayant appris votre intention de vous faire consacrer et de suivre la carrière de l'Église, il a le plaisir de pouvoir vous offrir le bénéfice de sa terre de Delaford, qui se trouve vacant, et que son seul regret est qu'il ne soit pas plus considérable. Permettez-moi de vous féliciter d'avoir un ami tel que lui, qui sait apprécier le mérite et est disposé à vous obliger de quelque manière que ce soit. La cure ne rapporte que deux cents livres sterling, mais peut, dit-il, rendre davantage. Je joins mes vœux aux siens pour que vous en ayez dans la suite une plus avantageuse, mais pour l'heure, j'espère… nous espérons qu'elle pourra vous suffire, et que… cet établissement… accélérera… Enfin, que vous y trouverez tout le bonheur que vos amis vous souhaitent.

Ce qu'Edward éprouvait à cet instant ne peut être rendu, mais ce n'était pas de la joie. Une surprise extrême, mêlée d'un sentiment très douloureux, voilà ce que sa physionomie exprimait. Le sort en était jeté; il n'avait plus de prétexte pour retarder son mariage.

– Dieu ! Que dites-vous ? s'écria-t-il en sortant de cet état de stupeur. À peine puis-je croire ce que j'entends ! Le colonel Brandon…

– Oui, affirma Elinor, qui retrouvait au contraire toute sa fermeté, le colonel Brandon a pris le plus vif intérêt à ce qui vient de se passer dans votre famille, à la cruelle situation qui en a été la suite. Et croyez aussi que Marianne, moi, tous vos amis y ont pris la part la plus sincère. Le colonel est heureux de pouvoir vous donner une preuve de sa haute estime pour votre caractère et de son entière approbation de votre conduite dans cette occasion.

– Le colonel me donne un bénéfice, à moi ! Cela est-il possible ? s'écria encore Edward.

– La dureté de vos parents vous a-t-elle fait croire, mon cher Edward, que vous ne rencontreriez de l'amitié nulle part ? Vous vous seriez bien trompé.

– Non, répliqua-t-il avec attendrissement, j'étais bien sûr de trouver dans votre cœur intérêt et compassion. Je suis convaincu que c'est à votre bonté seule que je dois celle du colonel. Oh ! Elinor ! Elinor !

Il s'arrêta, se leva, puis se rapprochant encore d'elle dans une émotion inexprimable, il reprit, appuyant sa main sur son cœur :

– Je ne puis rien dire de ce que je ressens, mais c'est à vous que je dois tout, car c'est votre estime que j'ai voulu mériter, et que peut-être j'avais mérité de perdre.

– Vous, Edward ! Jamais.

– Non, non, je vous devais plus de confiance, mais ce fatal secret n'était pas le mien seul ; et jamais, jamais, je n'aurais pu... Ange de bonté, c'est par des bienfaits que vous vous vengez de ma dissimulation.

– Vous vous trompez, monsieur, répliqua Elinor en s'efforçant de cacher son émotion. Je vous assure que vous devez la protection et l'amitié du colonel Brandon à votre propre mérite et à son discernement. Je n'y ai aucune part, je ne savais pas même qu'il avait un bénéfice dont il pouvait disposer. Peut-être a-t-il eu plus de plaisir encore à le donner à un de nos amis, mais sur ma parole vous ne devez rien à mes sollicitations.

La vérité l'obligeait à convenir qu'elle avait quelque part dans cette action, mais en même temps elle craignait si fort de paraître la bienfaitrice d'Edward qu'elle prononça cette dernière phrase avec hésitation. Aussi cet embarras donna-t-il un degré de certitude de plus au soupçon qui venait de s'élever dans l'esprit d'Edward. Il resta quelque temps perdu dans ses pensées après qu'Elinor eut cessé de parler ; à la fin il déclara avec un peu d'effort :

– Le colonel Brandon est un homme d'un très grand mérite et qui jouit de l'estime générale. J'ai toujours entendu parler de lui avec les plus grands éloges. Votre frère en fait beaucoup de cas... Et vous aussi sans doute, ses manières ont beaucoup de noblesse et sûrement son cœur...

– ... est aussi bon que sensible, assura Elinor en achevant sa phrase. Plus vous le connaîtrez, plus vous trouverez qu'il mérite tout le bien qu'on vous a dit de lui. Et vous le verrez souvent, car le presbytère touche presque le château, ce qui vous fera un très agréable voisinage.

Edward ne répondit rien, mais jeta sur elle un regard si sérieux, si triste même, qu'il semblait dire que ce voisinage, loin de lui paraître agréable, était un grand malheur pour lui. Il se leva immédiatement après, en demandant à Elinor si la demeure du colonel n'était pas dans Saint James Street. Elle répondit affirmativement et lui dit le numéro.

– Il faut que j'aille lui faire les remerciements que vous ne voulez pas recevoir.

Elinor ne tenta pas de le retenir. Ils se séparèrent avec plus d'embarras qu'au commencement. Elle lui renouvela ses vœux pour son bonheur, « sous tous les rapports et dans tous les changements de situation ». Il voulut répondre de même, mais ses paroles expirèrent sur ses lèvres. À peine put-il articuler :

– Elinor, puissiez-vous être heureuse…

Et il disparut.

– Heureuse ! répéta-t-elle en soupirant. Quand je le reverrai, si jamais je le revois, il sera le mari de Lucy.

Des larmes remplirent ses yeux. Elle resta assise à la même place, cherchant à se rappeler chaque mot qu'il avait prononcé, à comprendre ses sentiments. Hélas ! Elle ne pouvait se dissimuler qu'il n'avait pas l'air plus heureux, que c'était même tout le contraire, depuis que son sort était assuré.

Mrs Jennings rentra à cet instant. Quoiqu'elle eût fait beaucoup de visites et qu'elle eût sans doute bien des choses à dire, elle était tellement occupée du grand secret qu'elle entama d'abord ce sujet en entrant au salon.

– Eh bien, ma chère, vous n'avez pas eu besoin d'écrire, je vous ai envoyé le jeune homme lui-même ! N'ai-je pas bien fait ? Je suppose qu'il n'y a pas eu grande difficulté, et que vous l'avez trouvé tout disposé à accepter votre proposition.

– Oui, sans doute, madame. Il est allé d'ici chez le colonel pour le remercier.

– Fort bien ! Mais sera-t-il prêt bientôt ? Il ne faut pas qu'il fasse trop attendre pour le mariage, puisqu'il ne peut pas se faire sans lui.

– Non bien certainement, en convint Elinor en riant, mais il faut qu'on l'attende. Je ne sais pas du tout combien il lui faut de temps pour sa consé-cration. Je n'en puis parler que par conjecture, trois ou quatre mois peut-être.

– Trois ou quatre mois ! s'écria Mrs Jennings. Seigneur ! Ma chère, avec quelle tranquillité vous en parlez ! Croyez-vous que le colonel veuille attendre trois ou quatre mois ? Il y a de quoi perdre toute patience. Je suis heureuse qu'il saisisse cette occasion de faire quelque bien au pauvre Edward Ferrars, pourtant, attendre trois ou quatre mois, pour lui, c'est un peu fort. Il aurait facilement trouvé quelque ecclésiastique qui ferait tout aussi bien et qu'on aurait pu avoir tout de suite.

– Oui, ma chère dame, reconnut Elinor, on en trouverait beaucoup. Mais le seul motif du colonel Brandon est d'être utile à Mr Ferrars, et non pas à quelque autre.

– Que le ciel me bénisse ! s'écria encore la bonne Mrs Jennings en éclatant de rire. Son seul motif ! Vous ne me persuaderez pas que le colonel n'ait d'autre motif en se mariant que de donner vingt-cinq livres à Mr Ferrars.

L'erreur ne pouvait pas durer plus longtemps, et l'explication qui eut lieu les amusa beaucoup sans qu'il n'y eût rien à perdre ni pour l'une ni pour l'autre. Au contraire, Mrs Jennings échangea un plaisir pour un autre, et sans perdre l'espoir du premier.

– Allons, conclut-elle, à la Saint-Michel, j'espère aller voir Lucy dans son presbytère et la trouver bien établie ! Et qui sait si je ne pourrai pas faire d'une pierre deux coups et visiter en même temps la maîtresse du château. Car cela viendra un jour, je vous le promets ; et vous serez les deux couples les plus heureux qu'il y ait jamais eu au monde.

Elinor soupira ; elle était bien sûre quant à elle de ne pas avoir sa part de ce bonheur.

CHAPITRE 42

Après que le triste Edward eut fait au colonel ses remerciements pour une faveur dont il se serait bien passé, il alla à Holborn faire part de «son bonheur» à Lucy. Il fallut que pendant la route il fît sur lui-même des efforts bien extraordinaires, car Lucy assura à Mrs Jennings, qui vint le jour suivant la féliciter, qu'elle ne l'avait vu de sa vie aussi gai, aussi heureux qu'en lui apprenant cette nouvelle. Son propre bonheur à elle était plus certain. Elle se joignit de grand cœur à l'espoir de Mrs Jennings d'être établie à la Saint-Michel au presbytère de Delaford. Elle parut aussi très disposée à croire qu'Elinor s'était intéressée pour eux auprès du colonel. Elle vanta beaucoup son amitié pour elle et pour son futur mari, et déclara qu'il n'y avait rien qu'elle ne pût en attendre, et qu'elle savait que miss Dashwood ferait tout pour ceux qu'elle aimait. Quant au colonel Brandon, elle dit qu'elle le reverrait comme un dieu bienfaisant. Mrs Jennings ne put alors s'empêcher de dire qu'elle espérait bien qu'il épouserait Elinor, et que ce serait pour eux une grande augmentation de bonheur.

– Certainement, approuva Lucy avec dépit, mais Edward m'a assuré que le colonel lui procurerait bientôt un meilleur bénéfice. Sans doute, je regretterai beaucoup le voisinage d'Elinor, mais il faut avant tout penser à ce qui est le plus avantageux, et deux cents livres ne sont pas grand-chose. Mais je tâcherai, ajouta-t-elle, de lui faire rendre davantage ; j'ai dit à Edward de me laisser le soin du domaine et il y est tout disposé. Pendant qu'il fera et débitera ses sermons, je lèverai les dîmes, j'aurai soin de la laiterie, de la basse-cour, du jardin, je ferai vendre nos denrées, et quand j'aurai mis de côté pendant l'été une bonne petite somme, je pourrai aller m'amuser à Londres un mois ou deux après Noël. Lorsque vous n'aurez personne pour vous tenir compagnie, ma chère cousine Jennings, je serai fort à votre service. Edward restera à Delaford ; il ne s'ennuie jamais seul. Oh ! Comme nous allons être heureux ! C'est dommage seulement qu'il n'ait pas un peu de la gaieté et de la gentillesse de son frère, qui est toujours prêt à rire et à causer, au lieu qu'Edward peut être des heures entières à lire. Pour ma part, je ne connais rien de plus ennuyeux. Mais à présent j'aurai assez à faire de mon côté quand je serai là, et je n'y serai pas toujours…

Mrs Jennings revint à la maison en assurant que Lucy était la plus aimable des filles et serait la plus heureuse des femmes.

Il y avait au moins une semaine qu'on n'avait aperçu John Dashwood, ni entendu parler de lui. Elinor n'avait point vu sa belle-sœur depuis son indisposition et jugea qu'elle devait lui rendre visite. Cette obligation n'était rien moins qu'un plaisir et elle n'y fut point encouragée par ses deux compagnes. Non seulement Marianne refusa absolument d'y aller, en disant qu'elle était plus malade que Fanny, mais elle fit aussi tout ce qu'elle put pour qu'Elinor n'y allât pas. Mrs Jennings lui dit que son carrosse était à son service, mais qu'elle ne l'accompagnerait pas chez une femme dont les airs et la hauteur lui étaient insupportables.

– J'aurais cependant eu du plaisir, déclara-t-elle, à la voir humiliée et piquée du choix de son frère, à lui dire combien je l'approuve et à lui apprendre qu'Edward va se marier et n'aura plus besoin d'eux. Mais qui sait si je la trouverais encore aussi fâchée qu'elle veut le paraître ? Son orgueil et son avarice doivent se livrer un combat. Elle est blessée que sa belle-sœur ne soit pas la fille d'un lord, mais elle est bien aise peut-être de l'espoir d'avoir sa part de l'héritage de son frère. Oh, l'odieuse femme ! Que je vous plains de vous croire obligée de la voir.

La bonne Elinor pensait peut-être de même, mais ne voulut pas en convenir. Elle prit le parti de Fanny autant qu'il lui fut possible et, toujours prête à remplir les devoirs mêmes qui lui coûtaient le plus, elle se mit en chemin pour Harley Street. Mrs Dashwood fit dire qu'elle n'était pas encore assez bien pour recevoir qui que ce fût. Mais avant que le carrosse eût tourné pour revenir à Berkeley Street, John Dashwood sortit de la maison et vint à la portière comme à son habitude. Il fit un bon accueil à sa sœur; il lui dit qu'il allait à l'instant à Berkeley Street pour la voir et lui assura que Fanny ne savait sûrement pas que c'était elle et qu'elle lui ferait grand plaisir. Il l'invita donc à descendre de voiture et à passer quelques moments avec eux. Elinor, qui, dans le fond, aimait son frère, se laissait toujours prendre à son air de bonhomie et elle consentit à entrer avec lui. Il la conduisit au salon, où il n'y avait personne.

– Fanny est dans sa chambre, je crois, expliqua John. La pauvre femme n'est point bien encore; un si rude coup! Mais elle n'aura aucune raison pour ne point recevoir votre visite, j'en suis sûr. Je vais la prévenir que vous avez voulu entrer malgré son refus; elle en sera très flattée. À présent, Elinor, elle n'a plus aucun motif de vous craindre, vous comprenez ce que je veux dire, et vous allez être sa grande favorite, et Marianne aussi. Pourquoi n'est-elle pas venue avec vous? Toujours malade, je parie. C'est fort triste en vérité. L'air de la campagne la remettra, point d'autre remède que celui-là ne lui coûtera rien, et les médecins et les remèdes sont si chers! Je sais ce qu'il nous en coûte pour ce mal de Fanny, et c'est pourtant la faute d'Edward… Enfin, chère Elinor, je ne suis point fâché de vous voir seule, car j'ai beaucoup de choses à vous dire. Est-il vrai d'abord que le colonel Brandon a donné son bénéfice de Delaford à Edward ? Je l'appris hier par hasard, et j'allais chez vous exprès pour m'en informer. Je ne l'ai pas cru du tout et j'ai été sur le point de proposer un pari. Cela n'est pas vrai, n'est-ce pas ? Combien je me repens de n'avoir pas parié !

– Vous avez très bien fait, car rien n'est plus vrai. Le colonel Brandon a donné son bénéfice de Delaford à Edward.

– Réellement ! Eh bien ! Y a-t-il rien de plus étonnant ! Ni parenté, ni liaison, et lui donner – car il l'a donné, dites-vous – un bénéfice dont il pouvait tirer beaucoup, beaucoup d'argent. De quelle valeur est-il ?

– Environ de deux cents livres de revenu.

– Très bien, très joli revenu ; et pour commencer avoir un bénéfice de cette valeur ! Edward n'est pas malheureux. Le colonel aurait pu le vendre quinze cents livres, peut-être deux mille. Je suis confondu – un homme de sens comme le paraît le colonel ! On a bien raison de dire qu'il y a chez tous les humains un grain de folie. Il est possible cependant, en y pensant bien, qu'il y ait quelque chose là-dessous ; je crois que je le devine. Le colonel l'aura vendu à quelque jeune homme de famille riche, qui n'a pas encore l'âge requis, et Edward l'occupera jusqu'à ce temps-là et tirera la moitié du revenu. Cent livres pour quelqu'un qui n'a rien, c'est très honnête. Je parie que j'ai mis le doigt dessus : cela explique tout.

Elinor assura fermement que ce n'était pas le cas. Elle raconta qu'elle avait été employée elle-même à faire à Edward l'offre du colonel, qu'elle était sans aucune réserve, et que le seul regret du colonel était que son bénéfice ne fût pas plus considérable.

– Je ne puis en revenir ! s'écria John. C'est vraiment étonnant ! Quel peut être le motif du colonel ?

– Un motif très simple : le désir d'être utile à Mr Ferrars.

– En vérité, chère Elinor, je croirais plutôt que c'est le désir de vous plaire, si vous pouviez encore vous intéresser le moins du monde à Edward – mais après ce qu'il vous a fait ! Vous courtiser, laisser croire à tout le monde qu'il vous était attaché, indisposer votre belle-sœur contre vous à cette occasion, et puis être engagé à une autre, qui ne vous vaut pas. C'est mal cela, très mal, et vous devez le détester plus que personne, mais vous avez un si bon cœur ! Écoutez, ne parlez pas à Fanny de ce bénéfice. Je lui en ai dit un mot, et elle l'a très bien pris, mais elle n'aime pas à entendre parler de son frère.

Elinor se retint de répliquer que Fanny pouvait supporter avec calme une acquisition de fortune à son frère qui ne lui ôtait rien à elle-même.

– Mrs Ferrars, ajouta John en baissant la voix et d'un air important, ne sait rien de cela, et nous voulons le lui cacher autant qu'il sera possible. Quand le mariage d'Edward aura lieu, nous tâcherons aussi qu'elle l'ignore, au moins quelque temps.

– Mais pourquoi toutes ces précautions ? demanda Elinor. Il n'est pas à supposer que Mrs Ferrars puisse avoir la moindre satisfaction ou la moindre peine en apprenant que son fils a de quoi vivre. Elle a prouvé, par sa conduite avec lui, qu'elle n'y prenait plus nul intérêt ; elle ne le regarde plus comme son fils, puisqu'elle l'a repoussé pour toujours. Sûrement, on ne peut imaginer qu'elle éprouve à son égard quelque impression de chagrin ou de joie, qu'elle s'intéresse à ce qui lui arrive. Elle n'a pas privé volontairement son enfant de tout secours pour conserver la sollicitude d'une mère.

— Oh ! Elinor, votre raisonnement est très bon, fit John, n'ayant pas trop l'air de comprendre dans quel sens elle parlait, mais il ne tient pas compte de la nature humaine. Mrs Ferrars a repoussé loin d'elle un fils ingrat et désobéissant. Elle ne peut pas toutefois oublier qu'il est son fils.

— Vous me surprenez ; je croyais que cela était sorti de sa mémoire.

— Vous parlez en femme piquée contre Edward, et je le comprends, mais cela n'empêche pas que Mrs Ferrars ne soit une des plus tendres mères qu'il y ait au monde.

Elinor garda le silence.

— Nous espérons à présent, continua-t-il, que Robert épousera miss Morton.

Elinor sourit de la grave importance de son frère.

— Je suppose, dit-elle, que cette jeune dame n'a pas de choix dans cette affaire.

— De choix ! Qu'entendez-vous par-là ?

— J'entends que, d'après ce que vous me dites, on peut supposer qu'il est indifférent à miss Morton d'épouser Edward ou Robert.

– Certainement ! Il ne peut y avoir aucune différence, à présent que Robert est comme un fils
unique. C'est d'ailleurs un jeune homme très
agréable et très supérieur à son frère.

Elinor ne dit plus rien. John fut aussi silencieux
quelques moments ; il avait l'air de réfléchir.

– Encore une chose, ma chère sœur, reprit-il très
bas en lui prenant la main. J'étais à considérer si
je devais vous le dire, mais le plaisir de vous en
faire part l'emporte sur la prudence. Quoique Fanny,
de qui je le tiens, m'ait bien recommandé le secret,
je ne puis le garder avec vous ; vous ne me trahirez
pas. Eh bien ! J'ai de fortes raisons de croire que
Mrs Ferrars a dit à sa fille que, quelles que soient
les objections qu'elle a sur une certaine liaison, que
nous avions tous soupçonnée – vous m'entendez,
Elinor –, elle l'aurait préférée à ce qui est, et elle n'en
aurait pas eu la moitié tant de peine. J'ai été enchanté
de savoir que Mrs Ferrars pensât ainsi ; c'est une
circonstance très avantageuse pour vous, et pour
nous tous. Cela aurait été, a-t-elle dit à Fanny,
beaucoup moins fâcheux sans comparaison, qu'il
se soit vraiment attaché à l'une de vos belles-
sœurs ; et elle voudrait bien à présent qu'il en soit
ainsi. Mais il n'en est plus question, puisqu'il n'y a
jamais songé, et qu'il n'avait nul attachement pour
vous. Seulement j'ai voulu vous le dire, parce que
cette préférence de la mère de ma femme doit vous
flatter infiniment. Mais vous, ma chère Elinor, vous
ne devez avoir aucun regret. Il n'y a pas de doute

que vous serez très bien établie, et tout bien considéré, mieux qu'avec Edward. Delaford est à ce que
je crois une plus belle terre que celle que Mrs Ferrars
destinait à son fils. Avez-vous vu le colonel Brandon
dernièrement ? Quand vous serez sa femme, j'espère
que vous l'engagerez à mieux veiller à ses intérêts
et à ne pas donner au premier venu, ce qui peut lui
rapporter beaucoup à lui-même.

Elinor était indignée. Elle en avait assez entendu,
non pas pour satisfaire sa vanité ou flatter son amour-
propre, mais pour irriter ses nerfs et la faire regretter
sa visite. Elle fut heureuse d'être dispensée de
répondre, ou d'entendre encore quelques sots propos,
par l'arrivée de Mr Robert Ferrars, qui vint étaler ses
grâces et sa parure devant la grande glace du salon
de sa sœur. Après quelques mots insignifiants, John
Dashwood se rappela que Fanny ne savait pas encore
qu'Elinor était là. Il sortit pour l'en informer, et laissa
sa sœur en tête à tête avec le beau Robert, qui, par sa
gaieté, son contentement de lui-même, sa suffisance
et son air important, semblait jouir de n'avoir plus
à partager avec son frère l'amour et les libéralités
de leur mère, et donnait à Elinor une aussi mauvaise
opinion de son cœur que de sa tête. Elle espérait au
moins qu'il ne lui parlerait point d'Edward ; mais
elle était dans l'erreur.

Deux minutes ne furent pas écoulées, qu'après
un éclat de rire assez long, il lui demanda en riant
toujours s'il était vrai qu'Edward allait prendre les
ordres et être pasteur au village de Delaford. Elinor

le confirma et lui répéta ce qu'elle avait appris à John. Alors, ses éclats de rire immodérés recommencèrent ; l'idée de voir Edward en surplis et dans une chaire, publiant les bans de mariage des villageois, leur donnant la bénédiction nuptiale, baptisant leurs petits-enfants, le divertissait outre mesure.

– Au surplus, affirma-t-il, je lui ai toujours trouvé la tournure d'un vrai curé de village, si sérieux, si modeste, si peu élégant. Pauvre Edward ! La nature l'avait fait pour cela et son éducation l'a achevé. Se douterait-on que nous sommes frères ? Jamais vous ne l'auriez pensé, j'en suis bien sûr.

Et il se regardait encore dans la glace et recommençait à rire.

– Non, en vérité, monsieur, acquiesça Elinor en jetant sur lui un coup d'œil méprisant ; il n'y a entre vous deux nul rapport.

Elle attendit avec une immuable gravité que son accès de gaieté folle fût passé. Tout à coup, il cessa de rire.

– Mais qu'avez-vous donc, miss Dashwood ? lui demanda-t-il. Vous êtes aussi sérieuse qu'Edward ; vous lui auriez cent fois mieux convenu que cette petite fille si gaie, si animée. Savez-vous qu'elle me fait grande pitié, cette pauvre petite Lucy ? Il y avait de l'étoffe pour en faire une élégante, une femme à la mode ; et devenir la femme d'un grave pasteur, être enterrée dans un presbytère, en bonnet rond, un grand chapeau de paille, au lieu de cette délicieuse coiffure, de ces plumes flottantes !

Elle est vraiment très à plaindre. Et ce pauvre Edward ! Je plaisante, mais sur mon âme, je suis très touché de son malheur ; le voilà ruiné pour toujours. On peut faire une folie d'amour quand on est riche, à la bonne heure. Épouser une jolie fille, braver tous ses parents, suivre sa tête, faire parler de soi : tout cela peut être assez plaisant, mais il faut avoir une fortune indépendante et ne pas risquer de tout perdre. Pauvre garçon ! C'est la meilleure créature qui existe. Ses manières, sa figure, tout cela est misérable. Mais tout le monde n'est pas né avec les mêmes avantages. C'est le plus honnête garçon des trois royaumes. Au reste, à quoi cela sert-il dans le monde ? Vous le voyez, à se rendre ridicule, à faire des folies par excès de vertu. Tient-on tout ce qu'on promet ? À sa place, j'aurais épousé miss Morton et ses trente mille livres, et comme Lucy Steele est beaucoup plus jolie, je l'aurais priée de m'aimer toujours. Il ne serait pas au point où il en est. Pauvre Edward ! Il s'est ruiné lui-même complètement, le voilà séquestré de toute société décente. Je l'ai dit d'abord à Mrs Ferrars. « Ma chère mère, je ne sais ce que vous ferez dans ces circonstances, mais si Edward épouse cette jeune fille, je suis décidé à ne plus le voir. » Je lui offris de lui parler, de le dissuader de ce mariage, mais c'était trop tard, la rupture avait eu lieu. Ma mère m'a promis ce qu'elle aurait donné à Edward. Je ne pouvais pas en conscience agir contre mes propres intérêts. Mais j'en suis fâché, très fâché ! Je pouvais mieux me passer que lui de fortune, ne le trouvez-vous pas, mademoiselle ? Cependant, elle ne gâte rien aux autres avantages. Pour le pauvre Edward, il n'aura qu'une jolie femme, dont il sera bientôt las, et une cure de deux cents livres qui ne le nourrira pas la moitié de l'année. Et voilà le beau sort qu'il s'est fait.

Robert aurait parlé sur ce ton la journée entière, Elinor ne l'écoutait plus du tout. L'entrée de Mrs John Dashwood fit taire l'un et sortir l'autre de sa profonde rêverie. Fanny semblait embarrassée face à Elinor, comme se reprochant de l'avoir accusée à tort d'aimer Edward et d'en être aimée. Fanny du moins ne lui en parla point et tâcha d'être plus cordiale qu'à l'ordinaire. Elle poussa la bonté jusqu'à dire qu'elle était triste de les voir quitter la ville et qu'elle espérait les retrouver l'été à Norland. Son mari était extasié de sa politesse et de ses grâces. Quand il raccompagna Elinor à sa voiture, il lui dit qu'elle devait être bien contente de sa belle-sœur et de sa visite.

– Je vous promets, ajouta-t-il, pour elle comme pour moi, que nous serons des premiers à vous visiter à Delaford, car je vois que tout s'achemine là, puisque le colonel doit vous rejoindre à Cleveland.

Il la loua beaucoup aussi, avec sa parcimonie ordinaire, pour cet arrangement qui les faisait retourner à Barton sans rien dépenser.

Comme Edward n'était plus à Londres et qu'elle ne craignait pas de le rencontrer, elle prit le parti d'aller rendre une courte visite à Lucy, qui la reçut avec transport, ne lui parla que de son bonheur et l'invita vivement à venir la voir dans son presbytère à Delaford. Elinor riait de ce que tout le monde l'envoyait à Delaford, endroit dans l'univers qu'elle désirait le moins d'habiter, son unique désir étant désormais d'éviter toutes les occasions de revoir Edward.

CHAPITRE 43

Au début du mois d'avril, par un temps singulièrement beau pour la saison, Mrs Jennings et ses deux jeunes amies partirent de Berkeley Street et quittèrent Londres. Elles devaient retrouver, dans un endroit convenu, Mrs Charlotte Palmer, son enfant et ses gens, pour se rendre à Cleveland tous ensemble. Comme on devait voyager lentement à cause de l'enfant, Mr Palmer et le colonel Brandon préférèrent suivre à cheval et devaient les rejoindre le lendemain de leur arrivée.

Marianne, toujours vive, toujours exagérée dans tous ses sentiments, s'était réjouie de quitter cette ville où elle n'avait eu que des peines. Toutefois, au moment d'en partir, son cœur se serra en pensant au plaisir qu'elle avait eu en y arrivant, à l'espoir qui embellissait les premiers moments de son séjour. Elle y laissait ce Willoughby qu'elle était venue rejoindre avec tant de joie et qu'elle ne pouvait oublier, perdu à jamais pour elle, retenu dans de nouveaux liens, ne l'ayant peut-être jamais aimée ;

et ces pensées déchirantes, renouvelées au moment du départ lui firent verser autant de larmes que si elle avait laissé derrière elle le bonheur.

Elinor les partageait, comme toutes les peines de sa sœur, mais ce redoublement de chagrin étant plus dans son imagination que réel, elle espérait que l'air de la campagne, la tranquillité de Barton, le plaisir de retrouver sa mère remettraient sa santé et rendraient dans peu de mois la paix à son cœur. De son côté, Elinor ne laissait rien à Londres qui pût exciter en elle la moindre douleur. Elle était bien aise d'être à l'abri des confidences de Lucy et de sa persécutante et fausse amitié. Elle remerciait aussi le ciel de ce que le traître Willoughby ne s'était point offert à sa vue ni à celle de sa sœur. Elle s'efforçait de ne plus penser à Edward que comme on pense à un ami marié et tâchait, par une douce gaieté, de distraire un peu la pensive et triste Marianne. Elle y réussit assez bien. Sur la fin de la première journée, le mouvement du carrosse, une contrée nouvelle, les cajoleries de Mrs Jennings et de sa sœur avaient fait une heureuse diversion, mais le lendemain, dès qu'on fut entré dans le Somersetshire, dès que ce mot eut été prononcé, cent mille nuages revinrent obscurcir sa physionomie, et il ne fut plus possible d'en obtenir un mot. Penchée sur la portière, absorbée dans ses souvenirs, dans ses réflexions, Marianne regardait chaque arbre, chaque buisson avec intérêt, comptait combien de fois Willoughby était passé sur cette route, se représentait avec quel délice elle l'aurait faite elle-même à côté de lui, pour aller habiter ensemble une terre qu'elle se figurait être comme le paradis, où elle avait placé le bonheur de sa vie, et dont une autre qu'elle était à présent la propriétaire.

Le matin du troisième jour, on quitta la grande route pour prendre celle qui conduisait à Cleveland House, et on y arriva après avoir fait quelques miles. C'était une belle et spacieuse maison moderne, située sur une plaine en pente douce, bordée de bois ; il n'y avait point de parc, mais des promenades très étendues. Un sentier uni et sablé serpentait autour de différentes espèces de plantations, des groupes de sapins, de frênes, d'acacias étaient répandus çà et là autour de la maison. Sur la plaine, des arbres plus épais étendaient leur belle verdure, des peupliers d'Italie élevaient leur feuillage en panache, se balançaient au-dessus des autres arbres et cachaient les bâtiments du service. Entre les groupes d'arbres, des fabriques simples et élégantes ornaient le paysage : c'étaient la laiterie, la basse-cour, les écuries, la maison du jardinier. Plus loin, un temple grec avec ses colonnes en marbre blanc dominait, depuis une colline, un beau point de vue.

Marianne était dans l'enchantement ; elle aurait voulu tout voir en même temps, savoir de quel côté étaient situés Barton et Haute-Combe. Soixante miles au plus la séparaient de sa mère chérie, et seulement trente de Haute-Combe. L'une de ces idées réveillait dans son cœur tous ses sentiments de tendresse, et l'autre, sa passion malheureuse. Comme elle désirait se livrer librement à ses impressions, pendant que ses compagnes parcouraient la maison avec Charlotte, et que cette dernière, fière de son fils, le montrait à l'intendant, à la gouvernante et leur faisait admirer sa beauté et sa force, elle s'échappa dans les bosquets. Déjà ils commençaient à se couvrir de leur nouveau feuillage, et les arbres fruitiers de leurs fleurs. Elle suivit le sentier et arriva sur l'éminence où était situé le petit temple. Ses regards erraient de tous côtés sur le plus riant paysage, jusqu'aux collines qui bordaient l'horizon.

Elle s'imaginait que, si elle pouvait aller jusque sur le sommet, elle verrait Haute-Combe. Au lieu de combattre et d'écarter ses souvenirs et ses regrets, elle semblait chercher à les nourrir, se faire une espèce de volupté de sa mélancolie, et un devoir de sa constance. Sa faiblesse l'obligea à s'asseoir sur les marches du temple. Appuyée contre une colonne, ses larmes coulèrent en abondance, mais elles n'avaient pas l'amertume de celles qu'elle versait à Londres ; elles la soulagèrent plutôt que de lui faire du mal. En revenant à la maison par un autre chemin, elle résolut, pendant son séjour à Cleveland, de s'accorder tous les jours la jouissance de ces promenades solitaires, de profiter de la liberté d'une vie champêtre et de se dédommager de sa longue réclusion. Voilà le seul moyen, pensait-elle, de retrouver des forces et de la santé, et de ne pas faire à sa pauvre maman le chagrin de la revoir si pâle et si changée.

En effet, l'air et le mouvement lui avaient redonné un peu de couleur, ce qui fit grand plaisir à Elinor. Au moment où Marianne rentra, les autres allaient sortir. La fatigue lui servit de prétexte pour ne pas les suivre. Elle resta et continua à se livrer à ses rêveries sentimentales.

L'excursion des autres dames fut moins romanesque. Charlotte les conduisit dans tous ses petits établissements de campagne, à ses espaliers en fleurs, dans son potager, dans sa serre, dans son poulailler, etc., etc. Les lamentations du jardinier sur la perte de plusieurs belles plantes, que le froid avait fait périr, excitèrent les éclats de rire de Charlotte ; dans la basse-cour, des poules mangées par le renard, des couvées abandonnées, les redoublèrent. Mrs Jennings s'y joignit, Elinor y fut entraînée, et il y eut au moins autant de gaieté dans leur promenade qu'il y avait eu de tristesse dans celle de Marianne.

Cette dernière, en formant le projet de se promener toute la journée dans les environs, n'avait pas prévu les changements de temps. La matinée avait été superbe, mais pendant le dîner une pluie très forte et continuelle s'établit et lui ôta tout espoir de sortir encore le soir ainsi qu'elle l'avait résolu, ce dont elle fut très contrariée. Il fallut passer son temps comme on put. Mrs Palmer fit venir son poupon et s'en amusa toute la soirée. Ses pleurs, ses grimaces, tout était charmant, tout annonçait une intelligence, elle aurait presque dit un esprit très remarquable.

Grand-maman faisait chorus avec elle tout en faisant sa tapisserie, Elinor brodait et prenait part aux discours insignifiants, mais touchants cependant par l'amour maternel qui les dictait. Marianne, qui avait le talent de découvrir d'abord la bibliothèque dans chaque maison, alla chercher un livre, et prévint ainsi l'ennui d'une soirée qui lui aurait paru bien longue.

Rien n'était oublié par Mrs Palmer pour la bonne réception de ses hôtes. Sa manière franche, amicale, sa constante bonne humeur faisaient facilement oublier son manque total d'instruction et d'idées. Elle avait la politesse de la bonté, et non pas celle des compliments ; elle était d'ailleurs si jolie, si fraîche, si gracieuse, qu'on avait du plaisir à la regarder, si on n'en avait pas à l'entendre. Sa naïveté, qui allait jusqu'à la simplicité, était quelquefois assez plaisante et lui donnait quelque chose d'enfantin qui seyait à sa petite figure. Elinor n'aurait pas voulu passer sa vie avec elle, mais pour quelques jours elle lui pardonnait même son rire éternel, qui était insupportable à Marianne.

Les cavaliers attendus arrivèrent le lendemain et furent bien reçus ; ils apportaient un peu de variété dans la conversation. Une longue matinée et une pluie continuelle rendaient ce renfort de société bien nécessaire. Mr Palmer était très bien chez lui et faisait les honneurs de sa maison en vrai gentilhomme et avec un ton parfait. Si quelquefois il était un peu rude avec sa femme et sa belle-mère, il pouvait être très aimable avec les autres, et l'aurait toujours été sans cette nuance trop prononcée d'amour-propre qui se faisait sentir à chaque instant, et qui tenait à une vraie supériorité d'esprit et de connaissances, non seulement sur Mrs Jennings et sur Charlotte, mais sur plusieurs hommes de son âge. D'ailleurs, dans sa vie et ses habitudes, il ressemblait à beaucoup d'autres, tenant bien sa place à la table et voulant qu'elle fût servie avec recherche, n'étant jamais prêt aux heures fixées, quoiqu'il n'eût rien à faire, passionné de son enfant sans vouloir en avoir l'air, plus souvent à son billard que dans sa bibliothèque, et avec ses chevaux qu'avec les dames, mais beaucoup mieux cependant qu'Elinor ne l'aurait imaginé. Pourtant, tout en lui rendant justice, elle ne pouvait s'empêcher de le mettre au-dessous d'Edward, si instruit et si modeste, pouvant discuter de tout avec intérêt, et se taire quand il le fallait, écouter, et céder même à l'occasion, bien qu'il sût aussi soutenir son opinion avec noblesse et fermeté. Hélas ! Le seul tort d'Edward aux yeux d'Elinor était d'avoir une fois aimé Lucy Steele – et combien encore ce tort involontaire avait développé de vertus qu'elle ne pouvait s'empêcher d'admirer ! Mais quand elle aurait pu l'oublier, le colonel Brandon le lui aurait rappelé. Il venait de passer une semaine à Delaford, exprès pour donner des ordres relatifs aux réparations du presbytère. Il s'en confiait à Elinor comme à une amie du jeune pasteur, il lui faisait la description de cette demeure, la conseillait sur ce qu'il y avait de mieux à faire pour l'établissement d'Edward et de sa femme, et sans s'en douter enfonçait ainsi le poignard dans le cœur de celle qui avait fondé l'espoir du bonheur de sa vie sur l'union qu'elle espérait former avec Edward, et qui devait y renoncer. Mais elle n'en parlait pas avec moins d'intérêt de ce qui pouvait contribuer au bien-être d'un ami si cher, quoiqu'elle ne dût plus le partager. Toute la conduite du colonel avec elle fut telle que Mrs Jennings, et même John Dashwood, auraient pu le désirer pour se confirmer dans leur opinion. Il témoigna ouvertement le plaisir qu'il avait à revoir Elinor après une absence de dix jours, il cherchait toutes les occasions de s'entretenir avec elle et se rangeait toujours à son opinion. Personne ne doutait qu'il ne lui fût profondément attaché, à l'exception d'Elinor elle-même, qui voyait très bien que Marianne, malgré sa tristesse et son changement, était l'objet de sa préférence et d'un sentiment que sa tendre pitié augmentait encore. Elle observait ses regards, tandis que les autres observaient sa conduite, et les voyait se diriger sur Marianne avec un intérêt si tendre, une sollicitude si vive, qu'elle n'avait pas là-dessus le moindre doute. Il aimait Elinor de l'amitié la plus vraie, et il adorait Marianne avec une passion qui s'augmentait à chaque instant et qui fut bientôt soumise à de cruelles épreuves.

Loin de s'améliorer grâce à l'air de la campagne, la santé de Marianne s'altérait toujours davantage, ce qui l'affligeait elle-même. Dès que la pluie eut cessé, elle recommença ses promenades sans s'embarrasser de l'humidité – « Le sentier sablé est tout à fait sec », assurait-elle à sa sœur à qui elle échappait sans cesse, mais elle ne restait pas sur ce sentier. Elle s'enfonçait dans le bois, elle allait même plus loin chercher des sites plus romantiques, plus sauvages, des arbres plus vieux, plus épais. Elle s'asseyait à leur pied sur la mousse humide, rentrait à la maison glacée, mouillée, sans penser même à changer de chaussures. Il lui prit enfin une toux opiniâtre et un grand mal de gorge. Elle aurait caché et nié tout autre mal pour conserver sa liberté, mais celui-là était trop évident pour ne pas inquiéter tout le monde, et surtout sa sœur et le colonel, qui lui demandèrent de se soigner mieux au nom de l'amitié. Elle leur répondit, en souriant, que son mal était léger et qu'une nuit de repos la guérirait complètement. On lui prescrivit mille choses ; elle ne voulut prendre qu'un peu de thé en se couchant et affirma à Elinor que le lendemain elle se porterait à merveille.

CHAPITRE 44

Après une nuit très agitée, Marianne se leva et descendit comme à l'ordinaire pour déjeuner. Une fièvre assez violente animait ses yeux et son teint d'une manière à tromper, aussi la crut-on parfaitement lorsqu'elle assura qu'elle se sentait beaucoup mieux. Elinor même, qui s'inquiétait facilement pour elle, fut rassurée. Marianne ne mangea point cependant, mais but beaucoup de thé, et sortit pour sa promenade coutumière, pendant qu'Elinor jouait au whist avec Mrs Jennings et les deux hommes, et que Charlotte était auprès de son enfant. Souffrante et abattue, Marianne marchait lentement en lisant un livre de poésie qui l'intéressait, c'étaient *Les Saisons* de Thomson.

Souvent elle arrêtait sa lecture pour regarder autour d'elle et admirer dans la nature les descriptions qu'elle venait de lire. Elle arriva ainsi au petit temple, et avant d'y monter elle jeta un coup d'œil sur la contrée. Dieu ! Qu'y vit-elle alors ? Sur la route qui se dessinait dans le paysage, au bas de la plaine, à peu de distance de la colline, une calèche roulait avec rapidité. C'était… celle de Willoughby, où elle avait été si heureuse à côté lui !

Il la conduisait encore, mais ce n'était plus avec elle. Une autre femme, sans doute la sienne, dans le plus élégant costume de voyage, se trouvait à son côté. Ils passèrent sans l'apercevoir. Hélas ! La pauvre Marianne ne les voyait plus ; faible et malade comme elle l'était alors, il lui fut impossible de supporter cette vue. Elle eut l'impression d'être près de mourir : une sueur froide l'envahit, son cœur, qui battait avec violence, sembla s'arrêter, un nuage obscurcit ses yeux et elle tomba sans connaissance à côté de la première marche du temple.

Au même moment, les trois manches de whist s'achevèrent. Mrs Jennings, qui les avait perdues, demanda sa revanche. Elinor, complaisante à l'ordinaire, la pria de l'en dispenser. Elle craignait que la promenade de sa sœur ne se prolongeât trop pour sa santé et voulait aller la chercher, la ramener, et prit le bras du colonel qui partageait son inquiétude.

Ils suivirent lentement le sentier, point de Marianne. Elinor éleva la voix et l'appela, point de réponse. Le petit temple ouvert était en face ; elle n'y était pas.

– Aurait-elle eu l'imprudence d'entrer dans le bois ? s'interrogea Elinor. Mais alors elle nous entendrait.

Elle s'arrêta et l'appela encore. Un cri perçant du colonel lui répondit : il venait d'apercevoir celle qu'il cherchait, étendue sur l'herbe, immobile, et comme privée de vie.

Sa robe blanche se confondait avec l'escalier de marbre, ce qui les avait empêchés de l'apercevoir tout de suite. Néanmoins, le colonel avait voulu monter pour essayer de la voir au loin et il la découvrit ainsi à ses pieds. Qu'on juge de son émotion et de celle d'Elinor, qui accourut à son cri !

Elinor eut besoin de rassembler toutes ses forces pour ne pas être dans le même état que sa sœur. Ils la relevèrent à demi ; Elinor s'assit sur la marche pour la soutenir, mais tous leurs efforts pour la ranimer furent inutiles. Les larmes d'Elinor coulaient sur ses joues glacées, mais elle ne les sentait pas. Le colonel chercha son pouls pour voir s'il battait encore ; il crut le sentir faiblement, du moins le dit-il en cherchant à s'en persuader lui-même.

– Il faut l'ôter d'ici, déclara-t-il à Elinor, je vais la porter.

Et, la soulevant dans ses bras, il voulut reprendre le sentier, chargé de ce précieux fardeau. Mais Elinor remarqua qu'il était lui-même tremblant et presque aussi pâle que Marianne, elle eut d'ailleurs la crainte de ce qu'éprouverait sa sœur si, revenant à elle-même pendant le trajet, elle se voyait portée dans les bras du colonel, comme elle l'avait été dans ceux de Willoughby lors de sa malheureuse chute. Elle en frémit et, alléguant sa propre faiblesse qui l'empêchait aussi de marcher, elle conjura le colonel de remettre la pauvre Marianne couchée à demi sur ses genoux et d'aller chercher des secours. Il y consentit avec peine, et en moins de temps qu'il n'était possible de l'imaginer, il revint avec des domestiques et un grand fauteuil. Marianne y fut placée tandis qu'Elinor et le colonel marchaient à côté d'elle, soutenant sa tête. Ainsi le triste cortège arriva-t-il à la maison, où l'alarme fut grande, ainsi qu'on peut le penser. Mais personne n'en soupçonna la cause ; on l'attribua en entier au mal de la veille et au saisissement occasionné par l'air du matin.

Le mouvement ranima Marianne au moment où l'on atteignit la demeure. Ses yeux s'entrouvrirent, elle regarda autour d'elle, tendit la main à Elinor et, se penchant sur elle, fondit en larmes – c'était toujours par des pleurs que se terminaient ses attaques de nerfs. Elinor fut bien aise de les voir couler en abondance. On la porta dans sa chambre, on la mit au lit, et sa sœur espéra que la chaleur et un doux sommeil la remettraient peu à peu.

Elle s'endormit en effet, mais non pas tranquillement. Elle était agitée et se mit à délirer, nommant souvent Willoughby. Elinor n'en était pas surprise, elle savait combien sa sœur en était occupée et ne se doutait guère qu'elle venait de le voir. Marianne se réveilla et voulut raconter ce qu'il lui était arrivé, mais ses propos étaient incohérents. Elle ne pouvait s'exprimer librement, et le peu de mots qu'elle prononça étaient si singuliers qu'Elinor les attribua entièrement à la rêverie. Elle tâcha de calmer la malade, mais ce fut en vain. La fièvre augmentait, sa tête s'embarrassait toujours de plus en plus, sa respiration devenait courte, oppressée.

Alarmée, Elinor fit demander Mrs Jennings, qui ne la rassura pas, mais lui promit d'envoyer un exprès dans une petite ville voisine pour chercher Mr Harris, apothicaire et, à l'occasion, assez bon médecin.

Il vint, examina la malade, secoua la tête, et après avoir dit à miss Dashwood qu'à force de soins il espérait la tirer de danger, il déclara, d'après tous les symptômes, qu'elle avait une fièvre maligne, putride et très contagieuse. À peine cet arrêt eut-il été prononcé que Mrs Palmer, qui était présente, sortit en faisant un signe à sa mère, qui la suivit.

Elle décréta que, d'après la décision du médecin, elle ne laisserait pas un moment son enfant et la nourrice exposés à la contagion, et qu'elle allait l'emmener. La bonne grand-mère fut du même avis et affirma qu'elle avait d'abord jugé la maladie de Marianne plus sérieuse qu'Elinor ne voulait le croire, qu'elle la couvait depuis longtemps, qu'il était inouï qu'elle n'eût pas succombé plus tôt à son chagrin, mais que c'était cela qui à présent conduisait bien sûrement cette pauvre fille au tombeau. La première chose à faire, conclut-elle, était que Charlotte partît avec son enfant.

Mr Palmer fut réclamé. Il affecta en premier lieu de tourner en ridicule les craintes de ces dames, mais dans le fond il en était tellement saisi lui-même qu'il alla aider le cocher à préparer l'attelage, défendit qu'on sortît l'enfant de la chambre avant le moment de partir et le porta lui-même en courant, de peur qu'il ne respirât le mauvais air en passant devant la chambre de Marianne.

Moins d'une demi-heure après l'arrivée de Mr Harris et le mot terrible de contagion sorti de sa bouche, la mère, l'enfant et la nourrice en étaient à l'abri ; ils se rendaient chez une tante de Mr Palmer, qui demeurait à quelques miles au sud de Bath. Charlotte aurait bien voulu aussi emmener son mari et sa mère. Le premier lui promit de la rejoindre dans un jour ou deux, mais Mrs Jennings, avec une bonté de cœur qui redoubla l'amitié et la reconnaissance d'Elinor, déclara qu'elle ne quitterait pas Cleveland tout le temps que Marianne y serait malade et qu'elle était décidée à remplacer auprès d'elle la mère à qui elle l'avait ôtée.

Elinor trouva constamment, dans cette excellente femme, une aide zélée, active, désirant partager toutes ses fatigues, et lui étant souvent utile par sa longue expérience des soins nécessaires aux malades. La pauvre Marianne avait vraiment grand besoin des tendres soins de sa sœur et de son amie. La maladie eut son cours habituel. Marianne se sentait elle-même assez souffrante pour être docile face aux avis de ses gardes. Elle ne pouvait plus dire, comme le premier jour : « Je serai mieux demain », ni espérer se rétablir avant bien des jours, et peut-être des semaines, si même elle se rétablissait. Mais à quel mauvais moment ce mal l'avait-il atteinte ! Alors que tout était prêt pour retrouver leur chère mère ! En effet, leur départ de Cleveland avait été fixé au lendemain.

Mrs Jennings, voyant l'impatience de Marianne, leur avait offert sa voiture jusqu'à Barton, où elles comptaient arriver au plus tard le surlendemain, de bonne heure, et faire une surprise agréable à leur mère. Aussi, lorsqu'elle pouvait parler, c'était pour se lamenter du délai que sa maladie imposait à ce voyage. Elinor tâchait de la consoler en lui disant ce qu'elle croyait elle-même : qu'elle serait bientôt rétablie.

Les deux jours suivants ne produisirent aucun changement dans son état ; elle n'était pas pis, mais elle n'était pas mieux, et la faiblesse augmentait. Mr Palmer se laissa persuader malgré lui de rejoindre sa femme. Son humanité et sa politesse lui ordonnaient de rester pour veiller à ce qu'on ne manquât rien. Il craignait aussi le ridicule de se donner l'air pusillanime en évitant un danger incertain, mais enfin sa promesse à Charlotte, le désir de revoir son enfant, l'ennui d'être seul avec Mrs Jennings et le colonel Brandon – car Elinor ne quittait pas un instant sa sœur – l'engagèrent à partir. Le colonel voulut en faire autant par discrétion, mais Mrs Jennings, qui n'était pas fâchée, dans ses moments de liberté, d'avoir quelqu'un avec qui elle pût converser et jouer au piquet, trouva qu'il devait à « sa bien-aimée Elinor » de partager ses inquiétudes et le pressa si fort de rester qu'il y consentit. Son cœur était bien de moitié dans ce désir : laisser celle qu'il adorait et l'amie qu'il chérissait dans un état aussi cruel était presque au-dessus de ses forces. Mr Palmer aussi lui demanda comme une grâce de le remplacer à Cleveland. Si la maladie tournait mal, argua-t-il, ces dames auraient besoin d'un ami ; et l'on juge combien cette seule supposition déchirait le cœur du colonel. Marianne ignorait tout et ne parut pas surprise de ne point voir Mrs Palmer. Il semblait même que, uniquement occupée de deux objets, sa mère et Willoughby, elle l'avait complètement oubliée.

Deux autres jours s'écoulèrent après le départ de Mr Palmer et la situation de la malade était toujours aussi critique. Mr Harris, qui venait deux fois par jour, donnait des espérances qu'Elinor saisissait avec avidité, mais Mrs Jennings et le colonel n'osaient pas s'y livrer. La première faisait des songes, avait des pressentiments qui ne l'avaient jamais trompée ; le colonel se rappelait plus que jamais la ressemblance frappante entre Marianne et son Eliza, et se croyait destiné à perdre encore l'objet de son second amour.

Il appelait en vain à son secours et la raison, et la jeunesse, et la bonne constitution de Marianne, et encore l'avis du médecin. Toutefois, rien ne pouvait le rassurer, et dans ses moments de solitude, il s'abandonnait à la plus noire mélancolie et croyait ne jamais revoir Marianne.

Cependant, dans la matinée du cinquième jour, ils reprirent tous plus d'espérance. Quand Mr Harris arriva, il déclara qu'il trouvait Marianne beaucoup mieux.

Son pouls était plus fort, plus régulier, et chaque symptôme plus favorable qu'à sa dernière visite.

Elinor fut aux anges de l'entendre parler ainsi et se félicita d'avoir, dans ses lettres à sa mère, suivi son propre jugement plutôt que celui de ses amis, en lui décrivant le mal de Marianne comme une légère indisposition qui retardait leur départ de Cleveland, et en fixant presque le moment où Marianne serait assez bien pour entreprendre le voyage.

Mais la journée ne finit pas aussi heureusement qu'elle avait commencé. Sur le soir, Marianne parut plus malade qu'elle ne l'avait jamais été ; la fièvre, l'insupportable douleur de tête et les frissons revinrent avec plus de force.

Elle avait voulu se lever une heure ou deux sur une chaise longue pour qu'on refît son lit ; elle demanda elle-même à y rentrer, mais n'y fut pas plus tranquille. Elinor s'efforça d'attribuer cet état à la fatigue et lui administra les cordiaux prescrits par le médecin. Elle eut enfin la satisfaction de voir sa sœur tomber dans un sommeil dont elle attendait les meilleurs effets ; mais il ne fut pas aussi bienfaisant qu'elle l'avait espéré. Quoiqu'elle eût déjà veillé la nuit précédente, Elinor refusa de quitter sa sœur avant son réveil et s'assit à côté du lit pour observer tous ses mouvements. Mrs Jennings n'était pas très bien elle-même et se coucha. Elinor décida que Betty, qui était une excellente garde, devait rester avec sa maîtresse ; elle demeura donc seule avec Marianne, dont le sommeil était toujours plus agité. On entendait des plaintes inarticulées sortir de ses lèvres brûlantes, elle changeait à tout moment de posture. Elinor se demandait s'il ne valait pas mieux l'éveiller que de la laisser dans un sommeil aussi pénible, quand tout à coup un bruit accidentel dans la maison la réveilla en sursaut. Elle se leva sur son séant et s'écria avec un son de voix très altéré et de l'égarement dans les yeux :

– Est-ce maman ? Ne vient-elle pas ? Ô maman ! Maman !

– Non, ma chère, pas tout à fait encore, lui dit doucement Elinor en l'aidant à se recoucher. Soyez tranquille, mon cher amour, elle sera ici sous peu.

– Qu'elle vienne, qu'elle arrive, hurla Marianne en délire, ou bien elle ne retrouvera plus son enfant ! Elinor, dites-lui de venir ce soir même, mais qu'elle ne passe pas à Londres, il la tuerait aussi, car il veut que je meure ! Il est venu avec sa femme, dans sa calèche, tout exprès pour me tuer ; ils m'ont écrasée, brisée ; si vous saviez ce que je souffre ! Maman me guérira ; allez la chercher, Elinor. Mais lui et cette femme, empêchez-les d'entrer. Je ne veux pas les voir, je ne veux voir que vous et maman.

Elinor vit avec douleur qu'elle n'avait plus sa raison. Elle lui tâta le pouls, il était extrêmement agité, on ne pouvait pas compter les battements, et le délire augmenta avec une telle rapidité qu'Elinor fut vivement alarmée. Marianne ne la reconnaissait plus ; tantôt elle la prenait pour sa mère et l'embrassait avec ardeur en lui disant les choses les plus touchantes et les plus incohérentes ; tantôt elle la repoussait avec horreur en la prenant pour Mrs Willoughby, qu'elle ne nommait jamais. Enfin, Elinor se décida à envoyer chercher sans retard Mr Harris et à dépêcher un exprès à Barton pour faire venir sa mère. Elle voulut consulter à cet effet le colonel Brandon, et laissant un moment sa sœur aux soins de Betty, elle se hâta de descendre au salon, où elle savait qu'il restait très tard.

Elle le trouva en effet et lui communiqua ses craintes, craintes qu'il avait déjà depuis longtemps.

Il l'écouta dans un sombre désespoir – ce qu'il aurait pu dire aurait été bien faible pour ce qu'il sentait –, mais à peine eut-elle articulé le désir d'envoyer un messager à Mrs Dashwood qu'il prit vivement la parole pour lui offrir de se charger lui-même de cette commission. Elinor ne fit nulle résistance, nul compliment, cette offre répondait trop bien à tous les vœux de son cœur. Et comment refuser un ami si bon, si sensible, qui apprendrait avec précaution à sa mère le malheur qui les menaçait, qui la soutiendrait, la consolerait dans cet affreux moment, et dans un voyage si triste et si fatigant par sa promptitude ?

– Excellent ami, lui dit-elle en pressant sa main, ma reconnaissance égale le service que vous nous rendez ; je suis moins inquiète pour ma mère puisque vous serez avec elle. Qui sait l'effet que peut produire sa seule présence sur un cœur tel que celui de Marianne ? Oh ! S'il était donné à l'amour maternel de la rendre à la vie, nous vous devrons peut-être aussi ce bonheur. Qui sait si ma mère, atterrée d'un tel coup, aurait été en état d'entreprendre cette course toute seule? Mais vous soutiendrez son courage. Je vais lui écrire un mot pendant que vous ferez préparer les chevaux.

Pas un moment ne fut perdu: le colonel fit tous les arrangements de ce petit voyage avec calme et promptitude. Il calcula exactement le temps qu'il y mettrait, et le moment de son retour. Il espérait, en partant sur l'heure, être revenu le lendemain à peu près à la même heure; il était environ onze heures du soir.

Les chevaux furent prêts plus vite même qu'on ne l'aurait cru. Le colonel pressa la main d'Elinor avec le regard le plus expressif de douleur et d'amitié, et se jeta dans sa voiture. Minuit sonna; Elinor se hâta de retourner auprès de sa sœur pour attendre le médecin, bien décidée à veiller encore.

CHAPITRE 45

Cette nuit fut également douloureuse pour les deux sœurs. Les heures s'écoulèrent les unes après les autres sans apporter de changement; Marianne dans un délire toujours croissant, et Elinor dans la plus cruelle anxiété, attendant le médecin avec impatience et redoutant d'entendre son verdict. Une fois que ses craintes furent éveillées, elle paya bien cher sa première sécurité, et Betty, qui veillait avec elle, la torturait encore en lui parlant des tristes pressentiments de sa maîtresse. Elinor n'était pas du tout superstitieuse, mais qui n'a pas éprouvé qu'on le devient dans un grand danger? Elle écoutait tout, croyait tout, s'affligeait de tout, et n'avait presque plus conservé d'espérance. Les idées de Marianne étaient encore fixées par intervalles sur sa mère, et lorsqu'elle prononçait son nom en l'appelant avec vivacité, c'était un nouveau coup de poignard pour Elinor, qui se reprochait amèrement d'avoir laissé passer plusieurs jours sans la faire venir. Peut-être Mrs Dashwood, éclairée par sa tendresse maternelle,

500

aurait imaginé quelque remède salutaire, qui serait à présent inutile ou trop tardif. Elle se représentait sans cesse cette tendre mère arrivant et ne retrouvant plus son enfant chéri, ou la retrouvant en délire, et n'étant pas même reconnue d'elle.

Elle était sur le point d'envoyer encore chez Mr Harris quand il arriva environ sur les cinq heures. Son opinion fut cependant moins alarmante que son délai : tout en avouant qu'il trouvait un grand changement dans l'état de sa malade, il ne la crut pas dans un danger pressant et donna l'espoir qu'un nouveau traitement aurait plus de succès. Il en parla avec une telle confiance qu'il la communiqua à Elinor. Il partit en promettant de revenir trois ou quatre heures plus tard et la laissa un peu plus calme qu'au moment de son arrivée.

Mrs Jennings apprit en se levant, avec un grand chagrin, ce qu'il s'était passé pendant la nuit. Elle entra en grondant Betty et presque Elinor de ne l'avoir pas demandée, s'attendrissant sur le départ du colonel, sur l'émotion de Mrs Dashwood, sur les tourments d'Elinor, sur les souffrances de Marianne, disant qu'il ne fallait pas désespérer, mais que pour elle, elle avait toujours prévu que cela finirait mal. Son bon cœur était réellement très affligé. Avoir vu se flétrir par degrés cette belle fleur sous le poids meurtrier du chagrin, la voir expirer si jeune, si aimable, si pleine de vie jusqu'au moment fatal qui avait brisé son cœur, c'était assez pour frapper et toucher même une personne moins intéressée dans cet événement. Marianne avait plus de droits encore à la compassion de Mrs Jennings. Elle avait été pendant trois mois sa compagne, elle était encore sous ses soins, et c'est pendant qu'elle y était qu'on l'avait si cruellement blessée, injuriée, rendue si malheureuse. Le malheur d'Elinor aussi, qui était sa favorite, lui faisait une peine cruelle ; et quand elle se représentait celle de leur mère, qui aimait Marianne comme elle-même aimait Charlotte, la part qu'elle prenait au triste événement qui se préparait, et dont elle ne doutait pas, était aussi vive que sincère.

Mr Harris fut exact à sa seconde visite, toutefois il fut entièrement trompé dans son espoir sur ses derniers remèdes. Ils avaient tous manqué leur effet, la fièvre n'était point abattue, la poitrine point dégagée. La malade était peut-être plus tranquille, mais cette tranquillité même, qui n'était qu'une pesante stupeur, augmentait ses alarmes.

Elinor, qui cherchait à lire dans son âme, s'en aperçut bientôt et parut désirer d'autres avis, mais Mr Harris jugea que ce serait inutile et ne ferait que retarder le traitement qui pouvait encore la sauver : il le proposa. Elinor accepta tout, demanda à Dieu instamment dans le fond de son cœur de bénir ces nouveaux remèdes et conjura Mr Harris de ne rien épargner. Il fit tout ce qu'il jugea nécessaire et ressortit avec des promesses qui, cette fois, ne calmèrent pas le triste cœur d'Elinor. À force de douleur, elle était calme en apparence, mais n'avait presque plus d'espoir ; et quand elle pensait à sa mère, à sa pauvre malheureuse mère, ses forces étaient près de l'abandonner. Elle resta ainsi jusqu'à midi, sans s'éloigner un instant du chevet de sa sœur, ses pensées errant tristement d'un sujet de douleur à un autre, écoutant vaguement Mrs Jennings, qui lui rappelait, heure par heure, tout ce que Marianne avait souffert à Londres, et s'étonnait qu'elle n'y eût pas succombé.

– Ici, du moins, disait-elle, elle a été assez tranquille, elle a fait ce qu'elle a voulu, nous ne l'avons point contrariée ; elle s'est promenée seule et n'a sûrement rien vu qui pût avoir renouvelé son chagrin. Willoughby est paisiblement à Londres avec sa femme, et ne songe pas plus à elle que si elle n'était pas au monde. Hélas ! Peut-être n'y sera-t-elle bientôt plus ! Ah, mon Dieu ! Quelle pitié de voir mourir cela à cet âge, et de chagrin d'amour encore.

L'après-midi, cependant, Elinor commença à se flatter que sa sœur était mieux. À peine osait-elle se l'avouer à elle-même, de crainte de se livrer encore à de fausses espérances, mais il lui parut qu'il y avait quelque léger changement dans l'état de Marianne. Penchée sur son lit, elle l'examinait sans cesse, elle écoutait chacune de ses respirations, lui tâtait à chaque instant le pouls. Il lui parut moins intermittent, son haleine semblait être un peu plus libre. Enfin, avec une agitation de bonheur plus difficile à cacher sous un extérieur calme que son angoisse précédente, elle se hasarda à dire à son amie qu'elle ne pouvait s'empêcher de reprendre un peu d'espoir. Mrs Jennings, avec l'air du doute, alla examiner Marianne à son tour. Quoique forcée de convenir qu'il y avait quelques légers changements en bien, elle essaya d'empêcher Elinor de se livrer à une espérance qu'elle n'avait pas elle-même, et qui rendrait encore le coup plus affreux. Mais ce fut en vain : Elinor ne voulait plus rien entendre que la certitude de conserver sa Marianne.

Une demi-heure s'écoula et les symptômes favorables continuèrent ; d'autres même s'y joignirent et les confirmèrent.

– Voyez, voyez, chère amie, disait-elle à Mrs Jennings, sa peau est moins sèche, sa respiration moins gênée, ses lèvres moins serrées. Oh, Marianne ! Ma sœur, mon amie, tu nous seras rendue ! Maman ne sera pas plongée dans le désespoir. Oh mon Dieu ! Confirmez cette lueur d'espérance, recevez mes actions de grâce.

Elle était à genoux à côté du lit, sa bouche se posa sur la main de Marianne et elle crut sentir qu'une légère pression de cette main contre ses lèvres répondait à son baiser.

– Oh, mon Dieu ! dit-elle à demi-voix. Elle m'entend, elle me reconnaît !

Au moment même, le regard de Marianne, languissant, mais plein de tendresse et sans la moindre expression d'égarement, se fixa sur elle ; elle l'entendit même prononcer faiblement : « Chère Elinor ! »

Alors elle eut peine à contenir sa joie, et quand Mr Harris arriva, elle courut à sa rencontre et, le prenant par la main, déclara :

– Venez, monsieur, s'exclama-t-elle, regardez ma sœur ; je ne me trompe point, n'est-ce pas, elle est un peu mieux ?

Et elle attendit en tremblant ce qu'il allait dire.

– Non seulement elle est mieux, répondit-il avec assurance, mais si la nuit est telle que je l'ose espérer, je réponds de sa vie.

– Oh, mon Dieu ! s'écria Elinor en joignant les mains et fondant en larmes, tandis que pendant les heures de tourments qu'elle venait de passer, elle n'en avait pas versé une seule.

Son cœur alors était serré trop douloureusement pour qu'elle pût pleurer. À présent, ses larmes coulaient sans effort, lui faisant du bien. Marianne rendue à la vie, à la santé, à ses amis, à sa tendre mère, était une idée si douce, si consolante, qu'il lui semblait que jamais encore elle n'avait été si heureuse.

Mais son bonheur n'était pas encore de la joie, c'était une reconnaissance profonde envers le ciel, trop forte pour l'exprimer par des paroles. Elle en avait aussi pour Mr Harris, qui, sans être un médecin fameux, n'ayant pas même le titre de docteur, avait déployé, dans cette occasion, un zèle et une habileté qui lui faisaient honneur.

Il avait une fille de cinq ou six ans qu'il aimait beaucoup et dont il parlait souvent. Elinor détacha une chaîne d'or de plusieurs tours, qui suspendait à son cou une très jolie petite montre entourée de brillants – son bijou favori – et dit :

– Mr Harris, j'ai encore une grâce à vous demander. Je crois à l'efficacité des vœux de l'innocence. Dites à votre petite Jenny de prier pour le rétablissement de ma sœur à la même heure où vous m'avez dit qu'elle était hors de danger; et pour qu'elle ne l'oublie pas, je la prie de porter cette petite montre en souvenir de ce moment.

Mr Harris fut très content de ce joli présent et du plaisir qu'il ferait à son enfant. Il recommanda ce qu'il y avait à faire, et c'était peu de chose, mais surtout d'éviter ce qui pourrait le moins du monde agiter péniblement la malade.

– J'attends notre mère cette nuit, pensez-vous que l'émotion de la voir puisse lui être nuisible? s'enquit Elinor.

– Au contraire, mademoiselle, elle en était sans cesse occupée dans ses rêveries, et en la préparant à voir Mrs Dashwood, elle n'en éprouvera qu'un bon effet. Mais ce sont les émotions bruyantes ou pénibles qu'il faut éviter avec soin.

Cela n'était pas difficile dans une maison où il n'y avait qu'elles et leur bonne Mrs Jennings. Celle-ci était aussi fort contente de penser que Marianne se rétablirait et il était juste de lui en être reconnaissante, car elle tenait aussi beaucoup à ses pressentiments et à ses prédictions, et il fallait les abandonner! Elle le fit sans peine, montra une véritable joie, et se promit de faire aussi un présent à ce bon Mr Harris, qu'elle appela plusieurs fois: «mon cher docteur», ce qui était le plus grand cadeau qu'on pût lui faire.

Elinor passa l'après-midi entière à côté du lit de sa sœur, lui parlant fort peu, mais de ce qui pouvait lui faire plaisir, veillant à ce qu'elle fût bien couchée, écoutant chaque respiration. La possibilité du retour de la fièvre dans la soirée l'alarmait encore, mais elle ne revint pas, tous les bons symptômes continuèrent. À six heures du soir, elle s'endormit du sommeil le plus doux et le plus tranquille. L'heureuse Elinor n'eut plus de doute qu'elle ne fût hors de danger et l'arrivée de sa mère et du colonel, qu'elle avait si fort redoutée, ne fut pour elle qu'un nouveau bonheur. Elle comptait les heures et les minutes jusqu'au moment où elle pourrait leur dire : « Elle nous est rendue ! » et les tirer de l'horrible incertitude avec laquelle ils voyageaient.

Elle plaignait le colonel peut-être plus que sa mère, qu'il avait sûrement bien ménagée, tandis que lui savait tout. Bien certaine qu'il aurait mis toute la diligence possible, elle les attendait au plus tard à dix heures.

À sept heures, laissant Marianne doucement endormie, elle rejoignit Mrs Jennings dans le salon pour prendre le thé avec elle. Ses craintes l'avaient empêchée de déjeuner, et sa joie, de dîner. Elle avait donc grand besoin de prendre quelque rafraîchissement, et ce petit repas lui fut très nécessaire.

Comme elle ne s'était point couchée les deux dernières nuits, Mrs Jennings voulut la persuader d'aller prendre un peu de repos en attendant l'arrivée de sa mère, lui promettant de la remplacer auprès de Marianne, mais Elinor n'avait aucun sentiment de fatigue, ni de possibilité de dormir, et ne pouvait être tranquille qu'auprès de sa sœur ; elle y remonta donc immédiatement après le thé. Mrs Jennings la suivit pour s'assurer encore que le mieux se soutenait, puis elle les laissa pour aller l'écrire à ses filles et se coucher de bonne heure.

La nuit était froide et orageuse, le vent se faisait entendre dans les corridors, la pluie battait contre les fenêtres. Elinor pensait à ses chers voyageurs et les plaignait d'être en chemin par ce mauvais temps, mais cela n'empêchait pas Marianne de dormir paisiblement.

L'horloge sonna huit heures ; si c'en eût été dix, Elinor aurait été bien heureuse, car en même temps il lui semblait entendre le roulement d'un carrosse devant la maison. Mais sûrement c'était une erreur ; il était presque impossible qu'ils fussent déjà là. Cependant, elle était si sûre d'avoir entendu quelque chose, que, malgré la difficulté qu'elle avait à le croire, elle ne put s'empêcher de passer dans un cabinet à côté et d'ouvrir la fenêtre pour s'en assurer. Elle vit au même instant que ses oreilles ne l'avaient pas trompée. Les deux lanternes d'un coupé l'éclairèrent suffisamment pour voir qu'il était attelé de quatre chevaux, ce qui lui prouva l'excès des alarmes de sa mère et lui expliqua la rapidité du voyage.

Jamais encore Elinor, si accoutumée à se commander à elle-même, n'en avait été moins capable qu'à ce moment. L'idée de revoir sa mère, celle de ses doutes, de ses craintes, peut-être de son désespoir, tout la bouleversait.

Et comment lui dire… La joie de savoir son enfant chéri hors de danger lui serait peut-être aussi fatale ? Elle la connaissait si vive, si sensible et si nerveuse.

Mais il n'y avait pas de temps à perdre en réflexions et, disant à Betty de ne pas quitter sa sœur, elle descendit promptement. Elle entendait aller et venir dans le vestibule, on ouvrait les portes ; elle en conclut qu'ils étaient déjà entrés dans la maison. Aussi émue qu'on peut l'être quand on va revoir une mère chérie, après une longue absence, et dans une telle circonstance, elle entra au salon pour se jeter dans ses bras et se trouva… en présence de Willoughby.

CHAPITRE 46

Elinor recula avec un sentiment d'horreur à cette vue, et son premier mouvement fut de quitter à l'instant le salon. Sa main était déjà sur la poignée, quand Willoughby s'avança vivement et la retint, en disant d'un ton plus décidé que suppliant :

– Miss Dashwood, une demi-heure seulement, un quart d'heure, dix minutes, je vous conjure de rester.

– Non, monsieur, lui répliqua-t-elle avec fermeté, je ne resterai pas une minute. Vous ne pouvez avoir aucune affaire avec moi. Les gens ont, je suppose, oublié de vous dire que Mr Palmer n'est pas chez lui.

– Quand ils m'auraient dit, reprit-il avec véhémence, que tous les Palmer étaient au diable, je serais entré également. C'est à vous et à vous seule que j'ai à parler.

– À moi ! Monsieur, vous me surprenez beaucoup, en vérité. Parlez donc, mais soyez bref, et si vous le pouvez, moins violent.

– Asseyez-vous et je vous promets les deux.

Elinor ne savait ce qu'elle devait faire. La possibilité de l'arrivée du colonel Brandon, qui trouverait là Mr Willoughby, et sûrement avec beaucoup de peine, traversa sa pensée. Mais elle avait consenti à l'entendre et sa curiosité était excitée. Après un moment de réflexion, elle conclut qu'il valait mieux céder et lui accorder un moment que de prolonger le temps par des refus et des prières. Elle revint donc en silence au bout de la table et s'assit. Il prit une chaise face à elle et, pendant une demi-minute, aucun mot ne fut prononcé.

– Je vous en prie encore, monsieur, soyez très bref, je n'ai pas de temps à perdre, déclara enfin Elinor. Parlez ou je sors à l'instant.

Il était dans une attitude de profonde méditation, appuyé de côté sur le dossier de sa chaise et ne paraissait pas l'entendre. Elinor se leva ; ce mouvement parut le réveiller.

– Votre sœur, dit-il vivement, est hors de danger, le domestique qui m'a introduit me l'a dit. Que le ciel en soit béni ! Mais est-ce vrai, bien réellement vrai ? Je veux l'entendre de votre bouche.

Elinor le regardait avec étonnement. Elle croyait voir et entendre le Willoughby de Barton Park et ne savait si elle ne faisait pas un rêve. Il répéta sa question avec un mouvement très vif d'impatience.

– Pour l'amour de Dieu, dites-moi si elle est hors de danger ou si elle ne l'est pas ?

– J'espère qu'elle l'est.

Il se leva et se mit à faire les cent pas. Elinor voulut encore le quitter, mais l'intérêt qu'il venait de montrer pour Marianne l'avait déjà un peu adoucie, aussi céda-t-elle à un geste suppliant et resta. Il revint à son siège, s'approcha un peu plus près d'elle, en disant avec une vivacité un peu forcée :

– Si j'avais été sûr, parfaitement sûr, qu'elle était hors de danger, peut-être ne serai-je pas entré, mais puisque je suis ici, puisque j'ai le bonheur de vous revoir... Oh ! bonne Elinor, vous qui m'aimiez autrefois comme un frère, parlez-moi encore avec amitié ; peut-être sera-ce la dernière fois. Parlez-moi franchement, amicalement : me croyez-vous un scélérat ?

Et la rougeur la plus vive couvrit son visage.

Elinor était toujours plus surprise. Elle commença vraiment à croire qu'il était fou et dans l'ivresse. La singularité de cette visite, à une heure aussi tardive, et toute son attitude ne pouvaient guère s'expliquer autrement. Dès que cette idée eut frappé son esprit, elle se leva et lui lança froidement :

– Mr Willoughby, je vous conseille de retourner à Haute-Combe, que vous habitez sans doute. Je suis garde-malade et je ne puis rester avec vous plus longtemps. Quelque affaire que vous puissiez avoir à me communiquer, vous vous la rappellerez sûrement mieux demain.

– Je vous entends, dit-il avec un sourire expressif et une voix parfaitement calme. Peut-être ai-je en effet perdu la raison, mais non pas comme vous le pensez. Depuis ce matin huit heures que j'ai quitté Londres, je ne me suis arrêté que dix minutes au plus à Marlborough pour faire manger mes chevaux qui n'en pouvaient plus. J'ai pris moi-même un verre de bière et un morceau de bœuf froid, voilà tout.

Et son regard et le son de sa voix convainquirent Elinor que, si quelque impardonnable folie l'avait amené à Cleveland, ce n'était pas du moins celle de l'ivresse. Certaine alors qu'il pourrait l'entendre, elle lui dit avec dignité :

– Excusez-moi, Mr Willoughby, cette fois-ci je vous ai fait tort. Je ne sais pas cependant si, après tout ce qui s'est passé, vous ne seriez pas plus excusable en attribuant votre arrivée ici à une cause étrangère qu'à votre propre volonté. Certainement si vous aviez l'ombre de délicatesse, vous auriez senti ce que votre seule présence me fait souffrir, et dans quel moment ! Il m'est impossible de comprendre le but de cette visite. Que prétendez-vous ? Que demandez-vous ?

– Je prétends, répliqua-t-il avec un sérieux énergique, me faire haïr de vous de quelques degrés de moins que vous ne me haïssez sûrement. Je demande qu'il me soit permis d'alléguer quelque espèce d'excuse pour le passé, de vous ouvrir entièrement mon cœur, de vous prouver que, si j'ai la tête mauvaise, ce cœur mérite quelque indulgence, d'obtenir enfin quelque chose qui ressemble à un pardon, de Mar…, de votre sœur.

– Est-ce là, monsieur, la vraie raison de cette visite ?

– Sur mon âme ! assura-t-il en posant la main sur la poitrine, avec ce geste noble, cette physionomie franche, ouverte, ce regard animé et sensible, qui lui avaient gagné le cœur de toute la famille du cottage et qui, en dépit d'elle-même, emportèrent encore la confiance d'Elinor.

– Si c'est là tout, monsieur, lui dit-elle, vous pouvez être satisfait, car Marianne vous a pardonné depuis longtemps.

– Elle m'a pardonné ! s'écria-t-il avec une extrême vivacité. Elle ne devait pas me pardonner, non jamais, avant de savoir ce qui peut-être est une excuse. Mais, aujourd'hui, je sollicite d'elle et de vous un pardon mieux motivé. À présent voulez-vous m'entendre ?

Elinor consulta sa montre. Il n'était que huit heures et quart ; il était impossible que sa mère et le colonel fussent là avant dix heures. Elle expliqua à Willoughby qu'elle les attendait, qu'avant tout elle voulait aller revoir sa sœur, et que si elle la trouvait tranquille, elle reviendrait au salon pour un quart d'heure.

– Vous reviendrez, miss Dashwood, s'écria-t-il avec impétuosité, vous reviendrez ; ou, j'en fais le serment, j'irai vous chercher auprès du lit de Marianne, et c'est à elle que je demanderai de m'entendre.

– Mr Willoughby ! gronda Elinor d'un ton qui le fit rentrer en lui-même.

– Pardon, murmura-t-il en baissant les yeux, ne sais-je pas que miss Dashwood est incapable de tromper ? Je vous attendrai ici, je vous le promets, mais je n'en sortirai pas que je ne vous aie revue. Si vous ne revenez pas, j'attendrai votre mère, et c'est à elle que j'ouvrirai mon cœur ; elle m'écoutera, je le sais. Excellente femme ! Combien elle m'aimait !

Des larmes remplirent ses yeux ; elles achevèrent de subjuguer Elinor.

– Je reviendrai bientôt, lui promit-elle en sortant.

Elle courut auprès de sa sœur. Celle-ci dormait tranquillement. Betty était assise à côté d'elle et lui jura de la demander à l'instant où la malade se réveillerait. Rassurée, Elinor se pressa de rejoindre Willoughby pour hâter le moment de son départ. Il faisait les cent pas dans le salon, les bras croisés, quand elle rentra.

– Comment est-elle ? s'enquit-il à demi-voix.

– Elle se repose, et me voici prête à vous entendre. Mais, d'un instant à l'autre, je puis être appelée auprès d'elle, ou ma mère peut arriver ; je vous conjure encore d'être bref.

– Bref ! Et j'ai tant de choses à dire…

Il s'arrêta.

– Eh bien, commencez donc ! s'impatienta Elinor.

– Je ne sais quelle a été complètement votre opinion sur ma conduite avec votre sœur, et quel diabolique motif vous avez pu me supposer. Peut-être allez-vous me juger plus mal encore, mais enfin vous devez tout entendre, et je veux être vrai.

« Quand je m'introduisis chez vous, et j'en cherchais l'occasion qui se présenta d'elle-même, je n'avais d'autre vue et d'autre intention que de passer mon temps en Devonshire d'une manière plus agréable que dans mes précédentes visites à ma vieille tante. L'aimable extérieur de votre sœur, la séduction de son esprit, ses talents enchanteurs attirèrent sans doute mon admiration particulière, et, dès les premiers jours, sa conduite avec moi, si tendre, si confiante… Non, je ne conçois pas à présent comment mon cœur y fut insensible, mais il faut que je le confesse, ma vanité seule était flattée d'une conquête si brillante, si fort au-dessus, à tous égards, de celles dont je m'étais occupé jusqu'alors. Ne songeant point à son bonheur, ne pensant qu'à mon triomphe et à mes plaisirs du moment, animé par son entretien passionné, je lui parlai le langage dont j'avais l'habitude avec les femmes, je témoignai des sentiments que je n'éprouvai pas, je tâchai par tous les moyens possibles de me faire aimer sans avoir le dessein de lui rendre son affection.

Elinor, indignée, lui jeta un regard plein de mépris, et l'interrompit :

– Il est inutile, Mr Willoughby, que vous parliez plus longtemps et que je vous écoute. Un tel commencement dit tout, il ne peut être suivi de rien que je veuille entendre. Aussi, je vous prie de me dispenser d'un plus long entretien.

– J'insiste pour que vous m'écoutiez jusqu'au bout, répliqua-t-il. Vous savez mon tort, écoutez ma punition. Ma fortune était réduite à moins que rien, elle n'avait jamais été considérable. J'ai toujours été très dépensier et j'étais lié avec des gens riches

que je voulais égaler. Chaque année avait ajouté
à mes dettes et je n'avais d'autre espoir de m'en
acquitter que la mort de ma vieille cousine, dont
le moment était très incertain, ou bien un mariage
avec une femme riche. Poussé par les conseils de
quelques amis, j'avais déjà fait ma cour dans ce but,
l'hiver précédent, à miss Grey, qui devait posséder
cinquante mille livres sterling le jour de ses noces et
m'avait assez bien reçu pour me laisser croire que
je pouvais me présenter avec succès. Je ne pouvais
donc dans de telles circonstances penser à associer
à mon sort une jeune personne sans fortune. Mais
avec un égoïsme, une cruauté, qui ne peut jamais
m'être trop reprochée, je me conduisais de manière à
engager ses affections, sans avoir seulement la pensée
de pouvoir jamais l'épouser. Oui, mademoiselle,
oui, je mérite ce regard indigné ; je mériterais tout
au monde, si je n'avais pas deux choses à dire en
ma faveur, qui peuvent un peu, sinon excuser, mais
remédier au moins à cette indigne conduite. L'une
est que je ne savais pas encore ce que c'était que
l'amour ; des galanteries banales, des conquêtes
faciles et bientôt oubliées avaient jusqu'alors rempli
ma vie. L'autre est le serment que je puis vous faire,
et dont Marianne peut vous confirmer la vérité, est
de n'avoir pas eu un instant la coupable pensée de
profiter de son attachement, de son inexpérience,
de sa jeunesse pour la séduire. Quand elle aurait
été entourée d'anges, elle n'aurait pas été plus en
sûreté. Son extrême sensibilité, sa franchise sans

bornes l'entraînaient quelquefois à des imprudences, mais son sentiment était en même temps si pur, elle avait sur la vertu des idées si exaltées, tant de vraie dignité, tant de réelle innocence, qu'il aurait fallu être un monstre pour ne pas la respecter. Ah ! C'était l'être assez que de sacrifier à la vanité, à l'avarice, le bonheur d'une créature si parfaite ! Mais ce n'est pas elle seule que j'ai sacrifiée, pour éviter une situation qui me semblait être la pauvreté, et qui, avec elle, aurait été le bonheur parfait. J'ai trouvé avec la richesse tous les malheurs que j'ai mérités sans doute, mais qui n'en sont pas moins cruels, et j'ai perdu, perdu à jamais tout espoir d'être heureux avec la seule femme que j'aie aimée.

– Vous l'avez donc aimée ? interrogea Elinor un peu radoucie. Il y a donc eu un temps où vous lui avez été attaché ? Vous voulez m'ouvrir votre cœur, dites-vous ; parlez donc : avez-vous aimé Marianne ?

– Si je l'ai aimée ? Ah, dieu ! Résister à tant d'attraits, repousser une telle tendresse ! Existe-t-il un homme au monde à qui cela serait possible ? Oui, par degrés insensibles, je me trouvai passionné d'elle, et décidé alors à renoncer à tout pour elle, à lui offrir mon cœur et ma main. Je la connaissais trop bien pour craindre que la médiocrité de ma fortune soit un motif de refus, même pour Mrs Dashwood, qui ne voyait que par les yeux de Marianne et qui me témoignait une amitié de mère. Résolu de changer de vie, de trouver le bonheur dans l'amour et la simplicité, je voulais lui proposer de nous garder auprès d'elle au cottage, jusqu'à ce que la mort et l'héritage de Mrs Smith me permettent de conduire ma compagne à Allenham, dont Marianne aimait la situation et qui la laissait dans le voisinage de sa famille. Oh, combien j'étais heureux en formant ce plan, en pensant que mon existence entière serait ce qu'elle était depuis deux mois, un enchantement continuel au milieu des quatre femmes les plus aimables en différents genres que j'aie rencontrées dans cette délicieuse habitation ! Vous rappelez-vous, miss Dashwood, la dernière soirée que j'ai passée au cottage, quand je conjurai votre mère, que je regardais déjà comme la mienne, de n'y rien changer ? Ah ! Le souvenir de cette seule journée suffirait pour empoisonner le reste de ma vie… Je croyais alors que toutes mes journées seraient semblables à celle-là ! Mrs Dashwood m'invita à dîner pour le lendemain et je me décidai à lui ouvrir entièrement mon cœur, à ne parler de rien à Marianne ; j'étais si sûr de son affection ! C'est devant elle que je voulais dire à sa mère : « Unissez vos enfants. » Je vous quittai plein de cette ravissante idée, je voulais m'en ouvrir le soir même à Mrs Smith, et lui demander sa bénédiction, que j'étais sûr d'obtenir. Cette digne femme vous estimait sans vous connaître et attachait bien plus de prix aux mœurs, à une bonne éducation qu'à une brillante fortune. Souvent, lorsque j'évoquais votre famille, son regard attendri m'avait dit : « Voilà où vous devriez prendre une femme. » Je rentrai donc chez elle résolu à me confier le soir même.

Ah, mon Dieu ! Quel entretien différent eus-je avec elle ! Elle avait reçu des lettres, sans doute de quelque parent éloigné qui voulait me priver de sa faveur et des preuves qu'elle m'en destinait. On lui apprenait… une affaire…, une liaison… que j'avais presque oubliée moi-même. Mais qu'est-il besoin de m'expliquer davantage ? dit-il en s'interrompant et rougissant beaucoup. Votre intime ami vous a sûrement depuis longtemps raconté cette histoire ?

Elinor rougit aussi et endurcit de nouveau son cœur contre le séducteur de la pauvre Caroline.

– Oui, monsieur, rétorqua-t-elle avec fermeté, je sais tout. Mais comment pourrez-vous vous justifier dans une telle circonstance ? Cela me paraît impossible.

– Me justifier ! s'écria-t-il vivement, je n'y songe pas même. Je vous ai dit quels avaient été mes principes, mes habitudes, mes liaisons avant que je rencontre votre sœur, et cela dit tout. J'ajouterai seulement que celui de qui vous tenez cette histoire ne pouvait être impartial. J'ai certainement eu beaucoup de torts avec Caroline, mais il n'est pas dit cependant que, parce qu'elle a été offensée, elle est irréprochable, et que parce que j'étais un libertin, elle est une sainte. La violence de ses passions et la faiblesse de son jugement seraient peut-être une excuse… Mais, non, non, je n'en ai point que je puisse alléguer ; son amour pour moi méritait un meilleur traitement. Je me suis bien souvent reproché de lui avoir témoigné celui que je n'ai jamais ressenti, ou du moins si peu de temps, que je ne puis appeler cela de l'amour, surtout après l'avoir éprouvé dans toute sa force pour une femme qui lui est, à tous égards, si supérieure.

– Votre indifférence pour cette fille infortunée, quelque étrange qu'elle me paraisse, est un tort involontaire, reprit Elinor, mais votre négligence est bien plus impardonnable. Quoiqu'il me soit désagréable d'entrer dans une discussion sur cet objet, permettez-moi de vous dire que si je vois de la faiblesse et de la crédulité de son côté, je vois du vôtre une cruauté, une inhumanité bien moins excusables. Pendant que vous étiez en Devonshire, poursuivant de nouveaux plans, de nouvelles amours, toujours gai, toujours heureux, votre victime était réduite à la plus extrême indigence, à la honte, au désespoir, à l'abandon.

– Sur mon âme, je l'ignorais ! J'avais pourvu à tout en la quittant ; je ne lui avais point caché que je ne comptais pas la rejoindre, je lui avais conseillé de recourir au pardon de son protecteur. Tout pouvait être caché ou réparé, si elle avait suivi mes avis. Je croyais qu'elle était rentrée dans sa pension ou dans une autre, et je ne songeais plus à elle, quand elle fut tout à coup rappelée à mon souvenir d'une manière aussi terrible ! Je trouvai Mrs Smith au comble de l'indignation et ma confusion fut extrême. La pureté de sa vie, son ignorance complète du monde, ses idées religieuses et morales très exaltées, tout fut contre moi. Elle m'accabla du poids de sa colère, mais m'offrit son pardon, si je voulais épouser Caroline. Cela ne se pouvait, je ne le voulus pas, et je fus formellement rejeté de toute prétention sur l'amitié et la fortune de ma parente, banni de sa maison que je devais quitter le lendemain. Je rentrai dans ma chambre pour faire mon paquet et je trouvai sur ma table une lettre du colonel Brandon qui me reprochait le déshonneur de sa pupille et me donnait rendez-vous à Londres, pour lui rendre raison de ma conduite. Étais-je assez puni de ce que les jeunes gens appellent un passe-temps, une légèreté ? La perte de ma fortune et de toutes mes espérances de bonheur, et peut-être celle de ma vie ! Quelle nuit je passai !… Mais à quoi servaient les combats, les réflexions ? Tout était fini pour moi. Je ne pouvais plus offrir à Mrs Dashwood un fils ni à Marianne un époux, je n'avais plus de ressources ni pour le présent ni pour l'avenir, et j'étais rejeté pour un genre de tort qui ne pouvait que les blesser vivement et me faire repousser aussi d'elles. Ah, combien je désirais alors que la vengeance du colonel soit complète ! Avec quel plaisir, quel empressement j'allai au-devant de la mort, que j'espérais recevoir de sa main ! Je craignais bien davantage la scène qui m'attendait encore avant de quitter pour jamais le Devonshire en prenant congé de Marianne. J'étais engagé à déjeuner chez vous, il fallait aller m'excuser, il fallait revoir celle que j'allais quitter pour toujours et laisser si malheureuse !

– Pourquoi la voir, Mr Willoughby ? Pourquoi ne pas écrire un mot d'excuse ? Qu'était-il nécessaire de venir vous-même ? s'écria Elinor.

– C'était nécessaire à mon orgueil et à mon amour. Je ne voulais pas laisser soupçonner à personne ce qui s'était passé entre Mrs Smith et moi, et je voulais voir encore une fois, avant de mourir, celle que j'idolâtrais de toute la force de mon âme; je ne croyais pas d'ailleurs la trouver seule. Je voulais encore une fois être au milieu de cette famille que la veille encore je regardais déjà comme la mienne. Oh! Quand je me rappelais avec quelles délices j'étais revenu du cottage à Allenham, satisfait de moi-même, content de tout le monde, enchanté de Marianne, ne songeant pas plus au passé que s'il n'avait jamais existé, ne vivant que dans l'avenir, me disant: « Quelques heures encore, et je vais être engagé pour la vie avec celle que j'aime si ardemment! »... Ces heures étaient écoulées, et il fallait au contraire nous séparer pour toujours! Je rassemblai toute ma fermeté pour le cacher, mais quand je la trouvai seule, quand je vis son profond chagrin pour ce qu'elle croyait une courte absence, et ce chagrin uni à tant de confiance en moi, ah! Dieu! Dieu! Pourrais-je jamais l'oublier?

– Lui avez-vous promis de revenir bientôt?

– Je ne sais ce que je lui dis, je ne puis m'en rappeler un seul mot. Votre mère vint aussi ajouter à mon supplice par son amitié. Ah, combien j'étais malheureux! Et j'en remerciais le ciel. Ma seule consolation était ma propre misère; mais celle de Marianne, elle m'était insupportable! Je m'en arrachai, je partis et...

Il s'arrêta.

– Est-ce tout, monsieur ? dit Elinor, qui, tout en le plaignant, s'impatientait de ce qu'il ne partait pas.

– Oui, tout, si vous voulez. Mais ne désirez-vous pas savoir comment j'ai pu devenir plus coupable et plus malheureux encore ? En peu de mots : je rencontrai le colonel, je fus blessé, mais non pas mortellement. Pendant que j'étais dans ma chambre, livré à mes tristes réflexions, ne voyant devant moi que l'indigence la plus entière, un de mes amis me parla des bonnes dispositions de miss Grey pour moi, il m'assura que sa belle fortune de cinquante mille livres sterling serait à moi dès que je voudrais dire un mot. Ma blessure m'avait un peu calmé. J'avais réfléchi à ma situation ; je ne pouvais la faire partager à Marianne, je ne l'aurais pas même voulu, non plus que sa famille. Il fallait donc tâcher de l'oublier, et de m'en faire oublier. J'allais jusqu'à trouver de la générosité dans tout ce que je faisais pour y parvenir. Je laissai faire mon ami. Dès que je fus rétabli, il me mena chez miss Grey. Elle voulait se marier, et avec un homme à la mode, avec un élégant ; c'était tout ce qu'elle demandait. Moi, je ne voulais que son argent, et nous fûmes bientôt d'accord. Marianne, pensais-je, n'entendra plus parler de moi que pour apprendre que je suis marié ; sa fierté s'indignera, elle me détestera, puis elle m'oubliera et je serai seul malheureux, mais au moins j'aurai les distractions et les jouissances de la fortune… Lorsqu'une lettre de Marianne, datée de Londres, m'apprit qu'elle était en ville, qu'elle m'aimait encore avec la même tendresse et n'avait pas même l'ombre d'un doute ! Non, tout ce que j'éprouvai ne peut être exprimé ! Sans aucune métaphore, chaque ligne, chaque mot de ce billet fut pour moi un coup de poignard. Savoir Marianne si près de moi, être sûr que j'en étais aimé ! Ah ! Je n'avais pas non plus l'ombre d'un doute. Son cœur, ses opinions, son âme m'étaient trop bien connus et m'étaient encore trop chers. Mon amour, qui était à peine assoupi, se ranima avec plus de force. Et j'étais engagé avec une autre ! Et quelle autre, mon Dieu ! D'un côté, frivolité, insensibilité, coquetterie, jalousie ; de l'autre, grandeur d'âme, tendresse iné-puisable, sensibilité profonde, confiance illimitée, esprit supérieur. Dieu ! Qu'avais-je laissé échapper et qu'avais-je trouvé en échange ! Mais Marianne méritait mieux qu'un dissipateur, qu'un libertin. Elle m'aurait corrigé de tout, je serais devenu digne d'elle. À présent, quel encouragement, quel exemple ai-je pour devenir vertueux ? Ô rage ! Ô désespoir !

Il se leva et marcha furieusement de long en large de la pièce, le poing serré sur son front.

Le cœur d'Elinor avait éprouvé plusieurs fluctuations pendant cet extraordinaire entretien. Elle était à présent touchée, attendrie sur le sort de cet homme, que la nature avait créé pour le bonheur et qui l'avait rejeté loin de lui. Mais elle crut qu'elle devait lui cacher sa compassion.

– Tout ce que vous venez de dire là est de trop, Mr Willoughby, je n'ai pas de temps à perdre, vous le savez, lui dit-elle. Je vous prie donc de résumer ce que vous sentez en votre conscience, qu'il est nécessaire que j'apprenne et rien de plus.

Il se rassit.

– J'ai fini dans deux minutes, reprit-il. Le billet de Marianne me rendit donc le plus infortuné des hommes, en me prouvant son amour et en réveillant tout le mien. Je m'étais persuadé qu'elle m'avait oublié, j'espérais même apprendre bientôt qu'elle était bien mariée. Je ne voyais plus devant elle et moi que malheur et désespoir. Mais que pouvais-je faire ? Tout était arrangé pour mon mariage : le contrat passé, les dispenses obtenues, le jour fixé. La retraite était impossible. Tout ce qui me restait à faire était de vous éviter toutes deux ; d'essayer de réparer un peu mes torts en les augmentant, et de prendre plus de peine pour me faire haïr que je n'en avais pris pour me faire aimer. Je ne répondis point au billet de Marianne, je ne parus point chez elle. Cependant, un jour où je vous ai vues sortir toutes les trois de la maison, je me décidai d'y porter ma carte pour agir plus naturellement.

– Vous nous avez vues ! Où ? Comment ?

– Tous les jours, et souvent plus d'une fois par jour, je voyais au moins l'une de vous. Vous seriez surprise si je vous disais tous les moyens que j'employais pour cela, et combien de fois j'ai failli être découvert par les beaux yeux de Marianne, qui me cherchaient sans cesse : mon refuge était une boutique, une allée ; mais me passer de voir

Marianne, non, c'était impossible ! Et cependant j'aurais fui au bout du monde pour qu'elle ne me voie pas ; je dus faire preuve d'une vigilance continuelle pour l'empêcher. J'évitai le bal de sir George, et le matin suivant je reçus un second billet de Marianne. Non, vous ne pouvez vous faire une idée de sa bonté, de sa tendresse ! Si affectueuse, si franche, si confiante ! Ah ! Comme je me détestais moi-même, comme vous me détesteriez plus encore si vous l'aviez lu !

– Je l'ai lu, monsieur ; Marianne ne m'a rien caché.

– Vous avez donc vu aussi cette infâme, cette détestable lettre qu'elle ne doit jamais me pardonner, non jamais jusqu'à ce qu'elle sache… J'en reviens à la sienne ; j'essayais d'y répondre, je ne le pus, mon courage m'abandonna. Miss Dashwood, ne me refusez pas votre pitié. Avec la tête et le cœur pleins de votre sœur, à qui je pensais sans cesse, je devais faire ma cour à une autre femme, paraître empressé, paraître heureux ! Ce ne fut pas tout encore. Vous vous rappelez cette maudite assemblée où nous nous rencontrâmes ? Non, l'agonie n'est rien auprès de ce que je souffrais. D'un côté, Marianne, belle comme tous les anges, appelant son Willoughby, me tendant la main, me demandant une explication avec son regard enchanteur attaché sur moi ; de l'autre côté, Sophie jalouse comme le diable, regardant tout avec une audacieuse curiosité, m'appelant d'un ton impératif. J'étais en enfer et je m'échappai aussitôt qu'il me fut possible, mais non pas sans avoir vu la pâleur de la mort sur le visage céleste de Marianne. Ce fut le dernier regard que je jetai sur elle ; je ne l'ai plus revue que dans ma pensée, où toujours elle se présente ainsi. Non, Elinor, quand vous l'avez vue mourante, elle n'a pu vous faire plus d'impression. Mais vous me jurez qu'elle est mieux, qu'elle est hors de danger ?

– Je l'espère.

– Et votre pauvre mère qui l'idolâtre… elle ne lui aurait pas survécu non plus. Adieu, je pars : dites-moi seulement que je vous suis moins odieux, que vous le direz à Marianne.

– Et cette lettre, monsieur, qui faillit aussi lui ôter la vie, cette lettre que vous avez eu la barbarie de lui envoyer en réponse à son dernier courrier, comment pouvez-vous la justifier ?

– Par un seul mot que je répugnais à dire… Elle n'est pas de moi. Que pensez-vous du style de ma femme ? N'est-il pas délicat, tendre ? N'est-il pas… ?

– De votre femme ! C'était votre écriture.

– Oui, j'eus l'indigne faiblesse de la copier. «Il faut en finir, me dit-elle, avec Marianne ou avec moi : choisissez. » Le choix ne m'était plus permis ; sa fortune était nécessaire à mon honneur, à mes engagements. Voilà où une indigne prodigalité m'avait conduit ! Pour éviter une rupture, il fallut en passer par où elle voulait, copier sous ses yeux cette lettre où je rougissais de mettre mon nom, me séparer des billets, de la boucle de cheveux de Marianne. Le portefeuille qui les renfermait dut être livré à Sophie, et mes trésors renvoyés comme vous l'avez vu, sans pouvoir seulement les couvrir de mes baisers et de mes larmes. Malheureusement, la dernière lettre de Marianne me fut remise chez miss Grey, pendant que je déjeunais avec elle ; la forme, l'élégance du papier, l'écriture réveillèrent ses soupçons déjà excités par la scène de l'assemblée. « C'est de votre beauté campagnarde, me dit-elle, voyons son style. » Elle l'ouvrit, la lut, fit la réponse, m'obligea de la copier, de lui donner ce que j'avais de Marianne. J'obéis dans une espèce de désespoir qui me faisait trouver une sorte de plaisir à me ruiner tout à fait dans l'opinion de cet ange, que rien n'avait pu détacher de moi, et qui allait enfin me repousser entièrement de son cœur et de sa pensée. Mon sort était décidé ; tout le reste me parut indifférent. Je fus bien aise qu'on m'ait dicté ce que je n'aurais jamais pu dire de moi-même, et d'avoir une raison de plus de mépriser, de haïr, celle…

— Arrêtez, Mr Willoughby, le coupa Elinor, c'en est assez ; je n'entendrai pas un mot de plus contre une femme qui est la vôtre, que vous avez choisie volontairement, à qui vous devez votre bien-être, votre fortune, et qui au moins a droit, en échange, à vos égards, à votre respect. Sans doute vous est-elle attachée, puisqu'elle vous a épousé. Parler d'elle avec cette légèreté vous rend très blâmable et ne vous justifie de rien avec Marianne.

– Ne prononcez pas le nom de Mrs Willoughby, reprit-il avec un profond soupir, elle ne mérite pas votre compassion. Elle savait fort bien que je ne l'aimais pas. Si elle a voulu m'épouser, c'est qu'elle savait aussi que mes folies de jeunesse m'avaient mis dans l'affreuse dépendance de mes créanciers, et qu'elle voulait un mari qui soit dans la sienne, et qui cependant, à quelques égards, puisse flatter sa vanité. Elle a cru trouver cela réuni chez moi, et me fait payer bien cher son maudit argent. À présent, me plaignez-vous, miss Dashwood ? Suis-je d'un degré moins coupable à vos yeux que je ne l'étais avant cette explication ? Voilà, ce que je vous conjure de me dire.

– Oui, monsieur, je l'avoue ; vous avez certainement un peu changé mon opinion sur vous, et je vous trouve moins coupable que je ne le croyais, quoique vous le soyez beaucoup encore, mais plus par la tête que par le cœur. Le vôtre n'est pas méchant, et vous vous êtes rendu trop malheureux vous-même pour qu'on puisse vous haïr.

– Voulez-vous donc me promettre de répéter ces propos à votre sœur, quand elle pourra vous entendre ? Rétablissez-moi dans son opinion comme je le suis dans la vôtre. D'après vous, elle m'a déjà pardonné ; laissez-moi me flatter qu'une meilleure connaissance de mon cœur, de mes sentiments actuels, me vaudra de sa part un pardon plus entier et mieux mérité. Transmettez-lui ma misère et ma pénitence ; dites-lui que jamais je n'ai été inconstant pour elle ;

et si vous le voulez, dites-lui que, aujourd'hui même, elle m'est plus chère que jamais.

– Je lui dirai, monsieur, tout ce qui sera nécessaire pour calmer son cœur et vous justifier sur quelques points. Puisse cette assurance adoucir vos peines ! D'ailleurs je crois que cela dépend aussi de vous. Adieu, monsieur, la soirée s'avance, et cet entretien s'est trop prolongé. Un mot encore cependant avant de nous séparer : comment avez-vous appris la maladie de ma sœur ?

– De sir George Middleton, que je rencontrai par hasard hier au soir dans Drury Lane. C'était la première fois que je le voyais depuis deux mois – j'avais pris soin d'éviter tout ce qui pouvait me rappeler le nom de Dashwood et lui, plein de ressentiment contre moi depuis mon mariage, ne me cherchait pas non plus. Cette fois, il ne put résister à la tentation de m'aborder, pour me dire ce qu'il croyait devoir me faire beaucoup de peine. Sa première parole fut de m'apprendre brusquement que Marianne Dashwood était mourante à Cleveland, d'une fièvre nerveuse et putride, qu'une lettre de Mrs Jennings, reçue le matin même, disait le danger imminent, que les Palmer avaient fui la contagion. Grand Dieu ! Quelle accablante nouvelle ! J'ignorais même votre séjour à Cleveland, je vous croyais au cottage auprès de votre mère.

« Mrs Willoughby eut le caprice, il y a dix jours, je crois, d'aller à Haute-Combe voir le printemps et les arbres en fleurs ; il fallut l'emmener à l'instant.

À peine y fut-elle que, sans regarder une feuille, elle se rappela que le lendemain était le jour d'assemblée de lady Sanderson ; et vite il fallut retourner à Londres. Qui m'aurait dit, grand Dieu, que je passais si près de Marianne, de celle dont j'étais tellement occupé que mon imagination croyait la voir partout ? En empruntant le chemin sous le temple, je crus voir de loin sa gracieuse figure appuyée contre une des colonnes ; mais cette illusion s'évanouit bientôt, elle disparut comme l'éclair. Et ce n'était pas elle, puisque déjà elle était bien malade.

Elinor, très étonnée, se fit dire le jour, l'heure, et tout fut expliqué : l'évanouissement trop réel de Marianne, ses larmes et ses propos incohérents ; mais elle se garda bien de donner à Willoughby cette preuve de plus de la faiblesse de sa sœur.

– Ce que je ressentis ne peut s'exprimer, continua-t-il avec ardeur. Marianne mourante, et peut-être des peines déchirantes que je lui avais causées, me haïssant, me méprisant dans ses derniers moments ! Maudit par sa mère, par ses sœurs, ah ! ma situation était horrible ! Je ne pus la supporter ; je me décidai à partir, et, à cinq heures du matin, j'étais dans mon carrosse. À présent vous savez tout.

Il prit son chapeau, et s'approchant d'elle :

– Ne voulez-vous pas, supplia-t-il, me donner votre main, miss Dashwood, en signe de paix et de non-malveillance ?

Elle ne put y résister et posa sa main sur la sienne ; il la pressa avec affection.

– Allez-vous à Londres ? l'interrogea-t-elle.

– Non, à Haute-Combe pour quelques jours, répondit-il, et il retomba dans une sombre rêverie, s'appuyant contre la cheminée, semblant oublier qu'il devait partir.

– Vous ne me haïssez plus, n'est-ce pas ? dit-il enfin. Vous ne me méprisez plus ?…

– Je vous plains du fond de mon cœur, Mr Willoughby et je vous pardonne. Je m'intéresse à votre bonheur et je voudrais apprendre que…

– Mon bonheur ! interrompit-il. Il ne peut plus y en avoir pour moi dans ce monde ! Je traînerai ma vie comme je le pourrai ; la paix domestique est impossible avec ma femme. Si cependant je puis espérer que vous et les vôtres prendrez quelque intérêt à mes actions, ce sera du moins un motif d'être sur mes gardes… Marianne est à jamais perdue pour moi, n'est-ce pas ? Même quand quelques heureuses chances de liberté…

Elinor lui lança un regard plein de reproches.

– Je me tais, se reprit-il, et je pars moins malheureux que lorsque je suis arrivé ; elle vivra du moins ! Mais un affreux événement m'attend encore.

– Quel événement ? Que voulez-vous dire ?

– Le mariage de votre sœur.

– Vous êtes dans l'erreur ; elle ne peut pas être plus perdue pour vous qu'elle ne l'est actuellement.

– Mais un autre la possédera et je ne puis supporter cette pensée. Adieu, adieu, je ne veux pas vous accaparer plus longtemps et diminuer peut-être l'intérêt que j'ai réveillé. Au nom du ciel, conservez-le-moi ! Adieu, adieu, puissiez-vous être heureuses !…

Il quitta rapidement la chambre, et l'instant d'après Elinor entendit le roulement de son carrosse.

CHAPITRE 47

Elinor resta encore quelques moments au salon après que Willoughby l'eut quittée, oppressée par une foule d'idées différentes, qui se succédaient rapidement, mais dont le résultat général était une profonde tristesse.

Ce Willoughby qu'elle regardait, il n'y avait pas une heure, comme le plus indigne des hommes, qu'elle abhorrait, qu'elle méprisait, excitait en elle, en dépit de tous ses torts, un degré de commisération, d'intérêt même pour ses souffrances, qui allait jusqu'à lui faire éprouver une espèce de tendre regret de ce qu'il était actuellement séparé pour toujours de leur famille, et que sans doute elle ne le reverrait plus. Surprise elle-même de l'influence qu'il exerçait sur son esprit, elle voulut l'analyser, et trouva que c'était un sentiment tout à fait involontaire, qui tenait à des circonstances indépendantes de son mérite, et qui avaient peu de poids au tribunal de la raison. C'étaient d'abord les attraits de son charmant extérieur, de cette physionomie agréable, aimable, de sa manière franche, affectueuse, animée – et il n'y avait nul mérite à lui d'être ainsi. C'était ensuite son ardent amour pour Marianne, mais cet amour n'était plus innocent et devenait un tort de plus. Elle se disait tout cela, sans que l'intérêt qu'il venait de lui inspirer fût diminué le moins du monde. Elle réfléchissait douloureusement au tort irréparable que ce jeune homme s'était fait à lui-même, par l'habitude de l'indépendance, de la paresse, de la dissipation. La nature avait tout fait pour lui – elle lui avait donné tous les avantages personnels, tous les talents, une disposition à la franchise, à l'honnêteté, un cœur sensible – et le monde et les mauvais exemples avaient tout corrompu. Chaque faute, en augmentant le mal, avait reçu sa punition au moment même. La vanité qui lui avait fait rechercher un coupable triomphe aux dépens du bonheur de Marianne l'avait entraîné dans un attachement réel et profond, que ses torts précédents l'avaient obligé de sacrifier. Son libertinage avec Caroline l'avait privé de sa seule ressource de fortune ; son mariage, qui avait déchiré si cruellement le cœur de Marianne, était pour lui une source de malheurs qui ne lui laissait plus d'espoir. Il résulta de ce tableau que son intérêt augmenta pour un coupable déjà trop puni, sans l'être encore par la haine de ceux qu'il aimait si tendrement. Aussi son cœur n'en éprouva-t-il plus pour lui.

Elle alla auprès de sa sœur. Celle-ci venait de se réveiller d'un doux et long sommeil, qui confirma toutes ses espérances. Elinor s'assit à côté d'elle, en silence. Son cœur était plein. Le passé, le présent, l'avenir, la visite de Willoughby, l'attente de sa mère, tout lui donnait une telle agitation que son pouls était sûrement plus élevé que celui de la malade, et qu'elle craignait de se trahir si elle avait dit un seul mot. Par chance, cette crainte ne fut pas longue. À peine une demi-heure s'était écoulée depuis le départ de Willoughby que le roulement d'un autre carrosse lui annonça l'arrivée des voyageurs. Elle vola au bas de l'escalier, ravie de revoir sa mère et de pouvoir la rassurer. Elle arriva à la porte de la maison au moment où Mrs Dashwood y entrait. Elle la reçut dans ses bras, et sa première parole, en serrant cette bonne mère sur son cœur, fut celle-ci :

– Elle est sauvée ! Elle se porte bien, aussi bien qu'elle puisse être.

Mrs Dashwood s'était sentie si émue en approchant de la maison qu'elle avait cru que c'était un pressentiment qu'elle ne retrouverait plus sa fille chérie. Le passage subit de cette affreuse crainte à l'heureuse nouvelle qu'elle était hors de danger fut trop rapide pour ses sens : elle s'évanouit à demi sur l'épaule d'Elinor. Elle et leur ami la soutinrent et la portèrent jusqu'au salon. Là, assise à côté de sa fille aînée, elle retrouva ses sens, mais, incapable de parler, elle versa des torrents de larmes, embrassa plusieurs fois son Elinor, se tournait par intervalles vers le colonel Brandon, pressait sa main avec un regard qui lui disait son bonheur, sa reconnaissance et sa certitude qu'il partageait tout ce qu'elle éprouvait.

Ah ! Sans doute il le partageait ! Il ne parlait pas non plus, il ne l'aurait pas pu, mais tout en lui exprimait la joie la plus vive.

Dès que Mrs Dashwood put se mettre debout, son premier désir fut de revoir Marianne. Elinor demanda seulement la permission de l'annoncer sans autre préparation, Marianne était assez bien pour n'en avoir pas besoin. Aussi, deux minutes après, la plus tendre des mères était assise sur le lit de son enfant bien-aimée, rendue plus chère encore par son absence, son malheur et son danger. Elinor jouissait avec délices de leur bonheur mutuel, mais en bonne et sévère garde, elle conjura Marianne de se calmer, et sa mère de ne pas trop exciter sa sensibilité. Mrs Dashwood pouvait être calme et prudente quand il s'agissait de la vie de l'une de ses enfants, et Marianne, contente de savoir sa mère auprès d'elle, se sentant elle-même trop faible pour parler, se soumit au silence prescrit par ses gardes bienveillants. Mrs Dashwood voulut absolument passer cette nuit à côté d'elle. Elinor, qui ne s'était pas couchée les deux nuits précédentes, consentit à obéir à sa mère et à se mettre au lit. Elle s'y reposa physiquement, mais ne dormit point. Ses esprits étaient trop agités. Willoughby, le *pauvre Willoughby* comme elle se permettait de l'appeler, était constamment présent à sa pensée ; elle n'aurait pas voulu, sous quelque prétexte, avoir refusé d'entendre sa demi-justification.

Tantôt elle se blâmait de l'avoir jugé trop sévèrement, tantôt elle s'accusait d'être à présent trop indulgente. Mais sa promesse de le justifier auprès de Marianne était invariablement pénible. Elle redoutait le moment où Marianne apprendrait qu'il était moins coupable, et craignait que, peut-être, cet amour si passionné ne se ranimât avec plus de force. Elle doutait du moins qu'après cette explication sa sœur pût jamais être heureuse avec un autre homme, et se surprenait alors à désirer que Willoughby redevînt libre… Mais elle se rappelait aussi le bon, l'excellent colonel Brandon, et sentait ses souffrances plus que celles de son rival. La main de Marianne devait être sa récompense. Elle savait, à n'en pas douter, qu'il serait pour elle le meilleur et le plus tendre des maris, et désirait alors ni plus ni moins que la mort de Mrs Willoughby.

Au moment où le colonel était arrivé au cottage de Barton, il avait trouvé Mrs Dashwood prête à partir. Elle ne pouvait supporter plus longtemps son inquiétude et avait décidé d'aller à Cleveland avec sa femme de chambre. Elle n'attendait que l'arrivée de Mrs Carey, une de ses connaissances d'Exeter, qui voulait bien se charger de Margaret pendant son absence, sa mère n'osant pas l'emmener avec elle à cause de la contagion. Mais l'arrivée du colonel et la lettre d'Elinor, en redoublant ses alarmes, la déterminèrent à partir tout de suite. Elle laissa Margaret à sa femme de chambre de confiance, qui devait la remettre le lendemain à Mrs Carey, et se mit en route avec le colonel.

La bonne Mrs Jennings fut enchantée de la trouver là à son lever et la combla de soins et d'amitiés. Elle voulait lui conter tous les détails de la maladie de Marianne, s'interrompait pour la conjurer d'aller se coucher, pour recommander à Betty d'en avoir soin, etc.

Marianne reprit des forces de jour en jour, et avec sa santé revint aussi graduellement la brillante gaieté de Mrs Dashwood et l'ardeur de son imagination. Elle disait et répétait souvent qu'elle était à présent la plus heureuse femme qu'il y eût au monde. Elinor ne put s'empêcher d'être un peu surprise au fond d'elle que sa mère ne regrettât point Edward, et ne parût pas même se le rappeler. Elinor lui avait écrit tout ce qui s'était passé, sans même lui cacher son chagrin de la perte de cet ami, dont elle se croyait si sûre. Néanmoins, elle l'évoquait avec la raison et la mesure qu'elle mettait à tout, aussi Mrs Dashwood la prit-elle au pied de la lettre et jugea qu'elle n'était pas très affligée d'un événement dont elle parlait avec autant de calme. La maladie de sa fille favorite vint ensuite l'occuper exclusivement. Tout autre malheur ne lui parut rien auprès de celui de la perdre, et d'avoir à se reprocher d'en être la cause, en ayant encouragé son malheureux attachement pour Willoughby. Aussi le bonheur de son rétablissement effaçait-il toute autre pensée. Elle avait de plus un grand sujet de joie, dont Elinor ne se doutait pas, et qu'elle lui apprit au premier moment où elles se trouvèrent en tête à tête.

– Enfin nous voilà seules, mon Elinor, et je puis vous entretenir de mon bonheur ! Le colonel Brandon aime Marianne, il me l'a dit lui-même.

Elinor garda le silence. Elle éprouvait à la fois plaisir et peine. Elle n'était pas surprise de la chose qu'elle savait depuis longtemps, mais elle l'était du moment que le colonel avait choisi pour cet aveu.

– Si je ne savais pas, chère Elinor, que nous voyons rarement de même, je m'étonnerais du calme avec lequel vous m'écoutez. Quant à moi, cet attachement me transporte de joie ! Le plus grand bonheur que j'aurais pu désirer dans ma famille, c'eût été que le colonel Brandon épousât l'une de mes filles. Je crois par conséquent qu'avec ce digne homme, Marianne sera la plus heureuse des femmes. Je désire votre bonheur autant que le sien, mon Elinor, mais le colonel lui convient beaucoup plus qu'à vous.

Elinor fut sur le point de demander à sa mère la raison de cette singulière façon de penser. La différence d'âge était plus grande, leurs caractères, leurs sentiments n'avaient aucun rapport. Mais elle-même était heureuse que Mrs Dashwood ne vît pas ces obstacles ; elle savait que son imagination l'entraînait toujours à ne considérer que les beaux côtés de ce qu'elle désirait. Elle se contenta donc de sourire. Mrs Dashwood n'y vit qu'une approbation et continua son intéressante confidence.

– Il m'a ouvert entièrement son cœur pendant notre voyage. Cet aveu n'était pas prémédité, il a échappé à un cœur trop plein de sa passion pour pouvoir la dissimuler. De mon côté, comme vous pouvez le croire, je ne parlais toujours que de mon pauvre enfant que je voyais sans espérance. Il ne pouvait me cacher son inquiétude qui, je l'ai bien vu, égalait la mienne. Je le lui ai dit et, pensant que la simple amitié ne pouvait pas faire naître une aussi vive sympathie, je prononçai le mot « amour ». « Quand vous auriez, lui dis-je, l'amour le plus passionné pour ma pauvre fille, vous ne seriez pas plus affligé. » Alors, Elinor, il n'a pu se contenir et m'a fait connaître son sentiment pour Marianne, si tendre, si vif, si constant. Il l'a aimée, mon Elinor, dès le premier instant où il l'a vue. Oh ! Si vous l'aviez entendu me peindre la force de cette impression, vous en auriez aussi été touchée !

Elinor sourit encore en baisant la main de sa mère. Elle ne reconnaissait dans cette description romanesque de l'amour du colonel, ni son langage, ni sa manière, mais bien les embellissements de l'active imagination de Mrs Dashwood, qui colorait tous les objets pour elle.

– Son attachement pour Marianne, continua-t-elle, surpasse infiniment tout ce que jamais Willoughby a senti ou feint de sentir : il est plus ardent, plus sincère, plus constant. Il a subsisté dans toute sa force, malgré la malheureuse passion de Marianne pour cet indigne jeune homme, sans le moindre égoïsme, sans le moindre espoir. Tous les désirs du colonel se bornaient à la voir heureuse, même avec un autre. Que de noblesse ! Que de délicatesse !

Que de sincérité ! Ah non, lui n'est pas un trompeur !
Ses paroles sont la vérité même.

– Le caractère du colonel Brandon, dit Elinor, est
partout connu et estimé. C'est un excellent homme.

– Je le sais, reprit Mrs Dashwood très sérieusement, et cela m'aurait suffi pour encourager son
affection, pour en être charmée. Mais ce qu'il vient
de faire, cet empressement à venir me chercher,
l'amitié qu'il m'a témoignée, la confiance qu'il a
eue en moi, sont assez pour me prouver qu'il est le
meilleur des hommes.

– Ce n'est pas seulement, chère maman, cet acte
de bonté, où la simple humanité et son attachement
pour Marianne devaient le porter naturellement, qui
doit décider de son caractère, mais ses anciens amis,
Mrs Jennings, les Middleton, les Palmer l'aiment
et le respectent également. Moi-même, quoique je le
connaisse depuis moins de temps, j'ai une si haute
opinion de lui que si Marianne peut être heureuse
avec lui, je pense comme vous que ce serait le plus
grand des bonheurs pour nous. Quelle réponse avez-
vous faite ? Lui avez-vous donné quelque espoir ?

– Oh ! Ma chère enfant ! Je ne pouvais pas alors
prononcer ce mot ; je croyais Marianne mourante.
Lui-même n'osait demander ni espoir, ni encouragement. Ce n'était pas une demande de ma fille,
mais une confidence involontaire, une effusion
de douleur et de sympathie. Nous avons pleuré
ensemble, je lui ai confié que son sentiment ajouterait
à mon malheur si j'étais destinée à celui de perdre

ma fille, que je la regretterais pour lui et pour moi. Je ne savais d'abord ce que je disais. Tant d'affliction ! Tant de surprise ! J'étais tout à fait troublée, mais après quelque temps je lui ai dit que si Marianne vivait – ce que j'osais encore espérer –, le plus grand bonheur de ma vie serait de la lui donner. Aussi, depuis notre arrivée, depuis que nous avons repris une délicieuse sécurité, je l'ai répété plus clairement, et je lui ai donné tous les encouragements qui étaient en mon pouvoir. Le temps, et il ne sera pas long, ai-je dit, amènera tout à bien. « Le cœur de Marianne ne peut pas appartenir longtemps à un homme tel que Willoughby, et votre propre mérite doit vous rassurer. »

– Assurément, il doit être tranquille sur vos intentions, en convint Elinor. Cependant, il ne me paraît pas content comme il devrait l'être.

– Non !… Il est si modeste, il a tant de défiance de lui-même ! reprit Mrs Dashwood. Il croit que Marianne est engagée trop profondément pour retrouver, avant longtemps, la liberté de faire un autre choix. Et même, dans ce cas, il ne peut s'imaginer que ce serait lui. Il parle de la différence de leurs âges et de leurs dispositions. Mais il se trompe tout à fait. Son âge est précisément celui qui convient à un mari qui doit être le guide et le protecteur de sa compagne. Son caractère, ses principes sont fixés, il n'y a aucun changement à craindre. Quant à ses dispositions, elles sont exactement celles qui peuvent rendre votre sœur heureuse. Il calmera son imagination, quelquefois trop ardente, il rétablira la paix dans son cœur. Ses manières, sa personne, tout est en sa faveur. Ma partialité pour lui ne m'aveugle point. Il n'est certainement pas aussi beau que Willoughby, mais, à mon avis, il a un côté plus agréable, plus franc, plus mâle. Ne vous rappelez-vous pas qu'il y avait quelque chose dans les yeux de Willoughby que je n'aimais point ?

Elinor ne put se le rappeler. Mrs Dashwood oubliait qu'elle avait souvent fait remarquer devant Marianne que Willoughby avait dans le regard quelque chose d'irrésistible. Elle ne le dit pas à sa mère, qui continua :

– Quant à ses manières, vous ne me contredirez pas, Elinor, qu'elles ne soient beaucoup plus faites pour attacher Marianne. Cette simplicité naturelle, ce fonds de bonnes études, et même cette espèce de mélancolie dans ses propos, dans son attitude, s'accordent beaucoup mieux avec les dispositions réelles de votre sœur, que la vivacité, la gaieté souvent assez mal placée de Willoughby. Je suis persuadée à présent que si Willoughby avait été constant et qu'il avait épousé Marianne, elle n'aurait jamais été aussi heureuse avec lui qu'avec le colonel Brandon.

Elle s'arrêta. Elinor ne voulut pas convenir avec elle de ce dernier point, pas du moins en entier. Il lui semblait que le cœur de Marianne avait besoin d'amour, mais Mrs Dashwood s'abandonnait toujours à ses nouvelles espérances. Le colonel était son héros du moment, et elle assura à sa fille que, feu son cher Henry excepté, elle n'avait jamais vu d'homme plus à son gré.

– Delaford, déclara-t-elle, n'est pas à une très grande distance de Barton, à supposer que nous y restions ; mais vraisemblablement nous serons plus près encore de notre Marianne. On prétend que c'est un grand village ; il se trouvera facilement quelque jolie petite maison près du château, qui convienne tout aussi bien à notre situation.

Pauvre Elinor ! Voilà donc un nouveau plan pour la mener à Delaford, à côté d'Edward et de Lucy. Elle soupira profondément et garda le silence.

– Quant à la fortune, continua Mrs Dashwood, sans faire attention au soupir de sa fille aînée et ne songeant qu'à son projet de mariage pour sa favorite, à mon âge on y pense un peu ; et quoique je ne connaisse pas exactement celle du colonel, je crois qu'elle est très honnête.

À ce moment, elles furent interrompues par Mrs Jennings qui, de son côté, pensait sans le dire que le colonel ne tarderait pas à épouser Elinor. Cette dernière se retira, alla rêver au bon succès de son ami auprès de sa mère, ne pouvant cependant s'empêcher de regretter et de plaindre Willoughby.

CHAPITRE 48

La maladie de Marianne, quoique très violente, n'avait pas été assez longue pour retarder sa convalescence. Sa jeunesse, sa force naturelle et la présence de sa mère la rendirent bientôt capable de se lever chaque jour plus longtemps. Le cinquième jour après l'arrivée de Mrs Dashwood, elle se sentit la force de descendre au salon, appuyée sur sa sœur. Il lui tardait, dit-elle, de revoir le colonel et de le remercier d'être allé chercher sa mère. Dès qu'elle fut établie dans un bon fauteuil, on le fit demander. Le cœur de Mrs Dashwood nageait dans la joie.

L'émotion du colonel lorsqu'il entra fut très visible. Il s'approcha d'elle, et en la voyant pâle, abattue, les yeux languissants, sa physionomie s'altéra au point qu'Elinor conjectura qu'il y avait quelque chose de plus que son affection pour Marianne. Cette dernière lui présenta la main, en parlant de sa vive reconnaissance.

Alors, une si forte expression de douleur se répandit sur tous les traits du colonel, un soupir si profond s'échappa de son cœur qu'Elinor comprit tout ce qui s'y passait, et que les scènes douloureuses de la maladie et de la mort d'Eliza se retraçaient à sa mémoire. La ressemblance dont il avait fait mention était sans doute augmentée par la langueur actuelle de Marianne, par ses yeux battus, sa pâleur, son attitude de malade et l'expression de sa tendre gratitude.

Mrs Dashwood le surveillait encore mieux que sa fille, et, ne sachant pas les détails de l'histoire du colonel, attribua toute son émotion à l'excès de sa passion et vit dans les propos et les manières de sa fille quelque chose de plus que la simple reconnaissance. Deux ou trois jours après, Marianne avait acquis assez de force pour se promener devant la maison, appuyée sur le colonel, puis un peu plus loin sur le joli sentier gravelé ; mais elle ne témoigna aucune envie d'aller jusqu'au temple grec, et laissa même percer une sorte d'effroi.

Elinor, qui seule en savait la raison, ne l'en pressa pas et comprit très bien son impatience de quitter Cleveland et de retourner au cottage. Ce désir devint si vif que Mrs Dashwood, qui ne pouvait rien lui refuser, y céda. D'ailleurs, elle souhaitait aussi retourner chez elle et retrouver sa petite Margaret. Mais ce désir était combattu par celui qu'elle avait que sa fille s'attachât au colonel en vivant au quotidien avec lui.

– Les choses sont en bon train, disait-elle à Elinor ; c'est toujours son bras qu'elle prend pour se promener.

– Maman, il est ici le seul homme, répondait Elinor.

– Et moi je vous dis que bientôt il sera en effet le seul pour Marianne. Mais enfin, à présent, elle veut retourner à son cottage, et c'est très naturel. Il ne restera pas longtemps sans y venir.

Le soir même, la proposition de partir fut faite. Mrs Jennings les chérissait, mais sa chère Charlotte et son petit-fils lui tenaient aussi au cœur et il y avait longtemps qu'elle en était séparée. Elle ne fit donc que quelques légères objections quant à la santé de Marianne, qui furent bientôt levées. Le colonel était attendu à Delaford pour les réparations du presbytère, mais il s'était laissé persuader facilement que sa présence était nécessaire à Cleveland tant que Mrs Dashwood y seraient. Tout fut donc arrangé pour leur départ, qui devait avoir lieu le surlendemain. Le colonel exigea qu'elles prissent son carrosse, qui était plus grand et plus commode, et Mrs Dashwood y consentit, en espérant que ce serait bientôt celui de sa fille. Mais de son côté elle lui fit promettre que, dans quinze jours ou trois semaines au plus, il viendrait leur rendre visite au cottage.

Le moment de la séparation arriva et ne fut pas sans attendrissement de tous les côtés. Marianne ne croyait pas pouvoir assez témoigner de regrets et de reconnaissance à Mrs Jennings. Ses adieux furent si tendres, si pleins de respect et d'amitié qu'ils réparèrent bien des négligences passées, qu'elle se reprochait amèrement. Elle prit congé du colonel Brandon avec la cordialité d'une amie et d'une sœur. Ce fut lui qui la plaça dans la voiture ; Mrs Dashwood et Elinor montèrent ensuite. Le tête-à-tête de Mrs Jennings et du colonel le reste de ce jour fut très triste. Il était obligé d'attendre le retour de la voiture et Mrs Jennings ne voulut pas le laisser seul. Elle s'attendait presque à une confidence de ses sentiments pour Elinor. Il n'en fit point, mais parla de la mère et des filles avec enchantement.

Trois jours après, la voiture revint avec l'agréable nouvelle que ce voyage s'était très bien passé, et que la convalescente n'était pas très fatiguée. Le surlendemain, Mrs Jennings et sa Betty partirent pour Londres, où les Palmer étaient retournés, et le colonel, tout solitaire et tout pensif, prit le chemin de Delaford.

La famille Dashwood avait été deux jours en route pour ne pas fatiguer la malade : elle ne s'en trouva pas incommodée. Tout ce que peut l'affection la plus tendre, la plus zélée, fut employé de la part de ses deux sensibles compagnes ; aussi trouvèrent-elles leur récompense dans les rapides progrès de sa santé, dans la chaleur de son cœur et le calme de son esprit. Cette dernière observation surtout fit le plus grand plaisir à Elinor : elle qui l'avait toujours vue souffrir si cruellement, oppressée par l'angoisse de son cœur, n'ayant ni le courage de parler, ni la force de se taire, la voyait à présent avec une joie inexprimable, tranquille, résignée, contente par moments. Comme ce ne pouvait être que le résultat de réflexions sérieuses et de sa ferme volonté, il y avait lieu d'espérer que cela continuerait. Néanmoins, en approchant de Barton, qui était si plein de souvenirs pour elle, où chaque place, chaque arbre, chaque route parlait à sa mémoire et à son cœur, elle devint silencieuse et pensive, et afin d'échapper à leur attention, elle se pencha par la portière comme pour mieux voir le pays. Elinor ne put ni s'en étonner ni la blâmer, et quand elle vit à ses yeux, en l'aidant à descendre de voiture, qu'elle avait pleuré, elle trouva que c'était une émotion trop naturelle pour exciter autre chose qu'une tendre pitié. Elle la pressa contre son cœur, en lui disant à demi-voix :

– Chère Marianne ! Ici encore nous pourrons être heureuses par notre amitié.

– Ah ! oui, répondit Marianne ; puis elle ajouta : Cher cottage ! Je veux t'aimer encore, et tes collines, et tes ombrages, et tes beaux points de vue, je les admirerai avec mon Elinor.

Elle semblait se réveiller d'un songe pénible qui laisse encore des traces dans l'esprit, mais qu'on cherche à effacer.

Lorsqu'elles entrèrent dans le petit salon, Marianne regarda tout autour d'elle avec un air décidé, comme si elle voulait s'accoutumer tout d'un coup à la vue de chaque objet avec lequel le souvenir de Willoughby était lié. Elle parla peu, mais ce qu'elle dit respirait une douce gaieté, et si quelquefois un soupir s'échappait, elle souriait en même temps pour l'expier.

Après dîner, elle voulut essayer de jouer de son piano ; elle s'y assit. Mais la première musique qu'elle ouvrit fut un opéra que Willoughby lui avait procuré, où il se trouvait des duos qu'elle avait chantés avec lui ; et sur la première feuille était écrit de sa main le nom de Marianne. Elle secoua la tête, mit ce cahier de côté, et après avoir promené au hasard ses doigts sur les touches, elle se plaignit d'être encore trop faible. Elle ferma l'instrument, mais en déclarant que dès qu'elle serait plus forte, elle comptait s'exercer beaucoup et réparer le temps perdu.

Le matin suivant, tous ces heureux symptômes continuèrent. Elle avait passé une bonne nuit, et le corps et l'esprit étaient encore plus fortifiés. Elle eut l'air de se retrouver avec grand plaisir dans leur jolie demeure. Elle témoigna son impatience de revoir Margaret et parla de leur vie de famille à la campagne, entourées de quelques bons voisins, comme du seul vrai bonheur.

– Quand le temps sera tout à fait beau, déclara-t-elle, et mes forces bien revenues, nous ferons ensemble de longues promenades tous les jours. Nous irons à la ferme, de l'autre côté de la colline, où il y a de si jolis enfants, nous irons voir les nouvelles plantations de sir George, nous irons à Abeyland voir les ruines de l'ancien prieuré.

Elle nomma ainsi une foule de sites qu'elle désirait revoir, mais Allenham n'était pas du nombre, et celui-là ne fut pas cité.

– Nous serons heureuses, renchérit-elle gaiement, notre été se passera doucement et utilement. Je ne veux pas me lever plus tard que six heures, et tout le temps jusqu'à dîner sera employé entre la promenade, la lecture et la musique. J'ai formé un plan d'études un peu sérieuses et je suis décidée à le suivre. Notre petite bibliothèque m'est déjà bien connue et je la réserve pour l'amusement. Mais il y a de très bons ouvrages anciens dans celle de Barton Park. Quant aux modernes, je les emprunterai au colonel Brandon, qui achète tout ce qui paraît de bon et d'intéressant. En lisant six heures par jour avec attention, je suis sûre d'acquérir dans une année un bon degré d'instruction, dont je reconnais que j'ai manqué jusqu'à présent, et qui sera pour moi une source de plaisirs.

Elinor la loua beaucoup d'un projet aussi vaste et aussi utile, mais en même temps elle souriait de voir cette imagination donner toujours dans les extrêmes, et sortir de l'excès de la langueur, de l'abattement, de l'oubli de soi-même, par l'excès de l'occupation et de l'étude. Ce sourire se changea bientôt en soupir lorsqu'elle se rappela la promesse solennelle qu'elle avait faite à Willoughby de dire à Marianne ce qui pouvait un peu le justifier. Elle craignait de troubler de nouveau l'esprit et le cœur de sa sœur, qui paraissaient commencer à se bien guérir, et que ce qu'elle avait à lui communiquer ne détruisît, pour un temps du moins, ses vœux de tranquillité. Elle résolut donc d'attendre quelque temps de plus pour que sa santé et sa raison eussent fait encore plus de progrès; mais cette résolution ne tarda pas à s'évanouir.

Marianne était restée trois ou quatre jours à la maison, le temps n'étant pas assez beau pour une convalescente. Mais enfin, un matin, la température était si douce, si agréable qu'elle fut tentée d'en profiter, et que Mrs Dashwood consentit à la laisser se promener, appuyée sur le bras de sa sœur, dans la prairie devant la maison, aussi longtemps qu'elle ne serait pas fatiguée. Les deux sœurs sortirent ensemble, marchant doucement, s'arrêtant quelquefois, et s'avancèrent assez loin pour voir la colline qui dominait le cottage de l'autre côté. Elles firent une pause. Marianne regardait sa sœur en silence. Enfin, elle dit, d'un ton assez calme, en étendant la main:

– C'est là, exactement là; je reconnais la place. Voyez là où la pente est plus rapide; c'est l'endroit où je suis tombée et où j'ai vu Willoughby pour la première fois.

Sa voix faiblit un peu à cette dernière phrase, mais bientôt elle se remit et elle ajouta:

– Je suis contente de sentir que je puis regarder cette place sans trop de peine… Pouvons-nous discuter tranquillement sur ce sujet, chère Elinor? Ou bien, poursuivit-elle en hésitant, vaut-il mieux ne point nous en préoccuper? J'espère cependant que je puis à présent en parler comme je le dois.

Elinor l'invita tendrement à lui ouvrir son cœur.

– Je puis déjà vous assurer, affirma-t-elle, que je n'ai plus nul regret pour ce qui le concerne. Je ne veux pas vous parler de mes sentiments passés, mais de mes sentiments actuels. À présent, je vous jure, Elinor, que si je pouvais être satisfaite sur un seul point, je serais complètement tranquille. Ah ! S'il pouvait m'être accordé de croire qu'il m'a aimée une fois, qu'il ne m'a pas toujours trompée ! Mais, par-dessus tout, si je pouvais être assurée qu'il n'est pas aussi vicieux que je l'ai imaginé depuis l'histoire de cette infortunée jeune fille, et qu'il faudrait le croire pour que je pense que c'était le sort qu'il me destinait ! Ah ! Cette idée est cruelle, affreuse et troublera toujours ma tranquillité.

Elinor recueillait toutes les paroles de sa sœur dans son cœur et lui répondit :

– Si vous étiez donc convaincue qu'il n'a jamais eu sur vous de projets coupables et qu'il vous a vraiment aimée, vous seriez contente et tout à fait rassérénée ?

– Oui, oui, je vous le jure, et j'en suis sûre. Ma paix y est doublement intéressée, car non seulement il est horrible de suspecter d'un tel dessein une personne qu'on a aussi passionnément aimée, mais aussi ce dessein me fait honte à moi-même. Je lui ai montré mon attachement avec tant de confiance et si peu de retenue qu'il a pu peut-être en conclure qu'il trouverait peu de difficultés ; cependant je n'ai pas, à cet égard, à me plaindre de lui. Mais qui sait où pouvait m'entraîner une affection si vive pour un homme sans principes, qui regarde comme un jeu la perte d'une jeune personne ? Oh ! Si je pouvais croire qu'il m'a mieux jugée !

— Et comment alors expliqueriez-vous sa conduite ?

— Je voudrais pouvoir supposer... Oh ! Comme je serais heureuse si je pouvais seulement le croire inconstant, très inconstant et rien de plus !

Elinor ne répondit pas. Elle débattait en elle-même s'il valait mieux commencer tout de suite l'histoire de la visite de Willoughby, ou différer encore. Elles restèrent quelques minutes en silence.

— Je crois me venger assez de lui, reprit Marianne en soupirant, quand je souhaite que ses réflexions secrètes soient aussi pénibles que les miennes. Il en souffrirait assez pour l'amener peut-être au repentir.

— Comparez-vous votre conduite avec la sienne ?

— Non, je la compare à ce qu'elle aurait dû être, à la vôtre, Elinor.

— À la mienne ! Vous avez tort ; nos situations ont si peu de ressemblance.

— Elles en ont plus que notre conduite. Ne permettez pas à votre bonté, ma chère Elinor, à votre indulgence pour moi, de défendre ce que votre jugement doit blâmer. Ma maladie m'a fait beaucoup de bien, elle m'a apporté le loisir et le calme de sérieuses réflexions. Longtemps avant que j'aie la force de parler, j'étais capable de réfléchir. J'ai considéré tout le passé. Je n'ai vu dans ma propre conduite, depuis le premier instant de ma rencontre avec lui, l'automne dernier, qu'une suite d'imprudences envers moi-même et de manques d'égards et de bonté envers les autres. J'ai vu que mes propres sentiments avaient préparé mes souffrances et que mon peu de courage pour les supporter m'avait conduite au bord du tombeau. Ma maladie, je le sais bien, a été entièrement causée par ma négligence sur ma santé, que je sentais s'altérer avec plaisir. Une légère circonstance, indépendante de moi, en a peut-être hâté le moment, mais j'étais déjà très malade et je faisais tout ce que je pouvais pour aggraver mon mal. Si j'étais morte, ça aurait été par un véritable suicide. Je n'ai compris mon danger que lorsqu'il a été passé. Mais avec les pénibles remords que mes réflexions m'ont donnés, je m'étonne de mon rétablissement, je m'étonne que mon désir de vivre pour expier mes torts envers Dieu et envers vous toutes ne m'ait pas tuée. Si j'étais morte, dans quelle douleur vous aurais-je laissée, vous ma sœur, mon amie, ma fidèle et bonne garde ? Vous qui étiez en quelque sorte responsable de ma vie pour notre mère, vous qui aviez vu le chagrin, le désespoir des derniers temps de mon existence, et tous les coupables murmures de mon cœur la détruire peu à peu ! Comment aurais-je occupé votre souvenir ! Quels sentiments cruels, amers, auriez-vous eus toute votre vie en vous rappelant votre pauvre Marianne ! Et notre chère maman, que vous auriez eu la pénible tâche de consoler, sans pouvoir peut-être y réussir ! Ah ! Combien j'aurais été coupable en désirant, en provoquant la fin de ma vie ! Combien je m'abhorrais moi-même ! Quand je regarde ma conduite passée, je n'y vois que des devoirs négligés, des faiblesses et des torts. Chacune de mes connaissances était en droit de se plaindre de moi. La continuelle bonté de l'excellente Mrs Jennings, je l'ai payée d'un ingrat mépris, d'une négligence impardonnable. Avec les Middleton, les Palmer, même les Steele, j'ai été insolente et souvent injuste. Et ce digne colonel Brandon ! Combien n'ai-je pas de reproches plus cruels encore à me faire ? Je m'endurcissais le cœur contre tous nos amis, je m'irritais moi-même de leurs attentions, je leur cherchais des défauts, des ridicules. Avec John, avec Fanny même, quelle qu'ait été leur conduite, je n'ai pas été comme j'aurais dû l'être avec le fils de mon père, j'envenimais leurs torts au lieu de les pallier. Mais vous, mon Elinor, mon incomparable amie, mais ma mère, la meilleure des mères ! Combien vous ai-je tourmentées de mes peines ! Moi qui connaissais votre cœur, votre attachement sans borne pour moi, qui devait me consoler de tout, quelle influence a-t-il eue sur mes chagrins ? Aucune ; je m'y suis livrée tout entière, sans penser combien je vous affligeais inutilement, et sans le moindre avantage pour vous ou pour moi-même. Je me croyais bien sensible et je n'étais qu'une égoïste. Votre exemple, Elinor, était devant moi ; l'impression qu'il me fit ne fut que momentanée et je me replongeai bientôt dans ma mélancolie, sans penser combien elle augmentait vos peines. Ai-je cherché à imiter votre courage, à diminuer votre pénible contrainte, en partageant tout ce que la complaisance ou la reconnaissance vous obligeait à faire, et dont je vous ai laissée entièrement chargée sans vous aider en rien ? Non, pas plus quand je vous ai sue aussi malheureuse que moi que lorsque je vous croyais heureuse. J'ai rejeté loin de moi tout ce que le devoir et l'amitié me prescrivaient, accordant à peine qu'il puisse exister d'autres chagrins que les miens, regrettant seulement celui qui m'avait abandonnée et trompée, qui avait médité ma perte, et vous laissant souffrir pour moi, sans m'en inquiéter, vous pour qui je professais une amitié si tendre, et qui m'en montriez une si dévouée. Oh, mon Elinor ! Votre cœur me pardonnera, je le sais, mais le mien me reprochera toute ma vie une conduite aussi condamnable.

Ses pleurs et ses sanglots l'empêchèrent de continuer. Elinor y mêlait les siens et les plus tendres attentions ; et, sans trop la flatter, sans nier la vérité des reproches qu'elle se faisait à elle-même, elle se plaisait à les adoucir, à lui répéter combien sa franchise et son noble repentir les effaçaient, à la relever à ses propres yeux.

Marianne serra tendrement sa main, en lui disant :

– Vous êtes trop bonne, chère Elinor. L'avenir seul peut tout réparer, et il le fera. J'ai formé un plan de vie, et je le suivrai. Tous mes sentiments seront gouvernés par la raison, et mon caractère naturel, qui n'est pas mauvais, quoique ma conduite l'ait été, s'améliorera encore ; il ne sera plus un tourment pour les autres et une torture pour moi-même. Je vivrai seulement pour ma famille. Ma mère et mes sœurs seront le monde pour moi, et c'est bien assez pour m'y attacher et me faire aimer la vie, où j'ai une si bonne part de douces affections pour de chers objets qui ne me tromperont jamais. Vous les partagerez entre vous. Je n'aurai pas, j'en suis bien sûre, le moindre désir de m'éloigner de la maison et de vous quitter, mais je vous suivrai dans la société de nos amis et de nos voisins, pour y réparer mes torts, pour y être plus humble, plus douce, plus attentive, et prouver que mon cœur est changé, à cet égard du moins, car je n'ose dire encore, je n'ose promettre qu'il oublie jamais entièrement... Mais je ne ferai rien pour entretenir un sentiment qui serait coupable ; au contraire, j'emploierai toutes mes forces à le combattre, et j'espère y réussir. Si je ne puis parvenir à l'anéantir, je puis au moins le régler, le tenir en bride par la religion, par la raison, par une constante application et par l'étude.

Elle s'arrêta, puis elle ajouta d'une voix basse :

– S'il m'était possible seulement de connaître son cœur, de savoir quels ont été ses projets, je serais tout à fait contente.

Elinor ne balança plus à lever ce voile, et y fut complètement entraînée, puisqu'elle le pouvait sans hasarder la paix de sa sœur – au contraire, avec l'espoir de la lui rendre en entier. Elle la fit asseoir à côté d'elle sur un gazon assez sec pour n'avoir rien à craindre pour sa santé, et la pria de l'écouter.

Elle ménagea son récit avec adresse et précaution, à ce qu'elle croyait du moins, mais dès qu'elle eut nommé Willoughby, le visage de Marianne s'altéra visiblement.

– Grand dieu ! C'était lui ! s'écria-t-elle. Vous l'avez vu à Cleveland, si près de moi ?…

Elle ne put rien dire de plus, mais fit signe à sa sœur de continuer. Elle tremblait, ses yeux étaient fixés vers la terre, ses lèvres devinrent aussi pâles que le jour qu'on désespérait de sa vie. Des larmes coulaient sur ses joues décolorées et sa main pressait celle de sa sœur, qui lui racontait cette visite, mais non pas précisément comme on l'a lue. Elle se contenta de lui répéter exactement tout ce qui pouvait, à quelques égards, justifier Willoughby. Elle rendit justice à son repentir et ne parla de ses sentiments actuels que pour faire connaître son respect et sa parfaite estime. À mesure qu'elle avançait dans sa narration, la physionomie de Marianne reprenait un peu de sérénité. Elle releva ses yeux et les porta d'abord sur sa sœur, puis vers le ciel :

– Mon Dieu ! lança-t-elle quand Elinor eut fini. Combien je vous rends grâce ! Je ne désire rien de plus. Puissé-je être digne de l'excellente sœur que vous m'avez donnée !

Elles s'embrassèrent tendrement et reprirent le chemin de la maison, d'abord en silence, puis Marianne hasarda faiblement quelques questions sur Willoughby. Elinor lui apprit tout ce qu'elle désirait savoir.

Elles ne parlèrent que de lui jusqu'à la porte de la maison. Dès qu'elles y furent entrées, Marianne jeta encore ses bras autour du cou de sa sœur, la remercia, et lui demanda en la quittant :

– Chère Elinor, racontez tout à maman.

Ensuite elle monta l'escalier et se retira dans sa chambre. Elinor trouva fort naturel qu'elle eût besoin de quelques instants de solitude, et avec un mélange de sentiments doux et pénibles, elle entra auprès de sa mère pour remplir la commission de Marianne.

CHAPITRE 49

Mrs Dashwood n'entendit pas sans émotion l'apologie de son premier favori. Elle se réjouit de ce qu'il était justifié du plus grand de ses torts, celui d'avoir eu le projet de séduire Marianne. Elle était fâchée de son malheur, elle aurait voulu apprendre qu'il était heureux.

Mais… mais le passé ne pouvait s'oublier. Rien ne pouvait faire qu'il n'eût pas été vain, égoïste, inconstant, intéressé, rien ne pouvait le rendre sans tache aux yeux de la mère de Marianne, rien ne pouvait effacer le souvenir des souffrances de cette fille chérie, du danger dont elle sortait à peine. Rien non plus ne pouvait le justifier de sa conduite coupable envers Caroline, rien ne pouvait lui rendre la première estime de Mrs Dashwood, ni nuire aux intérêts du colonel. Si Mrs Dashwood avait, comme Elinor, entendu l'histoire de Willoughby de sa propre bouche, si elle avait été témoin de son affliction, et sous le charme de ses manières et de sa belle figure, sa compassion aurait été sans doute plus grande. Mais il n'était ni du pouvoir ni de la volonté d'Elinor de rendre en entier à Willoughby la trop vive prévention de sa mère, de faire même éprouver à cette dernière l'espèce de pitié inutile, douloureuse, presque accompagnée de regrets, qu'elle avait elle-même ressentie au début et que la réflexion avait déjà calmée. Elle se contenta donc de déclarer la simple vérité, de rendre justice aux intentions de Willoughby, au fond de son caractère, mais sans le moindre de ces embellissements romanesques qui excitent la sensibilité et qui montent et égarent l'imagination.

Dans la soirée, quand elles furent réunies, Marianne commença la première à parler de lui. Ce ne fut cependant pas sans efforts, quoiqu'elle fît tout ce qui dépendait d'elle pour se maîtriser, mais sa rougeur, sa voix tremblante le disaient assez. Elle surprit même un regard inquiet de sa mère sur Elinor.

– Non, non, maman, lui dit-elle, soyez tranquille. Je vous assure à toutes les deux que je vois les choses comme vous pouvez le désirer.

Mrs Dashwood voulait l'interrompre par quelques mots de tendresse, mais Elinor, qui souhaitait connaître les pensées de sa sœur, engagea par un léger signe sa mère au silence. Marianne continua :

– Ce qu'Elinor m'a appris ce matin a été pour moi une grande consolation. J'ai entendu exactement ce que je désirais entendre…

Pour quelques instants, sa voix s'éteignit, mais, se remettant, elle ajouta avec plus de calme :

– Je suis actuellement parfaitement satisfaite et je ne voudrais rien changer. Je n'aurais jamais été heureuse avec lui. Quand, tôt ou tard, j'aurais su ce que je sais à présent, je n'aurais plus eu pour lui ni estime ni confiance ; il n'y aurait plus eu de sympathie avec mes sentiments.

– Je le sais, j'en suis sûre ! s'écria sa mère. Heureuse avec un homme sans principes, avec un libertin, un séducteur, avec celui qui a si fort injurié notre plus cher ami, le meilleur des humains ? Non, non, ma chère Marianne n'a pas le cœur fait pour être heureuse avec un tel homme ! Sa conscience si pure, si délicate, aurait senti tout ce que celle endurcie de son mari ne sentait plus.

Elle allait trop loin. Elinor vit le moment où Marianne prendrait vivement le parti de Willoughby. Mais celle-ci se contenta de soupirer profondément et répéta :

– Je ne voudrais rien changer que… Je ne voudrais pas qu'il soit trop malheureux. Pauvre Willoughby ! Privé à jamais de tout bonheur domestique !

Des larmes remplirent ses yeux.

– Je crains, je crains fort, déclara Elinor, qu'il n'en ait été privé quelle que soit la femme qu'il ait épousée, et même vous, Marianne. Ou du moins, bien sûrement, vous n'auriez joui vous-même d'aucun bonheur. Votre mariage avec un jeune homme d'un tel caractère vous aurait enveloppée dans un genre de troubles et de chagrins dont vous ne pouvez vous faire aucune idée, et qu'une affection aussi incertaine que la sienne vous aurait faiblement aidée à supporter : c'est le tourment de la pauvreté. Il convient lui-même d'avoir toujours été un dissipateur, et toute sa conduite prouve que le mot de privation est à peine entendu de lui. Son goût pour la dépense, joint à votre inexpérience et à une générosité qui vous est naturelle, aurait consumé vos très minces revenus et vous aurait jetés dans des inquiétudes et des angoisses d'un autre genre, mais non moins cruelles que celles que vous avez éprouvées. Votre bon sens, votre honneur, votre probité vous auraient engagée, je le sais bien, dès que votre situation vous aurait été connue, à toute l'économie qui peut dépendre d'une femme, et peut-être auriez-vous même joui des privations et de la frugalité que vous vous seriez imposées à vous-même dans ce but. Mais auriez-vous pu les faire partager à un mari qui n'en avait pas l'habitude et qui se serait éloigné, par cela même, de vous et de votre maison ? Auriez-vous pu, seule, empêcher une ruine commencée avant votre mariage ? La pauvreté, chère Marianne, supportée avec quelqu'un qu'on aime, peut avoir ses douceurs, mais plus dans les romans que dans la réalité. Il est trop vrai qu'elle empoisonne tout, qu'elle flétrit tout, même le sentiment. Elle aigrit l'humeur, elle détruit la gaieté et les agréments de l'esprit. Êtes-vous sûre que l'amour de Willoughby, que le vôtre même, auraient résisté à sa funeste influence ? Que vous n'auriez pas fini par déplorer tous les deux une union si fatale, sinon tous les deux, du moins lui seul, qui est plus égoïste que sensible et attache un grand prix aux jouissances de la vie ?

Elinor s'arrêta. La vérité du tableau qu'elle traçait l'avait entraînée. Elle avait voulu détourner l'attendrissement de sa sœur sur le sort de Willoughby, parce qu'il l'aurait conduite à regretter encore de n'avoir pas été chargée de son bonheur. Elle désirait lui démontrer que ce bonheur était impossible.

Marianne l'avait écoutée attentivement. Ses lèvres tremblaient, son regard exprimait l'étonnement le plus profond. Jamais encore elle n'avait envisagé Willoughby sous ce point de vue. Sa conduite avec la fille adoptive du colonel lui prouvait son libertinage ; son mariage, qu'il était inconstant, mais l'entendre accuser d'égoïsme, ce Willoughby dont elle avait si souvent admiré la générosité, la grandeur d'âme, tout ce qui était en sympathie avec elle !

– Égoïste ! répéta-t-elle. Lui, égoïste ! Est-ce que vous le pensez réellement ?

– Toute sa conduite, reprit Elinor, du commencement à la fin, a été fondée sur le plus parfait égoïsme. C'est l'égoïsme qui lui a fait différer l'aveu de son attachement pour vous, lorsque son cœur l'éprouva, non pas avec cet abandon, cette confiance qui caractérise le véritable amour, mais balancé par son propre intérêt. Ses propres jouissances, son bien-être personnel me paraissent toujours avoir été sa règle et son principe.

– Oui, en convint Marianne, rien n'est plus vrai ; mon bonheur ne fut jamais son motif, mais vous me disiez…

– À présent, continua Elinor, il regrette de ne s'être pas conduit autrement, mais pourquoi le regrette-t-il ? Parce qu'il trouve qu'il a manqué son but et qu'il n'a pas rendu sa vie heureuse comme il l'espérait. Sa situation, quant à la fortune, est meilleure. De ce côté, il n'est point en souffrance. Il s'afflige seulement de ce que sa femme n'a pas un caractère aussi aimable que le vôtre. Mais faut-il en déduire que, s'il vous avait épousée, il aurait été plus heureux ? Il se serait plaint alors de n'être pas plus riche, et sans doute il aurait trouvé qu'un bon revenu, une bonne maison, de beaux chevaux, etc., etc., sont aussi nécessaires au bonheur domestique qu'une femme aimable.

– Je n'en ai aucun doute, admit Marianne, et je n'ai rien à regretter que ma propre folie.

– Dites plutôt l'imprudence de votre mère, ma chère, enfant, déclara Mrs Dashwood. C'était à moi de vous guider, et j'étais sous le charme au moins autant que vous-même.

Marianne allait répondre, mais Elinor, contente de ce que chacune sentait ses erreurs, voulut éviter des souvenirs du passé, qui pouvaient affaiblir les résolutions de sa sœur. Elle préféra continuer à parler des torts de Willoughby plutôt que de son «charme».

– Une observation qu'on peut tirer de toute cette histoire, affirma-t-elle, c'est que bien rarement le crime, ou, si ce mot est trop dur, une faute grave contre la vertu, reste impuni. Tout le malheur de Willoughby vient de son indigne conduite avec

Caroline Williams; c'est ce qui lui a fait perdre l'estime, l'amitié et la fortune de Mrs Smith. Sans cela il aurait pu vous épouser et être riche.

Marianne en convint, et Mrs Dashwood leur raconta à cette occasion, que non seulement cette dame persistait dans son indignation contre Willoughby, mais que son mariage, tout brillant qu'il était, l'avait beaucoup augmentée. Aussi Mrs Smith n'y voyait-elle que de l'obstination dans le crime, un moyen de se soustraire entièrement à la réparation qu'elle en exigeait, et une profanation positive du saint sacrement du mariage, en épousant, par un sordide intérêt, une femme mondaine et qu'il n'aimait pas. Mrs Smith était d'une famille de méthodistes ou puritains, elle avait été élevée dans l'idée que la séduction de l'innocence, et le mariage avec une autre que celle qu'on a séduite, étaient les plus grands de tous les péchés. Résolue donc à punir le coupable déjà dans ce monde, sans pardon et sans rémission, elle avait fait venir chez elle une parente éloignée, nommée Mrs Summers, et son fils, et les avait déclarés ses héritiers. Son testament était déjà fait et déposé chez un homme de loi. Mrs Dashwood savait ces détails du vicaire de la paroisse, digne et vieux ecclésiastique qui, à ce titre, était seul reçu à Allenham. Il avait ajouté de grands éloges de cette Mrs Summers, qui soignait sa bienfaitrice avec la plus active gratitude; et Mrs Smith, disait-il, se trouvait bien heureuse, dans son état de maladie, d'avoir échangé les négligences d'un jeune homme frivole et libertin contre les attentions d'une jeune femme reconnaissante et sensible.

– Je suis bien aise, dit Marianne en souriant, que quelqu'un ait gagné quelque chose à mon malheur. Mr Willoughby n'a plus besoin de la fortune de sa cousine. Elle sera mieux placée, et je ne suis pas fâchée qu'il n'ait plus l'occasion de revenir dans mon voisinage.

En effet, depuis cet entretien, elle reprit, non pas de la gaieté, mais plus de sérénité. Margaret revint, et ce fut un grand plaisir. La famille du cottage fut encore une fois réunie ; et leur vie douce et paisible recommença tout comme avant que leurs cœurs eussent été si vivement agités. Mais leur paix était plus apparente que réelle. Marianne était encore faible et mélancolique par moments lorsqu'elle se laissait aller à ses pensées. Pour s'en distraire, elle exécuta avec courage le plan qu'elle s'était tracé d'études et de lectures suivies, où souvent elle associait sa jeune sœur. Elle fit aussi les longues promenades qu'elle avait méditées, mais avec une de ses sœurs, et ne cherchant plus la solitude. Elles rencontrèrent plusieurs fois, dans leurs excursions, la parente et future héritière de Mrs Smith, qui se promenait de son côté en cherchant des fleurs pour un herbier. La botanique était une des études que Marianne avait commencées, et à laquelle elle se livrait avec la vivacité qu'elle mettait à tout. Ce même but dans leurs courses les rapprocha ; elles se parlèrent ; et mesdemoiselles Dashwood trouvèrent qu'elle méritait tous les éloges que le vicaire en avait faits à leur mère. Elle était jeune et jolie, ou du moins très agréable. Elle était simple, modeste, timide, mais lorsqu'elle fut familiarisée avec ses nouvelles connaissances, elle s'exprima bien et avec un son de voix très doux. Elles auraient voulu l'engager à venir au cottage, mais elle ne quittait Mrs Smith que pour des quarts d'heures pendant son sommeil, et leurs rencontres même furent toujours assez courtes. Marianne, s'était entretenue avec elle avec un peu de peine la première fois, en était à présent enchantée.

– Je n'aurais jamais cru, disait-elle à Elinor, me plaire autant avec quelqu'un qui me parle d'Allenham et qui demeure avec Mrs Smith.

Mais elle n'évoquait pas Willoughby devant elle, et c'était assez naturel.

Elinor commençait à s'impatienter de ne rien savoir d'Edward. Elle n'avait rien appris à son sujet depuis qu'elle avait quitté Londres ; elle ignorait s'il était consacré, s'il était marié. Ni Mrs Jennings, ni son frère à qui elle écrivait quelquefois, ne lui en touchaient un mot. Seulement, dans la première lettre qu'elle avait reçue de Mrs Dashwood, il y avait cette phrase : «*Nous ne savons rien de notre infortuné Edward, et nous ne pouvons faire aucune enquête sur un sujet prohibé dans notre famille, mais de ce silence même nous concluons qu'il est encore à Oxford.*» Voilà tout ce qu'elle en avait appris dans cette correspondance, rendue plus fréquente par la maladie de Marianne. Dans les autres lettres, le nom même d'Edward ne se trouvait pas. Elle était donc à cet égard condamnée à une complète ignorance.

Thomas, leur domestique, fut envoyé un matin à Exeter pour des commissions ; il revint au moment du déjeuner, et tout en le servant il rendait compte à ses maîtresses des affaires dont il avait été chargé. Quand il eut fini, il dit encore :

– Je suppose que vous savez, mesdames, que Mr Ferrars est marié avec la plus jeune des demoiselles Steele, miss Lucy.

Marianne tressaillit et tourna les yeux vers Elinor, qui pâlissait excessivement.

– Mon Dieu ! Ma sœur ! s'écria Marianne, et en disant cela, elle tomba elle-même sur le dossier de sa chaise, avec un violent tremblement nerveux.

Mrs Dashwood, dont le regard s'était aussi porté sur Elinor, et qui l'avait vue pâlir, eut encore l'effroi de l'état de Marianne, et ne savait à laquelle de ses filles aller. Marianne cependant demandait des secours plus pressants. La tremblante Elinor se leva pour les donner, mais elle fut obligée de se rasseoir. Thomas sonna la femme de chambre, qui, avec l'aide de Mrs Dashwood et de Margaret, conduisit Marianne dans sa chambre. Elle fut bientôt mieux, et sa mère, la laissant aux soins de Margaret, revint auprès d'Elinor. Quoique très troublée encore, cette dernière avait repris un peu de son courage et commençait à questionner Thomas. Sa mère s'en chargea pour elle, et elle en fut bien aise : sa voix n'était pas encore très assurée.

– Qui vous a dit que Mr Ferrars était marié, Thomas ? demanda Mrs Dashwood.

– J'ai vu Mr Ferrars moi-même, madame, ce matin à Exeter et sa dame aussi ; ils étaient ensemble dans une chaise de poste arrêtée devant la nouvelle auberge de Londres. J'étais allé là pour faire un message de Sally à son frère, qui est un des postillons. J'ai regardé par hasard dans cette chaise et j'ai reconnu à l'instant miss Lucy Steele. Elle me regardait aussi : j'ai bien vite ôté mon chapeau. Dès qu'elle m'a vu, elle m'a appelé et s'est informée de vous, madame, et de vos jeunes demoiselles, principalement de miss Marianne. Elle m'a chargé de vous faire ses compliments à toutes les trois et ceux de Mr Ferrars, et de vous dire combien ils étaient fâchés de n'avoir pas le temps de vous voir, mais qu'ils étaient très pressés d'aller plus loin… je ne sais où… qu'ils y resteraient quelque temps, mais qu'à leur retour ils viendraient bien sûrement vous visiter.

– Mais vous a-t-elle dit qu'elle était mariée, Thomas ?

– Oui, madame. Comme je la nommais miss Steele, elle a souri et m'a dit qu'elle avait changé de nom depuis que je ne l'avais vue. Madame sait bien comme elle est toujours affable, cette jeune dame, comme elle parle à tout le monde, même aux domestiques ! Elle n'est pas fière du tout, quoiqu'elle soit très belle, et pas plus depuis qu'elle est Mrs Ferrars que lorsqu'elle était miss Steele.

– Et son mari était dans la chaise avec elle ?

– Oui, madame, je l'ai vu appuyé comme cela sur la portière, mais il ne m'a rien dit. Il n'est pas comme sa femme, il n'aime pas à causer, comme madame sait.

Le cœur d'Elinor pouvait aisément comprendre qu'Edward n'eût rien à dire à Thomas ; et Mrs Dashwood donna la même explication à son silence.

– Est-ce qu'il n'y avait personne autre dans la chaise ?

– Non, madame, seulement eux deux.

– Savez-vous d'où ils venaient ?

– Ils venaient de Londres, à ce que miss Lucy… Mrs Ferrars m'a fait l'honneur de m'apprendre. Elle m'a dit aussi où ils allaient, mais je ne puis me le rappeler… à… à… ; ce nom m'a échappé. Mais ils n'y resteront pas longtemps. Elle m'a bien promis… m'a ordonné de vous promettre de sa part, et de celle de son mari, qu'ils vous verraient bientôt.

Mrs Dashwood regarda sa fille avec anxiété ; elle la trouva plus calme qu'elle ne l'espérait. Elinor souriait, mais avec un peu d'amertume. Elle reconnut Lucy tout entière à ce message, car elle était bien sûre qu'Edward ne pouvait désirer la voir.

– Ils vont sans doute chez leur oncle Pratt, près de Plymouth, indiqua-t-elle à voix basse à sa mère, et bien sûrement ils ne viendront point ici.

Thomas semblait avoir tout dit, et cependant Elinor avait l'air de désirer encore quelque chose. Le cœur de Mrs Dashwood la devina.

– Les avez-vous vus partir ? interrogea-t-elle encore.

– Non, madame. J'ai seulement vu arriver les chevaux de poste, mais je craignais d'arriver trop tard pour servir à table et je ne me suis pas arrêté plus longtemps.

– Mr Ferrars avait-il l'air bien portant ?

– Oui, madame, comme à l'ordinaire. Je ne l'ai pas, il est vrai, beaucoup regardé ; mais Mrs Ferrars se porte à merveille, c'est une très jeune et très belle dame ! Elle avait un chapeau noir tout garni de plumes et un bel habit de voyage qui lui allait très bien. Ah ! Qu'elle a l'air heureuse et contente d'être mariée, celle-là !

Mrs Dashwood ne demanda plus rien. Thomas avait desservi la table. Marianne avait fait dire qu'elle ne voulait plus rien. Elinor n'avait pas plus d'envie de manger ; et le repas retourna à l'office sans qu'on y eût touché. Margaret elle-même, malgré l'appétit de ses douze ans, était trop inquiète de ses sœurs pour songer au déjeuner. Elle aimait tendrement Marianne et préféra rester auprès d'elle. Mrs Dashwood leur envoya un peu de dessert et de vin, et demeura seule avec Elinor. Elles furent assez longtemps silencieuses, préoccupées des mêmes pensées. Mrs Dashwood craignait de hasarder une remarque, ou d'offrir une consolation. Malgré l'empire que sa fille aînée avait sur elle-même, et qu'elle tâchait d'exercer dans ce moment autant qu'il lui était possible, il était facile à sa mère de s'apercevoir qu'elle souffrait beaucoup. Elle vit alors que cette intéressante jeune personne s'était efforcée, en parlant de son chagrin, d'en adoucir l'impression pour ne pas ajouter à celui de sa mère. Elle vit que sa raison et son courage n'altéraient en rien sa sensibilité, et qu'elle avait été dans l'erreur, en pensant que sa fille aînée n'avait pas regretté Edward autant que Marianne avait regretté Willoughby, et avec de plus justes motifs. Elle se reprochait de s'être laissé dominer entièrement par le malheur de l'une de ses filles, et d'avoir été injuste, inattentive, et presque dure pour l'autre, qui cachait mieux son affliction. Elle aurait voulu réparer ses torts, mais elle redoutait de l'attendrir encore davantage. Enfin, elles se regardèrent, tombèrent dans les bras l'une de l'autre, et leurs larmes se confondirent.

– Bonne maman ! déclara Elinor, dès qu'elle put parler, vos filles ne sont pas heureuses en amour, mais on ne peut avoir tous les bonheurs, et l'amour filial, l'amour maternel ne sont-ils pas les plus grands de tous les bonheurs de la vie ?

CHAPITRE 50

Elinor éprouva bientôt la différence qu'il y a entre l'attente d'un fâcheux événement et la certitude. Elle s'avoua qu'en dépit de sa raison, elle avait toujours admis un léger espoir, tant qu'Edward ne serait pas marié, qu'il arriverait quelque chose qui romprait son mariage avec Lucy, soit des réflexions sur le caractère de cette jeune personne, soit la médiation de quelques amis, soit quelque établissement plus avantageux pour Lucy... Mais actuellement tout était fini ; ils étaient mariés, et elle condamna son propre cœur de cette flatterie cachée qui augmentait encore sa peine. Jamais elle n'avait mieux senti combien Edward lui était cher qu'au moment où elle devait renoncer à lui pour toujours.

Dans les commencements de son inclination pour lui, elle s'y abandonna sans crainte ; il ne lui vint pas alors à l'esprit qu'il y eût des obstacles à un mariage entre elle et le frère de sa belle-sœur. Quand, ensuite, cette dernière le lui fit entrevoir, il était déjà trop tard pour en revenir à l'indifférence pour un homme qui lui convenait sous tous les rapports. D'ailleurs cet homme serait libre un jour de se marier à son gré, et dans chaque occasion il déclarait positivement que c'était la seule chose sur laquelle il ne prendrait de conseil de personne que de son propre cœur.

Elinor percevait dans sa conscience qu'elle ferait son bonheur, puisque toute sa conduite annonçait qu'il lui était tendrement attaché. Mrs Dashwood le désirait; et ni l'une ni l'autre n'imaginaient que Mrs Ferrars, qui paraissait aimer son gendre, voulût le blesser en refusant une de ses sœurs pour belle-fille. Elle voyait à présent combien elle s'était bercée de chimères et que son bonheur était évanoui sans retour!

Elle ne comprenait pas ce qui avait pu décider Edward à se marier aussi vite, vraisemblablement avant sa consécration, et ne pouvant encore aller habiter son presbytère; mais elle savait combien Lucy était vive et active quand son intérêt personnel était en jeu. Elle avait voulu sans doute s'assurer de lui et ne pas courir les risques d'un délai. Ils s'étaient mariés à Londres, et ils allaient sûrement passer quelque temps chez leur oncle Pratt à Longstaple, en attendant d'avoir une habitation à eux. Qu'est-ce qu'Edward avait ressenti en étant à quatre miles de Barton, en voyant le domestique du cottage, en entendant le message de sa femme? Son silence complet l'exprimait bien: son cœur était trop oppressé pour qu'il pût dire un seul mot; et la pauvre Elinor souffrait autant pour lui que pour elle-même. Du moins elle était libre! Mais lui, avec qui était-il associé pour la vie? Elle aurait bien pu dire aussi, comme Marianne disait de Willoughby: «Pauvre Edward, privé pour toujours du bonheur domestique!»

Elle supposait qu'ils seraient bientôt établis à Delaford. Delaford! Cette place à laquelle tout conspirait à l'intéresser, qui serait peut-être un jour aussi la demeure de sa sœur, qu'elle désirait et craignait encore plus de connaître. Elle se les représentait dans leur joli presbytère, si bien arrangé par les soins de leur protecteur. Elle voyait Lucy active et ménagère avec vanité, unissant une apparence d'élégance et de dépense devant les étrangers à la frugalité la plus parcimonieuse quand ils seraient en tête à tête, économisant sou sur sou pour briller quelques mois d'hiver à Londres, et laisser son mari seul à ses devoirs de pasteur, conversant familièrement avec tous les paysans, et exigeant d'eux avec rigueur leurs redevances, ne donnant jamais rien et recevant tout, poursuivant sans cesse son intérêt personnel, ne songeant qu'à elle seule au monde, et trop contente d'elle-même, quand par quelque ruse elle avait obtenu quelque avantage, courtisant le colonel Brandon, Mrs Jennings et tous les amis riches, etc., etc. Elle voyait Edward, le pauvre Edward! Hélas! Elle ne savait pas elle-même comment elle devait le voir, heureux ou malheureux. Rien ne lui plaisait: elle détournait autant qu'elle pouvait ses pensées de lui, mais elles y revenaient sans cesse.

Elle ne comprenait pas non plus qu'aucune de ses connaissances de Londres ne lui écrivît ce mariage, ne lui en dît les détails. À quoi pensait Mrs Jennings, pour qui un mariage était toujours un événement intéressant dont elle aimait à discuter ? Et le colonel, n'avait-il donc rien à lui dire de son nouveau pasteur ? Ils lui paraissaient tous coupables au moins de paresse et de négligence.

– Ne voulez-vous pas écrire au colonel Brandon, chère mère, et lui rappeler la promesse de venir nous voir ? demanda-t-elle un matin à Mrs Dashwood.

– Je l'ai fait, mon ange, la semaine dernière ! lui répondit-elle. Et comme il ne m'a pas répondu et que je le pressais d'arriver, je l'attends d'un jour à l'autre. Je ne serais pas surprise de le voir ce soir ou demain. Faites préparer sa chambre, mon cher amour ! Combien je me réjouis de le revoir ! Il sera bien étonné de trouver Marianne aussi bien. En revenant de la promenade, elle avait des couleurs, elle était presque aussi jolie qu'avant ses chagrins, ne le trouvez-vous pas ? Il me tarde que ce cher colonel la voie.

Il tardait aussi à Elinor de le voir, d'apprendre de lui tout ce qu'il saurait sans doute de Mr et Mrs Ferrars. Elle alla faire arranger la chambre destinée aux visites, et fit bien, car en rentrant au salon, elle vit de la fenêtre un homme à cheval s'avancer.

– Le voilà ! s'écria-t-elle. C'est le colonel !

Sa mère et ses sœurs regardèrent aussi. Il était dans la cour, il descendait de sa monture et...

ce n'était pas le colonel Brandon, c'était… Edward en personne.

– Est-ce possible ? s'exclama Elinor.

– C'est Edward ! Edward ! répétèrent-elles avec émotion et surprise.

Elinor était la plus calme, elle faisait un effort inouï.

– Eh bien ! C'est Edward, notre ancien ami, qui vient de chez son oncle pour nous voir. Faites entrer, dit-elle à Thomas qui l'annonçait. Je veux être calme, je veux être maîtresse de moi-même. Je vous en conjure, ma mère, mes sœurs, recevez-le bien, sans froideur, sans gêne.

On n'eut pas le temps de lui répondre. Il était à la porte, il entra…

Certes, il n'avait pas la contenance d'un heureux époux, il était aussi pâle, aussi ému que celles qui le recevaient. Son regard baissé semblait redouter leur réception et sentir qu'il n'en méritait pas une bonne. Mrs Dashwood en fut touchée et, tant pour suivre la recommandation de sa fille que celle de son propre cœur, elle le salua avec une bienveillance un peu forcée, lui tendit la main, et lui souhaita joie et bonheur, mais avec un ton bien différent de sa manière ordinaire.

Il rougit et bégaya une réponse inintelligible. Elinor voulut dire comme sa mère, mais elle ne put articuler un mot. Elle voulut aussi lui donner la main ; c'était trop tard, il s'était assis. Au bout d'une minute, elle prit une contenance qu'elle crut très naturelle et, avec un son de voix altéré, parla du beau temps qu'il avait eu pour sa course.

Marianne le salua d'un mouvement de tête sans ouvrir la bouche, et s'assit aussi loin de lui qu'il lui fût possible.

Margaret qui, sans savoir tout, savait cependant qu'il était marié, et qui trouvait très mauvais que ce ne fût pas avec sa sœur Elinor, garda aussi un digne silence, et alla s'asseoir à côté de Marianne. Elles prirent leurs ouvrages, afin de n'être pas tentées de le regarder. Pour rien au monde, Marianne n'aurait adressé la parole au mari de Lucy Steele.

Quand Elinor eut cessé de se réjouir du beau temps, de la sécheresse, un silence général suivit. Edward était visiblement dans le plus grand embarras. Sans savoir ce qu'il faisait, il prit les ciseaux de Margaret qui étaient sur la table, les sortit de leur étui de maroquin rouge, et se mit à le couper en petits morceaux. Margaret poussa Marianne du coude et lui murmura à l'oreille :

– C'est mon pauvre étui qui en porte la peine ; mais j'aime mieux qu'il le coupe en entier que de lui parler.

Marianne leva les épaules et ne répondit rien.

Mrs Dashwood voulut enfin rompre ce ridicule silence, et, avec un demi-sourire qu'elle croyait honnête, et qui n'était qu'amer, elle lui dit :

– J'espère, monsieur, que Mrs Ferrars se porte bien.

– Très bien, madame.

Un autre silence suivit. Elinor, qui voyait l'excès de son embarras, ne voulait pas y ajouter, en ayant l'air de s'en apercevoir. Elle voulut au contraire chercher à le mettre à l'aise en lui parlant amicalement : elle fit donc un nouvel effort sur elle-même, et lui demanda en prenant un air intéressé :

– Est-ce que Mrs Ferrars est à Longstaple ?

– À Longstaple ? reprit-il, surpris. Non, ma mère est à Londres.

– Je voulais parler, répliqua Elinor en prenant aussi son ouvrage, de… non pas de Mrs Ferrars la mère, mais de la jeune Mrs Ferrars.

Elle ne leva pas les yeux, n'osant pas le regarder. Mrs Dashwood et ses deux cadettes, au contraire, tournèrent les yeux vers lui. Il rougissait, semblait perplexe ; enfin, après quelque hésitation, il dit :

– Peut-être entendez-vous la femme de mon frère, Mrs Robert Ferrars ?

– Mrs Robert Ferrars ?

Ce nom fut répété par Mrs Dashwood et par Marianne avec l'accent de la surprise. Elinor ne pouvait dire un seul mot, ne savait ce qu'elle entendait, et ses yeux attachés sur lui demandaient une explication.

– Peut-être ne savez-vous pas…, continua-t-il d'une voix un peu plus ferme, il me paraît à présent que vous ignorez que mon frère s'est marié dernièrement avec la plus jeune des… avec miss Lucy Steele ?

Ces paroles furent répétées en écho ; excepté par Elinor. Toute sa présence d'esprit, toute sa fermeté l'avaient abandonnée.

– Oui, reprit-il, ils se sont mariés la semaine dernière et sont maintenant à Dawlish.

Elle sentit qu'elle allait ou se trouver mal, ou fondre en larmes, et n'eut que la force de se lever et de passer dans la chambre à manger. Sa mère, qui l'avait vue pâlir, la suivit immédiatement. Edward aurait bien voulu en faire autant ; il fut retenu non seulement par sa timidité naturelle, mais par Marianne, qui vint à lui au moment où sa mère et sa sœur furent sorties et lui prit vivement les deux mains entre les siennes, en lui disant :

– Ô Edward ! Ô mon ami ! Mon frère ! Dites, répétez encore que vous êtes libre, que Lucy est mariée, et que ce n'est pas avec vous !

– Ah ! Non, non, grâce au ciel ! Pas avec moi… Mais Elinor ? dit-il en regardant vers la porte avec inquiétude. Ah ! Marianne, s'il est vrai que je suis votre ami, votre frère, conduisez-moi aux pieds d'Elinor et de votre mère… Je me suis cru rejeté pour toujours quand j'ai vu votre réception. À présent, je retrouve la vie et l'espoir du pardon.

– Faut-il aussi vous pardonner d'avoir coupé mon étui ? intervint Margaret en relevant les petites pièces de maroquin et en les lui montrant dans sa main.

– Allons, décida Marianne en passant son bras sous le sien, allons trouver ma mère et ma sœur. Vous avez mon aveu ; mais tout dépend d'elles.

– Et j'ose compter sur leur bonté, affirma l'heureux Edward.

Ils passèrent dans la salle à manger, où la mère et la fille pleuraient de joie dans les bras l'une de l'autre…

– Ô ma mère ! Ô mon Elinor ! s'exclama Edward à genoux devant elles.

– Mon fils ! Mon cher Edward ! répondirent-elles toutes les deux en même temps.

Ces mots lui suffirent. Il se releva pour embrasser Marianne et Margaret, puis il revint auprès de son Elinor. Pendant longtemps, il n'y eut entre eux que des acclamations de bonheur et de joie. À quatre heures, le déjeuner fut servi, et l'heureuse famille réunie autour de la table mangea peu, mais but de bon cœur à l'engagement d'Edward et d'Elinor ; l'on ne savait qui était le plus content. Marianne semblait avoir oublié toutes ses peines et ne plus exister que pour sa sœur.

Cependant, sur la fin du déjeuner, quelques soupirs s'échappèrent de son cœur lorsqu'elle pensa que le bonheur dont jouissait Elinor était fini pour elle. Elinor s'en aperçut et, reprenant plus de calme, elle pria Edward de leur raconter les détails d'un événement qu'à peine elles pouvaient croire. Par quel miracle, Robert, qui blâmait si fort son frère de son engagement avec Lucy, qui le voyait pour cela rejeté de la famille, avait pu se mettre à sa place ? Quelquefois Elinor craignait de faire un songe, et tremblait du moment du réveil. Edward, libre de son engagement, et sans avoir aucun reproche à se faire ! C'était un événement si inespéré, si inattendu, qu'elle ne pouvait le comprendre.

– Il ne peut s'expliquer, dit-il, que par le caractère de mon frère, celui de sa femme et le mien, et je demande la permission d'entrer là-dessus dans quelques détails. Chère Elinor, c'est le premier moment où j'ose vous offrir mon cœur ; il faut qu'il vous soit connu en entier jusque dans ses moindres replis, ainsi qu'à votre mère et à vos sœurs. Je dois expier un tort de jeunesse dont j'ai été bien puni par les tourments qu'il m'a donnés. Une fois, j'ai craint d'avoir à m'en repentir toute ma vie. Le ciel m'a pardonné sans doute ; et je suis bien plus heureux que je n'aurais osé l'espérer.

Il commença son récit, qui fut souvent interrompu.

CHAPITRE 51

– Mon frère n'a qu'une année de moins que moi. La nature, en rapprochant ainsi nos âges, nous avait destinés à ce lien, la plus intime des amitiés, qui répand sa douce influence sur toute la vie, qui commence avec l'enfance et dure jusqu'à la mort. À peine puis-je me rappeler le temps où je l'ai éprouvée. J'aimais passionnément le petit compagnon des jeux de mon enfance. Mais bientôt notre mère sembla vouloir altérer ce sentiment par la différence extrême qu'elle mit entre nous deux. Robert était un très bel enfant, et moi tout le contraire. Ce qu'il y a de certain, c'est qu'il était plus gentil et moins pleureur, parce qu'on ne le contrariait jamais et qu'on faisait toutes ses fantaisies. Il était non seulement le favori de ma mère, mais de tous ceux qui avaient intérêt de lui plaire, et fut un enfant gâté dans toute l'étendue du terme, tandis que le pauvre fils aîné, toujours grondé, toujours repoussé, devint de plus en plus triste et maussade, et finit par mériter peut-être, à l'extérieur du moins, l'indifférence qu'il inspirait.

Mais si j'en suis devenu moins aimable, si j'ai été plus malheureux dans mon enfance, j'ose croire aussi que j'ai dû quelques vertus à cette éducation sévère.

« C'était surtout ce titre d'aîné que ma mère ne pouvait supporter. Mon père l'avait laissée maîtresse, il est vrai, de disposer de sa fortune, mais l'usage, le respect de l'opinion l'empêchaient de substituer mon frère à mes droits, tant que je ne donnerais pas, par ma mauvaise conduite, l'occasion de me déshériter. Mais cent fois je l'ai entendue dire : « Pourquoi n'est-ce pas Robert qui est venu le premier au monde ? Celui-là aurait fait honneur à sa fortune. » Elle pouvait du moins m'éloigner d'elle, et n'y manqua pas. Dès l'âge de quinze ans, je fus remis aux soins de Mr Pratt, dont on lui parlait comme d'un homme en état de diriger mon éducation, et qui consentit à me prendre en pension chez lui près de Plymouth, où il faisait valoir un petit domaine. C'était un homme simple et bon, assez savant en effet pour m'enseigner ce qu'un jeune homme bien né doit apprendre, mais sans le moindre usage du monde, où jamais il n'avait vécu, et tout à fait hors d'état de me former pour la société où je devais vivre et de corriger l'excessive timidité que ma première éducation m'avait donnée. Sa femme était simple et commune. Ils n'avaient pas d'enfant. J'étais leur seul pensionnaire, et je me serais ennuyé à périr, dans leur maison, si ses deux nièces, les jeunes Steele, n'y avaient pas fait de fréquents séjours. Lucy, du même âge que moi, était très jolie, très vive, très agaçante, et dès le début, décida dans sa petite tête que le pensionnaire de son oncle devait être son amoureux et son mari, et fit tout ce qu'il fallait pour y réussir. Cela n'était pas difficile ; et elle n'eut pas besoin, pour me captiver, de toute l'adresse qu'elle y mit, ni de tous ses soins. J'étais dans l'âge où le cœur s'ouvre à toutes les impressions. Le mien, naturellement très aimant, ne demandait qu'à se donner, et n'en avait point encore trouvé l'occasion. Toujours repoussé, toujours humilié chez ma mère, la première personne qui me témoigna un intérêt vif, qui parut me compter pour quelque chose, et qui ne m'épargnait pas des flatteries de tout genre, dut me paraître un ange du ciel. Et comme elle joignait à cela une figure très jolie et très animée, et la fraîcheur de ses quinze ans, il n'est pas étonnant qu'en très peu de temps je crus être, ou que je fus réellement peut-être, passionnément amoureux. C'était la première jeune personne que je voyais familièrement.

« Le bon Mr Pratt, content de mes progrès dans mes études, et plus encore de la bonne pension, ferma les yeux sur mon attachement pour sa nièce, car je le cachais si peu qu'il était presque impossible qu'il ne s'en aperçoive pas. Naturellement honnête et timide, mon seul projet était de l'épouser dès que je serais en âge. Je lui en donnai mille fois l'assurance, et de vive voix, et par écrit ; mais je n'allai pas plus loin, et j'aurais regardé comme un crime d'avoir une autre idée. Lucy m'aimait-elle alors comme je l'aimais, ou l'espoir de partager ma fortune et de briller à Londres était-il son seul mobile ? Ce n'est que depuis peu que je me suis permis ce doute. Elle jouait si naturellement l'amour passionné et désintéressé que, même depuis que j'ai été éclairé sur ses défauts, je n'eus jamais le moindre soupçon sur ses sentiments.

« Je passai trois ans chez Mr Pratt. J'en avais dix-huit quand mes tuteurs exigèrent de ma mère que je sois rappelé chez elle. Je partis de Longstaple, formant le projet d'une constance éternelle, la jurant à Lucy, et pouvant à peine, par mes serments répétés, apaiser un peu sa douleur que je partageais de toute mon âme. Mais je n'avais que dix-huit ans ; et à cet âge les serments d'un jeune homme ont peu de valeur. Je suis convaincu que, si ma mère m'avait alors voué à quelque état qui demande de l'activité ou de la réflexion, que si mon temps avait été employé de manière à me tenir au moins quelques mois éloigné de Lucy, j'aurais fini, comme tous les jeunes gens de mon âge, par oublier cette inclination d'enfance, qui n'était rien moins que fondée sur la sympathie, et qui existait bien plus dans l'imagination que dans le cœur. Mais, au lieu de m'adonner à un état, ou de me permettre d'en choisir un, je revins à la maison complètement désœuvré.

« Ma mère ne me grondait plus, mais ne faisait nulle attention à moi. La plus entière indifférence avait succédé à sa sévérité. Elle ne songea pas même à me présenter dans le monde, et me laissa absolument livré à moi-même et à mon oisiveté. Robert, au contraire, était de toutes ses sociétés, et donnait dans tous les travers et l'extravagance de la mode. L'excès de sa fatuité m'inspira naturellement une extrême aversion pour son genre de vie, et me rendit toujours plus sauvage et plus réservé. Peut-être, à cette époque, ai-je quelque obligation à l'amour que je croyais avoir pour Lucy, et au goût de l'étude que j'avais pris chez son oncle. Ma mère, ne faisant rien pour me rendre la maison agréable, abandonné à moi-même, ne trouvant dans mon frère ni un compagnon, ni un ami, j'aurais pu facilement chercher des distractions dangereuses. Mais la seule que je me permettais était de fréquents voyages à Longstaple, que je regardais comme ma demeure, et ceux qui l'habitaient, comme ma famille, où j'étais toujours le bienvenu, où Lucy me paraissait toujours plus tendre et plus aimable ! C'était encore la seule femme que j'aie connue, je ne pouvais donc faire aucune comparaison, ni m'apercevoir d'aucun de ses défauts. Auprès de sa sœur Anne et de sa tante Pratt, je la trouvais un miracle d'esprit et de beauté, et chaque fois que je la voyais, je confirmais mes engagements de l'épouser.

« Ainsi s'écoula toute une année. Quand j'eus dix-neuf ans, on crut convenable de me faire passer un ou deux ans à l'université d'Oxford. Mon frère était alors à Westminster. Ce fut pendant ce temps-là que notre sœur Fanny, avec qui je m'étais cependant assez lié pendant les dernières années, épousa votre frère, Mr John Dashwood. Je ne fus pas à leur noce, mais lorsqu'à vingt et un ans, je quittai Oxford, mon premier soin fut d'aller la voir à Norland, dont ils venaient d'hériter… Ah, chère Elinor! C'est là où je devais apprendre à connaître un sentiment bien différent de celui que je croyais avoir pour Lucy, et qui s'était déjà fort affaibli par l'absence. C'est là que, voyant continuellement la plus aimable des femmes, je sentis que ce que j'avais pris jusqu'alors pour de l'amour n'était qu'une effervescence de jeunesse et que j'avais trouvé l'objet qui devait m'attacher pour la vie. Chacune des perfections d'Elinor me découvrait un défaut dans Lucy, dans celle avec qui j'étais engagé, et qui devait être ma compagne.

« Avant de venir à Norland, j'avais fait une course à Longstaple. Déjà, comme si cela avait été un pressentiment, Lucy m'avait paru moins aimable. Elle écrit mal, son style est commun, dépourvu d'idées, son orthographe est mauvaise, et notre correspondance soutenue pendant que j'étais à Oxford avait plutôt amoindri qu'augmenté mon amour. Mais en la retrouvant plus tendre, plus empressée qu'elle ne l'avait encore été, je crus avoir un tort envers elle, et je voulus le réparer par un engagement positif de l'épouser lorsque je le pourrais.

« Pouvais-je, chère Elinor, dans ces circonstances, vous offrir un cœur qui ne tarda pas à vous appartenir en entier? J'aurais dû vous fuir sans doute, mais l'attrait était trop fort, trop puissant. Je connaissais trop mon peu de moyens de plaire pour imaginer qu'il y ait quelque danger pour vous, et me condamnant au silence, je crus qu'il m'était permis de jouir dans votre société des derniers moments de bonheur de ma vie. Puis vous êtes partie pour Barton, et le vide affreux, le désespoir que j'éprouvai loin de vous me suggérèrent une démarche qui devait me rendre ma liberté; c'était de parler à Lucy avec franchise de l'état actuel de mon cœur. Je cédai à cette idée après quelques combats, et préférant lui parler moi-même que de lui faire savoir par une lettre qu'elle aurait pu feindre de n'avoir pas reçue, j'allai à Longstaple où elle était alors, et j'eus avec elle un entretien où rien ne lui fut caché. Elle dut voir combien je vous adorais sans vous l'avoir jamais dit, elle dut voir combien je serais malheureux, séparé de vous, uni à une autre femme! Alors, elle mit tout en jeu; larmes, évanouissement, tendresse, reproches, prières, menaces, rien ne fut négligé. Elle parla à ma conscience. Enfin, le résultat de cette visite, d'où j'avais espéré mon bonheur, fut de renouveler mes engagements avec elle, et de la quitter le plus infortuné des hommes. En partant, elle me mit au doigt un anneau de ses cheveux et me fit jurer de le porter. Vous daignerez peut-être vous rappeler, mon Elinor, l'état où j'étais lorsque je vins au cottage.

«Nos relations de famille ne me permettaient pas de passer si près de vous sans vous voir, et je désirais vous faire tacitement un dernier adieu. Je ne voulais rester qu'un jour, et j'y fus une semaine ; ce fut pour y éprouver encore l'ascendant d'un sentiment vrai et profond. À côté de vous, je ne pouvais penser qu'à vous-même, et j'étais heureux. Il fallut m'arracher à cet enchantement, il fallut vous quitter... Vous savez le reste, comme Anne trahit notre secret, et comme ma mère, en voulant m'obliger à épouser miss Morton, me força à déclarer moi-même mes anciens engagements avec Lucy. Je savais par elle qu'ils étaient connus de vous. Elle m'avait assuré que vous y preniez intérêt, que vous les regardiez comme sacrés. Ah ! Cela seul m'aurait engagé à les tenir ! Mon seul dédommagement était de mériter votre estime. Qu'aurais-je d'ailleurs gagné à les rompre, puisque j'étais sûr qu'alors je n'aurais plus rien été pour vous ? Je me résignai donc à mon sort, et je fis le sacrifice de ma famille, de ma fortune et de toutes mes espérances de bonheur sur cette Terre à une personne que je n'aimais plus et qui, par ses procédés avec vous, m'avait dévoilé son caractère.

« Voilà mon histoire ; celle de mon frère et de Lucy m'est moins connue. Je ne puis en juger que, d'après leur caractère et les lettres qu'ils m'ont écrites, et que je vous montrerai. De tout temps, Robert a affecté un grand mépris pour moi et pour ma tournure. La pensée que j'avais pu plaire à une jolie femme a dû naturellement exciter son orgueil et lui donner l'idée de l'emporter sur moi, et de me souffler cette conquête. Quand Lucy alla demeurer chez ma sœur, je la blâmai de l'avoir accepté, et j'eus soin de m'y trouver très peu ; Robert au contraire y était sans cesse. Il ignorait notre liaison, mais certainement Lucy lui plaisait, parce qu'elle encensait sa vanité en le flattant avec excès. Sans doute aussi son élégance et son jargon plaisaient davantage à Lucy que ma timide simplicité.

« La grande découverte arriva. Je fus déshérité ; ma mère donna tout de suite à Robert ce qu'elle me destinait, et dès lors il plut encore davantage à une femme vaine, intéressée, et qui de ce moment forma le projet de chercher à se l'attacher, mais en me ménageant encore dans le cas où elle n'y pourrait réussir. Mon absence lui donnait la facilité de suivre à merveille ce double plan. Je lui avais déclaré que notre mariage n'aurait lieu que lorsque je serais consacré et que j'aurais un presbytère. La générosité du colonel Brandon leva cet obstacle. Vous avez été chargée de me l'apprendre, et vous avez dû voir que j'en fus plus peiné que satisfait, mais je n'avais pas encore les ordres et je partis pour Oxford. Lucy m'écrivait, et ses lettres n'étaient ni moins tendres, ni moins fréquentes qu'à l'ordinaire. Je n'avais donc pas le moindre soupçon du bonheur qui m'attendait et de ma délivrance, lorsque tout à coup je reçus celles-ci.

Edward les sortit de son portefeuille et les présenta à Elinor qui les ouvrit et lut ce qui suit :

Mon cher Edward,

Ayant su par vous-même que je n'étais plus depuis longtemps le premier objet de vos affections, j'ai cru qu'il m'était permis de donner les miennes à un autre qui en sent mieux le prix que vous et veut bien m'assurer qu'aucune femme ne lui plaît autant que moi. De mon côté, je suis convaincue que lui seul peut me rendre heureuse. Ainsi, en épousant le cadet au lieu de l'aîné, j'assure le bonheur de trois personnes, le vôtre, le mien, et celui de mon cher Robert à qui je viens de jurer à l'autel amour et fidélité. Il ne tiendra pas à moi que nous ne soyons également bons amis sous notre nouvelle relation. Si, comme il est possible, notre mariage vous raccommode avec ma belle-mère, je suis sûre au moins que vous vous intéresserez à obtenir notre pardon, dont, au reste, je ne suis plus inquiète. Robert m'assure qu'elle ne lui a jamais rien refusé, qu'elle ne peut se passer de le voir. J'ai donc bien plus de chance de la voir aussi et de lui plaire que je n'en aurais eu avec vous. D'ailleurs mon mari a déjà une jolie fortune assurée et nous pouvons mieux nous passer de l'héritage de Mrs Ferrars. Nous partons à l'instant pour Dawlish en Devonshire, où nous passerons quelques semaines. J'ai brûlé toutes vos lettres, et je vous prie d'en faire autant des miennes. Mais je pense que mon beau-frère voudra bien me laisser son portrait, de même que je le prie de garder l'anneau de mes cheveux, en souvenir de son ancienne amie, et actuellement de sa belle-sœur.

Lucy Ferrars.

Celle de Robert était plus courte.

Vous ne m'en voudrez pas, Edward, si je vous ai enlevé votre belle conquête. Ce n'est, sur mon honneur, pas ma faute si la nature et l'éducation m'ont donné plus de moyens de plaire. Je crois d'ailleurs que Lucy et moi avons été formés l'un pour l'autre ; même âge, mêmes goûts. Elle est vraiment charmante, ma petite Lucy, et formée par moi, elle effacera l'hiver prochain toutes nos beautés à la mode. C'eût été un meurtre de l'ensevelir dans un presbytère. Au reste, à présent, vous pourrez renoncer à embrasser ce saint état, pour lequel je vous crois cependant une vocation toute particulière. Adieu donc, mon cher pasteur, vous m'avez donné l'exemple de la désobéissance à nos parents, et je l'ai suivi. Vraiment, je trouve très doux, quand on n'est plus enfant, de faire sa volonté plutôt que celle des autres ; et vous aviez bien raison. Ma mère m'en a donné les moyens, j'en profite, et j'ai sans doute votre approbation.

Votre heureux frère,
Robert Ferrars.

Elinor les rendit sans aucun commentaire.

– Je ne vous demande pas votre opinion, ajouta Edward, sur le style de ma belle-sœur. Pour rien au monde, je n'aurais voulu que vous ayez vu une lettre d'elle quand elle devait être ma femme. Combien de fois j'ai rougi en les lisant ! Je crois en vérité que, passé les premiers six mois, cette lettre est la seule qui m'ait fait un plaisir sans mélange.

– Il m'est impossible, déclara Marianne, de ne pas observer comme votre mère a été punie par son propre tort. L'indépendance qu'elle a donnée à Robert par ressentiment contre vous a entièrement tourné contre elle. Il est vraiment assez plaisant qu'elle ait donné mille livres de revenu à l'un de ses fils pour qu'il fasse exactement la même faute pour laquelle elle déshéritait l'autre. Car je suppose qu'elle sera aussi blessée du mariage de Robert qu'elle l'avait été du vôtre.

– Elle le sera bien davantage, répliqua Edward. Dans le fond de son âme, elle n'était pas fâchée d'un prétexte de mettre mon frère à ma place, mais aussi, comme il a toujours été son favori, sa faute sera plus vite pardonnée.

– Peut-être, fit Elinor, trouvera-t-elle votre second choix aussi mauvais que le premier. Avez-vous communiqué vos intentions à quelqu'un de votre famille ?

– Non, pas encore, chère amie ! Ma première pensée, après avoir reçu la lettre de Lucy, fut de me mettre en route pour Barton par le plus court chemin. J'ai quitté Oxford le lendemain. Je voulais avant tout, mon Elinor, obtenir votre aveu et celui de votre mère. Hélas ! Je suis à présent un bien pauvre parti ! Un ministre de village avec deux ou trois cents livres de revenu. Voilà tout ce que je puis offrir à celle qui, à mon avis, mériterait le trône du monde.

– Et votre cœur, renchérit Elinor avec son charmant sourire, ce cœur que le mien sait apprécier depuis longtemps, ne le comptez-vous pour rien ? Moi, je le compte pour tout, et il vaut mieux pour moi que tous les trônes.

Il fallut lui expliquer ensuite comment on l'avait cru marié, et comment Thomas avait rencontré Lucy et Robert. Ce récit excita de nouveau son indignation contre la première, qui s'était certainement fait un jeu de tromper un moment Elinor, en lui faisant croire qu'elle avait épousé Edward. Depuis longtemps, les yeux de celui-ci s'étaient ouverts sur son ignorance complète, son mauvais ton et ce genre de finesse malicieuse, que ceux qui l'ont qualifient du nom d'esprit, et qui n'en est que le simulacre, car c'est presque toujours au contraire le signe d'un esprit étroit et d'un manque d'éducation. Edward attribuait à ce dernier travers tous les défauts de Lucy, et la croyait d'ailleurs une bonne fille, ayant assez de bon sens naturel et d'attachement pour lui pour se former insensiblement. Sans cette idée, rien ne l'aurait empêché de rompre un engagement qui était une source de peines et de regrets.

– Je crus de mon devoir, poursuivit-il, lorsque je fus déshérité, de lui donner encore l'option d'annuler ou de continuer nos engagements. J'étais alors dans une situation qui ne pouvait, ce me semble, tenter ni la vanité ni l'avarice de qui que ce soit. En persistant à vouloir m'épouser, elle semblait me prouver une affection vive et désintéressée, dont je fus entièrement dupe, et qui me donna des remords. Encore à présent, je ne puis comprendre pourquoi elle s'obstinait à enchaîner un homme qu'elle n'aimait pas, dont elle savait n'être pas aimée, et qui n'avait plus ni fortune, ni amis, ni protection. Elle ne pouvait pas deviner que le colonel Brandon me donnerait un bénéfice.

– Non, acquiesça Marianne, mais il pouvait arriver un événement dans votre famille qui vous remette à votre place. Elle ne risquait rien pour elle-même, puisqu'elle a prouvé qu'elle se croyait en pleine liberté. Votre nom seul lui donnait un grand relief parmi les siens, et si rien ne se présentait de plus avantageux, elle vous aurait du moins préféré au célibat.

Edward apprit avec plaisir que le colonel Brandon était attendu au cottage. Il était heureux d'une prompte occasion de le remercier mieux qu'il ne l'avait fait encore. La mauvaise humeur que lui donnait ce don, lorsqu'il l'obligeait d'épouser Lucy, avait percé dans l'expression très faible de sa reconnaissance.

– À présent, dit-il, en pourrai-je jamais témoigner assez à celui qui assure mon bonheur ? Sans asile, et presque sans revenu, aurais-je osé demander cette main chérie ?

– Sans asile ? répéta Mrs Dashwood. N'auriez-vous pas pu vivre ici avec nous ? Le gendre qui rendra mon Elinor heureuse comme elle mérite de l'être sera toujours assez riche pour moi, et je partagerai avec lui le peu que je possède.

Elinor vint embrasser son excellente mère. Un peu moins romanesque qu'elle, elle savait bien qu'on ne vivait pas d'amour, et que trois cent cinquante livres par an, qui étaient tout ce qu'ils pouvaient espérer en réunissant leurs petites fortunes, demandaient beaucoup d'économie pour vivre une année entière. Edward n'était pas sans espérance que sa mère ne fît à présent quelque chose pour lui, mais non pas Elinor. Miss Morton et ses trente mille livres étant encore là, elle était sûre que Mrs Ferrars – qui la regardait seulement comme un parti moins déshonorant que Lucy – offrirait encore à son fils, non marié, miss Morton. Sur son nouveau refus, ce dont Elinor ne doutait pas, elle le déshériterait cette fois pour toujours, et l'offense de Robert ne servirait qu'à enrichir Fanny. Mais Elinor et Edward avaient tous les deux des goûts si simples qu'ils étaient sûrs de pouvoir trouver le bonheur malgré la médiocrité de leur fortune.

Edward fut invité par Mrs Dashwood à passer huit jours au cottage, et l'on juge s'il accepta avec transport, et si Elinor fut heureuse. Mais leur caractère à tous les deux ne donnait pas beaucoup d'expansion à leur bonheur ; ils en jouissaient en silence. Elinor d'ailleurs ménageait Marianne, et ne voulait pas lui offrir le spectacle d'un amour heureux et passionné. Edward était avec toutes comme un frère chéri, et un étranger aurait eu peine à deviner à laquelle il était attaché par l'amour le plus tendre et le plus réciproque.

CHAPITRE 52

Quatre jours après l'arrivée d'Edward, celle du colonel Brandon vint compléter la satisfaction de Mrs Dashwood. Mais elle ne put avoir celle de le loger : il n'y avait au cottage qu'une seule chambre à donner. Edward garda son privilège de premier venu ; il n'avait d'ailleurs pas de connaissance dans le voisinage. Alors le colonel offrit de retourner tous les soirs dans son ancien appartement au parc ; il en revenait dès le matin pour déjeuner avec ses amies. Pendant trois semaines de solitude à Delaford, il avait eu le temps de calculer la disproportion entre trente-huit ans et dix-huit, et il revint à Barton dans une disposition d'esprit qui lui rendait bien nécessaires, et les progrès de la santé de Marianne, et l'amitié qu'elle lui témoignait, et tous les encouragements de Mrs Dashwood. Au milieu de tels amis, il eut bientôt retrouvé sa sérénité. Il ignorait complètement le nouveau choix de Lucy, il ne savait pas un mot du penchant d'Elinor, de sorte que les premières visites se passèrent à écouter et à s'étonner. Mrs Dashwood se chargea de ce récit. Il y prit le plus vif intérêt, et trouva de nouveaux motifs de se réjouir de ce qu'il avait fait pour Edward, puisque c'était actuellement aussi pour Elinor. Il est inutile de dire que ces deux hommes, dont les opinions, le caractère et les manières étaient très proches, ne tardèrent pas à se lier intimement. Ces points communs auraient suffi sans doute, mais leur attachement pour les deux sœurs les attira l'un vers l'autre, par une douce et prompte sympathie, et produisit en peu de jours ce qui aurait été l'effet du temps et de leur rapprochement.

Les lettres de Londres arrivèrent enfin et furent très volumineuses. Elles racontèrent la surprenante histoire dans tous ses détails. Mrs Jennings témoignait son indignation contre cette « changeante » fille, et sa compassion pour « le pauvre malheureux » Edward, qui peut-être, disait-elle, allait mourir à Oxford de ce chagrin, si cruel, si inattendu. Deux jours seulement s'étaient écoulés depuis que Lucy était venue passer deux heures avec elle, et elle ne lui en avait pas dit un mot. Elle lui avait simplement conté qu'elle voyait quelquefois Mr Robert Ferrars et qu'elle cultivait une bienveillance qui pouvait un jour être utile à Edward, ce dont elle la loua fort. « *Voyez quelle indigne trompeuse !*, s'écriait-elle dans sa lettre. *La bonne Anne ne s'est non plus doutée de rien. Pauvre créature ! Ce fut elle qui vint me l'apprendre ; elle en pleurait amèrement. Sa sœur, au lieu de l'emmener, avait emporté tout leur argent. C'était elle qui le gardait, et la malheureuse était sans un seul shilling. Je l'ai gardée avec moi jusqu'à ce que j'aille à Barton Park, d'où je la renverrai à sa famille. Sa joie de rester encore un peu à Londres, et chez moi où le Dr Donavan vient quelquefois, l'a complètement consolée. Mais qui consolera le pauvre délaissé Edward ? Pour mon goût, je l'aimerais cent fois mieux que ce fat de Robert... Il me vient une idée : il faut que vous l'invitiez à Barton, et que Marianne ait pitié de lui. »*

Il y avait aussi une longue lettre de Mr John Dashwood, qui racontait cet événement à Elinor avec de grandes lamentations. Sa belle-mère était la plus malheureuse des femmes. La « sensible » Fanny avait eu des rechutes de maux de nerfs si violents que c'était un miracle qu'elle eût pu y résister. L'offense de Robert était impardonnable, mais Lucy était beaucoup plus blâmable. On n'osait nommer ni l'un ni l'autre devant Mrs Ferrars. Cependant, elle aimait tellement ce fils que, peut-être, un jour pourrait-elle consentir à le revoir, mais sa femme ne paraîtrait jamais en sa présence. La manière mystérieuse avec laquelle cette affaire s'était tramée ajoutait beaucoup à « leur crime ». Car si l'on avait eu le moindre soupçon, on aurait pu prendre des mesures pour l'empêcher. Il priait Elinor de se joindre à lui pour se plaindre de ce qu'Edward n'eût pas épousé plus tôt cette fille, qui privait tour à tour une bonne mère de ses deux fils. Mrs Ferrars, à leur grande surprise, n'avait pas nommé Edward une seule fois dans cette occasion, et lui n'avait pas écrit une ligne ; c'était toutefois le moment de chercher à se réconcilier avec sa mère, en lui promettant de faire ce qu'elle désirait. Peut-être qu'il ne l'osait pas, mais il pourrait s'adresser à sa sœur, y joindre une lettre de soumission pour sa mère, que Fanny lui remettrait, et qui peut-être aurait un bon effet.

Ce paragraphe était de quelque importance pour régler la conduite d'Edward. Il le détermina à tenter en effet une réconciliation, mais non pas comme John Dashwood l'entendait.

– Une lettre de soumission ! répétait Edward. Non, certainement, je n'ai point de soumission à faire. Dois-je demander pardon à ma mère de l'ingratitude de Robert envers elle et de sa trahison envers moi ? Il m'a rendu le plus heureux des hommes, voilà tout ce que je puis lui dire, et ce qui l'intéressera fort peu.

– Vous pouvez sans doute, observa Elinor, demander pardon à votre mère pour l'avoir offensée. Je pense même que vous pourriez à présent lui témoigner en conscience quelques regrets d'avoir formé cet engagement qui a attiré sur vous sa colère.

– Oui, je le puis, acquiesça Edward, et je le ferai.

– Et, ajouta-t-elle en souriant, vous pourriez peut-être après cela convenir, en toute humilité, que vous avez formé un second engagement, presque aussi imprudent à ses yeux que le premier, avec la sœur de son gendre.

Edward n'eut rien à opposer à ce plan, mais, se défiant un peu dans cette occasion de l'intercession de son beau-frère et de sa sœur, il préféra traiter personnellement et de vive voix plutôt que par écrit. Il fut donc résolu qu'il irait à Londres, descendrait chez Fanny, et lui demanderait de l'introduire auprès de leur mère.

– Et si elle y consent, décréta Marianne avec vivacité, si elle permet une réconciliation entre vous et votre mère, je me réconcilie aussi avec elle, et je lui pardonne tout.

Le lendemain, Edward partit, accompagné des vœux de tous ses amis pour le bon succès de son voyage. Le colonel consentit à rester quelques jours encore pour les consoler un peu de son absence, mais il continua de loger à Barton Park.

Le troisième jour, il ne vint pas au déjeuner. Elinor proposa à sa sœur une promenade du côté de Barton Park, où peut-être elles le rencontreraient, et Marianne y consentit. En effet, à peine eurent-elles tourné la colline qu'elles le virent, à quelque distance, assis sur un banc de gazon, mais il n'y était pas seul. Une femme était assise à côté de lui et avait un enfant sur ses genoux. Il caressait beaucoup l'enfant et prenait aussi les mains de la dame entre les siennes.

– Je veux mourir, s'écria Marianne, s'il n'est pas avec notre nouvelle connaissance d'Allenham, Mrs Summers, la parente de Mrs Smith, et sans doute est-ce son fils ! Mais d'où le colonel la connaît-il si intimement ?

Elinor ne répondit rien ; un soupçon traversait sa pensée.

– Avançons, décida Marianne.

Au moment même, le groupe du banc de gazon les aperçut ; ils se levèrent et vinrent à leur rencontre. Le colonel avait l'air assez embarrassé, mais au premier regard que Marianne eut jeté sur l'enfant – que sa mère avait repris –, elle en comprit la cause. C'était le portrait en miniature de Willoughby ; il était impossible de s'y méprendre et de ne pas voir que c'était son fils. Tout fut dévoilé. Mrs Summers était la fille adoptive du colonel, l'infortunée Caroline Williams, la victime des séductions de celui que Marianne avait tant aimé. Elle eut peine à retenir un cri et à ne pas repousser l'enfant, qui, attiré par les rubans roses de son chapeau, lui tendait ses petits bras. Elinor, frappée aussi de la ressemblance, se hâta de se mettre entre lui et sa sœur, de parler à Mrs Summers, de caresser le petit pour laisser à Marianne le temps de se remettre. Mais ce mouvement avait effrayé l'enfant ; il pleurait et sa mère voulut absolument l'emmener et rejoindre Mrs Smith. Une bonne attendait à quelque distance. La jeune maman salua les deux sœurs avec amitié, le colonel avec un tendre respect, et s'éloigna avec son petit fardeau. Marianne lui rendit son salut amical et l'embrassa même. Rien ne prouva mieux à Elinor les progrès de sa raison, mais elle avait un tremblement d'émotion involontaire qui l'obligea à prendre le bras que le colonel lui offrait.

Ils firent quelques pas en silence, enfin le colonel le rompit :

– Vous venez de faire une découverte qui a dû vous surprendre. Oui, cette jeune femme est celle à qui j'ai longtemps servi de père, et que je n'ai pu garantir du malheur. Mais il est réparé autant qu'il peut l'être. L'excellente Mrs Smith, en punissant sévèrement son jeune parent, a voulu que l'enfant et celle qui lui a donné la vie, rejetés par lui, le remplacent dans ses affections. « Je ferai, m'écrivit-elle en me les demandant, ce qu'il aurait dû faire, ce qu'il m'a refusé. J'assurerai leur sort, et comme je ne puis désirer la damnation éternelle d'un jeune homme que j'aimais comme un fils, avant ses erreurs, j'espère obtenir ainsi de Dieu le pardon de son péché, et qu'il ne soit puni que dans cette vie. » Vous comprenez avec quelle joie je cédai mon infortunée pupille à cette respectable femme. Caroline, formée par le malheur, aimant passionnément son enfant, accepta avec transport une place qui ne la séparait pas de lui et la faisait vivre dans une austère retraite. Il fut convenu entre Mrs Smith et moi qu'elle changerait de nom et passerait pour une veuve. Jusqu'ici le secret avait été bien gardé. Mais la ressemblance de l'enfant avec son père m'a souvent fait trembler ; c'est ce qui fait que Caroline ne l'avait point encore emmené dans ses promenades. Depuis que je suis ici, je vais souvent la voir en allant au cottage. Cette fois, je suis resté plus longtemps qu'à l'ordinaire. Elle m'a accompagné avec le petit James, et vous nous avez surpris. J'ai vu au premier instant que cet enfant vous disait tout et que notre secret était découvert. Mais ce n'est pas avec vous que je crains qu'il soit trahi et, souvent, j'ai voulu vous le confier moi-même si je…

Il s'arrêta. Elinor le comprit et le remercia par un regard de ne pas achever. Marianne, les yeux baissés et pleins de larmes, ne disait rien, mais il était facile de voir comme son cœur était oppressé, et celui du colonel n'était pas plus à son aise. Il voyait, à n'en pas douter, combien ce sentiment qu'il avait cru presque éteint avait encore de pouvoir sur elle. Quoiqu'il eût évité de nommer une seule fois Willoughby dans son récit, il se repentait de l'avoir fait devant elle. Mais ne rien dire aurait été plus pénible encore. Elinor se chargea de l'entretien, et sans prononcer non plus le nom fatal, elle témoigna au colonel un grand intérêt pour sa pupille, et lui dit combien elle leur avait plu. Marianne prit sur elle de le confirmer par quelques mots obligeants, mais sa voix tremblante en détruisit l'effet. Ils arrivèrent à la maison. Marianne déclara que l'air du matin l'avait incommodée et se sauva dans sa chambre. Le colonel était si sombre et si rêveur que Mrs Dashwood le crut malade et s'en alarma. À dîner, Marianne, qui avait réfléchi, reparut à peu près comme à l'ordinaire, fut amicale avec le colonel et raconta elle-même à sa mère qu'elles avaient rencontré leur aimable voisine d'Allenham, mais il ne fut pas question de l'enfant. Cette attitude rasséréna un peu le colonel, et la soirée fut plus agréable que la matinée.

On reçut des lettres d'Edward. Après quelque résistance de la part de Mrs Ferrars, il avait été admis en sa présence et reconnu de nouveau pour son fils «unique», car c'était le tour de Robert de ne plus l'être. Mais Edward n'avait point d'abord révélé son engagement actuel avec Elinor. Il avait été loin de croire son sort assuré et avait craint d'être repoussé avec plus de rigueur qu'auparavant. Il avait fait son aveu après quelques préparations, et contre son attente, il fut écouté avec beaucoup de calme. Mrs Ferrars chercha cependant à le dissuader d'épouser la fille d'un simple gentilhomme, sans fortune et sans espérance, plutôt que la riche fille d'un lord. Il ne la contredit pas du tout, mais il lui dit avec fermeté et respect qu'il y était absolument décidé. Alors, instruite par l'expérience du passé, elle jugea plus sage d'accorder, avec toute la mauvaise grâce qu'elle put y mettre, ce qu'elle ne pouvait pas empêcher, et de consentir qu'Edward épousât Elinor.

Mais quoiqu'il fût à présent «son seul fils», disait-elle à chaque instant, elle ne le traita pas comme tel et ne lui rendit pas son droit d'aînesse. Pendant que le coupable Robert jouissait de mille livres de revenu, sans faire autre chose que des sottises, elle trouva fort bon que le pauvre Edward devînt pasteur d'un village avec deux cents livres de rente. Elle y ajouta cependant, tant pour le présent que pour le futur, la même somme de dix mille livres qu'elle avait données à Fanny en la mariant.

Edward ne s'en plaignit pas, c'était plus qu'il n'avait espéré et assez pour pouvoir rendre son Elinor heureuse. John Dashwood répéta sur tous les tons que Mrs Ferrars était la meilleure et la plus généreuse des mères. Elle-même, avec ses excuses de ne pouvoir faire plus, sembla être la seule personne qui fût surprise de ce qu'elle ne fît pas davantage.

Il ne manquait plus à Edward, pour compléter son bonheur, que d'être consacré et que le presbytère fût prêt à les recevoir. Le colonel, à présent qu'il devait être habité par Elinor, trouvait toujours de nouveaux embellissements à y faire, et finit par les inviter à passer les premiers mois chez lui, d'où ils pourraient présider eux-mêmes à leurs réparations. Ils y consentirent, et de bonne heure, en automne, la cérémonie eut lieu dans l'église de Barton.

Cette fois, les prophéties de Mrs Jennings furent accomplies à sa grande joie ; elle put visiter à la Saint-Michel le pasteur de Delaford, et ne fut pas fâchée d'y trouver Elinor plutôt que Lucy. Néanmoins, elle fut un peu surprise de s'être encore trompée sur l'amour du colonel, qu'elle recommença à destiner à Marianne : et c'était le vœu général de la famille, la seule chose qui manquât encore à la félicité d'Elinor.

Ils eurent aussi la visite de Mrs Ferrars mère, presque honteuse d'avoir autorisé leur bonheur, et celle de John et de Fanny, qui vinrent avec elle.

– Je ne veux pas dire que vous ayez mal fait d'épouser mon beau-frère, dit John à Elinor, en se promenant avec elle dans l'avenue du château de Delaford. Je vois que vous êtes aussi heureuse qu'on peut l'être avec peu d'argent, mais j'avoue que j'aurais eu un grand plaisir à appeler le colonel

Brandon mon frère. Cette terre, cette maison, chaque chose ici est vraiment très agréable et fait envie ; et quels bois, quels beaux arbres ! Enfin, Marianne est encore là, et quoique ce ne soit point une personne qui l'attire, et qu'il n'ait jamais eu de goût pour elle, je crois que si elle voulait se donner un peu de peine, et vous, insinuer au colonel d'y penser, cela pourrait s'arranger. Je rirais bien si nous en venions à bout, car il ne l'aime pas du tout. Je ne me trompe jamais, moi, sur ces choses, mais quand on se voit tous les jours, le diable est bien fin. Vous ferez fort bien, ma sœur, d'inviter souvent Marianne, de faire remarquer au colonel comme sa santé et sa beauté reviennent. Qui sait ce qui peut arriver ! Je le voudrais de tout mon cœur, je vous assure.

Mrs Ferrars les vit quelquefois et se conduisit décemment avec eux, mais ils ne furent pas insultés par sa préférence, elle ne pouvait l'accorder au vrai mérite. La fatuité de Robert et les flatteries de sa femme l'obtinrent encore. Les mêmes moyens que Lucy avait employés pour faire tomber Robert dans le piège furent pratiqués pour rentrer dans la faveur de sa mère, dès qu'il lui fut possible d'en approcher, et elle mit beaucoup d'art pour l'obtenir : elle feignit d'être malade au point d'en mourir.

Mrs Ferrars, qui déjà avait pardonné à Robert et qui le recevait quelquefois, céda à ses sollicitations pour aller voir sa femme, espérant en être bientôt débarrassée. Dès lors elle ne tarda pas à être guérie, et sa respectueuse humilité, ses attentions assidues pour la vieille dame et son petit chien, ses flatteries sans fin, réconcilièrent Mrs Ferrars sur le choix de son fils, et si promptement que Lucy devint aussi nécessaire que Robert à sa belle-mère, qui l'aima même mieux que Fanny. Ils s'établirent à Londres, reçurent mille libéralités de Mrs Ferrars, furent dans les meilleurs termes avec les Dashwood en apparence. Mais la jalousie de Fanny, la légèreté de Robert, le mauvais esprit de Lucy les rendirent malheureux malgré leurs richesses, tandis que dans le presbytère de Delaford tout était bonheur et jouissances. L'attachement de ses habitants s'augmentait tous les jours. Ils n'avaient aucun besoin factice. Rien ne les entraînait hors de chez eux, et loin de ne pas se croire assez riches, ils avaient encore de quoi aider les malheureux. Robert au contraire faisait des dettes, mangeait d'avance ce qu'il attendait encore de sa mère et se préparait un avenir bien triste, associé à une femme à qui il ne resterait rien et dont la physionomie animée ne serait plus que l'expression de la méchanceté quand elle aurait perdu sa fraîcheur.

Le mariage d'Elinor la sépara peu de sa famille. Sa mère et ses sœurs passaient avec elle plus de la moitié de leur vie. Mrs Dashwood espérait toujours qu'en donnant au colonel et à Marianne de fréquentes occasions de se rencontrer, celle-ci s'attacherait enfin à cet homme si digne d'être aimé. Mais plus d'une année s'était écoulée et rien n'avançait que l'amitié de Marianne pour lui, qui s'augmentait graduellement, ainsi que l'amour du colonel qui, persuadé qu'elle aimait encore malgré elle Willoughby, ou que du moins elle n'en aimerait jamais d'autre, n'osait s'expliquer et proposer sa main à celle qui possédait en entier son cœur. Heureux d'en être regardé comme un ami, et déjà comme un fils et un frère par Mrs Dashwood et par Elinor, il redoutait de porter atteinte à ce bonheur par une démarche décisive et trop précipitée. Il chérissait ses espérances et tremblait de les perdre. Ce n'était qu'à Elinor seulement qu'il osait ouvrir son cœur, et tout était transmis avec soin par elle à Marianne, qui l'écoutait sans peine et répondait en soupirant :

– Je ne serais pas digne de lui, si je pouvais aimer deux fois.

Un matin, ils étaient tous rassemblés chez Elinor, un peu incommodée d'une grossesse pénible, lorsqu'on apporta les papiers et les lettres de la poste. Dans le nombre de celles adressées à Mrs Edward Ferrars, il y en avait une à grand cachet noir dont l'écriture ne lui était pas inconnue, quoiqu'elle n'eût pu la désigner. Marianne, occupée à parcourir les journaux, ne la voyait pas. Tout à coup, le papier tomba de sa main. Elle jeta un cri dont l'expression était plus l'étonnement que la peine ou l'émotion, et s'écria d'une voix assez ferme :

– Mrs Willoughby est morte d'une chute de phaéton. Pauvre femme ! Elle paie cher son goût effréné pour le plaisir.

Le colonel, plus ému qu'elle, prit le fatal papier, et ne douta alors pas qu'il renfermait l'arrêt de sa condamnation.

– J'ai ici, dit Elinor, la confirmation de cette nouvelle par Mr Willoughby lui-même, qui me la communique. Lisez, Marianne.

Celle-ci prit la lettre et lut bas ce qui suit :

L'intérêt que Mrs Edward Ferrars m'a témoigné dans notre dernier entretien me fait espérer qu'elle me pardonnera d'oser lui apprendre que ma fatale chaîne est rompue. Celle à qui j'avais donné mon nom en échange de sa fortune a péri victime d'un accident que je n'ai cessé de lui prédire, en s'obstinant à conduire elle-même des chevaux trop vifs. Mais depuis longtemps mes conseils lui étaient aussi odieux que ma présence.

Je sais qu'il n'est pas encore le temps de parler du sentiment qui domine dans mon cœur, mais celle qui me l'inspire est libre encore et je ne puis me défendre d'espérer. Bonne Elinor ! Vous qui sans doute êtes la plus heureuse des femmes dans une union fondée sur un amour réciproque, vous ne me refuserez pas un jour votre appui. Mon étude sera de le mériter, recevez-en l'assurance de votre dévoué

James Willoughby.

Marianne rougit beaucoup en lisant cette lettre, qu'elle passa à sa mère. Le colonel avait hésité à sortir, mais un sentiment involontaire le clouait à sa place. La tête appuyée sur sa main, tenant de l'autre les journaux, il avait l'air de les lire mais n'en distinguait pas un mot.

– Répondrez-vous à Mr Willoughby? demanda Marianne à sa sœur, après un moment de silence.

– Oui, sans doute. Mais que dois-je lui dire?

– Qu'il se trompe complètement, et que je ne suis plus libre, si... (elle se tourna vers le colonel), si le meilleur des hommes daigne accepter cette main et le don de mon cœur. Et même, s'il les refusait, Dieu aurait mon...

– Refuser! s'écria le colonel transporté de joie, en serrant contre son sein et pressant de ses lèvres cette main adorée. Ô Marianne! Chère Marianne! Ai-je bien entendu? Et dans quel moment! Mais n'est-ce point une erreur de votre cœur généreux?

– Non, non, assura-t-elle, avec une grâce enchanteresse. Il est guéri de toutes ses erreurs, il n'appartient qu'à celui qui m'a véritablement aimée.

– Et qui vous adorera toute sa vie...

– On ne sollicite pas seulement mon consentement, intervint en riant Mrs Dashwood. Si j'allais le refuser! Mais c'est le jour où les femmes font les avances, et je vous donne Marianne, mon cher Brandon, avant que vous me l'ayez demandée.

Ils se jetèrent dans ses bras, puis dans ceux d'Elinor et de Margaret. Edward fut appelé de son cabinet pour prendre part à la joie générale, et la sienne fut bien grande en donnant le nom de frère à son intime ami.

La noce ne tarda pas à se célébrer en famille et fut bénie par Edward. Le colonel aurait voulu obtenir de sa belle-mère qu'elle se fixât tout à fait chez lui avec Margaret, mais elle fut assez prudente pour préférer conserver sa liberté et son joli cottage, d'où elle sortait souvent pour visiter, à Delaford, tantôt le château, tantôt le presbytère, où elle trouvait autant de bonheur qu'on puisse en avoir ici-bas. Celui de Marianne augmenta tous les jours. Il était principalement fondé sur l'estime et sur une reconnaissance mutuelle. Le colonel sentait tous les jours davantage qu'il devait à sa charmante compagne les seuls moments heureux de sa vie. Elle le consola de toutes ses affections précédentes, rendit à son esprit toute sa gaieté, et le meilleur des hommes redevint également le plus aimable. Marianne fut heureuse du bonheur de cet homme excellent, et comme elle ne savait pas aimer à demi, elle finit par aimer son mari au moins autant qu'elle avait aimé Willoughby.

Ce dernier fut d'abord furieux du mariage de Marianne et de la réponse d'Elinor, qui lui prouva son intérêt en ne lui épargnant pas les conseils d'une raison saine et éclairée. Ils n'eurent pas d'abord grand effet sur un caractère aussi léger. Mais son cœur était bon, et en relisant encore une fois, dans un moment de réflexion, la lettre de Mrs Edward Ferrars, il en fut touché comme d'une vraie preuve d'amitié. Il désira la voir et la remercier ; il en demanda la permission et l'obtint une année après son veuvage.

– C'est encore à vous, lui dit-il, sage Elinor, que je remets le soin du bonheur de ma vie, et cette fois j'espère être écouté. En renonçant à l'espoir – insensé, j'en conviens – d'épouser Marianne, en me rappelant tous mes torts passés, le plus grand de tous, la séduction de la jeune Caroline Williams, s'est présenté à mon souvenir et m'a rempli de remords. Je sais qu'elle m'a donné un fils que je n'ai jamais vu, mais à qui aussi je dois donner un père. J'ignore où vivent la mère et l'enfant ; le colonel Brandon les a si bien cachés que je n'ai pu les découvrir. À présent que mes intentions sont honorables, et que je suis libre de les remplir, je vous conjure d'obtenir de lui pour moi la main de sa pupille. Décidé à réparer mes torts avec elle et avec le colonel, tout le reste m'est égal. Sa naissance est illégitime, je le sais, mais elle est la fille adoptive du colonel Brandon, et portera mon nom. Elle n'a point de fortune, la mienne nous suffira. Et peut-être qu'après avoir rempli ce devoir, Mrs Smith me rendra son amitié. On dit cependant qu'elle a adopté des parents éloignés, et je n'ai pas grand espoir de ce côté, mais je vivrai en philosophe à Haute-Combe entre ma femme et mon enfant, et je rétablirai ma fortune, qui s'est déjà raccommodée par mon premier mariage.

Elinor sourit, l'approuva, et lui promit d'intercéder pour lui auprès du colonel. Le même jour, elle s'en ouvrit à lui et à Marianne : cette dernière s'enflamma de cette idée et conjura son mari d'y consentir. On alla en parler à Caroline, à Mrs Smith. Celle-ci, enchantée de sauver une âme de la damnation éternelle, ne se fit pas presser et rendit son amitié à Willoughby en l'unissant à Caroline. Cette jeune femme, depuis qu'elle était mère d'un enfant charmant, qui était le portrait vivant de Willoughby, était devenue beaucoup plus jolie et beaucoup plus aimable qu'elle ne l'était autrefois. Elle le fixa autant qu'on pouvait le fixer. Ils restèrent à Allenham tant que Mrs Smith vécut, et furent ensuite s'établir à Haute-Combe.

Marianne pouvait alors le voir sans danger et sans émotion, et n'ayant point à rougir devant lui, leur relation devint ce qu'elle devait être. Mais ils se virent rarement ; Mrs Brandon était toute à ses devoirs d'épouse, de mère, de dame de paroisse, et s'acquittait de tout avec la chaleur de son âme et son aimable vivacité. Son destin avait été singulier ; elle semblait avoir été appelée à prouver elle-même la fausseté de son système favori, sur l'impossibilité d'aimer deux fois. Elle avait aimé passionnément à dix-sept ans, ce qui est assez rare : à cet âge, on prend souvent pour une passion ce qui n'est qu'un goût léger, excité par l'attrait de la nouveauté, l'effervescence de la jeunesse et de l'imagination. Ce n'est ordinairement que quelques années plus tard qu'on est capable d'avoir une passion vraie et profonde, et celle de Marianne avait ces caractères. Mais un sentiment d'un autre genre, et bien supérieur – une haute estime, une vive amitié, une tendre reconnaissance – l'avait amenée à donner volontairement sa main à un homme qui n'était pas moins qu'elle victime d'un premier attachement, que deux années auparavant elle trouvait trop vieux pour se marier et qui arborait encore une veste de flanelle.

Il n'est pas besoin de dire qu'elles eurent souvent la visite de la bonne Mrs Jennings, et quelquefois celle de ses filles et de ses gendres, les Middleton et les Palmer. Sir George, toujours le plus gai et le meilleur des voisins, se trouva réduit à la jeune Margaret pour orner ses bals de campagne. Mais Margaret grandissait tous les jours ; elle avait quinze ans, elle était jolie comme tous les amours, et déjà Mrs Jennings s'occupait beaucoup de deviner qui serait son amoureux.

Nous laissons à regret cette aimable famille et nous devons compter au nombre des mérites et des bonheurs d'Elinor et de Marianne qu'elles sont jeunes, jolies, et qu'elles vivent à côté l'une de l'autre dans des situations de fortune bien différentes, sans que leur amitié ait jamais été troublée par le moindre nuage, non plus que celle de leurs maris.

FIN

NOTE BIOGRAPHIQUE

Née dans une famille nombreuse de la *gentry*, la bonne société anglaise, en 1775, Jane Austen bénéficie de la meilleure éducation, à Oxford puis dans une pension destinée aux membres de la noblesse. Son éducation complétée par de nombreuses lectures, notamment issues de la fabuleuse bibliothèque de son père, George Austen, la mène naturellement à s'essayer à l'écriture. Si ses premiers pas en littérature, des poèmes, de courtes pièces de théâtre, et même quelques romans épistolaires, demeurent dans le cercle familial, ses écrits trahissent très tôt, dès 1787, un esprit caustique face à la société dans laquelle elle vit. C'est à 20 ans que Jane entame un premier roman, *Sense and Sensibility*, traduit en français par *Raison et Sentiments*. D'autres romans suivront, dont certains publiés de son vivant, et qui rencontreront un bon accueil du public. Jane ne cessera d'écrire jusqu'à sa mort prématurée due à la maladie, en 1817. La plupart de ses œuvres ont été éditées de manière posthume.